KB076095

마 른

여 자 들

THIN GIRLS

by Diana Clarke

변용란 옮김

다이애나 클라크
장편소설

THIN
GIRLS

마 른
여 자 들

DIANA
CLARKE

창비

나의 엄마 아빠께

신은 모든 새에게 빵 덩어리를 주셨다
그러나 내게는 부스러기 하나뿐이다
나는 기아에 허덕이면서도 감히 그것을 먹지 못한다
가슴 저미는 나의 사치

— 에밀리 디킨슨

굴이 아주 깊거나
아니면 앨리스가 아주 천천히 떨어지는 것 같았다.
떨어지면서도 주변을 둘러보고 다음번엔 무슨 일이 벌어질까
궁금해할 만큼 시간이 충분했기 때문이다.

— 루이스 캐럴, 『이상한 나라의 앨리스』

어둡다. 더는 내 모습이 보이지 않는다.
다른 사람들 눈엔 무엇이 보일까?
어쩌면 무언가 끔찍한 것이리라.

— 시몬 드 보부아르, 『위기의 여자』

일러두기

1. 이 책은 Diana Clarke, *Thin Girls*(HarperCollins 2020)를 번역 저본으로
   삼았다.
2. 본문 중의 각주는 옮긴이의 것이다.

언제나 나는 거식증^{anorexia}을 공룡이라고 생각했다. 티라노사우루스 렉스의 먼 친척뻘일 거라고, 아마도 육촌쯤 되겠거니 여겼다. 연한 베이지색의 아름다운 자태가 떠오른다. 긴 목과 호리호리한 몸매. 키가 더 크고 몸이 투명하면서 말馬이 아닌 말이 혹시 존재한다면, 그 말이 바로 거식증이었을 것이다. 당신 눈에는 보이지 않는다고 해도 상관없다, 이미 가버렸을 테니까.

물론 거식증은 초식동물이다. 목을 길게 뻗어 주둥이로 은행잎을 살짝 밀어내고는 은행을 툭 쳐서 동료 짐승들이 잔치를 열 수 있도록 후드득 바닥으로 떨어뜨리는 모습은 어떠한가. 느긋한 걸음걸이만큼이나 느릿느릿 이어지는 눈의 깜박임. 발의 크기에 비해 놀랍노록 사뿐사뿐한 발걸음.

거식증은 이 세상에 흔적을 남기길 원하지 않는다, 풀숲에 찍힌 발자국 하나라도. 우아해지고 싶다면 존재하지 않는 것이 최선이다. 거식증은 언제나 동물이라기보다는 관념에 더 가까웠다.

그룹 리더가 내게 이 일기장을 건네며 말한다. "빠짐없이 잘 적으세요."

나는 책 한권의 무게가 버거워 양손에 힘을 준다. 그러고는 그에게 말한다. "손이 없으면 좋겠어요."

"있으니 써먹어야죠." 리더는 나를 매력 있는 사람으로 여겼다. 육체에 대한 나의 별난 거부감. 나는 결코 귀여워보이고 싶은 마음이 없었다. 나 역시 동물보다는 관념에 더 가까워지고 싶었다는 뜻이다.

그룹 리더는 거식증이 기억이라고 말한다. 무엇이 우리 마음에 병의 씨앗을 심었는지 찾아내야만 비로소 회복이 시작된다고.

"잘 적으세요"는 그 여자가 한 말이다. "맨 처음부터."

1994년(5세—릴리: 25kg, 로즈: 25kg)

나는 릴리에게 내 접시에 있는 브로콜리를 대신 먹어주지 않으면 죽을 때까지 숨을 참겠다고 말했다. 릴리는 내

뺨이 새파랗게 질릴 때까지 깔깔 웃어댔다. 그러고는 먹어
주었다.

제1부

그룹 리더는 우리에게 예비식사pre-eat를 시연하는 중이다.

"예열preheat?" 내가 묻는다.

"예비식사라니까요." 리더가 말한다.

"예비식사?" 내가 묻는다.

"맞아요. 예비식사."

"아. 예비식사. 알겠어요."

리더는 생선의 크기를 우리에게 보여주려는 듯 양손을 괄호처럼 구부려 들어올린다. 아주 큰 생선은 아니다. 피라미 정도랄까.

그룹의 다른 여자들도 똑같이 손가락을 구부리고 양손을 들어올리며 다들 닮은꼴이 되려고 노력 중이다. 나도 손바닥으로 괄호를 만들며 따라 한다. 난 그저 다른 사람들처럼 행동하려고 애쓰는 것뿐이다. 누구나 그렇지 않나? 행복할 땐 웃고 슬플 땐 울고, 악수를 나누며 덕담을 하고, 잘 지내는지 안부를 묻고, 잘 지냈어요, 네 고마워요, 덕분에요, 그런 인사치레 뒤에, 줄지어 차를 운전하고 줄지어 인도를 걸어가는 행동 뒤에, 7부 바지를 입다가 찢어진 청바지를 입다가, 구레나룻을 기르다가 앞머리를 가지런히 자르는 유행 뒤에, 아바ABBA, 아니, 아리아나 그란데와 발가락지와 성인용 컬러링북과 페이스북을 좋아하는 마음 뒤에 다 그런 충동이 존재하지 않나? 따라 하려는 것은 가장 인간다운 본능이다. 그리고 여기 단체로 모여 있는 우리, 우리는 모두 다시 인간이 되려고 노력할 뿐이다. 그래서 우리는 그렇게 행동한다. 따라 한다.

손이 저절로 시들어버린 것처럼 손가락에서 힘을 뺀다. 나도 허공을 붙잡을 수 있다. 손바닥 사이의 공기가 중요하게 느껴진다. 그곳을 응시하며 나는 소유권을 주장한다. 나의 공기. 나의 무위無爲.

그룹 리더가 조수潮水의 완만한 변화처럼 부드럽고 느릿하게 점점 차분해지는 목소리로 말한다. "이제 자신의 양손 사이에 무엇이 있는지 상상해보세요."

"줄줄이 종이인형요." 이름을 모르는 마른 여자가 대답한다. 1, 2주가 지난 뒤로는 사람들 이름에 신경 쓰는 걸 단념했다. 그들은 죽거나 떠나간다. 그것이 시설에 들어온 마른 여자들에게 주어진 선택지다. 난 아니다. 나는 여기서 꼬박 1년이나 지내고 있다!

여기서 견딘 세월을 성취라고 생각하는 건 부적절해요. 그룹 리더는 나에게 툭하면 말한다.

나는 툭하면 받아친다. 이집트의 피라미드한테도 인내의 세월이 부적절한 성취라고 말할 건가요?

그러면 그룹 리더는 본인을 세상의 위대한 불가사의와 비교하는 당신의 이상한 생각을 아무래도 풀이해봐야겠군요 따위의 말로 대꾸한다.

나는 푸는 것이 싫다! 이곳에 들어온 뒤로 짐도 아직 안 풀었다. 꽉 찬 여행가방이 주는 덧없는 느낌이 좋다. 중간에 붕 뜬 기분. 나는 신체가 기능을 완전히 멈출 정도로 마르진 않았지만, 그래도 너무 말라서 진짜 세상에서는 살아갈 수 없다. 나는 죽어가는 것도 살아가는 것도 아니다. 생존하는 중이다. 나의 연옥에 온 것을 환영한다. 나는 로즈다.

"아니에요, 줄줄이 종이인형일 리는 없어요." 그룹 리더가 말하자 우리가 다 같이 상상하던 종이인형은 순식간에 사라진다. 쉭! "음식이어야 해요." 그룹 리더가 말한다. "예비식사라니까요."

"규칙을 설명할 때 그런 말은 안 했잖아요." 나의 유일한 친구 세라가 말한다. 세라는 눈이 바셋하운드처럼 축 늘어졌고, 우리 대부분보다 어리다. 겨우 열여덟살이고, 아직도 얼굴이 여드름투성이여서 포장용 뽁뽁이처럼 울퉁불

퉁하다. 나는 세라가 마음에 든다. 매시 정각에 맞춰 손가락 꺾는 소리를 내는 습관. 입술에 일어난 각질 조각을 뜯어내는 손길. 속눈썹을 한올 한올 잡아뜯는 모습까지도. 세라는 자신을 가만두지 못한다. 마치 끊임없이 이렇게 상기할 필요가 있는 것처럼. 이건 너의 몸이야. 그러니까 뭐든 네 **마음대로 해**.

"그냥 샌드위치라고 상상하기로 하죠." 그룹 리더가 말하자, 우리는 괄호처럼 구부러진 그의 양손 사이에 샌드위치가 있을 수도 있겠다고 모두 동의한다.

"보이나요? 샌드위치가 보여요?" 그룹 리더가 묻는다.

물론 샌드위치 따위는 존재하지 않으므로 눈에 보이지 않지만, 그에게 좋은 인상을 주고 싶고 나도 어서 회복하고 싶은 마음에 고개를 끄덕인다. 나는 고개를 끄덕이며 사람들과 함께 대답한다. "네, 보여요, 샌드위치가 보여요, 냠냠!"

그룹 리더가 미소를 짓자, 나는 그 미소에 일조했다는 생각에 기쁨을 느낀다.

"자," 그룹 리더가 말한다. "이제부턴 칼로리를 생각하지 않도록 애써보기 바랍니다. 이 샌드위치의 칼로리에 대해서는 생각하지 마세요."

공기 샌드위치이므로 그건 쉽다.

"뭐든 다른 생각을 해보세요, 여러분."

1999년(10세—릴리: 40kg, 로즈: 40kg)

여름캠프 기간이 막 끝난 참이라, 릴리와 나는 둘 다 햇볕에 심하게 화상을 입어 코의 피부가 벗겨지고 어깨는 새빨갛게 익어 간질거렸다. 뺨에는 주근깨가 새로 돋아났다. 햇볕조차 우리 둘을 똑같이 그을려야 한다는 걸 알고 있었다.

부모님은 기회가 될 때마다 우리를 캠프에 보내는 걸 좋아했다. 가고 싶지 않아서 칭얼거리는 우리에게 부모님은 캠프에 가야 독립심을 배운다고 말했다. "새로운 기술도 배우잖니! 매듭 묶기 같은 거 말이야!"

모든 아이가 엄마 손을 잡고 여기저기 이끌고 다니며 설명하고 아빠에겐 나뭇가지와 끈만으로 뗏목 만드는 법을 보여주는 것이 관례인 부모님 방문의 날에도 우리 부모님은 캠프에 오지 않았다. 일주일에 한번 편지를 받는 날, 다른 아이들은 엄마가 립스틱 키스 자국을 남기고 아빠가 무뚝뚝하게 서명을 휘갈긴 편지를 뜯어보았지만, 릴리와 나는 가끔 우릴 불쌍히 여긴 직원들이 '코로만델 캠프' 편지지에 인쇄해서 캠프 상담교사를 통해 전달한 편지를 받았다.

뉴질랜드 숲속에서 4주를 보내고 나면, 우리 아이들의 얼굴에는 자연의 더께가 앉았다. 이마에는 진흙이 묻고, 엉겨붙은 곱슬머리엔 잔가지들이 얽혀 있었다. 변장을 해도 우리는 모습이 똑같았다.

부모님이 차로 우리를 데리러 와 도시로 돌아가는 길, 아빠는 운전석에 엄마는 조수석에 앉으면, 릴리와 나는 뒷좌석에 널브러져 손을 꼭 잡고 있었다. 내가 릴리의 무릎을 베고 누워 담쟁이덩굴처럼 서로 다리를 휘감았다. 우리는 몹시 기다리던 둘만의 시간을 느긋하게 즐기며 미소를 지었다.

주유소에 들렀을 때, 엄마가 뒷좌석에 엉켜 있는 우리를 돌아보며 물었다. "마실 거 사다줄까? 생수? 다이어트콜라?"

"소시지 스무디요!" 릴리가 말했다.

"앤초비 주스요!" 내가 맞장구를 쳤고 우리는 까르르 웃음을 터뜨렸다.

"너희 둘은 정말 구제 불능이야." 엄마가 한숨을 쉬었다. 하지만 우리는 엄마 말을 듣는 둥 마는 둥 했다.

당시 내가 가장 좋아한 색깔은 분홍색이었는데, 릴리가 분홍색을 가장 좋아했기 때문이다. 릴리가 오이 샌드위치를 좋아하니까 나도 좋아했다. 엄마들이 엮어준 친구들과 계속 논 것도 릴리가 걔네들 집에 초대를 받았기 때문이고, 릴리가 다른 아이들과 어울린 덕분에 나도 친구들이 생겼지만, 나는 릴리랑 놀았다. 우리는 떨어질 수 없는 사이여서 바로 이런 순간을 누리기 위해 살았으며, 다른 사람들에겐 지지직거리는 잡음에 불과한, 채널 사이에 자리잡은 라디오방송처럼 우리 둘만의 주파수 안에 존재했다.

아빠가 차에 기름을 채워넣었다. 그 당시에도 다이어트

를 하고 있던 엄마는 껌과 담배를 사러 편의점으로 달려갔다. 릴리와 나는 차 문을 열어 답답한 여름 공기를 순환시키고 햇볕에 물어뜯긴 피부가 숨을 쉬게 했다. 축축한 열기가 붕대처럼 온몸을 칭칭 휘감는 것 같은 여름날이었다. 영원히 지속될 것만 같은 그런 여름날. 우리는 다시는 학교로 돌아가지 못하고, 계절은 바뀌는 걸 잊어버릴 것만 같은.

둘만의 시간을 계속 즐기려고 우리는 가장 좋아하는 게임을 시작했다. 자매님 가라사대 게임이었다.

"자매님 가라사대, 내 양손을 네 머리에 올려!"

릴리가 그대로 했다.

"자매님 가라사대, 네 팔꿈치를 내 무릎에 올려!"

내가 그대로 했다.

"자매님 가라사대, 양팔을 옆으로 뻗어!"

릴리는 내가 시키는 대로 했고, 곧이어 아빠가 릴리가 앉은 쪽 문을 쾅 닫는 바람에 릴리의 손가락이 문틈에 끼었다. 릴리는 비명을 질렀다. 할라페뇨를 한움큼 집어 씹는 것처럼 즉각 내 혀에 불길이 일었다. 나는 숨이 턱 막혔다.

문틈에 낀 릴리의 손가락은 잘려나간 것처럼 보였다. 열 손가락 끝이 동시에 잘려나간 듯 손마디부터는 보이지가 않았다. 릴리는 팔을 축 늘어뜨린 채 물기 어린 눈으로 간절히 나를 돌아보았다. 모든 일이 슬로모션으로 벌어졌다. 기억의 의미는 무겁게 짓누르는 경향이 있어서 속도를 늦춘다. 나는 손을 뻗어—자매님 가라사대, 양팔을 옆으로 뻗어—내 손가락도 틀림없이 다치도록 위치를 잡고 내 쪽 문을 쾅 닫았다.

"하느님 맙소사, 로즈!" 엄마가 소리를 질렀다.

내 눈에서 눈물이 흐르자마자 릴리의 눈물이 멎었다. 릴리는 아주 조심스럽게 내 상처에 손을 뻗었다. 손이 욱신거리고 손톱에서 맥박이 느껴졌다. 아빠는 주유 건을 흔들어 빼더니 제자리에 돌려놓았다. "무슨 일 있었어?" 운전석에 앉아 안전벨트를 매며 아빠가 물었다.

"애들." 그게 대답이라도 된다는 듯 엄마가 말했다. 엄마는 어깨 너머로 나를 돌아보았다. "릴리가 다리에서 뛰어내리면 너도 따라 할 거니?"

"응."

집으로 돌아가는 내내 릴리는 서서히 부어오르는 내 손을 꼭 잡고 앉아 있었고, 별자리처럼 똑같이 찍힌 우리의 주근깨도 줄을 맞추었다. 우리는 똑같이 자리 잡은 멍 자국이 마치 피부에 물든 멋진 노을처럼 붉은색에서 자주색으로 변해가는 과정을 지켜보았다.

아프더라도 나는 우리가 똑같아야 행복했다. 우리는, 언니와 나는 피도 똑같이 흘렸다.

당시 릴리와 나의 몸에서 유일하게 다른 부분은 점 하나였다. 릴리의 점. 릴리는 왼쪽 등허리에 점이 하나 있었다.

나는 쿠키 속에 든 초콜릿칩만 한, 약간 튀어나오고 완벽하게 동그란 그 점을 보는 게 너무 싫었다. 생일마다 촛불을 불어 끄면서 그 점이 사라지기를 빌었다.

그룹치료실 문에서 노크 소리가 들려오자, 투명 샌드위치를 들고 입을 크게 벌려 한입 베어물려던 우리는 모두 동작을 멈춘 채 고개를 돌린다.

키가 크고 마른 여자가 문가에 서 있다. 꼭 가로등처럼 보인다. 여자는 벗어진 머리와 도드라진 뼈를 가려볼 요량으로 실크해트에 나비넥타이를 맸다. 하지만 그런 요란한 복장으로 우리 마른 여자들을 속여넘길 순 없다. 우리는 굶주림을 자기 자신에게조차 계속 감추려고 책에 나와 있는 온갖 속임수를 써본 사람들이다.

검은색 아이펜슬로 아이라인을 너무 짙게 그린 탓에, 깜짝 놀라면 눈알이 두개골 밖으로 튀어나오는 만화 캐릭터의 눈처럼 보인다. 새로 온 이 마른 여자는 대단히 우아하게 못생겼다. 그리고 낯이 익다! 샌드위치를 들고 있는 다른 여자들을 돌아보니, 그들도 어디선가 본 적이 있는 사람이라는 듯 눈을 찌푸리고 있다.

그가 한쪽 손을 들어올리자 소매가 흘러내려 도드라진 하얀 흉터가 촘촘히 교차된 손목이 드러난다. 그는 손가락을 까닥거려 인사한다. "캣Kat이에요." 그리고는 손바닥을 핥은 뒤 있지도 않은 고양이 귀를 쓰다듬는 시늉을 한다.

"고양이[대]랑 발음이 같죠." 그가 말한다.

저급한 그 동작과 낮게 으르렁거리는 목소리에 우리의 눈이 휘둥그레진다. 이 마른 여자는 우리가 아는 사람이다. 캣 미첼스. 어린이 스타. 어쩌면 유일한 발표곡일 한 노래가 초대받지 않은 손님처럼 떠오른다. 여자와 사랑에 빠지는 가사의 후렴구가.

열세살에 황금색 핫팬츠를 입고 무대에 오른 가수 캣 미첼스의 성적 대상화에 대해 아우성이 쏟아졌다. 생방송 TV 쇼에서 자신이 레즈비언이라고 밝힌 가수 캣 미첼스의 성적 지향에 대해선 더 큰 아우성이 쏟아졌다.

"어린애잖아! 어린애가 자기가 동성애자인 걸 어떻게 알겠어!" 사람들은 말했다.

"댁의 애들은 자기가 이성애자인 걸 어떻게 알까요?" 잠시 세상을 떠들썩하게 했던 토크쇼 인터뷰에서 캣 미첼스가 말했다. 그러고는 혀를 날름 내밀었다. 은장신구로 피어싱을 한 예쁜 분홍빛 혀는 끝이 뾰족했다.

캣 미첼스는 정말 멋졌다. 마돈나 알지? 머라이어 케리? 마일리 사이러스? 캣 미첼스는 더 멋있었다. 그는 헤어마스카라와 스티커처럼 붙이는 귀걸이, 지워지는 타투를 처음 하고 다닌 사람이다. '멋진 여자' '날 물어' 같은 문구를 새긴, 그의 이름을 내세운 튜브톱 의상도 판매되었다. 그는 킷캣 초콜릿을 대표하는 연예인이었고, 킷캣 미첼스라는 이름을 붙인 한정판 라즈베리 초콜릿도 발매되었다. 캣 미첼스 바비인형은 망사 스타킹과 가죽 미니스커트 차림에 헤드셋 마이크가 달려 출시되었는데, 포니테일 머리를 잡아당기면 기계음 몇곡조가 흘러나왔다. 캣 미첼스는 안에 아무것도 입지 않고 남성용 재킷을 걸친 채 앞섶을 활짝 풀어헤치고 다녔다. 머리카락을 형광색으로 염색해 나이트클럽처럼 번쩍거렸다. 끝내주는 금요일 밤 같은 모습이었다. 생명활동의 일부인 듯 껌을 씹으며 분홍색 풍선을 큼지막하게 불다가 풍선이 터져도 절대 얼굴에 들러붙지 않았다. 부모들은 캣을 싫어했다. 그러나 우리는 캣에게 반했다.

릴리와 나는 실밥이 드러난 소파에 나란히 앉아, 눈을 크게 뜨고 입을 한껏 벌린 채로 캣이 나오는 방송을 보았다.

언젠가 기원전 9000년경에 조각된 아인 사크리 연인상*에 대한 이야기를 읽은 적이 있다. 그것은 성교를 묘사한 최초의 예술품으로 알려져 있는데, 각 인물의 성별은 드러나지 않는다. 몸과 몸이 밀착된 형태는 동성애자의 성관계를 최초로 담아낸 것으로 종종 생각되지만, 쌍둥이 태아가 자궁에서 서로 껴안고 있는 모습일 수도 있다.

---

* 이스라엘의 사막 동굴에서 발견된 조각으로 약 1만년 전 나투프문화의 유물로 알려져 있다.

그런데 지금 그 사람이 이곳에 와 있다. 캣 미첼스. 바로 그 캣 미첼스가! 이따위 시설에, 내가 지내고 있는 시설에, 더 나이 들고 더 마르고 더 못생겨진 모습으로 문가에 서 있다.

"어서 와요, 캣." 그룹 리더가 빈 의자를 가리키며 말한다. "지적인 식사 수업에 온 걸 환영해요. 앉으세요."

"안 그러는 게 좋겠어요, 달링. 솔직히 말해서 발기한 고릴라한테 펠라티오를 해주는 편이 차라리 낫겠어." 캣의 목소리는 수분을 모두 쥐어짜낸 듯 메마르다. 목구멍에 로션이라도 발라주고 싶다.

그룹 리더는 눈썹을 치켜세운다. "앉아요." 그는 캣 미첼스가 유명인사라는 것에 상관하지 않는다. 이 시설엔 모든 사람을 평등하게 대하는 나름의 방식이 있는데, 공산주의는 아니고 복제인간 취급에 가깝다. 이곳에서는 다들 똑같아진다. 질병이 우리 존재의 전부다.

캣은 한숨을 쉬며 내 옆자리에 앉는다. 나는 앉은 채로 의자를 옆으로 끌어 거리를 둔다.

"왜 그래, 자기?" 캣이 길쭉한 몸을 접어 너무 작은 의자에 앉으며 상체를 수그려 내 귀에 속삭인다. "나한테 겁먹었어? 내가 물기라도 할까봐?" 캣은 우리처럼 샌드위치를 들고 있다가 이제 막 크게 한입 베어무는 사람처럼 딱 소리를 내며 이를 부딪친다.

"아니에요." 나는 속삭인다. 뺨이 달아오르고 손바닥은 땀이 차서 끈끈하다. 캣은 박하향과 토사물 냄새를 동시에 풍긴다. 신선한 향과 퀴퀴한 냄새. 나는 숨을 들이마신다. "전 로즈예요. 악수를 하고 싶지만……" 나는 우리 모두가 여전히 들고 있는 상상 샌드위치를 고갯짓으로 가리킨다.

캣은 오래된 사진처럼 누런 이를 드러내며 미소 짓는다. 먹고 토하는 쪽이군. 캣의 손을 보니, 아니나 다를까 잿빛으로 변한 메마른 마디에 굳은살이 박여 있다.

"칼로리 생각을 하고 있어요, 로즈?" 그룹 리더가 수상쩍다는 듯 이마를 찌푸리며 내 표정을 살핀다.

칼로리라는 말을 들으면 칼로리 생각밖에 안 난다고 말하고 싶지만, 솜털 같은 머리카락을 지닌 그 여자를 기쁘게 해주고 싶기도 하다. 돌발적으로 듬성듬성 나 있는 머리카락을 보면, 그룹 리더는 우리 모두가 싸우고 있는 전투에서 회복한 사람이라는 생각이 든다.

거식중 환자는 극단적인 체중 감소를 경험한다. 그러나 잃어버리는 것은 그 이상이다. 머리카락, 손톱, 치아. 친구, 가족, 자기 자신을 잃는다. 세상에 대한 감각을 잃는다. 먹지 않는 것 외에 중요한 게 뭔지도 잃어버린다. 그러다 결국 모든 것을 잃는다. 목숨까지도. 그는 탐욕스럽다, 거식중 말이다.

이제, 회복된 그룹 리더는 마지 우리의 마듬이 선엄된다고 믿는 사람처럼 수술복을 입고 우리 주변을 돌아다닌다. 그녀의 새로운 체형은 탄수화물을 두려워하지 않는 사람의 몸 같다. 인체의 알레르기 반응인 듯 약간 부었지만 나빠 보이진 않는다.

"아뇨." 나는 그룹 리더에게 대꾸한다. "칼로리 생각은 조금도 하지 않고 있어요."

캣이 웃음을 터뜨리는데, 깡통에 마지막으로 하나 남은 박하사탕이 달그락거리는 소리 같다. 더는 유명하지 않고 알아보는 사람도 거의 없지만, 캣은 여전히 유명인사의 턱을 지녔다. 연예인의 턱은 선이 부드러운 우리와 비교해서 뾰족하게 각이 졌다. 나는 목으로 손을 뻗어 지방처럼 느껴지는 살을 만져본다.

그룹치료실은 교실처럼 생겼다. 우리는 작은 책상을 앞에 두고 둥글게 모여앉아 있다. 벽에는 동기 부여를 위해 산과 숲, 호수 등 사람들이 평온하다고 묘사할 법한 풍경을 담은 포스터가 정교하게 붙어 있다. 각각의 이미지 위에는 굵은 글씨체로 일련의 글귀가 쓰여 있다. '영감: 자신을 일깨워라' '감사: 세상에 감사해라' '평화: 해치지 마라'. 우리는 추상명사의 감시를 받고 있다.

"좋아요." 그룹 리더는 그림 같은 미소를 지으며 말한다. "자, 이제는 입을 크게 벌려보세요, 여러분."

모두들 시키는 대로 한다. 대부분 이십대인 우리 나이를 감안하면 다들 이가 너무 많이 썩었다. 우리 미소는 수확

시기를 넘긴 옥수수 속대 같다. 치아가 넷 중 하나 꼴로 검게 변해 있다.

일주일 전 나는 스물네살이 되었다. 생일엔 케이크가 있었다. 사람들이 노래를 불러주었고, 나는 웃으며 촛불을 끈 뒤 초콜릿 케이크 한조각을 받았다. 나의 회복을 막는 유일한 장애물이 퇴폐적인 달콤함이라는 듯, 누군가가 엄청 정성을 들여 케이크를 만들어주었다. 정확한 조리법으로 적절한 비율의 설탕과 코코아, 밀가루와 버터를 넣은 케이크, 내가 단숨에 먹어치우는 걸 보시지! 난 다 나았다고!

다른 사람들이 파티 게임을 하는 동안 나는 작게 자른 케이크 조각들을 몰래 양말목에 감추었다. 나를 위한 파티에서 케이크 한조각을 전부 은밀하게 해치웠다. 생일 축하해 나야!

"잘했어요!" 그룹 리더가 말한다. 그는 큰 소리로 외치면 우릴 먹게 만들 수 있다고 생각한다. "들고 있는 샌드위치를 크게 한입 베어먹으세요, 여러분!" 자기도 한입 베어무는 시늉을 하며 말한다. 그는 이러는 게 아주 쉽다고 생각한다! 나는 이 여자가 싫다. 그 얼굴. 건강한 혈색을 자랑하듯 항상 붉게 볼터치를 한 모습이 싫다. 특히 자음이 끈적거려서 캐러멜처럼 음절이 치아에 들러붙기라도 하는 듯 난어를 꼭꼭 씹어 발음하는 말투도 싫다.

예비식사에 이토록 몰두하지 않았다면 그룹 리더는 나에게 이렇게 부정적인 성향을 쌓는 건 비생산적이에요라고 말했을 것이다. 나는 눈을 감고 호흡을 한다. 부정적인 성향은 비생산적이다라고 나의 자아에게 말한다. 부정적인 성향은 비생산적이다. 부정적인 생각이 모두 사라지고, 나는 눈을 뜬다.

"나를 따라 하세요." 그룹 리더의 말에 나도 그러고 싶어진다! 나도 따라 하고 싶다! 따라 하는 건 가장 하기 쉬운 일이다!

그러나 말라깽이 모임에 앉아 공기 샌드위치를 들고 있으려니, 괄호처럼 구부린 손 사이의 공간이 두렵다. 거기서 칼로리가 늘어났을까, 손바닥 사이에서 내가 뭔가 마법을 부려 칼로리를 부풀렸을까봐 걱정된다. 물론 나도 잘 안다. 공기는 공기이고 공기일 뿐이다. 도움을 얻을까 싶어 다른 사람들을 쳐다보지만, 그들도 초조한 듯 주위를 둘러보고 있다.

샌드위치를 들지 않은 사람은 캣이 유일하다. 양손을 반원 모양으로 구부리는 대신 자신의 손목을 들여다보며 어린이 학습 교재 속 미로 찾기를 하듯 긴 손가락으로 각각의 흉터를 따라 쓰다듬고 있다. 책상 아래에서 캣이 다리를 들어 내 허벅지에 자기 허벅지를 걸친다. 그의 피부는 차갑고 부드럽다. 얼음처럼 차가운 뱀가죽이 피부 위로 미끄러지는 느낌을 경험해본 적이 있는가? 새로 온 이 여자는 파충류다.

"그 얘기 들었어?" 캣의 반대편 내 옆자리에 있던 세라가 거친 입술을 내 귀에 대고 뜨거운 숨결을 토하며 낮게 속삭인다. 나는 정신을 딴 데 팔게 해준 걸 고마워하며 세라를 돌아본다. 음모를 꾸미듯 눈을 번득이며 세라가 속삭인다. "우리 중에 레즈비언이 있대."

고등학교 때 우리는 미합중국 헌법을 제정한 위인들에 관해 배웠다. 1779년 토머스 제퍼슨이 여성 동성애에 대한 처벌로 코 연골에 최소 지름 1.2센티미터의 구멍을 뚫는 형을 포함한 일에 대해서.

다음 날 인기 많은 여학생들의 코 피어싱이 모습을 감추었다.

여긴 레즈비언이 없어. 피어싱이 사라진 그들의 콧구멍이 이야기하고 있었다.

"그게 무슨 말이야? 레즈비언이라니?" 내가 세라에게 속삭여 묻는다.

"레즈비언이라고 했어?" 내가 붙들고 있는 샌드위치를 무시한 채 캣이 내 앞으로 몸을 숙인다. "혹시 내 얘기 하는 건가, 달링?"

"네? 아니요?" 세라가 대답한다. "비품보관실에서 신음 소리가 들린대요. 다들 수군거리고 있어요."

"음, 여기가 이제야 조금 재밌어지려고 하네." 캣이 가슴 주머니에서 립스틱을 꺼내 비명을 지르는 것 같은 새빨간 색으로 입술을 칠하며 말한다. "맙소사, 벌써 따분해졌어. 그래서 누가 레즈비언인데?"

나는 마른침을 삼킨 뒤 모여 있는 사람들을 둘러본다. 그들을 개개인으로 바라보며 이름을 떠올리려 애써보지만, 인간의 해골을 구분하기란 너무 어려운 일이다. 나는 포기하고 다시 음식 아닌 음식에 집중한다.

과학자들은 거식증 환자의 유골을 쉽게 구분한다. 어느 뼈든 잘라보면 벌집처럼 구멍이 숭숭 뚫려 있는 게 확인된다. 식인 성향의 하악골이 잡아먹은 것은 오로지 자기 신체뿐이다.

"자기는 거의 다 왔어요, 펌프킨." 그룹 리더가 식사 아닌 식사를 앞둔 세라에게 말한다. 정말이다! 그나마 다행이다, 나는 여기서 몇시간째 샌드위치 아닌 샌드위치를 들고 있는 느낌이다! 팔이 아프다.

이제 세라의 입술이 양손 사이의 공간에 거의 닿을 듯 다가가는 중이고 나는 숨을 멈춘다. 다른 사람들도 똑같이 그러고 있다. 그건 우리의 습관이다. 숨 멈추기. 우리는 자신을 통제하는 느낌을 사랑한다.

"바로 그거예요." 그룹 리더가 말한다. "거의 다 왔어요, 허니. 끝이 보이네요, 슈거." 여기 사람들은 우릴 음식 이름으로 부르기를 좋아한다. 마치 그 이름을 들으면 우리가 그 음식을 먹고 싶어하리라고 생각하는 것 같다. 우리가 귀로 칼로리를 흡수할 수도 있다는 듯이.

존재하지 않는 빵 조각 앞에서 세라의 입은 꼭 다물린 채 그대로 있다. 우리는 빤히 쳐다본다. 여기선 모든 일이 슬로모션으로 일어난다는 걸 아는지?

캣이 콧방귀를 뀐다. 앞에 놓인 책상에서 캣이 상상 속의 거대한 샌드위치를 집어든다. 저것 좀 봐! 길이가 20센티미터는 되겠어! 그는 내용물을 살펴보더니 입술을 핥은 뒤 입을 하마처럼 벌려 손바닥 사이의 공기를 크게 베어문다. 우적우적 씹고 또 씹어서 꿀꺽 삼킨 다음, 말끔한 분홍색 혀와 누렇게 변색된 은피어싱을 우리에게 보여준다.

거의 다 왔다던 세라는 샌드위치를 내려놓는다.

캣은 해냈다. 먹기 아닌 먹기를 해낸 것이다. 우리는 샌드위치를 들고 있다는 것을 잊고 박수를 친다. 새로 온 이 마른 여자를 위해 박수를 치느라, 우리가 각자 들고 있던 샌드위치는 바닥에 떨어졌을 것이다.

"잘했어요, 허니!" 그룹 리더가 말한다.

캣이 일어나 과장되게 허리를 숙여 인사한다. 헐렁한 티셔츠 앞섶이 늘어져 터널처럼 뚫린 공간으로 속이 다 들여다보인다. 브래지어를 입지 않아 추위에 건포도처럼 단단해진 유두가 도드라진다. 나는 시선을 돌린다.

"어이쿠, 샌드위치를 다시 집으세요, 여러분." 그룹 리더가 말한다.

우리는 샌드위치를 집어들어 먼지를 털어낸다. 바닥에 떨어진 음식도 오초 안에 주워 먹으면 괜찮다니까. "이제 모두들 시도해보세요! 다들 크게 한입 베어먹는 거예요. 준비됐죠?"

나는 준비됐다. 우리 모두 준비됐다. 우리는 공기를 베어물고 산소를 씹어 아무것도 아닌 것을 삼키며 승리감에 젖는다. 또다시 샌드위치를 잊어버린 채 주먹을 치켜들고 환호한다. 우리는 회복할 것이다, 우린 그걸 알고 있다. 샌드위치 아닌 샌드위치를 먹을 수 있다면, 음식 아닌 음식은 무엇이든 먹을 수 있다.

"자," 그룹 리더가 말한다. "이제 점심시간이네요. 배고픈 사람?"

"앗." 우리의 용감무쌍한 인기 최고 멍청이 캣이 예쁘게 눈을 빛내며 대꾸한다. "난 도저히 못 먹을 것 같아요, 달링. 방금 마친 예비식사 때문에 배가 너무 부르거든요."

나는 고개를 끄덕인다. 우리 모두 고개를 끄덕인다. 그렇다. 우리도 예비식사 때문에 배가 부르다.

2

이 시설은 — 우리 마른 여자들은 애정을 담아 이곳을
시설이라고 부른다 — 백색 공간처럼 느껴진다. 하얀 벽
하얀 바닥 하얀색. 백지 중앙에 검게 찍힌 글자 하나가 된
기분이다. 너무나 외롭다!

낮 시간엔 서로 어울리는 것이 원칙이라 모두들 공허한
휴게실에 바글바글 모여 있다. 이곳을 휴게실common room이라
고 부르는 이유는 우리가 공통적으로 휴식을 취해서가 아니
라, 우리 모두 공통적으로 공허해서다. 공허함은 우리 여자
들과 이 공간의 공통점이다.

동물의 집단행동에 관해서는 수많은 연구가 이루어져
왔다. 한배에서 난 강아지들 틈에서 함께 사란 새끼 호랑

이는 스스로 짖는 법을 터득한다. 어미를 잃고 새끼 돼지들과 함께 자란 양은 툭 튀어나온 코 없이도 땅에 코를 박고 쿵쿵대는 법을 배운다. 그것은 천성 대 교육의 대결이다. 우리는 주변에 있는 생명체들과 유사한 행동을 한다. 거식증 환자들 사이에 있는 거식증 환자로서, 우리는 굶주린다.

우리는 실처럼 가느다란 사지를 서로 매듭처럼 얽은 채 앉아 있다. 그것이 우리가 서로를 지탱하는 방식이다. 우리는 뭉쳐서 행동하고, 떼를 지어 다닌다. 사람들은 종종 우리 마른 여자들을 보러 온다. 새로운 환자. 사랑하는 사람. 날 보러 오는 건 아니다. 그들은 복도에 서서 유리창에 매달려 동물원의 구경거리를 보듯 눈 위에 손을 올린 채 우리가 모여 있는 실내의 어둠을 꿰뚫어보느라 눈을 찌푸리며 이런 말을 주고받는다. "저기 저 아이인가?" "잘 봐, 방금 움직인 다른 아이 말이야."

그들은 부모이고 가족이지만, 더는 우리를 알아보지 못한다. 우리는 움푹 파인 눈구멍에 깊숙이 박힌 눈을 크게 뜨고 구경꾼을 구경하며 머리카락을 쭈뼛 세우고 이를 드러내지만, 으르렁거림은 위장에서 솟아나온다.

다른 여자들은 냉동건조된 인간의 형상이다. 한때는 액체와 고체와 기체로 빵빵하게 부풀었던 살집 주머니에 이젠 구멍이 뚫리고 바람이 빠져 피부가 힘없이 축 늘어지고 텅 비어 서서히 부식해가는 해골밖에 남지 않은 모습이다. 나도 그런 몰골이리란 건 알지만, 시설에선 거울에 접근하는 것이 금지되어 있어서 확신할 수는 없다. 우리 마른 여자들은 다 똑같이 생겼다. 강요된 유유상종. 공동체가 늘 선택으로 결정되는 건 아니다.

새들이 무리 지어 나는 경우는 주로 두가지다. 첫번째 경우는 V자 대형으로 날 때인데, 무리 중 맨 앞에서 나는 새를 제외하면 모두가 날기 편하기 때문이다. 우두머리 새는 날갯짓을 해 뒤따라오는 새들을 위해 상승기류를 만들어주고, 따라오는 새들은 선두 주자가 일으킨 기류를 따라 부상한다. 두번째는 천적인 포식자가 한마리만 집중해서 공격하지 못하도록 모여드는 경우다. 무리를 지어 다니는 여자들의 논리도 그것이다. 하늘에서조차 여럿이 모여 있는 것이 안전하니까.

그러나 거식증 환자들은 무리를 지어도 쓸모가 없다. 다른 이들이 굶주릴 때 우리는 빤히 쳐다본다. 다른 이들이 먹은 것을 게워내면 우리는 환호한다. 우리는 서로의 버팀목이 되어주는 자살특공대이며, 우리의 마름 이외에는 아무것도 상관하지 않는다.

남자 한명이 간호사들에게 둘러싸여 휴게실 앞을 지나간다. 휴게실 안쪽에서 우리는 농작을 멈추고, 유리장이 이어진 복도를 따라 뻣뻣한 널빤지처럼 걸어가는 남자를 지켜본다. 그는 카펫의 갈라진 틈새라도 찾으려는 듯 고개를 숙이고 걸어간다. 우리 쪽에선 남자의 옆모습만 보여서 거의 이차원 평면 같은 형상이다. 아름답다. 사람을 그린 스케치보다도 사람 느낌이 덜하다.

"신참이네." 한 여자가 말한다.

"여긴 남자들이 많지 않지." 다른 여자가 말한다.

남자가 우리 이야기를 듣기라도 한 듯 걸음을 멈춘다. 분명 그럴 리 없지만, 어쨌든 그는 유리창을 향해 고개를 돌린다. 나는 일어서서 그를 마주 본다. 서로 거울을 보듯 우리는 코와 코를 맞대고 있다. 그가 머리카락을 뒤로 쓸어넘기더니 주먹 쥔 손으로 눈을 비빈다. 나도 머리를 뒤로 쓸어넘기고 주먹 쥔 손으로 눈을 비비며 미소를 짓는다. 그가 고개를 갸웃하며 미소 짓는다. 간호사들이 남자의 어깨에 팔을 둘러 재촉하듯 그를 데리고 복도를 따라 멀어져간다.

"내가 한동안 남자를 못 봐서 그런 건가요, 아니면 저 남자가 정말로 끝내주는 건가요?" 세라가 묻는다.

"남자네, 신입이고." 캣이 말한다. "그나저나 여기 숙녀분들은 맨날 뭘 하면서 지내? 진주 끈으로 서로 허리둘레를 재주려나? 샴페인을 마신 다음에 전부 도로 토해내고? 서로 클리토리스를 핥아주고는 그걸 외식이라고 부르면서?" 그는 휴게실 바닥에 등을 대고 누워 도드라진 골반뼈를 하늘로 향한 채, 빙글빙글 돌아가는 천장 선풍기 날개를 쳐다보고 있다. 캣은 과장된 버전의 우리다. 어쩌면 그게 유명인이라는 존재일 것이다. 과장된 인간형.

"우린 그냥 놀아요." 세라가 손가락을 하나하나 잡아당겨 뚝, 뚝, 뚝, 관절을 꺾으며 말한다. 그 손을 꽉 잡아주고 싶다. 자해하지 못하도록 안전하게 지켜주면서.

"당신은 왜 여기 왔어요?" 내가 캣에게 묻자 그는 얼굴을 찌푸린다.

"자기랑 똑같은 이유겠지, 베이비." 캣의 목소리는 값비싼 엔진 소리 같다. "우린 다 그저 인간이 되는 법을 배우고 있는 거야, 안 그래?"

"여긴 진짜 개똥 같은 시설이에요. 왜 더 근사한 곳으로 가지 않죠?"

"아하. 자기는 나를 확실히 알아봤구나. 브라보."

나는 아무 말도 하지 않는다.

캣이 손을 내젓는다. "어휴, 제발 좀. 이곳에 대해서는 모두들 알고 있어. 여긴 회복을 원하지 않는 사람들이 들어오는 재활센터라는 거 다들 잘 안다고. 악명 높은 곳이거든. 남반구에서 최악으로 운영되는 치료소지. 여기서 건강하게 나가는 사람은 아무도 없잖아."

그 말이 맞는다. 여기는 형편없이 운영되는 시설이다. 정신질환 치료시설 지원을 바란다기보다는 정신질환 치료시설을 지원한다고 말하고 싶어하는 정부의 무실한 재정

탓이다. 시설 운영의 또다른 주요 문제는 간호사들이 우리를 이해하지 못한다는 점이다. 그들은 대부분 우리처럼 말라야겠다는 욕구를 지녀본 적이 전혀 없다. 그들은 우리가 어디까지 갈 수 있는지 그 범위를 알지 못한다. 가끔 우리의 속임수를 알아내는 건 사실이지만, 그들은 우리의 마음을 이해하지 못한다. 사라져버리기 위해 우리가 무슨 짓이든 저지르리라는 것을 그들은 이해하지 못한다.

"나는 회복하고 싶어요." 내가 말한다.

"당연히 그렇겠지, 베이비."

나는 아무 말도 하지 않는다. 나도 나를 믿지 못하겠다.

"게다가 딱 한곡이었으니까. 돈이 무한정 가진 않더라고. 나 같은 라이프스타일로는 말이야. 디자이너 약. 디자이너 구두. 여기도 디자이너 저기도 디자이너. 결국 이 꼴이 났지." 캣이 나비넥타이를 바로잡고는 헛기침을 한다. "지금 내가 버는 돈은 대부분 싸구려 광고 계약에서 나오는 거야."

나는 캣을 와락 붙잡고 싶다. 평범하게 살아요!라고 말해주고 싶다.

"여기 같이 있게 돼서 좋아요." 세라가 말한다. 세라는 캣을 향해 미소 짓고 있는데, 나는 그 미소가 마음에 들지 않는다. 눈빛에 희망이 담긴 듯한 그 느낌이 싫다.

"그나저나 개똥 같은 가짜식사는 얼마나 자주 해?" 캣이 묻는다.

"예비식사예요." 내가 말한다. "그룹치료는 하루 한번 있고요."

"좆나 지루하겠군." 캣이 자기 골반뼈를 쓰다듬는다. 반려동물을 쓰다듬듯이.

"그렇게 나쁘진 않아요." 내가 말한다. "익숙해질 거예요."

캣은 한숨을 쉰다. "맙소사, 여긴 따분해. 난 따분하다고! 비품보관실에나 가보자. 어쩌면 약간의 관음증이 기분을 가볍게 해줄지도 몰라." 몸을 굴려 엎드린 그는 태엽인형처럼 뼈마디가 삐걱대는 소리를 내며 무릎을 꿇고 몸을 일으킨다. "재미있는 일이 일어나는 곳이 바로 거기라고 하지 않았어, 세라, 베이비? 비품보관실 말이야." 캣이 눈썹을 씰룩씰룩 치켜세우자, 모자챙 밑으로 눈썹이 사라진다.

종소리가 울리고, 나는 안심하며 일어선다. 종소리가 잦아들자 내가 말한다. "취침 종이에요."

실망한 캣의 몸이 움츠러든다.

"그럼." 나는 미소를 지은 뒤, 세라가 바닥에서 일어나는 걸 돕기 위해 손을 뻗어 위로 당겨주다가 힘이 들어 끙 소리를 낸다. 깃대를 껴안듯 엉성하게 세라를 안아준다. "잘 자." 세라의 관자놀이에 입을 맞춘다. 메마른 세라의 피부. "너만의 평화를 지켜." 내가 말한다. 이건 우리 시설의 공통 주문이다. 당신만의 평화를 지키세요. 거의 아무 의미도 없지만, 말은 그럴듯하다. 녹캔디처럼 혀 위에서 굴리면 목구멍이 진정된다.

"당신만의 평화를 지키세요." 세라가 맞받는다.

캣이 나에게 손을 뻗어서 그도 바닥에서 일으켜준다. 이 것이 바로 우리 마른 여자들이 서로를 위해 하는 행동이 다. 여긴 우리가 서로의 버팀목이 되어주는 환경이다.

"그래서," 캣은 여전히 내 손을 잡은 채로 말한다. "팬이 었어? 캣 미첼스의 열성 소녀 팬? 내 발밑에 무릎을 꿇고 서 당장 내 거기를 빨아주겠다고 안달하던 안쓰러운 여자 애들 중 하나였나?"

마른 여자들이 "당신만의 평화를 지키세요!" "아침식사 때 봐!"라고 외치며 하나둘 방을 빠져나가는 동안, 나는 마른침을 삼키며 침묵한다.

캣이 머뭇거리고 결국 휴게실엔 우리 둘만 남는다. 그는 너무 가까이 서 있다. 나는 움직이는 법을 잊었다. 캣의 손 가락이 내 팔을 쓰다듬으며 올라온다. "알잖아, 자기가 원 하면 우린 아침식사 전에도 볼 수 있어."

팔을 잡아뺀 나는 팔에 캣의 손자국이 남지 않았다는 사 실을 확인하고 놀란다. 나는 마른침을 삼키며 그의 손길을 피해 뒤로 물러난다. "난 그렇게 생각 안해요." 그러고는 미소를 짓는다. "나는 아니에요, 알잖아요. 음. 어쨌든 그 래요. 당신만의 평화를 지키세요, 캣!"

"아무도 네 말에 속지 않아, 홀쭉이." 캣이 내 뒤에 대고 소 리친다. 나는 아무 대꾸도 하지 않는다. 돌아보지도 않는다.

3

매일 아침 진부하다는 걸 알면서도 방 벽에 날짜를 새긴
다. 어느 죄수는 목탄이나 나뭇가지로 날짜를 새겼을 것이
다. 특별히 두드러지는 수감자라면 자기 피를 이용했을 수
도 있다. 나는 식당에서 가져온 케첩을 활용한다. 흰색 벽
을 문신처럼 분홍색으로 물들이는 방식이 마음에 든다.

남은 날을 지워가며 세는 건 아니다. 나는 날을 더한다.
이제는 회복하겠다는 희망을 모두 버렸고, 시설에서의 삶
도 그리 나쁘지 않을 것이다. 이곳에도 이곳만의 작은 세
상이 존재한다. 더 작고. 덜 두려운. 우리 세상의 크기는 우
리가 스스로에게 만들어준 공간이 전부다.

괜찮다. 내 인생은 길지 않을 것이다. 나에겐 꼭 하고 싶
은 일들의 목록이 있고, 그걸 마치면 나는 길을 떠날 것이

다. 절대로 세상에 오래 머물면서 눈총 받고 싶지는 않다.

버킷 리스트

1. 사랑에 빠진다는 느낌 경험하기. 무릎 베고 눕는 사랑, 이마에 입 맞추는 사랑, 책에 나오는 것 같은 종류의 사랑.

2. 릴리가 무사히 행복하게 잘 사는지 확인하기.

3. 세라가 회복세로 접어드는지 확인하기.

4. 『동물행동학』 끝까지 읽기. 나는 무엇이든 열린 결말로 남겨두는 사람이 아니다.

서두를 건 없다. 내 인생은 진물이 흐르는 상처처럼 느리게 나아간다. 모든 게 괜찮다! 나는 사는 걸 그렇게 많이 꺼리진 않는다. 보라고, 화창한 날이다! 따뜻하다! 이 세상은 아름다운 곳이고, 나도 그걸 안다. 그런데도 항상 죽음의 가능성은 곧 내쉴 숨처럼 실감되었다.

아침식사 전, 날짜 표시에 367번째 작대기를 그리다가 마당 건너편에 켜진 불빛을 발견한다. 불빛이 눈에 띈 건 밖이 환하기 때문이다. 햇빛이 밝은데 군이 전등을 켜는 건 부적절하고 탐욕스럽게 느껴진다. 분노한 나는 눈을 찡그리고 창밖을 본다.

우리는 적극적인 태도로 삶에 감사해야 합니다라고 그룹 리더는 늘 우리에게 말한다.

저 전등 소비자는 적극적인 태도로 삶에 감사하고 있지 않다!

불 켜진 방은 내 방과 쌍둥이처럼 똑같다. 침대, 책상, 옷장, 침대 끄트머리에 앉아 있는 나와 쌍둥이 같은 인간. 그 방은 내가 이곳에서 지내는 동안 내내 비어 있었는데, 이젠 거주자가 생겼고 거주자는 남자였다. 남자! 잘생기고 늘씬하고 키가 크며 검은 머리카락을 값비싼 커튼처럼 길고 묵직하게 늘어뜨렸다. 내가 빤히 쳐다보자 남자도 빤히 쳐다본다. 몸 안이 들썩거리면서 깃털을 펄럭거리는 암탉이 된 기분이 든다. 뽐내는 기분? 말도 안된다.

내가 침대에서 일어나자 남자도 일어선다. 나는 유리창에 손을 갖다댄다. 그도 똑같이 따라 한다. 내가 미소를 짓자 그도 미소를 짓는다. 내가 손을 흔들자 그도 손을 흔든다. 이런 걸 우리는 운명적인 첫 만남이라고 부른다.

우리는 손목이 아파오고 사진을 찍느라 너무 오래 짓고 있는 미소처럼 행동이 이질적이고 인위적으로 느껴질 때까지 오래도록 손을 흔든다. 둘 다 이 소통을 먼저 끝내고 싶어하지 않는다. 이건 시합이다. 누구든 손 흔들기를 먼저 멈춘 사람이 이 관계의 끝에 대한 책임을 지게 될 것이다.

결국 남자가 방 안으로 물러나 옷장을 열고 네모난 연보라색 천 조각을 꺼내 나에게 흔든다. 흥분해서 한껏 기운이 솟은 나는 깔깔 웃다가, 손수건이 없으니 티슈를 한장 뽑는다. 그러고는 그에게 잘 보이도록 티슈를 들어올린다.

창가에 선 우리는 가두행진 행렬을 향해 손수건을 흔드는 18세기의 여인들처럼 서로에게 손수건을 흔든다. 운동 탓에 팔꿈치가 아프면서도, 나는 이것이 내 일생일대의 사랑이 틀림없다고 생각한다.

"왜 이렇게 오래 걸렸어요?" 버킷 리스트의 첫 항목인 그 남자를 향해 창문에 대고 외친다. "당신을 기다리고 있었어요!"

4

새로운 사랑에 대한 상상으로 현기증을 느끼며 나는 식당으로 향한다.

홀딱 반한다는 건 모든 걸 쏟아붓는 듯한 그 느낌을 뜻하는 말이 틀림없다. 새로운 열정이 땀처럼 피부를 뒤덮어 반짝반짝 빛을 내뿜는 그런 느낌. **그냥 반한 것뿐**이야라는 식으로 사람들은 말하지만, 한번이라도 홀딱 반한 상대를 만난 적이 있는지? **그냥**이란 절대 있을 수 없다.

평범한 사람들은 우리 마른 여자들이 잘못될까 두려워하고 우리를 두려워하지만, 두려움은 관계의 밑바탕이 되지 못한다. 또다른 마른 사람과 함께하는 것은 아마도 나에게 주어진 가장 실현 가능한 사랑의 기회일 테고, 나는 사랑받고 싶다. 그밖에 바랄 것이 뭐가 더 있을까?

마당 건너편의 남자, 숱이 많아 차양처럼 눈 위로 드리워진 검은 눈썹의 그와 함께라면 저녁 데이트를 하면서 토막 낸 셀러리를 먹고 레몬 띄운 물을 마시며, 매듭으로 묶인 지 오래된 낡은 밧줄처럼 뼈와 힘줄이 모두 드러난 단단한 몸과 몸을 서로 겹치고 소파에 엉켜앉아 있을 수도 있을 것이다. 나는 깡마른 우리의 결혼식을 상상한다. 누군가가 가느다란 선과 동그라미로 인체를 표현해 그날의 장면을 그린 것처럼.

마른 남자와 나, 우리는 남은 평생 허브티를 마실 것이다. 집 앞 베란다 흔들의자에 앉아서 그는 신문을 읽고 나는 뜨개질을 하고 있으면, 우리의 머리카락은 뭉텅뭉텅 빠지고 변비에 걸린 위장은 비틀려서 주먹처럼 딱딱하게 뭉치겠지. 오래오래 지속될 사랑!

우리가 손에 손을 잡고 밭은 숨을 쉴 때마다 소모되는 칼로리를 계산하며 거리를 걸어가면 모두들 우리를 손가락질할 것이다.

사람들은 이렇게 말하겠지. 저기 좀 봐! 보라고, 저 여자가 드디어 일생을 함께 보낼 남자를 찾았네.

캣은 이미 세라와, 나의 세라와 함께 아침 식탁에 앉아 있다. 두 사람이 앉은 자리는 세라와 내가 늘 앉던 곳이다. 우리 자리인데! 두 사람은 줄곧 친구 사이였던 것처럼 다정하다. 식탁은 캣과 가까이 있고 싶어하는 마른 여자들로 가득하다. 우리의 새로운 유명인사.

나의 주먹 쥔 두 손.

우리의 그룹 리더는 이렇게 말할 것이다. 당신이 **통제할** 수 있는 건 당신의 기쁨뿐이에요. 그는 내 통제력에 문제가 있다고 생각한다. 그는 우리 모두 통제력에 문제가 있다고 생각한다. 우리가 그 짓을 하는 이유, 굶주리는 이유도 그 때문이라고, 그렇게 해야만 우리가 이 세상에서 무언가를 통제할 수 있기 때문이라고 생각한다. 그들의 생각이 옳을지도 모른다. 혹은 적어도 시작은 그랬는지도 모른다. 그러나 우리 마른 여자들은, 우리는 오래전에 통제력을 잃었다. 이제 핸들을 쥔 장본인은 거식증이다. 그럼 우리는? 우리는 팔다리를 결박당하고 입엔 테이프가 붙은 채 각자 뇌의 뒷부분에 인질로 잡혀 있는 상황이고 몸부림도 중단되었다. 이 구석진 곳은 어둡고 고요해서, 거식증의 막강한 존재감 뒤에 갇혀 있는 우리가 내는 소리를 아무도 듣지 못한다.

그룹 리더는 언제나 이렇게 말한다. 내버려두세요. 무슨 일이 일어나든 그냥 내버려둬도 괜찮아요.

어렸을 때, 다섯살 아니면 여섯살 때쯤, 릴리와 나는 서로 역할을 바꾸어 쌍둥이들이 흔히 하는 놀이를 시도했다. 릴리가 내 머리를 자기처럼 잘 빗질해주고, 자기 머리는 나처럼 부스스하게 들어올렸다. 그 모습에 어울리게 나에겐 발목에 레이스가 달린 양말을 곱게 접어 신겨주고, 자기는 내 더러운 운동화를 신었다.

학교에서 릴리는 내가 싫어하던 여자애와 크레용을 나눠쓰며 너무도 비현실적으로 그린 우리 가족 그림 — 발도 안 달려 있었다 — 아래쪽 구석에 내 이름을 휘갈겨 선생님에게 제출했고, 나는 그 모습을 지켜보았다. 그건 마치 멀리서 자신을 지켜보는 느낌이었다. 나를 통제할 수도 없고 말을 할 수도 없는 상황에서 내가 하고 싶지 않은 온갖 일을 하는 나 자신을 보는 것 같았다.

심지어 저녁 식탁에서 접시에 담아준 채소를 릴리가 모두 먹어치웠는데도 부모님조차 우리가 서로 바뀌었다는 걸 알아차리지 못했다. 엄마가 말했다. "착하다, 로즈! 너도 채소를 잘 먹게 되었구나!"

나는 껍질콩을 손도 대지 않고 남겼다. 엄마가 말했다. "다 먹어라, 릴리. 네 동생처럼 좀 해봐."

엄마는 항상 이렇게 말했다. 네 언니처럼 좀 해봐.

나는 역할 바꾸기 놀이가 끝났다고 생각하며 원래 내 침대에 누웠지만 릴리가 따라왔다.

"재미있었어." 릴리는 배를 내 등에 밀착한 채로 내 목덜미에 대고 말했다. 그날 밤늦은 시간 꿈속을 한창 헤맬 무렵, 나는 나와 똑같은 릴리의 몸을 밀어내 바닥으로 떨어뜨렸다.

나는 숨을 고른다. 미소를 짓는다. "안녕." 식탁 맞은편 의자를 빼며 인사한다. 괜찮다.

"안녕." 세라와 캣이 거의 완벽하게 입을 맞춰 인사한다.

두 사람 건너편에 앉아 있으려니 기분이 이상하다. 마치 관객 같다. 관계의 시작을 밖에서 지켜보는 느낌. 세라는 온기라곤 거의 없는 아이인데도, 세라 곁의 따뜻함이 그립다!

캣은 오늘 다른 실크해트를 쓰고 있다. 스팽글이 뒤덮인 분홍색 모자. 진주목걸이를 길게 늘어뜨렸는데, 그 모습을 흘깃 본 순간 나는 캣이 진주알을 붙잡고 내 이름을 외칠 때까지 그 목걸이를 잡아당기는 상상을 한다.

아침식사는 땅콩버터를 바른 토스트여서 — 쉬운 작업이다 — 식사 감독 간호사가 딴 데 정신을 파는지 확인한 뒤, 한데 붙은 식빵을 분리해 얼른 티셔츠를 들어올리고 상반신에 모자이크를 조각하듯 땅콩버터를 접착제 삼아 배에 찰싹 붙인다.

나는 회복을 원한다, 다만 먹기가 싫을 뿐이다.

프랑스 철학자 시몬 베유는 서른네살에 거식증으로 사망했다. 그에게 인체의 허기는 신이 깃들 수 있는 자아 내면의 공백을 의미했지만, 나는 내면에 신이 깃드는 것도 원치 않는다. 전지전능한 신의 무게를 상상해보라고!

언제니 내 행동을 따라 하는 세라가 나의 모자이크 작품을 모방하고 있는지 확인하려고 고개를 들었지만, 예상은 빗나간다. 세라는 그러는 대신 캣과 속삭이고 있다.

"내가 방법을 가르쳐줄게, 베이비." 캣이 말한다.

"난 절대 못하겠더라고요." 세라가 말한다. "너무 역겨워서요."

"내가 가르쳐준다니까. 되게 쉬워. 그런데 그러려면 일단 뭐든 먹어야 해."

"뭐가 되게 쉬워요?" 내가 묻는다. "뭘 가르쳐주려고요?"

"자기는 신경 꺼, 말라깽이!" 캣은 이렇게 말한 뒤, 토스트 한조각을 들어 요리조리 살피고 숨을 들이쉬고는 한입 크게 베어문다.

나는 캣에게 인상을 쓴다. 이 여자는 우리 생태계가 고정되어 있다는 걸 모르는 걸까? 세라는 내 사람이고, 내가 그 아이를 보호한다. 세라는 다른 멘토를 구하려고 시장에 나와 있는 아이가 아니다. 캣이 나와 시선을 마주치며 눈썹을 치켜세운다. 뭐 **잘못됐어?**라고 묻는 듯한 눈썹. 나는 배에 작업 중인 예술작품에 토스트 한조각을 더 붙인다.

"세상에." 세라의 말에 고개를 드니 그애가 빵을 씹고 있다. 이제껏 그 아이가 뭔가를 씹는 걸 본 적이 없는데. 모든 게 잘못됐다. "세상에, 정말 맛있네요." 세라가 말한다.

침밖에 삼킨 것이 없는 나는 캣을 보며 얼굴을 찌푸린다. 그는 빵 부스러기까지 모두 먹어치운 뒤 이제 접시에 묻은 땅콩버터를 핥아먹느라 바쁘다.

예술 작업을 마친 나는 의자를 밀고 일어나 홀로 식당을 나서지만, 그 전에 세라의 질문이 들려온다. "유명한 분이라는 거 진짜예요?" 캣 미첼스가 한물갔다는 걸 이해하기에 세라는 너무 어리다.

"입." 식당을 나가려는데 간호사가 말한다.

나는 입을 크게 벌린다. 혀를 치켜올린다. 간호사에게 뺨 안쪽을 보여준다.

"손."

주먹 쥔 손을 들어 펴 보인다. 손바닥에 작고 빨간 미소처럼 손톱자국이 새겨졌다. 내 빈손에 만족한 간호사는 나를 통과시켜준다.

방으로 돌아가는 길에 나는 토스트가 떨어지지 않도록 얌전히 발꿈치를 들고 걸으며 비품보관실 앞을 지나친다. 문이 살짝 열려 있다.

5

릴리가 노란색 옷을 입고 면회를 온다. 릴리는 온몸으로 존재감을 외치듯 노란색 옷을 엄청 즐겨 입는다. 사람들은 그렇게 밝은색을 입다니 용감하다고, 혹은 자기들도 릴리처럼 자신감이 넘치면 좋겠다고 자주 말하고 릴리는 그걸 칭찬으로 받아들이지만, 그들이 하는 말의 의미는 뚱뚱한 몸엔 밝은색 옷을 입지 말아야 한다는 것이다. 나는 말에 담긴 모욕을 우리 둘의 입장에서 흡수하는 법을 배웠다.

오늘 릴리가 입은 노란색 옷은 바닥에 끌릴 듯한 길이의 원피스다. 체구가 아주 큰 사람들을 위한 옷만 특별히 취급하는 가게에서 산 옷이다. 민소매 원피스. 릴리의 팔뚝이 깃발처럼 펄럭인다.

릴리와 나는, 과거의 우리는 굵게 곱슬거리는 갈색 머리와 넓적한 코까지 똑같이 생겼었다. 내가 먹기를 중단하고 릴리는 먹어대기 시작하기 전까지는 둘이 똑같았다. 그 이후로는 마치 정확한 거래를 하듯, 릴리의 몸무게가 늘어나는 만큼 내 몸무게가 줄어드는 것 같았다. 어쩌면 릴리가 먹어치우는 게 바로 나인 것처럼.

"내 동생!" 릴리는 이렇게 외치고는 침대에 걸터앉아 나를 껴안는다. 릴리의 포옹은 푹신하게 감싸는 느낌이라 그 밝은 품속에서 나는 안전하다. "복도에서 본 사람 그 가수 맞지? 옛날에 「걸스 온 걸스」 부른 사람 있잖아. 기억나? 네가 우리 방에 그 가수 포스터를 붙여놨었잖아. 그 사람 이야?"

"아니." 내가 대답한다. "난 모르겠어. 아니야. 왜 그렇게 생각하는데?"

"그럼 닮은 사람인가보네." 릴리가 미소를 짓는다. "암튼 어떻게 지냈어?"

"훈훈하게." 내가 말한다.

머릿속으로 목록을 하나하나 확인하듯 릴리의 시선이 내 몸을 훑는다. 뺨, 가슴, 팔뚝, 손. 내 몸에서 드러나 보이는 부분은 그게 전부다. 나는 온통 회색으로 뒤덮여 있다. 회색 티셔츠, 회색 요가바지, 튀어나온 발목뼈를 가려줄 회색 양말. 긴소매 옷을 입으면 좋겠지만 그건 허락되지 않는다. 옷소매는 몰래 빼돌린 음식과 먹지 않은 약, 몸을 밖에서부터 안으로 깎아내리려는 온갖 시도를 숨길 수 있으니까.

"몸무게는?"

"어제랑 정확히 똑같아." 내 말은 진실이다. 나는 생존하는 중이다.

"다행이다. 있지, 내 기분은 어떤지 알아?" 자리에 앉은 릴리가 겹겹이 접힌 살 사이에 천이 끼지 않도록 원피스를 어루만진다. "그레이비소스에 잠긴 케이크 같아!"

나는 웃음을 터뜨린다. 이 게임은 늘 우리의 안식처였다. "내 기분은 어떤지 알아?" 나도 메뉴를 고민하며 코를 찡그린다. "피클 파이!"

2003년(14세—릴리: 45kg, 로즈: 45kg)

매일 아침 수업이 시작되기 전 인기 있는 여자아이들은 교실 한구석에서 모임을 갖는다. 그들은 목록을 만든다. 최고 인기 배우 열명. 최고 인기 가수 열명. 우리 학년 최고 인기 남학생 열명. 최악 열명. 릴리는 가끔 그 모임에 끼는 것이 허락되었고, 그럴 땐 애들이 내가 릴리 바로 뒤에 앉는 것을 참아주었다. 내가 숨을 한껏 들이마셔 몸을 홀쭉하게 만들면, 쌍둥이 언니와 그 옆에 앉은 여자애 사이의 좁은 공간에 내 몸을 끼워넣을 수 있을지도 모르겠다.

제미마 게이츠는 인기 여학생 집단의 리더였다. 그앤 부자였다. 할머니가 1990년대에 선풍적인 인기를 끌었던 운동 프로그램 '완벽한 복근'의 개발자여서, 제미마도 상당한 저작권 수익을 물려받았다.

제미마는 금발 머리를 값비싼 실크 스카프처럼 어깨 너머로 휙 쓸어넘기는 부류의 여자애였다. 또 마스카라를 칠한 속눈썹이 꽃처럼 태양을 향해 자라나는 부류랄까. 길쭉한 다리에 태평양의 어느 섬을 연상시키는 향기가 나는 오일을 바르고 단지 자기는 그럴 수 있다는 걸 보여주기 위해 물고기처럼, 뱀장어처럼 매끄럽게, 맨살을 드러낸 남학생들의 몸을 거리낌 없이 스치는 부류였다. 좆나 예쁜 스칼릿 조핸슨을 닮은 얼굴에 케이크 아이싱처럼 두껍게 립글로스를 바르고 다니며 스스로를 스위트라고 불렀다. 빨간색으로 반짝거리는 립글로스는 인공 체리향을 풍겼는데, 제미마는 몇 안되는 선택받은 친구의 손목 안쪽 부드러운 살갗에 입을 맞춰 자신만의 끈적끈적한 빨간 인장을 남기는 걸 좋아했다.

제미마는 최고 권력자였고, 아침 수업 시작 전 아이들이 모여든 그곳에서 볼펜과 종이를 쥔 사람은 그애 하나였다. 그애가 사교계 서열을 적어 내려가는 동안, 우리 나머지 아이들은 그저 지켜보는 것만 가능했다.

"당연히 저스틴이지." 제미마가 말했다.

"지난주에 최고 인기남이었잖아." 제미마가 가장 아끼는 추종자인 로런이 대꾸했다. 로런은 제미마가 되다 만 듯한 외모였다. 로런도 금발이었지만 그애 머리는 금색보다는 노란색에 더 가까웠다. 역시나 립글로스를 바르고 나

넜지만, 언제나 입술선 바깥으로 번지게 발라 방금 망고를 게걸스레 먹어치운 것처럼 얼굴이 끈적거렸다.

"맞아, 음, 걔가 더 못생겨지진 않았잖아." 제미마가 체리향 립글로스를 덧바르고 입술을 내밀어 허공에 키스를 날리며 말했다.

"그래도 매번 똑같은 순서로 적으면 이 게임은 지루해져." 로런이 대꾸했다.

"동의를 하든지 싫으면 가든지 해, 로런." 제미마가 말했다. "우리 식탁에서 릴리가 대신 네 자리에 앉아도 되니까."

사회적 서열을 강등하겠다는 협박에 뿔난 로런이 릴리를 험악하게 노려보았지만, 릴리는 알아차리지 못했다. 릴리는 리더에 대한 애정과 희망이 담긴 눈을 반짝이며 제미마를 우러러보느라 바빴다.

"그리고 어쨌든 지금 저스틴이랑 나랑 사귀는 중이니까 걔한테 추가로 매력 점수를 줘야 해." 제미마가 말했다. 우리는 그애가 저스틴의 이름을 목록 맨 꼭대기에 적는 모습을 지켜보았다. 제미마는 i자 위에 점 대신 하트를 그렸다. 제미마는 그런 종류의 여자애였다.

"다음은 누구지?" 이름을 다 적고 나서 제미마가 물었다. "두번째로 인기 있는 애는 누굴까, 릴?"

"닉 로런스?" 릴리가 소심하게 대답했다.

"맞아." 내가 말했다. "딱이야. 닉 로런스. 걔 되게 귀여워."

제미마가 둘째 칸에 그 이름을 적었다. "좋아. 그럼 쌍둥이 2호, 그렇게 아는 게 많으면 이번엔 네가 한번 말해봐, 3위는 누구야?"

나는 침을 삼켰다. 릴리를 처다보았다. 나를 보는 릴리의 눈이 휘둥그레졌다. 나는 거기 모여 있는 다른 여자애들처럼 남자애들의 생김새를 평가할 줄 몰랐다. 내가 보기에 그들의 게임은 늘 논리보다는 무작위에 가까웠지만, 그들의 애정을 받으려면 나도 게임에 참여하는 것이 중요하다는 건 이해하고 있었다.

나의 문제는 사람들을 불편하게 만든다는 것이었다. 낯선 사람들은 내 눈을 아주 잠깐밖에 마주 보지 못했고, 그 잠깐 동안에도 내 눈을 너무 깊이 들여다보기가 두려운 듯 금세 시선을 피했다. 그 안에서 무엇을 찾게 될지 겁이 나는 것처럼. 나는 진지한 사람이었다. 잡담은 생산적인 토론에 방해가 된다고 여겼다. 지엽적인 것에 얽매이면 주의가 산만해져 정말 중요한 것을 놓친다. 예의는 진정한 인간성을 덮는 일회용 반창고다. 낯선 사람과 대화를 할 때는 낙태할 권리에 대한 의견을 묻는 여론조사 같은 주제 대신에 날씨 이야기를 하라고 릴리가 권하면, 나는 이렇게 대꾸했다. 바깥 날씨가 화창하다는 건 이미 모두가 알잖아. 그런 얘길 왜 또 해야 돼?

그냥 그러면 너도 좀 가벼워질 수 있을 거란 뜻이야. 릴리는 늘 나에게 말했다. 좀 가벼워지라고.

내가 사람들을 불편하게 만드는 또다른 이유는 내가 릴

리와 퍽 다르기 때문이었다. 나는 릴리와 닮은 구석이 너무도 많았으나, 완벽하게 똑같지는 않았다. 나는 릴리의 스턴트맨, 임시 대리인, 대역 배우였다. 사람들은 나를 보며 거의 모든 면에서 릴리를 떠올렸지만, 릴리의 분위기와 태도, 뭐라고 콕 집어 말할 수 없는 외모의 주요 차이점은 예외였다. 화가가 릴리의 완벽한 초상화를 그리긴 했는데, 색 배합을 잘못해서 릴리를 제대로 표현하기엔 너무 어두운 듯했다. 나는 인체 모형을 전시하는 박물관에 있는 릴리의 밀랍인형 같은 존재였다. 나는 사람들이 스스로 되묻도록 만드는 편이었는데, 사람들은 질문받는 걸 싫어하고 특히 자문하는 건 질색한다.

"음." 내가 말했다. "생각 좀 해볼게." 나는 매력남의 힌트를 찾아 교실 안을 둘러보며 손가락으로 턱을 톡톡 두들겼다. 여자애 둘, 피오나와 프레야가 교실 앞쪽에 앉아 있었다. 절친인 둘은 옷도 대부분 맞춰 입고 다녔다. 제미마는 그애들을 별종이라고 불렀지만, 나는 쌍둥이처럼 보이려는 그들의 노력을 높이 샀다.

"조지." 릴리의 목소리가 구명보트처럼, 거의 숨소리처럼 내 귓가에 들려왔다. 나는 릴리를 돌아보았다. 릴리가 눈을 크게 떴다. 나는 모여 있는 아이들을 향해 몸을 돌렸다.

"내 생각엔 조지가 3위 같아." 내가 말했다.

제미마는 어깨를 으쓱할 뿐이었다. "나쁘진 않지."

"맞아." 내가 확신에 차 목소리를 높였다. "조지 베일리

되게 멋있어."

릴리가 신음을 흘렸다. 제미마는 코웃음을 쳤다. 나는 침을 삼켰다.

"잠깐만." 제미마가 목을 움켜잡으며 말했다. "조지 베일리? 세상에. 넌 조지 베일리가 멋있다고 생각하니? 난 네가 조지 세터를 말하는 줄 알았어! 조지 베일리는 완전 난쟁이잖아."

나는 눈을 감았다.

"릴." 제미마가 말했다. "너도 조지 베일리가 멋있다고 생각하니? 쌍둥이들은 반하는 것도 괴상하게 반하나?"

나는 기대에 찬 시선으로 릴리를 쳐다보며 사회적 서열이 뚝 떨어진 내 편을 들어주기를, 내 손을 잡아주기를 바랐지만 릴리는 나와 눈도 마주치지 않았다. "아니." 릴리가 속삭였다. "나는 조지 베일리 멋있다고 생각 안해. 근데 조지 세터는 멋있는 것 같아." 배신이었다.

"내 말이, 그렇다니까!" 제미마는 조지 세터를 목록에 추가했다. "조지 베일리라니." 그애가 쯧쯧거리며 고개를 저었다. "역겨워. 그래도 쌍둥이 중 하나는 남자 보는 눈이 있네."

릴리는 내 쪽으로 눈도 깜빡하지 않았다. 당혹감에 얼굴이 뜨거워졌다. 릴리도 얼굴을 붉혔지만, 본인도 모욕감을 느꼈기 때문인지 아니면 그냥 내 기분이 전염된 것인지 알 수 없었다.

"이리 와, 릴." 제미마가 릴리를 자기 쪽으로 부르며 말했다. 나는 배 속이 뻥 뚫리는 듯한 심정으로 지켜보았다. "여기 앉아." 제미마가 릴리의 팔목을 잡고 정맥이 드러나도록 뒤집으며 말했다.

다른 사람이 키스 받는 소리를 들어본 적이 있는지? 그 소리는 고요보다 더 고독하다.

거래는 끝났다. 제미마가 윙크를 했다. 릴리는 환하게 빛났다. 나는 입고 있던 카디건 소매를 팔꿈치까지 올리고 똑같이 키스를 받으려고 팔을 내밀었지만 제미마는 씩 웃을 뿐 다시 펜을 쥐었다. "프레디 와이스가 다음이야." 제미마가 말했다. 내 팔뚝이 결핍으로 욱신거렸다.

선생님이 출석을 부르기 시작하자, 제미마는 방해를 받은 데 눈알을 굴리더니 포니테일 머리를 흔들며 자기 자리로 돌아갔다.

"자." 릴리가 내 팔을 잡더니 립글로스가 묻은 손목을 내 살갗에 대고 꾹 눌렀다. 체리 도장이 생기자 예상대로 나도 거의 선택된 것 같은, 거의 애정을 받은 것 같은 기분이 들었다.

릴리는 키스 자국이 내 피부로 전해진 걸 보고 미소를 지었다. "됐다. 이제 우린 다시 똑같아졌어."

"릴." 제미마가 교실 뒤쪽 자리에서 소리쳤다. "와서 나랑 같이 앉자!"

남은 자리는 하나뿐이었다. 다른 빈 책상은 교실 맨 앞에 있었다.

릴리는 어깨를 으쓱했다. "미안해." 릴리가 속삭였지만, 나는 이미 엄지손가락에 침을 묻혀 팔목에 찍힌 키스 자국을 문지르고 있었다.

릴리가 뒷자리로 가기 전에 나는 릴리의 귓가에 대고 씨근덕거렸다. "배신자."

그날 점심시간에 나는 도서관에 가서 앉아 있었다.

보통 릴리와 나는 인기 여학생들과 거리는 가깝지만 같은 식탁은 아닌, 한 식탁 건너에 있는 우리만의 식탁에 자리를 잡았다. 그애들 식탁은 늘 자리가 꽉 찼고, 우리는 모임 중에서 가장 제외하기 쉬운 멤버였다.

릴리와 나는 인기가 없었지만, 인기에 인접해 있었다. 나만 아니었다면 릴리는 인기가 있었겠지만 사실상 내가 잡티처럼 곁에 꼭 붙어 다니며 버티고 있었기 때문에, 벌써 남자애들과 키스 경험이 있고 금요일 밤엔 비밀파티를 여는 포니테일 금발 머리 마른 여자애들 클럽에 초대받는데 방해가 되었다.

나는 인기가 있기엔 너무 조용하고 수줍음이 많고 좀 그랬다. 다 함께 인도를 나란히 걸어가다가 길이 좁아지면 홀로 뒤처져서 무리를 쫓아가는 사람이 바로 나였다. 수업 중에 다섯명씩 조를 짜라고 하면 나는 여섯번째 아이였다. 그래도 상관없었다. 나는 릴리의 그림자 속에서 살아가는 게 더 좋았다. 릴리는 언제 웃음을 디뜨리고 이렇게 미소를 지을지 아는 아이였다. 릴리는 다른 사람들에게 자기 생각과 농담을 들려주는 걸 두려워하지 않았다.

릴리는 항상 한단계 앞서나갔다. 나도 똑똑했지만 릴리는 더 똑똑했다. 나도 예뻤지만 릴리는 더 예뻤다. 릴리는 운동도 더 잘했다. 더 멋있었다. 더 다정했다. 사람들이 잘 지내느냐고 물으면 릴리는 이렇게 대답했다. 꿈을 이루며 살고 있어요. 릴리는 어릴 때부터 자기 의견을 내세우는 법을 터득했다. 누가 어떤 화제를 꺼내든 그것에 대한 아이디어가 있었다. 반면 나는 의견을 내세우는 데 어려움을 겪었다. 나는 쏟아진 액체처럼 정보를 받아들였고 맞닥뜨린 새로운 액체를 모두 흡수했지만, 결코 어떤 사안에도 입장을 정할 수가 없었다. 사람들이 잘 지내느냐고 물으면 나는 잘 지내요라고 대답했다. 아무튼 내가 보기에 릴리의 생각은 항상 훌륭했고, 나는 언니의 추종자, 대역, 그림자로 사는 게 아무렇지도 않았다. 나는 동의하는 걸 잘했다. 네 언니처럼 좀 해봐.

릴리는 내가 굳이 나서지 않아도 되도록 복수대명사로 말했다. "우린 스파이스걸스를 좋아해" "우린 수학을 잘 못해" "친구네 집에서 자고 오는 거 우리도 좋아해"라고 하는 식이었다. 나는 경외심을 느끼며 릴리를 지켜보았다. 릴리는 너무도 인간다웠다.

나는 모든 면에서 더 나은 쪽이라는 이유로 릴리를 미워하지 않았을뿐더러 질투도 하지 않았다. 엄밀히 말하면 릴리를 사랑하는 것도 아니었지만, 혹 사랑했다고 하더라도 자기 팔다리나 호흡하는 공기를 사랑하는 식이었다. 우리 자매의 사랑은 말로 하지 않아도 되는 자급자족형 애정이었다. 어쩌면 그건 절실한 필요였던 만큼 사랑이 아니었을지도 모르겠다. 다른 한명이 없으면 우리 둘 다 존재하지 않았다.

그러나 그날, 나는 도서관 구석에 홀로 웅크리고 앉아 뭔가 욕망 같은 느낌이 들기를 바라며 로맨스 소설을 읽었다. 남자가 여자를 만나는 내용에 집중하려 애썼지만, 릴리가 식당 우리 자리에 홀로 앉아 점심을 먹는 모습을 상상할 때마다 입가에 흐뭇한 복수의 미소가 슬며시 떠올랐다.

"있지, 나 남자 생겼어." 내 침대 끝에 앉아 있던 릴리가 말한다.

입안에 버터 거품이 이는 듯, 릴리의 기쁨을 나도 맛볼 수 있다. 나도 **생겼어**라고 말하면서 나에게 손수건을 흔들던 남자 이야기를 하려고 대답을 거의 끌어모으고 있는데, 릴리가 말을 잇는다. "있잖아, 로지, 나 아무래도 그 사람 진짜 좋아하는 것 같아."

릴리는 오랫동안 아무와도 데이트를 하지 않았다. 예전에는 내가 굶주리는 것과 똑같은 방식으로, 작심한 듯 꾸준하게 남자를 만났었다. 릴리는 사랑의 소믈리에다. 로맨틱코미디 영화 대사를 목소리의 연기까지 똑같이 흉내 내

어 줄줄 외울 수 있다. 할리퀸로맨스 시리즈를 읽으며 책
장의 잉크가 번져 엉망이 될 때까지 눈물을 흘린다. 면접
관의 비판적인 시선으로 만나는 모든 남자를 관찰하고, 사
랑 노래가 아니라면 부를 이유가 없다고 생각한다. 릴리가
원하는 것은 오로지 사랑받는 것뿐이다. 그외에 또 뭐가
필요할까?

고등학교와 대학 시절 내내 릴리는 데이트, 데이트, 데
이트를 거듭하면서 이 남자 저 남자를 전전했다. 새로운
사랑의 에너지는 릴리가 선택한 마약이었고, 그게 없으면
새로운 사랑을 찾을 때까지 위축되고 비참해져 부들부들
떨었다.

그러나 내가 시설에 입소한 뒤로는 그러지 않았다. 릴리
는 1년간 솔로로 지냈고, 나는 그게 나 때문이라고 늘 생각
했다. 릴리의 금욕은 일종의 연대일 거라고. 그런데 지금,
또다시 새로운 사랑으로 어리석어진 릴리가 모습을 드러
낸다.

내가 느끼고 싶은 감정: 함께 기뻐해주기.

내가 느끼는 감정: 버려진 기분.

"누군데?" 내가 묻는다.

"되게 멋진 사람이야. 나이가 약간 많아. 오십대야. 하지
만 사랑에 나이를 따지는 사람이 어디 있겠어, 그치?"

나는 고개를 끄덕이고 또 끄덕인다. 사랑하는 사람을 응원
해주는 건 중요한 일이에요라고 그룹 리더는 우리에게 말한

다. "맞아." 내가 맞장구친다. "어디 있겠어?"

"사업하는 사람이야. 키가 커. 잘생겼고. 어젯밤엔 나를 고급 레스토랑에 데려가더니, 자기가 알아서 우리 두 사람 음식을 다 주문하더라. 샴페인도 있었어! 정말 낭만적이었어, 로지."

릴리한테서 빛이 난다. 물에 반사되는 햇빛처럼 반짝거리며 춤을 추는 눈빛. "미리 설레발치다 망치고 싶진 않지만, 그 사람이 내 짝일 수도 있을 것 같아."

"어쩌면!" 희망을 주고 싶어서, 용기를 주고 싶어서 말하지만, 나의 언니는 늘 이런 식이다. 릴리는 만나는 남자마다 모두 운명의 짝일 거라고 생각한다. 남자가 손을 내밀면 릴리는 묻지도 않고 그 손을 잡는다. 릴리에게 가장 중요한 성격적 특징은 욕망이다. 남자가 자신을 욕망하면 릴리는 그에게 빠져버린다. 전부 아니면 전무. 나는? 전무. "그 남자일지도 모르지, 릴!"

"엄청 재미있는 사람이야, 로즈. 게다가 엄청 똑똑해. 성공도 했고. 사업가라니까!" 릴리가 한숨을 쉰다. "누군가를 만나면 딱 이 사람이다 싶은 느낌 있잖아. 아귀가 딱 맞아떨어지는 느낌, 알지?"

"응." 나는 고개를 끄덕이고 한숨을 쉬고 아무 말이나 내뱉는다. "나도 알아. 그 느낌 알지."

"알아?" 릴리가 말하고는 얼굴을 찌푸린다.

내가 만난 새로운 사랑, 마당 건너편의 구애님 이야기를 꺼내고 싶어 입이 간질거리지만, 못 미더워하는 릴리의 표정과 잘난 체하는 미소, 팔짱을 끼고 거부하는 듯한 태도는…… 내 사랑보다 자기의 새로운 사랑이 더 우월하다고, 더 현실적이고 더 가능성 있다고 생각하는 것 같다. 나는 입을 다문다. 어깨를 으쓱하며.

"그런 느낌에 대해서 안다는 뜻이었어." 나는 최대한 매혹적인 미소를 지어 보인다. "그 남자가 진짜 네 짝이면 좋겠다, 릴."

릴리는 고개를 끄덕인다. "어휴, 내 말이. 나도 그래, 동생아. 근데 그거 알아? 정말로 그 사람일지도 몰라. 그 사람하고는 정말로 앞으로의 미래가 그려져."

계속 질문을 던지고 싶은 걸 참느라 나는 뺨 안쪽을 깨문다. 미쳤다고 말하고 싶은 걸 참는다. 릴리의 얼굴이 환하게 피어 빛을 뿜는다. 사랑하는 사람을 응원해주는 건 중요한 일이다.

간호사가 칼십을 내게 가져다준다. 칼로리 섭취를 위한 이 음료는 오래된 우유와 골판지 맛이 나고 네모난 어린이용 주스팩에 들어 있다. 나는 하루에 칼십을 두 팩 먹어야 하고, 섭취량은 기록된다.

옛날에는 입을 꽉 다물고 버텼다. 벽에 집어던지거나 발로 밟아서 그 안에 든 칼로리가 팩에서 뿜어져나오거나 카펫에 스며드는 걸 지켜보았다. 고래고래 비명을 지르며 울부짖기도 했다. 먹기를 거부했다. 1년 전 릴리가 대학을 졸업하고 나는 죄수처럼 갇힌 환자가 되면서, 나는 먹기로 결심했다. 대부분의 사람들이 다이어트를 결심하듯 나는 먹기로 결심했다. 몇번이고 반복해서 또다시. 그러나 매번 입안으로 무언가를 넣는 데 실패했다. 내 입술은 세상에서 가장 막강한 경비원이었다. 아무것도 들여보내주지 않았다.

하지만 이제 나는 회복하는 중이고 회복하고 싶다. 그룹 리더는 회복을 원한다는 건 대단히 중요한 일이에요라고 말하는데, 난 정말로 그러고 싶다! 살이 더 찌지 않는 한도까지는 나도 회복하고 싶다. 그래서 오늘 나는 비닐에 싸인 빨대를 뜯어 딱 한번 주춤한 뒤 종이팩에 꽂고 내용물을 마신다. 이제는 그 맛에 익숙해졌다. 그것은 안전함의 맛이다. 다른 음식을 대부분 회피하는 한, 하루에 그 음료를 두 팩씩 마셔도 살이 찌지 않는다는 걸 아는 맛이다.

"그 사람 우리 반 학생 아버지야." 릴리가 말을 하고 있다. "그 사람 딸도 예뻐. 진짜로 너무 귀여운 아이야. 내가 늘 아이를 갖고 싶어했던 거 너도 알잖아."

아이? 언니가? 가끔 릴리를 전혀 모르겠다. 나는 고개를 든다. 나는 나의 기쁨만 통제할 수 있다. 흰개미들이 매일 반복되는 행군을 위해 내 방 천장을 가로지른다.

흰개미들은 모든 생명체를 먹어치운다. 그들은 절대 먹어치우기를 멈추지 않는다. 먹이가 무엇이든 상관하지 않는데, 눈이 보이지 않으니 그게 다행이다. 그들의 허기는 대상을 차별하지 않는다. 존재한다면, 먹을 수 있다는 의미다. 존재한다면, 흰개미들이 먹어치워줄 것이다.

우리 둘 사이에 내려앉은 정적은 반려동물처럼 편안하지만, 그런 분위기를 따분해하는 릴리는 가방 깊숙한 곳에서 휴대폰을 꺼내든다. 나는 전화를 걸려나보다 생각하고 기다리고 있는데, 릴리는 자기가 발견한 개구리를 나에게 보여주듯 손바닥에 휴대폰을 그냥 올려두고만 있다.

칼심을 다 마신 내가 종이팩을 흔들어 안이 비었음을 확인시켜주자 릴리는 미소를 짓는다.

"너 주려고 이거 가져왔어." 릴리가 말한다.

"릴, 여기선 휴대폰 사용이 허용 안돼. 나만의 평화를 지켜야 하거든." 내가 말한다.

"알아."

"알아?"

"아무튼 그래도 가져왔어."

"고마워." 쭉 뻗은 릴리의 손바닥에서 휴대폰을 집으며 내가 말한다. 플립식 구형 휴대폰이다. 휴대폰을 펼쳤다가 다시 접는다. 그 동작을 다시 한번 되풀이한다. "난 이거 못 써. 문제 생길 거야."

"넌 어른이야, 로즈. 전화기 가져도 돼."

"전화기는 내 평화를 깨뜨릴지도 몰라." 나는 나만의 평화를 지켜야 한다.

"진지하게 하는 말인데 넌 네가 원하는 대로 할 수 있어. 이젠 너도 다 컸잖아."

비누 맛이 나는 릴리의 불만을 꿀꺽 삼키며 내가 대답한다. "알았어."

"아무한테도 말하지 마." 릴리가 말하고, 나는 고개를 끄덕이며 휴대폰을 베개 밑에 쑤셔넣는다. "우리만의 비밀로 하면 되겠다. 언제든 전화하고 싶을 때 해, 알았지?"

"하지만, 릴. 네가 항상 여기로 오잖아. 그런데 내가 전화할 필요가 있을까?"

릴리는 어깨를 으쓱한다. "나도 몰라. 그냥, 이제 난 만나는 사람도 있잖아. 무슨 이유로든 혹시 못 오게 되더라도 네가 나한테 연락할 수 있으면 좋겠어."

"이제 면회 안 오려고?"

"아니!" 릴리의 뺨이 붉어진다. "당연히 그건 아니지! 그냥 혹시 모른다는 거야, 알겠지? 만일의 경우를 위한 전화기야."

나는 고개를 끄덕인다. 나는 나의 기쁨만 통제할 수 있다. 릴리가 일어서서 작별인사로 나를 껴안는다. 평소처럼 나는 삼투압으로 릴리를 흡수하기를 바라면서 너무 오래 포옹에 매달린다.

릴리의 어깨 너머로, 나의 손수건 연인이 자기 방 창가에 서서 언니와 나를 지켜보고 있는 모습이 눈에 들어온다. 릴리의 등 뒤에서 나두 손을 흔든다. 그가 손을 흔들어

마른 여자들   73

릴리를 가리키며 두 팔을 천장까지 번쩍 들어올렸다가 과장되게 어깨를 으쓱한다. 우리 둘만의 특별한 침묵 언어로 그가 묻는다. **그 사람은 누구예요?** 그가 내 가족을 만나고 싶어한다! 사랑은 너무 빨리 움직인다! 하지만 나는 그를 릴리에게 소개하고 싶지 않다. 아직은. 릴리는 누구한테서든, 심지어 나한테서까지도 남자를 빼앗아갈 것이다, 그건 확실하다. 그건 릴리의 잘못이 아니다. 릴리는 중독자여서 테스토스테론에 취하고, 욕망의 감정에 취한다. 나는 교묘하게 릴리를 문까지 데려가 복도로 밀어낸 뒤 작별인사를 건넨다.

혼자가 된 나는 전화기를, 내 전화기를 쳐다본다. 외우고 있는 전화번호는 딱 두개뿐이다. 릴리의 번호와 또다른 사람의 번호. 그 다른 사람에 대해, 그 여자에 대해 나는 속속들이 알고 있다. 그 사람은 내 가슴속에 산다.

나는 전화를 걸었다가 벨이 한번 울리기도 전에 끊는다.

"나만의 평화를 지켜야 해." 나는 나에게 속삭인다.

다시 전화를 걸었다가 다시 끊었다가 다시 전화를 걸었다가 끊었다가 또 끊고 끊고 끊으며 전화기는 아예 귀에 대지도 않는다. 로맨틱코미디 드라마에 나오는 필사적인 십대 소녀가 된 기분이다. 우리 여자들이란 정말 바보같다!

전화기가 화난 듯 붉은색으로 깜박거린다. 배터리를 벌써 다 소모해버렸다. 나는 액정에 사과의 말을 속삭이고는 플립을 접는다. 휴식을 취하도록, 아주 간당간당할지라도 계속 살아 있도록 휴대폰을 베개 밑에 숨겨둔다.

내 방 천장은 한가운데가 축 처져 있어서, 천으로 만든 그 미소가 밤엔 내 목을 조르려고 협박하는 것 같다.

나는 식당에서 훔쳐온 케첩 단지에 손가락을 담갔다가 날짜 표시에 작대기를 하나 더 추가한다. 368일째. 그러나 내가 작대기를 그리는 순간 벽이 힘을 잃으면서 손가락이 벽지를 뚫고 들어가고, 이내 손이 집 내부로 진입한다.

흰개미들이 집의 장기와 뼈대까지 다 먹어치워서 남아 있는 건 빈약한 피부뿐이다. 틀림없이 이 집은 아주 가벼울 것이다. 하늘처럼 텅 비어서.

6

저녁식사를 위해 방에서 옷을 갈아입다가, 출입문 반대
편에서 노크 소리가 들려 깜짝 놀란다. 나의 손수건 연인
이 마당에 서서 내 방 창문에 양 손바닥을 대고 유리에 뿌
연 김을 만들고 있다. 나는 다급히 그에게 다가간다. 내 사
랑! 대부분의 사람들은, 심지어 자기 자신도 가까이에서
보면 못생겨 보이게 마련인데, 그는 이토록 가까운 거리에
서 보아도 잘생겼다. 거울에 입을 맞춰본 적이 있는지?

나의 새로운 연인은 멋지다. 경사로처럼 쭉 뻗은 광대뼈
좀 보라고. 그의 미소는 사랑스럽다. 그는 나를 사랑한다.
누군가가 나를 원한다.

그의 손에 내 손을 가져다대자, 우리 둘 사이엔 유리창
두께만큼의 간격만 남는다. 이 모습이야말로 내가 사는 방

식에 대한 좋은 비유라는 생각이 든다. 다른 모든 사람으로부터 딱 유리 한장 차이로 괴리되어 있는 나. 어찌 된 일인지 프랑스어로 대화를 나누는 소중한 친구들과 함께 있는 것 같은 기분. 온 가족이 식탁에 둘러앉아 있는데, 식탁이 긴 직사각형이라 나머지 가족들은 한쪽 끝에 모여 있고 나만 홀로 반대편 끝에 앉아 너무 멀어서 누가 무슨 말을 하는지 제대로 알아듣지 못하는 기분. 암울하게 흐린 날 선글라스를 끼고 실내에 앉아 모든 사물의 검은 형체만 보고 있는 것 같은 느낌. 나는 딱 섭식장애의 두께만큼 다른 모든 사람과 떨어져, 멀찍이서 삶을 경험한다.

간호사가 내 연인의 어깨를 툭 친다. 내 방 창문에서 끌려가는 그의 얼굴이 아내와 생이별을 하는 남편처럼 고통으로 일그러진다. 틀림없이 전쟁의 느낌이 이럴 것이다. 금세 그가 그리워진다. 정말이다!

캣의 한심한 노래가 머릿속에 맴돈다. 전래동요처럼 음이 반복된다. 학교에 다니는 여학생들에 관한 노래다. 부드러운 입술, 그보다 부드러운 마음. 한심해! 나는 머리를 흔들어 그 노래를 지워버린다, 세계 최악의 에치어스케치* 작품이다.

'생각의 전환'은 우리 그룹 리더가 늘 하는 조언이다. 우리가 시설에서 문제를 해결하는 방식도 바로 그것이다. 우

---

* Etch A Sketch. 아동용 그림판. 양쪽 손잡이를 돌려 화면에 그림을 그리고 흔들면 지워지는 식으로 작동한다.

리는 문제 대신 문제가 아닌 것을 생각한다. 가령 나의 새로운 사랑을!

나는 마른 남자에게 편지를 쓰기 시작한다.

안녕하세요.

내 이름은 로즈예요. 당신은 이름이 뭔가요? 나에 대해 몇 가지 알려드리죠. 내가 좋아하는 건

어렸을 때, 선생님은 우리가 자매결연을 맺은 피지의 학교 학생들과 펜팔이 되기를 바랐다. 우리는 자기 자신에 대해 새로운 친구에게 알려주고 싶은 것들의 목록을 적어 보내야 했다. 나의 펜팔 탈리아는 고급 관광 리조트에서 청소부로 일하시는 자기 부모님에 대한 이야기를 적어 보냈다. 매일 밤 자기 목 옆에 찰싹 붙어 잠드는 이름을 밝히지 않은 고양이 얘기도. 학교 가는 길에 대한 것, 길거리 좌판에서 바나나를 훔쳐 아침으로 먹는다는 이야기도 적혀 있었다. 형제자매는 없다고 했다. 단 한명도. 나는 탈리아에게 쓰던 답장을 결코 끝내지 못했다. 나에겐 다른 친구가 필요 없었다. 나에겐 릴리가 있고, 릴리는 이미 모든 것을 알고 있었다.

사람들은 각기 다른 종류의 사랑을 추구한다. 이것은 우리가 그룹치료 시간에 배운 내용이다. 본인이 한가지 유형의

사랑을 선호한다 하더라도, 모든 유형을 다 인정하는 게 중요합니다라는 것이 그룹 리더가 우리에게 한 말이다. 사랑의 유형은 다음과 같다.

1. 일대일의 사랑: 일대일의 사랑을 원하는 사람들은 한 사람을 사랑하고 한 사람에게 사랑받기를 바란다.

2. 좁은 범위의 사랑: 이 유형의 사람들은 소수의 사람, 가령 파트너나 몇몇 친구, 부모, 형제자매에게 깊이 사랑받기를 바란다.

3. 넓은 범위의 사랑: 이 유형의 사람들은 많은 사람에게 사랑받기를 바란다. 다양한 사교생활을 즐기는 사람이라고 하겠다. 깊게보다는 폭넓게 사랑받는 쪽을 더 선호한다.

4. 유명인사: 온 세상이 자기를 우러러봐주기를 바라는 사람들. 이들은 사랑에 깊이를 요구하지 않으며 다수의 군중이 멀리서 숭배해주는 것을 선호한다.

5. 자기애: 자기애를 최우선으로 생각하는 사람들은 자신에게 도움이 되거나 자신을 더 많이 사랑하는 데 도움을 주는 관계를 추구하는 경향이 있다.

저녁식사 땐 캣이 보이지 않아 기쁘다. 세라는 혼자 앉아 있다.

우리 마른 여자들이 줄을 서서 식당 배식대로 접시를 가져가면 얼굴이 불노_L처럼 생긴 간호사가 우리의 납작한

가슴을 조롱하듯 매시트포테이토 두 국자를 떠서 나란히 봉긋하게 플라스틱 접시에 담아준다.

시설에선 아주 오래전에 도자기 접시를 포기했다. 간호사들이 다른 접시에 음식을 더 많이 꽉꽉 채워주리라는 걸 아직 알 리 없는 새로 입소한 여자들이 음식이 담긴 접시를 일부러 떨어뜨리기 때문이다. 그래서 우리는 유아처럼 플라스틱 접시에 담긴 음식을 먹고, 포크와 나이프도 플라스틱이다. 금속을 쥐여줄 만큼 우릴 신뢰하지 못하기 때문이다. 어쨌든 우리는 스스로 굶주린다. 우리가 또 어떤 능력이 있는지 누가 알겠어?

"오늘은 그거 다 먹을 거죠, 로즈?" 식사 감독 간호사가 묻는다. 간호사는 내 접시에 담긴 음식 더미를 가리키고 있다.

"오, 그럼요." 나는 고개를 끄덕이며 입술을 핥고 미소를 짓는다. "그럼요, 당연하죠. 맛있겠다!" 나는 이곳 직원들을 기쁘게 하는 걸 정말 좋아한다. 나는 그들에게 가장 순종적인 거식증 환자다.

나는 플라스틱 쟁반을 들고 양손으로 저울처럼 균형을 맞추며 긴 식탁으로 가, 나의 로맨스 이야기를 신나게 털어놓을 마음에 세라 옆에 앉는다. 나의 손수건 연인. 마침내 시설을 졸업하고 이곳을 벗어나게 되면 나는 남자의 품에 안길 것이다. 내가 얼마나 행복해질지 상상해보라고. 하도 미소를 지어서 양 뺨이 다 당길 지경일 것이다! 사람들이 내 사진을 액자에 담아 상품으로 판매하겠지! 사람들은 나에 대해 의아해할 것이다. 저 여자는 뭐 때문에 저렇게 **행복해하는 거야? 사랑!**

"있잖아." 내가 말을 걸어도 세라는 식탁 아래에서 다리를 떨기에 바쁘다. 의학적 증후군이 아니라 본인이 알고 하는 행동이다. 세라는 아직 아무도 눈치채지 못한 비밀 운동을 하며 미소 짓고 있다. 식탁 위에선 으깬 감자를 포크로 접시에 납작하게 짓이기며 놀이용 점토처럼 포크 틈새로 튀어나오는 감자를 구경하는 중이다. 그러나 나는 곧장 작업을 시작한다. 간호사들은 아직 배식 중이어서, 그들의 관심은 접시에 담기는 음식과 우리의 행동으로 양분되어 있다. 나는 으깬 감자에 양손을 담가 손톱 밑에 최대한 많은 양을 끼워넣는다.

"세라." 간호사 하나가 말한다. "세라, 그만해요."

세라는 떨던 다리를 멈추고 미소 짓는다. 세라는 상관하지 않는다. 이미 최소 5칼로리는 소모했을 것이다. 틱택*두 개 반에 해당하는 에너지다. 이제 세라는 운동 대신 속눈썹 뽑기에 착수한다.

세라에게 관심이 쏠리는 동안 나는 감자를 듬뿍 두번 떠서 양 겨드랑이에 철썩 붙인 뒤, 얌전한 숙녀가 포크와 나이프를 사용하는 것처럼 팔꿈치를 옆구리에 바짝 붙인다.

---

* 민트향이 나는 저칼로리 사탕의 상표명.

몇번 입에 떠넣는 시늉도 한다. 나는 예비식사를 한다.

"거기." 간호사가 나를 가리키며 인상을 쓴다. "약 먹는 거 잊지 말아요."

내 물컵 옆에 흰색, 노란색, 분홍색, 초록색 캡슐이 뒤섞인 채 놓여 있다. 나는 그것들을 믿지 않는다. 대부분의 비타민제에는 영양성분표가 없다. 영양제에도 칼로리가 있을지, 그건 아무도 모르는 일이다.

20세기 초에는 촌충이 알약 형태로 판매되었다. 광고가 어땠을지 상상이 된다. 뻣뻣한 옷깃을 달고 챙 넓은 모자를 쓴 예쁜 여자들이 포크로 케이크 조각을 도톰한 입술로 가져가며 미소 짓고 있다. 더 많이 먹고 몸무게를 줄이세요!

촌충이 여윈 몸을 훑고 다니며 살을 먹어치워 8미터 길이의 뱀처럼 자란다는 사실을 의사들이 발견하면서 촌충 다이어트는 금지되었다.

유행하는 다이어트 방법은 달라졌지만 광고는 바뀌지 않았다. 어디를 가든 보이는 문구. 살을 빼고 싶은가요? 여름 해변에 어울리는 몸매를 빠르게 얻는 법! 간단한 3단계 다이어트로 군살을 날려버리세요!

미디어야말로 광고하는 기생충이다.

릴리는 등에 난 점을 항상 아꼈다. 우리 둘의 유일한 신체적 차이점. 점에 대한 릴리의 애정은 틱*이 되었다. 무심히 허리에 손을 짚고 서 있을 때면 손끝으로 점 주변을 둥글게 어루만지는 식이었다. 반복해서 원을 그리듯 점을 쓰다듬고 또 쓰다듬으면서, 자기는 내가 아님을 확실히 하기 위해 점이 아직 거기 있는지 확인하는 동작 같았다.

어느날 제미마 게이츠는 릴리에게 방과 후 쇼핑을 함께 가자고 청했고, 릴리는 따라갔다. 릴리는 나에게 같이 가자는 말을 하지 않았고, 날 데려가도 괜찮은지 제미마에게 물어보지도 않았으며, 그냥 나한테 혼자 집에 가라고 말했을 뿐이다.

"싫어. 나도 같이 갈래." 내가 말했다.

"이번엔 안돼, 로지."

"소리 지를 거야."

"그럼 소리 질러."

나는 릴리를 빤히 보았고 릴리도 나를 빤히 마주 보았다.

"왜 나한테 이런 짓을 해?" 내가 말했다.

"난 너한테 아무 짓도 하지 않아. 이건 너와는 전혀 상관없는 일이야."

그날 저녁 릴리는 고급 상점의 쇼핑백을 들고 집에 돌아왔다.

"네가 무슨 돈으로 그걸 샀니?" 엄마가 물었다.

---

* 갑작스럽고 반복적으로 몸을 움직이거나 소리를 내는 무의식적 행농.

"제미마가 사줬어요." 릴리가 말했다. "선물로요." 그러고는 나를 향해 돌아섰다. "넌 오후 어떻게 보냈어, 로지?" 릴리의 목소리에서 떨림이 감지되었고, 그 떨림은 두려움이었다. 나는 아무 말도 하지 않았다. 릴리가 나 없이 시간을 보내고 싶다면 보란 듯이 나의 부재를 겪게 해줄 작정이었다. 싹싹 빌 때까지 말도 섞지 않을 생각이었다.

잠자리에 들기 전, 나는 우리 둘만 쓰는 화장실에서 릴리가 새로 산 옷을 입어보는 모습을 포착했다. 얇은 어깨끈이 달린 크롭톱이어서 좀 헤퍼 보였다. 밑단이 배꼽에 겨우 닿을락 말락 했다. 뒤에서 보니 청바지 허릿단과 짧은 새 탱크톱 밑단 사이로 띠처럼 드러난 허리에 점이 장식처럼 나 있었다.

"끔찍하다." 내가 말했다.

"잘 자, 로지." 릴리가 말했다.

밤새도록 나는 그 탱크톱에 대한 생각을 멈출 수가 없었다. 릴리가 그 옷을 학교에 입고 가서 행진하듯 복도를 돌아다니며 자신의 점을 드러내는 모습을. 평소 같으면 우리를 혼동해서 늘 이름을 더듬거리던 애들이 다 알게 될 것이다. 아이들이 모두 우리를 구분할 수 있게 될 것이다.

내가 행동에 착수해야겠다고 결심한 것은 새벽 3시였다. 벽의 수면등 플러그를 뽑은 나는 둘이 함께 쓰는 숙제용 책상에서 가위를 꺼내들었다. 릴리는 엎드린 채 곤히

자고 있었고 내가 파자마 상의를 들치자 몸을 약간 뒤척였을 뿐이다.

나는 가윗날을 아주 조금만 벌린 다음 조심스럽게 점 주변으로 가져갔다. 그러고는 단숨에 날을 오므렸다. 잠에서 깬 릴리가 비명을 질렀다. 피가 배어나는 두줄의 깊은 상처에 둘러싸였을 뿐, 점은 여전히 그 자리에 남아 있었다. 나는 가위를 바닥에 떨어뜨렸다.

"정말 미안해, 릴리." 내가 눈물을 쏟으며 말했다. "세상에, 정말 미안해. 무슨 생각이었는지 나도 모르겠어. 오, 릴."

"대체 무슨 짓을 하려던 거야?"

"정말 미안해, 릴." 흐느끼느라 나의 온몸이 부들부들 떨렸다. 미안했다. 릴리를 다치게 할 마음은 결코 없었다. "그냥 완전히 버려진 기분이 들었어. 왜 그랬는지 나도 몰라. 미안해. 미안해."

시간이 지나자 가위에 베인 상처는 붉은 실처럼 옅어지다가 하얀 흉터로 변하더니 이내 아무것도 남지 않았다. 하지만 점은 스스로 너무도 자랑스러워하며 그대로 남아 있었다.

"그건 그렇고," 간호사가 잔소리를 마치자 세라가 말한다. "그 사람들 누구라고 생각해?"

"누굴 누구라고 생각해?"

"레즈비언 말이야."

"뭐?"

"비품보관실 레즈비언."

이곳 시설은 소문으로 굴러간다. 소문은 이 여자들을 계속 살아 있게 하는 원동력이다. 소문의 칼로리 값은 얼마일까? 단백질과 섬유소는 풍부하고 지방 함유량은 낮아서, 하루 한번 들으면 기초대사량을 높여준다!

"레즈비언 짓인지 어떻게 알아?"

"신음 소리를 내가 직접 들었어. 캣도 들었고."

나는 캣 미첼스에 대한 언급은 무시한다. 누가 상관한다고. 나는 안해! "어쩌면 그냥 누가 거기서 자위를 하고 있었을 거야."

"역겨워라." 세라가 말한다. "어쨌든. 그런데 그냥 그게 전부라면 자기 방에서 하지 않았을까?"

일리가 있는 말이다. 나는 『월리를 찾아라』처럼 레즈비언을 찾아낼 수 있다는 듯이 식당 안을 둘러본다. 마치 그 장본인이 빨간색과 흰색 줄무늬 티셔츠를 입었거나 '저예요! 제가 동성애자입니다!'라고 적힌 광고판을 걸치고 있기라도 기대하는 것처럼. 물론 그런 사람은 없다. 눈빛으로 음식을 사라지게 할 수 있기를 바라며 자기 접시에 담긴 음식을 뚫어져라 보고 있는 마른 여자들뿐이다.

입소하기 전에 나는 설문지를 작성해야 했다.

자신이 무엇을 먹는지 꼼꼼히 따지는가?

칼로리 섭취량을 계산하는가?

살을 뺄 필요가 있다고 생각하는가?

일부러 끼니를 건너뛰는가?

뚱뚱하다고 느끼는가?

아무 여자나 잡고 이 질문을 던져보라. 우리 모두 시설 입소 대상이다! 이건 당신들이 우리에게 한 짓이다. 이건 당신들의 괴물이고, 그 녀석은 굶주리고 있다.

"내 달링!" 캣이 쟁반을 들고 우리 식탁으로 다가오며 소리친다. 고통스러워 보일 정도로 새빨간 립스틱을 발랐다. 캣의 입술은 예쁘고 장미꽃 송이처럼 도톰하다. "내 사랑둥이들!"

다른 식탁에 띄엄띄엄 앉아 있던 마른 여자들은 새로운 아이돌이 손을 흔들며 식당을 가로질러 우릴 향해 다가오는 모습을 지켜본다. 캣 미첼스가 추구하는 사랑의 유형은 유명인사 타입이다.

"이제 막 여기 입소한 게 아니라면, 난 캣이 바로 그 비품보관실 레즈비언이라고 생각했을 거야." 입술을 최대한 움직이지 않으며 내가 속삭인다.

세라가 웃음을 터뜨리자 승리의 웃음처럼 들린다. 나의 승리.

"안녕하세요." 나는 공손하게 미소를 짓는다.

"무슨 얘기 했어, 베이비?" 캣이 눈살을 찌푸린다. "방금 내 이름 말했잖아."

나는 침을 삼킨다. 세라는 나를 쳐다보며 기다리고 있다. 거짓말을 할 수도 있겠지만 부정직은 바람직하지 못하다. 그룹 리더가 우리에게 한 이야기: 속임수는 손해를 낳는다. 진실은 건강을 낳는다. 정직한 태도는 중요하다. "댁이 이제 막 여기 입소한 게 아니라면 난 댁이 바로 그 비품보관실에서 노는 레즈비언이라고 생각했을 거라고 말했어요."

캣은 깔깔 웃으며 길쭉한 몸을 접어 내 옆자리에 앉는다. "오, 허니." 포크를 집어들면서 말한다. "나는 자기들이 태어나기 전부터 동성애자라고 당당하게 밝힌 사람이야." 그러고는 몸을 수그려 감자 가루로 만든 매시트포테이토의 축축한 냄새를 들이마신다. "난 감자 좆나 좋아해." 포크로 감자를 듬뿍 떠 입에 가져가며 캣이 말한다. "특히 보드카로 만들면 아주 환장하지."

내가 눈을 휘둥그렇게 뜨고 세라를 쳐다보자, 세라는 눈을 더 크게 뜨고 나를 쳐다본다.

"좀 먹어, 세라, 베이비." 입에 감자를 문 채로 캣이 말한다. "으깬 음식은 처리하기 쉬워. 곧장 올라오거든. 구름을 토하는 것 같을 거야, 달링. 멋지다고."

내가 지켜보는 가운데 세라는 자기 음식을 지켜본다. 내가 통제할 수 있는 것은 나의 기쁨뿐이다.

캣은 먹고 말하기를 동시에 한다. "있잖아, 내가 비밀 프로젝트를 하나 추진 중이거든. 완전 신나는 일이야, 달링. 따분하기 짝이 없는 이곳을 활기차게 만들어줄 거야. 그런데 아직은 다 얘기해줄 수가 없네. 당분간은 입을 다물고 있을 거야. 당분간만! 물건이 다 준비되는 대로 자기들도 끼워줄게."

"그게 뭔데요?" 세라가 묻는다. "우리한텐 얘기해도 돼요. 아무 말도 안할게요." 세라는 오늘따라 특히 어려 보인다. "약속해요. 그렇지, 로즈?"

"말했잖아." 캣이 팔을 뻗어 세라의 코를 살짝 꼬집는다. "모든 계획이 마무리되면 곧장 프로젝트에 끼워준다고." 캣의 접시는 깨끗하다. 그가 일어선다. "암튼 난 가봐야겠다." 캣이 말한다. "키스 받아!"

우리가 지켜보는 가운데 캣은 식탁 사이를 빠르게 지나 간호사에게 빈 접시를 보여주고, 간호사는 식당에서 나가도 좋다는 손짓을 한다. 분명 간호사는 캣이 손으로 입을 가리고 있다는 사실을 알아차리지 못했을 것이다, 불쌍한 여자다. 폭식과 구토에 대해 세라에게 뭔가 이야기해주려고 고개를 돌리지만, 세라의 입은 음식으로 꽉 차 있다.

"캣 미첼스가 우리 시설에 와 있다는 게 믿겨?" 마른 여자 하나가 앞으로 몸을 수그리며 속삭인다. "그 유명한 캣 미첼스가 말이야. 난 항상 저 사람이 되고 싶었어."

"그래, 축하해." 식탁에서 일어서며 내가 말한다. "성공

했네."

2003년(14세—릴리: 46kg, 로즈: 46kg)

릴리와 나는 제미마 게이츠 집에서 열리는 파자마파티
에 초대되었다. 아니, 릴리가 초대를 받았는데 나도 덩달
아 가방을 쌌다. 릴리는 나 없이 아무 데도 가지 않았다. 특
히 외박은.

"로지." 각자 칫솔을 가방 옆주머니에 집어넣는 사이 릴
리가 말했다. "날 위해 부탁 좀 들어줄 수 있어?"

"뭐든."

"오늘밤은 그냥 평범하게 지낼 수 있겠어?" 릴리는 입
술을 빨았다. "그냥, 그러니까 내 말은 그냥, 너 자신이 되
지 말라는 건 아니야. 그냥 좀더 평범한 너 자신이 되어줄
수 있겠냐는 뜻이야."

"평범한 나 자신?"

"음, 아니다."

나는 내 가방의 지퍼를 잠갔다. "겁낼 거 하나도 없어,
릴." 내가 말했다. "난 너의 그림자 말고 아무것도 아니야.
네가 뛰라고 하면 난 뛸 거야."

"그냥 아무 말도 하지 말아줘, 알겠어?"

제미마의 집은 컸다. 방 두칸짜리 우리 집과 비교하면
흰 벽돌로 지은 그 대저택은 마치 궁궐 같았다. 아빠가 우
리를 문 앞에 내려주고는 초인종을 누르라고 말했다. 제미

마가 문을 열어주기도 전에 아빠는 차를 몰고 가버렸다.

"릴!" 제미마는 릴리를 껴안고 볼에 입을 맞추었다. 제미마는 그런 짓을 하는 아이였다. 아마도 파리에 간 적이 있고 자기 나이의 두배쯤 되는 프랑스 남자에게서 볼 키스하는 법을 배운 모양이었다. "어머! 동생을 데려왔구나." 제미마가 미소를 굳히며 말했다.

나는 손 인사 비슷하게 한 손을 들어올렸다. 볼 키스는 받지 못했다.

"좋아." 제미마가 말했다. "괜찮아. 사람이 많을수록 더 즐겁겠지 뭐, 안 그래? 들어와. 애들은 지하실에 있어."

현관은 벗어둔 신발이 놓인 것 외엔 아무런 용도가 없는 것처럼 너무도 넓고 텅 빈 공간이어서 사람이 살지 않는 집처럼 느껴졌다.

"부모님 댁에 계셔?" 나도 신발 더미에 신발을 벗어놓으며 물었다. 제미마는 내 말을 무시했다.

"부모님 댁에 계시니?" 릴리가 되물었다.

"어 아니." 제미마는 고개를 저으며 웃음을 터뜨렸다. "원래 거의 안 계셔. 그래서 완전 신나. 뭐든 내 마음대로 해도 되니까."

나는 릴리를 쳐다보았다.

"그래도 가정부 아줌마가 2층에 있어." 영화 장면에서 곧장 튀어나온 것처럼 생긴 긴 나선 계단을 고갯짓으로 가리키며 제미마가 말했다. "우릴 방해하진 않을 거야. 내가 신경 쓰지 말라고 말해뒀거든."

나는 소리를 냈다. 믿기지가 않아서 웃음이 나오는 걸 참다보니 결과적으로 터져나온 건 콧방귀였지만. 릴리가 팔꿈치로 나를 쿡 찔렀다.

"네 동생 괜찮니?" 직접 나에게 물으면 혹시라도 패배자와 엮일 위험이라도 있다는 듯이 제미마는 릴리에게 물었다.

"괜찮아." 릴리가 말했다. "앤 멀쩡해. 너 멀쩡하지, 로지? 멀쩡하대. 아래층으로 내려가자."

여자애들은 릴리를 환영하고 나는 은근슬쩍 무시했다. 모두 여성스러운 색의 폭신한 가운을 입고 둥글게 앉아 있었다. 릴리와 나는 가운이 없었으므로, 우린 엘모* 그림이 있는 파자마로 갈아입자고 말하자 릴리가 내 입을 막았다.

지하실은 새하얀 파티용 장식 전구만 반짝거릴 뿐 어둑어둑했다. 테이블 위엔 분홍색 사탕과 분홍색 아이싱을 입힌 컵케이크 그리고 예쁜 여자아이들에게 어울리는 동글동글한 필기체로 제미마의 이름이 분홍색으로 적힌 큼지막한 초콜릿 케이크가 놓여 있었다.

학교에서 시험을 볼 때나 친척들에게 생일카드를 보낼 때 나는 항상 대문자로 내 이름을 적었다. ROSE, 나는 모

* 어린이 TV 프로그램「세서미 스트리트」에 나오는 붉은색 털북숭이 괴물 캐릭터.

든 사람에게 소리쳤다. ROSE, ROSE, ROSE.

내가 아는 음악이 흘러나왔다. 캣 미첼스가 여자들끼리 하는 키스에 관한 노래를 감미롭게 부르고 있었다. 전주가 끝나고 캣의 거친 목소리가 울부짖듯 흘러나올 때마다 우리 부모님은 그 곡을 그 게이 여자애 노래라고 불렀다. 우리 자매는 그런 노래를 따라 부르는 것이 허락되지 않았지만, 릴리와 나는 가사를 한줄도 빠짐없이 모두 외우고 있었고 서로를 보며 노래에 맞춰 립싱크를 했다. 나에게 필요한 관객은 오로지 릴리뿐이었다.

릴리는 내가 가장 좋아하는 레모네이드를 한컵 따른 뒤 자기 가방을 뒤져 나를 위해 특별히 준비한 게 틀림없는 트럼프 카드 한벌을 꺼냈다. 릴리가 그 두가지를 나에게 내밀었다.

"넌 여기서 혼자 카드놀이 하고 있어." 릴리가 속삭였다. "그리고 이거 마셔. 난 저쪽에 있을게, 알겠지?" 릴리는 둥글게 모여앉아 보드카를 탄 탄산수를 홀짝이며 수다를 떨고 있는 여자애들 무리를 가리켰다. 나는 고개를 끄덕인 뒤 카드를 섞기 시작했다.

카드놀이에서 내가 계속 이기며 시간이 흘러갔다. 열두번이나. 그러는 동안 나는 험담과 소문을 주고받으며 낄낄대는 여자애들의 수다를 대부분 무시할 수 있었다.

"로즈." 릴리 말고 다른 아이의 목소리가 들려왔다. 나는 카드 배열을 멈추고 고개를 돌렸다. 제미마가 부른 것이었다. 그애는 나를 빤히 쳐다보고 있었다. 나에게 말을 걸다니. 일부러! "이리 와." 제미마가 손짓을 했다.

나는 자리에서 일어나고도 믿지 못한 채 한걸음 앞으로 다가갔다.

"네가 망을 봐줘야겠어."

"망을 보라고?"

"맞아." 제미마가 느릿느릿 나에게 말했다. 마치 어린아이한테 설명을 하듯이. "망 봐줄 사람이 필요해. 계단 꼭대기에 올라가서 서 있어. 그러다가 가정부 아줌마가 오면 소리치는 거야."

"왜?" 내가 물었다.

"그냥 해, 로지." 릴리가 미소를 지으며 말했다. "너도 같이 게임 하는 거야."

"게임에서 가장 중요한 역할이지." 제미마가 말했다.

"정말?" 내가 의심하며 물었다.

"정말이야." 제미마는 윙크를 했다.

"알겠어, 할게. 내가 맡을게." 나는 서둘러 계단을 올라가 계단참에 섰다. "준비됐어!" 내가 소리쳤다. "이제 어떻게 해?"

"거기서 기다려!" 제미마가 고함쳤다.

나는 벽에 등을 대고 앉아서 기다렸다. 시간이 더디게 흘러갔다. 나는 머리를 땋았다가 풀었다가 다시 땋았다.

지하실에선 깔깔대는 웃음소리와 으악, 꺅 하는 비명 소리가 계속 들려왔다. 계단 아래쪽을 훔쳐보았지만 어두웠다. 불을 아예 꺼버려서 아무것도 보이지 않았다. 헉 하는 신음 소리가 났다. 그리고 외마디 비명. 나는 자리에서 일어나 어둠속을 알아보려 애쓰며 조용히 계단을 내려갔다.

"용기를 내서 나한테 키스해봐." 제미마의 목소리였다.

"너한테 키스를 하라고?" 내 목소리로 들린 대답은 곧 릴리가 한 말이라는 뜻이었다. "입에다?"

"응." 제미마가 말했다.

"어어."

"혹시 레즈비언일까봐 겁내는 사람은 너밖에 없어." 제미마가 말했다. "너 레즈비언이야?"

"아니야." 릴리가 말했다. "할게."

나는 그림자의 형체를 알아보았다. 나와 똑같은 언니의 실루엣과 굴곡이 좀더 도드라지고 더 어른스러운 제미마의 실루엣. 이어 둘 사이의 간격이 사라졌다. 둘의 그림자가 합해지더니 축축한 입맞춤 소리가 들려와 나는 움찔했다.

"릴?" 내 말소리에 둘의 그림자가 돌연 떨어졌다.

누군가가 불을 켰고 나는 갑작스러운 불빛에 눈을 찌푸렸다.

"왜 우릴 지켜보고 있어, 너 레즈야?" 손등으로 입술을 닦으며 제미마가 말했다. 끔찍이도 진부한 표현이지만, 제미마의 눈이 반짝거렸다. 둘이 정말로 했구나!

"그만 가봐야겠어." 릴리가 말했다. "우린 집에 갈게. 어서 가자, 로지." 릴리는 내 손을 잡았고, 나를 선택했고, 앞장서서 계단을 올라갔다. 우리에게 필요한 건 우리 둘뿐이었다. 우리에게 필요한 사랑은 일대일 유형이었다.

우리 마른 여자들은 늘 음식을 잔뜩 싸서 식당에서 퇴장한다. 우리는 패션처럼 음식을 입는다. 소스가 팔을 따라 흘러내려 소매가 끈끈하다. 오래전에 평평해지고 탄산음료 컵 뚜껑에 새겨진 '다이어트' 표시처럼 우묵한 가슴에는 치즈를 끈적끈적한 브래지어처럼 찰싹 붙인다. 한줄로 서서 뽐내며 걷듯이 식당을 빠져나가며 우리는 미소 짓는다. 물론 뽐내며 걷는다는 건 머릿속 생각일 뿐, 햄버거 고기 패티를 허벅지 사이에 끼고 성큼성큼 걸을 수는 없다.
가끔은 스테이크를 손에 쥐고 있다가 현행범으로 걸리는 일도 있지만 우리는 영리하다. 우리는 독감 바이러스처럼 변이와 변형을 거듭한다. 속임수가 점점 더 교묘해진다. 우리는 다람쥐처럼 뺨 안쪽에 음식을 감춘다. 머리를 둥글게 말아올린 뒤 그 속에 채소를 쑤셔넣는다. 콩은 콧구멍에 집어넣는다. 얇은 고기는 조그맣게 잘 접으면 귓구멍에 충분히 들어간다. 덩어리 고기는 목구멍에 저장했다가 안전하게 방으로 돌아간 뒤 기침을 해서 베갯잇에 토해낸다. 먹지 않기 위해서라면 우리는 무슨 짓이든 한다. 우리는 매일 밤 썩은 음식 주머니에 머리를 대고 잠든다.

화분 옆을 지나며 나는 감자 덩어리를 흙에 떨어뜨린 뒤 미소를 짓는다.

비품보관실 앞을 지나갈 때는 문에 귀를 대고 신음 소리가 들리는지 확인한다.

시설에 처음 왔을 때 그룹 리더는 나의 문제점과 그것에 맞서기 위한 마음의 주문이 적힌 종이를 건네주었다.

1. 통제력: 당신은 당신 자신의 기쁨만 통제할 수 있습니다.
2. 의존성: 당신은 당신 자신입니다.
3. 자포자기: 당신은 영원히 당신 소유입니다.
4. 감정 조작: 당신은 당신 자신의 인생에만 책임이 있습니다.
5. 자기파괴: 당신만의 평화를 지키세요.

당신 자신 당신 자신 당신 자신 당신 자신. 그게 무슨 뜻일까? 나 자신? 나는 결코 나 자신인 적이 없다.

어렸을 때 릴리는 우리의 결혼식을 계획했다. 릴리는 우리가 쌍둥이 형제를 만날 거라고 장담했다. 잘생긴 남자들일 거야. 키가 우리보다 30센티미터는 더 크고 마법에 걸린 것처럼 눈동자는 진한 초록색이야. 우리는 같은 날 결혼식을 올릴 거야! 설혼서약도 동시에 하고! 릴리는 웨딩

북을 만들었다. 우리는 웨딩드레스를 골랐다. 릴리의 드레스는 화려한 디저트 같은 디자인이고 내 드레스는 단순한 흰색 에이라인 형태였다.

"이제 남편을 골라봐." 릴리는 그해 오스카상 시상식에서 최고의 정장 맵시를 선보인 배우들을 선정한 잡지를 펼치며 나에게 말했다. "아무나 괜찮아. 네가 먼저 골라."

흑백 정장을 입은 남자들은 내 눈엔 다 똑같아 보였다. 서로 누가 누군지 모르게 하려고 작정을 한 듯했다. 나는 어깨를 으쓱했다. "이 사람?" 나는 정장을 입은 첫번째 남자를 가리켰다. 그는 마치 길게 늘려놓은 것처럼 키가 엄청 크고 날렵했다.

"오 이런." 릴리가 말했다. "그 사람은 사실 여자야. 틸다 스윈턴."

"여자라고?" 나는 이렇게 말하며 잡지를 들어올려 사진의 화소까지 훤히 보일 만큼 틸다 스윈턴의 얼굴을 코앞까지 끌어당겼다. 아름다웠다. 나는 대답을 바꾸고 싶지 않았다.

"그 사람 대신 누구를 고를래?" 릴리가 물었다.

"네가 골라줘. 난 상관없어."

신랑이라기보다는 아버지뻘에 더 가까워 보였지만 릴리는 휴 잭맨을 내 남편으로 골라주었다. 그런 다음 신부의 몸에 내 얼굴 사진을 붙이고 휴 잭맨을 오려 내 옆에 붙여두었다. 어쩐 일인지 릴리와 올랜도 블룸의 모습은 정말 결혼식처럼 보였다. 반면 휴 잭맨 옆에 서 있는 나의 어린 얼굴과 순결해 보이는 드레스는 희생양에 가까워 보였다.

평소 같으면 휴식시간에 세라와 나는 책을 들고 휴게실로 가, 세라가 내 무릎을 베고 눕거나 내가 세라의 무릎을 베고 누워 뭔가 인상적인 구절이 나올 때마다 서로 소리를 내어 읽어주곤 했다. 하지만 오늘은 나 혼자다. 내 손엔 동물행동에 관한 책『동물행동학』이 들려 있다. 나는 바닥에 앉아 머리를 기댈 곳을 찾아본다.

휴식시간이 절반쯤 지났을 무렵 세라가 캣과 손을 꼭 잡고 나타난다. 둘은 행복해서 어깨를 들썩이며 킥킥대는 중이다. 세라가 입꼬리를 손으로 쓱 문지르고, 캣은 세라의 티셔츠에서 무언가를 떼어내 바닥에 튕겨버린다. 말라붙은 토사물 조각이 틀림없다.

나는 그들을 보지 못한 체한다. 내가 통제할 수 있는 것은 나의 기쁨뿐이다. 나는 미소를 지으며 다시 책에 몰두한다.

아델리펭귄은 땅 위로 높이 둥지를 짓느라 돌멩이를 이용한다. 그래야 눈이 녹아도 알이 물에 빠지지 않는다. 그런데 게으른 아델리펭귄은 둥지를 지을 때 해변에 가서 주인 없는 돌멩이를 주워오는 것이 아니라 이웃 둥지에서 돌을 훔친다.

7

릴리가 면회를 왔다. 릴리는 문설주에 기대어, 세상에서 가장 형편없는 마술을 보여주듯 귀 뒤에 감추어둔 담배 한 개비를 꺼내고 가슴 주머니에선 라이터를 꺼낸다. 그러고는 담배를 입으로 가져간다.

"뭐 하는 짓이야?" 내가 말한다. 릴리는 담배에 불을 붙여 한모금 빨고는 기침을 하다가 코를 찡그리며 내가 먹고 버린 칼십 팩에 대고 불을 끈다. "담배 피우는 줄 몰랐네."

"안 피워." 릴리가 말한다. "그냥 습관을 들여보려는 거야."

"담배에 습관을 들여본다고?" 나는 릴리가 끔찍한 도플갱어와 뒤바뀐 건 아닌지, 혹시 그랬어도 내가 과연 알아볼 수 있을지 궁금해하며 문가에 서 있는 내 언니를 쳐다본다.

릴리의 변화는 늘 너무나 갑작스럽고 애벌레의 변신만큼이나 극단적이다. 대학에 다닐 땐 하룻밤 새 채식주의자가 되었다. 법학 전공이었다가 잘생긴 교수 때문에 초등교육학으로 전공을 바꾸기도 했다. 하루는 맹렬한 페미니스트였던 릴리가 바로 다음 날엔 세상에서 가장 악의적인 여성혐오자와 데이트를 했다. 우리 둘 다 어렸을 때는 릴리가 자신의 본모습을 워낙 잘 지켰으므로 나도 쉽게 릴리가 될 수 있었다. 릴리가 항상 변화를 거듭하는 이유가 내가 따라 하지 못하게 하려는 것은 아닌지 궁금하다. 네 언니처럼 좀 해봐라고 사람들은 항상 내게 말했다. 어쩌면 내가 너무도 릴리처럼 되어버려서 릴리는 자신이 될 수 없다고 느끼는지도 모른다.

나는 절대 변하지 않는다. 나는 기본이다. 변함없음. 플라세보. 나는 릴리가 나한테서 얼마나 멀어졌는지로 릴리의 변화를 가늠하고, 릴리의 일탈이 기준에서 얼마나 벗어났는지 확인할 수 있다. 릴리는 항상 되돌아온다.

"담배에 습관을 들여본다고?" 내가 묻는다. "2013년인데?"

"내가 만나는 사람이 담배를 피우거든." 릴리가 말한다. "뭔가 시도해보는 것뿐이야. 과잉반응 보이지 마. 겁내지도 말고."

나는 아무 말도 하지 않는다.

"그 사람이 나한테 담배나 뭐 다른 걸 억지로 시키는 건 아니야. 그런 거 아냐. 이걸로 그 사람 탓은 하지 마."

"탓한 거 아니었어. 그런데 왜?"

릴리는 어깨를 으쓱한다.

"그 사람을 사랑하기 위해서 그 사람이랑 완전히 똑같아질 필요는 없다는 거 알지?"

릴리는 말도 안되는 소리라는 듯 깔깔 웃어대지만, 나는 그런 마음을, 내가 함께하려는 사람처럼 되고 싶은 욕망을 느낀 적이 있다. 쌍둥이라는 건 내가 아닌 다른 사람과 너무도 비슷하고 너무도 가깝다는 것을 의미하므로, 심지어 연인이라 해도 누군가 다른 사람과 또 그만큼 가까워진다는 것이 나로선 거의 상상이 되지 않는다. 릴리가 추구하는 사랑의 유형은 일대일의 관계다.

릴리는 그 남자와 닮아갈수록 그 남자를 더 많이 사랑하게 될 거라고 생각한다. 담배든 뭐든 전부 다.

1920년대에 의사들은 체중 감소 수단으로 담배를 처방했다. 당시 의사들은 이렇게 말하곤 했다. 담배는 식욕을 억제해줍니다. 너무 많은 음식은 당신을 죽음에 이르게 할 수 있습니다.

"식욕억제제라는 건 너도 알지?" 릴리가 말한다. "담배 말이야."

물론 나도 안다. 나는 책에 나온 모든 속임수를 안다. 그 책은 나의 성경이다. 그 책의 고정 위치는 침대 협탁이다.
"살을 빼려는 거야?"

"잘 모르겠어." 릴리는 대수롭지 않은 척 어깨를 으쓱하지만 실패한다. "어쩌면? 새로운 전체론적 건강 가이드를 시도하는 중이야. '유어웨이'*라는 프로그램으로. 다이어트가 아니고 라이프스타일에 더 가까워."

배 속이 뜨끔하다. 나의 언니가 광고를 믿다니. "담배도 네 새로운 라이프스타일 다이어트의 일부라고?"

"글쎄. 담배가 명확하게 언급되진 않아. 하지만 식욕을 억제해주는 건 뭐든 권장해. 블랙커피, 허브티, 뭐 그런 것들 있잖아. 생각해보니까 담배도 도움이 되겠더라고. 맞지? 몇 킬로그램쯤 빼려면 그게 좋겠다고 생각했어. 내 건강을 위해서 말이야."

릴리의 입에서 흘러나오는 말들은 다 내가 할 법한 소리다. 릴리는 다이어트를 한 적이 없다. 필사적인 릴리의 태도가 목구멍 깊은 곳에서 톡 쏘는 감귤 맛으로 느껴지고 그 가벼운 떨림이 편도선에 전달되는 것을 보니, 릴리가 내 비위를 맞추려고 애쓰고 있다는 걸 알겠다. 아무것도 뺄 필요 없다고 릴리에게 말해주고 싶다. 그러나 나는 아무 말도 하지 않는다. 나는 나의 기쁨만 통제할 수 있다.

"아무튼, 내가 새로 만나는 그 사람 말이야. 필이거든?

---

* YourWeigh '당신의 몸무게'라는 뜻이지만 동음이의어로 '당신의 길 (Way)'로 이해될 수도 있다.

그 사람이 널 만나고 싶어해." 사랑에 빠진 릴리가 뺨을 붉히며 말한다.

"뭐라고?"

"필. 그게 그 사람 이름이야. 필 브라이트." 릴리가 말한다. 자랑스럽게.

"필 브라이트? 무슨 장학재단 이름 아니야?"*

"안될까?"

"그 사람이 나를 왜 만나고 싶대?"

"모르겠어." 릴리는 어깨를 으쓱한다. "우리 만남을 진지하게 받아들이는 거겠지. 좀 빠르다는 건 나도 알지만, 우린 만나자마자 서로 연결된 느낌을 받았어. 우리가 어떻게 만났는지 너도 들어봐야 해. 학부모회의가 있던 날 저녁 그 사람이 와인 한병을 가져왔는데 카드에 저희 아이가 선생님께 안겨드린 모든 스트레스에 대한 답례입니다라고 적혀 있는 거야. 난 그게 너무 웃기다고 생각했어. 그 사람 아이는 말썽쟁이가 아니거든."

"아이가 있는 남자구나."

"그래서 내가 그 와인을 같이 마시겠느냐고 물었고, 그러다 이야기가 계속 이어졌어."

나는 이런 이야기를 청하지 않았다. 이야기에서 오래된 고기 맛이 난다. 햇빛에 오래 놓아둔 스테이크 맛. 뭔가 이

* 미국 국무부 산하의 장학재단 이름은 '풀브라이트'이다.

상하다. "멋지네, 릴리." 내가 말한다. "나한테 감추는 건 뭐야?"

"너한테 감추다니?"

나는 손톱 거스러미를 길게 잡아당긴다. 스트링치즈처럼. 금세 피가 스며나오자 본능적으로 손가락을 빨아 상처를 깨끗하게 하고 싶지만 칼로리가 걱정된다. 자기 피에는 영양성분이 얼마나 들었을까?

"이야기를 전부 다 털어놓지 않고 있잖아."

릴리가 한숨을 쉰다. "네가 뭐라고 할까봐서."

"유부남이구나." 내가 말한다.

"유부남이야."

"유부남이란 말이지."

"맞아. 결혼했어."

"그런데?"

"행복하지가 않아. 둘이 행복하지 않대. 아이 때문에 아직 함께하는 것뿐이야."

"그래도 유부남이잖아."

"로즈."

뻐꾸기는 나쁜 어미다. 뻐꾸기 암컷은 자기 둥지가 아닌 엉뚱한 둥지에 알을 낳아 다른 어미 새를 속여 제 새끼를 키우게 한 뒤 모든 책임과 의무에서 자유로워진 채 날아가버린다.

"다이어트를 하는 것도 그 사람 때문이야? 필 브라이트 라는 사람?"

"아니야. 그건 나를 위해서 하는 거야." 거짓말은 레몬 처럼 신맛이다. 릴리가 머리카락을 귀 뒤로 넘긴다. "그 렇지만 필이 나한테 요즘 좋아 보인다고 했어. 벌써 최소 한 2킬로그램은 빠졌을 거래. 내 생각엔 그 사람이 나한테 꼭 필요한 동기인 것 같아. 진즉부터 살 좀 빼고 싶기도 했 고 의사가 좀더 건강한 식생활을 해야 한다고 얘기했었거 든." 릴리는 한 손으로 배를 문지르다가 그곳에 살고 있는 살을 꼬집는다. "난 그냥, 있지, 그 사람을 위해 예뻐지고 싶어."

"필을 위해." 내가 말한다. 사랑하는 사람을 응원해주는 것은 중요한 일이다.

"맞아. 필을 위해. 엄청 멋진 사람이야, 로즈. 그리고 나 한테 완전히 빠져 있어. 나를 쳐다보는 그 사람 눈빛이. 그 사람은 진짜……"

"유부남이라며."

"모든 결혼의 50퍼센트 이상이 이혼으로 끝난단다, 동 생아." 릴리가 일어서서 내 코를 톡톡 두들기더니 이마에 입을 맞춘다. 릴리에게 나는 어린아이다! "이제 가봐야겠 다. 필이랑 이탈리아 음식 먹으러 가기로 했거든. 차오 벨 라.*"

인간의 몸이 배부름을 느끼는 선을 사이에 두고 허기와 식탐이 갈린다고 누군가가 말했다. 나는 배가 고파도 먹지 않는다. 릴리는 배가 고프지 않아도 먹는다. 릴리는 모든 것을 과도하게 욕망한다. 남자, 음식, 사랑. 데이트도 먹을 것을 대하는 방식으로 한다. 게걸스러운 열정으로.

엄마는 어린 시절부터 우리의 칼로리 섭취량을 감시했다. 사이드 메뉴를 선택할 수 있는 레스토랑에서 외식을 할 때면, 매번 그린샐러드를 골라주었다. 아이스크림 가게에선 프로즌요거트를 사주었다. 탄산음료를 시킬 때도 다이어트 음료가 우선이었다. 저지방, 무설탕, 무탄수화물, 우리가 먹은 대부분의 음식은 무언가 빠져 있는 걸 자랑했다.

엄마는 다이어트를 대물림되는 과업으로 여기며 자신이 생각하는 이미지에 따라 우리를 만들어갔다. 엄마가 음식을 먹는 방식은 유별났다. 저녁식사로 라사냐를 먹을 경우, 엄마는 소스만 먹었다. 우리가 구운 고기를 먹을 때, 엄마는 완두콩이나 조그맣게 잘라 구운 호박을 하나씩 찍어 먹었다. 햄버거를 먹는 경우엔 안에 든 채소만 빼서 먹고 빵과 패티는 그대로 남겨두어 햄버거가 온전한 모습으로 다시 합체되었다. 엄마는 빠르게 식사를 했다. 로봇처럼

* Ciao bella. 이탈리아어로 '안녕, 예쁜 아가씨'라는 뜻.

기계적인 동작으로 접시에 담긴 음식을 포크로 찍어 입에 넣기를 반복하며 정확하게 아귀가 맞도록 계산된 움직임으로 턱을 위아래로 움직였다. 음식을 삼켜 목구멍으로 넘어갈 때쯤 엄마의 포크는 다음 음식 조각을 찍었다.

엄마가 일 때문에 집을 떠날 때마다 아빠는 전혀 다른 사람으로 바뀌었다. 미소를 짓고 웃음을 터뜨리기도 하는 좀더 가벼운 사람으로. 제약회사 영업사원들의 회의가 어디서 열리는지는 몰라도 아무튼 엄마가 차를 몰고 출장을 떠나면 우리 셋은 현관에 서서 손을 흔들어 배웅했고, 이어 아빠가 우릴 향해 돌아서 눈썹을 치켜세우며 말했다. "정크푸드의 밤이네?"

정크푸드의 밤은 다음과 같은 식으로 흘러갔다. 아빠는 전화기를 들어 우리가 좋아하는 여러 음식점에서 칼로리가 가장 높은 음식을 포장 주문했다. 길 끝에 있는 멕시코 음식점에선 나초. 모퉁이 중국 음식점에선 볶음밥. 피자. 햄버거. 감자튀김. 밀크셰이크. 50인분은 족히 될 음식을 아빠가 연이어 주문하는 동안, 우리는 길 건너 편의점으로 달려가 대용량 아이스크림과 사탕, 과자, 쿠키, 초콜릿을 잔뜩 골라 담았다. 우리가 쌍둥이 산타처럼 어깨에 묵직한 비닐봉투를 둘러메고 집에 오면 아빠는 문을 열어주었고, 우리는 배를 문지르며 호-호-호 산타처럼 웃어댔다.

영화도 골라 보는 선택권이 주어졌는데, 그 말은 내가 영화를 고를 수 있다는 뜻이었고, 그건 함께 공포 영화 「샤이

닝」을 보았다는 의미였다. 나는 영화에서 서로 똑같은 모습을 고수하는 쌍둥이가 마음에 들었다. 우리는 배가 아플 때까지 음식을 먹어댔다. 몸이 열배로 부풀어오른 느낌에 행복해져 깔깔 웃다가, 신음을 하며 바닥을 굴러다녔다.

"너희 한조각씩 더 먹을래?" 아빠가 물었다.

"아뇨!" 우리는 배를 내밀며 입을 모아 소리쳤다.

"진짜로?" 아빠가 피자 한조각을 들고 우릴 향해 다가오며 물었다.

"싫어요!"

아빠는 피자 조각을 무기처럼 들고 우리 뒤를 쫓아 탁자를 맴돌았다. 우리는 그렇게 놀다가 서로 다리를 겹친 채로 소파에 널브러져 잠이 들었다.

아침에 잠에서 깨어나 보면 음식은 마법처럼 전부 사라지고 없었다. 수치심에, 공포심에 감추었거나 버렸을 것이다. 아빠는 출근을 한 뒤였다. 우리는 전날 저녁에 한 폭식의 기억이 여전히 배 속에서 들끓는 것을 느끼며 아침식사를 건너뛴 채 스스로 학교 갈 준비를 했다.

릴리의 새로운 로맨스가 정말로 사랑이라면, 확실히 그런 맛이 나긴 하니까, 그렇다면 릴리는 가족을, 나 없이 완전한 새로운 가족을 꾸릴 것이다. 엄마, 아빠, 딸, 얼마나 완벽한 동화 같은 삶인가. 두 사람은 교회에서 결혼식을 올리고, 가족사진 속에서 미소를 지으며, 해마다 기괴한

크리스마스카드를 보낼 것이다. 똑같이 산타 모자를 쓴 우리의 삶이 얼마나 행복한지 잘 봐!

또 성급하게 결론을 내리고 있다, 나도 안다. 도로에 웅크리고 있는 물체를 보면 나는 가까이 다가가서 그게 쓰레기봉투나 버려진 신발이라는 걸 확인하기도 전에 무작정 동물이 로드킬을 당한 것으로 생각하고 슬퍼한다. 벼룩이 점프를 하듯 결론에서 결론으로 건너뛴다. 대단한 운동선수다. 메달도 딸 실력이다! 점프 한번에 0.1칼로리가 소모된다. 그 운동량이 한동안 계속해서 쌓이면……

8

다음 날 아침, 내 방 바닥에 편지봉투 하나가 놓여 있다. 누군가가 방문 아래로 밀어넣어 카펫 위에 놓인 봉투. 개봉되지 않은 편지봉투에 적힌 주소, 내 주소 아래엔 빨간색 입술 자국이 찍혀 있다. 나는 봉투를 들어 봉인된 부분 밑으로 손가락을 밀어넣는다. 아직 마르지 않은 접착제로 붙인 덮개 부분이 입술소리처럼 속삭이듯 열린다.

R——

나한테 전화했었니? 모르는 번호로 수없이 전화가 왔는데 어쩌면 너일지도 모른다고 생각했어…… 모르겠다. 너무 로즈가 할 만한 일인 것 같았어. 그래서 매번 전화를 받았어. 잘 지내고 있으면 좋겠다. 네 언니는 네가 어느 시실에 있는지 말해주지 않을 테니까, 근방에 있는 모든 시설에 이 편지를 보낸다. 모두 열한군데더라!

네가 답장을 쓰는 게 허락될지 모르니까, 그냥 다시 전화를 걸어줄래? 걸고 끊기? 그건 우리 사이의 암호가 되겠지. 그 의미가 뭔지 난 알 거야.

—M

내가 말을 거는 것도, 생각을 하는 것도 허락되지 않는 한 사람. 내가 온갖 생각을 떠올려 외면하는 이유. 나는 침을 삼키고 종이를 뺨에 댄다. 부드럽다. 편지에 혀를 대보니 먼지 맛이 날 뿐이다. 어쩌면 그것이 사랑의 맛일 것이다. 뭔가에 먼지가 끼었다면 한동안 시간을 보냈다는 의미다. 나는 한동안 곁에 머무는 사랑을 원한다.

릴리는 편지를 찢어버리고 편지를 받았다는 사실조차 잊으라고 말할 것이다.

우리의 그룹 리더는 감정을 촉발하지 않는 편지만 간직하라고 이야기할 것이다.

알 만하다는 듯이, 가늘게 다듬은 눈썹을 씰룩거리는 캣의 표정이 상상된다.

나는 휴대폰을 집어들고 액정을 응시한다. 숫자판 위로 전화가 연결될 번호를 따라 엄지를 옮긴다. 우리 사이의 암호. 그 의미가 뭔지 난 알 거야. 하지만 그 의미가 뭔지 나는 알까?

편지지를 봉투에 넣은 뒤 봉투와 휴대폰 둘 다 베개 밑에 집어넣는다. 침대에 눕는다. 편지가 크고 확실하게 느껴져서, 공주와 완두콩 동화처럼 두개골에 닿는 직사각형의 딱딱한 형체를 느낄 수가 있다.

머릿속에 자꾸만 맴도는 캣의 노래 가사가 있다. 내가 네 혀를 물고 있게 해준다면 나도 입을 다물고 있을게. 이 가사를 처음 들었을 때, 무언가에 확 낚아채이듯 숨을 들이마시다 목구멍이 탁 막히던 느낌이 기억난다.

생각의 전환을 하라고 그룹 리더는 조언할 것이다.

스치는 바람 같은 거라고 영화에 나오는 여자들은 말할 것이다. 실연으로 괴로워하는 친구 주변에 모여들어 온갖 소문을 주고받는 여자들. 그들은 아이스크림 한통을 다 퍼먹으며 로맨틱코미디 영화를 보다가 울음을 터뜨리고, 서로 뺨에 흐른 눈물을 닦아준다. 여자들이라면 다 그러는 거라고 우리는 가르침을 받는다.

다시 연애 전선에 뛰어들어야지라고 그들이 말하면, 아, 다들 고개를 끄덕일 것이다.

누군가를 잊는 유일한 방법은 누군가와 자는 거야라고 그들이 말하면, 아, 다들 깔깔 웃어댈 것이다.

2003년(14세—릴리: 46kg, 로즈: 46kg)

제미마 게이츠는 우리 동네에 살았나. 가끔 여름에 닐리와 내가 수영을 하려고 걸어서 구립 수영장에 가면, 제미마는 벌써 그곳에 와 수건을 깔고 희생양처럼 길게 누워 있었다. 당시에도 그애는 멋을 알아서 청록색 비키니 수영복을 입은 반면, 릴리와 나는 똑같이 분홍색 원피스 수영복을 입었다.

릴리는 비키니를 사자고 애걸했었다. 똑같은 걸로 입으면 되잖아. 릴리는 매일 자기와 똑같은 옷을 입는 걸 좋아하는 내 취향에 호소하며 나를 설득하려 했다. 우리도 비키니 입으면 안돼? 이젠 다들 비키니를 입는단 말이야, 로지. 얼마나 귀여운지 좀 봐! 릴리는 노란색 바탕에 온통 작고 붉은 딸기 무늬가 있는 비키니를 양손에 한벌씩 들고 있었다. 나는 고개를 저었다. 비키니를 입으면 릴리의 점이, 우리의 차이점이 드러날 테니까.

원피스 수영복 아니면 안 사. 내가 말했다. 나 소리 지른다.

로지.

나 소리 지를 거야, 그러면 엄마가 아무것도 안 사주고 데리고 나갈걸.

우리는 분홍색 원피스 수영복을 입어보았다. 우리 너무 귀여워 보인다. 나는 릴리의 꼬인 어깨끈을 바로잡아주며 말했다. 너무 귀엽다. 완전 똑같고.

나는 우리가 앙증맞은 싱크로나이즈드스위밍 선수처럼 똑같은 옷을 입는 게 좋았지만, 릴리는 항상 자기만의 취향을 고집했다.

우리는 사춘기에 접어들었고, 제미마는 온몸을 보란 듯이 드러낸 채로 그늘에 앉아 수영장 옆에서 축구를 하는 남자애들을 구경하며 레모네이드를 홀짝거렸다. 나는 빤히 쳐다보지 않으려고 애썼지만, 그건 불가능했다. 제미마를 구경하는 것은 연예인을 구경하는 것과 같았다. 가끔 내 시선을 알아차린 제미마는 윙크를 하며 "네가 보기에 마음에 드니, 로즈?" 같은 말을 건넸다.

살갗이 오그라들었다. 나는 눈을 감았다.

인지행동 치료는 사람들이 바람직하지 않은 갈망과 욕구, 충동에 대처하도록 돕기 위해 세가지 방법, 즉 방향 전환, 주의 분산, 시각화 단계를 활용한다.

방향 전환: 충동이 사라질 때까지 다른 것에 대해 생각한다.

주의 분산: 충동이 사라질 때까지 다른 행동을 한다.

시각화: 충동이 사라질 때까지 다른 상황에 처한 자신을 상상한다.

이 세가지 방법은 각각 충동이 움직인다고 가정한다. 각각의 방법은 모두 어느 시점이 되면 충동이 사라질 거라고 가정한다. 고속도로를 쌩쌩 달리는 자동차처럼 빠르게 지나가든 머리 위에 드리워진 구름처럼 느릿느릿 지나가든 둘 중 하나라고. 인지행동 치료는 거대한 산처럼 꿈쩍도 않고 제자리에 머물러 있는 충동은 설명하지 못한다.

릴리와 나, 우리 둘만 수영장에 놀러 갔을 땐 마르코폴로 게임*의 변형인 시스터 찾기 놀이를 즐겨 했다. 릴리가 풀장 주변에 몸을 숨기는 동안 나는 눈을 감고 제자리에서 맴돌다가 릴리를 불렀다. "시스터?"

릴리는 "시스터!"라고 대답했다.

나는 귀를 기울이다가 맴돌기를 멈추고 릴리의 목소리가 들려온 방향을 가리키며 외쳤다. "시스터!"

방향을 제대로 짐작해서 눈을 떴을 때 손끝이 릴리를 가리키고 있으면 내가 이기는 식이었다. 방향이 엇나가면 릴리가 "놓쳤네!"라고 소리치고 내가 지는 게임이었다.

남자애들을 구경하며 은근히 헐뜯는 걸 일삼는 제미마가 수영장에 와 있을 때는, 그런 게임을 하는 우리에게 하품을 하며 제발 철 좀 들라고 말했다. 그러고는 풀장 가장자리에 드러누워, 펜스 반대편에서 축구를 하는 남자애들을 더 잘 보려고 선글라스를 들어올리곤 했다.

제미마의 집에서 파자마파티를 한 이후 뜨거운 열기로 잔디가 누렇게 마르고 이가 썩어가던 그 여름, 릴리와 내가 시스터 찾기 놀이를 하고 있는데 제미마가 수영장 안으로 느긋하게 걸어 들어왔다. 그애의 몸은 이미 사람들의

---

* 수영장에서 술래가 눈을 감고 청각에 의존해 '마르코'라고 외치는 친구들을 찾는 게임. 술래의 손이 닿거나 수영장에서 벗어난 것이 발각되면 다음 술래가 된다.

시선을 끌 만큼 성인의 몸매로 자라 있었다.

"안녕." 연예인처럼 선글라스를 들어올려 머리 위에 걸치고 머리카락을 뒤로 넘기며 제미마가 인사했다. 나는 제미마가 어떻게 그런 것들을 다 할 줄 아는지 궁금했다. 관객들이 자신의 탁월한 여성성을 즉각 알아차리게 하는 행동들. "나도 끼어도 돼?" 발끝을 물에 담그며 그애가 말했다.

"우린 시스터 찾기 놀이를 하고 있었어." 내가 조심스럽게 말했다.

"응." 제미마는 골이 들어가 환호하는 축구 소년들을 향해 눈을 깜박이며 말했다. "알아. 나도 끼어도 돼?"

"네가 하고 싶으면." 내가 대답했다.

"로지." 릴리가 말했다. "그건 별로 좋은 생각이 아닌 것 같아. 그냥 진실 게임이나 하자. 제미마는 진실 게임 좋아해." 릴리는 내가 꼭 자기 말을 들어야 할 때 내는 목소리를 내고 있었다. 평소보다 콧소리가 강한 목소리. 보이지 않는 유령 손이 콧등을 잡고 있는 것처럼. 나는 그 목소리를 싫어했다.

"싫어." 내가 말했다. "그 게임은 지루해. 시스터 찾기 게임이 재미있어. 그리고 우리끼리 벌써 게임 시작했잖아." 나는 제미마를 향해 말했다. "내가 규칙 가르쳐줄게."

"로지." 릴리는 내가 지금 당장 심각하게 자기 말을 들어야 할 때 내는 목소리를 냈다. 절로를 날려오는 기자저럼 낮고 절제된 목소리. "하지 마." 릴리가 말했다.

그러나 나는 게임을 배우고 나서 게임을 마음에 들어하고 나까지 마음에 들어할 제미마를 상상하느라 이미 들떠 있었다. 릴리는 원한다면 얼마든지 인기 여학생들과 어울릴 수 있지만, 그애들과 어울리느라 나를 따돌리는 일은 드물었다. 하지만 이제 나도 이상한 아이가 아니라 평범하고 재미도 있고 그냥 릴리와 똑같은 아이라는 걸 제미마한테 보여줄 수 있다면, 그렇다면 나도 인기 여학생들과 친하게 지낼 기회가 생길 터였다. 릴리와 나는 둘 다 나란히 멋진 사람이 될 수 있을 것이다. 쌍둥이니까.

축구장을 벗어난 공이 수영장 철문 사이로 굴러 들어왔다. 제미마가 공을 주워들었다. 남자애 하나가 양손을 펼쳐들고 서서 기다렸다.

"이거 필요해?" 제미마가 미소를 지으며 말했다.

남자애는 고개만 끄덕였다.

"그럼 와서 가져가."

우리 또래의 남자애는 믿어지지 않는다는 듯 천천히 다가왔다. 제미마가 공을 한 손에서 다른 손으로 계속 옮겼다. 그러는 내내 그애의 눈길은 남자애에게 고정되었다. 남자애가 걸음을 멈췄다.

"와서 가져가라고 했잖아." 제미마가 말했다.

남자애는 양손을 덜렁거리며 서 있었다. 대기가 고동쳤다. 기 싸움에 따분해진 제미마는 결국 남자애에게 공을 던져주었다. 온 세상이 한숨을 내쉬었다.

"그래서 우리 할 거야, 말 거야?" 남자애가 뒤돌아서 축구장으로 다시 달려가자 제미마가 말했다.

"어서 하자, 릴." 나는 일종의 즉흥적인 모스부호처럼 낱말에 숨은 함의로 소통하려 애쓰며 말했다. 난 너를 도우려고 이러는 거야라고 전달하고 싶었다. "실망시키지 마." 내가 말했다.

제미마가 고개를 끄덕였다. "그래, 릴." 비웃음을 지으며 그애가 말했다. "실망시키지 마."

릴리가 경고하듯 눈을 이글거리더니 이내 단념한 듯 어깨를 으쓱했다. 나는 신이 나서 제미마에게 게임 규칙을 구구절절 늘어놓았고, 그애는 기꺼이 배우겠다는 태도로 고개를 계속 끄덕거렸다. 그러나 내가 게임의 기본 규칙 설명을 다 마치자 제미마는 멈춤 표시처럼 손가락을 쫙 펴고 손을 들어올렸다.

"내가 뭐 빠뜨렸어?" 내가 물었다.

"아니야." 제미마가 대답했다. "게임에 추가할 게 있어."

릴리가 한숨을 쉬었고 나는 침을 삼켰다.

제미마가 말을 이었다. "이번 게임은 시스터 찾기 미스터 키스 편이야."

"미스터 키스?"

"응." 능글맞은 웃음을 미소로 바꾸며 제미마가 말했다. "우연히 축구 하는 애들을 가리키게 되면, 새들 중 한명힌테 가서 키스해야 해."

"쟤들 중 한명한테 키스를 하라고? 남자애한테?" 내가
물었다.

제미마는 싱글싱글 웃었다. "뭐 문제 있어?"

릴리의 뺨이 붉어졌다.

"잠깐만." 나는 침을 삼켰다. "우연히 길에 있는 남자애
들을 가리키게 되면 걔네들한테도 키스해야 해?"

제미마가 릴리를 보며 물었다. "애 바보니?"

다른 모든 사람과 달리 제미마는 늘 릴리와 나를 별개
로 대했다. 나를 릴리의 외향적인 성격, 호감도, 개성의 일
부로 봐주기를 거부했다. 그애는 나만의 모습을, 누구도
달가워하지 않는 나를 꿰뚫어보았다. 내가 릴리한테 홀딱
반했다는 소문을 퍼뜨렸고, 그래서 학교 인기인들이 꼬박
6개월째 나를 '근친상간'이라고 부르고 있었다.

제미마 게이츠가 이해하지 못한 것: 나는 릴리를 원하지
않았다. 나는 릴리가 되고 싶었다.

릴리가 팔짱을 꼈다. "로지, 아무래도 우린 그냥 집에 가
야겠다. 곧 저녁 먹을 시간이야." 릴리는 입술을 깨물고 있
었다. 그건 나 때문에 사고를 수습해야 할지, 아니면 하루
를 계속 이대로 보내도 좋은지, 내가 무슨 짓을 할지 보려
고 기다릴 때 릴리가 하는 행동이었다. 나는 릴리가 나 때
문에 걱정하는 걸 바라지 않았다. 릴리를 곤란하게 하고
싶지 않았다. 단 한 순간도. 지금도. 나는 릴리를 위해 이 게

임을 하고 싶었고, 릴리를 위해 인기 여학생이 되고 싶었다.

"싫어." 내가 말했다. "같이 놀 거야." 나는 제미마를 쳐다보았다. "웃기는 규칙이네. 하지만 나도 할 거야. 키스 벌칙."

"너도 하겠다고?" 릴이 물었다.

"너도 하겠다고?" 제미마가 물었다.

"응." 배 속이 울렁거리고 기대감으로 입술이 따끔거릴 지경이었지만, 나는 아무렇지도 않은 것처럼 보이기를 바라며 어깨를 으쓱했다. 나는 릴리 말고는 그 누구와도 입맞춤을 해본 적이 없었다. 자칭 스킨십 거부자인 부모님하고조차 해본 적이 없었다.

"좋아." 제미마가 말했다. "내가 먼저 할게."

제미마가 빙글빙글 돌았다. "시스터?"

릴리와 나는 둘 다 길에서 노는 남자애들과 정반대 방향으로 몸을 숨기며 "시스터"라고 대답했다.

제미마는 미소를 지으며 우리가 숨은 곳에서 180도 방향에 있는 간이 축구 골대를 가리켰다. "시스터?"

"놓쳤네." 릴리가 중얼거렸다.

"미스터 키스야." 나는 웃음을 터뜨렸다.

물론 릴리는 제미마가 일부러 남자애들 쪽을 선택했다는 걸 깨달았겠지만, 나는 그런 애들과 키스를 하고 싶어한다는 걸 상상도 할 수 없었다. 내 몸은 그런 식으로 돌아가지 않았다. 나는 제미마가 부시하게 세임을 못한다는 사실에 킥킥 웃음이 나왔다. 언제나 완벽한 귀여운 제미마가 우리 게임엔 젬병이라니!

제미마는 우아한 동작으로 풀장에서 빠져나가더니 가슴을 내밀고 일어섰다. 그러고는 마법처럼 어디선가 체리향 립글로스를 꺼내 입술에 두툼하게 바르더니, 축구 경기가 한창인 곳으로 성큼성큼 걸어갔다.

"야!" 남자애들이 가까워지자 제미마가 소리쳤다. "멈춰!" 그러자 아이들이 동작을 멈추었다. 모두들 제자리에 서서 입을 헤벌린 채 반라에 가까운 제미마의 몸을 바라보았다. 제미마는 인도에서 가장 가까운 아이에게 곧장 걸어가 양손으로 얼굴을 잡고 입술에 키스했다. 영화 속 여인처럼 입을 대고 뜸을 들이다가 한걸음 물러나더니, 너무도 어른스럽고 젠체하는 태도로 남자애의 뺨을 꼬집었다. 그런 다음 보란 듯이 우리에게 돌아와서는 풀장으로 뛰어들었다가 수면 위로 올라와 손가락으로 머리카락을 쓸어넘겼다.

"다음은 누구 차례지?" 남자애들이 야유와 환호성을 질러대는 사이 제미마가 말했다.

"내가 할게." 릴리가 "로즈는 안돼"라고 말하기 바로 직전에 내가 말했다.

"로즈는 왜 안돼?" 릴리를 돌아보며 제미마가 물었다.

"그러게." 내가 릴리를 향해 한쪽 눈썹을 치켜세우며 말했다. "난 왜 안돼, 릴?"

릴리가 하도 입술을 세게 깨물어서 금방이라도 턱으로 피가 흘러내릴 것 같았다. 나는 손을 뻗어 제미마가 축구 하던 남자애에게 했던 것처럼 릴리의 뺨을 살짝 꼬집었다. 바란 대로 효과가 있었다. 릴리 입술의 긴장이 풀렸다. "제발 평범하게 굴어, 로즈." 릴리가 속삭였다.

"난 괜찮아." 이렇게 대꾸한 뒤 눈을 감고 맴을 돌았다.

어둠속에서도 제미마 혼자만 게임에 응하고 있다는 걸 분명히 알 수 있었다. 등 뒤로 릴리의 존재가 느껴졌고, 입 안에 금속 같은 피 맛이 가득한 걸 보니 릴리가 못마땅해 한다는 걸 느낄 수 있었다.

우리는 평생 서로의 감정을 맛으로 느껴왔다. 짜증 나는 일이고 종종 구역질 나게 싫기도 했지만, 릴리가 행복해져 기쁨으로 충만할 땐 나도 그 맛을 음미하며 군침이 돌았다. 릴리가 가장 좋아하는 명절인 크리스마스 때마다 나는 녹인 버터에 절여진 듯한 혀를 하루 종일 빨았다.

"시스터?"

"시스터." 제미마의 대답은 남자애들과 같은 방향에서 들려왔다.

나는 침을 삼키고 손가락으로 가리켰다. "시스터?"

낄낄거리는 웃음소리와 첨벙거리는 물소리가 연이어 나더니 이윽고 제미마가 말했다. "놓쳤네. 미스터 키스야"

눈을 뜬 나는 제미마가 서 있는 곳이 좀 전에 목소리가 들려왔던 방향과 다르다는 걸 깨달았다. 나는 축구 하는 아이들 방향을 가리키고 있었다.

"속임수야." 내가 제미마에게 말했다. "너 움직였어."

"아니, 안 움직였는데." 제미마가 말했다. "내가 움직였니, 릴리?"

"움직였지, 릴리?" 우린 둘 다 릴리를 돌아보았고, 릴리는 또다시 아랫입술을 빨고 있었다.

"모르겠어." 릴리가 말했다. "난 정말 모르겠어."

"어떻게 모를 수가 있어?" 내가 물었다. "계속 보고 있었을 거 아냐. 쟤 움직였어, 안 움직였어?"

릴리의 뺨이 빨갛게 물들었고 나는 입안에 통증이 번지는 걸 느꼈다. 내 혀였다. 릴리가 자신의 살을 통해 나를 깨문 것이다. 릴리의 눈에는 물기가 가득했다. 나는 릴리가 가르쳐준 방식대로 숨을 참고 다섯을 세었다. 분노가 잦아들고 여우비가 내렸다. 나는 숨을 내쉬었다.

"좋아. 알겠어. 상관없어." 내가 말했다.

나는 릴리가 긴장을 풀게 하려고, 이로 꽉 깨물고 있는 입술을 놓게 하려고 미소를 지어 보였고, 효과가 있었다. 릴리의 가엾은 입술은 당황스러울 정도로 새빨갛다 못해 자주색 멍까지 들어 통통 부어 있었다. "난 규칙대로 할 거야." 내가 말했다. "키스할 거야."

"로지, 꼭 그러지 않아도 돼." 릴리가 말했다. 릴리는 내가 한번도 키스를 해본 적이 없다는 걸 알고 있었다. 우리는 키스를 해본 적이 없었다.

"당연히 해야지." 제미마가 말했다. "그게 게임 규칙이잖아."

풀장에서 빠져나온 나는 분홍색 물안경을 벗고 땋았던 머리를 풀었다. 손가락으로 머리카락을 빗어내리며 침착해지려고 애썼다. 멋지게.

내가 게임을 완수하려고 길가의 잔디밭을 건너 걸어가는 동안 릴리와 제미마는 침묵을 지켰다.

"멈춰!" 제미마가 그랬던 것처럼 내가 소리를 질렀지만 축구 경기는 계속되었다. 나는 둘을 돌아보며 얼굴을 찌푸렸다. 릴리는 자신을 껴안고 있었고, 제미마는 허리를 구부리고 깔깔 웃어댔다. "야!" 내가 다시 소리를 질렀다. "멈추라고!" 여전히 아무 일도 벌어지지 않았다. 남자애들은 계속 서로를 견제하며 이리저리 뛰어다녔고 모기떼처럼 나를 피해 달아났다. 나는 어깨를 으쓱한 뒤 유일하게 가만히 서 있는 골키퍼를 대상으로 삼기로 결정했다.

"너." 그애에게 가까이 가며 내가 말했다. 이어서 나는 어린애처럼 통통한 그애의 얼굴을 양손으로 잡고 고개를 숙여 그애의 입술에 내 입술을 부딪쳤다. 물고기에게 키스를 하는 기분이었다. 그애의 얼굴은 땀으로 끈적거렸고 입에서도 짠맛이 났다. 내가 물러나자 남자애는 손등으로 얼굴을 닦았다.

돌아서서 걸어오는 동안 폭풍처럼 번지는 남자애들의 웃음소리가 들려왔다. 박수와 코웃음 소리. 그러다 골키퍼가 말했다. "마이크는 죽이는 애랑 했는데 난 왜 뚱뚱한 애랑 키스한 거지?"

울음이 터져나올 거라고 생각하던 나를 어느새 제미마가 온몸으로 감싸안았다. 그러고는 내 귀에 대고 속삭였다. "네가 자랑스러워, 베이비." 그애의 입술에서 풍기는 과일향이 느껴졌다.

나는 일어서서 방문을 열고 복도를 훔쳐보지만 그곳엔 아무도 없다. 나는 사뿐사뿐 걷는다. 일부 마른 여자들이 자신의 몸을 의식해 선을 넘지 않도록 복도에는 발소리가 나지 않게 카펫이 깔려 있다. 비품보관실 문은 닫혀 있고, 나는 어찌할 바를 몰라 망설이며 그 앞에 선다. 이윽고 질식할 듯한 신음 소리가 들려올 때도 여전히 그 자리에 서서 한동안 꼼짝하지 않는다.

나는 전투에 나간 병사처럼 바닥에 배를 깔고 납작 엎드려 문과 바닥 틈새로 눈을 바짝 들이댄다. 안은 어둡다. 너무 어두워서 보이진 않지만, 귀를 기울이자 쾌감을 억누른 듯한 숨소리와 갈망으로 부풀어오른 한숨 소리가 들린다.

나는 몸을 일으켜 문에 등을 대고 앉아 안에서 나는 소리에 귀 기울이며 레깅스 허리밴드 안으로 손을 집어넣는다. 소리가 커지면서 내 심장박동도 빨라진다. 나는 캣과 나비가 내려앉은 듯한 그녀의 아름다운 입술을 생각하지 않으려고 노력한다. 자위를 할 때는 흔히 아는 포르노의 플롯보다는 좀더 섬세하고 미묘하며 덜 뻔뻔한 내용을 머릿속에 떠올린다. 피자 배달을 온 남자가 초인종을 누르면 가슴을 드러낸 여자가 나와서 자기가 직접 문을 열었음에도 불구하고 충격을 받은 척하다가, 배달원 남자를 향한 욕망에 압도되어 자기 집 현관에서 곧장 무릎을 꿇는다는 식의 투박한 서사는 도저히 참을 수가 없다. 내 시나리오는 사실주의에 입각해 인물의 행동 전개가 담긴다. 한 여자가 다른 여자와 점심을 먹으러 온 남자를 눈여겨본다. 여자는 홀로 테이블에 앉아 녹차 잔을 만지작거리고 있다. 차는 차갑게 식은 지 오래지만, 우리의 주인공이자 포르노스타인 여자는 아름다운 커플에게 시선을 빼앗긴다. 상대여자가 진한 채소수프를 한숟갈 떠서 대단히 조심스럽게 호호 불어 식히더니 남자의 입술로 가져간다. 수프의 맛을 본 남자는 미소를 지으며 감탄사나 긍정적인 의미의 형용사를 늘어놓는다. 우리 주인공의 테이블과 커플이 앉은 테이블 사이엔 거리가 있고 붐비는 식당엔 관찰자와 피관찰자 사이를 계속 돌아다니는 종업원들도 있음을 감안할 때, 지나치게 구체적인 묘사는 하지 않는 것이 중요하다. 잘 연출된 포르노 영화의 열쇠는 개연성이라는 걸 많은 사람이 모르고 있다.

　남자가 몸을 수그려 여자의 귀에 무언가를 속삭인다. 여자가 웃음을 터뜨린다. 이 커플은 너무도 행복하다. 너무도 행복하고 아름다워서, 자신의 덜 완벽한 사진으로 갈아끼우기 전 액자에 담긴 상업용 이미지 사진 속 바로 그 커플이라고 할 수 있을 정도다. 커플은 계속 서로의 음식을 나눠먹으며 담당 웨이터와 농담을 주고받는다. 웨이터에게도 그들이 서빙하기 가장 좋은 손님이란 건 확실하다.

당신의 머리만큼이나 커다란 브라우니가 디저트로 나오자, 두 사람은 포크로 초콜릿 케이크와 바닐라 아이스크림을 딱 한입에 맞는 분량으로 조심스레 떠서 서로에게 먹여주며 둘 사이에 놓인 디저트를 끝까지 다 먹는다. 보통 그 디저트 장면에서 나도 자위를 끝낸다.

포르노 영화 같은 환상 속에서 나 자신의 모습을 보는 건 흔치 않은 일이지만, 혹시라도 등장할 때 분명한 것은 내가 릴리라는 사실이다. 그건 왼쪽 엉덩이 위에 있는 점으로 알 수 있다. 우리 둘 사이의 유일한 신체적 차이점.

예를 들어 지금도 마당 건너편에 사는 나의 연인이 방문을 두들기는 장면을 상상하며 침대에서 동물행동학에 관한 책을 읽던 내가 일어나서 그를 맞이하고 그가 나를 껴안으면서 오로지 내 몸에 대한 욕망만으로 발기한 것을 알아차리는 광경을 떠올릴 때, 카메라를 줌아웃 한 듯 멀리서 보이는 그 장면 속 여자는 깡마른 남자에게 안겨 뺨을 장밋빛으로 붉히며 미소를 짓고 있다. 여자의 머리숱은 여전히 풍성하고 피부도 오래된 눈雪 같은 회색이 아니다. 나의 환상 속 커플이 갑자기 벌거벗으면, 바로 그 장면에서 여자의 등에 찍힌 지표 같은 점이 여자의 이름을 공표한다. 릴리. 비품보관실에 숨은 커플의 신음 소리에 맞춰 나의 몸도 전율한다. 그들이 절정에 이르러 움직임을 멈추자 나도 절정에 이른다.

오르가슴에 소비되는 칼로리는 얼마나 될지 궁금하다.

칼로리에 대해서는 생각하지 마세요. 그룹 리더는 말한다. 그러나 그건 심리학의 기본이다. 인간의 정신은 부정어를 잘 인지하지 못한다.

피실험자에게 다음과 같은 문장이 주어진다. 하늘에 새가 한마리도 없다! 같은 피실험자에게 두장의 사진을 보여준다. 한장에는 둥지 속 새가 찍혀 있고, 다른 한장에는 하늘을 나는 새가 찍혀 있는데, 피실험자는 매번 위의 문장을 하늘을 나는 새의 사진과 연결 짓는다.

칼로리에 대해서는 생각하지 마세요 대신 코끼리에 대해 생각하세요라고 말해보기.

그 여자에 대해서는 생각하지 마세요 대신 토끼나 음식, 남자에 대해 생각하세요라고 말해보기.

9

우리에게 자유로운 이동이 허락되는 날은 극히 드물지만 청소하는 날은 예외다. 오늘 우리는 휴게실을 청소하고 있는데, 이 시설의 나머지 구역과 마찬가지로 휴게실도 흰개미 천국이다. 벌레들은 대단히 체계적이다. 흰개미들이 어찌나 끊임없이 한줄로 행진을 이어가는지, 마치 천장에 절취선이 난 것처럼 보여 한쪽을 북 찢어낼 수 있을 것만 같다.

간호사들이 다른 피부를 한겹 덧입은 것처럼 느껴지는 고무장갑을 우리 손에 끼워준다. 매끈한 파란색 고무로 만들어진 피부가 부풀었다 밀착된다. 몇몇 여자들은 고무장갑이 손에 들러붙어버려서 손목의 뾰족하게 튀어나온 뼈를 영원히 가릴까봐 겁이 나 비명을 지르며 고무장갑을 떨

어뜨린다. 나는 몸에 찰싹 달라붙는 고무의 탄력에서 내가
존재함을 상기하며 고무장갑을 계속 끼고 있는다.

2003년(14세—릴리: 46.5kg, 로즈: 46.5kg)

해마다 학년 초 첫 등교일이면 일회용 장갑을 긴 구내식
당 직원들이 점심 급식으로 다진 고기를 토스트에 올려주
며 말했다. 특별식이야!

미스터 키스 사건 이후로 제미마는 급식 때마다 같이 앉
던 다른 여자애 둘을 쫓아내고 릴리와 나를 자기 식탁에
앉게 했다. 내가 릴리와 사랑에 빠졌다는 소문을 퍼뜨리는
짓도 관두고, 내가 말만 꺼내면 웩 토하는 시늉을 하던 짓
도 관두었다. 학대가 멈추자, 나는 너무도 고마운 나머지
그걸 거의 친절이라고 느낄 지경이었다.

"로즈." 학기 첫날 우리가 식당에 들어서자 제미마가 우
리를 불렀다. "릴리."

나는 나를 먼저 부르고 그다음에 릴리를 부른 것에 뭔
가 의미가 있다고 여기며 내심 우쭐하지 않으려고 애를 썼
다. 제미마와 함께 있을 땐 모든 일에 뭔가 의미가 생겼다.
그애는 체스를 두듯 하루 일과의 상세한 부분까지 일일이
수를 헤아려 행동에 옮겼다. 점심시간에 누구를 옆에 앉힐
지, 화장실에 갈 땐 누구한테 같이 가자고 할지, 누구한테
립글로스를 빌려 쓸지. 마치 떠돌이 개를 다루듯이, 우리
가 계속 끙끙대게 만들 정도로만 모두에게 관심을 주었나.

제미마 게이츠가 추구하는 사랑의 유형은 넓은 범위의 사랑이었다. 그애가 우리 이름을 부른 순서도 계산된 것이었다. 내가 이겼다.

"우리랑 같이 앉아." 제미마가 말했다. "여기 자리 있어." 그러고는 자기 식탁에 남겨둔 의자를 가리켰다.

나를 둘러싼 아이들이 오럴섹스에 대한 대화를 나눌 때, 나는 거의 거기 없는 사람처럼 느껴졌다.

"이렇게 시작하는 거야." 제미마가 바나나를 들어올리더니 혀로 바나나 줄기 부분을 둥글게 핥았다. "곧장 끝으로 접근하면 안돼." 우리는 각자 바나나를 들고 젖은 혀로 줄기 부분을 핥았다. "그런 다음엔 밑부분에서 끝까지 쭉 핥아올려." 제미마가 말했다. "막대 아이스크림 먹을 때 녹아서 흐르지 않게 핥아먹는 것처럼."

우리는 시키는 대로 했다. 바나나를 핥았다.

"그런 다음엔 입안에 넣을 수 있는 만큼 최대한 집어넣어."

우리는 입을 크게 벌리고 마치 권총을 들고 총구를 뇌로 향하듯 바나나를 입안으로 밀어넣었다. 내 입에 넣기엔 바나나가 너무 크게 느껴졌지만 상관하지 않았다. 이것이 인기를 얻는 방법이었어! 점심시간에 오럴섹스 연습을 하는 것! 딱딱한 바나나 끝이 목젖에 닿아 나는 구역질을 했다.

"아주 잘했어." 제미마가 자기 입에서 바나나를 꺼내고는 웃으며 말했다. "그게 바로 남자를 사랑에 빠지게 만드는 헌신의 일종인 거야. 기분 좋지 않니?"

목구멍에 상처가 난 것 같았다. 내 바나나 끝에 빨갛게 피가 묻어 있었다. "응." 내가 말했다. "기분 되게 좋아."

"그럼 그렇지, 시스터." 제미마가 오렌지주스 병으로 나와 건배하며 말했다.

평범해지는 게 얼마나 쉬운지 봤지? 하라는 대로 하고 따라 하고 동의하면 돼! 이런 거라면 나도 계속할 수 있겠어. 이런 성격이라면 나도 꾸준히 유지할 수 있을 거야. 새로운 나! 오럴섹스를 좋아하고 잘하는 제미마의 절친.

"이제 결정을 내려야 해." 제미마가 눈을 반짝거리며 말했다. "뱉을지 삼킬지." 우리 인기 여학생들은 서로 눈치를 살폈다. 이건 최후통첩이어서 아무도 대꾸할 필요가 없었다.

제미마의 추종자인 로런은 꿀꺽 삼켰다. 릴리도 재빨리 따라서 침을 삼켰다. 제미마 게이츠를 흘끔 살피니 미소가 아주 약간 흔들렸는데, 나는 충분히 알아볼 수 있었다. 나는 한겹짜리 냅킨을 입에 대고 한번, 확실하게 두번 침을 뱉은 뒤 뭉쳐서 주먹으로 꼭 쥐었다. 제미마는 윙크를 한 뒤 자기도 냅킨에 침을 뱉고 나서 가슴 앞으로 팔짱을 꼈다. "너희 둘은 방금 정액을 먹은 거야." 웩 하고 구역질하는 시늉을 하며 제미마가 말했다.

로런과 릴리가 분노의 눈빛으로 우릴 쏘아보았다. 씩씩거리는 소리가 거의 들리는 듯했다. 릴리는 내가 오럴섹스에 대해 아무것도 모른다는 걸 알고 있었다. 릴리의 자사운 시선이 뺨에 닿았지만 나는 제미마에게 인정받았다는 기쁨을 누리느라 바빴고, 제미마가 내 손을 잡고 팔을 뒤집어 부드러운 속살이 위로 오게 한 다음 손목에 입술을 대었으므로 쌍둥이 언니가 전하는 실망의 맛 따위는 느낄 수가 없었다. 나의 첫 키스였다.

"있지, 내가 새로운 다이어트법에 대한 기사를 읽었거든." 제미마가 다시 식탁에 앉은 모두를 향해 말했고, 우리끼리의 교감은 끝이 났다. 나는 즉각 그 순간을 슬퍼했다. 유명 스타가 커피 주문을 하거나 버스 통로를 지나며 잠깐 엑스트라들과 소통할 때 엑스트라들이 느끼는 감정이 이러할 것이다. 잠깐의 명예.

제미마는 자기 엄마가 구독하는 잡지에서 읽은 다이어트 비법을 아이들에게 설명했다. 하루 한알 사과 다이어트였다. 다이어트법의 명칭에 규칙까지 다 담겨 있었다. 간단했다. 바보도 알 수 있을 정도로. 열흘 동안 하루 한알씩 사과를 먹는다.

"너희는 어떻게 생각해? 캣 미첼스가 하고 있는 다이어트법이라는데, 너희도 봤지? 진짜 말랐잖아."

"너무 예뻐." 모두들 동의했다.

제미마가 귀 뒤로 머리카락을 넘겼다. "그렇다면 좋아." 제미마는 립글로스를 햇빛에 반짝반짝 빛내며 미소 지었다. "같이 할 사람?"

릴리가 나를 보며 제안하듯 눈썹을 치켜세웠을 때, 이

우월한 여자애들이 하는 일이라면 무엇이든 기꺼이 할 마음이 든 나는 고개를 끄덕였다.

"릴?" 이미 점심 식판을 멀찌감치 밀어놓고 다이어트의 시작을 알리며 제미마가 물었다.

"난 찬성." 릴리가 나를 봤다가 제미마를 봤다가 다시 나를 보며 말했다.

"우린 찬성이야." 내가 말했다.

"여러분, 다이어트는 오늘부터 시작입니다." 제미마가 식판에서 사과만 집어들고는 미소를 지으며 말하자, 인기 여학생들도 한 사람씩 모두 자기 사과를 집어들었다. "우린 캣 미첼스처럼 날씬해질 거야!" 제미마가 사과를 깨물자 예리하게 쪼개지는 소리가 들렸다.

나머지 아이들도 각자 사과를 입으로 가져갔다. 우리는 사과를 깨물어 씹어먹었고, 모두들 하나의 입이 되어 삼키는 것도 공동 작업인 것처럼 느껴졌다. 릴리와 나는 서로 쳐다보며 미소를 지었다. 우리도 그들과 한편이었다.

분무기와 청소용 솔로 무장한 우리에게 간호사들이 말한다. "가서 청소하세요!" 그래서 우리는 청소를 한다. 우리 마른 여자들에게 시키고 싶은 일이 있다면 말해도 좋다. 일단 청소는 우리가 할 수 있는 일이다. 우리는 바닥을 문지르고 벽을 문지르고 식탁과 의자를 문지른다. 앙상한 팔이 줄곧 둘로 갈라질 것처럼 위태롭지만 우리는 물완전한 것들을 문지르고 또 문지르다가 이어서 완전한 것들도 똑같이 문질러 닦는다. 그것이 갇혀 있고 싶지 않은 이곳에서 우리가 밥값을 하는 방식이다.

나는 청소하는 날을 좋아한다. 틱택 사탕으로 칼로리 소모량을 계산한다. 틱택 한개=2칼로리. 틱택 한개를 소모하려면 십분간 솔질을 해야 한다. 나는 솔질로 내 몸에서 박하사탕을 문질러내고 바닥에 굴러떨어져 흩어지는 모습을 지켜보다가 그것까지도 문질러 없애버린다.

사과 다이어트를 시작한 날 학교에서 돌아와 보니, 부모님은 피자를 주문해 식탁에 올려두고는 데이트를 하러 나가고 없었다.

우리는 집에 둘만 있는 데 익숙했다. 부모님은 늘 우리를 서로의 베이비시터로 취급했다. 아이를 갖기로 결정했을 때 부모님은 아이가 부부 사이를 끈끈하게 해줄 거라고 생각했다. 결혼생활이라는 샌드위치의 속을 채워줄 내용물. 그러나 쌍둥이가 태어났고, 릴리와 나는 이미 완성된 가족이었다. 우리는 외동아이들처럼 부모를 필요로 하지 않았다. 우린 우리 둘만 있으면 족했다.

릴리가 피자 상자를 열고 냄새를 맡았다. "페퍼로니 피자네."

"먹으면 안돼, 기억 안 나?" 나는 선반에서 유리컵을 꺼내 칼로리도 없고 다이어트에 좋은 물을 채웠다.

"바보처럼 굴지 마." 릴리는 손바닥을 접시 삼아 한조각을 들어올렸다. "제미마가 농담한 거야."

"난 그렇게 생각 안해. 약속 안 깰 거야."

"너 제미마 게이츠에 대해선 되게 이상하게 굴더라." 릴리가 말했다. "오늘 바나나 오럴섹스 시늉도 그래. 걔한테 홀딱 반하기라도 한 것 같았어."

릴리는 무척 조심스럽게 내 반응을 살폈다.

"내가? 걔가 손목에 키스할 때마다 낄낄거린 건 너잖아."

"어쨌거나." 릴리는 한조각을 다 먹어치우고 한조각을 더 집어들었다. "너 정말로 이거 하나도 안 먹을 거야?"

나는 고개를 젓고 식탁에 앉아 물을 홀짝거리며 릴리를 구경했다. 릴리는 한조각 한조각 먹고 또 먹더니 피자 한판을 다 먹어버렸다. 내 배에서도 거의 통증이 느껴질 정도였지만 릴리는 이제야 겨우 배가 부르다는 듯이 행동했다.

"맛있다." 릴리는 냅킨으로 입술을 닦고 빈 상자를 덮었다. "다 해치웠네."

릴리는 TV를 보러 갔고, 나는 미니스커트에 탱크톱을 입은 캣 미첼스의 포스터를 프린트했다. 골반뼈가 마치 날개처럼 몸에서 튀어나와 있는 모습이었다. 가슴 위쪽을 가로지르는 쇄골은 아찔한 낭떠러지 같았다. 나는 포스터를 침대 위에 붙여두고 너무도 날씬한 그 인기 가수를 올려다보며 미소 지었다. 나도 저렇게 될 수 있을 것이다.

그날밤 잠자리에 들기 전 이를 닦으며 나는 거울에 미친 릴리의 모습에서 티셔츠 아래로 불룩하게 솟아오른 배를 알아차렸다. 나는 납작한 내 배를 쓸어내렸다.

우리는 거울 속에서 자신의 반전된 모습을 본다. 사진에는 납작해진 자신의 모습이 담긴다. 누구든 자신이 볼 수 있는 가장 비슷한 자기 모습조차도 조작된 자아다. 내가 볼 수 있는 가장 비슷한 나 자신의 모습은 릴리다.

다이어트를 시작하면 일어나는 일들: 자신의 몸을 의식한다. 모든 사람을 의식한다. 모든 사람의 몸을 의식한다. 모든 사람은 몸이 있고 어디를 가든 자신의 몸을 데리고 다닌다. 뚱뚱한 몸들을 의식하며 자신이 어떤 사람인지 떠올리고, 마른 몸들을 의식하며 자신이 되고 싶은 사람을 떠올린다. 허벅지 사이의 틈과 배에 생긴 셀룰라이트와 덜덜 떨리는 팔뚝과 툭 튀어나온 무릎을 의식한다. 어머니의 뼈만 남은 손가락과 아버지의 이중 턱을 의식한다. 꽉 끼는 청바지를 뚫고 나올 듯 부풀어오른 몸과, 목까지 쭉 이어져 하나하나 셀 수도 있을 것 같은 갈비뼈를 지닌 몸을 의식한다. 모든 사람에게 몸이 있지만, 당신은 자신의 몸 안에서 언제나 침입자가 된 기분을 느낄 것이다.

내가 유리창을 닦는 동안 세라는 창틀을 닦는다.
"유부남이라고?" 내가 릴리가 면회 왔던 이야기를 마치

자 세라가 대꾸한다. "그래서 뭐?"

"결혼한 남자라고."

"그래, 하지만 릴리는 항상 끔찍한 남자들이랑 데이트 했던 것 같은데? 끔찍한 남자가 이상형인가보지."

"맞아, 하지만 이번엔 다른 것 같아." 내가 말한다. "눈이 반짝반짝하더라고. 뭔가……"

"행복해 보여?" 세라가 묻는다.

나는 이미 깨끗해진 유리에 세정액을 분사해 북북 문질러 닦는다. "어쩌면."

"본인이 행복하다는데 무슨 상관이야? 릴리가 행복하길 바란다며."

"유부남이니까 그렇지!" 나는 사다리 대신 사용하던 스툴에서 내려온다. "게다가 흡연자야. 릴리도 담배를 피우더라니까."

"나도 담배가 그립다."

세라가 너무나 열여덟살 같아 보여서 눈물이 날 것 같다. 하지만 우는 대신 마음을 다잡는다. 짚고 넘어가야 할 게 있다! "그런 관계엔 유효기간이 있다는 걸 릴리가 모르는 것 같단 말이야. 가슴만 아플 거라고."

세라가 내 허리에 한쪽 팔을 감아 끌어당긴다. 세라 입에서 고약한 냄새가 나는 걸 느끼며 나는 화장실에 갈 때마다 간호사가 감시를 하는데 어떻게 몰래 토하는지 의아해진다. 캣이 비밀 장소를 마련한 모양이지만, 꾀징하지는 않는다. 얼마 안 가 발각될 것이다. 토하는 환자들은 항상 발각된다. 자기 신발이나 입소할 때 가져온 여행가방에 토하기. 시큼한 토사물의 악취만 오래 감출 수 있을 뿐이다.

"잘 들어." 세라가 말한다. "지금은 본인한테 집중해. 쌍둥이 언니는 괜찮을 거야. 언니를 걱정하기 전에 본인 문제 해결에나 신경 써."

세라가 내 목 우묵한 굴곡에 머리를 기댄다. 그 말이 맞는다. 릴리와 나는, 구체적으로 언급한 적은 없지만, 내 상태가 좋아져서 우리의 삶이 서로에게 걸림돌이 되지 않을 때까지 일단 내 건강에만 집중하기로 굳게 약속했다. 그런데 이제 릴리가 데이트를 시작했다. 앞으로 나아가는 중이다. 나 없이도.

"동생이 있어서 릴리는 참 다행이야." 세라가 말한다. "나에게도 로즈 같은 사람이 있으면 좋겠어."

뺨에 닿는 세라의 머리카락이 부드럽다. 세라의 정수리에 턱을 괴고 있으니, 토사물 냄새가 여전히 쓰고 시큼하면서도 와인 향기처럼 어딘가 좀더 부드러워진 느낌이다. 어쩌면 샤르도네 와인인지도 모르겠다.

"너에게도 있어. 너한텐 내가 있잖아." 내가 말한다.

이제 유리창이 깨끗해지다 못해 눈을 찡그리면 우리의 형체가, 나와 세라의 모습이 희미하게 비칠 정도다. 우린 닮은꼴이다.

"어이." 문 쪽에서 외침이 날아온다. "둘이 방이라도 잡고 싶은가봐? 포시즌스 호텔에 펜트하우스를 잡아줄 순 없지만 복고풍으로 멋지게 꾸민 내 방을 빌려줄 순 있어."

내가, 우리가 돌아보니 앙상한 팔에 고무장갑을 파티용 긴 장갑처럼 우아하게 팔꿈치까지 올려 낀 캣이 의기양양한 표정으로 문설주에 몸을 기대고 서 있다. 캣이 미소를 짓는다. 캣도 구토 탓에 치아가 갈색으로 변색되어 있다.

캣. 우리가 서식하고 있는 생태계를, 세심하게 관리되어온 이곳의 권태를 무너뜨리려고 단단히 결심한 듯한 사람. 여기선 시간이 얼마나 느리게 흘러가는지 아는지? 분초 分秒가 꾸물꾸물 흘러간다. 우리는 그게 마음에 든다. 모든 것이 예측 가능하고, 창가에 앉아서 날이 저무는 것을 지켜보듯 인생이 지나가는 걸 지켜볼 수도 있다.

"그런 거 아니에요." 세라가 너무 나직하게 속삭인다.

"닥쳐요, 캣." 나는 너무 큰 소리로 말한다.

언젠가 이인성 장애*를 앓는 유명 대학의 과학 교수에 대한 기사를 읽은 적이 있다. 그는 어느날 아침에 잠에서 깨어나 거울에 비친 자신을 알아보지 못했다. 거울 속 인물을 침입자라고 생각한 그는 거울에 주먹질을 했다. 그러다 손에서 피가 멎을 무렵엔, 멀게 느껴지는 거울 속 모습이 다른 차원에 존재하는 또다른 자신인 게 틀림없다고 결

* depersonalization disorder. 자기 자신을 인지하는 데 이상이 생겨 자신을 낯설어하거나 신체로부터 분리, 소외되는 느낌을 받는 정신질환.

론 내렸다. 그는 긴 논문을 집필해 명망 있는 학술지에 발표했다. 그 논문으로 큰 상을 받았다. 획기적인 그의 연구가 다차원 물리학이 아니라 인격장애를 바탕으로 한다는 사실을 누군가가 깨닫기까지는 여러달이 걸렸다.

그룹 리더가 우리에게 예비음용법을 가르치고 있다.

시설에서는 정체성을 잃는다. 당신이 나, 나의 것이라고 여겼던 것들은 우리, 우리의 것이 된다.

뭔가 자신보다 더 큰 것의 일부가 되는 것이 중요해요라고 그룹 리더는 우리에게 말한다.

우리는 산과 숲, 호수를 찍은 사진과 '꿈' '희망' '사랑'을 이야기하는 문구들이 가득한 방에 앉아 있다. 우리에게 영감을 주려는, 허기 외에 뭔가 다른 것을 느끼게 만들려는 심산이다. 우리는 각자 앞에 놓인 유리컵에 정신을 집중한다.

그룹 리더가 물컵을 가져와 레몬 두조각을 띄운다. 우리 컵에도 물을 반쯤 채워준 다음 둥글게 놓인 의자들의 상석에 가서 앉는다. 원을 제대로 그린다면 두드러진 상석이 없어야 마땅하지만, 어떤 원이든 상석은 항상 있다. 모든 모임엔 리더가 있다. 리더가 자줏빛 입술을 향해 물컵을 들어올린다.

"그냥 액체가 입술에 닿게만 하세요, 여러분. 입은 벌리지 마세요. 마시지 말고 그냥 살짝 댔다가 떼세요." 그룹 리더가 유리컵을 다시 내려놓는다. 립스틱이 닿은 부분에 자주색 얼룩이 남아 있다. "이제 여러분이 해보세요!"

누군가 다른 사람이 먼저 시도하기를 기다리며 방에 있는 유일한 창문으로 밖을 내다보니, 마른 남자들도 그룹치료를 하는 중이다. 그들도 물과 레몬 조각이 담긴 물컵을 앞에 두고 있고, 그들의 리더도 물컵을 들어 입술에 가져가는 중이다. 둥글게 앉은 남자들 틈에서, 나는 혹시라도 열심히 노려보면 눈앞에서 유리컵이 산산조각 나기라도 할 것처럼 유리컵을 노려보고 있는 나의 손수건 연인을 찾아낸다.

나머지 마른 여자들이 각자 유리컵에 정신을 집중하는 동안 나는 남몰래 손을 흔든다.

"별일 없죠, 로즈?" 그룹 리더가 묻는다.

나는 고개를 끄덕이고 물컵을 들어올린다. "네, 없어요!"

"정말이야, 달링?" 캣이 묻는다. "정말로 괜찮아? 뭐랄까, 약간 긴장한 것처럼 보이는데."

나는 아무 말도 하지 않는다.

"날선 기분을 푸는 데 뭐든 약간 도움을 받을 필요가 있지 않을까? 그냥 확 풀어버리고 싶지 않아? 자제력을 약간 놓아버린달까? 그런 건 내가 도와줄 수 있다는 거 알잖아, 자기야." 캣이 윗입술을 핥자 립스틱이 한겹 벗겨지며 새빨간 새 아래 있던 분홍색 입술이 드러닌다.

나는 캣을 무시한다. 고개를 돌린다. 컵의 가장자리를 입술에 대며 마당 건너편의 창문 안을 들여다보니 손수건 연인도 똑같은 행동을 하고 있다. 우리는 거의 서로의 모습을 비추는 반영 같다. 혹은 촛불을 밝힌 테이블을 사이에 두고 마주 앉아 (사랑을 위하여!) 건배를 한 뒤 첫 모금을 마시고 있는 것 같다.

이성애! 나와 나의 연인, 진짜 살아 있는 남자!

"잘했어요, 로즈." 그룹 리더가 짝짝 박수를 친다. "해냈군요!"

나는 해냈다. 내 입술은 유리컵에 아무런 자국도 남기지 않는다. 컵을 도로 내려놓자 손도 대지 않은 것처럼 보인다.

시설에 입소하기 훨씬 전, 나는 인도를 따라 걷다가 공원 벤치에 앉아, 종이 박스로 만든 피켓을 굳은살 박인 손에 들고 있는 노숙자들을 보곤 했다. 거기 적힌 문구는 언제나 '배고파요'였다. 갓 뽑아낸 에스프레소(0칼로리)가 손바닥을 따뜻하게 덥혀주는 가운데 벤치에 앉아 그들을 구경하며 자신에게 말하곤 했다. 잘 봐, 로즈, 저게 진짜 굶주림의 모습이야. 자신에게 말하곤 했다. 잘 봐, 로즈, 너는 배고픔을 선택한 거야.

10

.

바닥에 또다른 편지봉투가 놓여 있다. 나는 편지를 뜯는다.

R——

편지를 쓰는 건 막 시작했지만, 최근엔 줄곧 네 생각을 했어. 이런 식으로 너한테 편지를 쓰는 게 너한테 거슬리는 짓이 아니면 좋겠다. 혹시 내가 관두기를 바란다면 다시 전화해주면 어떨까? 전화를 받지는 않을게. 혹은 받더라도 네가 원하지 않는다면 난 아무 말도 하지 않을 거야. 내가 대답하기를 바란다면, **손가락뼈** 같은 단어를 말해도 좋아. 그러면 나는 그 의미를 알 거야. 혹은 내가 아무 말도 하지 않기를 바란다면 **천식**이라고 말해도 좋겠지. 단어는 그냥 네기 골리븐 기야.

네가 다른 단어를 써도 좋아. 난 우리 관계가 내 마음대로 이어지는 걸 원치 않아. 옛날엔 아무래도 그랬던 것 같아. 정말이지 난 변하려고 애쓰는 중이야, 로즈. 너도 그러길 바라.

내 말이 무슨 소용일지 모르지만, 네가 많이 그리워.

—M

나는 손글씨와 종이에 새겨진 요철을 엄지손가락으로 어루만진다. 손가락뼈라고 나는 생각한다. 손가락뼈, 손가락뼈, 손가락뼈. 눈을 질끈 감고 편지를 치워버리고는, 마당 건너편을 내다본다.

2003년(14세—릴리: 47.5kg, 로즈: 45kg)

학교에서 릴리는 거의 모든 것을 수행하는 데 뛰어났지만, 다이어트는 수행하는 것이 아니라 수행을 삼가는 것이다. 먹기를 삼가는 것. 나는 수행하지 않는 걸 잘했다. 나는 다이어트에 뛰어났다. 아침식사로 사과 한조각을 먹고, 점심으로 절반을, 나머지로 저녁을 때웠다. 릴리는 내 접시에 담긴 음식을 먹어주었다.

제미마와 다른 아이들의 다이어트는 이틀로 끝났지만 나는 내 몸에 대한 새로운 통제감과 사랑에 빠져 놀라워하며 계속 다이어트를 했다.

쌍둥이로 산다는 것은 자신을 장악하는 힘을 잃는다는 것이다. 릴리와 나는 항상 개별적인 존재라기보다는 단일한 존재로 여겨졌다. 우리는 '쌍둥이'로 합쳐서 언급되었고, 스스로도 '우리' '우리들'로 칭했으며, 항상 상대방이 어디서, 왜, 무엇을 하는지 알고 있었다. 릴리와 나는 서로 상대방을 통제하고 또 상대방에 대한 통제를 단념하는 게임을 꾸준히 즐겼다. 그것은 자기보호와 자매보호를 위한 게임이었다. 서로 합의된 작은 전쟁. 그러나 이번 다이어트는 온전히 나의 것이었다. 음식 섭취는 내 마음대로 결정을 내릴 수 있는 무언가였다.

매일 아침 나는 차이를 눈으로 확인했다. 더 홀쭉해진 배, 더 가늘어진 허벅지. 그것은 발전처럼 느껴졌다. 그때 그 골키퍼가 지금의 내 모습을 볼 수 있다면.

제미마 게이츠는 내가 슈퍼모델처럼 멋져 보인다고 말했고, 나는 좀처럼 느끼지 못하게 된 허기로 그애의 칭찬을 꿀꺽 삼켰다. "이게 누구야!" 내가 다이어트를 시작하고 일주일 뒤, 청바지와 허리 사이의 헐렁해진 간격을 보여주자 제미마는 꺅 비명을 질렀다. "얘들아, 로즈 좀 봐! 얼마나 날씬해졌는지 보라고!"

다이어트 광고처럼 내가 허리춤을 잡아당겨 몸을 드러내는 동안 제미마는 식탁에 앉은 아이들이 모두 구경하게 시켰다.

"어떻게 넌 아직도 그걸 해내는지 모르겠다." 제미마는 요거트를 떠서 입에 넣고 입가를 핥았다. 그애는 이제 다른 다이어트법을 시도하는 중이었다. 아침, 점심, 저녁으로 그리스식 플레인 요거트 먹기. 나는 제미마가 숟가락을 핥아먹는 모습을 보는 게 좋았다. "난 너무 행그리한데.*"

제미마 게이츠는 새로운 유행어를 그 누구보다 잘 알고 있었다. 나는 구구단을 외듯이 그 단어들을 적어서 외우고 기억에 새겼다. 나는 그애의 언어를 배우고 싶었다. 소오름. 피스 아웃.** 머핀톱.*** 캣파이트.**** 똥 밟았다. 백퍼 인정. 당근이지. 열폭. 행그리.

캣 미첼스가 해서 요정처럼 여리여리한 외모를 얻는 데 성공한 다이어트 비법을 내가 엄수한다는 사실에 다른 아이들이 놀라워하는 소리를 들으며, 나는 사과 한조각을 얇게 잘라 혀에 올려놓았다. 깡마른 유명인사. 물론 나는 배가 고팠다. 굶주림에 허덕이고 있었다! 부러운 눈초리로 새롭게 드러난 내 몸의 뼈를 바라보는 여자애들이 알아차리지 못하는 것은 내가 똑같은 시선으로 그들의 점심식사를 바라보고 있다는 점이었다.

릴리가 내 점심을 자기 쪽으로 쓱 끌어가더니, 그날 아침 함께 싸온 오이 샌드위치를 꺼내 랩을 벗기고 와그작 소리와 함께 베어먹었다. 자기 샌드위치는 이미 다 먹은 뒤였다.

* hangry. 배가 고파서 화가 난다는 뜻.
** peace out. 헤어질 때 손가락으로 평화를 의미하는 V자를 그리며 하는 인사.
*** muffin top. 치마나 바지 허리 위로 불룩 튀어나오는 뱃살.
**** catfight. 여자들끼리의 몸싸움.

"말이 나왔으니 말인데," 제미마 게이츠가 말했다. "있잖아, 릴. 너 요즘 약간, 음, 잘은 모르겠지만 살 좀 찐 것 같지 않니?"

다른 여자애들이 킥킥거렸다. 입안이 훅 뜨거워지면서 릴리의 민망함이 느껴졌지만, 나는 닳아오른 릴리의 얼굴을 쳐다보길 거부하며 내 앞의 텅 빈 식탁에만 시선을 고정했다. 가슴도 커지고 앉으면 개어놓은 세탁물처럼 배가 접힐 정도로 살이 좀 쪄 보이는 게 진실일까, 아니면 내가 마른 몸이 되면서 상대적으로 그렇게 보이는 걸까? 나로선 알 수가 없었다.

인간은 대부분의 것들을 과도하게 욕망한다. 우리는 소비하는 생물이자 자본주의의 산물이지만, 몸무게는 우리가 결핍을 선호하는 항목이다.

나에게 제미마가 말했다. "넌 정말 예뻐, 베이비." 그러고는 내 손목을 잡고 뒤집더니 고개를 숙였다. 그애의 입맞춤은 철사처럼 드러난 파란 정맥에 오래 머물렀다. 그애의 입술 자국이 하트 무늬처럼 남았고, 나는 내 입술도 그 크기에 맞는지 대보고 싶은 욕망과 싸웠다.

신체에 관한 것 중 통제할 수 있는 부분: 운동 수준. 손톱 길이.

신체에 관한 것 중 통제할 수 없는 부분: 키. 혈액형.

신체에 관한 깃 중 우리가 동세하는 방법을 찾아낸 무

분: 눈동자 색. 머리카락 색.

신체에 관한 것 중 내가 통제하는 법을 배운 부분: 나의 성정체성. 나의 식욕.

릴리가 면회를 왔는데 혼자가 아니다. 릴리는 평범하게 생긴 남자의 팔짱을 끼고 있다. 필이라는 이름이 아니라면 존이나 마크, 조라고 불러도 될 법한 사람이다. 너무 따분하게 생겨서 나는 릴리가 장난을 하는 걸까 의심한다. 이런 남자 때문에 릴리가 솔로 생활을 청산했다고? 이런 남자 때문에 릴리가 사회적 윤리를 외면했다고? 그는 가장 좋아하는 대화 주제가 날씨일 것처럼 생긴 사람이다. 사랑하는 이에게 자동차 엔진오일을 바꾸라고 말해주는 게 주된 사랑의 언어일 것 같은 사람. 코에는 선크림을 바르지 않겠다고 고집을 부리고, 레스토랑을 나서기 직전엔 좀 웃겨본답시고 이제 그만 하산합시다라고 말할 것 같은 사람. 그런 유형의 남자라면, 아내를 속이고 딸아이의 학교 선생님과 바람을 피울 리 없다.

"당신이 로즈군요." 평범하게 생긴 남자가 말한다. 그는 보통 남자들보다는 조용하다. "정말 만나보고 싶었습니다. 한동안 계속 릴리를 졸라댔죠. 이상하게 들릴지도 모르지만, 당신을 직접 만나보지 않고는 릴리를 정말로 알 수 없을 것 같은 느낌이 들었거든요." 그가 악수를 하려고 손을 내밀지만 나는 그 행동을 빤히 쳐다보기만 한다. 오랫동안 나와 악수를 시도한 사람은 아무도 없었다. 나를 진지하게 받아들이는 건 어려운 일이다.

"안녕하세요." 나는 세련되게 악수를 하는 사람이라는 새로운 역할을 받아들이며 인사한다. 손목을 곧게 펴고 손가락에 바짝 힘을 주되 너무 꽉 잡지는 않아야 한다는 걸 떠올린다. "그리고 그런 말, 전혀 이상하게 들리지 않아요."

"손힘이 좋네요." 필이 합격이라는 듯 미소를 지으며 말한다. 나는 사랑받는 걸 얼마나 좋아하는지!

"그쪽도요." 사람들은 칭찬받는 걸 좋아하므로 나도 맞장구를 친다.

"하지만 알다시피 이미 어느정도는 당신을 알고 있는 느낌이 들어요. 릴리가 항상 당신 이야기를 하거든요." 필은 마치 혀가 솜에 싸여 있는 듯 부드럽게 말한다. 그의 미소는 눈까지 온전하게 번져 있다.

"항상은 아니죠." 릴리가 내 침대 아래쪽에 자리를 잡으며 말한다. 나는 편지가 베개로 잘 가려져 있는지 확인한다. 무사하다. 그걸 볼 경우 릴리가 어떤 행동을 할지 나로선 상상만 할 수 있을 뿐이다. 어쩌면 내 눈앞에서 편지를 조각조각 찢어버릴지도 모른다!

"그래서," 필은 너무 폼을 잡느라 어딘가 기대지 않으면 안되는 학창 시절 흡연 학생들처럼 벽에 기대서는 쪽을 택한다. "릴리 얘기로는 여기서 지낸 지 꽤 됐다더군요."

나는 양팔을 휘저어 내 소유의 궁선을 가리킨다. 소박한 나의 처소에 온 것을 환영하오!

"당신이 이곳을 꾸며놓은 게 마음에 듭니다. 정말로 집처럼 느껴지게 해놓았네요." 그가 너무나 진지하게 말을 해서 나는 그가 뭘 보고 있는지 보려고 고개를 돌리며 내 방에 기적적으로 장식이 늘어나 사진으로 도배되어 있고 인테리어용 쿠션도 한두개 놓여 있기를 기대한다. 그러나 아니다. 사방의 벽은 내가 그려놓은 날짜 표시와 나무 벽을 뚫어놓은 구멍 외엔 황량하기 그지없다.

"벽에 구멍이 났어요."

"그건 내가 어떻게 해볼 수 있겠네요." 필이 말한다. 그는 구멍을 살피다가 다시 나를 쳐다본다. "물론 당신이 허락한다면 그렇다는 뜻입니다."

나는 그에게 마음대로 하라는 손짓을 하고, 필은 침대 위로 몸을 수그려 구멍을 살펴본다. "곧 돌아올게요." 그가 말한다.

우리 둘만 남자 릴리가 얼굴을 찡그린다. "그래서?"

"그래서?"

"어떻게 생각해?"

"뭘?"

"당연히 필이지."

"아, 필. 착해 보이네."

"착해 보여? 그게 끝이야?"

"방금 만났잖아, 릴! 낯선 사람한테 애정을 퍼붓진 않겠어.”

“내 얘기 하고 있었어요?” 필이 열린 문을 손마디로 두 들기며 말한다. “다시 들어가도 나 안전할까요?”

“맞아요.” 내가 말한다. “하지만 들어와도 좋아요.”

그는 앙상한 팔에 정맥주사를 꽂고 고정할 때 쓰는 반창 고를 자랑스럽게 보여준다. 내가 옆으로 물러나자 그는 반 창고를 떼어 이로 잘라내, 벽에 난 구멍에 붙이는 작업에 착수한다. 그는 반창고를 두번 겹쳐 붙인 뒤 물러나 자신 의 작업에 감탄한다. “어떻게 생각해요?”

“나아진 것 같네요.” 내가 말한다.

“완벽해요.” 릴리가 말한다.

“읽고 있는 책인가봐요?” 필은 침대 협탁에 수북이 쌓 인 책들 맨 위에 놓인 과학책을 집어들고 표지를 넘긴다. “과학책 마니아예요?”

“저는 웬만하면 아무거나 다 좋아해요.” 내 말은 사실이 다. 나는 딱히 차별을 두지 않는다.

“안심이네요.” 그가 책을 내리고 미소 짓는다. “당신이 나를 싫어할까봐 걱정했거든요.”

“저도요.”

그가 웃음을 터뜨린다. “어려운 분이군요.”

“다들 그렇다고 하더라고요.”

그가 더 큰 소리로 웃는다. 릴리의 시선이 필과 나 사이 를 오간다. 릴리는 필과 나의 작은 테니스 경기를 관람 중이다.

"아시겠지만," 한페이지를 대충 훑은 뒤 그가 말한다. "언젠가 요하네스 케플러가 행성의 궤도에 대한 이론을 발표했을 때 그의 어머니가 마녀로 고발당했다는 이야기를 들었어요. 이단으로 여겨질 것을 알았기 때문에 소설로 발표했지만 도움이 되지 못했죠."

나는 고개를 끄덕인다.

"사실 그런 일은 항상 일어났어요." 그가 말한다. 손에 들고 있는 책의 페이지를 넘기면서. "아들이 이룬 발견 때문에 어머니들은 화형대에서 돌을 맞았죠."

나는 릴리를 쳐다본다. 릴리는 굶주림이라고 부를 수밖에 없을 것 같은 시선으로 필을 지켜보고 있다.

"우린 그분들에게 모든 것을 빚졌어요, 안 그런가요? 그런 어머니들. 과학을 위해 자신을 희생하신 분들."

"아마 자진해서 그러지는 않았을 거예요." 책을 빼앗아 있던 곳에 다시 내려놓으며 내가 말한다.

"좋은 지적이에요, 로즈." 필이 엄숙하게 고개를 끄덕이며 말한다. 그는 방구석에 놓인 의자에 걸터앉는다. 발목을 꼬고. "분명 그분들 중 상당수는 본인 뜻이 아니었겠죠. 여자들은 남자를 위해 항상 추락을 감수하니까요."

나는 미소를 짓는다. "최근엔 동물행동학 책을 읽고 있어요."

"멋지네요." 필이 말한다. "읽어보니 어때요?"

"웃겨요." 내가 말한다. "동물의 모호한 행동을 다루는 거의 모든 구절마다 인간의 일화를 거론할 수 있겠더라고요."

"우린 모두 동물에 불과하니까요." 필이 대답한다. "속으론 다 그럴걸요."

"저도 그렇게 생각해요. 가끔 전 어떤 종류의 동물일까 생각할 때도 있어요."

"그래서 당신은 어떤 종류의 동물이라고 생각해요?"

"잘 모르겠어요." 나는 릴리를 쳐다본다. "하지만 제가 어떤 동물이든 릴리도 같은 동물이겠죠."

"내 생각에 우리는 서로 다른 동물일 것 같아." 릴리가 말한다. "어쩌면 비슷한 동물일 수는 있어도 똑같진 않을걸."

"우린 똑같아." 내가 웃으며 말한다. "바보 같은 소리 마, 릴. 우릴 좀 보라고." 그러자 필이 우리를 바라본다. 굳은 턱으로 평가를 하듯 얼굴을 찌푸린다. 그가 릴리에게 손을 뻗자 두 사람의 손가락이 얽힌다. 나는 내 왼손과 오른손을 깍지 낀다.

"음, 내 생각엔……" 필이 가슴 주머니에서 안경을 꺼내 쓴다. 안경을 쓰니 교수처럼 보여서, 릴리가 그한테서 무얼 보는지 나도 알 것 같다. "내 생각에 두 사람은 한쌍의 백조 같아요. 한쪽은 흑조, 한쪽은 백조. 하지만 아름다움과 우아함은 쌍둥이답게 똑같고요."

나는 미소를 짓는다. 릴리도 미소 짓는다.

"당신은 곰 같아요." 릴리가 말한다. "강하면서도 애정이 넘치는." 릴리가 침대 끄트머리에서 일어나 그의 무릎에 걸터앉는다. 릴리의 체구가 필보다 크지만 그는 릴리에게 팔을 두르며 무릎으로 체중을 감당한다. 릴리의 피부는 환하게 빛나고 눈빛은 춤을 추는 듯하며, 내 입안에서 느껴지는 릴리의 기쁨은 매끄럽게 혀를 뒤덮는 버터 맛이다.

제미마 게이츠는 실험용 기니피그처럼 변덕스럽게 다이어트법을 바꾸었다. 엄마가 구독하는 잡지에서 새로운 다이어트법을 읽으면 즉각 실행에 옮겼다. 황제 다이어트, 유아식 다이어트, 레몬 디톡스 다이어트, 양배추수프 다이어트. 한번은 전지방 다이어트를 한 적도 있다. 점심시간에 스틱형 버터 한덩어리를 야금야금 갉아먹었다. 지방으로 지방을 태우는 원리였다. 우리는 미소 지으며 버터를 삼키는 제미마를 지켜보았다.

제미마 게이츠는 이미 말랐는데도 절대 그것으로 만족하지 않았다. 극단적인 다이어트법을 시도하지 않으면 길을 잃는 아이였다. 제미마는 매 끼니마다 자신에게 주어진 음식을 더 강력하고 더 여성적인 힘으로 통제하고 싶어했다. 모든 다이어트 체계의 규칙은 이렇게 하면 넌 더 나은 사람이 될 거야라고 약속했다. 이건 널 행복하게 만들어줄 거야.

"아무튼." 필이 릴리의 맨어깨에 입을 맞추며 말한다.

더없이 애정 어린 행동이어서 입을 삐쭉거릴 수도 있지만 난 그러지 않을 것이다! 우리는 자신의 기쁨만 통제할 수 있다. "우린 그만 가봐야겠군요. 언니를 위해 깜짝 놀랄 만한 계획을 세워뒀거든요."

릴리의 미소가 더 환해진다. 릴리가 이토록 손에 잡힐 듯한 행복에 젖어 있는 모습을 본 적이 없다. "깜짝 놀랄 계획요?" 릴리가 묻는다.

필이 공모자처럼 나에게 윙크를 보낸다. 깜짝 놀랄 계획에 대해 아무것도 모르지만 나도 그가 말하는 비밀의 일부가 된 것 같다. "곧 또 만나게 될 거예요, 로즈. 만나서 반가웠어요."

"동생아, 잘 있어." 릴리가 일어나 나를 껴안으며 말한다. 포옹을 하며 내 귓가에 속삭인다. "어때?" 나는 누가 중요한 문제에 내 의견을 물어봐주는 걸 좋아한다.

"합격이야." 나도 속삭임으로 대답한다.

필이 나와 악수를 하고 내 손을 들어올려 기적처럼 가볍게 입을 맞춘다.

미국에선 13초마다 한쌍이 이혼한다. 로맨틱코미디 영화의 평균 상영시간 동안 554쌍이 이혼을 한다는 뜻이다. 사랑의 경우엔 어떨까?

2004년(15세—릴리: 49kg, 로즈: 43kg)

릴리가 데이트 신청을 받으면서(우리의 첫 데이트였다!) 내 목구멍 안쪽에서는 익어가는 과일의 맛이 느껴졌다. 릴리의 흥분은 자두 맛이었지만, 내 흥분의 맛은 복숭아에 더 가깝다고 릴리가 말했다. 우리가 느끼는 다른 맛들도 대부분 서로 비슷했다.

하루 한알 사과 다이어트를 끝낸 뒤, 나는 인터넷으로 체중 감소에 대한 정보를 스스로 찾기에 이르렀다. 나는 칼로리 계산과 킬로줄* 환산법을 배웠다. 기초대사량을 높이는 촉매에 대해 공부하면서 단식은 신진대사를 늦춰 체중 정체기를 초래할 수 있다는 것을 알게 되었다. 인터넷에선 신체의 활동을 계속 유지하면서 소화 기능이 휴면 상태에 빠지지 않게 하려면 간헐적으로라도 먹는 것이 중요하다고 알려주었다. 나는 모든 끼니를 두입만 먹었다. 아침식사로 콘플레이크 두입. 점심으로 샌드위치 두입. 저녁으로 마카로니 두입. 주머니엔 늘 틱택 한통을 넣고 다니며 배 속에서 꼬르륵 소리가 날 때마다 한알씩 입에 넣었다.

릴리의 거사를 앞둔 준비로 우리는 로맨틱코미디 영화를 연이어 보았다. 줄리아 로버츠와 톰 행크스와 히스 레저와 멕 라이언과 휴 그랜트로 우리의 마음을 가득 채웠다. 이때 우리가 본 영화 중 한편에 배우로 변신을 시도했다가 실패한 캣 미첼스가 나왔다. 캣 미첼스는 고등학교에

---

* kilojoule. 음식의 에너지 양을 표시하는 단위. 1킬로줄은 약 0.24칼로리다.

서 미식축구 쿼터백인 남학생을 사랑하는 이성애자 여학생 역할을 맡았는데, 그 남학생은 여주인공이 외모 변신을 하기 전에는 데이트를 해주지 않았다. 여주인공이 안경을 벗고 치아교정기를 빼고 머리카락을 곧게 펴고 립스틱 바르는 법을 배운 뒤에야 비로소 데이트가 이루어졌다.

어마어마한 로맨스가 반영된 릴리의 눈은 반짝반짝 빛이 났다. 릴리가 추구하는 사랑의 유형은 일대일의 사랑이다. 나는 릴리의 얼굴을 양손으로 붙잡고 말하고 싶었다. 내가 여기 있잖아!

비디오 가게의 로맨스 섹션을 다 섭렵한 뒤엔, 릴리가 엄마의 하이힐을 신고 거실에서 뒤뚱거리며 걷는 연습을 하는 동안 나는 아이스링크에서 페어 연기를 하는 것처럼 릴리의 손을 잡고 뒤로 걸어다녔다.

데이트 상대는 로비 뉴턴이었다. 학교 여자애들이 매력 있는 애라고 나에게 말해주었다. 하지만 내 눈엔 그런 매력이 보이지 않았다. 부끄러워서 세상을 회피하듯 혼나는 아이처럼 턱을 웅크려 목 안쪽으로 얼굴을 숨기는 듯한 그애의 태도엔 어쩐지 민망한 구석이 있었다. 나는 릴리에게 지구에서 가장 운이 좋은 여자라고 말해주었다.

데이트가 있던 날 우리는 학교에서 집으로 돌아와 곧장 욕실이 딸린 부모님 방으로 가서 몇시간을 보냈다. 릴리는 변기에 앉아 있고, 나는 그 앞에 쭈그려앉아 릴리의 얼굴에 파운데이션을 덕지덕지 발라 피부를 신한 주황색으로 만들어놓고 웃음을 터뜨렸다. 릴리도 웃음을 터뜨렸다가 한숨을 쉬며 우는소리를 했다. "그만 좀 망치고 이제 제대로 할 수 없니?" 릴리는 계속 재촉했다. 그러나 나는 우리의 오후를 서둘러 보내고 싶지 않았다. 한동안 우리는 우리다운 느낌을 받지 못하고 있었다.

결국 나는 릴리 마음에 들도록 화장을 해주었다. 보송보송한 파우더로 마무리. 광대뼈엔 가볍게 볼터치. 눈꺼풀엔 금색 아이섀도. 입술엔 새빨간 립스틱.

"나 줄리아 로버츠 같다." 내가 속눈썹에 마스카라를 다 칠하자 릴리가 말했다.

나는 뒤로 물러나 팔 길이만큼의 거리에서 릴리를 붙잡고 살펴보았다. 릴리는 그 유명 배우와 하나도 닮지 않았다. 릴리는 10년 뒤의 나, 우리처럼 보였다. 다 자라서 어른이 된 모습이었고, 나는 우리가 미인이 될 거란 걸 알았다.

릴리는 나한텐 두 사이즈나 커진 내 치마를 입고 싶어했지만, 지퍼를 올리자 허리가 너무 조였다. 접힌 뱃살이 허릿단 위로 슬그머니 삐져나왔다.

"너무 작은가?" 내가 물었다.

"맞는 거야."

릴리는 엄마의 리본 블라우스를 입고 신발은 자기 샌들을 신었다. 하이힐을 신고는 절대로 완벽하게 걸을 수 없었기 때문이다. 그러고 나서 계단에 앉아 로비가 새 차로 데리러 오기로 약속한 저녁 7시가 되기를 기다렸다. 새 차라기보다는 새로 산 구닥다리 차로. 문짝이 녹슬고 범퍼도 망가진 개똥 같은 차였지만, 엔진이 달린 탈것을 소유했다는 사실 덕분에 학교의 다른 남학생들 대부분보다 그의 매력 점수가 올라갔다.

우리 집 나무 계단에 다리를 꼬고 앉아 있는 릴리는 진짜 어른 여자처럼 보였다. 나는 그 옆에 쪼그려앉아서 아직도 고데기의 열기를 품은 채 곧게 펴져 있는 머리카락을 귀 뒤로 넘겨주었다.

"아름다워 보여, 릴." 내가 말했다.

릴리는 얼굴을 붉혔고 내 뺨도 붉어지는 게 느껴졌다. 우리는 기다렸다. 계속 기다렸다.

8시가 되자 릴리는 기다리던 곳에서 일어나 계단을 내려가더니 냉장고를 열어 파인트 용량의 더블 초콜릿칩 아이스크림을 꺼냈다. 그런 다음 숟가락 두개를 집어들고 앞장서서 다시 우리 방으로 올라가 내 침대 끝에 앉았다. 그러고는 아이스크림 통을 열고 한숟갈 퍼먹었다. 이어서 또 한숟갈. 내 몫의 다른 숟가락은 손도 닿지 않은 채 이불 위에 놓여 있었다. 릴리가 아이스크림 통을 절반쯤 비워 400칼로리를 먹어치웠을 때쯤 나는 뭔가 말을 해야겠다고 결심했다.

"너 괜찮아?" 릴리가 아이스크림을 더 퍼올리는 사이 내가 물었다. "릴?"

릴리는 아무 말도 하지 않고 통을 깨끗이 비운 뒤 숟기락을 핥더니 자리에서 일어났다. 블라우스를 벗고, 나는 아직 기미도 없는 사춘기를 맞아 부풀기 시작한 엉덩이 아래로 치마를 밀어내리느라 하체를 꿈틀거린 다음, 머리를 동그랗게 말아 묶었다. 그러는 동안 릴리는 울지도 않았다.

릴리가 얼굴 화장을 한겹 한겹 지워내는 동안, 나는 캣 미첼스의 포스터 아래 침대에 책상다리를 하고 앉아 훌쩍거렸다. 화장을 다 지운 릴리는 자기 티셔츠를 입고 내 침대로 올라왔다. 우린 훨씬 더 어렸을 때 이후로는 같이 잠을 잔 적이 없었다. 이젠 같이 누우면 릴리가 매트리스 공간을 훨씬 더 많이 차지했다. 둘이 한 침대에서 잘 수 있는 유일한 방법은 소켓에 끼운 전구처럼 내가 릴리 몸의 곡선에 맞춰 찰싹 밀착하는 것이었다.

"제미마 짓이지?" 릴리가 내 정수리에 대고 속삭였다. "전부 다 왕 게임이었니?"

"난 몰라." 내가 말했다.

"몰라?"

"모른다니까!" 나는 내 얼굴 어딘가에서 정직함이 드러나기를 바라며 릴리에게 얼굴을 돌렸다. 릴리는 내가 진실을 이야기하고 있다는 걸 알았다. 맛으로 느낄 수 있었으니까.

"알아." 릴리가 속삭였다. "미안해, 로지. 난 그냥. 아무것도 아니야, 미안해."

"적어도 오늘 재미는 있었어." 내가 말했다. "어떤 기분이었냐면……"

"그래, 기분 좋았어. 재미있었던 것도 맞아. 그 전까지는."

"응." 나는 한숨을 쉬었다. "그 전까지는."

"너는 누구하고든 데이트할 생각 해본 적 없어?" 릴리
가 물었다.

"학교 남자애들은 하나도 마음에 안 들어."

"내가 '누구하고든'이랬잖아."

"다른 학교 남자애들 말하는 거야?"

릴리는 아무 말도 하지 않고 그냥 내 맨어깨에 입을 맞
춘 뒤 잠이 들었다.

나는 먹는 꿈을 꾼다. 자주 꾼다. 제일 큰 스테이크를 주
문해서 손바닥에 올려놓고 손가락 사이로 피가 뚝뚝 떨어
지도록 내버려두는 꿈을 꾼다. 스테이크를 물어뜯어 씹는
꿈을 꾼다.

그런 꿈을 꾸는 여자들은 많다. 마트에 가서 카트 한가
득 식료품을 사는 여자들. 포테이토칩(칩 한개당 10칼로
리), 초콜릿(크기에 따라 30~100칼로리), 사탕(개당 최소
10칼로리), 식빵(한조각에 79칼로리), 치즈(한장에 113칼
로리). 가장 무시무시한 품목을 구입한 뒤 그들은 집에 앉
아서 씹고 뱉고 또 씹고 뱉기를 반복한다. 그들은 그 풍미
만으로도 만족한다. 그들은 풍미를 칼로리로 취급하지 않
는다. 나는 보는 것을 칼로리로 취급한다. 나는 모든 칼로

리를 계산한다. 나는 모든 음식의 칼로리 수치를 알고 있으며 수박씨를 뱉듯 그 숫자를 술술 뱉어낼 수 있다. 나는 숫자를 더하고 빼 칼로리를 추산할 수도 있다. 혀로 체리 꼭지를 따는 것 같은 온갖 종류의 술수도 부릴 수 있다. 체리 하나는 5칼로리지만 껍데기 부분은 1칼로리에 불과하므로, 이로 자주색 외피를 벗겨 과육을 드러낸 뒤 얇은 겉껍질만 씹어 삼킨다면 그때쯤엔 먹은 칼로리보다 소모한 칼로리가 더 많아진다. 거의 운동이나 다름없다. 물론 그러고 나서는 껍질을 벗겨낸 흉측한 과일의 나머지 부분을 버려야 한다. 거기엔 열량이 너무 많이 들었다.

꿈속에서 나는 스테이크를 씹는다. 고기가 지우개처럼 변할 때까지 씹고 또 씹는다. 나는 계속 씹으려고 애를 쓰지만 그 음식은 먹히기를 거부한다.

나는 부들부들 떨리는 몸으로 구역질을 하며 주먹으로 입을 꽉 누른 채 잠에서 깨어난다. 손가락에서 피가 흘러 턱까지 흥건하다. 밤에 고기 먹는 꿈을 꾼 건 이번이 처음이 아니다. 수년째 나는 자기 살을 뜯어먹는 식인종이었다. 먹기를 중단하자 몸이 스스로를 먹어치우는 법을 배운 것이다.

엄지손가락으로 상처를 꾹 누르며 침대 옆 수면등을 켜고 일어나 앉는다. 마당 건너편 내 연인의 방에도 불이 켜져 있다. 이토록 늦은 시간까지 나를 기다리고 있었던 것이다! 창가에 서서 내가 잠든 것을 지켜보면서. 진정한 사랑이다, 우리의 사랑은.

그가 미소를 지으며 손을 흔들더니, 엑스레이 사진처럼 갈비뼈가 드러난 자신의 맨가슴을 가리킨다. 대부분의 사람들은 그 모습에 깜짝 놀라겠지만 난 아니다. 이윽고 그가 몸으로 형태를 만들기 시작한다. 팔과 다리를 구부려서. 글자 모양인데 알아보기가 어렵지만, 나는 용기를 북돋아주려고 고개를 끄덕인다. 서로 응원해주는 관계.

그는 반죽을 만들듯 몸을 꼬았다가 자세를 바꾸고 몸을 쭉 뻗었다가 다시 뒤튼다. 양팔을 위로 뻗어 길쭉한 글자를 만든다. J나 I로 보이는 글자 뒤에 R이나 K가 이어진다. 마침내 나는 제이램JRAM을 확인하고 그의 노력에 박수를 보낸다.

내가 속삭인다. "안녕, 제이램."

나도 그를 위해 내 이름을 철자로 전한다. 로즈. R-O-S-E. 내 팔다리는 글자처럼 가늘다.

우리는 서로의 이름에 미소 짓는다. 이것은 우리의 고요한 사랑이다. 남자와 어울리는 건 너무 쉽다! 우리는 잘 자라고 손 키스를 보낸 뒤 전등을 끈다.

머리 아래에 놓인 연애편지에 대해서는 거의 생각하지 않는다. 밤새도록 편지 생각은 거의 하지 않는다.

11

시설에서는 식사시간을 포함해 대부분의 시간 동안 남
녀를 구분해놓는다. 여자들의 섭식장애는 많은 경우 남자
때문에 생겨난다. 일부는 어머니가 원인이다. 그러나 대부
분은 이유가 전혀 없다. 아니, 전혀 없는 게 아니라 모든 것
이 이유가 된다. 모든 사람이 볼 수 있는 이 몸으로 이 세
상에 존재해야 하니까. 여기선 프라이버시가 없다!

언젠가 제이램이 나를 데리고 저녁식사를 하러 갈지 궁
금하다. 우리가 퇴소하게 되면 그가 시내의 고급 레스토랑
에 나를 데려갈지도 모른다. 우리는 둘 다 미소를 지으며
테이블에 앉아 무릎에 놓인 냅킨 밑으로 음식을 숨길 것이
다. 어쩌면 릴리와 필을 동반해 저녁을 먹으러 갈 수도 있
을 것이다. 더블데이트! 필과 나는 책에 대한 이야기를 나

누겠지. 릴리와 제이램은 공통적인 애정(나에 대한?)을 발견할 테고, 우리는 얼마나 웃어댈까. 우리는 웃고 떠들 것이다!

오늘 점심식사는 멕시코가 테마다. 간호사들은 우리가 먹는 음식에 의미 부여하기를 좋아한다. 그들은 문화의 전용轉用으로 우리를 치유할 수 있다고 생각한다. 그들이 식당으로 들어서는 우리의 머리에 멕시코식 밀짚모자 솜브레로를 씌워준다. 메뉴는 삶은 콩을 다시 튀겨 으깬 요리와 쌀밥이다. 나는 솜브레로를 휴지통 삼아 머리 부분에 음식을 차곡차곡 담는다. 세라가 내 속임수를 알아차리고 윙크를 하더니 자기 모자를 벗어 따라 한다.

"필을 만났어." 함께 작업에 힘쓰며 내가 말한다. "릴리의 새 남자친구 말이야."

"그래서?"

"보기엔……" 나는 말을 멈춘다. 성급한 결론을 내리지 않는 것이 중요하다. 릴리처럼 나도 그 관계 속으로 곤두박질치진 않겠다. 그가 좋은 첫인상을 남긴 건 사실이다. 나에 대해서도, 내 관심사에 대해서도 관심을 보였다. 남자를 위해 추락을 감수하는 여자들에 대한 언급으로 볼 때 아마 페미니스트인 것 같고, 릴리를 무릎에 앉혀 극진한 애정을 담아 안고 있던 태도를 보아도 진짜로 릴리를 좋아하는 것 같다. 그의 방문은 얼마 전 내가 했던 비난을 돌이켜보게 만들었다. 어쩌면 그가 릴리의 체중 감소를 독려하

마른 여자들

는 건 건강을 염려해서 나온 응원일 것이다. 어쩌면 최근 들어 생긴 릴리의 흡연 습관도 그의 잘못이기보다는 본인 탓일 것이다. "보기엔 괜찮더라." 내가 말하자 세라는 고개를 끄덕인다.

캣은 평소처럼 나타나 음식을 흡입한다. "내 계획대로 일이 착착 진행되고 있어, 토끼 아가씨들." 무대에서 속삭이듯 캣이 말한다. "모든 시스템이 갖춰졌어. 아무 때나 비품보관실에 들러줘. 자기들은 좋은 가격에 모실 테니까."

"좋은 가격이라뇨?" 내가 묻는다.

"뭔데요?" 세라가 묻는다.

캣은 윙크만 할 뿐, 빈 접시를 들고 일어나 토할 곳을 찾아 식당을 나선다. 그런데 이번엔 식당을 나서는 사람이 캣 혼자가 아니다. 한 무리의 마른 여자들이 눈을 반짝이며 캣의 뒤를 따른다. 그들은 식당에 자리를 잡고 앉아 며칠, 몇주일, 몇달 만에 처음 음식을 먹더니 캣을 뒤쫓아 식당을 빠져나간다. 단체 구토 시간. 그 냄새를 상상해보라고. 그들의 비밀이 오래 지속될 순 없으리란 걸 알기에 나로선 안심이 된다. 썩어가는 토사물의 악취를 교묘하게 숨길 방법은 전혀 없다.

동물들은 서로 따라 하기를 좋아한다. 그 무리들은 종종 그들의 행동을 가리키는 동사로 명명된다. 벌떼는 군집. 악어떼는 일광욕. 코끼리떼는 행진. 플라밍고떼는 기립. 하마 가족은 부풀리기. 여우원숭이들은 음모를 구성한다. 표범은 도약. 코뿔소는 격돌. 두꺼비는 연결. 앵무새들은 모이면 난장판을 이룬다. 스컹크는 악취를 풍긴다. 우리는, 회복 중인 마른 여자들 무리는 생존을 한다.*

세라와 나는 우리만의 방식으로 음식을 회피하며 식탁 위로 미소를 주고받는다. 세라는 아직 완전히 캣의 추종자가 되지 않았고, 나는 손톱을 세워 매달리는 중이다. 세라가 새로운 다수 그룹의 일원이 되고자 하는 마음이 내 눈에도 보인다. 그들을 지켜보는 세라의 눈빛은 릴리가 로맨틱코미디 영화를 볼 때 항상 보이는 눈빛이다. 엄청난 갈망이 담긴.

"나 요새 연애 중이야." 세라의 관심을 되돌리기를 바라며 내가 속삭인다.

효과가 있다. 캣과 추종자들을 바라보던 세라가 관심을 다시 나에게 집중한다. 눈을 휘둥그렇게 뜨고서. "이 안에서?"

내가 고개를 끄덕인다.

"우아." 세라는 마지막 음식 덩어리를 재빨리 모자에 감춘다. "어떻게?"

* 영어에서 각 동물의 군집을 이르는 표현을 그 동물의 특징적인 행동에서 따온 것에 빗댄 표현. 이를테면 여우원숭이 무리를 'conspiracy'(음모)라고 칭하는 식이다.

나는 내숭 떠는 것처럼 보이기를 바라며 미소를 짓는다.

"잠깐만, 언니 동성애자야?" 세라가 묻는다. "그러니까, 언니가 바로 그 레즈비언이야? 비품보관실에 드나드는?"

"그건 왜 물어?"

"모르겠어. 여기선 다른 여자들하고 교제하는 것만 허락되니까 그렇지. 그외에 연애할 사람이 누가 있겠어?"

"아." 나는 헛기침을 한다. "알겠다. 근데 아니야. 여자 아니야."

"그럼 누구야?"

"제이램."

"잼?"

"아니, 제이램."

"제로미?"

"제이램."

"무슨 말을 하는지 모르겠어. 언니 입에서 나온 단어가 뭔지 모르겠다고."

"J. R. A. M. 제이램."

"제이램. 이상한 이름이네."

"난 마음에 들어." 내가 방어적인 태도로 대꾸한다. "독일식 이름 같아."

"독일식?"

"응, 즈흐람 같은 거지." 목구멍에 힘을 주며 내가 대답한다.

"아 그렇구나." 세라는 고개를 끄덕인다. "독일인인가보네. 매력남이야?"

"잘생겼어." 나는 미소를 지으며 말한다.

"이 안에 있어?"

"건너편에." 내가 말한다. "당연히. 남자 시설 쪽."

"멋지다, 달링."

세라가 사용한 새로운 애칭에 나는 얼굴을 찌푸린다. 세라의 입에서 나오기엔 부적절한 말이다. 아기가 씨발이라고 말하는 것처럼. 세라는 마치 기적이 일어날 수도 있다는 듯이, 어쩌면 가벼운 손가락 꺾기로 몸 안에서 공기를 찾는 것이 정말로 자신을 위한 기적이라도 되는 듯이 손가락을 하나하나 차례로 당겨 소리를 내지만, 내 귀엔 관절 꺾는 소리가 시계 초침 소리처럼 들린다.

우리는 모자 한가득 탄수화물을 담아 식당을 빠져나온다. 그 모자를 머리에 쓰고서. 생각 없이 모자를 가방처럼 옆구리에 끼고 나오던 마른 여자 하나는 출입구에서 제지를 당한다. 식당을 빠져나가는 우리를 감시하던 담당 간호사가 그 여자의 팔을 잡고 벌을 주러 끌고 간다. 나머지 우리들은 걸리지 않고 빠져나온다.

2004년(15세─릴리: 51kg, 로즈: 42.5kg)

제미마 게이츠는 나에게 설사약을 소개해주었다. 내 속을 텅 비워내는 것을 보장하는 작은 파란색 알약. 우리는 학교 식당에서 알약을 꼭 움켜쥐고 있었다. 샴페인으로 건배를 하듯 약을 쥔 손을 부딪혔다. 깔깔거리며 다이어트콜라로 약을 삼켰다. 우리는 아이들이었고 아직은 똥도 즐거웠다.

설사약의 효력에 관해서는 즐거울 것이 하나도 없었다. 몸통을 붙잡고 힘센 남자가 손으로 내장을 쥐어짜듯 온몸에서 수분이 빠져나가는 느낌. 속을 훑어내려 끔찍한 찌꺼기 덩어리로 단단히 뭉치는 느낌. 치약 용기에 남은 내용물을 마지막까지 깡그리 쥐어짜내는 느낌.

화장실까지 재빨리 달려가 쓰러지듯 앉아 지르는 비명. 자기 자신을 비워내는 방식은 고통스럽다. 피투성이가 되어 생살을 드러내는 듯한 기분. 본인이 의도한 것보다 더 많은 것을 밀어내는 방식은 어쩌면 출산과도 비슷한 느낌일 것이다. 처음 몇번 이후로는 배설물과 함께 생살이 떨어져나온다.

나는 피투성이 변기를 무시한 채 물을 내렸다. 이건 내가 갈망하던 공허였다.

밥과 콩으로 묵직해진 밀짚모자를 쓴 채 방으로 돌아가는 길에 나는 비품보관실 문을 두들긴다.

"계세요? 안에 누구 있어요?" 낮게 속삭인다.

손잡이를 돌려보지만 잠긴 문은 꿈쩍도 하지 않는다.

프로이트는 모든 인간이 양성애자로 태어나며, 겉으로 드러나든 잠복된 형태로든 리비도는 양성 사이에 존재한다고 믿었다.

잠복은 쉽다. 단식을 하면 체중과 함께 식욕도 줄어들지만, 난데없이 풍겨오는 갓 구운 빵 냄새에 잠복해 있던 식욕이 선잠에서 깨어나듯 되돌아온다. 프로이트가 언급하지 않은 사실은 잠복이 동사라는 것이다. 당신도 잠복할 수 있다! 나는 평생 내 일부를 숨긴 채로 살아왔다!

2004년(15세—릴리: 52kg, 로즈: 42kg)

너무도 절실하게 쌍둥이가 되고 싶어했던 피오나와 프레야는 비슷한 카디건을 입으면 서로 다른 유전자를 극복할 수 있다는 듯이 비슷한 옷을 입고 다녔다. 프레야는 피오나처럼 창백해 보이고 싶었던 나머지 스스로 뱀파이어가 되려는 사람처럼 두 단계나 밝은 파운데이션을 발랐다. 곱슬머리였던 피오나는 고데기로 머리카락을 완벽하게 펴서 자신만의 비처럼 얼굴 주위로 늘어뜨렸다.

오래 반복돼온 소문은 사실이 되었다. 피오나와 프레야는 레즈비언이었다. 사람들은 두 아이가 다리를 벌리고 격자무늬를 짜듯 성기와 성기를 맞댔다는 이야기를 수군거렸다.

"안녕." 생물 시간에 피오나가 내 옆의 의자를 잡으며 말했다. 생물은 피오나가 프레야와 함께 수업을 듣지 않는

몇 안되는 과목 중 하나였다. "나 여기 앉아도 돼?"

턱이 굳어서 근육이 당겼다. 나는 침을 삼켰다. 교실 안 모든 아이의 시선이 나에게 쏠렸다.

내가 하고 싶었던 말: 아니.

내가 하고 싶었던 말: 나한테 왜 이래?

내가 하고 싶었던 말: 왜 나한테 이런 일까지 하게 만드니?

내가 한 말: "누가 나한테 말을 걸어도 된다고 했니, 이 동성애자년아?"

정적이 흘렀다. 이어서 평소처럼 교실 뒤쪽 왕좌에 자리를 잡고 있던 제미마 게이츠가 웃음을 터뜨렸다. 그러자 모두들 따라서 웃음을 터뜨렸다. 인기란!

얼굴이 발개지고 눈을 질끈 감은 피오나를 제외한 모두가 웃었다. 그날 생물 교실을 나간 피오나는 경제학으로 과목을 바꾼 뒤 다시는 돌아오지 않았고, 나에게 두번 다시 말을 걸지 않았다.

평소 찾아오던 시간인 점심시간 이후에 릴리가 면회를 오지 않는다. 저녁식사 전에도 오지 않는다. 아예 찾아오지 않는다. 어쩌면 필과 저녁식사를 하고 있을지도 모를 릴리를 상상한다. 필이 캐비아와 코코뱅* 같은 당황스러울 정도로 고급스러운 메뉴를 주문하고, 릴리는 드레싱 없이

---

* 닭고기와 채소에 와인을 넣고 조린 프랑스 요리.

샐러드만 주문한 다음 종업원이 접시를 앞에 놓아주면 우리 여자들이 늘 가르침을 받은 대로 어머나, 이 많은 걸 어떻게 다 먹지라고 말할 것이다. 오늘의 100개비째 담배를 위해 디저트는 건너뛰는 릴리의 모습이 상상된다.

나는 나의 기쁨만 통제할 수 있다.

벽에 작대기를 하나 더 표시한다. 369일째. 잠식된 벽이 내 손길에 머리를 숙여 인사한다. 이 집을 지탱하는 것은 이제 종이와 석회뿐이다.

나는 침대에 누워 휴대폰을 만지작거린다. 만들어진 목적이 오직 그것뿐이라는 듯이 내 손가락은 쉽사리 릴리의 전화번호를 찾아 움직인다. 벨이 한번밖에 울리지 않았는데 릴리가 침묵으로 전화를 받는다. 저녁을 먹으러 나간 것도 아니고 필과 함께 있는 것도 아니었다. 릴리는 집에 있고, 내 사람이다.

"면회 안 왔더라."

"알아."

나는 기다린다.

"필 생각엔……" 릴리가 뜸을 들인다. "필 생각엔 내가 너를 덜 만나야 한대."

"날 덜 만나다니?"

"필은 네가 나한테 해롭다고 생각해."

"내가 해로워?"

"필은 우리 관계가 건강하지 못하다고 생각해."

"건강하지 못해? 대체 그딴 생각은 어디서 나온 거야?" 나는 필과 만났던 날을 돌이켜본다. 만남은 몹시 순조로웠다. 우리는 서로에게 매료되었다, 그랬지 않나? "필은 왜 그런 생각을 했대?"

"동물 얘기를 했었잖아." 릴리가 말한다.

"알아." 기억을 떠올리며 내가 대꾸한다. "백조라며. 백조가 건강하지 못할 게 뭐가 있어?"

릴리는 아무 말도 하지 않는다. 침묵이 휴대폰 배터리를 아껴주기라도 한다는 듯이 우리는 달빛 속에 앉아 침묵을 지키고, 나는 그만 잠에 빠져든다.

몸 크기 때문에 백조는 천적이 거의 없다. 영국에선 따로 표시가 없는 모든 흑백조는 왕실 소유이며 왕 소유의 백조를 죽이거나 다치게 하는 것은 불법이다. 다른 대부분의 나라에서 백조의 주요 천적은 인간이다.

나는 한밤중에 깨어나 릴리를 빼앗아간 필에게 격분해 여기저기 돌아다닌다. 자기가 뭐라고 감히! 건강하지 못해? 내가? 필이 어떻게 미소를 지었는지, 어떻게 공감을 표했는지(좋은 지적이에요라고 했잖아!), 어떻게 나와 악수를 나누며 내 눈을 들여다보았는지 떠올려본다. 그 모든 게 연극이었다니! 그에게 보여줄 것이다. 릴리와 나는 가족이란 걸, 아니, 더 가까운 쌍둥이란 걸. 우리는 같은 사람에서 서로 아주 살짝만 벗어난 존재였다. 필이 자매애에 대해서 뭘 안다고?

손거스러미를 너무 심하게 잡아당기다가 비명을 지른다. 손가락에 감은 붕대를 억지로 풀어버렸었다. 나만의 평화를 지켜야 한다. 생각을 다른 곳으로 돌린다. 블라인드를 올린다. 하지만 제이램의 방은 깜깜하다. 창밖으로 가죽처럼 펼쳐진 하늘에 별들이 수놓여 있다. 나는 밤을 사랑한다. 내가 거의 아무런 의미도 없는 미미한 존재로 느껴지게 만드니까. 아는 별자리를 찾아본다. 남십자성. 게자리. 바다뱀자리.

언젠가 읽은 책에서 쌍성은 두 별이 서로의 주변을 공전하는 체계라고 했다. 별다를 것도 없다. 그것이 바로 자매애다.

그러니까 필은 방을 잘못 찾았다. 괜찮다. 내가 릴리의 가장 열렬한 응원자이자 가장 충실한 감시인이자 절친임을 필에게 납득시킬 시간은 충분하다. 다음번엔 릴리와 내가 단순한 형제자매가 아니라는 것을, 하루 종일 학교에서 지낼 땐 오빠나 여동생에 대해 까맣게 잊어버린 채 자궁에서부터 함께 있던 짝의 이름을 입에 올리지 않고도 모든 대화를 이어가는 다른 여자들과는 다르다는 것을 필에게 똑똑히 보여줄 것이다. 릴리와 나는 시도를 위해 만들어졌다는 걸 그에게 보여줄 것이다. 필은 어떻게 사과를 할까. 어떻게 두 팔을 벌리고 나를 받아들일까!

잠이 더 멀리 달아나, 썰물처럼 시야에서도 거의 사라진다. 나는 하품을 하고 일어나 방문을 열고 복도를 내다본다. 비어 있다. 살며시 등 뒤로 문을 닫고 비품보관실로 향한다. 안에서 누가 바스락거리며 들썩이는 소리가 들린다. 목소리를 분간하려고 문에 바짝 귀를 대보지만 말하는 사람은 아무도 없다.

손잡이를 돌려보니 스르르 열린다. 그런데 비품보관실의 어둠속에는 사랑을 나누는 레즈비언도 없고, 홀로 딜도를 움직여 자위를 하는 사람도 없다. 대신에 건조하고 머리가 빠진 두피를 가려줄 모자도 쓰지 않은 캣이 있을 뿐이다. 캣은 감자칩 봉지를 움켜쥐고 쭈그려앉아 있다. 입에도 한가득. 휙 고개를 쳐들고 거친 눈빛으로 나를 보는 그 모습은 밤중에 사로잡힌 야생동물 같다.

"나가." 캣이 씨근덕거린다.

나는 침을 삼키고 사과를 한 다음 뒷걸음질로 방에서 나와 문이 저절로 닫히도록 내버려둔다. 아, 어떻게 위대한 존재들은 전부 추락하는지!

12

릴리는 일주일 동안이나 나를 보러 오지 않는다. 나는 릴리에게 전화를 걸고 싶다. 자매님 가라사대, 나 보러 면회 좀 와라고 말하고 싶다. 그러나 필은 그것도 건강하지 못하다고 여길지 모른다. 그가 한 짓이 보이지? 릴리가 꼬박 일주일 동안이나 면회를 오지 않은 적은 한번도 없었다. 그 일주일 내내 다른 마른 여자들이 실크해트에 나비넥타이를 매고 진주 액세서리를 하고 다니기 시작하는 모습을 지켜봐야 했다. 어떻게 그런 소품들을 시설에 반입하는지 모르겠다. 추종자들에게 군대처럼 자신과 똑같은 옷을 입히는 캣의 짓인지도 모르겠다. 어쨌거나 캣은 유명인이고, 그러니 아마도 써먹을 연줄이 꽤 많을 것이다. 세라를 포함해 식욕이 선혀 없던 여사들이 갑자기 음식을 먹고는 재빨리 토하러 가는 모습을 지켜본 일주일. 캣 미첼스가 시설에서 최고로 인기 많은 마른 여자가 되는 걸 지켜본 일주일. 세라가 눈을 휘둥그레 뜨고 숭배의 눈빛으로 캣을 바라보는 걸 지켜본 일주일. 마른 여자라기보다는 흰개미에 가까워진 듯한 느낌이 들었던 일주일. 이제 나는 벽 속에 존재하며 가장자리에서 다른 이들의 변화를 지켜본다. 세상은 내 주변에서 돌아가고 있다.

늘 앉던 식당의 내 자리가 집처럼 느껴지기 시작한다. 이제 나는 이 방의 지표다. 이 식당에 우뚝 솟은 이집트 피라미드다. 내 사진을 찍어! 늘 똑같은 의자에 웅크리고 앉아, 아직 심이 익지 않아 서걱거리는 쌀밥이나 파스타가 가득 담긴 접시를 휘젓고 있는 나를.

이런 시설에선 우리 같은 마른 여자들을 달래서 음식을 먹이려고 절반쯤이라도 제대로 된 음식을 준비할 거라고 사람들은 생각하겠지만, 여긴 오히려 난생처음 가사 수업을 듣는 고등학생들을 고용한 것 같다. 그나마 성적이 좋은 학생들도 아니다.

조지 H. W. 부시 대통령이 브로콜리를 싫어해서 백악관에 브로콜리 반입을 금지했다는 기사를 본 적이 있다. 내가 대통령이라면 백악관에 음식 반입을 아예 금지할 것이다. 그곳은 아주 깨끗하게 유지될 것이다. 모든 것이 리넨처럼 싱그러운 냄새를 풍길 것이다. 우리는, 대통령을 보좌하는 직원들과 나는 모두 탄산수만 마시면서 밝고 열 띤 분위기 속에 둘러앉아 세상의 진짜 문제를 의논할 것이다. 매끼마다 식사를 하느라 휴식하는 일 없이 재빠르게 세상의 문제를 해결할 것이다.

서서히 죽어가는, 배터리가 얼마 남지 않은 휴대폰으로 전화를 걸자, 릴리는 나에게 미안하다고 말한다.

"보고 싶어." 내가 말한다.

"알아."

"필이 네가 나를 자주 만나러 가는 걸 바라지 않는다는 거 알지만 일주일이 지났어." 나는 심호흡을 한다. 내가 얼마나 건강한지 보이나, 필? 얼마나 합리적이고 이해심이 있는지? "잠깐만 들렀다 가면 되잖아."

"애써볼게, 동생아." 오래된 채소처럼 시들어가는 릴리의 목소리는 정말 미안해하는 것 같다. "미안해. 하지만 난 사랑에 빠졌어! 정말이야! 듣기에도 행복이 느껴지지 않니?"

"행복?" 내가 말한다. "모르겠어."

"심술부리지 마." 그러나 나는 핀잔 아래 깔린 미소를 감지할 수가 있다. "살 빠진 건? 내 목소리 살 빠진 것 같지 않아? 나 4.5킬로그램이나 빠졌어. 이번 다이어트는 정말로 효과가 있어, 필이 워낙 응원해주니까 도움도 되고. 필이 칼로리 계산 앱을 알려줬어. 내가 얼마나 먹는지 감을 잃지 않도록 매일 섭취하는 칼로리를 입력하는 거야. 그 사람 정말 대단해, 로지. 주말에는 같이 여행 갔었어. 바닷가로! 우린 수영도 했어!"

수영이 무슨 기적이라도 된다는 듯. 수영을 한 최초의 인간이라도 된 듯.

내가 하고 싶은 말: 사람들은 매일같이 수영해, 릴리. 나는 그가 무슨 짓을 하는지 알고 있다. 필. 그의 속셈을 나는 안다. 내가 릴리에게 교제를 허락할 정도로만 짧은 시간에 자기를 좋아하게 만든 뒤 뒤통수를 친 것이다. 나한테서 릴리를 빼앗아가려고. 영리하지만 쓸데없는 짓이다. 릴리는 나 없이는 살 수 없다.

나는 아무 말도 하지 않는다. 이건 성숙해지는 방법이다. 이것이 자매를 응원하는 방법이다. 응원, 응원, 응원! 나는 나의 기쁨만 통제할 수 있다.

2004년(15세―릴리: 52.5kg, 로즈: 41kg)

대화나 의논도 없이 릴리는 내가 먹지 않는 모든 것을 먹어치우기 시작했다. 아침식사로 2인분을 먹기 시작했고 점심땐 내 몫으로 싸간 도시락을 먹었으며, 저녁때는 부모님이 한눈을 파는 사이 내 접시에 담긴 음식을 먹어주었다. 릴리가 나를 보호하려 한 것인지 아니면 그저 배가 고팠던 것인지는 나도 알지 못했다. 릴리의 가슴은 빠르게 발육했다. 가슴이 묵직하게 늘어지기 시작했다. 가끔은 저녁식사 때 식탁 위에 풍만한 가슴이 놓여 있기도 했다. 나는 빤히 쳐다보지 않으려고 애썼다.

하루는 저녁때 식탁에 내려가 보니 내 식사를 벌써 먹어치운 릴리가 솟아오른 배를 부여잡고 의자에 등을 기대고 앉아 있었다.

"배부르지 않아?" 내가 물었다. 다정하게 들리도록 애쓰면서.

"아니." 릴리가 대답했다. "배고파. 난 항상 배가 고파."

한편으로는 그 어느 때보다 릴리와 가까워진 기분이 들었다. 우리가 한 몸이어서 내 허기가 릴리의 허기가 된 것 같았다. 한편으로는 그 어느 때보다 릴리와 멀어진 기분이 들었다. 사랑하는 상대에게서 자기 자신이, 자기의 자아가 느껴지지 않으면 외로움이 이는 법이다.

물고기의 혀에 흡착해 살아가는 기생충인 키모토아 엑시구아는 아가미를 통해 숙주인 물고기 안으로 들어간다. 암컷은 물고기의 혀에 달라붙어 혈관을 절단해 근육을 괴사시켜 혀가 떨어져나가게 한 다음, 남은 혀뿌리에 붙어서 보철물처럼 움직이며 혀를 대신한다. 물고기는 이 기생충 혀로 계속 먹이를 먹을 수 있다. 기생충은 물고기의 입안에 남아 있는 점액과 혈액을 먹이로 삼는다. 과학자들은 이 기생충에 감염된 물고기들이 대부분 중량 미달임을 확인했다.

부모님은 릴리의 새로운 허기나 나의 갑작스러운 식욕 부진을 알아차리지 못했다. 두 분은 싸우느라 너무 바빴다. 부모님은 항상 말다툼을 했다. 돈에 관해서, 우리에 관해서, 자신들에 관해서. 아빠는 늦게까지 사무실에 있었고, 그게 무슨 의미인지 우리는 몰랐지만 엄마는 아는 듯했다.

"당신한테는 내가 충분하지 않아?" 마침내 아빠가 넥타이를 느슨하게 풀어헤친 채로 밤늦게 귀가하면, 엄마는 현관에 선 채로 문 근처에 쌓여 있는 광고 우편물을 냅다 집어던지며 소리쳤다. "당신한텐 내가 충분히 예쁘지 않아? 내가 못생겼어? 너무 늙었어? 너무 뚱뚱해? 지겨워졌어?"

아빠는 고개를 저었다. "지금 이러지 마, 제발, 여보. 나 피곤해. 좀 앉아야겠어."

"진짜? 뭐가 그렇게 피곤해? 이번엔 누구야? 또 그 빌어먹을 우편배달부는 아니라고 말해줘, 빌. 망할 뻔한 변명은 집어치워."

릴리와 나는 잠옷 차림으로 계단 뒤에 숨어 난간 사이로 훔쳐보고 있었다.

"난 그냥 저녁 먹고 잠자리에 들고 싶어. 아침에 얘기하면 되잖아."

"아니, 지금 당장 얘기해." 엄마가 스타킹 신은 발을 하이힐에 끼워넣으며 우리를 불렀다. "얘들아, 와플 먹으러 가자. 차에 타라."

메뉴는 항상 와플이었다. 부모님은 길 끝에 있는 식당으로 우릴 데려가 빨간 인조가죽 좌석에 밀어넣고는 메뉴와 스페셜 음료, 디저트 리스트를 활용해 우리 사이에 엉성한 벽을 쌓았다. 건강한 부모 노릇을 위한 시도였다. 그러고 나서는 릴리와 내가 와플의 격자무늬에 시럽을 붓고 달콤한 토핑을 푸짐하게 얹어 빈틈이 더는 보이지 않을 때까지, 구역질이 날 정도로 당분을 층층이 쏟아부어 접시가 흥건해질 때까지 아빠 휴대폰에 저장된 남자들의 전화번호에 대해 악의에 찬 목소리로 싸움을 이어갔다.

하지만 내가 다이어트를 시작한 이후로 릴리는 접시를 둘 다 자기 앞으로 가져갔다. 나는 오렌지주스를 주문해 반 잔을 마셨다. 그러고는 제로칼로리 감미료를 네봉지나 찢어 아기 새처럼 고개를 뒤로 젖히고 목구멍에 털어넣었다.

릴리는 자기 앞에 놓인 와플을 먹기 전에 먼저 내가 먹는 모습을 지켜보았다. 내가 싸구려 냅킨으로 입을 닦을 때까지 기다렸다가 한숨을 쉰 다음 이내 음식을 먹었다. 릴리가 자신을 음식으로 채우는 것은 내가 먹지 않기 때문이었다. 우리는 모래시계였다. 한쪽의 내용물을 비워야 다른쪽이 채워졌다. 우리는 서로 달라지기 전까지만 똑같았다.

나는 다시는 비품보관실을 찾아가지 않고 어떻게든 캣을 피해 다닌다. 지금쯤 캣은 내가 바로 비품보관실에 드나드는 레즈비언이라고 생각할 것이다. 나른 사람들이 짐짓는 시간인 한밤중에 까치발로 살며시 걸어와 비품보관실에 숨어들었으니까. 나는 틀린 생각이라고 캣에게 말해주고 싶다. 그냥 조사 중이었을 뿐이라고 말해주고 싶다. 그러나 캣과 맞설 생각을 할 때마다 캣이 아닌 다른 사람의 표정이었던, 너무도 익숙하게 비웃는 모습이 떠오른다. 그것은 제미마 게이츠의 표정이었다.

프로이트가 했던 또다른 주장은 인간에게 두가지 기본 충동이 있다는 것이다. 첫째 충동은 공격성 혹은 죽음에 대한 공포다. 둘째는 생식 혹은 재생산 욕망이다. 죽음을 두려워하지 않고 재생산을 할 수 없다면 나는 인간 이하의 존재가 되는 걸까? 프로이트에게 물어보고 싶은 점이다.

릴리는 초경을 했다. 어느날 아침 잠에서 깨어나 침대에서 기어나오더니, 살인 현장 같은 침대 시트를 보고 비명을 질렀다.

"왜 그래?" 내가 릴리에게 달려갔다.

"피야!"

"생리겠지." 내가 말했다. 대부분의 여자애들은 이미 생리를 시작했다.

릴리가 반바지 잠옷을 내렸다. 확실히 팬티도 새빨갛게 젖어 있었다.

"너도 생리해?" 릴리가 내 가랑이에 대고 물었다.

나는 이불을 걷어 깨끗한 시트를 확인했다. 팬티를 내려 보니 면은 건조하기만 했다. "아니."

"그래, 음, 너도 여자가 되는 거야." 아침 식탁에서 릴리가 소식을 전하자 엄마가 했던 말이다. "먹는 걸 조심하렴. 사춘기는 몸무게가 늘기 시작하는 시기야."

릴리는 눈물을 흘렸다. "나는 아무것도 되고 싶지 않아."

"바보 같은 소리 마라." 블랙커피를 홀짝이며 엄마가 말했다.

나는 릴리의 어깨를 한쪽 팔로 껴안고 머리 무게를 어깨로 받쳤다. "괜찮아." 나는 조용히 위로했다. "괜찮아."

말로 하기는 쉬웠다. 나는 자라지도 않고 변하지도 않는 아이 몸에 갇혀 있었다. 나야말로 전혀 아무것도 되지 못하고 있었다.

깨져버릴 것 같은 느낌이 들 때마다 나만의 기도 방식으로 캣 미첼스 포스터를 올려다보았다. 깡마른 그녀는 나를 내려다보며 미소 지었다.

캣은 사춘기에 도달하지 못한 앙상한 골반에 손을 얹은 채 입술을 깨물고 있었다. 그 포스터는 이해할 수 없는 방식으로 나를 흥분시켰다. 어느새 나도 모르게 이불 밑으로, 팬티 안으로 손을 넣고 있었다. 그러는 내내 캣의 길쭉한 눈매와 막대기 같은 다리를 쳐다보았다. 깨끗하게 보정된 캣의 몸을 올려다보며 나는 첫번째 오르가슴을 느꼈다.

겁이 나면서도 흥분되고 순간적으로 자제력을 잃고 허탈해진 기분.

캣을 원하는 마음과 캣이 되고 싶은 마음 사이를 가르는, 알 수 없는 선.

휴식시간에 캣이 내 어깨를 두드린다.

"안녕하세요?" 책을 내려놓으며 내가 인사한다.

"『동물행동학』을 읽어?"

"재미있어요."

"당연히 그렇겠지, 베이비." 캣이 머리에 쓴 베레모를 매만지며 말한다. "동물들은 거칠잖아."

펠트 천 아래 감춰진, 머리가 빠진 두피는 상상만 할 수 있을 뿐이다. 쓰레기 배출일을 맞은 야생 주머니쥐처럼 창고에서 게걸스레 먹어대던 캣.

"따로 이유가 있어서 나한테 말 건 거예요?" 내가 묻는다.

"우린 처음에 관계를 잘못 시작했던 것 같아." 캣이 말한다. "있지, 난 자기가 꽤나 멋있다고 생각해. 자긴 진짜 대단한 사람인 것 같아."

나는 억지로 자기를 꾸며낸 모습이 형편없다고 캣 미첼스에게 말해주고 싶지만 그러지 않는다. 나는 나의 기쁨만 통제할 수 있다.

"자기랑 친구가 되고 싶어. 우리가 함께 누릴 수 있는 온갖 재미를 생각해봐." 캣이 말한다.

"좋아요. 일단 세라한테 토하는 거 가르치는 걸 중단하면 친구가 되어줄게요."

"걔가 나한테 부탁한 거야, 달링. 걔가 원한 거라고."

나는 책을 집어든다.

"잘 들어. 굶는 것보다는 그게 더 건강해. 걔 몸무게 늘어난 거 안 보여?" 캣이 말한다.

나는 닥쳐라고 말하지 않는다.

"자기는 왜 나를 미워해? 최소한 그건 좀 묻고 싶네. 나를 왜 경멸하지?"

제미마 게이츠. 하루 한알 사과 다이어트. 내 침대 위의 포스터.

"안 그래요. 그냥 세라한테서나 떨어져요."

"걔가 날 따라다닌다니까." 캣이 가슴에 한 손을 올리고 말한다. "믿거나 말거나 난 개한테 그러라고 부탁한 적 없어."

눈이 따끔거린다. 나는 울지 않을 것이다. "모두가 당신을 사랑해요." 목소리가 들릴 듯 말 듯 내가 말한다. "여기 있는 여자들 전부 다 당신을 사랑한다고요. 그런데 왜 세라까지 빼앗아가야 하죠?"

"모두가 나를 사랑한다고?" 캣이 고개를 젓는다. "아니, 아무도 나를 사랑하지 않아, 달링. 네 언니는 거의 매일 너를 면회 오잖아. 내 면회 기록 본 적 있어? 내 방에 손님 온 거 본 직 있어?"

본 적 없다.

"내가 가진 게 사랑이라고 생각해?"

"유명세는 사랑의 한 유형이에요." 내가 캣에게 말한다.

"그건 내가 원하는 유형이 아니야."

그건 캣이 원하는 유형이 아니란다.

　갈매기 같은 새들은 흔히 새끼들한테 영양분을 제공하려고 멀리까지 날아가 현지에서 발견한 먹이를 삼킨 다음 집으로 돌아온다. 둥지로 돌아오면 새끼들은 어미 새의 부리에 있는 빨간 점을 쪼아대는데, 그 부분은 어미가 먹이를 토해내도록 역류를 자극하는 압점壓點이다. 새끼는 어미가 토해낸 것을 먹는다. 이것이 바로 새들이 먹는 법을 배우는 방식이다.

13

2004년(15세—릴리: 54kg, 로즈: 40kg)

"그러다 너 병나." 내가 앙상하게 드러난 갈비뼈를 거울로 들여다보는 사이 릴리가 말했다. 나는 자랑스러워하는 부모처럼 도드라진 뼈를 하나하나 어루만졌다. 릴리는 이해하지 못했다. 우리가 똑같은 생각을 하지도, 똑같은 감정을 느끼지도 않은 때는 그때가 처음이었다. 우리가 대화를 나눌 때마다, 둘 중 한 사람은 터널을 지나고 있고 다른 한 사람은 엘리베이터에 탄 채로 통화를 하려고 애쓰는 것 같았다. 잡음이 너무 많았다. 눈물 때문에 릴리의 목소리가 먹먹했다. "제발 뭐라도 좀 먹어."

나 때문에 아파하는 릴리를 바라보았다. "관둘게." 내가 말했다. "어휴 야." 나는 릴리의 뺨에 흐른 눈물을 어루만지다 내 뺨으로 닦아주었다. 화장품이 묻었다. "관둘게. 더는 다이어트 안할게."

나는 다이어트를 원하지 않았다. 굶주림을 원했다. 나는 더이상 릴리가 되고 싶지 않았다. 나는 눈에 띄지 않기를 원했다. 사라지고 싶었다. 사실은 증발해서 아무것도 남지 않더라도 나는 여전히 존재할 것이다. 더 훌륭하고 더 다정하고 더 친절한 버전으로. 내가 앞길을 방해하지 않으면 릴리는 우리 둘 다가 될 수 있을 것이다.

"언니 때문에 걱정이야." 저녁식사 때 내가 세라에게 말한다. 세라는 내 말을 듣는 둥 마는 둥 하며 캣을 찾아 두리번거리고 있다. 어쨌거나 나는 이야기를 이어간다. "이번 관계를 너무 진지하게 받아들이는 것 같아서 말이야. 면회도 오지 않고 있어."

"릴리는 행복해, 달링." 식당 메뉴에서 차우멘*인 척하고 있는 마른 국수 더미를 찔러대며 세라가 말한다. 식당 스피커에선 K팝 음악이 흘러나온다. 그래놓고 간호사들은 아시아의 밤이라고 부른다. 우리 마른 여자들은 우리가 앓고 있는 질병의 진부한 전형에 맞게 모두 백인이다.

"초기라 콩깍지가 씌어서 그렇겠지만 극복할 거야. 곧 돌아올 거라고." 세라가 말한다.

* 고기와 채소를 기름에 볶다가 굴소스로 양념한 중국식 볶음면.

나는 세라를 향해 눈살을 찌푸리다, 감시하는 간호사들의 눈길을 피해 국수 더미를 재빨리 무릎에 쏟는다. 그러고는 줄곧 감시하는 눈들을 살피며 국수 가락을 주머니에 쑤셔넣는다.

"전에는 한번도 이런 식으로 행동한 적 없었어. 다이어트를 한다니까! 유어웨이라나 뭐라나 들어본 적 있어?"

세라가 어깨를 으쓱한다. "다이어트 가이드북 말이야? 그거 끝내준다더라. 왜? 한권 갖고 있어?" 갈망하는 눈빛.

"아니." 내가 말한다. 세라의 어깨가 축 늘어진다.

"어쩌면 캣한테 있을지도 몰라." 세라가 말한다.

"캣?"

"비품보관실에 말이야."

나는 얼굴을 찌푸린다. 무슨 말인지 이해가 안된다. 하지만 캣 이야기를 하고 싶은 기분이 아니다. 그 여자는 사람을 지루하게 만든다! 나를! "그러니 내가 어떻게 해야 할까? 릴리는 항상 끔찍한 남자친구들보다 나를 먼저 생각했었는데 지금은 날 위해 내줄 시간조차 없어."

"어쩌면 이번 남자는 끔찍하지 않은가보지." 세라가 대꾸한다. "혹시 릴리 말대로 정말 괜찮은 사람일지도 모르잖아."

"아니야." 내가 하하 웃으며 말한다. "아니, 아니야. 릴리는 괜찮은 남자랑은 데이트 안해. 릴리에 대해서는 내가 알아."

"그렇겠지." 세라가 말한다. 세라는 내 행동을 모방해 국수를 주머니에 넣고 있지 않다. "물론 잘 알겠지. 혹은 과거엔 잘 알았겠지." 내 찌푸림이 깊어지며 불쾌함이 드러나자 세라가 항복하듯 양손을 들어올린다. "나야 모르지. 어쩌면 릴리가 성장한 걸 수도 있어, 달링."

"성장을 해?"

"응." 포크로 국수를 떠 입으로 가져가며 세라가 말한다. 기름기가 세라의 입가에 지저분하게 묻는다. 세라는 국수를 삼킨다. "사람들은 성장하고 사랑에 빠지고 결혼을 하고 앞으로 나아가잖아. 릴리가 누군가를 만났을 땐 언니랑 릴리 사이에 늘 변화가 있었을 거야."

"나는 어쩌고?" 내가 말해보지만 세라는 자기 음식을 다 먹어치운 뒤다. 이미 빈 접시를 들고 나가며 어깨 너머로 우스꽝스러운 손 키스를 날리는 중이다. 캣을 찾아 전부 다 토하러 가려고.

나도 식탁에서 일어난다. 국수로 가득한 주머니가 축 늘어져 모래주머니처럼 묵직하게 나를 끌어내린다. 바다에 나를 던지면 닻처럼 빠르게 가라앉을 것이다.

방으로 돌아온 나는 릴리에게 문자를 보낸다. **너 만날 때까지 굶을 거야.**

나는 나의 기쁨만 통제할 수 있다.

2005년(16세—릴리: 59kg, 로즈: 39kg)

릴리는 수석으로 학년을 마쳤다. 절반은 내 것이기도 한 릴리의 이름이 민망한 필기체로 적혀 있는 표창장도 받아 왔다. 학년말 마지막 조회에서 릴리가 강단에 오르자 사람들이 박수를 쳤다. 나도 함께 갈채를 보내고 싶었지만, 확실히 그런 마음이었지만, 근육이 약해져 그럴 힘이 없었다. 그 무렵 내가 먹는 것은 곰팡내 같은 입 냄새를 감추기 위한 무가당 민트향 껌이 거의 전부였다.

2005년 크리스마스 날 릴리와 나는 식탁에 마주 앉았다. 릴리는 우유를 흠씬 머금어 저을 때마다 셀룰라이트 같은 소리를 내는 시리얼을 먹고, 나는 신진대사를 촉진하는 따뜻한 물을 마셨다. 모든 사람이 집단적 감상에 휩싸이고자 평소의 감정 궤도를 저버린 채, 다가오는 기념 행사를 기다리며 단체로 흥분하는 명절이 나는 늘 싫었다. 그런 날은 내가 덜된 인간처럼 느껴졌다.

"메리 크리스마스." 릴리가 남은 우유를 마시려고 그릇을 들어 기울이며 말했다. 예전에 시리얼을 먹을 때는, 뭐든 다 먹을 때는 나도 그렇게 했었다. 우리는 강아지처럼 행복해하며 경쟁하듯 그릇을 깨끗하게 핥아먹었다.

"메리 크리스마스." 나도 릴리의 그릇 엉덩이에 대고 말했다.

"교회 갈 준비 해라, 얘들아. 서두르지 않으면 좋은 자리 못 맡을 거야." 엄마가 방에서 소리쳤다.

아빠는 교회에 가지 않을 예정이었다. 아빠와 엄마는 저녁 내내 서로 소리를 지르며 아빠의 인터넷 브라우저 기록을 들먹였고, 산타를 겁줘서 쫓아내려는 듯 트리 장식이 흔들릴 정도로 쿵쿵 걸어다니거나 방문을 꽝 닫았다.

"아, 저래야 명절 분위기가 나지." 그릇을 개수대로 가져가며 릴리가 말했다.

나는 아무 말도 하지 않았다. 이번만은 우리 가족이 하나로 뭉치지 않는다는 사실이 고마웠다. 식탁 가득 고기와 감자 같은 가장 기름진 음식이 담긴 접시가 놓인 영화 속 장면을 떠올리며, 나는 우리 가족의 명절 음식이 어떤 것일지 잘 알기에 안도의 한숨을 내쉬었다. 내가 얼마나 조금 먹는지 잘 감춰주는 종이 상자에 담긴 중국 음식일 것이다.

교회로 출발하기 전 엄마는 우리를 살폈다. 똑같이 펑퍼짐한 흰색 원피스를 입었지만 내 옷은 빨랫줄에 걸린 침대 시트처럼 펄럭거렸고, 릴리가 입은 옷은 젖은 샤워커튼처럼 몸에 찰싹 달라붙어 질식할 듯 답답해 보였다.

엄마가 릴리에게 약간 살이 찐 것 같다고 말하더니 나를 가리켰다. "네 동생은 얼마나 말랐는지 좀 봐라!"

나는 미소를 지었다. 난생처음 우리 쌍둥이 중에 내가 더 우월한 쪽이었다.

판다는 보통 쌍둥이를 낳는다. 출산 이후부터 어미 판다는 새끼를 평가하기 시작하고, 둘을 비교하며 어미의 애정과 먹이, 보금자리를 놓고 경쟁을 강요한다. 결국 어미는 쌍둥이 중 더 약한 쪽을 외면해 포식자가 노리도록 내버려두며, 더 강한 새끼를 위하여 젖도 먹이지 않는다.

방으로 돌아오는 길에 나는 비품보관실 문을 열어본다. 문은 열리지만 안은 어둡다. 나는 안으로 숨어들어 살며시 문을 닫는다. 역한 냄새가 너무도 강렬하게 풍겨 목구멍 깊은 곳을 자극하는 바람에 나는 헛구역질을 한다.

"안녕!"

"캣?" 내가 묻는다.

"올 줄 알았어."

"앞이 안 보여요."

"거부할 수 없었으리라는 거 알아."

"난 동성애자 아니에요."

"뭐라고?"

딸깍하는 소리가 가볍게 들리더니, 연주황색 전등이 실내를 비춘다. 실크해트에 진주를 두른 캣이 미소 짓고 있다. 캣이 비품보관실의 선반을 가리킨다. 설사약 상자. 체중계. 무설탕 껌. 다이어트콜라 캔. 줄자. 밀반입 물품.

"이게 다 뭐예요?"

"캣 매점에 오신 것을 환영합니다." 캣이 크레용으로 적이 뒤쪽 벽에 테이프로 붙인 간판을 향해 손짓한다. "서는 캣이고요, 오늘은 제가 직접 손님을 모시겠습니다. 애피타이저로 설사약 한두개로 시작할까요? 개당 50달러밖에 안 합니다."

"뭐라고요?"

"아니면 자기네 복도엔 이런 멋진 체중계가 더 어울릴까? 정말로 몸무게가 얼마나 나가는지 알고 싶지 않아?"

"캣, 이건……"

"줄자는 더도 말고 덜도 말고 딱 100달러에 줄게. 구토제는 저렴하게 99달러야. 예산이 한정된 폭식가가 토하는 데 사용하기 좋은 단순한 비닐봉지는 장당 단돈 20달러야!"

"하나도 안 웃겨요, 캣."

"우아. 까다로운 손님이네. 폐점 후에 재미를 볼 수 있게 비품보관실의 스페어 열쇠를 제공할 수도 있어. 열쇠가 있으면 아무도 모르게 먹어대거나 토할 수 있지만, 그러려면 돈이 들지."

"계속 여기서 토하고 있었던 거예요?" 코를 잡고 있으니 목소리가 높아진다. 며칠 전만 해도 나는 바닥에 쭈그려앉아 오르가슴의 신음이라고 짐작하며 소리에 귀 기울였었다.

"좋아." 캣이 양 손바닥을 들어 보이며 말한다. "마지막 품목이 하나 있어."

나는 기다린다. 캣은 선반 뒤쪽으로 손을 넣어 청소도구

사이에서 책 한권을 꺼낸다. 분홍색. 양장본.

"라라 백스가 쓴 『유어웨이』야." 캣이 말한다. "지금 바깥에서 반응이 가장 뜨거운 다이어트 가이드북이지. 단돈 85달러면 자기 책이야."

나는 릴리가 필을 위해 스스로 날씬해지려고 보고 있는 그 책을 받아든다.

"자기가 그 책에 관심 있다는 거 알아." 캣이 미소를 짓는다. "캣의 매점에서 빈손으로 나가는 사람은 아무도 없지."

나는 첫 장을 펼친다. 당신의 몸을 혐오하나요? 체중을 좀 줄이고 싶은가요? 라라 백스의 전체론적 건강 가이드는 재미있고 쉽게 날씬함을 선사합니다! 오늘 당장 행복을 찾고 체중 감소의 여정에 참여하세요!

"사람들은 왜 항상 '체중 감소의 여정'이라고 말할까요? 몸무게를 줄이는 게 파리로 가는 여행이라도 되나?"

"알았어, 좋아." 캣이 말한다. "80."

나는 캣에게 책을 건넨다. "소문으론 여자들이 여기서 엉켜 논다고 하던데요."

"슬프게도 아니야." 캣이 말한다. 그러고는 미소를 짓는다. "하지만 우리가 그걸 바꿀 수도 있지."

나는 침을 삼킨다. 캣의 눈빛이 춤을 춘다.

릴리한테서 온 문자 때문에 휴대폰이 진동한다. **바보처럼 굴지 마. 빕 믹어. 내일 길게.**

"게다가 좀 봐!" 캣이 빠르게 페이지를 넘기며 말한다. "이걸 보라고!" 캣은 책을 펼쳐 내용이 잘 보이도록 내 눈앞에 들어올린다. "유명인사도 등장해!" 캣이 펼쳐들고 있는 페이지에는 '체중을 줄이되 자신을 찾으세요'라는 글귀가 비스듬히 인쇄되어 있고, 그 끔찍한 제목 아래 캣 미첼스의 사진 두장이 보인다. 한장은 캣이 십대 후반에 체중이 9킬로그램이나 늘어 파파라치의 표적이 되었을 때 늘어난 체중을 실수로 대중 앞에 드러낸 사진이다. 다른 사진은 오늘 찍었다고 해도 믿을 것 같다. 뺨은 움푹 파이고, 눈은 쑥 들어가고, 쇄골은 가슴 위로 처마처럼 툭 튀어나와 있다. 사진 밑에는 '비포'와 '애프터'라고 적혀 있다. 마치 캣의 새로운 몸매가 유행하는 이 다이어트 덕분인 것처럼. "바로 나야!" 내가 모를 수도 있다는 듯 캣이 말한다.

"됐어요." 뒷걸음으로 비품보관실을 빠져나가며 내가 캣에게 말한다. "고맙지만 됐어요."

나는 방으로 돌아간다. 나는 나의 기쁨만 통제할 수 있다.

19세기에 독일의 정신과 의사 바론 알베르트 폰 슈렌크노칭은 동성애 감정을 경험하는 남자들에게 몇차례의 사창가 방문과 강도 높은 음주를 처방했다. 똑같은 감정을 경험하는 여자들은 그저 남편에게 돌아갈 것을 권유받았다.

나는 제이램을 위해 옷을 차려입는다. 이것이 바로 여자들이 사랑하는 남자를 위해 하는 일이다. 여자들은 드레스를 입고 하이힐을 신고 립스틱을 바른다. 내가 얼마나 여성스러워질 수 있는지 보라고! 성정체성은 선택이며 지금 나는 바로 그 선택을 하고 있다. 얼마나 많은 에스트로겐이 내 혈관에 흐르는지 보이지 않나?

시설에 드레스를 한벌도 가져오지 않았기 때문에 나는 침대 시트를 벗겨 몸에 두르고 한쪽 끝을 어깨 위로 넘겨 묶는다. 그리스 여신이 된 것 같은 기분이다. 그러고는 발끝으로 서서 미소 짓는다. 케첩을 이용해 입술을 붉게 칠하며 혀에는 닿지 않도록 조심한다. 내가 그를 향해, 그를 위해 미소 지으며 방 안을 왔다 갔다 하자, 그는 마당 건너편에서 박수갈채를 보내고 또 보낸다.

14

다음 날, 나는 아침식사로 나온 와플을 가까스로 레깅스 허리밴드 안에 집어넣고 스웨터로 가린다. 단 한입도 입에 대지 않았다. 방으로 돌아오니 간호사가 아침에 먹어야 하는 칼십 팩을 건넨다. 나는 밤사이 뜯어먹어 아직도 피가 나는 손가락을 보여주고, 간호사가 반창고를 가지러 간 사이 매트리스에 칼십을 쏟는다. 그 위로 이불을 덮어둔다. 단 한모금도 먹지 않았다. 릴리가 곁에 없는데 무엇을 위해 먹어야 한담?

나의 거식증은 가장 유혹적인 미소를 지어 보인다.

2006년(17세―릴리: 63.5kg, 로즈: 38kg)
제미마는 인기 여학생이라면 코 피어싱을 해야 한다고

결정 내렸다. 우리의 충성심을 맹세하기 위해 피부에 내는 구멍. 우리는 미성년자에게도 피어싱을 해주는 유일한 가게로 몰려가 카운터에 현금을 내밀었다.

"누가 먼저 할래?" 우리에게 피어싱을 해줄 남자의 생김새는 플로리다 출신의 산타가 변태 포르노 영화 속으로 들어간 것 같았다.

"저요." 제미마가 말했다. "코에 해주세요. 왼쪽 콧구멍에. 고리로요." 쇼핑몰로 가는 길에 제미마는 자신감이 핵심이야라고 말했다.

남자는 스툴을 손으로 가리켰고 제미마가 거기에 앉았다. 권총같이 생긴 물건으로 코에 구멍을 뚫었을 때 거의 움찔도 하지 않던 제미마는 남자가 피어싱을 확인하라며 거울을 들어주자 미소를 지었다. 태어날 때 달고 나온 것처럼 완전히 자연스러워 보였다.

"로즈? 다음은 너야." 제미마가 말했다.

나는 릴리를 쳐다보았다. 나는 언제나 릴리를 따라 했다. 음식점에서는 릴리가 시키는 대로 음식을 주문했다. 옷가게에서는 릴리가 먼저 옷을 고른 뒤 점원에게 말을 걸었다. 미용실에서는 릴리가 먼저 자른 뒤 내 머리를 잘랐다. 내가 해야 할 말은 똑같이 해주세요가 전부였다.

"설마 빼는 거 아니지?" 제미마가 말했다. 그것은 곧 협박이었다.

"코에 해주세요." 나는 플로리다 산타에게 말했다. "왼쪽 콧구멍에. 고리로요."

바늘이 뚫고 들어왔을 때 나는 혀를 깨물었다. 릴리는
그 고통에 얼굴을 찡그렸다. 산타가 거울을 들어 새로 태
어난 나의 코를 비춰주었다. 가격표 같은 은색 고리. 나는
세미마를 닮아 있었다.

"네가 다음이니, 덩치 소녀?" 산타가 릴리에게 말했다.

릴리가 망설이며 의자에 앉았다.

"넌 어떻게 해줄까?" 남자가 인중에 맺힌 땀을 소매로
닦아냈다.

"똑같이 해주세요." 나를 쳐다보며 릴리가 말했다. "괜
찮지?"

남자가 릴리에게 거울을 보여줄 때, 나는 옆에서 몸을
수그려 거울에 비친 릴리의 모습을 살폈다. 이제 막 피어
싱을 한 데가 빨갛게 부풀어 아파 보였다. 내 코는 부기가
이미 빠지는 중이었다. 붉은 기운이 희미해졌다. 난생처음
으로 릴리가 나를 닮은 모습이다.

방바닥에 또 한통의 편지가 놓여 있다.

　R—

마지막 편지를 보낸 뒤에야 비로소 실수를 깨달았어. 암호
단어를 네 마음대로 선택하라고 했지만, 네가 선택을 했더라
도 나는 그게 뭔지 모르잖아, 그치? 네가 아스파라거스 같은 말

을 한다 해도 난 그게 이야기를 하자는 뜻인지 **조용히 해라는 뜻**인지, 아니면 **건물에서 뛰어내려라는 뜻**인지 모를 거야. 난 바보야.

잘 회복하고 있기를 바랄게. 이 상황에서 누군가 돌아올 수 있는 사람이 있다면, 그건 너야, 로즈. 언젠가 너는 릴리가 모든 면에서 너보다 낫기 때문에 너 자신이 존재할 이유가 없다고 나에게 말했었지. 하지만 넌 릴리를 닮은 게 아니야. 너는 널 닮은 거야. 그리고 세상은 로즈가 존재해야 훨씬 더 좋은 곳이 돼.

전화해줄래? 네가 원하는 경우에만.

— M

나는 전화를 걸고 싶고 아스파라거스라고 말하고 싶다. 우리 둘이 아스파라거스라는 말을 급기야는 의미 없는 소리로 모호해질 때까지 서로 반복하고 싶다. 아스파라거스 아스파라거스 아스파라거스아스파 라거스아 스파라ㄱ ㅓ스아스 파라거스아 스파ㄹ ㅏ거스 아스파 ㅏ 라ㄱ ㅓ스.

칼로리는 작은 연소실에 해당하는 봄베 열량계로 측정한다. 그 안에서 음식이 연소되며 물을 데운다. 칼로리 계산은 음식이 얼마나 높은 온도에서 연소하는지, 물의 온도를 얼마나 많이 높이는지를 바탕으로 결정된다. 칼로리 자체는 무게가 진혀 나가지 않는다. 그것은 에너지의 측정값이다. 가장 무서운 것은 우리 눈에 보이지 않는 것들이다.

2006년(17세―릴리: 65kg, 로즈: 37.5kg)

어느날 방과 후에 나는 줄줄이 종이인형처럼 제미마와 다른 여자애들과 함께 보란 듯이 포니테일 머리채를 흔들며 걸어가고 있었고, 사람들은 당연히 우리에게 길을 터주었다. 인기 여학생이 되어보지 않고는 누구도 결코 그 권력의 맛을 느낄 수 없을 것이다. 남학생들은 빤히 쳐다보고 여학생들은 부러운 눈초리를 흘렸으며, 교사들조차 우리처럼 되고 싶어했다. 사람들은 좆나 쫄았다.

그날 우리는 한걸음 한걸음 머리채를 찰랑찰랑 박자를 맞췄고, 나란히 이동하든 벽 쪽으로 밀착하든 팔짱을 풀지 않았다. 멋지고 우월해진 기분으로 복도를 성큼성큼 걸어가던 나의 시야에 빈 과학실의 화강암 실험대에 몸을 기댄 채 상급생과 입술을 맞대고 열정적으로 키스하고 있는 릴리의 모습이 포착되었다. 남자애는 손자국이라도 새길 것처럼 릴리의 살을 세게 움켜쥐고 있었다. 마르지 않은 콘크리트에 손바닥을 찍는 것처럼, 그가 떠나간 뒤에도 그가 남긴 자국이 릴리의 몸에 오래 새겨져 있을 것 같았다.

우리 피부에 거의 수염 비슷한 어떤 것이 닿으며 느껴지는 간질거림에 나는 턱을 문질렀다.

내 걸음은 거의 흔들림이 없었다. 나는 인기 여학생들의 완벽하게 설정된 삶에 흠집을 낼까 두려웠다. 하지만 제미마는 나의 주저함을 알아차렸다.

"왜 그래, 베이비?" 제미마가 물었다.

"아무것도 아니야." 내가 말했다. "생리통."

나는 생리를 한 적이 없었지만 나머지 여자애들은 다 생리를 시작했거나 최소한 그런 척하고 있었으므로 나도 생리가 시작된 것처럼 행동했다.

"참 성가셔, 그렇지?" 제미마가 팔짱을 풀더니 내 손을 잡으며 말했다. 제미마는 내 팔을 들어올려 손목 안쪽의 새하얀 살에 입술을 댔다. 립글로스가 작은 분홍색 하트 모양을 남겼다. 문신을 한 느낌이 들었다.

교문에서 헤어질 때 인기 여학생들이 제미마의 마지막 작별인사를 받으려고 경쟁하며 서로 허공으로 키스를 날리다가 내가 그애의 마지막 키스를 차지해 승자가 된 뒤 집으로 돌아가는 내내, 나는 방금 릴리의 첫 키스를 목격한 것일까 궁금해했다. 양팔로 남자애의 상반신을 꽉 껴안고 골반을 그의 사타구니에 밀착하고 있던 모습으로 보아서는 전에도 많이 해본 것 같았다. 릴리가 결코 나에게 이야기하지 않은 시간들. 몸이 아파왔다.

남학생들이 릴리를 좋아한다는 건 나도 알고 있었다. 그들은 걸을 때마다 액체처럼 출렁거리는 릴리의 가슴과 진실하고 깊은 웃음소리를 좋아했다. 릴리가 앉으면 엉덩이가 쿠션처럼 퍼지는 모습을 좋아했다. 릴리가 우리들, 그러니까 제미마파에 속하지 않는다는 사실을 좋아했다.

당연히 남학생들은 나를 좋아하지 않았다. 내 몸매는 그들과 똑같았다. 나는 상관하지 않았다.

그날 릴리가 집에 돌아오자 나는 릴리를 마주하고 말했다.

"남자친구 있다는 얘기 나한테 안했잖아." 아직 옷을 벗는 중이던 릴리는 재킷을 반만 벗은 채로 멈추었다.

"네가 물어본 적 없으니까."

"우린 모든 걸 서로에게 말하잖아."

"우리가?"

릴리는 재킷을 어깨에서 벗겨내 고리에 걸었다. 릴리의 티셔츠는 청바지 허리춤에 질끈 묶여 있었다.

"네 행동 이상해." 내가 말했다.

"내가?"

"응. 달라졌어. 너답지 않아."

"달라지고 있나보지." 릴리가 말했다. "성장하는 거겠지."

"내가 미성숙하다는 말이야?"

"우리가 똑같을 필요는 없다는 말이야, 로즈."

"내가 더이상 곁에 없다고 느껴져서 남자애들이랑 데이트하는 거야?"

"뭐라고?"

"걔들이 나 대신이야?"

"로즈……"

"이제 나한테는 제미마가 있어서?"

릴리는 한숨을 쉬었다. "우린 달라져도 괜찮아, 로즈. 넌 오랫동안 너에게 맞는 방식을 찾고 있었어. 지금의 너를 봐. 이젠 정말로 너 자신을 찾은 것 같잖아."

"하지만 난 나 자신이고 싶지 않아." 릴리의 손을 향해 손을 뻗으며 내가 말했다. 릴리의 손은 언제나 따뜻했지만 지금은 따스함 위에 느긋함이 한겹 덮여 있었다. "나는 그걸 원한 적 없어."

릴리가 미소 지으며 고개를 끄덕였다. 그 미소엔 행복이 담겨 있지 않았다.

돼지는 여러가지 이유로 땅을 판다. 편안함을 느끼려고, 열을 식히려고, 먹이를 찾으려고. 내 생각엔 다른 이유도 있는 것 같다. 돼지는 인간과 침팬지 다음으로 지능이 높을 정도로 영리한 동물이지만, 위를 올려다보지 못한다. 해부학적 구조에 문제가 있어서 똑바로 하늘을 올려다볼 수 없는 것이다. 내 생각엔 돼지들도 세상에 뭔가 다른 게 있다는 걸 아는 것 같다. 그들이 보지 못하는 무언가. 그래서 그들은 그걸 찾고 있는 것이다, 거기 뭐가 있을까 하고. 다만 그들은 엉뚱한 곳을 찾고 있을 뿐이다.

15

마침내 릴리가 면회를 오자 나는 안도감을 느낀다. 이제 하루 두번 먹는 칼십을 다시 먹을 수 있다. 다시 생존으로 돌아갈 수 있다.

평소와 달리 릴리는 학생 하나를 데려왔다. 정기적인 면회객은 단 한명뿐인 환자들이 많고, 상당수는 아예 면회객이 없다. 섭식장애는 사회적인 질병이 아니다. 우리는 우릴 사랑한 사람들에게 거짓말을 해왔다. 좀 먹으라고 우리에게 종용했던 사람이 누구든 우리는 그들의 뜻을 거스르고 그들을 밀어내고 소외시켰다. 우리는 외로운 섬에 살고 있으며, 여기 우리들이 사는 외딴 파라다이스에는 음식 공급원이 없다.

나의 방문자 기록에는 장난꾸러기 아이가 장난을 친 것

처럼 똑같은 이름 하나가 반복해서 휘갈겨 적혀 있다. 릴리 윈터스, 릴리 윈터스, 릴리 윈터스.

릴리의 손을 꼭 잡고 있는 아이의 이름은 다이아몬드. 아이는 아이처럼 생겼다. 만약 누가 나에게 아이를 상상해 보라고 한다면, 다이아몬드의 얼굴을 떠올릴 것처럼.

다이아몬드의 눈은 크고 짙은 갈색인데, 그 자체의 울림이 있는 것처럼 보인다. 아이가 앞머리를 계속 눈앞에서 밀어낸다. 눈이 큰 사람들은 틀림없이 눈 안의 이물감 문제를 더 많이 겪을 것이다. 나는 다이아몬드에게 눈에 자주 뭐가 들어가느냐고 묻는다.

"진짜로 말랐네요." 다이아몬드가 대꾸한다.

"그래?" 내가 말한다. "음, 네 이름은 다이아몬드고." 의도한 대로 타격을 입히진 못한 것 같다.

"다이어트 중이에요?"

대답을 해서 아이를 대접해주지는 않기로 한다.

릴리는 다이아몬드가 필의 딸이라고 말하고, 나는 이미 짐작했기에 고개를 끄덕인다. 릴리는 어차피 자기가 다이아몬드의 담임이기 때문에 방과 후에 다이아몬드를 집에 데려다주기로 했다고 설명한다. 릴리에게 제이램 이야기를 할까 생각 중인데 릴리가 가방에서 담배를 꺼낸다. "다이아몬드 엄마는 엄청 말랐어." 그게 새로운 흡연 습관에 대한 설명으로 충분하다는 듯이 릴리가 말한다. "몇 킬로그램만이라도 너 빼야지."

"릴, 정말로 여기서 담배를 피울 생각은 아니겠지."

릴리가 담배에 불을 붙여 연기를 한모금 빨아 삼키더니 기침을 한다. "이건 다르지. 내 건강을 위해서잖아. 난 굶주리고 있어. 나의 기쁨을 통제하는 중이라고."

그러니까 좀 먹어라고 릴리에게 말하고 싶지만 위선적인 태도 같아 혀가 꼬인다.

릴리는 담배를 절반쯤 피우고 나서 단념한 듯 창틀에 짓눌러 끈다.

"조언이 좀 필요해." 릴리의 말에 나는 이야기해보라고 손짓을 보낸다.

"필이 부인이랑 헤어지지 않을 거라는 건 나도 알아." 릴리가 말한다. "그리고 나도 반드시 둘이 헤어지길 바라는 건 아니야. 둘 사이엔 아이가 있으니까. 있지, 그래도 난 그냥 대화를 하면 좋겠어. 적어도 그 사람이 그런 생각을 하고는 있다는 걸 알고 싶어."

"그런 생각이라니?"

"나를 위해서 그 여자랑 헤어질 생각."

"아, 그 여자랑 헤어질 생각. 그런데 그런 이야기를 지금 꼭 해야겠어? 알다시피 쟤도 있는데?" 나는 바닥에 앉아 손가락으로 흰개미를 눌러 죽이고 있는 다이아몬드를 향해 고갯짓을 한다.

"쟨 다섯살이야. 아무것도 못 알아들어. 괜찮아."

"나 다섯살 반이에요." 벌레 학살의 장에서 고개도 들지 않은 채로 다이아몬드가 말한다.

"질문이 뭐였지?" 내가 묻는다.

"그 사람이 그 여자랑 헤어지겠다는 생각을 하면 좋겠다고, 그래야 내가 말릴 수 있으니까."

"그렇군."

"미친 여자처럼 보이진 않겠지? 이게 정상이겠지?"

"유부남이랑 자는 게?"

"못되게 굴지 마, 로즈." 릴리는 말하는 동안 액세서리 반지 여러개를 비틀어돌리며 손을 내려다본다. 릴리는 몸무게가 줄었다. 반지가 헐렁해져서 주판알처럼 손가락에서 빙빙 돌아간다. "무슨 뜻인지 알잖아."

"네 애인이 실제로 부인과 헤어지면 좋겠다고 생각할 만큼 두 사람이 헤어지기를 바라지는 않지만, 그 헤어짐에 대해 너와 대화를 나눌 정도로는 부인과 헤어질 생각이 있기를 바라는 게 정상이냐고?"

"넌 상황을 지나치게 단순화하고 있어."

"내가?"

간호사가 오후에 마셔야 하는 칼슘을 가져다주고 다시 나간다.

"잠깐만이라도 비판적으로 굴지 않을 수 없어? 부탁이야. 지금은 네 충고를 바라는 거야." 릴리가 말한다.

"글쎄, 나는 네 질문부터 잘못되었다고 생각해."

"뭐?"

"애초에 내가 불륜을 찬성하는지를 물었어야지."

"네가 찬성하지 않는다는 건 나도 알아. 말할 필요도 없어. 비누를 빨아먹는 것 같은 맛이 난단 말이야, 바보야." 불가능한 맛을 나타내는 거품이라도 보여주려는 듯 릴리가 혀를 내민다. 실망의 거품. "하지만 네가 찬성하든 안하든 벌어지고 있는 일이야." 릴리가 어깨를 으쓱한다. "그러니까 말해봐, 부인과 헤어지는 문제에 대해서 내가 그 사람이랑 이야기를 나눠야 할까?"

나는 한숨을 쉰다. "하지만 넌 그 사람이 부인과 헤어지길 바라지 않는다며."

"응. 하지만 그 사람은 그러길 바라."

"뭐라고?"

"그 사람은 헤어지길 바라면 좋겠다고."

"아니지, 좀 전에 네가 말했잖아. 꼴만 우스워질 뿐이야. 결과를 생각해봐, 릴. 네가 그 얘길 꺼내면, 그러고 나서 그 사람이 네 생각에 동의해서 부인과 헤어지든 혹은 헤어지지 않든, 네가 너무 집착한다고 생각해서 모든 게 끝나버릴 거야, 안 그래?"

릴리가 새 담배에 불을 붙이고, 나는 쉽사리 연기를 들이마시는 릴리를 지켜본다. 이젠 흡연이 자연스럽다. "어쩌면 그 사람이 부인과 헤어지길 나도 바라나보지 뭐."

"그러다 너 암 걸린다." 내가 말한다.

"영구적인 건 아니야, 동생아. 그냥 몇 킬로그램만이라도 더 빼야지." 릴리가 미소를 짓는다. "보다시피 유어웨이 다이어트 비법이 정말로 효과가 있어. 어제는 필이 나한테 아름답다고 말해줬어."

"왜 그 사람을 위해 이렇게까지 해? 왜 하필 그 사람이야? 그 사람이 매력적이어서? 그래서 뭐 어쩌라고!"

"난 그 사람 사랑해." 릴리가 말한다. 그건 사실이다, 릴리는 그를 사랑한다. 나도 맛으로 그걸 느낄 수 있다. 아몬드 베이스에 바닐라향이 가미된 듯 달콤하고 편안한 맛. 느낌은? 심장에서 가지가 자라나는 느낌, 가슴에 솟은 나무가 매일매일 자라며 태양을 향해 가지를 뻗는 느낌이다.

"암튼 난 그 사람을 위해서 이러는 게 아니야, 나를 위해서지." 릴리가 이렇게 말하지만 뺨이 발그레해지고, 나는 시큼한 거짓말의 맛을 느낄 수 있다. 릴리가 헛기침을 한다. "이제껏 나한테 아름답다고 말해준 사람은 아무도 없었어."

"넌 원래 아름다워."

릴리는 눈알을 굴린다. "내 말 무슨 뜻인지 알잖아. 이 말라깽이야."

사람들은 종종 우리 마른 여자들이 예뻐지고 싶어서 굶는다고 생각한다. 우리 중 대다수는 어쩌면 그렇게 시작했는지도 모르지만, 우리가 보기 흉하다는 건 우리도 안다. 나는 거울에 비친 자기 모습이 실제보다 더 뚱뚱해 보인다는 신체이형증 유형에 속한 적이 한번도 없었다. 아니다. 내 눈엔 뼈가 보였다. 안팎이 뒤집힌 여자, 재킷처럼 피부에 두른 뼈대가 보였다.

특정한 이유를 설명하긴 어렵다. 내가 왜 나 자신에게 이런 짓을 하고 있는지. 사람들은 언제나 나에게 물었다. 왜 너 자신에게 그런 짓을 하고 있니?

사실 나는 내가 그런 짓을 하고 있다고 믿지 않았다. 녹슨 문처럼 입술이 벌어지길 거부할 때, 그걸 꾹 다물고 있는 장본인은 내가 아니었다. 나는 가족, 의사들과 함께 옆에서 지켜보고 있었다. 먹어! 먹어! 먹어! 그들이 주문처럼 응원 구호를 외칠 때 나도 가담해서 돕고 있었다.

사실 처음엔 이유가 있었을지 몰라도, 어느 시점이 되면 어떤 형태의 이유도 사라져버린다.

사실 내가 왜 이러는지는 상관이 없었다. 중요한 건 내가 멈출 수 없다는 사실이었다.

망상이 시작된 게 정확히 언제인지는 기억나지 않는다. 사람들이 나를 보면서 눈을 휘둥그렇게 뜨고 벌어진 입을 손으로 가리며 이러쿵저러쿵하곤 했으므로 내가 무척 말랐던 건 분명하다. 그들은 이렇게 말했다. 너 살이 얼마나 많이 빠졌는지 좀 봐! 처음엔 나도 그들의 말을 믿었다. 그러다 나중엔 의심을 품게 되었다. 무언가의 부재를 언급하는 방식은 그 존재를 상기시킬 뿐이다. 예를 들어 내가 털 없이 매끈한 당신의 배를 칭찬했다면, 당신의 머릿속엔 즉각 털이 덥수룩한 복부가 떠오를 것이다.

또다른 유사한 수법은 논쟁의 여지가 전혀 없어서 굳이 입 밖으로 언급할 이유가 거의 없는 무언가를 환기하는 것이다. 가령 내가 당신의 팔을 지적했다면(네 양쪽 팔 좀 봐!), 당신은 내가 당신 팔에서 뭔가 비정상적인 점을 알아차렸다고 상상할 것이다. 누군가 나에게 너 마른 것 좀 봐!라고 말했을 때 내가 느낀 기분도 바로 그랬다. 나는 의구심을 품었다. 내가 얼마나 말랐다고?

1892년 신경학자 그레임 M. 해먼드는 동성애를 경험하는 모든 이들에게 나가서 자전거를 타라고 강권했다. 그런 욕망은 신경이 쇠약해진 데서 오므로 맹렬히 자전거를 타면 이성애를 회복하는 데 도움이 될 거라는 논리를 펼쳤다.

걷거나 버스를 타는 편이 더 시원한데도 나는 매일 자전거를 타고 학교에 갔다. 나는 자전거를 타고 타고 또 탔다.

릴리가 두개비째 담배를 끈다. 이번엔 노란색 필터가 있는 끝부분까지 다 피웠다. 릴리가 느끼는 사랑을 맛보는 것이 나로선 지긋지긋하다.

내가 말하지 않는 것: 그 남자는 나만큼 널 아끼지 않아.

내가 말하지 않는 것: 왜 이런 식으로 자신에게 상처를 주는 거야?

내가 말하지 않는 것: 너는 진정한 사랑을 누릴 자격이 있어.

내가 말하지 않는 것: 너는 건강한 쪽이어야 해.

내가 말한 것: "릴리."

릴리는 팔짱을 낀다. 팔에 눌려 납작해진 가슴을 만지고 싶다. 크고 부드러운 가슴이 내 몸에 달려 있는 느낌이 어떤지 느껴보고 싶다. 릴리가 느끼는 것을 나도 느껴보고 싶다. 우리가 한 몸이었다면 그게 훨씬 더 쉬웠을 텐데.

"왜?" 릴리의 목소리는 도전적이다. "어서 해, 뭐든 하고 싶은 말을 하라고."

나는 아무 말도 하지 않는다. 그럴 필요가 없다. 릴리는 이미 알고 있으므로, 나는 그냥 가만히 서서 살이 빠지고 있는 나의 언니가 유부남 연인의 딸 손을 잡으려고 손을 뻗는 모습을 지켜본다. 윙윙거리는 소리가 들리자 릴리는 가방을 열고 휴대폰을 찾는다.

알림 표시 때문에 액정에 불이 켜져 있다. 문자 열다섯 통. 모두 필이 보낸 것이다.

"많이도 왔네. 무슨 일 있는 거 아니지?" 내가 묻는다.

릴리는 문자를 눌러 저마다 사연이 깊은 문자 내용을 확인한다. 문자를 읽으며 릴리가 얼굴을 찌푸린다.

"응, 괜찮아. 그냥 내가 지금 어디 있는지 알고 싶대. 내가 문자에 답을 안하니까 걱정하는 거야." 대답을 하면서 릴리가 문자를 보낸다. "가봐야겠다."

"릴."

내가 릴리의 이름을 불러보지만, 갑자기 초조해지고 스트레스를 받은 릴리는 겉옷 지퍼를 올리고 다이아몬드에게 바닥에서 일어나라고 손짓한다. 릴리의 신경이 곤두서 있다, 맛이 쓰다.

"그냥 조심하라고." 내가 말한다. "몸조심해. 담배는 좀 줄여보고. 너만의 평화를 지켜."

릴리가 단조롭게 웃음을 터뜨린다. "네가 나한테 건강에 대한 조언을 하고 있네."

새롭게 쇠약해져가는 몸으로 릴리가 나를 껴안으려 하고, 나는 한대 얻어맞은 기분을 느끼며 가만히 서 있다. 이 느낌이 염려인지 배신감인지 나도 잘 모르겠다. 릴리는 살이 너무 많이 빠졌다. 물론 릴리가 다이어트를 하는 것은 자유다. 사람들은 매일 다이어트를 하니까.

그러나 릴리가 내게서 무언가를 빼앗아갔다는 느낌을 지울 수가 없다.

악어는 배부름을 느끼려고 스스로 돌을 삼킨다고 알려져 있다. 돌덩이는 체중을 늘려주는 기능도 있어서 물속에서 더 낮게 헤엄쳐 먹잇감의 눈에 덜 띄도록 도움을 준다.

릴리를 호수에 던지면, 담배연기 외엔 먹은 게 없어서 속이 텅 빈 채 둥둥 떠올라 포식자와 먹잇감 모두의 눈에 잘 띌 것이다.

어떤 밤엔 나도 지고 말았다. 침대에 누운 나는 불쑥불쑥 치밀어오르는 폭식 욕구를 잠재우는 유일한 방법이 무의식임을 알기에 잠이 오기를 기도했다. 그러나 굶주린 내장은 야간 감시견이다. 하늘이 어두워지면 으르렁거리고 구름 사이로 들락날락하는 달을 보며 울부짖는다.

얼굴을 찡그린 채 복도를 지난 나는 숨을 죽이고 냉장고 문을 열었다.

그러고는 짐승이 되었다. 일주일이나 묵은 피자의 토핑을 뜯어내 씹지도 않고 삼켰다. 냉동실에서 아이스크림 통을 꺼내 손으로 퍼먹었다. 손가락이 따끔거리고 이가 시리고 정신이 멍해질 때까지 할퀴듯 아이스크림을 퍼먹다가 냉기로 인해 목구멍에 감각이 없어졌다.

그러면서도 계속 먹어댔다. 내가 얼마나 잘 먹는데! 이렇게 잘 먹는데 어떻게 내가 섭식장애야? 밤새 한 가족이 먹기에도 충분한 칼로리를 먹어치울 수 있는데?

나는 종이팩에 든 생크림을 마시고, 치즈 덩어리를 갉아먹었다. 휴지통으로 달려가 내가 버린 피자 도우 가장자리를 끄집어내 커피 가루와 감자 껍질을 털어내고는 냉큼 먹었다. 부풀어 터지기 직전인 풍선처럼 배가 빵빵해진 다음에야 나는 폭식을 멈추었다.

그리고 나선 냉장고 문을 닫고, 칼로리에 대한 생각에 정신이 아득해진 상태에서 개수대에 몸을 구부리고 손가락을 목구멍 깊숙이 밀어넣어 몸이 칼로리를 흡수하기 전에 모든 것을 다시 게워냈다. 동영상을 되돌리듯 말이다. 이것이 바로 먹는 사람이 먹지 않는 방법이다.

오늘밤은 무척 어둡다. 비명 소리가 제이램을 향한 나의 기다림을 이긴다. 간호사들이 지난번 측정에서 체중이 줄어든 여자 환자들의 방마다 쳐들어가 귀에 가는 튜브를 걸고 코를 통해 목구멍 안으로 집어넣는다. 튜브 끝에는 투명하고 걸쭉한 노란색 액체 주머니가 달려 있는데, 돼지비계에서 짠 기름과 너무도 흡사해서 그 잔인함에 웃음이 터져나올 지경이다. 보나 마나 영양이 듬뿍 들어 있을 유동식이 튜브를 통해 몸으로 들어간다. 저들은 동의도 없이 그런 식으로 우리에게 음식을 주입한다.

이것이 저들이 우리의 육신을 지키는 방식이다. 뇌에 헬륨 가스가 가득 찬 듯 아득해지면서 이 삶을 살아가기엔 너무 가벼워진 것 같은 느낌, 무게가 거의 사라져 카페인을 과다 섭취한 것처럼 손가락 끝에 전기가 통하고 혈액이 벌로 변한 듯 혈관이 진동하면서 모든 장기의 본질이 파괴되고 삶과 죽음 사이의 연옥에 빠진 것 같은 느낌이 들면, 바로 그때 저들이 찾아온다. 간호사는 우리를 이 지상에 잡아두기 위해 오는 사람들이다.

유동식이 끊임없이 주입되도록 그들이 기계를 세팅해놓으면 우리는 날씨가 변화하듯 서서히 그러나 확실하게 지방이 우리 몸 안으로 스며드는 것을 지켜볼 뿐 아무것도

마른 여자들

하지 못한다. 몇몇 여자들은 목구멍에서 튜브를 뽑아버리려고 애쓰지만, 그러면 간호사가 눈에 불을 켜고 밤새 잠든 우리를 지켜보는 결과만 낳을 뿐이다.

오늘밤 그 대상은 캣이다. 귀에 거슬리는 목쉰 외침으로 캣이란 걸 알 수가 있다. 캣의 체중이 준 건 이번이 처음이고, 그의 비명은 어둠속에서 오래도록 울려퍼진다.

내일은 다른 여자들처럼 체중을 유지하는 법을 내가 캣에게 가르쳐주어야겠다. 캣을 좋아하진 않지만, 그런 식으로 강제 급식을 당해도 싼 여자는 없다.

2006년(17세—릴리: 71.5kg, 로즈: 36.5kg)

엄마가 떠났다. 어느날 우리가 학교에 가 있고 아빠는 직장에 있는 동안, 쇼핑백 하나에 옷과 구두와 돈을 싸들고 집을 나갔다.

릴리와 나는 집에 돌아와 쪽지를 발견했다.

짐: 엿 먹어. 로즈: 뭐든 좀 먹어라. 릴리: 로즈를 돌봐주렴. 이게 최선이야. 엄마가.

릴리는 아빠가 보기 전에 쪽지를 찢어버렸다.

"지금 이 상황만으로도 아빠 충분히 힘들 거야." 릴리가 말했다.

내가 잠들기 전 복근 운동으로 정확히 100개씩 하는 윗

몸일으키기를 하는 동안 아빠가 귀가했다. 엄마 차가 사라지고 두분 방은 들쑤셔진 상태로 우리 둘만 있는 걸 본 아빠는 냉장고에서 맥주 캔을 꺼내 딸깍 따더니 소파에 앉았다. 미식축구.

"아빠." 릴리가 불렀다. 그러나 아빠는 발길질을 하듯 바지를 벗은 뒤 팬티 바람으로 앉아 있을 뿐이었다.

나의 운동은 절반에 도달해 50개가 남아 있었다. 아빠가 리모컨을 집더니 우리에게 허락된 크기 이상으로 볼륨을 높였다.

"아빠!" 릴리가 소음 너머로 소리쳤다.

아빠가 휴대폰을 집어들었다.

다행이다라고 나는 생각했다, 우리 둘 다 생각했다. 엄마한테 전화를 걸겠지. 집에 오라고 말하겠지.

그러나 그 대신 들려온 말. "피자 한판 주문할 건데, 괜찮지 얘들아?" 아빠는 바닥에서 몸을 접었다 폈다 하고 있는 나를 보더니 얼굴을 찌푸렸다. "어쩌면 두판."

어느날 밤, 허기와 잠에 취해 정신이 몽롱했던 나는 옆 침대에 릴리가 없다는 걸 알아차리지 못한 채로 잠자리에서 일어나 폭식을 위해 살금살금 부엌으로 향했다. 우리 집은 낡은 목조 주택이라 걸을 때마다 삐걱삐걱 소리가 나서 자신이 엄청 무거운 사람처럼 느껴지게 만드는 구석이 있었다.

"릴?" 부엌에 다다른 나는 하품을 했다. 어둠속에서 릴리가 냉장고 문이 닫히는 걸 몸으로 막고 문과 선반 사이에 끼어서 파란 냉장고 불빛을 얼굴에 받으며 슈레드 치즈를 한움큼 집어 입에 넣고 있었다.

내가 이름을 부르자 소스라치게 놀란 릴리가 치즈 봉지를 냉장고 선반에 도로 집어던졌다.

"난 그냥……" 릴리는 굳이 말을 마무리하지 않았다. "넌 여기 왜 왔어?"

"물 마시러." 릴리 옆을 지나 걸어가며 내가 말했다. 우린 둘 다 집을 깨우지 않으려고 살금살금 걷고 있었다.

"한밤중에 간식 먹으려고 여기 오곤 하던 때 기억나?" 릴리가 물었다.

나는 고개를 끄덕였다. 어렸을 때 우리는 핼러윈 때 모은 사탕을 부모님 몰래 숨겼다가, 늘 비어 있는 빵 통에 한 무더기, 전자레인지와 싱크대 사이에 한무더기 감춰두고는 밤 11시에 알람을 맞춰놓고 살금살금 부엌으로 숨어들어 재빨리 찾아낸 다음 자정이 되기 훨씬 전에 먹어치우곤 했다. 가끔은 부엌에서 꾸벅꾸벅 졸다가 냉장고의 부드러운 진동에 머리를 기댄 채 리놀륨 바닥에 쓰러져 잠들기도 했다.

"당연하지." 내가 말했다. "어렸을 때." 이제 우리는 고3이었지만, 나는 풍파에 찌들고 지쳐버린 늙은 여자 같은 기분이었다.

"겨우 2년 전 일 같아." 릴리가 말했다.

"그러게. 애들이었지. 어렸잖아."

"그런 시절이 우리의 마지막 시간이었을 텐데 그땐 그걸 알지도 못했다는 게 이상해."

"뭐라고?"

"마지막으로 한밤중에 같이 간식 먹은 거 말이야. 우리가 그러고 노는 게 그때가 마지막이라는 걸 알았더라면, 그랬더라면 더 잘 기억해두려고 노력했을 거라는 얘기야."

"글쎄, 아닐걸." 나는 하품을 했다. "난 그만 자러 가야......"

"이유는 묻지 않을게." 새삼 확신에 찬 목소리로 릴리가 말했다. "왜냐하면 너도 이유는 모르는 것 같거든. 하지만 그냥 너도 알아줬으면 해." 릴리는 침을 삼켰다. "네가 나한테도 이런 시련을 겪게 하고 있다는 걸."

"뭐라고?"

"네가 네 몸을 싫어하는 건 내 몸을 싫어하는 거니까. 그렇잖아."

"난 네 몸을 싫어하지 않아."

"글쎄. 한때는, 그리 오래전도 아니지, 그때는 우리가 똑같은 몸이었어. 그러다가 네가 몸을 망칠 수 있는 거의 모든 짓을 저질렀지."

나는 나의 언니를 쳐다보았다. 릴리는 살이 쪘다. 하지만 나는 비대해진 그 몸을 싫어하지 않았고 릴리가 보기

흉하다는 생각도 하지 않았다. 물론 릴리가 거울에 비친 자기 모습을 볼 때 갑자기 임신 사실을 발견하기라도 한 것처럼 양손으로 배를 가린다든지, 자기가 찍힌 사진을 볼 때 즉각 시선을 돌리고 사진을 엎어둔다든지 하면 불행해 보이긴 했다. 그러나 릴리의 몸은 흉해 보이지 않았다. 릴리는 그냥 릴리로, 내가 사랑하는 언니로 보일 뿐이었다.

"난 네 몸을 싫어하지 않아." 내가 릴리에게 말했다. "사랑해."

"내가 그 말을 믿는 게 얼마나 어려운지 알아?"

나는 고개를 끄덕였다. 침을 삼켰다.

"이건 너한테만 영향을 미치는 게 아니야."

"알겠어." 내가 속삭였다. 릴리의 말이 옳다는 건 나도 알고 있었다. 이제 릴리는 거의 항상 얼굴을 찌푸리고 있었고, 학교에서 선생님들마저 나를 따로 불러내 다이어트에 대한 당부를 했다. 그러나 내가 할 수 있는 일은 아무것도 없었다. 더는 내가 통제할 수 없는 상태였다.

릴리의 슬픔이 내 입에서 비누 맛처럼 느껴졌으므로 나는 싱크대에 거품을 뱉어냈다. 릴리의 감정에 칼로리가 들었는지 아닌지 나로선 알 길이 없었다.

"너희 둘 뭐 하고 있니?" 엄마가 집을 나간 뒤 아예 TV 앞에서 잠을 자던 아빠가 음소거를 누르고 일어서자, 열린 냉장고에서 새어나오는 불빛과 소리 없는 TV 화면의 불빛만 실내를 비추었다. "잘 시간 한참 지났다."

"배가 고파서요." 릴리가 말했다.

"아빠가 간식 좀 만들어줄까? 한밤중에 즐기는 소풍도 좋지. 정크푸드의 밤."

릴리가 냉장고를 뒤지기 시작하더니, 휘핑크림 캔과 초콜릿소스 병을 꺼냈다. 아빠는 냉동실에서 대용량 바닐라 아이스크림 통을 꺼냈다. 나는 팬트리에서 핑크 웨이퍼 한 봉지를 꺼내 왔다. 각자 움직여 재료를 모아 조리대에 쌓아두자, 중요한 전통의 의미가 묵직하게 느껴졌다.

릴리가 아빠의 그릇에 아이스크림 세 덩어리를 퍼넣고 자기 그릇엔 한 덩어리만 담았다.

"더 담아라, 얘야. 넌 한창 자라는 중이잖니." 아빠가 말했다.

릴리는 엄마의 끊임없는 잔소리와 음식을 듬뿍 담은 접시나 부른 배를 힐난하는 눈초리에 너무도 익숙했다. 릴리가 아이스크림을 한 덩어리 더 펐다.

"로즈는?" 아빠가 말했다.

"전 됐어요. 저는 그냥 물이나 한잔 마시러 온 거예요."

"아이스크림 안 먹어?"

"됐다니까요."

"기분이 나아질 텐데." 아빠가 놀리는 투로 말했다.

"전 기분이 더 나아질 필요가 없어요. 아무것도 잘못된 게 없는데요 뭐." 내가 대꾸했다.

둘만의 향연을 뒤로하고 내가 자리를 떠났을 때, 두 사람은 웃고 있었다. 두 사람의 상처가 나 없이도 치유되고 있음을 소리로 알 수 있었다.

캣이 복도 저쪽 방에서 비명을 질러대는 사이, 나는 제이 램에게 예비식사법을 보여준다. 그는 빠르게 습득한다. 우리는 번갈아가며 공기 샌드위치를 베어먹는다. 두 사람을 위한 낭만적인 식사. 음식을 나눠먹는 남자와 여자, 관계.

식사를 마치자 그가 티셔츠를 머리 위로 벗어던진다. 내가 너무 놀라선 안될 일이다. 어차피 우리는 이제껏 꽤 오래 만나왔다. 그런데도 나는 **멈춰**라는 의미로 유리창에 손바닥을 대보지만, 건너편에는 음탕한 갈망으로 전달된 듯 그가 바지 지퍼에 손을 뻗을 뿐이다.

제이램의 벌거벗은 몸은 해골 같다. 그의 모든 뼈가 드러나 보여서 나는 당혹감을 느낀다. 건물의 골조 단계를 목격하듯 그의 뼈대가 전시된다. 그는 나를 향해 축 늘어진 음경을 어루만진다. 그토록 수척한 몸에 통통한 성기가 남아 있을 수 있다는 게 참으로 이상하다. 그의 쇼를 구경하는 사이 음경은 점점 자라난다. 커지면서 부푸는 그 모습에 나는 한숨만 쉴 뿐이다.

내가 말한다. "제발 그만해, 제이램. 그만하라고." 그러나 그는 멈추지 않는다. 나는 가운의 허리띠를 단단히 묶고 천을 만지작거리며, 그의 몸이 부풀어 커지다가 마침내 그가 포기할 때까지 지켜본다. 그는 내 이름을 부르거나 연보라색 손수건을 흔들지 않는다. 물론 그건 내 잘못이다. 비록 가상이기는 하지만, 그는 나를 데리고 저녁식사를 하러 갔고, 나도 로맨스 소설을 읽었기에 저녁식사 데이트가 어떤 의미인지 충분히 알고 있었다. 영원히 살아남는 건 아무것도 없다.

1830년, 장로교 목사 실베스터 그레이엄은 성관계를 너무 많이 하면 체중이 늘어난다는 소문을 퍼뜨렸다. 그레이엄은 채식주의자였고, 금욕적인 식생활과 채소와 통곡물 빵으로 최적의 건강을 얻을 수 있다고 믿었다. 나중에는 약 60칼로리의 그레이엄 크래커를 발명했다.

1회 분량의 사정액에는 보통 다이어트콜라 한 캔과 비슷한 1칼로리 미만의 열량이 담겨 있다는 사실을 그가 알았을 리 없다. 나는 정액으로 생존할 수도 있을 것이다. 그럴 수 있다!

나는 매트리스 아래에서 편지들을 꺼내 하나씩 차례로 봉투를 연다. 방 안이 너무 어두워 읽을 수는 없지만, 모든 단어가 너무도 결의에 찬 글씨로 쓰였고, 글자 모양이 종이에 새겨져 있다. 손가락으로 글씨를 따라 더듬으며 나는 연애편지를 혼잣말로 속삭인다.

편지 뭉치를 협탁에 올려놓다가, 허둥지둥 달아나는 흰개미 한마리를 발견한다. 나는 벌레를 집어든다. 삭은 멀레는 조그만 다리를 버둥거린다. 나는 개미를 혀에 올려 삼킨다. 칼로리는 결과만큼의 값어치가 있을 것이다. 나는 이 집만큼 텅 비고 싶다. 바닥에 물웅덩이처럼 퍼지는 피부 외엔 아무것도 남지 않을 때까지.

16

정원 산책의 날에는 마당을 걷는 것이 허락된다. 아름다운 아침이다. 릴리의 건강을 염려하며, 캣의 비명을 들으며, 흥분했다가 축 늘어진 제이램의 모습을 떠올리며 밤새 바싹 말라버린 지친 나의 눈을 햇살이 찔러댄다.

2006년(17세―릴리: 75kg, 로즈: 36kg)

내가 먹지 않는 문제를 염려한 교사들이 아빠와 상담을 했지만, 아빠는 나에게 그런 이야기를 하지 않았다. 아빠와 릴리는 한밤중에 야식과 칵테일을 앞에 두고 4번 채널에서 끊임없이 방송되는 수사물을 보면서 점점 친해졌다. 나도 매번 초대되었지만 칼로리가 문제였다. 그때마다 나는 고개를 지으며 너무 **피곤하나고** 대답했다. 그러자 아빠는 나를 심리치료사에게 보냈다.

　심리치료사의 이름은 폴라였고 오십대에 라벤더 향기를 풍겼으며, 항상 앞니 두개에 새빨간 립스틱을 줄표처럼 묻히고 있었다. 그는 로지 포지라고 부르며 나를 너무 꽉 끌어안아, 가슴 사이에 끼어버릴지도 모른다는 생각이 들게 만들었다.

　하루는 폴라가 상담시간에 릴리도 함께 데려오라고 요청했다. 그는 로르샤흐 검사*를 위해 잉크 반점을 보여주며 릴리와 나에게 각자 다른 종이에 답을 쓰라고 했다. 검사가 끝났을 때, 우리 답은 모양마다 다 달랐다. 내가 벼룩을 본 그림에서 릴리는 별을 보았다. 내가 사과 심을 본 그림에서 릴리는 키스하는 커플을 보았다.

　"흥미롭네." 폴라가 윗니를 빨며 말했지만 어쩐 일인지 거기 묻은 립스틱은 지워지지 않았다. "아주 흥미로워." 우리의 답안지를 뒤적거리던 폴라가 얼굴을 찌푸리더니 새로운 잉크 반점 모양을 들어올렸다. "로즈, 릴리가 이걸 보면 뭐라고 생각할지 한번 적어볼래?"

　여자 입을 그린 그림이었다. 나는 산이라고 적었다.

　"이 그림에서 넌 뭐가 보이니, 릴리?" 폴라가 물었다.

　"산요." 릴리가 대답했다. 우리는 나머지 잉크 반점 그림들을 이런 식으로 진행했다. 릴리 대신 모든 그림을 내

---

* 잉크 반점을 자극 자료로 사용하여 피험자의 마음 상태를 이해하는 심리검사법.

가 추측하는 식으로. 나는 단 하나의 답도 놓치지 않았다.

"아주 흥미롭네." 폴라가 말했다. "아주, 아주 흥미로워."

"뭐가 흥미로워요?" 릴리가 물었다.

"글쎄." 폴라가 말했다. "여기서 이 검사에 응한 쌍둥이들은 모두 서로 똑같은 모양을 봤거든."

릴리와 나는 아무 말도 하지 않았다. 우리에겐 그것이 하나도 흥미롭지 않았다.

"쌍둥이들은 보통 성정체성도 같지."

"성정체성이 같다고요?" 내가 물었다.

"그래." 폴라가 대답했다. "한 사람이 동성애자면, 대개 둘 다 동성애자라는 말이야."

"하지만⋯⋯" 내가 입을 열었다. 그러나 폴라의 말에 반박하기 전에 릴리가 내 손을 꽉 잡았고, 그건 내가 입을 다물어야 한다는 의미였다.

내가 하려고 했던 말: 릴리와 나는 성정체성이 같아요.

내가 하려고 했던 말: 릴리와 나는 둘 다 정상이에요.

그날 이후로 나는 다시 폴라를 찾지 않았다. 아빠는 매주 심리치료비를 댈 형편이 아니었고, 아빠도 말했다시피 어차피 나는 치료 이전보다 음식을 더 많이 먹지도 않았다.

신학교에서 사제 서품을 받으려면 로르샤흐 검사를 받아야 한다. 신학생에게 잉크 반점을 보여주고 그림을 해석해보라고 한다. 이 검사의 답인은 사제가 될 사람으로서 그가 동성에 이끌릴 위험도를 판단하는 기준으로 사용된다.

정원은 멋지지만 지나치게 정성 들여 가꾸고 다듬어놓아서, 자연보다는 예술작품 사이를 걷는 느낌이다. 담쟁이가 우리가 갇혀 있는 벽돌 감옥을 타고 자라, 잎과 덩굴로 벽을 한겹 뒤덮었다. 신경을 쓰지 않으면 인체에도 단열층이 자라난다. 내 굵은 털이 코트처럼 팔을 따뜻하게 뒤덮었다.

식물들은 목재 정자의 아치 천장을 질식시킬 목적으로 구조물을 따라 구불구불 가지를 뻗어보지만, 목재엔 이미 생명이 없다는 것을, 죽은 뒤에 그렇게 예쁜 지붕으로 세공되었다는 사실을 알지 못한다.

우리가 오전 산책을 할 무렵 낮게 드리운 새하얀 꽃들이 막 피어나고 있다. 우리는 가던 길을 계속 가느라 늘어진 꽃송이를 옆으로 밀어낸다. 장미 정원도 있다. 빨강, 분홍, 하양, 노랑, 변해가는 노을빛과 화려한 초록색까지 온갖 빛깔의 장미들. 정원 중앙에는 눈의 동공처럼 새까만 흑장미도 몇그루 심겨 있다. 우리에 대한 감시를 연상시키면서.

그 대학 교수와 똑같은 이인성 장애를 앓았던 한 남자에 대한 이야기를 읽은 적이 있다. 그의 삶은 인조 과일 몇개로 무너졌다. 직장과 아내와 두 아이가 있는 중년 남자였던 그는 어느해 크리스마스에 가족을 모두 데리고 저녁을 먹으러 부모님 댁에 갔다. 배가 고팠던 남자는 조리대에 놓인 과일 바구니에서 사과를 집어 한입 깨물었으나 그건 플라스틱이었다. 과일 바구니는 그의 일생 내내 그곳에 놓여 있었지만, 그는 한번도 그 과일을 먹으려고 한 적이 없었다.

그는 새빨간 립스틱을 바르고 앞치마를 두른 채 오븐에서 돼지고기를 꺼내고 있던 아내를 돌아보았다. 영화 같은 아내. 아이들은 바닥에 앉아 블록을 쌓으며 지나치게 아이처럼 굴고 있었다. 그의 아내와 아이들은 배우였고 그의 인생은 거짓이었다. 익숙한 상황에서 덧없이 외부인으로 내던져져 갑자기 수수께끼가 풀리듯 모든 것을 알아차린 그는 가족에게 달려들었다. 계속해서 그들을 공격했다. 남자는 죄를 인정했지만 정신이상은 인정하지 않았다. 자신의 행동은 유감이나 정신은 말짱하다고 여겼다. 우리는 육체가 변덕스럽다는 건 알면서 정신이 망가질 수 있다는 건 믿지 않는다. 정신이 없다면 우리는 가망 없는 고깃덩어리에 불과하기 때문이다.

정원 산책의 날이 되면 나는 종종 운동을 멈추고 식물의 꽃잎이나 잎사귀를 따 가짜인지 아닌지 확인해본다. 그러나 꽃은 늘 내 손아귀에서 흐늘흐늘해지고, 멍이 든 것처럼 색깔이 변한다. 정원은 진짜거나 진짜를 아주 그럴듯하게 복제해놓은 것이거나 둘 중 하나다. 우리 마른 여자들을 위해 만들어진 일그러진 모조품.

벤치에 앉아 있는 캣에게 다가간다. 실크해트를 쓰지 않아 드러난 드문드문한 머리카락이 엉망이다. 팔다리를 바짝 당겨 꼭 끌어안은 채 꼼짝 않고 앉아 있는 그의 모습은 별표처럼 뾰족뾰족하다.

"안녕하세요." 파워 워킹의 속도를 늦추며 내가 인사를 건넨다.

고개를 든 캣의 눈빛은 촉촉하고 공허하다. 맨입술에 창백하기 짝이 없는 안색은 과노출로 찍은 사진 같다.

"내가 체중 유지법을 가르쳐줄게요." 제자리에서 걸으며 내가 말한다. 우리는 달리는 것이 허용되지 않는다. 언제나 한쪽 발은 땅에 닿아 있어야 한다는 것이 규칙이다. "그러면 두번 다시 그 사람들이 그 짓을 하지 않을 거예요."

"자기도 그거 주입당해봤어?" 평균대 위를 걷듯 캣의 목소리가 떨린다. 강한 척하던 연기는 내려놓았다.

나는 고개를 끄덕인다. "체중이 줄지 않는 게 중요해요, 안 그러면 강제로 또 그럴 거예요. 하지만 일단 체중을 유지하면 저들도 대개는 그냥 내버려둘 거예요."

"어떻게?"

"나랑 같이 걸어요." 내가 오솔길을 가리킨다. "난 걸어야 하니까."

캣이 고개를 끄덕이고 일어선다. "오늘 아침에 확인해보니까 체중이 늘었어." 캣이 속삭인다. "하룻밤 새 체중이 늘었다고. 저 인간들이 나한테 주입한 그거 있잖아." 나와 속도를 맞추느라 캣은 뛰다시피 한다. "그거 성분이 뭐야?"

나는 어깨를 으쓱한다. "우리도 몰라요. 뭔가 들었겠죠. 칼로리. 하지만 우리 모두 그걸로 체중이 늘었어요. 이제 당신이 해야 할 일은 오늘의 체중을 그대로 유지하는 거예요. 그러면 저들도 다시는 그런 짓 안해요."

"자기는 어떻게 해?"

"뭘 어떻게 해요?"

"체중 유지?"

"아." 우리가 간호사 앞을 지나칠 때, 규칙을 준수하는 내 걷기 운동을 인정하듯 그가 고개를 끄덕인다. 목소리가 들릴 만한 거리를 벗어난 뒤에 내가 말한다. "무게추로요."

"무게추?"

"내일 체중 측정 때 보여줄게요."

캣이 이것저것 더 묻지만 나의 시선은 제이램의 창문을 향해 있다. 그 앞을 지나칠 무렵, 나는 종잇장처럼 평면이 되기를 바라며 숨을 들이켜 배를 홀쭉하게 만든 뒤 긴장을 풀어 차분하고 태평한 표정을 지으려 애쓴다. 어젯밤 그가 나에게 자신을 온통 드러내 보였던 방식, 나를 위해 자신을 어루만졌던 방식. 제이램은 우리의 동화를 망쳐버렸지만, 우리 관계에 억지로 동화를 도입한 쪽은 나다. 동화를 투영한 나의 상상에 그쪽에서 불결한 연애로 맞설 것이라고는 생각하지 못했다. 성욕과 거칠고 농불적인 섹스로.

그래도 연애는 그리 나쁘지 않은 것 같다. 이곳은 너무 따분하다.

여기선 시간이 교통체증처럼 지나간다, 안 그래?

제이램의 방은 비어 있다. 침대는 정돈되지 않았다. 책상엔 책이 쌓여 있다. 열린 옷장 안에는 흩어진 옷가지가 보인다. 우리는 계속 걷는다.

"나 연애 중이에요." 내가 말한다.

"비품보관실에서?"

뺨이 달아오르고, 나는 침을 삼킨다.

"아뇨. 남자랑."

"남자?"

"제이램."

"누구?"

"제이램."

"제롬?"

"제이램."

"진짜 이상한 이름이네." 캣이 말한다.

"우린 사랑에 빠졌어요. 아마 결혼할지도 몰라요."

"그렇겠지." 캣이 말한다. "당연히 그러겠지, 날씬이."

캣의 말투에서 의구심이 느껴진다. 나는 캣에게 소리치고 싶다. 붙잡고 흔들고 싶다. 난 레즈비언이 아니야라고 외치고 싶다. 나는 전혀, 전혀 당신 같은 사람이 아니야.

1960년대에 심리학자 I. 오즈월드는 동성애에 과다노출을 시킴으로써 동성애를 치료할 수 있다고 생각했다. 그는 게이 남성들에게 구토를 일으키는 약을 먹인 뒤, 오줌이 담긴 유리컵들로 둘러싸여 있고 남자들끼리의 성관계가 담긴 비디오가 최대 볼륨으로 반복 재생되는 작은 방에 앉아 있게 했다.

캣이 오솔길에 펼쳐진 비극의 현장인 죽은 지렁이들을 뛰어넘자 간호사가 즉각 나무라며 언제나 한쪽 발은 땅에 닿게 걸어야 한다고 말한다. 캣은 눈알을 굴리다가 다시 행군을 이어간다.

"지렁이가 왜 이렇게 많지?" 캣이 콧잔등을 찡그린다. "끔찍해. 돈을 주고 사람을 사서 치울 수도 있잖아!"

"비 때문이에요." 나는 지렁이에 관해 내가 알고 있는 상당량의 지식을 캣에게 들려준다. 전에 내 방을 쓰던 환자가 선반에 곤충과 관련된 책을 두고 갔다. 첫 달 내내 읽을 책이라곤 그것밖에 없다가 언어학에 관한 책을 입수했고, 세번째 책은 정신건강 상태를 다룬 책이었다. 그다음 네번째 책이 동물행동에 관한 책이었다. 그러나 처음 한달 동안, 아무도 면회를 오지 않던 그 한달 동안 나에게는 『곤충』이라는 곤충 책밖에 없었다. 아빠는 돌봄에 대해 이해하지 못했고 방법도 몰랐다. 처음 몇주 동안엔 릴리도 면회를 오지 않았는데, 어쩌면 내가 늘 하던 것처럼 자기에게 병을 옮길지도 모른다는 두려움 때문이었을 것이다.

자라면서 먼저 병이 나는 쪽은 언제나 나였다. 내가 감기에 걸리면 릴리도 감기에 걸렸다. 내가 독감에 걸리면 릴리도 독감을 앓았다. 내 머리에 이가 생기면 릴리도 이가 옮았다. 내가 먼저 수두에 걸리고 릴리도 수두에 걸렸다. 나는 약한 쪽이어서, 어떤 질병이 접근하든 굴복하고 손을 뻗는다. 낯선 사람이 손을 내밀면 아무것도 묻지 않고 그 손을 잡는다. 나는 애정을 빨아들이는 사람이다.

내가 캣에게 설명한다. "지렁이들은 피부를 통해 빗물을 흡수해요. 스펀지처럼. 평소엔 토양에 공기와 물이 혼합되어 있어서 지렁이들이 수분을 섭취하고 호흡도 할 수 있죠. 하지만 비가 내리면 땅의 모든 구멍에 공기 대신 물이 들어차 지렁이들이 숨을 쉴 수가 없어요. 공기를 마시는 대신 계속해서 물을 흡수할 뿐이죠."

캣이 찡그린 얼굴로 부르르 몸을 떤다. 나는 그가 어젯밤에 맞은 정맥주사를, 빗속에 갇힌 지렁이처럼 비닐백에 담긴 돼지기름이 그의 몸을 채우고 또 채우던 모습을 떠올리고 있다는 걸 안다.

나는 계속 설명한다. "그래서 지렁이들은 숨을 쉬기 위해 지표면으로 기어나와야 해요."

캣은 눈을 휘둥그렇게 뜨고는 공포로 벌어진 입을 손바

닥으로 누른다. 나는 캣에게 겁주는 걸 즐기고 있다.

"그래서 어떻게 돼?"

"지렁이들은 자기가 흡수하는 양을 통제하지 못해요. 그래서 몸에 닿는 수분을 모두 흡수해버리기 때문에, 빗속에 너무 오래 나와 있게 되면 몸이 빗물로 꽉 차 부풀고 늘어나다가, 펑."

"펑?"

"터져버려요."

"시간 다 됐어요, 여러분." 간호사 한명이 소리친다.

캣 미첼스의 눈에 눈물이 고여 있다. 사실의 끝을 허구로 비틀어 거짓말을 한 것에 대해 양심이 찔려야 마땅하겠지만, 나는 캣에게 영향력을 미친 것이 뿌듯하다. 아주잠깐이긴 하지만 캣이 빈약한 연기를 내려놓게 만들었으니까.

"안으로 들어가세요!" 간호사가 소리친다.

일주일. 7일. 밖으로 나가는 것이 다시 우리에게 허락되기까지 168시간.

방으로 돌아오니 휴대폰에 릴리의 번호가 아닌 모르는 번호로 걸려온 부재중전화가 한통 있다. 나는 전화걸기 버튼을 누른다.

"브라이트입니다." 필의 목소리가 말한다.

"필?"

"네."

"필 브라이트예요?"

"네."

"로즈예요."

"알아요." 그가 말한다. "내가 전화 걸었잖아요."

"알아요." 내가 대꾸한다. "내가 다시 걸었잖아요."

침묵이 흐른다.

"그래서 왜 전화했어요?"

"그냥 사과하고 싶었어요." 필이 말한다. "당신과 릴리의 관계를 변화시킨 것에 대해서. 힘들 거라는 거 알아요."

뻔뻔하긴! "당신은 아무것도 변화시키지 않았어요." 내가 말한다. 내 말투가 의기양양하게 들리면 좋겠다. 나는 영국 사람들을 떠올리며 이 생각이 내 말투에 영향을 미치면 좋겠다고 생각한다.

"음, 그래요, 당연히 그렇겠죠. 하지만 이제 릴리가 당신과 시간을 덜 보낸다는 걸 알아요. 시설에서 보내는 시간이 줄었죠. 면회 말이에요. 알다시피 나는 변화를 위해선 릴리가 자신에게 초점을 맞춰야 한다고 생각합니다. 육체적으로 정신적으로 영적으로 모두 자신의 건강에 초점을 맞춰야 해요. 난 그렇게 하도록 도와줄 수 있습니다. 릴리가 성장하고 변화하도록 내가 도울 수 있지만, 로즈가 지금 하는 식으로 그 사람한테 계속 영향을 미친다면 릴리를 도울 수가 없어요."

"내가 하는 식이라뇨?"

"그래요." 그가 한숨을 쉰다. "당신들 두 사람은 너무 긴밀히 연결되어 있어서, 한쪽 귀에 당신이 들어 있는 상황에선 릴리를 돕기가 힘들어요."

"릴리한텐 도움이 필요 없어요."

"릴리는 건강하지 않아요." 웃음이 터져나올 것 같다. 릴리가? 릴리는 언제나 건강한 쪽이었어!

"당신이 건강하지 않군요."

"뭐라고요?"

"잘 들어요, 필." 내가 말한다. "릴리와 나의 사이는 영원해요. 당신은 나와 릴리가 평생 맺어온 관계에 잠깐 끼어든 거예요. 남자들은 언제나 그랬듯이 왔다가 가버리고, 앞으로도 그러겠지만 나는 릴리의 영원이에요. 당신이 우리 관계를 변화시켰다고 생각해요? 아니. 100만년이 지나도 당신은 우리 관계를 변화시킬 수 없을걸. 놀림거리는 당신이야, 필. 당신이 말렸어도 릴리는 나를 만나러 왔어. 바로 어제도 다녀갔다고. 맞아. 당신은 아무것도 아니야." 나는 정면 대결에 온 힘을 쏟느라 기운이 빠져 숨을 헐떡이며 전화를 끊는다.

17

점심시간에 간호사는 덜 익고 질퍽질퍽한 쌀을 우리 접시에 퍼주며 그게 리소토라고 주장하더니 팸플릿도 함께 나누어준다. 나는 붐비는 식탁으로 쟁반을 옮기며 팸플릿을 펼쳐본다. 우리 마른 여자들은 단체로 행동할 때 활약이 더 뛰어나다. 우리는 다인조 체계를 활용한다. 다른 여자들 사이에 끼어 있을 때 음식을 숨긴 채 현장을 벗어날 가능성이 더 크기 때문이다.

"댄스파티라니." 내가 이름을 모르는 여자 하나가 말한다. "정말로 우리가 춤을 추는 게 허락될까요?" 기쁨으로 노랗게 들뜬 여자의 목소리가 넘쳐흐른다.

친목파티를 알리는 팸플릿이다. 춤과 과일 화채, 음악, 간식이 어우러진 저녁시간. 파티에서는 마당 건너편 시설의 남자 환자들과 어울리는 것이 허락된다고 적혀 있다. 글귀를 너무 가까이 들여다보다 실수로 리소토를 한입 삼킨다. 팸플릿을 계속 읽으며 나머지 음식을 손바닥에 쏟아 팬티에 집어넣는다. 팬티가 더러워진 기저귀처럼 축 늘어진다.

"안녕." 캣이 내 건너편 자리에 앉으며 인사한다. "자기랑 제롬이 만날 기회라는 뜻이네! 얼마나 멋질까. 무도회가 될 거야!"

"제이램이에요." 내가 말한다. 이번 파티가 제이램과 내가 서로에게 사랑을 고백하는 밤이 될 수도 있을 것이다. 갑자기 추위를 느낀 나는 후드티에 달린 모자를 뒤집어쓰고 끈을 바짝 잡아당겨 얼굴을 감싼다.

"제롬이 누군데?" 마른 여자 하나가 묻는다.

"제이램이라니까."

"제름 Germ?"

"제이램, J로 시작해."

"제름 Jerm?"

"J. R. A. M. 제이램."

"아, 제이램." 마른 여자가 말한다. "제이램. 한번도 못 들어봤어."

"그게 누군데?" 또다른 마른 여자가 묻는다.

"로즈 언니 애인이에요." 내 옆에 앉아 있던 세라가 손톱의 희미한 반달 부분을 벗겨내며 말한다. "독일인이래요, 달링."

나는 얼굴이 붉어지고 흥분으로 사타구니가 달아올라서 거기 뭉쳐 있는 쌀알이 다시 데워지는 걸 느낀다.

"애인?" 마른 여자들이 몸을 수그리고 모여든다. 이곳의 생활은 대개 너무 지루하다. 또다시 찾아오는 식사시간이 아니라면 우리는 그 무엇에서든 한줌의 흥분거리를 찾아낼 수 있다. "애인이 생겼어? 하지만 어떻게?"

나는 여전히 민망함에 진땀을 흘리며 미소 짓는다. "내 방에서 보이는 마당 건너편에 살아. 함께 밤을 보내고 있고."

"우아." 마른 여자들이 손바닥에 턱을 괸 채 욕망으로 눈을 반짝이며 말한다. "낭만적이다." 그들이 속삭인다.

"너희도 만날 수 있을 거야." 중요한 인물이라도 된 듯 모성애를 느끼며 내가 말한다. "다들 댄스파티 때 다른 사람들을 만날 수 있잖아."

"마른 남자들 말이야, 달링?" 못마땅한 듯 입술을 삐죽이며 캣이 말한다. "불쾌하라고 한 말은 아니야." 캣은 사람들이 뻔뻔하게 불쾌한 말을 할 때 하는 식으로 장담했다. "하지만 마른 남자들이랑? 진짜로?"

"그거 되게 성차별적인 말이네요." 세라가 말한다.

나는 둘의 의견 충돌에 미소를 짓는다. 두 사람이 영원히 불화하기를 바란다. 두 사람이 서로 의자를 던지고 싸우면 좋겠다! 포크와 나이프를 창처럼 움켜쥐고 상대방의 썩어가는 치아를 공격하면 좋겠다. 구토를 유발하는 손가락으로 서로의 눈을 찔러대면 좋겠다.

"여자들은 남자에 대해서 성차별주의자가 될 수 없어." 누군가가 말한다.

"아뇨, 될 수 있어요, 베이비." 세라가 말한다.

"여자들은 다이어트를 해서 마르려고 하는 게 당연하잖아." 마른 여자 하나가 말한다. "하지만 남자들은 안 그래. 그런데 저렇게 마른 남자들은 어쩌다가 저렇게 된 거지?"

나는 귀를 닫는다. 내 인기의 순간은 끝이 났다. 가랑이 사이에 쌀을 가득 숨긴 채 어기적거리며 방에 돌아와 릴리의 방문을 기다린다.

2006년(17세―릴리: 79kg, 로즈: 35.5kg)

엄마가 떠난 뒤 릴리가 식료품 구입을 도맡았다. 릴리는 사탕과 감자칩과 초콜릿과 크래커와 치즈를 사들였다. 릴리는 먹고 또 먹었다. 점점 더 살이 쪘다.

제미마 게이츠는 인기를 유지하려면 반드시 말라야 한다면서, 릴리는 인기 여학생들인 우리와 같이 앉으면 안 된다고 선언했다. 릴리는 담담히 그 소식을 받아들이고는, 고개를 빳빳이 든 채 자기 도시락과 내 도시락을 모두 들고 식당을 나갔다. 나는 릴리의 편을 들어 뭐라고 말해주고 싶었지만, 그렇게 하는 대신 쥐 죽은 듯 가만히 있었다. 편안하게 허기를 느끼며 그 안에 웅크린 채 가만히 앉아 있었다. 공범이 되는 건 너무 쉽다. 나는 아무 생명체도 간 직하지 않은 채 바닷가에서 파도를 따라 이리저리 휩쓸리 며 굴러다니는 쓸모없는 조개껍데기처럼 모든 것이 나를 스쳐 지나가도록 내버려두었다. 나에겐 아무것도 남은 게 없었다.

학교가 끝나고 집에 돌아오니, 이젠 엄마 역할을 하는 릴리가 가스레인지 앞에 서서 저녁으로 먹을 뭔가 또다른 음식을 저으며 냄비 안으로 평평 눈물을 쏟고 있었다. 릴리의 격정적인 슬픔은 애매하게 짜고 묽고 약한 바닷물 맛 이었다.

"릴?" 나는 너무 두려워 들어가지도 못하고 부엌 문가 에 서서 말했다.

릴리가 코를 훌쩍거렸다. 입고 있는 티셔츠는 너무 짧아 서 밑단이 배꼽 근처까지밖에 오지 않았다. 나무가 굵어지 면서 점점 자라는 나이테처럼 두배로 커진 점이 바지 허릿 단 위로 보였다.

"릴." 다시 불러보았지만 릴리는 계속 냄비를 젓다가 나 무 숟가락을 입으로 들어올렸다가 다시 냄비에 넣었다.

숨을 참고 다가가려니 시야가 흐려져 사물이 두겹으로 보였다. 릴리가 둘이었다. 한쪽으로 손을 뻗었지만 손가락 은 허공을 휘저을 뿐이었다.

다음번 손길에는 진짜 릴리를 찾아냈다. 이젠 나와 달라 진 릴리의 머릿결을 따라, 여전히 건강하고 숱이 많은 머리카락을 손가락으로 쓸어내렸다. 익숙한 머릿결을 조심스러운 손길로 땋으며 나는 내가 잃은 것을 애도했다.

"릴, 미안해." 차갑고 서툰 손끝으로 머리를 땋으며 내가 말했다. "내가 제미마한테 뭐라고 했어야 하는데. 미안해."

릴리는 다시 숟가락을 입으로 가져가 그 열기를 들이마셨다. 마카로니앤드치즈였다. 지글지글 끓는 지방의 냄새.

"있잖아, 로지." 스웨이드처럼 부드러운 목소리로 릴리가 말했다. "네가 뭐라도 좀 먹으면 나는 무엇이든 거의 다 용서할 거야." 나는 릴리의 머리채를 놓고 뒤로 물러났다. 굶주린 채로 잠자리에 들었다. 뒤틀리는 배를 움켜잡고 침대에 누워 어린 캣 미첼스의 포스터를 올려다보았다. 내 손목을 그의 손목과 비교했다. 내 발목을 그의 발목과 비교했다.

이번엔 다이아몬드 없이 홀로 면회 온 릴리가 방문으로 걸어 들어오는 순간, 아주 잠깐이지만 나는 릴리를 간호사로 착각한다. 릴리는 더 날씬해졌다. 살이 너무 많이 빠지고 가슴도 너무 작아지고 팔도 너무 가늘어졌다. 나는 숨을 들이마신 뒤 반려동물처럼, 소유물처럼 공기를 입안에 머금고 안전하게 지켰다.

변화를 바라보는 건 참 이상하다. 똑같은 모습으로 남아 있는 걸 보는 편이 훨씬 더 쉽다. 새파란 하늘이 고집스럽게도 지속되어 마치 그렇게 고정되어 있는 듯 보이는 긴 여름날처럼. 보호자로서 정체된 인물의 역할을 수행하는 부모들처럼. 낡은 소파와 오래된 TV가 있고 벽에는 사진들이 걸려 있는 가정집처럼. 이런 것들은 변화하기 전까지는 마음에 위안이 된다. 여름 하늘에서 예고 없이 천둥이 친다거나, 부모님의 전쟁 같은 싸움 소리를 엿듣는다거나, 휴가를 마치고 집에 돌아왔는데 모든 것이 조금씩 비뚤어져 있는 것 같은 느낌이 든다거나 할 때까지는.

릴리는 항상 똑같았고, 확고하게 자신으로 머물렀지만, 그건 변하기 전까지의 일이다.

릴리가 먹어대기 시작해 몸이 풍선처럼 부풀기 전. 엄마가 떠나버려서 릴리가 대신 엄마 노릇을 하기 전. 다이어트를 시작하면서 갑자기 릴리가 나와 닮아 보이기 전.

선글라스를 쓴 릴리는 방에 들어와 내 옆에 앉은 뒤에도 선글라스를 벗지 않는다.

"선글라스는 왜 쓰고 있어?"

"뭐라고?"

"선글라스." 내가 가리킨다.

릴리는 망설이며 손을 뻗어 테를 잡고 선글라스를 벗는다. "놀라지 마."

"뭔데?"

나름 변장을 했던 릴리의 얼굴에 멍이 들어 있다. 왼쪽 눈은 마치 자주색 동그라미 한가운데에 놓인 것 같다. 광대뼈 주변은 찢어졌다. 그제야 나는 릴리의 얼굴을 찬찬히 살피다가, 너무 익힌 소시지처럼 입술도 부어 갈라져 있음을 알아차린다.

나는 침을 삼킨다. "무슨 일 있었어?"

"잘 들어." 릴리가 말한다. "네가 너무 놀라지 않으면 좋겠어, 알겠지?"

나는 아무 말도 하지 않는다.

"필이랑 나는, 우리는, 우리 관계는…… 그게 아니라…… 내 말은 그러니까……"

나는 기다린다.

"내 말은 그러니까, 그 사람, 음, 우리는 BDSM* 쪽이야."

"신체 결박 같은 거?"

"맞아." 릴리가 살짝 웃다가 움찔하며 찢어진 입술에 손을 댄다. "그런 거."

"다쳤잖아. 정말로 다쳤네." 나로선 필과의 통화를 떠올릴 수밖에 없다. 허락받지 않은 릴리의 면회에 대해서 내가 어떻게 말했는지.

"아니야!" 릴리가 말한다. "그건 사실이지만 내가 하려던 말은 그게 아니야. 내 말은 그러니까, 섹스를 하는 중에 그 사람이 말채찍을 사용했는데, 내가 움직이면 안되는 순간에 몸을 움직이는 바람에 그 사람이 그걸 예상 못하고

---

* Bondage(신체 결박), Discipline(체벌), Sadism(가학성애), Masochism(피학성애)의 첫 글자를 딴 것으로, 지배와 복종 관계에서 각종 가학성 행위를 포함한 성관계를 맺는 취향을 뜻한다.

뜻하지 않게 그만, 음……" 릴리가 상처 난 자기 얼굴을 가리킨다. "이번에 처음 이렇게 된 거야. 평소엔 우리도 좀더 조심하거든."

"그 인간이 너한테 채찍질을 했다고?"

"내가 동의한 일이야! 모든 게 상호합의된 거라고. 이번 일은 그냥 사고였어. 제발 흥분하지 마." 릴리의 뺨이 붉게 달아오르고 눈에는 눈물이 차오른다. 거짓말의 시큼한 뒷맛 때문에 내 턱이 다 아프다.

내가 하고 싶은 말: 이건 사고가 아니었어.

내가 한 말: "사고가 아니었던 게 확실해?"

"바보처럼 굴지 마, 동생아. 당연히 사고였어. 필은 절대 그런 사람 아니야."

나는 릴리의 눈으로 손을 뻗어 엄지로 멍든 부분을 어루만진다.

"난 네가 걱정돼." 내가 말한다.

"그러지 마." 릴리는 미소 짓는다. "나 행복해! 그런데 그만 가봐야겠다. 오늘밤에 필이랑 만나거든. 부인이 출장 중이야." 릴리는 윙크를 하다가 흠칫한다. 릴리의 눈.

"괜찮은 거 확실해, 릴?"

릴리는 고개를 끄덕이며 살며시 웃는다. 눈에는 폭우 같은 눈물이 고여 있다. "그 사람은 내 영원이야." 릴리가 말한다.

"난 여기 있어." 내가 말한다. "내가 영원이야."

결국 그 시간이 오고야 말았다. 나는 여기서 나가야 한다. 필한테서 릴리를 보호하기 위해. 살아야 할 이유를 적은 목록을 마침내 내가 마무리하고 싶어진다면, 그러려면 릴리는 반드시 행복하고 건강하게 잘 지내야 한다. 그런데 릴리가 필과 함께 있는 동안에는 그중 어느 것도 장담할 수 없다. 그 자식은 나쁜 놈이다!

릴리를 안전하게 지켜주기 위해 릴리에게 내가 꼭 필요해진 건 이번이 처음이고, 릴리를 지키는 건 내가 밖에 나가서만 할 수 있는 일이다. 하지만 여기서 나간다는 건 체중이 는다는 의미여서, 그 생각만으로도 숨이 차면서 빨리 달리기를 한 것처럼 호흡이 얕고 빨라진다. 나는 눈을 감고 숨을 참으며 숫자를 센 뒤 내쉰다.

물론 다른 것도 있다. 편지. 나는 편지 받는 걸 관둘 준비가 되어 있지 않다. 나는 연애편지를 받는 사람이 되는 게 좋다. 눈가에 눈물이 차오르는 것을 느끼며 편지를 읽을 수 있고, 구애자의 공들인 필기체 글씨의 낭만에 감동한 엘리자베스 1세 시대 여자처럼 편지를 가슴에 품을 수도 있는 게 좋다. 나는 이기적인 생각을 깊숙이 삼킨다. 생각, 아이디어, 추억에는 칼로리가 없으니 얼마든지 배 속에 저장할 수 있다!

생각의 전환이라고 우리 그룹 리더는 이야기할 것이다.

침대 머리맡 등을 켠다. 제이램의 방이 깜깜해서 나는

전등을 껐다 켰다, 껐다 켰다 한다. 마침내 그의 방에도 불빛이 깨어난다. 나는 이미 상의를 벗고 있다. 이번엔 그도 창문에 흰 페인트 같은 것이 뿌려질 때까지 자신을 어루만지고, 그 보상은 새똥처럼 유리창을 따라 흘러내린다. 나는 다시 여자가 된 느낌에 홀로 미소 지으며 잠을 청한다.

2006년(17세—릴리: 81.5kg, 로즈: 35kg)

나는 릴리에게 거짓말을 했다. 모두에게 했다. 결국 다이어트는 어느 지점까지만 용납된다. 그 이후엔 사람들이 당신을 대신해 겁을 내기 시작하고 당신을 겁내기 시작하기 때문에, 그때부터 거짓말이 시작된다.

나는 항상 말했다: 벌써 먹었어.

나는 항상 말했다: 배 안 고파.

나는 항상 말했다: 몸이 별로 안 좋아요.

나는 항상 말했다: 소화불량이야.

나는 항상 말했다: 허브티가 좋겠어, 우유는 빼고.

나는 항상 말했다: 사실 나는 케이크 안 좋아해.

나는 항상 말했다: 단식으로 디톡스 중이야.

나는 항상 말했다: 복통이 있어요.

나는 항상 말했다: 이제 나 채식주의자야.

나는 항상 말했다: 견과류에 알레르기가 있어.

나는 항상 말했다: 막 운동하려던 참이야.

나는 항상 말했다: 난 더 일찍 먹었지.

나는 항상 말했다: 전 커피만 주세요.

나는 항상 말했다: 아침을 거하게 먹었어.

나는 항상 말했다: 황제 다이어트 중이야.

나는 항상 말했다: 저녁 맛있게 먹으려고 참는 중이야.

나는 항상 말했다: 배불러!

거짓말은 진실보다 훨씬 더 가볍다. 진실은 왔다 갔다 하고, 근거가 필요하고, 무겁다. 거짓말? 헬륨이 꽉 차 있다! 둥둥 떠서 멀어지는 걸 보라고! 물론 릴리는 내 말을 믿지 않았다. 단 한번도. 우리에게 거짓말은 진처럼 쓰고 시큼한 맛이어서, 내가 어떻게든 먹지 않으려고 변명을 늘어놓으면 릴리는 입술을 꾹 깨문 채 눈을 감고 한숨을 쉬고 또 쉬고 또 쉬었다.

흰개미는 잠들지 않는다. 그들은 너무 굶주린 탓에 계속해서 씹고 삼키고 계속 먹고 먹고 또 먹기 위해 휴식 없이 살아간다. 흰개미의 수명은 2년인데, 사는 동안 잠을 자지 않는다. 그들은 그 730일을 먹으면서 흘려보낸다.

18

나는 그룹 리더에게 일기장을 내민다.

"받아요." 내가 말한다. "다 끝냈어요."

"다 끝냈다는 게 무슨 뜻이죠?"

"거기 다 적었어요. 다이어트의 시작, 체중 감소, 폭식과 구토. 다 적혀 있어요."

그룹 리더는 페이지를 넘기며 나의 힘겨운 노고를 제대로 읽지는 않고 대충 훑어보기만 한다.

"그래서. 그게 뭐였어요?"

"그게 뭐였다뇨?"

"로즈를 이렇게 만든 것. 로즈가 여기 오게 된 이유."

"다이어트를 시작하니 멈출 수가 없었기 때문이에요. 정말로 도움이 되는 훈련이었어요, 고마워요."

"왜 멈출 수가 없었을까요?"

"그냥 그럴 수 없었어요."

간호사가 일기장을 펼친 채로 나에게 내민다. 묵직하다. 내 이야기로 더 무거워졌을까?

"당신은 다 못 끝냈어요." 그가 말한다. "계속 쓰세요."

"쓸거리가 바닥났어요. 지루해지기도 했고요. 다이어트, 다이어트, 다이어트에 대해서만 쓰고 있으니까요."

"사람들은 그냥 다이어트를 하지 않아요, 로즈. 이유가 있어서 하죠. 내가 당신한테 바라는 것도 그거예요. 섭식에 대해서 쓰는 건 그만해요. 그냥 당신에 대해 써보세요. 머리에 떠오르는 건 뭐든 다."

2007년(18세 — 릴리: 85kg, 로즈: 34kg)

아빠는 실업자가 되었다. 부서에 인원 감축이 있었다고 말했지만, 그 말을 하는 아빠의 입에선 술 냄새가 풍겼고 릴리와 나는 시선을 주고받았다. 엄마가 집을 나간 이후로 아빠는 계속 술을 마셨다. 아빠가 미소를 짓지 않은 시간도 그만큼 오래되었다. 그토록 괴로워하는 아빠를 보며 나는 혼란스러웠다. 나는 아빠가 느끼는 슬픔의 뿌리가 엄마라고 생각했었다. 바람을 피웠다며 아빠를 비난하고 소리치고 고함지르던 엄마의 모습, 아빠의 존재 자체가 못마땅한 듯 눈알을 굴리던 태도. 그러나 이제 아빠는 한없이 작아져 슬퍼했고, 아빠가 엄마를 사랑했다는 선 확실했다.

사랑이 아니라면, 그렇다면 뭔가 다른 것이라도 있었을 것이다. 가족.

아빠는 당분간 새 일자리를 찾아보지 않기로 결정했으므로 — 휴식을 누릴 자격이 있으니까 — 우리의 열여덟번째 생일은 언젠가 사용했던 '딸이에요!'라고 적힌 플래카드를 재활용한 궁색한 행사가 되었다. 플래카드 문구는 이제 '딸이 둘이에요! 합동 생일!'이었다.

제미마 게이츠가 자기 엄마 옷장에서 드레스를 골라보겠느냐고 물었다. 나는 그러겠다고 했다. 파티가 있는 날 방과 후 우리는 그애 집으로 향했다. 다른 인기 여학생들 패거리 없이 정말로 우리 둘만 같이 있는 건 그때가 처음이었다. 제미마의 관심에 나는 왕족이라도 된 듯 우쭐해졌다.

머리 위로 티셔츠를 벗는 제미마의 가슴은 항상 납작했던 내 가슴보다 컸다. 이어서 제미마는 하체를 꿈틀거리며 청바지를 벗었다. 그애의 속옷은 섬세한 레이스 재질이었다. 성인이 옷을 벗는 모습을 지켜보는 기분이었다. 나는 그 모습을 멍청하게 바라보았다.

"어머나." 제미마가 말했다. "너무 빤히 보는데?"

"자아도취가 너무 심한데?" 나는 거의 망설임 없이 받아쳤다. 그사이 나는 제미마를 기쁘게 하는 법을 터득했다. 그애의 마음에 드는 최선의 길은 칭찬과 비판, 찬사와 놀림 사이에서 팽팽하게 긴장을 유지하는 것이었다. 나는 절대 실수하지 않았다.

우리는 두 사이즈는 더 큰 드레스를 몸에 휘감았다. 옷이 무척 화려해서 천이 남는 것 정도는 용서하기로 했다.

"릴리도 파티에 참석하는 거지?"

"당연히 오지." 하얀색 드레스의 허리 부분을 움켜잡으며 내가 말했다. "걘 나랑 쌍둥이야. 오늘은 걔 생일이기도 하다고."

"가족이라는 핑계로 반드시 가깝게 지내야 한다는 사람들 난 이해 못하겠더라." 제미마의 부모님은 대부분의 경우 딸을 방치했다. "특히 너 말야. 넌 부모님 안 좋아하고 그래서 그분들이랑 잘 지내지도 않잖아. 너희 엄마도 그걸 알았겠지. 가출하셨다며. 그러니까 너도 릴리를 버릴 수 있어, 안 그래?"

"아니. 난 못해."

내가 이 말을 했을 때 제미마의 표정이 굳어졌으므로 나는 그애가 원하는 것이 뭔지 깨달았다. 제미마는 나를 원했다. 그애는 가족을 원하고 있었다.

내가 말문을 열었다. "뻐꾸기는 다른 새의 둥지에 알을 낳는다는 거 알아? 뻐꾸기 어미는 새끼들을 돌보지 않아. 알만 낳아놓고 떠나가지. 그렇게 해서 다른 어미 새가 자기 새끼들을 키우게 해."

제미마가 얼굴을 찡그렸다. "넌 그런 걸 다 어떻게 아니?"

"책을 읽거든."

"음, 너 되게 멋있는 것 같아." 제미마가 말했고 나도 그걸 느꼈다. 제미마는 장신구 진열대에서 은목걸이 하나를 꺼내더니, 내가 어느 멋진 왕국에 즉위한 왕이라도 된다는 듯이 목에 걸어주었다. "이건 너 가져도 돼." 제미마가 말했다.

"우리 부모님 문제는 별개야. 나와 릴리의 경우는 달라." 목걸이를 만지작거리며 내가 말했다. "나와 릴리는, 우린 어떤 사이냐면, 똑같은 사람이야. 그러니까 부모님이랑은 다르다고."

"그렇지 않아." 내가 입은 드레스의 어깨끈을 매만져준 뒤 뒤로 물러나 미소를 지으며 제미마가 말했다. "요즘 네 모습 본 적 있어? 넌 이제 걔랑 하나도 안 닮았어."

그 말에 나는 복부를 불시에 강타당한 것처럼 움츠러들었지만, 앙상한 뼈에 파티 드레스를 걸친 거울 속 내 모습을 바라보며 미소 지었다.

"어쨌거나," 제미마가 말을 이었다. "걔 요즘 타일러 마크스라는 애랑 사귀지 않나? 걔도 올까? 걔 여름방학 지나면서 꽤나 근사해졌던데."

드레스가 전등갓처럼 나를 둘러쌌다. 예뻐 보이진 않았고 너무, 너무 말라 보였다.

파티는 재앙이었다. 해동한 전채 요리가 피투성이 사체 위를 날아다니는 파리떼처럼 이리저리 돌아다녔고, 모여든 사람들은 서로 어울리지 못했다. 오래된 이웃들, 지인들, 릴리의 전 남친 몇명, 인기 여학생 패거리, 우리 아빠.

릴리는 새빨갛게 번쩍거리는 립스틱과 똑같은 색깔의, 허벅지부터 가슴까지 핥듯이 덮은 드레스를 입었다. 릴리는 요즘 사귀는 남자친구인 타일러와 타일러의 친구 둘을 데리고 부엌에 서 있었다. 릴리는 여자 친구들과 어울리지 않았지만 남학생 패거리의 중심에 존재하는 법을 알고 있었다.

"릴." 내가 부엌 문에서 소리쳤다. 나는 얼음물을 섞은 보드카를 마시고 알딸딸해져 있었다. 제미마가 쓴맛을 없애려면 라임을 한조각 넣으라고 권했지만 그 감귤류에 든 5칼로리를 더하면 나의 하루 열량이 초과될 터였다. 내가 손짓하자 릴리는 남자다운 모습을 과시하느라 벌써부터 버번을 꿀꺽꿀꺽 마시고 있는 남자애들한테 양해를 구하고 빠져나왔다.

"안녕." 릴리가 미소를 지었다. "무슨 일 있어? 너 괜찮아?" 릴리는 내 눈을 들여다보고는 내가 술을 마셨음을 알아차렸고, 나도 릴리가 안다는 걸 알았다. 릴리 역시 자신이 알아차린 것을 내가 알게 되었다는 것을 알았다. 우린 항상 그런 식이었다.

"마실 것 좀 가져다줄게." 내가 말했다.

"아니야, 고맙지만 괜찮아. 기분 어때?" 릴리가 물었다. "너 오늘 예쁘다. 목걸이도 마음에 드네."

"고마워. 제미마 거야. 난 괜찮아. 넌 어때?"

"나도 좋아."

우리는 서로를 바라보았다. 조심스러운 눈길로. 마치 요술 거울의 집에 들어가, 자신의 모습이 어디까지 진짜이고 거울에 비친 모습은 어디서부터 시작되는지 몰라 조심스레 바라보는 것처럼.

"자기야." 타일러가 릴리의 어깨 너머에서 혀 꼬부라진 소리로 불렀다. "나 열 다 셌어!"

"잘했어, 자기야." 릴리는 소리쳐 대답하면서도 여전히 나를 보고 있었다. 우리는 오다가다 아는 사이처럼 행동하고 있었지만, 나는 릴리의 붉어진 얼굴의 열기를 맛으로 느낄 수 있었다. 홍조가 내 뺨으로 옮겨오는 중이었다.

"어디 가서 얘기 좀 할까?" 내가 물었다.

릴리는 고개를 돌려 새로 술 마시기 대회를 시작한 타일러를 확인한 뒤 다시 나를 보았다. 그리고 고개를 끄덕였다. "좋아."

나는 내 손과 똑같이 생긴 릴리의 손을 잡고 나 자신을 이끌듯 우리 방으로 향했다. 우리는 오래된 피아노 의자에 나란히 앉았다. 부모님은 우리에 대한 기대를 단념하기 전까지 매주 피아노 레슨을 시켰고, 우리는 지금처럼 긴 피아노 의자에 나란히 앉아 내가 낮은음을 맡고 릴리가 높은음을 맡는 식으로 건반을 공유했다.

내가 건반을 하나 누르자 낮은음이 방 안을 울리다 벽에 부딪히더니 흘린 액체처럼 스르르 바닥으로 스며들었다.

"무슨 일 있어?" 릴리가 물었다.

"기분 어때?" 내가 다시 물었다.

"좋아." 릴리가 말했다. "너는?"

낙담한 나는 또다른 건반을 눌렀다. 먼 친척과 대화를 나누는 것 같았다. 낯선 사람과. 영어를 조금 할 줄 아는 사람과.

"잘 차려입었네." 내가 말했다.

"고마워."

"빨간색"이라고 말했지만 정작 내가 하고 싶었던 말은 아름다워 보인다는 거였다.

"뭐?"

"너 빨간색 입고 있잖아."

릴리가 고개를 끄덕였다. "아. 응. 그렇지. 맞아."

"타일러는 어때?" 내가 슬쩍 떠보았다.

릴리는 어깨를 으쓱했다. "오래갈 사람은 아닌 것 같아."

나는 웃음을 터뜨렸다. 릴리도 웃음을 터뜨렸다.

"그렇다면 다행이다." 내가 말하자 릴리는 높은음 건반 하나를 눌렀다. 나는 소리가 정적으로 잦아들 때까지 기다렸다. "제미마가 아까 무슨 말을 했거든. 그 남자애가 귀엽다나 뭐라나, 그래서 오늘밤 행동에 돌입할 거라나."

릴리가 킥킥거렸다. "난 걱정 안해. 걔는 마른 여자 안 좋아하거든. 그러니까 내 말은, 음, 타일러는 제미마한테 관심 없다는 거야."

나는 침을 삼켰다. "릴리."

릴리가 고개를 돌려 나를 보았고 나도 마주 보았다.

"난 모르겠어." 마침내 내가 말했다.

"나도 모르겠어."

나는 고개를 끄덕였다. 릴리도 고개를 끄덕였다.

"가끔 우리가 대화를 나눌 수 있는 유일한 주제가 이젠 내 다이어트밖에 없는 것 같다는 생각이 들어." 내가 속삭였다. 술기운 때문에 내 말이 옆으로 기울어 이탤릭체가 된 것처럼 들렸다. 술 한잔을 다 마시지도 않았는데 몸이 전부 술로 만들어진 느낌이었다.

"가끔은 그게 너의 전부가 된 것 같기도 해, 로지. 하지만 넌 그것보다 훨씬 더 많은 걸 해낼 수 있어."

"결국 네가 될 수 있다는 뜻이겠지."

릴리는 어깨를 으쓱했다. "영원히 내가 되려고 애쓸 순 없을걸."

나는 남은 술을 마저 마셔버렸다. 그러고는 자리에서 일어나 폭풍 같은 현기증에 휩싸인 채 릴리를 혼자 두고 나왔다. 릴리는 내가 방을 나서기도 전에 의자 가운데로 옮겨앉았다.

내가 되는 법은 결코 알지 못했지만 내가 되지 않는 법은 항상 잘 알고 있었다. 자신이 되지 않는 최선의 방법은 누군가 다른 사람이 되는 것이다. 나는 릴리가 될 수도 있고 제미마가 될 수도 있고 캣 미첼스가 될 수도 있었다. 나는 늘 액체처럼 그릇에 맞춰 모양을 바꾸었다. 내가 취할 수 있는 모든 형태를 보라고! 방어기제로 위장술을 선택한 새똥거미처럼 말이다. 새똥거미는 주로 새들의 먹이가 되는데, 등 부분이 마치 새똥이 쌓인 것처럼 생겨, 천적을 피하려면 꼼짝 않고 가만히 있기만 하면 된다. 자기가 싼 똥을 먹고 싶어하는 새는 없으니까.

그날밤은 지루하게 이어졌고 나는 점점 더 취해갔다. 타일러 역시 취해서 정신을 잃은 지 오래였으므로, 릴리는 발기한 몸을 자기 엉덩이에 비벼대는 여러 남자들과 몸을 맞대고 춤을 추었다. 모두들 릴리의 궤도에서 움직였고, 그 중심에서 빛나는 태양은 릴리였다. 나는 비틀거리며 릴리에게 다가갔다.

"제이슨." 릴리가 남자의 몸을 밀쳐내며 나를 향해 말했다. "얘는 나랑 쌍둥이, 로즈야."

"쌍둥이?" 제이슨이 말했다. "이런, 나 취했나보다."

"너희 둘이 춤춰야겠다." 릴리가 말했다. "춤추라고." 릴리가 다시 말했다.

나는 양팔을 활짝 벌리고 몸을 뒤흔들며 춤을 추었다. 기분이 좋았다. 간만에 느껴보는 좋은 기분이었다. 나는 소용돌이치는 천장을 향해 미소 지으며 빙글빙글 돌았다.

"한잔 더 마실래, 자기?" 제이슨이 내 귀에 대고 속삭이자, 뜨겁고 담배 냄새 나는 그의 숨결이 느껴졌다. 나는 고개를 끄덕였다. 더 마시고 싶었다. 술을 더 많이 퍼마시고 싶었다.

그가 칵테일 캔을 하나 들고 돌아왔다. 나는 눈을 게슴츠레하게 뜨고 뒤에 적힌 영양성분표를 살펴보았지만, 눈이 곡예를 하듯 흔들리고 캔은 만화경처럼 움직였다.

"그냥 마셔." 릴리가 손을 뻗어 캔을 따주며 소리쳤다. 나는 고개를 끄덕인 뒤 술을 입에 대고 기울여 꿀꺽 삼켰다. 무슨 짓을 하고 있는 건지 깨닫기도 전에 캔 하나를 다 마셔버렸다. 배에 손을 대자 볼록하게 부풀어오른 위가 손바닥에 느껴졌다.

나는 제이슨과 릴리를 남겨두고 그 자리를 빠져나와 소용돌이치는 사람들의 몸을 밀치고 부엌으로 뛰어들어, 가짜 샴페인 통에 60칼로리짜리 보드카 칵테일을 토한 뒤 리놀륨 바닥에 기절하고 말았다. 머리가 바닥에 부딪치면서 피가 술이 쏟아지듯 순식간에 흩뿌려졌다. 나중에 릴리가 들려준 이야기에 따르면, 파티는 내가 쓰러진 뒤 곧 끝났다.

다음 날, 신생아처럼 취약하고 힘없는 상태로 숙취에 시달리는 나에게 릴리는 내가 무엇이든 먹기 전까지는 자기도 먹지 않겠다고 선언했다.

"이게 내 마지막 수단이야. 이것 말고는 달리 내가 더 할 일이 뭔지 모르겠어."

내가 건강해지도록 돕기 위한 마지막 노력. 나만의 개성에 항의하는 단식투쟁.

"그러지 마." 다시는 먹을 수 없게 된 사람처럼 느껴지는 구역질에 기뻐하며 내가 속삭였다. "말도 안되는 짓이야."

"너 때문에 너무 무서워." 릴리가 말했다. "나도 뭐든 해야겠어. 내가 생각해낼 수 있는 건 이게 전부야."

릴리는 단호한 의지로 사흘간 단식을 고집하다가 샤워 도중에 기절해, 샴푸를 놓아두는 선반에 부딪쳐 머리가 찢어졌다. 나는 달콤한 피를 흘리는 릴리의 머리를 수건으로 휘감고 거대한 벌거벗은 몸을 내 몸으로 감싼 채, 속삭임으로 릴리를 깨웠다.

마침내 릴리가 깨어났을 때 내 입안은 냉기로 따끔거렸다. 그 무렵 나는 릴리의 감정을 맛으로 느끼는 데 익숙해져서, 나의 미각이 곧 섬세한 릴리 감정사였다. 내 혀에 느껴지는 냉기는 공포였고, 이제껏 내가 직접 느낀 것만큼이나 싸늘했다.

"무슨 일이야?" 릴리가 물었다. "너 기절했었어? 괜찮아?"

"아니, 기절했던 건 너야." 내가 말했다. "바보 같은 단식투쟁 때문이야. 뭐든 먹어야 해, 릴."

"넌 먹었어? 먹은 거 있어?"

나는 아무 말도 하지 않았다.

"그럼 나도 안 먹을래." 릴리의 말은 최후통첩이었다.

냉기 때문에 잇몸에 감각이 없어졌다.

"알았어, 알았어." 내가 말했다. 회복을 위해 노력해보겠다고 약속하는 나의 치아가 태엽 장난감처럼 서로 부딪쳐 딱딱 소리를 냈다. 진심으로 한 말이었지만, 맹세를 하면서도 나의 손은 늑골 아래로 파고들어 나 자신 안에 나를 얼마나 깊게 숨길 수 있을지 확인하고 있었다.

"잘 봐요." 오전 체중 측정 시간에 내가 캣에게 말한다. 나는 손을 벌려 손바닥에 놓인 검은색 원반을 보여준 뒤 묵직한 원반을 하나씩 줄에 끼워 둥글게 엮은 다음 그것으로 머리를 묶는다. "봤죠?"

"그런 걸 어디에서 구했어?" 묵직해진 내 머리채를 만져보려고 손을 뻗으며 캣이 묻는다.

"샤워커튼에서요." 캣의 방 안엔 우리 둘뿐이지만 나는 속삭여 대답한다.

"남는 거 있어?" 캣이 묻자 나는 주머니에서 어제 새 샤워커튼에서 뽑아낸 고리 두개를 꺼낸다.

"빨리 해요." 내가 말한다. "체중 측정 시간까지 오분밖에 안 남았어요." 체중 측정 시간에 늦으면 몸수색을 당한다. 간호사들은 몸수색에서 우리가 머리카락에 숨긴 물건을 아직 찾아내지 못했지만, 다른 속임수들은 알아내고 말았다. 식빵을 뭉쳐서 입안에 물고 있는다거나, 자의식 강한 사춘기 소녀처럼 양말을 브래지어 안에 넣는다거나, 몸이 출렁거릴 정도로 물을 벌컥벌컥 마신다거나 하는 것들.

"왜 몸무게를 유지하는 데만 그 방법을 사용하지?" 캣이 묻는다. "왜 몸무게를 더 늘려서 여기서 나가는 데 써먹지 않는 거야, 달링?" 캣이 너무 아무렇지도 않게 말해서, 나는 거짓말을 하다가 들킨 사람처럼 얼굴이 붉어지는 것을 느낀다. 발가벗겨진 느낌이다. 하지만 물론 그건 자연스러운 질문이다. 다만 어젯밤에 내가 세운 계획을 떠올리니 무척 기묘하게 느껴질 뿐이다.

나는 홍조를 감추려고, 의구심을 계속 남겨두려고 신발을 내려다본다.

정말로 그 일을 해낼 작정이라면 다른 사람에겐 아무 말도 할 수 없다. 나는 다른 이들이 나를 따라 하기를 원치 않는다. 일단은 그들이 생존하도록 돕는 이곳에서 퇴소하는 데 대해 책임을 지지 않을 것이다. 밖에서 굶주리다 그들이 맞이할 죽음에도 책임을 지지 않을 것이다. "왜냐하면 궁극적으로는 우리도 회복하기를 원하니까요. 우린 체중을 늘리는 법, 체중이 늘어도 괜찮아지는 법을 배울 때까지 그냥 유지만 하는 거예요."

"자기는 왜 갑자기 나한테 이렇게 잘해주는데?" 캣이 묻는다.

나는 어깨를 으쓱한다. "당신을 보면 내가 과서에 알던 사람이 떠올라서요."

캣은 고개를 끄덕이고는 미소 짓는다. "그 여자도 엄청 근사한 사람이었겠네."

"당신은 어떻게 사랑받고 싶어요?" 내가 묻는다.

"온 마음으로."

나는 고개를 끄덕인다. 나도 그렇다.

"자기도 알겠지만 나도 늘 이런 식은 아니었어." 캣이 한숨을 쉰다. "나도 행복했던 기억이 있어. 건강했던 것도 기억하고. 정말로 사랑받을 자격이 있던 때도 있었지. 세상이 날 이렇게 만들었어. 지금 내 모습으로. 네가 한 짓이야."

"내가요?"

"너희들. 내 팬들. 미디어. 사람들은 내 몸매를 너무 면밀히 관찰했어. 자기 몸에 대해서 그렇게 철저히 알아야 하는 사람은 없는데 말이야."

나는 고개를 끄덕인다. 무슨 말인지 안다. "그룹 리더가 그러더라고요. 당신의 몸은 당신만의 것이에요."

캣이 눈을 깜박거린다. "그걸 정말로 믿어?"

나는 아무 말도 하지 않는다.

"자기는 정말로 체중이 느는 것에 대해 괜찮아질 거라고 생각해?" 캣의 목소리는 너무도 희망적이다.

나는 캣의 손을 잡고 함께 체중측정실을 향해 걸어간다. "그러길 바라요. 당신은 안 그래요?"

가끔 아침에 잠에서 깨어나 평소보다 밝은 기분으로 생각한다. 오늘은 먹어야지. 또 생각한다. 다른 사람들은 매일, 매끼니를 먹잖아. 또 생각한다. 그냥 해내는 거야, 오늘은 먹어야지. 가끔 그 생각은 꿈이 머릿속에서 사라져버리는 데 걸리는 시간만큼 지속된다. 가끔은 간호사들이 질척한 스크램블드에그를 국자로 접시에 퍼주는 아침식사 때까지도 줄곧 이어진다. 나의 새로운 결심은 바람에 흔들리는 수면처럼 일렁거린다.

나는 할 수 있어라고 스스로에게 말한다. 이거 먹을 수 있지?라고 스스로에게 묻는다.

그럴 순 없다.

물론 자신의 체중을 아는 것은 절대로 우리에게 허락되지 않는다. 그것을 알고 감당하기에 우리는 너무 허약하다. 우리 체중을 나타내는 계기판은 언제나 담당 간호사 쪽으로 돌려져 있다. 간호사는 그저 우리에게 몇킬로그램 늘었다, 몇킬로그램 빠졌다, 혹은 유지 중이다,라고 말할 뿐이다. 괜찮다, 그들이 우리에게 체중을 알려주지 않아도 상관없다. 우리 마른 여자들은 다른 방식으로 자신을 측정하니까. 우리는 말의 몸을 가늠할 때처럼 손으로 수치를 잰다. 허벅지를 잡았을 때 양쪽 손가락 끝이 얼마나 가까운지. 위팔뚝이 한 손에 쏙 잡힐 만큼 여전히 가느다란지. 연인처럼 허리를 끌어안았을 때 양손을 서로 깍지 낄 수 있는지. 우린 할 수 있다!

내 방에서 편지봉투가 나를 기다리고 있다.

R—

다시는 너한테 연락하지 않을게. 이런 편지가 어떤 식으로
든 너에게 해가 되었다면 정말 미안해. 과거의 나에 대해 제
대로 사과하는 게 절대 불가능하리라는 건 알지만, 난 정말로
달라지려고 노력해왔어. 보고 싶고 널 사랑해. 어쩌면 언젠가
널 다시 만나게 되겠지.

—M

엄마가 집을 나간 뒤 우리는 1년에 딱 두번 엄마에게서
소식을 받았다. 크리스마스카드와 생일카드. 그나마도 우
리 둘이 같이 보도록 카드는 하나만. 생일 축하한다, 애들아.
틀림없이 많이 컸을 거라고 상상한단다. 엄마가.

엄마는 페이스북에서 우리와 친구를 맺었는데, 그건 가
상의 화해 표시였을 수도 있지만 엄마 쪽에서 모성을 포기
한 것처럼 느껴졌다. 그 통보는 우린 여전히 친구처럼 지낼 수
있을 거야라고 말하는 것 같았다.

엄마의 페이스북 계정은 활발했다. 아이들, 단추처럼 작
은 코와 깨끗한 피부를 지닌 금발 여자애 둘로 완성된 새
로운 가족사진. 엄마는 가족과 함께 찍은 사진들을 올렸

고, 미소를 짓고 있는 가족사진에서 한 아이는 엄마 무릎에, 다른 아이는 엄마의 새 파트너 무릎에 앉아 있었다. 그들은 해외로 여행을 떠났고, 디즈니랜드, 에펠탑, 로마로 향했다. 사진 설명엔 콜로세움에 간 행복한 가족이라고 적혀 있었다. 그들은 콜로세움에 가 있었다. 행복해 보였다. 엄마가 우리를 버리고 떠났다는 것 때문에 화가 나진 않았다. 엄마도 행복해질 자격이 있는 사람이었다. 걸림돌 없는 인생.

릴리는 축하카드를 내가 갖도록 해주었으므로, 나는 밤마다 딸을 다독여 재워주는 엄마를 둔 아이처럼 그 카드를 베갯잇에 넣어두었다.

19

그룹 리더는 음식에 인사하는^{greet} 법을 우리에게 시연 중이다.

"이걸 먹으라고요^{eat}?" 초조하게 바나나를 바라보며 세라가 묻는다.

"인사하라고요." 그룹 리더가 오렌지를 눈높이로 들어올리며 말한다.

"인사를 하라고요?" 뿌듯하게도 체중 측정에서 200그램이 늘었음을 확인받은 캣이 말한다.

"네, 인사하세요, 이렇게요." 그룹 리더가 말한다. "오렌지야, 안녕."

우리 마른 여자들은 서로 눈치만 보는 중이고, 과일은 여전히 책상 위에 놓여 있다.

"꼭 해야 할까요, 달링?" 캣이 나선다. "그건 좀……"

"네." 그룹 리더가 말한다. "음식과 맺는 건강한 관계의 일부는 음식과 대화하는 법을 배우는 것입니다. 여러분의 끼니와 소통하세요."

"끼니와 소통을 해요?" 내가 되묻는다.

"그래요." 그룹 리더가 대답한다. "여러분이 삶에서 맺은 관계들을 생각해보면……"

"사람하고요, 아님 과일하고요?" 세라가 묻는다. 그러고는 정각 오후 3시에 맞춰 손마디를 꺾느라 말을 멈춘다.

"사람하고죠." 그룹 리더가 대답한다. "여러분은 사람한테 항상 인사를 건넸을 거예요, 안 그래요? 그들과 건강한 관계를 맺고 싶었다면 말이에요."

"그건 그렇죠." 나의 대답은 미소로 보상받는다. "사람들한테 인사는 해야죠."

"바로 그거예요, 로즈." 리더가 말한다. "음식과도 건강한 관계를 맺고 싶죠?"

"그러고 싶어요. 진심이에요, 그건 확실해요!" 내가 말한다.

"훌륭한 태도예요!" 리더가 말한다. "그러니까 이젠 음식에게 인사를 해야 합니다."

나는 복숭아를 선택해 솜털로 뒤덮인 과일을 양 손바닥으로 붙들고 눈높이까지 들어올린다. 주먹을 쥐듯 손에 힘을 주사 복숭아의 보양이 찌그러진다. 힘자랑하고 싶은 느낌을 거부하기가 너무 어렵다.

내 방식대로 속임수를 써서 이곳을 벗어나려면 최소한 나아지고 있다는, 회복되고 있다는 환상을 심어주어야 한다. 그러므로 굶주린 시선들이 나를 지켜보고 있음에도 불구하고 나는 헛기침을 하고 복숭아를 바라보며 말한다. "복숭아야, 안녕."

"그렇죠!" 그룹 리더가 자리에서 벌떡 일어나 박수를 치고, 나는 승리감을 느끼며 그를 향해 씩 웃는다. 그는 내 정수리에 입을 맞추고 나는 미소를 지으며 속삭인다. "복숭아야, 안녕. 복숭아야, 안녕." 음식과 건강한 관계를 맺는 것은 그리 어렵지 않다.

다른 여자들이 각자 과일에 인사를 건네는 사이 나는 복숭아를 움켜쥔다. 그러다 손에 힘이 너무 들어간다. 손톱이 복숭아의 얇은 껍질을 파고들어 손가락이 속살에 깊이 박히고, 어느새 나는 복숭아를 쥐어짜는 중이다. 이내 과일은 형체 없이 사라져 온 힘을 다해 씨만 움켜잡고 있다.

"그건 건강하지 못한 관계예요." 그룹 리더가 나를 가리키며 말한다.

아빠는 선크림처럼 슬픔을 덧바르고 있어서, 눈에 보이지는 않지만 그 냄새가 물결처럼 계속 풍겨나왔다. 아빠의 외로움은 이기적이었다. 어쩌면 모든 외로움이 그럴 것이다.

사람이 고통에 잠식당하는 건 쉬운 일이다. 이런 날 내가 어떻게 살 수 있겠어? 따위의 기분이 든다. 내가 어떻게 아무렇지도 않은 척, 모든 것이, 아니, 무엇 하나라도 정상인 것처럼 행동할 수 있겠어? 다른 사람들 앞에서 미소 짓고 대화를 나누고 샤워를 하는 것 역시 그런 기분을 안겨준다. 연기. 나 여기 있어라면서 B급 독립영화에 나오는 형편없는 배우처럼 세상에 거짓말을 한다. 인간으로서 멀쩡하게, 나 여기 있어.

아빠는 연기에 능숙하지 못했으므로, 괜찮은 척하는 걸 관두었다. 다른 사람들 앞에서 미소를 짓는 것도, 대화를 하는 것도, 샤워마저도 관두었다. 아빠는 더 작아진 것 같았다.

"우리가 아빠를 떠밀어야겠어." 릴리가 말했다.

"떠밀어?"

"데이트 같은 거 하시라고." 릴리는 언제나 그런 경향이 있지만 온몸을 활용해 자기 생각을 표현했다. "상상해봐!" 눈을 너무 크게 뜨고 미소도 너무 크게 지으며, 너무 크게, 너무 크게 말했다. "두분 다 우리 아빠라고 사람들한테 소개할 수 있게 되는 걸 상상해보라고. 아빠가 둘이라니! 연예인 가족 같을 거야, 로지. 닐 패트릭 해리스*와 그 남편처럼 말이야!"

"난 아빠가 게이라고 생각 안해." 내가 말했다. "엄마랑

---

* Neil Patrick Harris. 미국 TV 드라마 「천재 소년 두기」 시리즈의 주연 배우. 커밍아웃 후 동성 파트너와 함께 대리모를 통해 낳은 두 자녀를 키우며 살고 있다.

결혼생활을 그렇게나 오래 했잖아. 그게 전부 다 거짓이었
다고 생각해?"

"음. 엄밀히 따져서 거짓은 아니지."

"그럼 뭔데?"

릴리는 입을 다물고 손가락으로 머리를 빗어내렸다.
"주일학교 다닐 때는 다들 하느님을 믿었고, 그래서 우리
도 하느님을 믿었잖아?" 릴리가 빠르게 말했다. "그러다가
주변을 둘러보며 다른 선택, 다른 생각 들이 있다는 걸 알
게 되고 우리 주변에 무신론자들이 점점 더 많아진다는 걸
알게 되면서, 비로소 어쩌면 우리도 정말로 하느님을 믿었
던 게 아니었구나 깨달았지. 우린 그냥 오랜 세월 진실처
럼 느껴진 생각에 둘러싸여 살았을 뿐이었어. 사실처럼 받
아들이면서."

나는 기다렸다.

"음, 그거랑 비슷한 것 같아. 약간은."

"게이가 되는 게 하느님을 믿지 않는 거랑 비슷하다고?"

"아니. 아니, 그런 식이라고. 본인이 **정말로** 원하는 길은
아닌데 주변 사람들이 다 그 길로 간다는 이유로 어떤 길을
따라가는 거지. 내가 설명을 잘 못해서 그래. 그냥 내 생각
엔 주변 사람들과 비슷하게 사는 게 훨씬 더 쉬운 것 같아."

댄스파티가 내일 저녁으로 다가오자 우리 마른 여자들
에게 새 옷을 사러 버스를 타고 시내에 가는 것이 허락된

다. 옷 쇼핑은 상당수의 마른 여자들에게 트라우마의 기폭제가 되기 때문에, 시설에선 우리를 위해 아예 상점 하나를 섭외해 직원들에게 문을 닫고 모든 거울을 가려두도록 요청했다.

우리는 10사이즈 이상의 옷만 입도록 허락되므로 어떤 옷을 골라도 너무 작을 리는 없으며, 다른 사람이 고른 옷에 대해 왈가왈부하는 것도 용납되지 않는다. 여자들끼리의 신나는 외출!

그날 아침 나는 조심스럽게 몸무게를 0.5킬로그램 늘렸다. 브래지어에 양말을 뭉쳐 넣고, 건강해진 모습을 흉내 내느라 뺨엔 공기를 머금었다. 숫자가 늘어나기를 바라며 샤워커튼 고리도 추가하기는 했지만, 막상 간호사가 늘었다는 말을 하며 축하 플래카드처럼 얼굴 가득 미소를 머금자 울지 않으려고 엄청 애를 써야 했다.

방으로 돌아온 나는 묶었던 머리를 풀고 줄에 엮은 샤워커튼 고리를 빼서 매트리스 아래 숨겨두었다. 그리고 릴리의 멍든 얼굴을 상상하며 속삭였다. "릴리에겐 내가 필요해." 또 한번. "릴리에겐 내가 필요해." 또 한번. "릴리에겐 내가 필요해." 그러자 그 말은 주문이 되었다. 나는 해낼 수 있을 것이다. 너무 티 나지 않게 하루걸러 한번씩 500그램이나 250그램 정도만 몸무게를 늘릴 작정이었다. 그러면 며칠 지나지 않아 퇴소하게 될 것이다. 릴리에겐 내가 필요하다.

우리는 옷걸이에서 드레스를 꺼내 사이즈를 확인한다. 우리 마른 여자들은 항상 온몸을 뒤덮는 옷을 선택하기 때문에 사실 작은 사이즈의 옷들을 치워버릴 필요도 없었다. 우리는 포대 자루 같은 옷을 입고 막대기 체형의 여자라고 느끼기를 좋아한다. 몸을 둘러싼 천이 과하게 여유로우면, 그 안에 몸이 들어 있는지 아닌지 확인하기조차 어려워지니까.

세라는 스포츠 경기장처럼 단이 층층이 나뉜 드레스를 골랐는데, 영화배우처럼 빙글빙글 돌자 바람이 일어 치마폭이 넓게 퍼지면서, 드레스를 고르기 위해 날을 잡고 쇼핑을 나온 평범한 십대 소녀로 보일 정도다.

캣은 사이즈가 너무 커서 유치해 보이는 은색 슈트 정장을 고른다.

나는 바닥에 끌릴 만큼 길이가 긴 진회색 포대 자루 같은 드레스를 선택한다. 재질이 새틴이라 몸을 움직이면 용해된 금속이 된 느낌, 내 몸이 강철로 납땜된 느낌이 든다.

"나 이거 입었을 때 멍청해 보이지 않았어?" 옷을 계산하러 줄 서 있는 동안 세라가 묻는다.

"멋있어 보였어, 세라. 진심이야." 내가 말한다.

"나 0.5킬로그램 늘었어." 릴리가 면회를 오자 내가 말한다. "오늘 아침에. 꽉 찬 500그램이야."

릴리는 내가 말을 하는 동안에도 담배를 피우고 있어서, 창밖으로 애매하게 내민 담배 끝에서 재가 창틀로 떨어진다. 나는 작은 불씨로 떨어지다 이따금 희미한 숨결 같은 바람에 실려 먼지보다 가볍게 하늘로 날아가는 재를 구경한다.

"대단하다, 동생아"라고 말하지만 릴리의 목소리는 느긋하다. "난 1.5킬로그램 빠졌어." 릴리는 창유리에 대고 담뱃불을 꺼서 검은 동그라미 모양을 남기더니 방 아래쪽 정원으로 꽁초를 집어던진다. "우릴 좀 봐." 릴리가 손가락으로 번갈아 우리 몸을 가리킨다. "우린 금세 다시 똑같아질 거야."

나는 숨을 들이마시고 숫자를 센 뒤 숨을 내쉰다. "릴리." 내가 말문을 연다. "네 다이어트는……"

"아니야." 릴리가 말한다. "아무 말도 하지 마. 영원히 하겠다는 거 아니야, 로지. 지금 난 훨씬 더 행복해. 진짜로 그래." 릴리는 팔짱을 낀다. "그냥 면회시간 즐겁게 보내자, 알겠지?"

얼굴에 든 멍은 옅어져서 이젠 희미한 초록색이다. 나는 한숨을 쉬며 고개를 끄덕인다. 곧. 나는 곧 퇴소해 진짜 세상에서 릴리를 도울 것이다. 먹이고. 구해주고. 다시 내 사람으로 되돌리고. 그래서 더 반대를 이어가는 대신 옷장을 연다. "이거 봐." 내가 말한다. 옷걸이를 꺼내 드레스를 펼쳐 보이자 릴리는 옷을 위아래로 훑어본다.

"좀 보게 입어봐!" 릴리가 말하자 릴리의 흥분이 냄새처럼 퍼진다. 제이램을 생각하며, 곧 직접 대면하게 될 우리의 모습을 떠올리며 나는 릴리에게 미소 짓는다. 우리는 사랑에 빠져 식당에 임시로 매단 미러볼 아래에서 느린 곡에 맞춰 춤을 추다가 키스를 할 테지. 급기야 키스는 두 사람의 혀가 서로 얽혀 단단히 뭉친 근육처럼 서로 떨어지지 않을 때까지 격렬해지겠지.

내가 카디건 단추를 풀자 릴리는 치아 사이로 휘파람 소리를 내고는 속삭인다. "네 갈비뼈 좀 봐, 로즈." 릴리의 말투에서 한줄기 부러움이 감지되는 것 같다. 그 갈망에 나는 덜컥 겁이 난다. 재빨리 옷을 입는다.

"아름답다, 동생아." 얼른 드레스를 뒤집어써 발목까지 내려온 드레스 매무새를 매만지자 릴리가 말한다. "아름다워 보여."

"남자가 보고 사랑에 빠질 정도로?"

릴리가 한쪽 눈썹을 치켜세운다. "남자? 어떤 남자?"

"아." 나는 어깨를 으쓱한다. "그냥 내가 만나는 남자야."

"뭐라고!"

릴리가 물고기를 낚듯 내 손을 잡고 확 끌어당겨 똑같이 생긴 우리의 코가 거의 닿을 지경까지 가까워진다. "그게 누군데?"

나는 손톱 거스러미를 잡아뜯는다. "그 사람 이름은 제이램이야."

"샘이라고 했니?"

"제이램."

"제이램?"

"맞아. 제이램."

"그게 뭐래, 그리스어인가?"

나는 어깨를 으쓱한다. "어쩌면? 섹시한 이름 같아."

"둘이 어떻게 만났어?"

"그 사람 여기 살아. 시설에, 나처럼."

"그 사람도 아프다고?"

"뭐?"

"내 말은," 릴리가 말을 바꾼다. "내 말은, 그러니까, 그 사람도 섭식장애가 있냐고."

"응."

"흠." 릴리는 입술을 안으로 빨아들여 잘근잘근 씹기 시작한다. 나는 릴리 혼자 곱씹도록 내버려둔다. "글쎄다." 마침내 릴리가 말한다. "너도 알다시피, 비슷한 사람을 또 만나는 건 그렇게 좋은 생각이 아닌 것 같아."

"비슷하다니?"

"섭식장애가 있는 사람."

"왜?"

"그냥……" 릴리가 엄지로 내 손가락 관절을 주무른다. "너희 둘이 혹시, 뭔가, 음, 서로를 부추길 수도 있을 것 같아서 걱정이 된다고나 할까?"

"남녀 관계에서 서로 부추기는 게 언제부터 나쁜 짓이
됐어?"

"내 말 무슨 뜻인지 알잖아, 로지. 서로를 다른 방향으
로, 나쁜 방향으로 부추기는 거. 예를 들면 그 사람이 다시
네가 먹는 걸 중단하게 한다거나 그 반대의 경우도 있을
수 있다는 뜻이야. 알지? 난 그런 게 건강하지 못할 수도
있다고 생각하는 거야."

"그 사람은 날 위해 최선을 바라." 내가 말한다. 릴리는
공감, 아니, 연민 어린 시선으로 나를 쳐다본다. 양쪽 눈썹
이 한줄로 이어졌다. 릴리는 내 사랑이 말도 안된다고 생
각한다. 내가 사랑받을 가치가 없다고 생각한다.

"그건 그렇고," 머리보다 입이 먼저 움직이며 빠르게 내
리막길로 굴러내려가 나로선 붙잡을 수가 없다. "누가 누
구한테 데이트에 대해 조언을 하는 거야? 나한테 건강하
지 못한 관계를 운운해? 넌 잘 알지도 못하는 남자를 위해
다이어트를 하고 있잖아. 남자가 때리게 내버려두고. 남자
때문에 스스로 니코틴 중독자가 된 가정파괴범한테 내가
왜 남녀 관계에 대한 상담을 받아야 해?"

릴리는 입술 전체를 삼킨 것 같다. 릴리가 일어나서 머
리카락을 귀 뒤로 넘긴다. 버럭 소리를 지르며 되갚아주고
싶어한다는 걸 알겠다. 그러나 그러지 않을 것이다. 릴리
는 화를 내는 대신 꽝 하고 등 뒤로 문을 닫고 내 방에서

물러난다.

우리 자매 관계는 다툼과 용서로 만들어졌다. 다툼은 선택에 의한 것이고, 용서는 우리 혈관에 흐른다. 우리가 가능한 한 멀리 상대방을 밀어낼 수 있다는 건 알지만, 결국 DNA 가닥에 묶여서 상대방이 스스로 다시 끌어당길 거라는 것도 잘 알고 있다.

엄마가 집을 나간 뒤로 우리는 딱 한번 엄마를 만나러 갔다. 우편으로 날아온 엄마의 쉰번째 생일파티 초대장은 분홍색에 장미향을 풍겼고 꼬불꼬불한 장식체로 축하합니다라고 적혀 있었다.

엄마는 똑같이 생긴 주택이 열채쯤 모여 작은 단지를 이룬 타운하우스에서 살고 있었다. 현관 앞에 '가족'이라고 적힌 발매트가 깔려 있는 것이 그 집과 다른 이웃집 사이의 유일한 차이점이었다.

과장된 몸짓으로 현관문을 연 엄마는 자신의 새로운 인생의 현관에 서 있는 우리를 보고 얼어붙었다. 엄마는 문손잡이를 놓으며 눈에 띄게 뒤로 주춤했다. 높게 빗어 쌓은 듯한 올림머리를 하고 있었고 카니발에 참석하는 사람처럼 화장이 너무 요란했다. 살도 쪄서, 몸무게가 20킬로그램 가까이, 어쩌면 30킬로그램 가까이 늘어 있었다. 엄마는 좋아 보였다.

"너희들 왔구나!" 엄마가 쓸데없이 높은 목소리로 외쳤다. "테드!" 엄마가 어깨 너머로 소리쳤다. "테드, 이리 좀 와요! 누가 왔나 보라고요!"

키가 작고 수염을 기른 남자가 양손을 맞잡고 비비며 통통 튀듯 달려나왔다. "얘들아, 와주었구나!" 눈을 반짝거리며 광대를 한껏 올리고 미소 짓는 그의 흥분은 진심이었다. 초대장을 보낸 사람이 누구인지 확실해졌다. "와줘서 정말 기쁘다! 우리 둘 다 정말 기뻐!" 연이은 외침에 나는 현기증이 났다. 나는 릴리의 어깨를 붙잡았다.

"너희 아빠는 어디 있니?" 엄마는 아빠가 우리 등 뒤에 웅크리고 숨어 있다가 **놀랐지!**라고 말하며 튀어나오기라도 할 것처럼 우리 주변을 흘끔거리며 물었다.

"아빠는 못 왔어요." 릴리가 물었다.

"못 왔어요." 내가 메아리처럼 따라 했다.

"아쉬워라." 아쉽지 않은 표정으로 엄마가 말했다.

"들어와, 얘들아." 테드가 내 팔과 릴리의 팔을 잡고 집 안으로 이끌며 말했다. "너흰 내가 상상한 모습과 한치도 다르지 않게 멋지구나. 들어와. 들어와서 앉아, 앉아라." 그는 부엌 조리대 주변에 놓인 스툴에 우리를 앉힌 뒤 우리 앞에 각각 샴페인 잔을 놓아주었다. "건배!" 그가 말했다. "어울려서 재미있게 놀아!" 물러나기 직전 그가 말했다. "편안하게 있어!" 사람들과 뒤섞이며 그가 소리쳤다. 현관에서 부엌으로 오는 사이 엄마는 어디론가 모습을 감추었다. 우리는 편안하지 않았다.

아무도 우리에게 와서 말을 걸지 않았다. 릴리는 자기 샴페인을 단숨에 마시고 나서 내 것까지 마신 뒤, 오래된 립스틱 자국이 장식처럼 반원형으로 남아 있는 잔에 절반쯤 차 있던 샴페인까지 비워버렸다. 한시간쯤 지나 저녁이 되자 엄마가 경직된 미소를 띤 채 나타났다.

"얘들아." 회사에서 온 지인을 대하듯 엄마는 고개를 끄덕했다.

"안녕, 엄마." 릴리가 말했다. "그래, 어떻게 지내세요?"

"좋지!" 엄마가 대답했다. "좋아, 고마워. 잘 지내고 있어. 너희는 어떻게 지내니?"

"잘 지내요." 우리는 동시에 대답했다.

"그렇구나, 다행이다." 엄마가 말했다. "잘됐네, 잘됐어. 아무튼 난 그냥 좀더 마시려고 온 거였어." 엄마는 릴리와 나의 사이로 몸을 숙여 샴페인 잔 두개를 집어들더니 낄낄거리며 잔을 서로 부딪혔다. "건배!" 엄마가 말했다. "아 참, 저쪽에 간식도 있어, 릴리." 엄마는 이미 물러나면서 말했다. "딤섬은 놓치지 말고 꼭 먹어라!"

그게 엄마가 우리에게 한 마지막 말이었다. 딤섬은 놓치지 말고 꼭 먹어라.

"행복해 보이시네." 릴리가 딤섬 하나를 손에 들고 말했다.

"엄만 어떻게 행복할 수가 있지? 아빠는 저렇게, 음……"

"엄마도 아빠와 똑같이 고통스러워할 필요는 없지." 릴리가 말했다.

"그래야지." 내가 말했다. "적어도 조금은."

"아니야." 릴리는 고개를 저으며 말했다. "엄마는 행복을 선택한 거야. 아빠는 슬프게 살기로 선택한 거고."

"아니, 그렇지 않아. 왜 굳이 슬프게 살기로 선택하겠어?"

릴리는 어깨를 으쓱했다. "세상살이가 복잡하거든."

"우아, 릴리. 심오하다."

"난 그냥 아빠가 데이트라도 할 수 있으면 좋겠어. 아빠도 남자친구를 만들고, 결혼하고, 행복한 가족생활 같은 걸 누릴 수 있잖아. 아빠가 정말로 원한다면 그럴 수 있을 거야."

"아빠가 게이라면 그렇겠지. 근데 우린 모르잖아."

릴리는 헛기침을 하고 일어나더니 문 쪽을 가리켰다. "응, 글쎄다. 아까도 말했다시피 세상살이가 복잡하거든."

우리는 눈에 띄지 않게 엄마의 파티에서 빠져나왔다.

2007년(18세―릴리: 86.5kg, 로즈: 33kg)

제미마 게이츠는 다른 인기 여학생들 대신 나를 데리고 쇼핑몰에 가기 시작했다. 제미마 게이츠와 친구가 되면 인간으로 지내기가 더 쉬워졌다. 제미마가 가장 친한 친구에게 요구하는 개성은 너무도 구체적이고 광범위해서 옛날의 내 모습이나 성격이 즉흥적으로 튀어나오거나 드러날 틈새가 없었다. 혼자 있을 때조차 제미마가 나를 지켜보고 있다고 상상하면 도움이 되었다. 방에 혼자 있을 때도 나는 머리채를 휙 쓸어넘겼다. TV를 보다가 유치한 장면이 나오면 어이없어하며 눈알을 굴렸고, 릴리가 쥐고 있는 포크를 보며 눈썹을 치켜세웠다. 자동차 뒷좌석에 앉았을 때는 영화에서 본 여자애들처럼 창밖을 내다보았다. 모든 것이 연기였지만, 오래오래 제미마를 연기하다보면 진짜로 바람의 방향이 바뀔 수도 있을 거라고 확신했다. 나는 남풍이 불기를 빌었다. 살면서 그때만큼 내가 정상이라고 느껴진 적이 없었다.

점심시간에 제미마가 내 어깨를 톡톡 치고는 유명 디자이너의 스카프처럼 날씬하고 가냘픈 몸을 내 어깨 위로 구부려 끈적끈적한 입술을 귓불에 대고 부탁의 말을 속삭이면 체리향이 후각을 자극했고, 릴리는 그러는 우리 모습을 이맛살을 찡그린 채로 지켜보았다.

제미마와 나는 정신을 팔게 될까봐 너무 두려워 숨을 참으며 푸드코트를 빠르게 지나친 뒤, 절대 사지 않을 드레스들을 입어보러 성인 여성복 매장으로 뛰어들었다. 벨벳 커튼이 드리워진 탈의실 안에서 우리는 마른 몸을 서로 칭찬했다. 제미마는 무엇을 입든 잘 어울렸고, 액체처럼 유연하게 움직였다. 유행하는 다이어트 비법의 효과가 가슴과 엉덩이에 나타나면서 최근 들어 제미마의 몸은 내 몸처럼 달라져 있었다. 이젠 쭉 뻗은 목을 돌려 자신의 몸 어느 방향을 보더라도 곧은 직선과 각진 윤곽이 드러났고, 그 모습에 내 몸이 아파왔다. 그것이 예리한 질투심 탓인지 갈망 탓인지 나로선 알 수가 없었다.

"너무 빤히 보는데?"

"자아도취가 너무 심한데?" 이제 이런 티격태격은 우리 만의 작은 일과였다.

나는 하루 섭취 열량을 계산했다. 내가 선택한 약물인 틱택 한알을 입에 넣었다. 몸이 말을 듣지 않으려고 위협할 때 사탕에 든 칼로리는 내 의식을 지켜주었다. 가끔은 한알로 한시간을 버틸 수 있었는데, 그럼 하루에 24칼로리였다. 나쁘지 않아!

매장 점원들은 우리가 쓸 돈이 있다고 생각하며 어머, 어머 하고 감탄사를 연발했다. 사람들은 종종 우리의 마른 몸매를 부유함의 증거로 오해한다. 부자들은 날씬한 경우가 많으며, 굶주린 사람으로 오해받기를 원하는 것처럼 먹거리에 엄청 신경을 쓴다. 어떤 형태의 지나침은 유독 유행이 된다.

"네 팔 정말 마음에 든다." 탈의실에서 서로의 몸을 살피고 있을 때 제미마가 말했다. "진짜 가늘어. 그리고 이 쇄골 좀 봐!" 제미마는 내 쇄골의 우묵한 부분을 손끝으로 훑으며 내가 사랑할 수 없는 내 몸의 일부분을 사랑해주었다. 나는 떨림을 참으려고 이를 악물었다.

우리가 대화를 하는 사이였다면 릴리도 함께 데려왔을 것이다. 그러나 그 무렵 릴리는 음식을 강제로 먹이려고 할 때만 나에게 말을 걸었으므로, 나는 아예 릴리와의 대화를 중단하고 질문은 침묵으로 응대했으며 인사를 해도 고개만 끄덕였다.

대화를 나누지 않은 채로 며칠이 지나고 몇주일이 지나면서 침묵은 영원할 것처럼 느껴졌다. 나는 릴리의 자리를 제미마로 대체했다. 릴리는 내 자리를 끊임없이 이어지는 남자애들로 대체했다.

이따금 나는 화장실에 들어가 문을 잠그고 샤워기를 틀어놓고서 거울에 말을 걸었다.

"안녕." 한쪽 방향을 쳐다보며 내가 말했다. 그런 다음 다른 방향으로 몸을 돌리고 "안녕"이라고 대답했다. "잘 지내니?" "잘 지내지, 넌 어때?" 내가 말했다. "네가 그리워." 그러면 내가 말했다. "나도 네가 그리워." 릴리의 얼굴로, 릴리의 목소리로 건네는 말을 들으면 기분이 좋았다.

우리 둘만의 아이쇼핑 나들이에서 한번은 제미마가 구찌 매장에서 뱀가죽 가방을 훔치다 붙잡혔다. 우리는 쇼핑센터 유치장으로 끌려갔는데, 그곳은 셔터가 내려진 제품 창고였고 감방은 그냥 문을 닫은 상점 같았다. 수염을 기른 남자가 우리에게 이름과 주소를 물었다. 제미마는 자기 이름이 린제이 로한이라고 말했고, 청원경찰은 일말의 의심도 없이 그대로 받아적었다. 나는 릴리 윈터스라고 대답했다. 단어 연상 게임에서처럼 릴리의 이름이 내 이름보다 훨씬 더 익숙해서 당장 내 입에서 나올 수 있는 말이 그것뿐이었다. 나 자신을 소개하는 일은 거의 없지만 릴리와는 하루에도 백만번은 이야기를 나누었기 때문이다. 문제는 릴리와 나의 주소가 같다는 거였는데, 세상에서 가장 멍청한 범죄자였던 나는 집주소도 술술 불러주었다.

절도 경범죄로 발급된 범칙금 통지서를 내밀자 아빠는 한숨을 쉬었다. 내가 받은 벌은 일주일간 디저트 금지였다. 나에게 문제가 있다는 걸 아빠는 잊은 것 같았다. 내가 자연스럽게 마른 게 아니란 걸 잊어버렸다. 릴리와 내가 똑같아야 하는 쌍둥이라는 걸 잊어버렸다. 아빠는 냉장고에 채워둔 싸구려 캔맥주의 정확한 개수를 제외하고는 거의 모든 것을 잊은 듯했다. 그래도 맥주의 수량은 정확히 알고 있었다.

아빠는 회계 쪽 일자리를 얻어 낮에는 장시간 일을 했고 밤엔 더 오랜 시간 밖으로 나돌았다. 대체로 우리에게 그저 자기가 존재한다는 것을 일깨워주기 위해 직장에서 술집에 가는 사이에 잠깐 집에 들렀다가 다시 사라졌고 때로는 아침까지 돌아오지 않았다.

내가 엄마를 그리워했을까? 아니, 별로. 원래도 엄마였던 적이 거의 없는 사람이었다. 아빠에게 분노했을까? 아니, 별로. 우리는 모두 다른 방식으로 고통을 감당했다. 먹고, 굶고, 술 마시고. 고통이 너무 심해 정신이 감당하지 못할 때 우리는 그걸 몸에 퍼붓는다.

내가 쇼핑센터 유치장에서 풀려나 아빠가 시키는 대로 침대로 추방당한 지 한참 뒤, 학교에서 돌아온 릴리가 곧장 우리 방으로 오더니 내가 자는 척하고 있는 침대 끄트머리에 걸터앉았다. 물론 내가 자지 않는다는 걸 릴리도 입안에서 느끼는 맛으로 알고 있었다. 우리가 의식이 없거나 꿈을 꿀 때는 서로에게서 느껴지는 맛이 연해졌다.

"로지." 릴리가 말했다. "너도 알겠지만 난 네가 걱정돼. 너답지 않아."

나는 아무 말도 하지 않았다.

"너 혹시……" 릴리는 침을 삼켰다. 사실 말을 할 차례는 릴리가 아니라 나였다. "너 설마……"

나는 어떤 질문이 나올지 이미 알고 있었다. 세상에서 가장 쓸모없는 점쟁이처럼 나는 릴리가 말을 하기 바로 직전에 이미 그 말이 무엇인지 알고 있었다.

"제미마 게이츠랑 사랑하는 사이는 아니지?" 내가 덮은 이불을 응시하며 릴리가 속삭였다.

"뭐?"

"아무도 널 비난하지는 않을 거야." 릴리가 말을 이었다. "있잖아, 그렇게 여자를 좋아하는 거 말이야. 나는 상관없어." 릴리는 손으로 눈가를 닦았다. "네가 하고 있는 게, 굶는 게 혹시 형벌 같은 거라면, 있잖아, 동성애자라고 해서 자신에게 벌을 줄 필요는 없어."

나는 뜨거워진 뺨을 감출 수 있기를 바라는 마음에 차가운 웃음소리를 내지른 다음, 겨울 자두처럼 시큼한 릴리의 슬픔을 꿀꺽 삼키며 말했다. "넌 그냥 이제 내가 더 나은 쪽이 되었기 때문에 씁쓸해하는 거야."

　　"더 나은 쪽?" 릴리가 물었다.

　　"내 말이 무슨 뜻인지 정확히 알잖아." 나는 릴리를 외면했다. "둘을 놓고 서로 비교하지 않을 순 없는 법이야."

20

그룹 리더가 음식과 대면하는 법을 가르치고 있지만 우리 마른 여자들은 아무도 관심을 보이지 않는다. 우리는 모두 커플댄스와 프렌치키스에 대한 낭만적인 백일몽으로 정신이 몽롱했다. 댄스파티!

"자, 여러분." 리더가 자신의 가장 낮고 느린 발성으로 말한다. "집중합시다."

우리는 가장 두려운 음식 중 하나인 식빵을 각자 한장씩 들고 있다. 여자아이들은 무엇보다도 탄수화물을 멀리해야 한다는 가르침을 받는다. 거리에서 만나는 낯선 사람보다. 맨어깨를 손가락으로 슬그머니 쓰다듬는 남자들보다. 사타구니가 부푼 채 사무실 문을 잠그는 상사들보다.

"빵을 집어드세요." 리더가 말한다. "그리고 눈을 두개

만들어주세요. 바로 이렇게요." 그는 식빵을 집어들고 검지로 폭 찔러 구멍 두개를 나란히 뚫는다. "봤죠? 대상의 눈을 똑바로 쳐다볼 수 있게 되면 대면하기가 훨씬 더 쉬워진답니다."

우리는 우월감에 젖어 히죽거리며 서로를 쳐다본다. 오늘밤엔 우리를 위한 거사가 있고 우린 성인 여자다. 무도회에 갈 여자는 빵에 얼굴을 만들지 않는다!

"꼭 해야 돼요?" 오전인데도 벌써 얼굴에 파운데이션을 두툼하게 바른 세라가 묻는다. 화장이 과하다. 캣의 짓이다. 캣은 온종일 여자들 얼굴에 화장을 해주고 있다.

"네." 그룹 리더가 말한다. "오늘의 활동을 완수하지 못하는 사람은 오늘밤 댄스파티에 초대되지 못할 거예요."

우리는 냉큼 식빵에 구멍을 낸다.

"이젠 빵을 눈앞으로 들어올리세요." 리더가 말한다.

우리는 시키는 대로 한다. 순종하는 우리에게 그룹 리더는 미소를 짓는다. 우리는 빵의 눈을 똑바로 노려본다. 두려움 없이. 그러다가 두려워진다.

"이젠 여러분의 음식과 맞서기를 바랍니다." 리더가 말한다.

"맞서요?" 아직 맨얼굴인 캣이 묻는다.

"네, 맞서세요." 리더가 말한다. "이렇게요." 그는 빵을 얼굴로 점점 더 가까이 가져가고, 우리 마른 여자들은 틀림없이 그가 빵을 베어물 거라 여기며 숨을 참는다. 그러나 식빵은 리더의 코앞에서 멈춘다. 그런 상태로 그룹 리더가 말한다. "빵아, 우리 얘기 좀 하자."

그는 식빵과의 눈맞춤을 중단하고 모여 있는 우리를 돌아본다. 우리는 말없이 꼼짝 않고 앉아 있다.

이스트와 그것이 구워진 냄새. 칼로리는 허기와 같은 냄새를 풍기고 위는 휘저어놓은 물처럼 꿈틀거리지만, 나는 이 시설에서 꼭 나가야 한다. 나에겐 더 원대한 계획이 있다.

"빵아." 나는 식빵 조각에 낸 눈구멍에 대고 말한다. "우리 얘기 좀 하자." 침이 고이면서 입술이 바짝바짝 타고, 내 입이, 내 혀가 빵을 먹으려는 시도를 할까봐 두려워진다. 내가 빵을 내려놓고 리더를 쳐다보자, 그는 고개를 끄덕이고는 활짝 웃으며 나에게 박수를 보낸다. 다른 사람들이 각자 빵과 맞서는 사이 나는 내 빵을 움켜쥐어 공처럼 만든다.

가장 심했을 때 나는 혹시라도 우연히 핥아먹게 될까 두려워 립밤도 사용하지 않았다. 약국에서 몰래 약에 칼로리를 첨가하진 않을까 의심해 다이어트 약 외엔 그 어떤 약도 먹지 않았다. 치약에 영양성분이 있는 경우도 있으므로 양치질도 할 수가 없었다.

학교에서 공부에 집중을 할 수 없었기 때문에 성적은 추락했다. 우리는 낙제라는 표현을 쓰지 않기로 결정한 학교에 다니고 있었다. 어쨌거나 그곳은 공립학교였기에, 교육에서까지 좌절을 느낄 필요는 없었다.

학교에서는 성적 등급 대신 발전함, 도달함, 노력함이라는 표현을 사용했다. A, B, C에 해당하는 말이었다. 과제를 완수하는 데 실패한 학생들, 그러니까 도달함에 이르지 못한 학생들은 끝을 낼 때까지 반복해서 과제를 수행했다. 용어가 달라졌다고 해서 성적에 영향을 미치는 일은 결코 없었다. 나는 모든 과목에서 노력함을 받았지만, 충분한 영양을 섭취하며 공부에 방해되는 친구들도 없는 릴리의 성적은 전체가 발전함이었다. 뭔가를 다른 이름으로 부른다고 해서 그것이 정말로 달라지지는 않는다. 기표는 기호가 아니다. 오리는 고양이가 아니다. 나는 릴리가 아니었다.

시설에서도 우리는 성적표를 받는다. 내 성적표엔 이렇게 적혀 있다.

식사 완료: **노력 지향**

간호사들과의 교류: **노력 지향**

긍정적인 태도: **노력 지향**

노력 지향 위의 등급은 뭔지 모르겠다.

이곳 사람들은 우리를 거식증 환자라는 말 대신에 생존자라고 부른다. 다른 이름으로 부르면 정말로 그렇게 이루어질 것처럼, 우리가 모두들 적극적으로 죽음을 지향해 노력하고 있지 않다는 듯이, 사람들은 우리가 **생존하고** 있다고 말한다.

책상에 쌓인 먼지dust를 닦고 있는데 의사가 도착한다.

내가 갖고 있는 언어학 책에 따르면 dust는 자체반의어다. 자체반의어란 두가지 이상의 상호모순된 의미를 지닌 단어이다. 예를 들어 dust는 명사로도 동사로도 사용된다. 명사로는 물질의 작은 입자를 뜻하지만, 동사로는 그 입자를 털어낸다는 뜻이 있다. 또다른 예로는 fast가 있다. 이 단어는 빠르게 움직인다, 빠르게 달린다는 의미로 쓰이는 한편, 고정되어 있다거나 꼼짝달싹 못한다는 의미로도 쓰인다. 또한 fast는 단식을 의미하기도 한다. 나에게 단식은 역행이다. 악화되는 것. 그러므로 fast라는 단어는 세가지 면에서 자체반의어다.

"로즈, 안녕하세요." 의사가 인사한다. 그의 이름은 윈덤 선생이고 뚱뚱하다. "체중이 늘었네요. 그렇죠?"

나는 고개를 끄덕인다.

"훌륭해요, 허니. 계속 이렇게 체중이 늘면 머지않아 퇴소 날짜를 의논하게 될 거예요. 어때요?"

나는 그를 올려다보며 미소 짓는다.

"잘했어요." 그가 내 코를 살짝 두들기며 말한다. "또 봐요, 악어 아가씨."

2007년(18세—릴리: 87kg, 로즈: 32.5kg)

쇼핑센터 절도 사건으로 제미마 게이츠는 학교에서 정학을 당했다. 나는 사실대로 털어놓았기 때문에 처벌을 모면했다. 그렇다고 내가 제미마를 고자질한 건 아니었다. 매장엔 감시카메라가 있었고, 미니스커트를 입은 제미마가 훔친 가방을 배낭에서 꺼내는 장면이 작지만 확실하게, 얼굴까지 나오게 찍혀 있었다. 어쨌든 제미마는 나의 나약함을 실망스러워했다.

"난 네가 쿨한 줄 알았어, 로즈." 제미마가 전화로 씩씩거렸다. 학교에서 권한 대로 우린 둘 다 휴대폰을 압수당했지만, 한밤중에 연락할 집 전화번호를 이미 주고받았다.

"나 진짜 쿨해."

"네가 다 불었지!"

"다들 벌써 알고 있었어."

"그래도 네가 말했잖아."

나는 아무 말도 하지 않았다.

제미마는 한숨을 쉬었다. "암튼 너 나한테 제대로 보상해줘야 해."

나는 숨을 참았다.

"어떻게 보상하라는 건지 안 물어봐?" 제미마가 속삭였다.

"어떻게?"

"두시간 뒤에 학교 운동장에서 만나. 헝겊rags을 가져와."

"가방bags?"

"헝겊. 헌옷 같은 거."

"얼마나?"

"되는 대로 많이." 제미마가 쉿 하는 소리를 냈다. "끊어야겠다."

내가 낡은 행주를 담은 세탁물 자루를 어깨에 메고 도착했을 때, 제미마는 학교 운동장 한가운데에 인상적인 모습으로 서 있었다. 내가 다가가자 제미마는 킬킬 웃었다. 싸구려 천이 혀에 감긴 듯 질문을 하고 싶어 근질거렸지만 나는 묻지 않았다. 나는 쿨할 수 있다는 걸 증명해 보이는 중이었고, 그건 우리가 여기서 무얼 할 건지 알 필요가 없다는 의미였다.

"왔네." 제미마가 달빛에 눈을 반짝이며 말했다. 마침 보름달이어서 환한 달빛이 초록색 홍채에 사로잡혀 있었다. "여기야. 서둘러야 해."

제미마는 내가 가져온 자루에서 헝겊을 하나 꺼내 발밑에 놓은 양동이에 담갔다가 땅바닥에 조심스럽게 펼쳐 원호를 만들었다. "나 혼자 다 하라는 거야?" 제미마가 말했다.

나도 헝겊을 집어 액체에 담그자 휘발유 냄새가 훅 끼쳤다. "오 맙소사." 입을 열자 그 냄새가 달갑지 않은 파리처럼 목구멍을 자극했다. 나는 기침을 했다.

"입 닥쳐." 제미마가 말했다. "그건 이리 주고." 제미마는 내가 내민 헝겊을 받아 바닥에 내려놓고는 처음에 펼쳐놓은 헝겊의 끝과 연결했다. 우리는 빠르게 움직여 천으로 원을 만들었다. 고리 모양이 완성되자 제미마는 한쪽 주머니에서 담배를, 다른 주머니에서 라이터를 꺼내 불을 붙였다. 담배연기를 들이마시고 길게 한숨을 내쉰 제미마는 나에게도 한모금 빨라고 권했다. 나는 담배를 받았다. 숨을 들이마셔서 연기로 나를 채웠다. 나는 연기를 뿜으며 미소를 지었다.

"달빛에 보니까 너 너무 예쁘다." 제미마가 내 입에서 담배를 뽑아가며 말했다.

나는 어깨를 으쓱했다. 그러자 제미마가 고개를 숙여 나에게 키스했다. 그애의 입술은 부드러웠고, 나는 계속 그 입술을 품고 싶었다. 제미마가 뒤로 물러나 윙크를 했다. 그러고는 겉으론 다 잊어버린 듯했다.

제미마는 원을 따라 걸으며 라이터를 딸깍거렸다. 불꽃이 켜질 때마다 치아가 환하게 빛났다. "준비됐어?" 제미마가 말했다. 그러고는 몸을 수그려 라이터를 켰고, 불꽃을 헝겊에 가져갔다. 즉각 불이 옮겨붙어 너무나 빨리 번졌으므로 제미마도 뒤로 펄쩍 뛰어 물러났다. 우리는 말한마디 없이 뒤돌아서 죽어라 달렸다. 우리 등 뒤에서 뼈 부러지는 소리를 내며 화염이 치솟자, 열기가 너무 강렬해 세상에서 가장 단열이 잘된 우리의 차디찬 몸에도 뜨거움이 느껴졌다.

레스보스섬 출신의 고대 그리스 여성 시인 사포는 여성에 대한 사랑을 시에 담았다. 그의 작품은 대부분 세월이 흐르면서 유실되었지만, 남아 있는 단편적인 유고는 다음과 같다. 너에게 시선이 머무는 순간, 내 혀는 침묵에 빠져 더는 말을 할 수가 없고, 곧이어 내 피부 아래에서 섬세한 불길이 타오르고, 내 눈엔 아무것도 보이지 않고, 내 귓가엔 감미로운 노랫소리가 들리고, 축축한 땀이 온몸을 적시며 전율이 나를 온통 사로잡네.

제미마와 나는, 우리는 서로의 손을 꼭 잡고 타오르는 불길로부터 말없이 달아나 밤의 어둠속으로 숨어들어, 귀청을 찢을 듯한 흥분과 흐르는 땀과 전율을 느끼며 달려갔다.

다음 날 학교에 가니 운동장 잔디가 갈색으로 바짝 타고 바스라져 죽어 있었다. 그 주변엔 노란색 접근 금지 테이프가 둘러쳐졌다.

심해아귀는 짝을 찾으면 암컷의 몸에 붙어 암컷과 한몸이 된다. 순환계가 공유된다. 심장이 서로 박자를 맞춰 뛴다.
결국 모든 사랑이 그렇지 않을까?

나는 『동물행동학』의 마지막 페이지를 아주 천천히 읽는다. 단어 하나하나마다, 마침표를 만날 때마다 읽기를 멈추고 길고 느린 호흡을 한다. 그래도 끝은 다가온다. 책장을 덮고 여행가방을 열어 텅 빈 내부를 응시한다. 짐을 쌀 때가 왔다. 삶으로 돌아가야 할 때. 여행가방은 소형이다. 재빨리 부피를 계산하며 내 사이즈라고 생각한다. 가방 안으로 들어가 앉아 웅크려 몸을 밀어넣는다. 태아처럼 옆으로 웅크려 누운 뒤 뚜껑에 손을 뻗는다. 뚜껑을 잡아당겨 가방을 닫자 사방이 깜깜하고 정적이 흐른다.

내가 절대로 털어놓지 않을 무언가가 있다면 시설에서 사는 것이 좋다는 점이다. 이곳에는 구조적으로 편안함이 있다. 끼니를 건너뛰더라도, 칼슘을 계속 마시는 한 나는 살아 있을 것이다. 체중을 유지할 것이다. 뚱뚱해지지 않을 것이다. 이곳에선 모든 것이, 나의 삶이 정지되어 있다.

지루함은 가장 공허한 감정이다. 지루함엔 무게가 없다. 나는 단지 내 삶이 끝나기를 기다리고 있을 뿐이다.

시설이 제공하는 스케줄 밖에서 존재한다는 생각만으로도 이가 아프다. 여기서는 음식이 식당에서, 매일 같은 공간에서 제공된다. 그러나 바깥세상에는 음식이 도처에 깔려 있고, 누가 언제 어디서 케이크 한조각을 권할지 알 수 없다.

나는 좁은 공간에서 숨을 쉰다. 가방 안감을 손으로 어루만진다. 우툴두툴한 부분은 자수로 놓인 이름이다. 글자를 따라 손을 움직인다. 그건 내 이름이 아니다, 그의 이름이다. 릴리의 이름. 나는 가방 뚜껑을 밀어젖히고, 밝은 빛에 눈을 깜박거리며 웅크렸던 사지를 펴고 세상으로 다시 기어나온다.

릴리에겐 내가 필요하다. 그래서 나는 짐을 싸기 시작한다. 옷을 개고 책을 쌓아 시설에서 퇴소할 준비를 한다. 매트리스 아래에서 편지들을 꺼내고 마른침을 삼킨다. 이어 편지 한통을 가슴 높이로 올려들고 중간을 확 찢고 또 찢는다. 편지들을 조각조각 전부 찢어 휴지통에 넣고 빈 칼십 팩으로 덮어둔다. 릴리에겐 내가 필요하다! 폐가 아프다. 나는 침을 삼키고 계속해서 짐을 싼다. 동물행동학 책과 언어학 책, 그런데 곤충에 관한 책은 아이러니하게도 표지가 사라졌다. 그 책 표지는 흰개미에게 먹혀버렸다.

인간과 달리 동물은 악해질 가능성이 없다. 동물은 먹기 위해 죽이고, 방어하기 위해 싸우며, 영토를 표시하려고 추적하고, 생존한다. 동물에게는 도덕성이라는 의식이 전혀 없으며, 그렇기 때문에 부도덕하게 행동하지 못한다. 인간은 악을 만들어낼 수 있기 때문에 악해질 가능성이 있다. 우리는 옳고 그름으로, 선과 악으로 스스로에게 짐을 지웠다. 우리가 악해질 수 있음을 아는 것 자체가 악이다.

21

우리 마른 여자들은 너무 큰 드레스를 걸치고 손에는 칵테일용 우산 장식을 꽂은 얼음물 잔을 든 채 여기저기 몰려다니다가 형편없는 1960년대 디스코 음악에 맞춰 몸을 흔들어대며 남자들이 도착하기를 기다리고 있다. 길쭉한 식당 테이블을 모두 벽 쪽으로 밀어붙여 싸구려 비닐 테이블보를 덮은 뒤 물과 화채가 담긴 유리컵과 자른 과일 들을 올려두었다. 천장에는 재고 정리용이 틀림없는 갈색과 회색 장식 테이프가 힘없이 늘어져 있고, 공기를 절반만 불어넣어서 각 풍선에 누군가가 내뱉은 호흡이 들어 있음을 우리에게 각인시키기엔 못내 부족한 장식 풍선들이 구석마다 모여 있다. 하지만 미러볼만큼은 소용돌이치듯 회전하는 은빛 다이아몬드를 벽과 바닥으로 쏘아보내며 우리 여자들에게 현기증을 일으키기에 충분하다.

호흡이 자꾸만 목구멍에 걸린다.

"기분 어때?" 바셋하운드 같은 눈을 동그랗게 뜨며 세라가 묻는다. "제이램을 만나는 거 그리고 다른 모든 것에 대해?"

우산으로 물을 휘젓자, 가볍고 깨끗하고 투명하고 공허한 얼음이 달그락거리며 유리컵 안에서 빙글빙글 돌아간다. 공허함을 확실하게 상기시켜주는 얼음 덕분에 마음이 차분해진다. 내 기분이 어떠냐고? 마구 흔든 다음 뚜껑을 딴 탄산음료처럼, 탄산이 전부 목구멍으로 올라오는 기분이다.

"드디어 왔어, 아가씨들." 캣이 멀리 있는 식당 출입구를 응시하며 말한다. 굳이 명령을 내릴 필요도 없이 등이 저절로 곧게 펴지면서 눈을 감은 나는 숨을 참고 숫자를 세다가 날숨을 내쉰다. 제이램이 다가오기를 기다리며 그 과정을 계속 반복한다.

"이오피Eope?" 낮은 목소리를 들은 나는 즉각 그것이 제이램의 목소리임을 알아차린다. 아름다운 말이다. 이-오-피. 처음 들은 한마디에 완전히 매혹된 나는 그리스어인지 독일어인지 모를 그의 모국어로는 그게 인사말일까 궁금해하며 그를 향해 돌아선다.

"제이램." 내가 말하자 그가 얼굴을 찡그린다.

"이오피." *그*가 말한다.

"나도 안녕하세요,라고 해야겠죠?" 짐작으로 내가 말한다.

"안녕하세요." 외국인의 억양이 아닌 말투로, 전혀 차분하지도 않은 말투로 그가 인사한다. "드디어 직접 만나게 돼서 정말 기뻐요, 이오피." 그가 말을 멈춘다. "이름이 이오피 맞죠?"

"아." 그의 혼란스러움을 이해하며 내가 말한다. 하지만 우리의 낭만을 망가뜨리고 싶지 않았으므로 고개를 끄덕인다. "네. 그래요. 난 이오피예요. 당신은 제이램이죠?"

"그럼요." 그가 말한다. "좋아요. 그렇다는 뜻이에요."

우리는 서로에게 팔을 뻗고, 두 사람의 몸 사이에서 만난 손끼리 깍지를 끼어 가느다란 흔들다리를 만든다. 우리는 입꼬리를 양 귀 끝까지 올리며 환하게 미소를 짓고, 둘이 만든 다리가 두 사람 사이에서 흔들린다. "안녕하세요, 제이램." 내가 말한다.

"안녕하세요, 이오피." 제이램이 말한다.

"만나서 반가워요, 제이램."

"당신을 만나서 반가운 건 나예요, 이오피."

내가 가장 릴리가 되고 싶어하는 순간들이 있다. 릴리는 사람들과 소통하는 법, 하찮은 주제로도 흥미로운 일이라는 듯이 이야기를 나누는 법, 아아 탄성을 내지르며 따뜻한 욕조에 들어가듯 쉽사리 대화를 이어가는 법을 안다. 릴리는 너무도 쉽게 사람들과 어울린다.

"음." 내가 말을 꺼낸다. "지난번 밤에 당신의 음경이 마음에 들었어요."

"아, 그래요." 제이램이 얼굴을 붉히며 말한다. "고마워요."

"마음에 들었다는 게? 아님 그 말을 한 게?"

"솔직히 잘 모르겠네요."

"알겠어요." 그의 손에 잡힌 내 손이 미끄러운 건지, 내 손에 잡힌 그의 손이 미끄러운 건지, 아무튼 이 흔들다리 손잡기를 어떻게 끝내야 할지 모르겠다. "당신 손수건도 마음에 들어요."

"아, 고마워요." 그가 말한다. "음, 어떤 거요?"

"보라색요." 내가 말한다. "연보라색."

"알겠어요, 고마워요."

우리는 서 있고, 우리를 연결한 다리는 느려지다가 움직임을 멈춘다.

"그런데 한개도 아니고 여러개라니 멋지네요." 내가 말한다. "손수건 말이에요. 당신은 행커치프스handkerchiefs를 갖고 있네요. 복수로."

그가 고개를 끄덕인다. "당연하죠. 다섯개인가, 어쩌면 여섯개쯤 갖고 있는 것 같아요."

"손수건들을?"

"네." 그가 말한다. "아마도 대여섯개의 손수건들요."

"가끔은 손수건의 복수형이 행커치브스handkerchieves여야 한다고 생각해요."

"v를 넣어서요?"

나는 고개를 끄덕인다. "도둑thief과 도둑들thieves, 칼knife과 칼들knives처럼 말이에요."

"그렇군요, 말 되네요."

하품이 나오는데 억지로 입을 다물고 있었더니 눈에 눈물이 고인다. 제이램의 손수건 수집 때문에 내가 운다고 생각하게 만들고 싶진 않다. 혹은 내가 지루해한다고 생각하거나. 절대 우는 게 아니란 걸 보여주느라 미소를 지으며 내가 말한다. "음. 흥미로운 게 또 있어요. 손수건handkerchief은 아마 알파벳 ndk가 연이어 들어간 유일한 단어일 거예요."

제이램은 아무 말도 하지 않는다.

"그렇게 생각하지 않아요?"

"그렇겠죠." 제이램이 내 어깨 너머로 파티장을 둘러보며 말한다. 그는 벗어나고 싶어한다, 나도 그걸 알고 있다. 그는 다른 마른 여자들에게 가서 말을 걸고 싶어한다. 음경과 손수건과 언어학에 대한 나의 이야기에 그는 흥미가 없다. 그의 시선을 따라가보니 캣에게 고정되어 있다.

절박해진 내가 말을 건다. "우리 춤춰요." 그래야 더는 화제를 생각해낼 필요가 없을 테니까. 감사하게도 제이램이 고개를 끄덕인다.

그가 툭 튀어나온 나의 골반에 양손을 댔다가 재빨리 뗀다. "좋지 않은 기억을 불러일으키는 기폭제는 아니겠죠? 이렇게 당신 몸에 손을 대는 게?"

나는 고개를 젓는다. "거기 손대도 돼요. 괜찮아요."

그가 다시 손을 대자, 뼈에 닿은 그의 손가락이 따뜻하게 느껴진다. 내가 말한다. "뼈에 닿은 당신 손가락이 따뜻하네요."

"뭐라고요?"

"아, 아무것도 아니에요." 내가 말한다.

"정말로요?"

"네."

"알겠어요."

우리는 몸을 움직이고, 나의 손끝이 사다리 같은 그의 척추뼈를, 피부 위로 도드라진 마디를 하나하나 어루만진다. 내게도 굉장히 익숙한 느낌이 아니었다면 너무도 야윈 상태에 비호감을 느꼈을지도 모른다. 마치 나 자신과 춤을 추는 것처럼.

"저쪽에 과일도 있대요, 제이램." 내가 말해보지만 그는 내 말을 무시한 채 이마를 내 이마에 기댄다. 그렇게 서로의 얼굴이 가까워지자 그의 눈이 하나로 합쳐져 커다란 외눈박이처럼 보여 나는 미소를 짓는다. 나의 미소가 자신이 외눈박이처럼 보이는 상황이 아니라 자신에 대한 애정에서 나온 것이라 해석한 듯, 그가 고개를 기울이고 내 입술을 향해 다가온다. 나는 그의 메마른 입술이 새빨간 립스틱을 칠한 내 입술에 닿도록 그냥 내버려둔다. 어느 친절한 낯선 사람이 지갑을 떨어뜨렸다는 걸 알려주려고 어깨를 툭 치는 것처럼 건조하고 가벼운 입맞춤. 기분이 좋지만 온기는 없는. 이성애란!

제이램 뒤쪽에서는 남자들에게 둘러싸여 서 있는데도 혼자인 것 같은 캣이 아이섀도를 칠한 눈으로, 어쩌면 일말의 질투심을 품은 채 우리를, 나를 지켜보고 있다.

"섹스한 기억 나요?" 노래가 끝나자 제이램이 묻는다. 나는 캣을 응시하던 시선을 뗀다.

"당신과요?" 내가 묻는다.

"아뇨." 제이램이 말한다. "우린 해본 적이……"

"네, 알아요." 내가 대꾸한다. "그래서 나도 혼란스러웠던 거예요."

"아, 내 말은 그냥……" 제이램이 턱을 긁자 긴장을 풀어주는 잡음 같은 소리가 난다. "난 그냥 일반적인 섹스를 말한 거예요."

"음." 섹스를 떠올리고 있는 듯한 제이램을 쳐다보던 나는 이윽고 고개를 끄덕인다. 이건 내가 제이램에게 하는 첫번째 거짓말이다. 우리 관계의 기반에 최초로 잘못 쌓인 벽돌. "그럼요." 내가 말한다. "섹스한 기억 나죠." 앞으로 나는 거짓말한 걸 후회하고 동정임을 털어놓을 걸 그랬다고 생각하겠지만, 서로 공통점을 갖는 것이 중요하므로 그가 나를 성경험이 있는 여자로 생각하도록 내버려둔다.

"하고 싶어요?" 제이램이 묻는다.

"하고 싶냐뇨?"

"섹스하고 싶냐고."

"아." 내가 말한다. "그럼요, 네, 언젠가는." 이건 사실이다. 언젠가는 나도 섹스를 하고 싶다.

"오늘은 어때요?" 제이램이 묻는다. "오늘 하고 싶어요?"

"지금 당장 말인가요?"

"그럼요, 바로 지금이랄까."

나는 그의 기분을 거스르고 싶지 않아서, 기쁘게만 해주고 싶어서, 호감을 사고 사랑을 받고 싶어서 침을 삼키며 고개를 끄덕인다. "그럼요, 하고 싶어요. 하지만 우린 못해요."

"왜 못해요?"

"어디로 가겠어요?"

"화장실로요." 제이램이 말한다. "화장실로 가면 돼요."

"호위가 붙잖아요." 핑곗거리에 고마워하며 내가 말한다. 누구든 화장실에 갈 때마다 간호사의 호위를 받아야 하므로 화장실에선 섹스를 할 수 없다.

"난 호위 안 받아요." 제이램이 말한다. "회복기 특권을 누리고 있거든요." 나는 제이램의 뼈를 스캔한다. 나의 눈은 특수 엑스레이처럼 사람의 마른 정도를 알아보는 데 훈련이 되어 있다. 그의 몸은 회복기 특권을 누린다기엔 너무 말랐다. 골반뼈가 치골과 다리橋처럼 연결되고, 갈비뼈는 곤충의 흉부저럼 밖으로 튀어나와 있다. 그가 체중계를 속이는 데 사용하는 속임수는 무엇일까 궁금하다. 머리가 길기는 하지만, 묵직한 고리를 넣어 포니테일로 묶을 만큼 길지는 않다.

"와, 멋져요." 내가 말한다. "잘됐네요, 축하해요."

"고마워요, 이오피." 제이램이 자랑스러운 표정을 지으며 말한다. "그럼 화장실로?"

"그래도 난 호위를 받아야 해요."

"그럼 당신은 간호사한테 방으로 간다고 말해요." 제이램이 말한다. "구두를 갈아신는다거나 뭐든 핑계를 대서요." 나는 제이램이 철저하게 계획을 세웠다는 걸 깨닫는다. 내가 우리의 사랑과, 함께 나이 들어가는 노년을 상상하는 동안 그는 이런 화장실 정사를 계획하고 있었다. 그래도 나는 고개를 끄덕이며 드레스 자락을 들어올린다.

"곧 다시 만나요"라고 말한 뒤 나는 구두를 갈아신겠다는 허락을 구하러 간호사에게 다가간다.

항상 어떤 느낌일지 궁금했기 때문에 제이램과 섹스를 하기 싫은 건 아니다. 섹스. 그보다는 제이램에게 나의 동정을 알리고 싶지 않다는 것에 더 가깝다. 내가 스물네살까지도 처녀라는 사실을 제이램이 알아차리는 걸 원치 않는다. 물론 그것은 나의 선택이 아니다. 대부분의 남자들이 우리 마른 여자들을 좋아하지 않을 뿐이다. 우리를 모델로 착각한 몇몇 남자들에게 데이트 신청을 받더라도, 그들과 함께 보내는 저녁시간은 절망적인 섭취 이벤트에 불과하다. 남자들은 우리를 데리고 나가 저녁식사와 디저트, 술을 권한다. 우리가 핑계를 대고 눈빛에 돌연 공포가 떠오르면, 그제야 남자들은 뭔가 잘못되었음을 알아차린다. 그러면 그들의 청바지 안에서 벌어지던 기립박수도 슬그머니 힘을 잃는다.

"부탁이 있어요." 간호사에게 말을 건네며 나는 깍지 낀 손을 등 뒤로 감춘다. "방에 가서 구두를 갈아신어도 될까요? 금방 다녀올게요. 이걸 신었더니 발가락이 아프네요."

간호사는 고개를 끄덕인다. "오분 줄게요. 시간 젤 거예요."

나는 간호사에게 고맙다는 인사를 하고 동정을 잃으러 식당을 나선다. 나가는 길에 캣과 눈을 마주치고는 캣이 늘 하는 대로 눈썹을 씰룩거린다.

솔직히 나는 동정의 개념에 동의조차 하지 않는다. 인생에서 무언가를 하지 않았다는 이유로 명칭을 얻는 일이 또 있나? 입속으로 몇가지 예를 읊어보지만, 하나같이 시큼하다. 상했다. 섹스를 하지 않으면 동정이다. 술을 마시지 않으면 맨정신이다. 먹지 않으면 거식증이다.

1930년대 들어 다이어트가 유행처럼 번지고 미디어에 등장했다. 샤워를 하면서 단순히 비누거품을 내는 것만으로도 군살을 제거해준다고 주장하는 살 빼기용 비누. 대공황의 한가운데에서도 마르기 위해 설박하게 살갗을 문질러대며 자신을 벗겨내려 했던 수많은 여성들을 보라.

2007년(18세―릴리: 87.5kg, 로즈: 32kg)

제미마는 여전히 외출 금지였다. 멀리 유럽 어딘가에서 과장된 동화 같은 삶을 누리는 척하며 살던 제미마의 부모님은 화재 소식을 듣고 딸을 집 밖으로 나가지 못하게 가둔 뒤 가정부에게 야근 수당을 주어 제미마의 방문 밖에서 계속 지키도록 했다. 나는 오후 시간을 TV와 함께 보내고 있었다. 강박적으로 요리 채널을 시청했다.

음식에 집착하는 사람들은 요리사가 되거나 거식증 환자가 된다. 나는 정교한 케이크를 만드는 프로그램과 요리학교에 대한 프로그램, 푸드트럭 두대를 경쟁시켜 비좁은 트럭 주방에서 어느 쪽이 많은 요리를 만들어내는지 겨루는 프로그램을 시청했다. 화면으로 음식을 보면 뭔가 위안이 되었다. 나의 허기를 상기시키면서도 맛을 보고 싶은 욕망을 거의 채워주었다. 안전한 거리에 있는 음식.

틱택을 빨아먹으면서 TV로 스피드 요리 쇼를 시청하고, 무릎엔 섭식장애를 앓던 캣 미첼스가 회복되었다는 소식과 그의 비포, 애프터 사진이 실린 가십 잡지를 펼쳐놓고 있을 때, 나의 목소리가 들려왔다.

"안녕, 로지."

돌아보니 릴리가 나에게 인사를 건네고 있었다. 오랫동안 우리는 서로 말도 하지 않으면서 서로를 자신의 그림자처럼 취급하고 있었다. 존재를 인정하긴 하지만 이내 무시하는 무언가로.

릴리는 남자와 같이 있었다. 로비 뉴턴. 수년 전에 릴리를 바람맞힌 바로 그 인간이었다. "안녕, 릴. 안녕, 로비"라고 말을 하면서도 나는 인상을 찌푸려 거부감을 전달했다.

"우리도 같이 봐도 괜찮을까?"

괜찮지는 않았지만, 이가 시릴 정도로 가벼운 냉기가 입안에 느껴졌으므로 릴리가 이 남자애와 단둘이 있고 싶어하지 않는다는 건 확실했다. 그애와 단둘이 있는 걸 두려워하고 있었고, 몇달 만에 처음으로 기꺼이 자존심을 내려놓고 나에게 말을 건데다 나를 곁에 두고 싶어하는 것만 보아도 그 공포의 크기가 가늠되었다.

"당연하지." 소파 한쪽 끝으로 자리를 옮기며 내가 말했다.

"잘 지냈냐, 로지?" 여전히 빈약한 턱으로 로비가 말했다.

"로즈야." 릴리와 내가 동시에 그의 말을 고쳐주었다. 릴리 외엔 그 누구에게도 나를 로지라고 부르는 걸 허락한 적이 없었다. 우리는 시선 교환을 거부했다. 우리만의 은밀한 주파수로 다시 연결된 느낌이 얼마나 좋은지 인정하기를 거부했다.

"잘 지내." 내가 덧붙였다. "너는 어때?"

"불 너희가 지른 거라며?"

나는 어깨를 으쓱했다.

"너랑 제미마 게이츠, 둘이 뭐 있나?"

나는 코웃음을 쳤다.

"야," 로비가 항복한다는 듯 양손을 들어올리며 말했다. "소문 낸 사람 나 아니야."

"제미마랑 내가 사귄다는 소문이 있어?" 그를 향해 돌아앉으며 내가 물었다. "너도 알고 있었어, 릴리?"

릴리는 어깨를 으쓱했다. 레몬 같은 거짓말의 맛이 입안에 피처럼 번져가는 것이 느껴졌다.

"그러든가 말든가." 내가 말했다.

"너네 막 그것도 하나?" 로비가 물었다.

"입 닥쳐, 로비." 릴리가 말했다.

나는 릴리를 쳐다보다 곧이어 다시 로비를 쳐다보고는 아무 말도 하지 않고 팔짱을 낀 채 소파에 자리를 잡고 앉아 TV에 집중하려고 애썼다.

"애들이 내기를 걸었어." 로비가 말했다. "너희 둘에 대해서."

나는 아무 말도 하지 않았다.

"나는 레즈비언이라는 쪽에 걸었지."

"꺼져." 릴리와 내가 동시에 말했다. 어쩌면 우리 둘 중 한 사람만 말했는지도 모르겠다.

"너 그만 집에 가는 게 좋겠다, 로비." 릴리가 말했다.

"자기야." 로비가 릴리에게 애원했다.

"자기야?" 내가 물었다.

릴리가 지금은 때가 아니라는 듯한 눈빛을 나에게 보

냈다. 그러고는 자리에서 일어나 로비를 소파에서 끌어내려 했지만 로비는 얼굴이 시퍼렇게 질리도록 용을 쓰며 버텼다.

"나 진심으로 하는 말이야. 너 이제 그만 가." 릴리가 말했다.

"에이, 그러지 마, 자기야. 재미 좀 볼 생각이었단 말이야."

"네가 뭘 할 생각이었든 난 관심 없어." 릴리가 말했다.

"젠장." 로비가 말했다. "대체 뭣 때문에 화가 난 거야? 너도 레즈야? 쌍둥이라서 그런가?"

"릴리 말 들었잖아, 멍청아. 우리 집에서 당장 꺼져." 로비를 소파에서 몰아내려고 내가 그의 등을 떠밀며 말했지만 그는 무거웠다.

"안 가면 어쩔래?" 그가 말했다.

"안 가면 우리가 너한테 마법을 걸겠지." 내가 릴리를 쳐다보며 말하자 릴리도 고개를 끄덕였다.

로비는 웃음을 터뜨렸다.

릴리와 나는 서로의 손을 잡았다. 여러 해 전 핼러윈 이후로는 써먹은 적이 없는 속임수였다. 당시 우리는 마녀 복장을 하고 우리에게 사탕을 주지 않으면 누구든 마법을 걸겠다고 협박했다. 우리는 다른 사람이 보기엔 한 사람이 거울 속 자기 모습을 들여다보고 있는 것처럼 손바닥을 마주 대었다. 지금은 서로의 모습이 너무 달라지긴 했지만 마음은 여전히 똑같이 통했다.

릴리가 알 수 없는 말을 읊어대기 시작하자 나는 바로 뒤이어서 들릴 듯 말 듯 똑같이 따라 했다. 나는 이 세상 그 누구보다 먼저 릴리의 말을 알아들을 수 있었으므로, 결과적으로는 릴리의 목소리가 메아리로 울리는 것처럼 들렸다. 우리는 목소리가 잔뜩 긴장될 때까지 점점 더 크게 주문을 읊었다.

"알았어, 그만해." 로비가 말했다. "그만, 그만하라고, 아씨." 그는 겁나지 않는 척했지만 얼굴이 하얗게 질렸으므로, 우리는 계속해서 주문을 외우며 미소 지었다. "알았어, 씨발, 갈게." 로비가 말했지만 우리는 그가 사라지고 현관문이 안전하게 닫힐 때까지 합창을 멈추지 않았다.

그런 다음 손을 놓고 다시 소파에 주저앉았다. 나는 볼륨을 높였고 우린 요리 프로그램을 함께 시청했다. 우리 둘이 한 사람처럼 행동한 것이 너무도 오랜만이었다. 가장 자연스러운 우리의 역할로 되돌아간 느낌이 참 좋았다.

"안녕." 화장실에 도착한 나는 바지 지퍼를 내리고 음경을 내 쪽으로 향한 채 기다리고 있는 제이램을 발견하고 말했다. 나를 선택한 채. 긴장감 속에서도 뿌듯함을 느끼려고 애써보았다.

"짝짓기 전에 서로 배를 맞대고 춤을 추는 펭귄 종류가 있다는 거 알아요?" 담소를 이어보려고 내가 말한다.

"입으로 해줘." 그의 말은 음경을 의미하겠지만, 내가 고개를 저어도 놀라는 것 같지는 않다. 정액의 칼로리로 모험을 할 생각은 없다. "좋아." 그가 말한다. "그럼 손으로 해줘."

나는 하라는 대로 한다. 화장실에 있는 제이램은 식당에 있던 제이램과 다르다. 아니. 자기 음경을 손에 쥐고 있는 제이램은 그렇지 않은 제이램과 다른 사람이다. 좀더 공격적이고, 내가 아는 다른 남자들과 좀더 닮아 있다.

그의 음경은 인체의 다른 사지처럼 느껴진다. 손가락이나 팔. 다만 피부가 그 느낌과 잘 맞지 않을 뿐이다. 내가 손을 움직이자 피부도 따라 움직인다. 내가 잘하고 있는 거냐고 묻자 그는 손아귀에 힘이 부족하다고 말한다. 손에 힘을 주자 그가 움찔한다. 나는 손을 놓는다.

"이만하면 충분하잖아." 나의 불안감이 혹시라도 섹시한 도발로 받아들여지길 바라며 내가 말한다. 효과가 있는지 그가 내 어깨를 잡고 휙 돌려세우더니 세면대에 배가 닿도록 밀어붙인다. 도자기 세면대 위로 몸을 웅크리자 뺨이 벽에 부딪친다. 차갑고 딱딱한 타일에 얼굴을 짓눌리고 나서야 비로소 화장실 대신 내 방으로 갔어야 했다는 걸 깨닫는다.

제이램은 내 드레스를 들어올리고 팬티를 옆으로 밀어낸다. 그러고 나서 다리 사이로 거칠게 찌르는 느낌이 느껴긴다. 제이램이 포기하기 훨씬 선에 나는 늘어살 리가 없다는 걸 안다. 나는 메말라 있고 내키지 않는 상태다. 원하지 않는 상태. 내 귀에 쑤셔넣으려고 하는 거나 마찬가지일 것이다.

마침내 그가 한숨을 쉬며 노력을 멈춘다.

"음, 밖에 나가서 다시 만나요, 이오피." 음경을 바지 안으로 집어넣고 미소를 지으며 그가 말한다. 음경 없는 제 이램으로 돌아왔다. 다시 인간이다. 그는 손가락을 까딱거리며 인사를 하고는 화장실 문이 등 뒤로 알아서 닫히도록 내버려두고 가버린다.

홀로 남아 치맛단을 매만지며 나는 거울을 갈망한다. 기진맥진한 느낌이다. 얼굴이 붉어지고 머리도 헝클어져 있을 것 같다. 타일 벽에 모습을 비춰보려고 애쓰지만, 나의 유일한 반영은 칠을 한 벽 표면에서 흐릿하게 움직일 뿐이다. 얼굴이 닿았던 자리에 화장이 얼룩져 있다. 내가 남긴 자국. 입술 대신 립스틱. 눈 대신 마스카라. 화장품으로 만든 나의 도플갱어. 단념한 나는 이전보다 더 여자가 되었다는 느낌은 거의 없이 파티장으로 돌아간다.

22

제이램의 방은 여드레 내내 어둡다. 이곳에선 밤늦게까지 할 일이 없기 때문에 오래도록 늦게 자는 일이 없었는데 평소보다 늦게까지 버텨본다. 하지만 화장실에서 열정의 순간을 보내고 일주일도 더 지난 오늘밤, 나는 불빛이 깜박이기를 빌며 마당 건너편을 바라본다. 아무 일도 일어나지 않는다. 불빛을 통해 연인과 헤어지는 여자는 세상에서 내가 유일하지 않을까 궁금하다. 아니다, 어둠을 통해.

찢어진 편지 조각이, 지나간 사랑의 파편이 하나라도 남아 있기를 바라며 휴지통을 카펫에 쏟아본 게 한두번이 아니지만, 간호사들이 매일 아침 휴지통을 비우기 때문에 내 방 휴지통은 굶주린 것처럼 텅텅 비어 있다.

그룹 리더는 음식에 아첨하는flatter 법을 시연하는 중이다.

"더 **뚱뚱하다**fatter고 말했어요?" 세라가 묻는다.

"아뇨, 더 **뚱뚱하다**고 말하지 않았어요." 그룹 리더가 대답한다. "내 말은 아첨한다는 뜻이에요. 아첨하라고 말했어요, 아첨."

"L이요?" 내가 묻는다.

"아뇨." 그룹 리더가 대답한다. "F요."

"당연하죠." 세라가 말한다. "로즈 말은 f, l, a……"

"맞아요." 그룹 리더가 말한다. "아첨. 아첨. 칭찬. 칭송."

세라가 나에게 윙크를 보내고, 나는 우리의 작은 반항에 뿌듯해져 미소를 짓는다.

"그러니까 음식에 아첨을 하라는 거예요. 우리가 음식에 아첨하는 게 왜 중요한지 누가 말해줄 수 있을까요?" 그룹 리더가 질문한다.

"중요하지가 않은걸." 캣이 낮게 속삭인다.

"아무도 없어요?" 그룹 리더가 말한다. "음, 아첨은 우정에서도 중요한 부분입니다. 그건 사랑의 언어죠. 우리는 긍정의 말로 음식과 친해지는 법을 배우게 될 거예요."

나는 앞에 놓인 책상에서 토마토를 집어들어 표면을 관찰한다. 흠집이 단 한군데도 없다.

"연구에 따르면, 식물들은 다정하게 말을 걸어주면 실제로 더 빠르고 건강하게 자란다고 합니다. 일군의 과학자들이 실험을 했더니, 매일 식물에게 칭찬을 해준 정원사들이 아무 말도 해주지 않은 정원사들보다 더 크고 실한 식물을 키워냈다고 하네요." 그룹 리더가 말한다.

토마토 껍질에 대고 엄지를 누르니 과육이 아기의 허벅지처럼 부드럽다.

그룹 리더가 언급한 연구에 대해선 나도 읽어본 적이 있다. 리더의 말은 거의 옳다. 과학자들은 예순그루의 완두콩 모종을 세 그룹으로 나누었다. 농부들이 칭찬을 들려준 그룹은 활발하게 욕설을 퍼부었던 그룹과 동일한 성과를 얻었다. 그러나 침묵 속에서 자란 그룹은 앞의 두 그룹만큼 성과를 내지 못했다. 식물은 사람이 곁에 있기만 하다면 무슨 말을 하든 상관하지 않는다. 살아 있는 존재는 우리가 그들을 어떻게 대하든 상관하지 않는다. 다만 홀로 있기를 원치 않을 뿐이다.

그룹 리더가 말한다. "이 실험은 먹는 음식도 우리가 말을 걸어주는 걸 좋아한다는 사실을 알려줍니다. 아첨하는 걸 좋아하죠. 그러므로 음식과 친해지기 위해서는 칭찬을 해줘야 해요." 그룹 리더는 주위를 둘러보며 좌중을 자신의 시선에 가둔다. "여러분도 책상에 놓인 음식을 잡아보세요."

우리는 그렇게 한다

"이제 뭐든 친절한 말을 건네보세요. 어떤 점이 마음에 드는지 음식한테 말을 해주세요."

우물쭈물 망설이는 분위기가 번져간다. 중얼중얼 웅얼웅얼. 마침내 마른 여자들 가운데 이름이 로라였든가 리사였든가 하는 사람이 아보카도에게 말을 건다. "너의 두툼한 껍질은, 어, 존경스러워."

"그렇죠!" 그룹 리더가 말한다.

힘을 준 내 손가락이 토마토의 얇은 껍질을 파고들어 축축하고 미끈거리는 속살과 만난다. 엄지가 끈끈한 과즙으로 뒤덮인다.

캣이 당근을 들고 말한다. "너는 음경처럼 생겼구나." 정말로 그렇다!

2007년(18세—릴리: 88.5kg, 로즈: 32kg)

제미마에게 우리에 관한 소문 이야기를 하자 그애는 어깨를 으쓱했다.

"남자애들은 다 레즈비언에 대한 환상이 있어." 제미마가 말했다. 우리는 제미마의 방에 있었고, 나는 제미마가 거울 앞에 서서 양손으로 허리를 잡으며 긴 손가락을 벨트처럼 연결해 손끝이 서로 닿게 하려고 안간힘을 쓰는 모습을 지켜보고 있었다. "우리가 학교에서 제일 매력 있는 여자애들이라서 그러는 거야."

내가 그렇게 제미마의 허리를 잡고 싶었다. 내 몸이 아닌 다른 몸을 붙잡고 있는 느낌이 어떤지 알고 싶었다.

"그렇게 생각해? 그냥 그게 전부라고?" 내가 물었다.

거울을 보던 제미마가 돌아서서 나를 향해 말했다. "무슨 뜻이야?"

나는 침을 삼켰다. 어깨를 으쓱했다. "모르겠어. 아마 아무것도 아닐걸." 침대 협탁에서 잡지를 집어드니, 커버스토리가 캣 미첼스에 관한 기사였다. '아역 스타 크로아티아에서 새로운 몸매를 뽐내다.'

"이리 와." 제미마가 말했다. "좋은 생각이 있어. 이쪽으로 와."

나는 순순히 침대 끄트머리에서 일어섰다. 매일 반복되는 현기증이 일초간 나를 사로잡았다. 나는 하루에도 몇번씩 찾아오는 어지럼증을 이겨내는 데 익숙해져 있었다.

제미마는 책상에서 노란색 줄자를 꺼내 나에게 내밀었다. "이거 들고 있어." 내 손바닥에 자기 손가락을 오래 대고 여운을 주며 제미마가 말했다. 매일같이 누리는 하루의 절정인 그 손길에 나는 미소 지었다. 나는 제미마가 속삭이듯 나와 몸을 스치는 그 짧은 순간을 위해 살고 있었다.

제미마가 블라우스를 머리 위로 올려 벗었다. 스커트는 지퍼를 내려 바닥에 떨어뜨렸다. 아이쇼핑을 나갈 때마다 수도 없이 보아온 모습이지만, 이번에 제미마는 눈을 크게 뜨고 나를 지켜보며 옷을 벗었다. 나는 시선을 이리저리 옮기는 것이 너무도 두려워져 그애의 눈을 바라보았다.

제미마는 등 뒤로 손을 뻗어 브래지어를 풀었다. 그러고
는 팬티 허리 고무줄을 따라 손가락을 움직였다. 희미해진
나의 시야 바깥쪽에서 천이 떨어지는 게 보였다.

"뭐 하는 거야?" 저절로 쉰 목소리를 내며 내가 물었다.

"나 좀 재줘." 양팔을 넓게 펼치고 다리를 벌리며 제미
마가 말했다.

나는 침을 삼키며 제미마를 향해 다가갔다. 땀에 젖은
줄자가 미끈거렸다. 단단해져서 주름진 모양으로 솟아오
른 분홍색 유두 위로 줄자를 대고 당기는 나의 손이 덜덜
떨렸다.

내가 수치를 불러주자 제미마는 고개를 끄덕였다. "엉
덩이도."

나는 줄자를 허리로 내려뜨렸다가 더 아래로 내렸다. 제
미마는 깨끗하게 제모를 한 상태였는데 놀라울 것도 없었
다. 제미마는 자기 몸을 어떻게 해야 하는지, 우리 나이의
여자애들에게 기대되는 것이 무엇인지 너무도 잘 알고 있
었다. 나는 음부 위쪽을 엄지로 눌렀다. 그곳의 피부는 아
직 겉으로 나오지 못한 짙은 색 체모의 모근 때문에 오톨
도톨했다. 제미마는 전율했다. 혹은 내가 그랬거나. 나는
줄자가 떨림을 멈추기를 기다렸다가 수치를 읽어주었다.

"소문 때문에 신경 쓰이니?" 내가 불러준 수치에 대한
응답으로 제미마가 말했다. "그런 건 조엘한테 부탁하면
중단시킬 수 있어."

조엘 밴프는 럭비 선수였는데, 수비할 때 스크럼을 짜는 자세 때문에 귀가 아침에 피어나기 전의 장미처럼 안으로 말려 있었다. 그는 제미마의 남자친구였다. 남자친구. 제미마에겐 남자친구가 있었다. 조엘 밴프는 우리 반 꼴찌였다. 멍청이!

나는 제미마의 벌거벗은 몸에서 물러나 줄자를 침대에 떨어뜨렸다. "신경 안 쓰여." 나는 신경이 쓰이면서도 이렇게 말했다. "소문은 소문이지 뭐."

제미마는 미소를 짓더니 거울로 다시 자기 뼈를 관찰했다. 내가 소문보다 더 속상한 건 소문이 전부라는 사실이었다. 나는 비밀리에 우리끼리 사귈 수도 있다고 제미마에게 말하고 싶었다. 레즈비언은 아니지만 그냥 제미마를 원할 뿐이라고. 너만을. 딱 한 사람만을. 제미마가 아닌 다른 사람에게 나는 아마도, 아니, 확실히 이성애자였다. 우린 아무도 모르게 키스도 할 수 있을 것이다! 제미마를 위해서라면 나는 무엇이든 할 수 있었다.

"괜찮아, 자기?"

입을 벌리고 아 하라면서 의사가 막대기를 입안에 집어넣듯이 바싹 다가온 고백의 무게가, 솔직함의 무게가 묵직하게 혀를 짓눌렀다.

"나 살 더 빠진 것 같지 않아?" 골반을 어루만지며 제미마가 말했다. "허리도 좀 달라 보여."

"맞아." 내가 말했다. "좋아 보여." 그날의 솔직함은 그

마른 여자들

329

것으로 족했다.

퇴소해도 좋을 만큼 내 몸무게가 늘었다고 생각하도록
체중계를 속인 날, 나는 아침식사 후 비품보관실 앞을 지
나가다가 요란한 신음 소리를 듣는다. 걸음을 멈추고 닫힌
문을 쳐다본다. 손잡이를 돌려보니 잠겨 있지 않아 문을
열고 어둠을 마주한다. 그곳에는 두 사람이 있다. 한 사람
은 캣이다. 그건 나도 확실히 안다. 이처럼 압도적인 어둠
속에서도 실크해트의 높고 네모난 모양은 쉽게 알아볼 수
있다. 그리고 또 한 사람은…… 나는 침을 삼킨다.
"세라?"
두 사람은 영장류처럼 바닥에 웅크리고 앉아 발 사이 바
닥에 양동이를 놓아둔 채 입안에 손을 쑤셔넣고 있다. 보
기도 전에 냄새가 풍겨온다. 토사물의 시큼한 냄새. 양동
이마다 건더기가 섞인 액체로 그득하다.
두 사람의 몸이 동상처럼 얼어붙는다. 세라는 눈물을 머
금은 채로 나를 올려다본다. 캣은 헛구역질을 한다. 나는
쾅 소리를 내며 문을 닫고 방으로 돌아온다. 이 썩어빠진
곳에서 벗어날 때까지 더는 못 기다리겠다.

꿀벌은 꽃의 꿀을 마시고 그것을 다시 벌꿀로 토해낸다.
우리는 벌꿀을 대용량으로 사들여, 뭉툭한 버터나이프로
듬뿍 떠서 토스트에 발라 먹는다. 마른 여자들 중 일부는

단식 중에 쓰러지지 않으려고 허브티에 꿀을 소량 떨어뜨려 먹는다. 그것은 급격한 혈당상승으로 구토를 일으킨다.

우리는 꿀벌들의 장애도 부추긴다. 부지런하고 자그마한 폭식증.

내 상태가 계속 좋아지면 이틀 뒤에 퇴소할 수 있을 거라고 말하는 윈덤 선생의 얼굴이 영롱한 붉은색으로 반짝인다. 나는 옷을 네겹이나 껴입고 있다. 레깅스 네개. 티셔츠 네장. 살집이 좀 붙어 보이게 하려는 노력이다.

"자랑스러운 환자로군요, 슈거." 그가 말한다. "솔직히 당신처럼 여기 오래 있는 환자들을 보면, 우리도 대개는 그분들이 회복할 거라는 희망을 포기하거든요." 그가 대머리인 정수리를 북북 긁는다. "하지만 당신은 훌륭히 해내고 있어요."

내가 미소를 짓자 그가 말한다. "이곳 사람들은 당신을 그리워할 거예요."

윈덤 선생은 나와 사랑에 빠졌는지도 모르겠다.

내가 여전히 미소를 짓고 있는 사이 문 두드리는 소리와 함께 릴리의 목소리가 들린다. "똑똑, 나 왔어!" 이미 방에 들어온 릴리가 말한다. "제가 뭔가 방해를 했나요, 윈덤 선생님?" 릴리는 의사의 이름을 이탤릭체로 강조해서 말하고, 나는 흑갈색 머리 한가닥을 잡아 계속해서 빙글빙글 꼬고 있는 릴리의 손가락을 보며 인상을 찌푸린다. 머리가

마른 여자들   331

어딘가 달라져, 어쩐지 사람 머리카락이 아니라 샴푸 광고
에 나오는 여자 머리카락 같은 느낌이다. 밝은색으로 부분
염색을 했기 때문이다. 나와 똑같았던 지루한 갈색 머리에
일정한 간격으로 벌꿀 빛깔이 덧입혀졌다. 햇빛이 항상 릴
리를 비추는 것처럼 보일 만큼, 내 인생을 전부 망쳐놓기
에 충분해 보일 만큼 화려하게 탈바꿈했다.

"부분염색 했네." 내가 말한다.

"오셨어요, 선생님!" 오늘 릴리는 태양이다. "안녕하세
요! 잘 지내셨어요?"

"안 어울리게 부분염색은 왜 했어?"

"좋아 보이세요." 릴리는 미소를 머금고 의사에게 말한
다. 나는 이런 릴리를 잘 안다. 이건 추파를 던지는 릴리,
유혹하는 릴리, 매혹적인 릴리이다. 릴리는 스스로 더 가
벼운 버전의 인물로 변신한다.

"릴리!" 건강한 사람들은 음식을 가리키는 명사 대신 진
짜 이름으로 부르는 윈덤 선생이 말한다. "이게 누구죠!
살이 정말 많이 빠졌네요! 축하해요. 두 사람 이젠 완두콩
처럼 똑같아 보여요!"

릴리는 씩 웃으며 나와 팔짱을 낀다. 그 위선적인 태도
에 속이 부글부글 끓는다.

"아, 조금밖에 안 빠졌어요." 의사의 칭찬에 고개를 조
아리며 릴리가 미소를 짓는다. 입술에 앉은 딱지가 당겨진
다. 필의 학대가 남긴 상처에서 릴리는 거의 회복되었다.

"제가 따라 하고 있는 건강 가이드가 있거든요. 유어웨이라는 거예요."

"효과가 있네요. 좋아 보여요." 이성애자 윈덤 선생이 말한다. "슈퍼모델 같아요! 눈이 부시네요."

나는 그의 불그레한 뺨과 주름진 눈을 쳐다본다. 점점 커져가는 분노를 한꺼번에 폭발시킬 수도 있을 것 같다.

"방금 내가 가장 좋아하는 컵케이크 양에게 회복 기간 동안 옆에서 보살펴줄 사람만 있다면 며칠 뒤에 퇴소할 수 있을 거라는 이야기를 하던 참이에요."

"당연히 제가 보살펴야죠." 릴리가 말한다. 언제나 그렇듯이 우린 싸운 뒤에도 밤이 지나고 나면 다 잊어버리고, 잔인했던 태도도 해 질 녘이면 사라져버린다. 우리에겐 매일매일이 더욱 감사한 자매애를 확인하는 새로운 기회다. 물론 세상 돌아가는 이치가 그렇지 않다는 걸 우리 둘 다 알고 있지만, 우리 쌍둥이 자매의 관계는 늘 그런 식으로 작동했다. 우리는 결코 용서를 멈추지 않을 테고, 그것을 아는 건 위안이다.

"나랑 같이 집에 갈 거지, 로지?"

"모르겠어." 나는 어깨를 으쓱한다. "그럴 수도 있고." 나는 팔짱을 낀다.

"갈 거예요." 릴리가 윈덤 선생에게 말한다. "그냥 괜히 버티는 거예요. 로즈 혼자 다시 당당히 설 때까지 저랑 같이 살 거예요." 자부심으로 빛을 뿜으며 릴리가 나를 향해 돌아선다. "동생아, 네가 집에 갈 정도로 몸무게가 늘었다는 게 믿기지 않아! 네 얼굴 좀 봐! 윤기가 흐르고 있어!"

사실이다. 오늘 아침식사 때 나온 베이컨 기름을 뺨에 문질러두었다.

천장에서는 흰개미떼가 다음 먹이를 해치우려고 줄줄이 행진을 하고 있다. 내가 말한다. "여긴 흰개미가 있어요, 선생님. 이곳은 산 채로 잡아먹히고 있다고요."

"그건 그렇고." 릴리가 또다시 나를 무시한다. "선생님께 어떻게 감사를 드려야 할까요. 정말 어쩌면 좋죠?" 릴리의 목소리는 은근한 제의를 건네듯 번지르르하다. 나는 그 뻔한 수작에 움찔한다. 제이램이 그리워진다. 유리와 정원을 사이에 두고 동떨어져 머나먼 정적 속에 있을 땐 그토록 우아했던 우리의 고요한 사랑.

"아, 아닙니다." 진짜로 얼굴을 붉히며 윈덤 선생이 말한다. "전 제 일을 했을 뿐인걸요. 그리고 어쨌거나 로즈가 갑자기 좋아진 건 다른 어떤 시도보다도 최근 우리가 새로 시행하고 있는 지적인 식사 프로그램과 관련이 있는 것 같아요."

"지적인 식사라고요?" 릴리가 묻는다.

"맞아요. 환자들에게 음식에 대해 생각하는 법을 가르쳐서 먹는 행위와 건강한 관계를 맺게 해 정상적으로 행동하도록 돕는 모든 과정이 들어 있어요." 의사는 나와의 눈맞춤을 거부한다.

"굉장하네요!" 릴리가 말한다. "근사하게 들린다, 로지. 그 프로그램 덕을 본 거야?"

"오늘 아침엔 토마토를 칭찬해야 했어." 내가 말한다. 두 사람은 내가 농담이라도 한 것처럼 웃음을 터뜨린다.

"릴리, 복도에서 잠깐 얘기 좀 할까요?" 윈덤 선생이 말한다. "물어볼 게 좀 있습니다." 그는 릴리에게 데이트를 신청하려는 것이다, 나는 안다. 나에 대한 그의 애정은 잊혔다. 그는 더 착하고 더 건강하고 더 행복한 쪽을 택할 수 있다. 두가지 선택지가 있을 때 더 열등한 쪽을 고르는 사람이 누가 있을까?

그러나 릴리는 얼굴을 찌푸린다. 헛기침을 하고 팔짱을 끼더니 휴대폰을 확인한다. 필이 보낸 문자 열한통. 나는 릴리가 꿀꺽 침을 삼키면서 눈가를 어루만지는 모습을 지켜본다. 눈가의 멍 자국은 파스텔 톤으로 흐려져 있다. "아뇨, 죄송해요, 선생님." 헛기침을 하며 릴리가 말한다. 평균대 위를 걷는 것처럼 릴리의 목소리에서 새삼 떨림이 감지된다.

의사가 떠나자 나는 릴리를 향해 말한다. "머리색은 왜 바꿨어?"

"마음에 안 들어?"

"필이 시킨 거야?"

"그 사람은 나한테 아무것도 시키지 않아."

"필이 '릴리, 당장 네 머리를 염색하도록 명령한다', 이렇게 노골적으로 말하지 않는다고 해서 네가 그 사람을 위해 변화하도록 교묘히 조종하는 게 아니라곤 말 못하지."

"그 사람은 날 조종하지 않아."

"그걸 네가 어떻게 알겠어?"

릴리는 나를 향해 한쪽 눈썹을 치켜세운다. 그것은 내가 미성숙하게 굴고 있다는 의미다. 미성숙하고 유치찬란하게. 나는 팔짱을 낀다. "복도에서 얘기 좀 하자는 의사 말은 왜 거절했어?"

"그냥 좀……"

"그것도 필 때문이야?"

릴리는 한숨을 쉰다. "질투가 많은 타입이거든."

"그 사람은 딴 여자랑 이미 결혼한 남자야. 이 관계의 모든 문제는 계속 쌓여서 그 사람한테 불리해지게 되어 있어, 릴. 불리한 건 필이라고. 그런데 넌 그걸 보지 못하는 것 같아. 넌 그냥 그 사람한테서 얻어내기로 이미 작정한 유리한 부분만 볼 수 있게 된 것 같더라. 선물. 휴가. 하지만 다이어트, 폭행, 그 사람이 너한테 일으킨 모든 변화를 봐. 의견은 사실만큼이나 변화를 가져올 수밖에 없어, 릴리. 그리고 지금 네 머리 꼭 홀치기염색 해놓은 것 같아."

제이램의 방은 어둡고, 나는 밤의 어둠에 휘감긴 채 침대에 앉아 그의 창문을 지켜보며 불이 켜지기를 기다리고 있다.

빗소리처럼 순수하고 가벼운 노크 소리가 들려오지만, 나는 세라가 방문을 열고 들어와 한 손으로 내 어깨를 짚었다가 침대로 올라오는 동안 고개를 들지 않는다. 세라가 몸을 웅크려 내 몸을 감싼다. 목덜미에 와닿는 세라의 숨결은 속삭여 부르는 노래 같고, 아름답게 자리 잡은 세라의 뼈를 옆에서 느끼며 그렇게 누워 있는 게 좋지만, 세라의 손길은 너무도 차갑고 몸에선 덜컥거리는 소리가 들린다. 죽은 사람과 함께 누운 느낌이 바로 이럴 것 같다.

23

퇴소하는 모든 마른 여자가 그러듯이 나도 사람들에게 편지를 쓰겠다고 약속은 하지만, 역시 퇴소하는 모든 마른 여자가 그러듯이 누구의 이름도 묻지 않는다. 캣은 나와 눈을 마주치려고 애쓰지만 우린 친구가 아니므로 나는 캣이 그 사실을 알기를 바란다. 나는 세라의 뺨에 입을 맞추며 퇴소하는 대로 곧장 나한테 연락하라고 말하지만, 그러고 나서도 내 전화번호를 알려주지 않고 세라도 나에게 자기 번호를 주지 않는다. 우린 모두 속임수에 너무 능하다!

릴리와 함께 내 방 살림을 상자에 담으며 나는 제이램이 내가 떠나가는 모습을 보면 좋겠다고 생각한다. 질병과 그에게서 치유되어 떠나는 모습을. 속이 시원하다!

졸업식 전날 제미마는 자기네 집에서 자고 가라고 청했다. 외박. 부모님은 유럽에 계셨고, 제미마는 밤마다 이상한 소리가 들린다고 했다.

우리는 침대에 나란히 누워 담배를 피웠다.

"어떤 일이 벌어지기를 기다리고 있는 것 같은 기분이야." 제미마가 말했다.

"어떤 일?"

"너도 뭔가를 기다리고 있다는 기분 안 들어?"

"그 일이 벌어지기를?"

"그건 걱정 마." 제미마는 담배를 길게 한모금 빨았다. "꼰대들이 사라져서 가장 좋은 점은," 제미마가 연기를 내뿜었다. "일주일 전에 먹을 게 떨어졌다는 사실이야."

"돈은 있어?"

"물론 있지. 난 그냥 그거 없이 얼마나 오래 버티나 보고 싶을 뿐이야."

"그거?"

"먹는 거. 너처럼."

나처럼. 나는 담배를 받아 길게 한모금 빨아들였다. 폐가 연기로 터질 것처럼 부풀 때까지 깊게 들이마셨다.

"넌 얼마나 오래 버틸 수 있어?" 제미마가 몸을 돌려 엎드리고는 손으로 턱을 괴고 나를 쳐다보았다. 팬티만 입고 있었다. 알몸 노출은 제미마가 내 옆에서 송송 하는 일이었지만, 그렇다고 내가 그애의 벗은 몸에 둔감해졌다고 생각하면 오산이다.

나는 어깨를 으쓱했다. 오래 버티지. "모르겠어."

"피곤해지니?"

"난 항상 피곤해."

"행동을 할 때 필요한 에너지는 어떻게 얻어? 숙제라든지, 아니면 섹스?"

순간 나는 연기가 목에 걸려 콜록거렸다. 그건 대단히 드문 일이었다. 그 무렵 나는 담배를 하루 한갑까지 피울 수 있었다.

"아. 너 아직 처녀구나."

나는 담뱃불을 껐다. "그렇다는 거 너도 알잖아."

"이유가 뭐야? 너도 알겠지만 누구하고든 자면 되잖아."

나는 주변을 둘러보았다, 제미마가 아닌 주변을 둘러보았다.

"네가 레즈비언이기 때문이야?"

나는 아무 말도 하지 않았다.

"그런 거야?"

나는 기지개를 켜고 일어섰다. "집에 가야겠다."

"안돼!" 제미마가 내 손을 잡고 끌어당겼다. "자고 가겠다고 약속했잖아."

"더는 그럴 마음이 안 드네, 미안해."

"기다려." 제미마는 나를 점점 더 가까이 끌어당기며 말했다. 내 팔을 젖혀 손목에 입을 맞추면서 피부에 끈끈한 립글로스 자국을 남겼다. 나는 제미마가 의식을 끝내기를 기다렸지만, 그걸로 끝이 아니었다. 제미마는 천천히 팔을 따라 입맞춤을 이어가다 어깨까지 올라왔다. 나는 침을 삼켰다. 제미마는 내 목에, 턱에, 뺨에, 귀에 입을 맞추었다. 단숨에 귓불을 빨아들이는 바람에 내 목에서 신음 소리가 흘러나왔다.

"너 뭐 하는 거야?"

"자고 가." 제미마는 입맞춤을 계속 이어가기 전에 뺨에 입을 댄 채 속삭였다.

다음 순간 그애의 입술이 촉촉하게 내 입술을 덮었다. 빠르게 입술을 벌리고 들어온 혀가 내 혀를 찾아내 간질였다.

"무슨 일을 벌이는 거야?" 내가 뒤로 몸을 빼며 말했다.

"그 누구도 동정으로 고등학교를 졸업해선 안돼."

"그래서 이러는 거야?" 나는 제미마를 밀어내며 일어섰다. "이러는 이유가 그게 전부야, 제미마?"

제미마는 뒤로 물러나며 벽에 머리를 기댔다. "그걸로 충분하지 않아?"

제미마의 팬티 사타구니 부분이 젖어 있었다. 회색 면 팬티에 다이아몬드 모양으로 남은 욕망의 흔적. 나는 그것을 만져보고 싶었다. 맛보고 싶었다. 하지만 그러는 대신 침대 협탁에서 겉옷을 집어들고 욕망으로 움찔거리는 몸에 걸쳤다.

"응." 내가 말했다. 그러고는 밤마다 들린다는 이상한 소리를 홀로 감당하도록 제미마 게이츠를 놓아두고 떠나왔다.

시설의 접수창구를 지나고 건물 현관을 걸어나와 주차장으로 들어서려니 기분이 참 이상하다. 햇빛에 눈이 부시고 나의 살갗에 닿는 산들바람이 마치 연인의 손길 같다. 깊이 숨을 들이마시니 바깥에서 느껴지는 공기는 더 거대한 듯하다. 고개를 들어 멀리까지 펼쳐진 하늘을 올려다보다 그 크기에 압도당한 나의 위가 삐딱하게 움츠러든다.

"우아." 내가 말한다.

릴리가 인상을 찌푸린다. "감격한 것처럼 굴지 마. 저기가 감옥이었던 것도 아니잖아."

나는 너무 신선해서 폐가 아플 지경인 공기를 아무 말 없이 들이마실 뿐이다.

제2부

24

『이상한 나라의 앨리스』에 이런 구절이 있다. "머리를 아래에 두고 거꾸로 서서 걸어다니는 사람들 사이에 있으면 얼마나 재미있을까!"

이곳 바깥세상은 엄청 춥다. 사람들이 너무 많다. 그들 중 마른 사람은 아무도 없다. 그들 중 누구도 내가 아니다. 나는 머리를 아래에 두고 거꾸로 서서 걸어다닌다.

"좀 먹어라!" 생판 모르는 사람이 내 몸을 보며 소리친다. 나를 걱정해서 그러는 건지 아니면 그냥 잔인하게 굴려는 건지 알기는 어렵지만, 두 의도가 서로 배타적인 것은 아니기 때문에 어차피 상관은 없다.

앙상한 건물 3층에 위치한 틸리의 작은 아파트는 방 하나에 벽지는 물 자국으로 얼룩덜룩하고 리놀륨 바닥은 군데군데 벗겨져 있다. 릴리는 소파를 침대로 바꾸어놓았는데, 트윈베드 한쪽보다도 비좁은 잠자리가 내 몸에 완벽하게 잘 맞는다. 집안은 더럽다. 부엌 바닥은 깨끗하지 않은 의미로 번들거리고, 옷가지가 폭풍 후에 세상을 뒤덮은 쓰레기처럼 가구에 아무렇게나 걸쳐 있다. 카펫 위에는 반쯤 피운 담배꽁초들이 나뒹군다. 집안 곳곳에 매달려 있는 화분들은 하나같이 죽었다. 나는 얌전히 방을 돌아다니며 시찰을 하지만 별로 볼 것도 없다. 화분의 식물을 손가락으로 찔러보니 바스락 소리가 나고, 누렇게 변한 잎은 바싹 말라 있다. 식물은 허기 속에서 딱딱해진다.

"다 죽었어." 릴리가 말한다. 그걸 지적하려던 건 아니지만, 자신이 한 짓을 안다니 반갑다. 나는 죽은 화분들을 남겨두고 부엌에 있는 릴리에게 간다.

라라 백스의 『유어웨이』가 조리대 한가운데에 놓여 있다. 나는 스툴에 앉아 익숙한 그 책을 뒤집는다. 바코드 위에서 검은 머리를 길게 기른 여자가 눈을 부릅뜨고 나를 향해 미소 짓는다.

"라라 백스. 꼭 설사약laxative 같네." 내가 말한다.

"그건 무시해." 릴리가 말한다. "미리 치워놨어야 했는데. 미안해."

나는 인상을 찡그린다. 표지를 넘겨본다.

"별거 아니야." 릴리가 말한다.

"네가 따라 하고 있다는 다이어트가 이거야?"

"그런 셈이지. 꼭 그런 건 아니고. 음, 그거 필이 준 책이야."

"필이 너한테 다이어트 책을 줬다고?"

"내려놔."

나는 하라는 대로 한다. 책이 털썩 식탁에 떨어진다.

내가 하고 싶은 말: 무슨 남자가 다이어트 책을 선물해?

내가 한 말: 없음.

사랑하는 사람을 응원해주는 것은 중요한 일이다.

스트레칭으로 근육이 풀리듯 우리는 긴장감이 가시기를 기다리며 침묵 속에 잠시 앉아 있는다. 대개 이럴 땐 화제를 바꾸는 것이 상책이다. 우리 둘 다 마지막으로 아빠한테 전화를 건 게 언제인지, 혹은 고등학교 동창 중에 누가 임신을 했다거나 결혼을 했다거나 이혼을 했다거나 하는 이야기로. 그러나 그 여자가, 라라 백스가 나를 빤히 쳐다보며 도발하고 있는 상황에서 계속 성숙하게 대처하기는 어렵다.

"필이 왜 너한테 다이어트 책을 준 거야, 릴?"

"그거 다이어트 책 아니라니까." 릴리의 뺨이 붉어진다. "그거 그 사람 책이야. 아무튼 그건 전체론적 건강 가이드야."

"그 사람 책이라니?"

"그 사람이랑 그 사람 부인이 유어웨이 공동 소유주야."

"부인?"

"라라 백스." 릴리가 여자를 가리킨다. 필의 부인.

나는 라라 백스를 쳐다보다가 릴리를 쳐다보다가 다시 라라 백스를 쳐다본다. "너⋯⋯" 말문이 막힌다. "릴리, 그러니까 너 필의 부인이 권하는 다이어트를 따라 하고 있단 얘기야?"

"다이어트 아니라니까!" 릴리의 얼굴이 시뻘겋게 달아올라 그 영향으로 내 얼굴도 뜨끈뜨끈하다. "전체론적 건강 가이드라고!"

"전체론적 건강은 또 뭔데?"

"자기애 같은 거야." 될 대로 되라는 듯이 릴리가 양손을 들어올린다. "나도 몰라. 이제 그만 좀 해."

"필은 네가 너 자신을 사랑하지 않는다고 생각해?"

"로즈."

"왜?"

릴리는 눈을 감고 심호흡을 한다. "난 네가 정말 자랑스러워. 그거 너도 알지?"

"그럼."

릴리는 찬장으로 가 선반에서 그래놀라 바를 꺼내 비닐을 벗긴다. 나는 안도감을 느낀다. 릴리가 무엇이든 먹는다는 사실에 마음이 놓인다. 그러나 릴리가 그걸 한입 베어무는 순간 이로 고무를 자르는 듯한 찌걱 하는 소리가 들린다.

"그게 뭐야?" 내가 묻는다.

"아, 이거 그냥 다이어트 바야."

"다이어트 바라고?"

"제로 칼로리지만 속이 든든해져."

"제로 칼로리?" 나는 릴리가 씹는 걸 지켜본다. 옛날 옛적엔 릴리도 자기가 하는 행동을 잘 알고 있었을 것이다. 회복 중인 거식증 환자와 칼로리를 논하다니. 세계 최고의 다이어트 선수인 내 앞에서 다이어트 같은 트라우마 기폭제를 화제로 거론하는 걸 삼갈 정도로는 세심한 사람이었을 것이다. 그러나 몸매 걱정에 배에 손바닥을 대고 먹는 모습을 보니 지금의 릴리가 어떤 상황인지 알겠다. 천으로 몸을 완전히 뒤덮는 옷만 입기 시작한 릴리. 계속 자신의 내면으로 숨어들도록 이끄는, 내가 너무도 잘 아는 이기적인 굶주림의 소용돌이에 릴리도 갇히고 만 모양이다.

"먹어볼래?" 릴리는 끄트머리에 침이 묻은 다이어트 바를 그대로 내게 내민다. 나는 그것을 받아들고 영양성분을 확인하느라 눈을 찌푸린다. 라라 백스의 스키니바. 제로 칼로리. 생김새는 초콜릿 같지만 냄새를 맡아보니 나무토막 느낌이다. 축축한 흙냄새와 썩어가는 잎 냄새.

"먹어봐. 막상 먹어보면 마음에 들지도 몰라." 릴리가 말한다.

한 귀퉁이를 조금 떼어 먹어보니 질감이 지우개 같다. 고무 조각이 혀에서 부서진디. 흙을 희석한 맛이 난다. 땅에 입을 맞추는 느낌.

2013년 모델 업계에선 솜뭉치 다이어트가 선풍적 인기를 끌었다. 여자들은 솜뭉치를 주스에 적셔서 통째로 삼켰다. 내장에서 팽창된 솜은 모델들에게 포만감을 주었다. 배 속을 솜으로 채우고 마른 몸을 뽐내며 패션쇼 무대를 활보하는 그들의 모습을 상상해보라.

"구역질 나." 나는 입안에서 과학 실험이 벌어진 듯 거품이 일면서 부풀어오른 이물질을 손바닥에 뱉어내고 미끈해진 잇몸을 뺀다. 잇새에 무슨 알갱이가 끼었다. "정말로 먹어도 되는 거 확실해?"

"그렇게 나쁘진 않아." 릴리가 변명하듯 말하며 다이어트 바를 도로 가져간다. "먹으면 부피가 늘어나거든. 효과도 있어. 지금까지 나 15킬로그램은 빠졌나봐."

그 말이 맞는다. 릴리가 입고 있는 스웨터는 벗겨져내리기 직전의 늙은 피부 같다. 하도 축 늘어져 밑단이 거의 무릎에 닿을 지경이다. 나도 직접 겪어봐서 안다. 과거에 몸이 확확 줄어들 때, 매일 밤 똑같은 옷을 사이즈만 한 단계 크게 입는 것처럼 옷이 죽죽 늘어나는 느낌이었다. 릴리가 끔찍한 다이어트 바를 꼭꼭 씹고 또 씹어 먹는 걸 보며 자신에게 다짐한다. 릴리에게 다짐한다. 나는 릴리를 도울 것이다! 릴리를 구해낼 것이다. 그것이 내가 여기에 와 있는 이유다. 그것이 내가 진짜 세상으로 돌아온 이유다.

"그런 다이어트 바를 먹는 게 새로운 다이어트 비법이야? 책에서 소개하는? 이 책에서?" 나는 다이어트 가이드북을 다시 집어들고 휙휙 넘기다가 아무 페이지나 펼쳐들고 읽는다. "'당신의 몸무게가 곧 당신의 가치는 아닙니다. 그러나 몸무게를 줄이는 건 그럴 만한 가치가 있습니다.'" 나는 책을 덮는다. "씨발 미치겠다, 릴리."

"알아. 하지만 목표 체중에 도달하면 곧 그만둘 거야. 난 그냥…… 그냥 그 사람이 날 두고 그 말라깽이 년이랑 같이 있는 게 싫은 거야."

나는 아무 말도 하지 않는다. 나의 섭식장애가 차갑고 가느다란 손가락으로 내 목을 휘감고 손아귀에 힘을 주는 것이 느껴진다. 그는 언제나 나를 질식시킬 작정이다.

그는 학대하는 연인이다. 거식증 말이다.

그는 거울 앞 당신 곁에 서서 머리를 매끄럽게 빗겨주다가 매니큐어를 칠한 손가락으로 거울 속 당신 모습을 가리킨다. 당신 귀에 대고 **뚱뚱해**라고 속삭인다.

당신이 그릇에서 집어든 사과를 빼앗아, 사과 대신 자기 입술을 당신 입술에 짓누르며 혀로 당신의 혀를 희롱한다. 넌 그거 안 먹어도 돼. 그는 윙크를 하며 과일을 바닥에 떨어뜨린다.

친구들과 저녁 먹으러 나가지 마. 그는 벌써벗은 채로 침대에 사지를 뻗고 누워 칭얼댄다. 집에 나랑 같이 있어.

그는 인조 손톱으로 당신의 뺨을 쓸어내리다가 입술을 강제로 벌리고 목구멍 깊숙이 손가락을 넣는다. 그리고 편도선을 잡아당겨 몸 안에 있는 것을 모두 비워내고 자신만 남게 한다.

"이거 좀 봐." 릴리가 휴대폰을 집어들고 라라 백스의 계정에 접속된 인스타그램을 보여주며 말한다. 이 여자의 이름을 검색하고, 이 여자의 허리 사이즈를 확인하고, 이 낯선 여자의 미소를 째려보느라 릴리가 얼마나 많은 시간을 보냈을지 궁금하다.

여자는 예쁘다. 말랐지만 건강해 보인다. 팔로워가 수만명이나 되고, 각 피드마다 엄청난 조회수와 함께 수천개의 좋아요와 수백개의 댓글이 달려 있다. 어느 사진에선 라라 백스가 비키니 차림의 아름다운 자태로 카약에 앉아 어깨 너머로 돌아보고 있다. 사진 설명은 날씬함을 유지하려면 체력을 유지하세요!다. 또다른 사진에선 책상 앞에 앉아 자기 다이어트 책에 서명하느라 네임펜을 손에 쥐고 자기 얼굴에 이름을 휘갈기고 있다. #라라백스다이어트 #유어웨이. 또다른 사진에선 남편을 양팔로 껴안고 있는 모습이고, 남편은 여자의 머리에 턱을 괴고 있다. 사진 설명: 사랑.

"그 여자가 얼마나 말랐는지 알겠지?" 릴리는 내 어깨 너머로 내려다보며 얼굴을 찡그리고 있다.

내가 하고 싶은 말: 살을 뺀다고 해서 그 남자가 너를 더 원하게 되진 않을 거야.

내가 하고 싶은 말: 살을 뺀다고 해서 누구든 너를 더 원하게 되진 않아.

그러나 사랑하는 사람을 응원해주는 것은 중요한 일이다. 내가 할 수 있는 말은 이게 전부다. "조심해, 릴."

"그럴 거야. 약속할게, 동생아. 그런데 너 배고프니?" 마지막 남은 지우개 덩어리를 삼키며 릴리가 묻는다. "시리얼은 좀 있을 거야."

"아니."

"확실해?"

"확실해."

다양한 맛의 다이어트 바 다섯개를 포커 패처럼 부채꼴로 펼쳐 한 손에 쥐고 있는 라라 백스의 사진. 사진 설명: 댓글에 친구 열명을 태그해서 한달 분량의 스키니바 경품 행사에 응모하세요! 각기 열명을 태그한 댓글이 20만개도 넘는다. 200만명의 사람이 새롭게 이 다이어트법을 알게 된 것이다. 나는 댓글을 단 사람 중 한 사람의 아이디를 눌러 그 사람의 계정으로 옮겨간다. 소녀는 열두살쯤 된 것 같다. 첫번째 사진은 소녀와 개. 두번째 사진에선 축구 경기에서 우승한 소녀가 환하게 웃으며 트로피를 들고 있다. 세번째는 거울 속 자신의 모습을 찍은 사진이다. 소녀는 진홍색 립스틱을 바르고 마스카라를 띡칠해 속눈썹을 거미처럼 만들어놓았다. 입술을 삐죽 내민 얼굴은 카메라를 향해 있지만, 몸을 옆으로 틀어 갈비뼈가 튀어나와 보일 정도로 배를 홀쭉하게 집어넣은 모습이다.

나는 조리대에 휴대폰을 내려놓고 무릎에 쿠션을 올린다. 쿠션에선 릴리의 냄새가, 꽃향기와 벌꿀향이 풍긴다. 나는 그 냄새를 뇌에 스며들 때까지 깊이 들이마신다.

릴리의 거실엔 어린이 책이 가득 꽂힌 책장이 있다. 책 한권의 제목이 'Der süße Brei'다. 나는 독일어 사전을 찾아들고 벽에 기대어 바닥에 앉은 채 번역을 한다. 『달콤한 죽』. 그림 형제가 쓴 독일 동화다.

정원에서 꽃을 따듯 구절에서 각각의 단어를 떼내어 직역으로 의미를 파악하며 이야기와 씨름한다. 시간이 오래 걸린다. 나는 시간이 오래 걸리는 일을 사랑한다. 허기를 잊을 수 있게 정신을 딴 데로 돌려, 남은 하루를 구둣주걱처럼 매끄럽게 진청색 끄트머리로 이어주는 일.

이야기는 어머니와 함께 사는 어린 소녀에 대한 내용이다. 모녀는 가난해서 먹을 것이 충분치 않다. 그들은 굶주린다.

어느날 소녀는 끼니로 먹을 산딸기를 따려고 숲에 들어가는데, 딸기 대신 할머니를 만난다. 할머니는 소녀에게 마법 솥단지를 주면서, "요리해라, 작은 솥단지야, 요리해!"라고 말하면 솥이 달콤한 죽을 만들기 시작하고 "멈춰라, 작은 솥단지야!"라고 명령하면 요리를 멈출 거라고 일러준다. 그래야만 죽이 계속 쌓이지 않고 솥단지가 가만해질 거라고. 소녀는 솥단지를 집으로 가져가고 모녀는 배를 채운다.

그러던 어느날 소녀가 죽이 아닌 먹거리를 찾으러 어머니 없이 홀로 외출하자, 어머니는 배가 고파진다. 어머니는 딸이 하는 걸 봐둔 대로 "요리해라, 작은 솥단지야, 요리해!"라고 명령을 내리고, 솥단지가 요리를 해내자 허겁지겁 죽을 먹는다.

죽을 먹고 배가 부른 어머니는 솥단지가 죽을 그만 만들어내기를 바라지만, 요리는 멈추지 않는다. 솥단지는 계속해서 요리를 해대고, 죽이 흘러넘쳐 부엌을 채우고 집 안을 채운다. 죽은 거리로 흘러나와 마을을 채우고 도시를 채우고 세상을 온통 뒤덮는다.

집에 돌아온 소녀는 벽처럼 쌓인 죽을 간신히 뚫고 들어가 "멈춰라, 작은 솥단지야!"라고 외치고, 마침내 솥단지가 멈춘다.

그때부터 소녀와 어머니를 만나러 오는 사람들은 집을 찾기 위해 죽의 장벽을 먹어나가며 길을 내야 한다.

25

월요일 아침, 우리는 학교에 가야 한다. 나는 아직 혼자 있는 것이 허락되지 않고 내 삶을 스스로 책임지게도 두지 않으므로, 다시 릴리의 그림자가 되어 학교까지 따라간다.

릴리의 학생들은 내가 예상했던 것보다 훨씬 작다. 물론 전에 다이아몬드를 만나본 적이 있고 그 아이도 작았지만, 다이아몬드가 예외가 아니라 보통 수준이라는 사실은 미처 깨닫지 못했다. 모여든 아이들의 머리가 내 허리에 닿을락 말락 하다. 아이들 틈에서 걷는 느낌은 키 큰 풀밭을 헤치고 걷는 것 같다. 도시를 침공한 괴물이 된 기분이어서 모형 같은 책상을 단 한방에 쓰러뜨리는 상상을 해본다. 릴리는 어떻게 이토록 거대해진 느낌을 안고 살아갈까?

학교에 가고 싶진 않았지만, 그러면서도 생활에 질서가

잡힌다는 측면에서는 감사한 마음이 든다. 세상의 자유는 나를 겁먹게 한다. 나는 아침을 먹고 의사를 만나고 그룹 치료에 참여하고 점심을 먹고 자유시간을 보내다가 저녁을 먹고 잠자리에 드는 것에 익숙해졌다. 나는 해야 할 일을 지시받는 걸 좋아한다. 지시 사항을 따르는 건 엄청 잘한다. 나는 복종의 기술에 재능이 있다.

"잘 들어요, 여러분." 학생들 앞에서는 전혀 다른 사람이 되는 릴리가 말한다. 더 크고 더 밝고 새로 펼쳐진 하루처럼 표정도 환하다. 릴리는 마법을 부리듯 박수를 쳐서 어수선한 교실을 정리한다.

"잘 들어주세요, 여러분." 릴리가 말한다. "여기 이분은 선생님의 동생 로즈예요. 당분간 선생님을 도와줄 거예요. 로즈 선생님한테 모두들 안녕하세요 하고 인사할 수 있죠?"

아이들이 노래를 부르듯 합창한다!

"잘했어요. 이제 로즈 선생님은 교실 뒤에 앉아서 우리를 지켜볼 거예요. 로즈 선생님은 아주 똑똑한 분이니까, 혹시 받아쓰기를 할 때 도움이 필요하면 선생님 대신 로즈 선생님한테 물어도 좋아요."

나에 대한 존경심으로 아이들 눈이 휘둥그레진다. 아주 똑똑한 내가 아이들의 받아쓰기를 도와줄 수 있다니. 다이아몬드가 창가 옆자리에서 손을 흔들고, 나도 불편했던 우리 관계의 시작은 잊은 채 마주 손을 흔들어준다. 다이아몬드가 입모양으로 말한다, 안녕하세요, 로즈.

안녕, 다이아몬드. 나도 입모양으로 대답한다.

릴리가 받아쓰기를 가르치는 동안 나도 칼십을 홀짝거리며 이야기를 읽지만, 이번엔 그림 형제 동화가 아니라 다른 책이다. 단편집에는 단순하게 '우리WE'라는 제목이 적혀 있을 뿐, 광고 문구도 설명도 없고, 감사의 말이나 차례, 헌사도 없다. 곧장 이야기가 시작된다.

우리는 순결을 잃는다. 손톱 손질용 줄칼로 손바닥을 그어 심장과 머리가 만나는 부분*을 둘로 나누는 기다란 선을 새기며 함께 순결을 잃기로 맹세한다. 넓게 벌어진 상처는 음란한 매춘부처럼 속살을 드러내고, 고통을 일깨워주는 길쭉한 흉터 없이는 두번 다시 사랑과 지능이 만나지 못할 것이다.

다음번에 걸어 들어오는 남자들로 정하자고, 바로 다음번에 술집 안으로 걸어 들어오는 남자들이 우리의 꽃을 선물로 받을 대상이 될 거라고 우리가 가장 아끼는 용감한 멍청이가 말한다.

운 좋게도 한낮의 햇살을 벗어나 술집의 서늘한 어둠속으

---

* 서양 손금 읽기에서는 손날 쪽에서 가로지르는 선을 심장, 손목에서 세로로 올라오는 선을 머리로 이해하여 각각 사랑과 지능을 가리킨다고 여긴다.

로 걸어 들어오는 다음번 남자들은 둘이 똑같이 생겼다. 실제 남자들이라기보다는 그들의 실루엣에 불과하지만, 어차피 그림자는 아무런 의미도 없으므로 그래도 괜찮다. 그림자는 빛의 가로막힘에 불과하다.

우리는 남자들의 손을 잡고 바깥의 여름으로 이끈다. 조건이 마음에 들어 흐뭇하다. 성장하기엔 완벽한 날씨다. 우리는 쌍쌍이 행진을 하듯이, 특별한 날을 축하하는 의미에 어울리게 두줄로 걸어가며 남자들을 인도한다.

우리가 남자들을 데려간 공원은 보잘것없다. 대부분 잔디로 뒤덮였을 뿐이지만, 짙은 초록색으로 무성하게 자란 잔디는 세계 최고 수준이다. 이 잔디는 샴페인을 마시고 캐비아와 햇빛을 먹고 자라며, 프랑스어를 유창하게 할 수 있고, 막힘없는 프랑스어로 코코뱅을 주문할 수도 있다.

여긴 왜 왔어요?라고 남자들이 묻자, 우리는 비밀스러운 미소만 지어 보이다가 각자 잔디가 깔리지 않은 땅 부분을 발견한다. 우리는 스틸레토힐을 벗고 땅에 발을 묻는다. 우린 흙속에 서 있다. 우리는 각각 따로 남자들에게 말한다. 이제 우릴 묻어줘요! 우리 몸을 땅속에 묻어요!

남자들은 우리가 농담을 하는 거라 생각해 웃어대지만, 섹스는 우리에게 장난이 아니고 우린 태어나서부터 우리의 꽃을 선물하는 일에 관해 경고를 받아왔다. 우리는 침 세례와 비웃음을 받으며 걸레 잡년 구멍 창녀 매춘부라고 불렸고, 끔찍한 질병에 대해, 물론 가장 끔찍한 가능성인 수태에 대해 경고를 받았다. 출산이 허락될 때까지는 출산하지 않는 것이 대단히 중요하다.

그러나 지금, 우리는 때가 되었음을 안다. 우릴 묻어줘요라고 남자들에게 말한 우리는 성장할 만반의 준비가 되었다.

의구심보다 성욕이 더 큰 남자들은 어깨를 으쓱하더니 형편없는 작은 삽을 움켜쥐고 땅을 파기 시작한다. 세상에서 가장 열악한 도구로 우리 발과 발목과 정강이 주변에 작은 흙더미를 쌓는다. 날은 불타는 듯 뜨겁고 작업은 느리다. 남자들은 땀을 뻘뻘 흘리고 우리도 덥다. 우리가 무릎까지 파묻혔을 때, 우리가 가장 아끼는 용감한 멍청이가 말한다. **됐어요! 멈춰요!**

그러나 그들은, 남자들은 작업을 멈추지 않고, 우리는 이미 꽃을 피웠다. 당분이 우리의 몸통을 타고 오르내려 사타구니에서 입술로, 다시 목질부에서 체관부로 향한다. 직접 만든 수제 시럽을 머금은 우리의 몸은 온통 달콤하다. 팔뚝에서 잎이 돋아나고, 손끝마다 꽃봉오리가 맺히고 있다.

남자들은 놀라서 지켜본다. 확실히 그건 보건 수업 시간에 배운 내용이 아니다. 이건 우리가 시를 배울 때 들은 광경이다. 남자들의 언어가 우리를 이렇게 만들었다. 우리 사지에서 열매가 묵직하게 자라난다. 배와 사과. 남자들은 엄청 놀라지만, 우리는 평생 과일에 비유되어왔다.

꽃봉오리가 열리면서 상스러운 노출증 환자처럼 넓게 벌어지자 비로소 남자들의 발기 상태가 회복된다. 그들은 너무도 간절히 우리의 수액을 맛보고 싶어하고, 우리 꽃을 미치도록 손으로 만져보고 싶어하고, 우리 꽃과 성교하고 싶어한다. 그러나 우리는 그들에게 더는 원하는 게 없다. 우리는 고개를 젓지만, 산들바람에 흔들리듯 잎사귀만 바스락거릴 뿐이다.

우리는 남자들을 멀리 밀어내고 싶지만 손끝에서 과일만 떨어져나갈 뿐이다.

그들이 삽입을 준비하는 사이, 우리는 아무 말도 하지 않는다. 우리는 껍질로 덮여 입이 딱딱해지고 몸은 나무가 되었기에 말을 할 수가 없어 그저 기다리는 수밖에 없다. 우리는 사지가 자라 마디와 옹이가 생기고 허공으로 뻗은 팔이 굵은 가지에서 잔가지로 변하기를 기다린다. 가까이 서 있는 나무들이 그러하듯이 우리는 자라나며 서로 엉킨다. 우리가 서로 팔짱을 끼었던 모든 경험은 이에 대비한 훈련이었다. 구부러지며 꼬인 나뭇가지가 자매 나무 주변을 휘감아 서로 뒤엉킨다. 이제 우리는 유전자처럼 꼬인 형태로 나란히 하나가 된다. 우리는 최강 정글이다.

남근이 몸에 닿는 것이 느껴질 때쯤 우리는 식물에 불과하다. 우리 모두 함께 이 작고 무성한 숲을 이루었고, 이 공원을 아름답게 꾸몄다.

그러나 이미 우리의 허벅지를, 상반신을, 목덜미를 타고 오르는 흰개미떼가 느껴진다. 작고 예리한 이빨로 우리 몸 구석구석에서 깨물고 씹고 잔치를 벌이는 그들의 움직임이 느껴진다. 가장 튼튼한 나무도 안에서부터 파괴될 수 있으며, 가장 번식력이 뛰어난 나무의 속살도 썩는다. 이들의 몸은 영원할 수 없다.

첫 문장부터 릴리가 쓴 이야기임이 확실하다. 낱말들이 모두 내 것처럼, 자는 동안 내 입에서 흘러나온 말을 누가 하나하나 받아적은 것처럼 느껴진다. 낱말의 배열도 어린 시절 노래처럼 익숙하다.

다이아몬드가 어깨를 두드리는 바람에 상념에서 빠져나온 나는 아이에게 미소를 짓는다. "안녕, 다이아몬드." 내가 말한다. "잘 지내고 있어?"

"난 좋아요."

"잘 지내요." 내가 말한다. "잘 지낸다고 해야지."

"뭘 잘 지내요?" 다이아몬드가 묻는다.

"네가 잘 지낸다고, 좋은 게 아니라."

"나 진짜 좋은 일 하는데."

나는 고개를 젓는다. "좋은 일은 슈퍼맨이 하지. 너는 잘 지낸다고 하는 거야."

"뭐라고요?"

"좋은 일 한다고 말하면 그건 착한 일을 한다는 뜻이야. 잘 지낸다고 말해야 괜찮다는 의미지."

"나 진짜 좋은 일 해요." 다이아몬드가 말한다. "착한 일

말이에요. 보세요." 아이가 손에 손을 잡고 나란히 미소 짓고 있는 세 사람을 그린 그림을 내민다. "좋은 거잖아요." 아이가 장담한다.

"그렇네." 내가 아이에게 말한다. 그렇지 않다. 각 인물의 손가락이 신발 끝에 닿아 있다. 그건 불가능하다. "어머니랑 아버지랑 너니?" 그림을 돌려주며 내가 인물을 가리킨다.

"아뇨." 다이아몬드가 대답한다. "바보. 나랑 아빠랑 윈터스 선생님이에요. 보이죠? 뚱뚱하니까 알아볼 수 있잖아요. 엄마 같지 않아요. 엄만 날씬해요." 그림 속 릴리의 몸은 막대기에 꽂힌 공이다.

"윈터스 선생님? 너희 담임?" 크레용이 파란색 먼지로 부서지지 않는 게 놀라울 정도로 주먹을 꽉 쥐고 색을 칠하고 있는 남자아이 옆에 웅크리고 있는 릴리를 내가 올려다본다.

"네." 다이아몬드가 말한다. "선생님은 아빠랑 특별 친구예요. 이 그림 엄마 생일에 엄마한테 줄 거예요."

"착하네." 내가 말한다. "자 여기." 내가 아이에게 말한다. "좀 다른 걸 그려보자."

"왜요?"

"음……" 나는 선명한 분홍색 카드와 빨간색 매직펜을 찾아낸다. "이건 그냥 하얀 종이에 그렸지만 너희 어머니는 이렇게 예쁜 분홍색 카드를 더 좋아하실 테니까?"

디아아몬드는 화난 표정이다. "분홍색은 옛날에 내가 제일 좋아하는 색이었어요. 하지만 이젠 안 좋아해요."

"이유가 뭘까?"

"그냥 요즘엔 모든 게 다 분홍색인 것 같아서요." 아이가 의자에 앉아 몸을 앞뒤로 흔들며 말한다. 팔뚝에 문신을 새겼고 빨대를 입에 물고 씹고 있는 아이의 모습이 눈에 선하다. "여기도 주변에 분홍색이 너무 많아요."

"알겠어." 나는 주변을 둘러보다 노란색 마분지를 찾아낸다. "그럼 이건 어때?"

다이아몬드는 엄마를 찬찬히 떠올려보려고 애쓰는 듯 눈을 감았다가 천천히 고개를 끄덕인다. "엄마가 노란색 좋아할 것 같아요." 엄숙하고도 침착하게 아이가 말한다. 다이아몬드는 자기가 원하는 걸 알고 있다. 이름이 다이아몬드이고 다섯살이지만 논리적이고 이성적이다. 오히려 내가 덜떨어진 느낌이다. "확실히 노란색이 좋겠어요." 아이가 말한다.

"여기." 다이아몬드에게 내 의자를 내주고 바닥에 쭈그려앉으며 내가 말한다. "너 반려동물 키우니?"

"네. 징글스예요."

"징글스?"

"우리 개 징글스요." 다이아몬드는 내가 자기 가족의 반려동물에 대해 모르는 게 말도 안된다는 듯이 까르르 웃는다.

"엄마가 징글스 좋아하셔?"

"우린 징글스 사랑해요. 나는 다섯살 반이고요."

"그거 참 굉장한 나이지." 나는 빨간색 매직펜 뚜껑을 열어 다이아몬드에게 쥐여준다. "징글스를 그리는 건 어떨까?"

"네!" 벌써 다른 그림은 다 잊어버린 다이아몬드는 완전히 집중한 나머지 혀를 한쪽 옆으로 빼꼼히 내민 채 카드에 획획 선을 긋고 있다. 나는 조금 전의 그림을 조심스럽게 접어 가슴 주머니에 집어넣는다.

릴리가 대학에 가느라 집을 떠나기 직전의 어느 여름날 밤 릴리가 내 입을 틀어막으며 잠을 깨웠다. 내가 놀라서 퍼뜩 깨어나자 릴리는 입술에 손가락을 댔다.

"뭔데 그래?" 어둠속에서 내가 숨죽여 물었다.

릴리는 내 입을 다물게 한 뒤 자기 귀를 가리켰다. 들어보라고. 덜컥덜컥 쿵쿵. 남자 목소리. 웃음소리. 나는 침대에서 일어나 앉았다. 릴리는 우리 방문을 살짝 열고 복도를 내다보았다.

"무슨 소리지? 누구 있어?" 내가 속삭였다.

릴리는 다시 소리 없이 문을 닫았다.

"무슨 일이야?" 내가 물었다.

"아빠야." 릴리가 말했다.

"아빠가 누구랑 같이 있다고?"

"아무것도 아니야."

"아빠가 누구를 집에 데려왔어?"

"다시 잠이나 자, 로지."

아침에 아빠는 토스터에 빵을 집어넣으며 「스위트 캐럴라인」을 콧노래로 불렀다. 엄마가 가출한 뒤로 그날 처음 미소를 지었다. 아빠가 누군가를, 애인을 집에 데려온 건 그때가 처음이고 유일했다. 훗날 아빠는 자신에게 그토록 설레는 기쁨을 안겨주었던 그 하룻밤을, 단순한 하룻밤의 일탈을 이후 일어난 모든 일에 대한 원인으로 자책하게 되었다.

"어젯밤에 누가 집에 왔었어요?" 내가 머그잔에 따뜻한 물을 채우며 물었다.

"토스트 먹을래?" 아빠가 말했다.

하루의 끝을 알리는 마지막 수업 종이 울리자 다이아몬드는 흥분해서 숨을 헐떡거리며 징글스 그림을 들고 나에게 달려와 말한다. "빨리요, 급해요. 엄마 오기 전에 해피 버스데이라고 써줄 수 있어요?"

"네가 쓰는 걸 도와주는 건 어떨까? 그래야 네가 보낸 걸 아시지 않겠니?"

"난 못 써요." 다이아몬드가 말한다. "어떻게 쓰는지 글자 순서를 몰라요."

"내가 도와줄게. H로 시작해봐."

버스데이^{birthday}의 h를 쓸 차례가 되었을 때 나를 비추던 빛이 사라진다. 헝클어진 긴 검은 머리에 알이 크고 둥근 안경을 써서 눈이 왕방울만 해 보이는 늘씬한 여자가 나를 굽어보고 서 있다. 낯이 익은 얼굴이어서 혹시 연예인일까 궁금해진다.

"안녕하세요?" 내가 말한다. "제가 아는 분인가요?"

"아, 안녕, 아가야." 내 질문을 무시하며 여자가 말한다.

"엄마!" 다이아몬드는 종이를 가리며 외친다. "아직 보면 안돼요!"

"y만 쓰면 돼." 내가 다이아몬드에게 말한다. "어머나, d를 반대로 썼네. 해피 버스베이가 됐어. b를 d로 바꾸기만 하면 되겠다."

그러고 나서 여자에게 묻는다. "곧 생일이시라면서요?"

"아 네." 여자가 쉰 목소리로 후후 웃으며 대답하고 고개를 절레절레 흔들자, 목에 걸린 여러개의 가느다란 목걸이가 서로 부딪쳐 종소리처럼 울린다. 찬란한 여자다. "웃기지 않아요? 시간이요. 자의적이면서도 동시에 독단적이죠."

나도 모르게 여자와 함께 고개를 끄덕이고 있다는 걸 깨닫는다. 여자에게 공감하며. 여자를 신뢰하며. "전적으로 동감이에요." 내가 말한다. "사실은 아무런 의미도 없죠.

전 시간의 연속성을 믿지 않아요." 뜬금없지만 그건 사실이다. 믿지 않는다.

여자는 나처럼 다이아몬드의 키에 맞춰 바닥에 쭈그려 앉는다. "전 라라 백스예요." 여자가 말한다. 당연히 그 여자다! 다이아몬드의 엄마라면 필의 부인이고, 그건 곧 릴리의 경쟁자이기도 하다는 뜻이다. 책 표지 사진보다는 나이 들어 보이지만 덜 예쁜 건 아니다. 나는 숙제를 걷으며 학생들에게 작별인사를 하고 있는 릴리를 흘끔 본다. 어떻게 저렇게 멍청할 수가 있는지.

라라 백스에게 이름이 설사약 상표 같다는 말을 할까 하다가 그러지 않기로 마음먹는다. 왠지 모르지만 이 여자에게 좋은 인상을 남기고 싶다. 이 여자 대 릴리의 분신. 어깨를 뒤로 젖히고 목을 길게 쭉 늘이고 선 자세부터 이 여자에겐 뭔가 남다른 데가 있다. 스웨터가 어깨로 흘러내려 쇄골이 자연스럽게 드러난 모습. 여자에게선 진분홍 빛깔 자체의 냄새일 것만 같은 꽃향기와 곰팡내가 동시에 풍긴다. 여자들은 모두 매혹당하고 매혹시키는 마녀다. 여자라면 누구나 저마다의 마법을 지니고 있게 마련인데, 라라 백스의 마법은 마음을 온통 빼앗는 것이다. 나는 자기소개를 한다. "로즈 윈터스예요. 릴리의 동생이죠."

"그럴 것 같았어요." 라라 백스가 말한다. "당신의 기운은 전적으로 다르지만 말이에요. 사실 정반대죠. 초록 대 빨강. 하지만 눈을 보니 알겠어요."

나는 고개를 끄덕인다. "그런 얘기 많이 들어요. 기운 말고 눈 얘기요."

"쌍둥이 맞으시죠?" 라라 백스가 묻는다. "불과 몇 분 차이 안 나시고요."

나는 놀라워하며 고개를 끄덕인다. 릴리와 나를 연결 지어 알아보는 경우는 실로 오랜만이다. 나는 미움을 거부하는 이 여자를 너무도 열렬히 미워하고 싶다. "네." 나는 속삭인다. "둘 다 맞아요. 어떻게 아셨어요?"

"아." 여자는 어깨를 으쓱한다. "제가 혜안seer이 좀 있거든요."

"그슬린다고요sear? 요리처럼요?"

"아뇨, 혜안. 잘 본다고요I see."

"아, 잘 보신다고요. 알겠어요I see."

여자가 미소 짓는다. "방금 그거 일부러 농담하신 거죠?"

"그럴 의도는 없었던 것 같아요."

라라 백스는 고개만 끄덕인다. 작은 크리스털 귀걸이가 귓불 밑에서 빙그르르 회전하며 영롱한 빛을 천장까지 일렁거리게 한다. 이 여자는 빛을 만들어낼 수 있다. 밝은 빛을 액세서리처럼 지니고 다닐 수 있는 사람이다.

"엄마, 이제 다 했어요. 해피 버스데이, 이거 엄마를 위해서 내가 만든 거예요. 징글스예요."

다이아몬드가 라라 백스에게 카드를 건네더니 화려한 무늬의 레깅스를 입은 엄마의 날씬한 다리를 온몸으로 껴안는다.

"엄마 마음에 쏙 들어, 다이아몬드. 고맙다, 아가야." 라라 백스는 반지 낀 손으로 다이아몬드의 정수리를 쓰다듬으며 말한다. 머리 가죽이 간질거리면서 나도 보석으로 장식된 그 손으로 어루만져주면 좋겠다는 생각이 든다.

"교사가 되려고 훈련 중이신가요?" 라라 백스가 묻는다.

"아, 아니요. 그게 아니라, 그냥 좀 회복 중이라서……" 나는 침을 삼킨다. "오래 아팠거든요. 지금 당장은 직업이 없어요."

"유어웨이 저녁 모임에 한번 오셔야겠네요." 라라 백스가 말한다. "일주일에 두번 모임이 있어요. 전부 다 자신을 사랑하는 법을 배우는 과정이에요. 자신의 가치를 찾아서 세상과 나누는 거죠."

"네?"

"당신에게선 본능적으로 느껴지는 것이 있어요. 우린 함께 시간을 보내야 할 운명이에요. 당신이 평화를 찾도록 내가 돕게 해주세요. 자, 여기 이메일 수신 고객 목록에 등록하세요. 편지함으로 곧장 라라 백스의 특별 혜택을 보내 드릴게요."

난데없는 광고에 웃음이 터져나온다. 라라 백스는 웃지 않는다. 마지막 순간에 스스로 광고물 외에 아무것도 아닌 존재가 되어버렸음을 여자는 알아차리지 못한다.

"저는 이메일이 없어요. 줄곧 저만의 평화를 지키고 있었거든요."

"아." 여자는 딸만큼 현명하게 고개를 끄덕인다. "가끔 한번씩 로그아웃하는 것도 영리한 방법이죠. 가상세계와의 단절. 현실과 다시 마주하기."

"네?"

"하지만 그건 영원히 지속될 수 없어요. 이젠 인터넷이 현실이에요. 현실이 인터넷이고. 온라인 세상에 없는 사람은 거의 존재하지 않는 것과 마찬가지예요. 자, 휴대폰 좀 줘보세요. 내가 계정 만들어줄게요."

"저는 플립폰밖에 없어요."

라라 백스가 얼굴을 찌푸리더니, 포대 자루 같은 가방을 책상에 올려놓고 안을 뒤지기 시작한다. 이윽고 직사각형 상자를 하나 꺼내 나에게 내민다.

"여기요. 가지세요."

나는 상자를 열어본다. 우주에서 온 것 같은 휴대폰이 들었다. "이걸 왜 저한테 주세요?" 화면을 손가락으로 쓸어내리며 내가 묻는다.

"안 그러면 어떻게 당신을 유어웨이 여성으로 만들겠어요?" 여자가 휴대폰 전원을 켜자 시동음이 흘러나온다. "어차피 이건 공짜로 받은 거예요. 내가 이 브랜드 홍보대사라서, 인스타에 광고도 했거든요. 당신이 가지면 돼요."

이런 이야기를 하면서 여자는 액정을 끊임없이 톡톡톡 두들긴다. "이름 다시 한번만 알려주시겠요?"

"로즈요."

"로즈 윈터스?"

나는 고개를 끄덕인다. 여자가 나에게 휴대폰을 건넨다. 내 손에 들어온 전화기는 가볍다.

"RoseWinters11이 당신 이메일 계정이에요. 벌써 라라백스 이메일 고객 목록에 추가했어요. 인스타그램 앱을 다운받아서 계정도 만들었고요. 당신도 나를 팔로하게 했어요. 마침 내일 저녁에 유어웨이 모임이 있어요. 오실래요? 자신을 사랑하는 법을 배우러?"

나는 고개를 끄덕, 끄덕, 끄덕한다. "멋질 것 같아요." 내가 말한다. 그리고 그건 진심이다! 자신을 사랑하는 법.

2008년(19세―릴리: 90.5kg, 로즈: 31.75kg)

시설에 입소하기 전 처음이자 마지막이었던 나의 직업은 안내원이었다.

릴리는 최고 성적으로 고등학교를 졸업해 대학에 들어가 집을 떠났다. 나는 아빠와 함께 집에서 살면서, 혼자 살 집을 구할 돈을 모을 때까지 일을 할 작정이었다.

"가지 마." 릴리가 기숙사 입주 신청서를 적는 걸 보며 내가 간청했다. "제발 가지 마."

"갈 거야. 더는 널 붙잡는 데 내 인생을 허비하고 싶지 않아." 릴리가 말했다.

"부탁이야." 내가 말했다. "난 네가 필요해. 릴, 난 병들 있어. 난 네가 필요해. 병들었다고!" 내가 그걸 인정한 건 처음이었으므로 릴리는 내 고백을 듣고 눈을 감았다.

"알아, 로지."

"아니야." 내가 말했다. "넌 몰라. 가끔씩 난 손톱만큼도 먹지 않고 며칠씩 버텨. 그러다 결국 뭐든 먹더라도, 보통은 다 토해낼 때까지 혀를 잡아뽑는다고. 이젠 아동복조차 몸에 안 맞아. 릴리, 난 굶어 죽어가고 있어."

릴리는 물이 깊은 수영장에 뛰어드는 아이를 보고도 귀찮은 뒤치다꺼리를 외면하듯 내내 눈을 감고 있었다.

"릴리!" 나는 경련하듯 떨리는 릴리의 눈꺼풀에 대고 고함을 질렀다. "릴리! 릴리!"

"네가 나한테 뭘 부탁하고 있는 건지 알아?"

"네가 떠나면 난 아예 안 먹을 거야. 한톨도 안 먹을 거야. 네가 여기 없으면 난 굶어서 죽을 거야. 내가 뭐든 먹게 만들 수 있는 사람은 너밖에 없어, 릴. 네가 없으면 보살펴줄 사람이 아무도 없다고."

"넌 스스로 먹게 만들 수 있어, 로즈."

"난 못해. 난 굶을 거야. 난 죽을 거야. 그리고 그렇게 되면 그건 다 네 잘못이야."

이윽고 눈을 뜬 릴리는 손을 뻗어 내 손을 잡고 입술로 들어올려 손마디마다 한번 한번 두번 세번 입을 맞춘 뒤 손을 내려놓고는 나를 버리고, 나를, 나를, 물에 빠진 어린 아이를 두고 멀어져갔다.

릴리는 떠났다.

동급생들은 바람에 날리는 낙엽처럼 모두들 흩어져 진짜 인생을 찾아 떠나갔다. 제미마 게이츠마저도 성적보다는 태도를 기준으로 학생을 선발하는 예술대학에 입학했다. 제미마의 태도는 할머니의 '완벽한 복근' 프로그램 자산에서 나온 100만 달러짜리 기부금이었다. 그애는 대륙 반대편으로 옮겨갔다.

나는 마른 몸매로 형편없는 성적을 극복하고 『시크CHIC』 잡지 본사의 안내데스크에 일자리를 잡았다.

전화를 받아 연결하고, 푸드트럭이 도착하면 전 직원에게 이메일을 돌리는 일을 담당했다. 캐스팅 담당자를 만나러 온 모델을 맞이하고, 희망에 찬 인턴 직원들을 면접 담당자에게 보냈으며, 택배를 받아 서명했다. 내가 주로 하는 일은 독서였다. 나는 모든 여성 잡지를 앞표지부터 뒤표지까지 샅샅이 읽었다. 유행하는 모든 다이어트법에 관한 기사를 읽었다. 수프 다이어트, 스무디 다이어트, 셀러리 다이어트, 담배 다이어트.

인스타그램에서 활동하는 전문가 클린틴19CLEANTEEN19가 시작한 어느 다이어트 비법은 암을 치유한다고 주장했다. 본인도 백혈병 진단을 받았던 클린틴19는 시금치를 기본으로 하는 스무디와 과일주스 식이요법으로 스스로 암을 치유했다. 이 여자의 다이어트 비법을 담은 안내서는 배송

비와 취급수수료를 합해 200달러에 불과했다. 그는 인스타그램을 시작한 지 불과 1년 만에 팔로어가 300만명으로 늘었다.

나중에 밝혀진 바에 따르면, 클린틴19는 스스로 백혈병 진단을 내렸으며, 원래도 완벽하게 건강했던 자신을 집밥 식이요법으로 치유했을 뿐이다. 아무도 환불을 받지 못했다.

잠자리 능력을 높여준다고 장담하는 운동 비법에 대한 기사도 읽었다. 탄생한 별자리를 근거로 입어야 할 속옷을 알려주는 기사도 있었다. 가구 색깔을 자신에게 가장 잘 어울리는 립스틱 색감과 맞추는 방법에 대한 기사도.

인기가 떨어지고 있음에도 불구하고 『시크』의 표지를 장식할 정도로 극단적인 체중 감소를 성취한 캣 미첼스에 대한 기사도 읽었다. '아역 스타 버뮤다에서 뼈를 드러내다.'

나는 외로웠다. 외로웠다!

가끔 휴대폰에 제미마의 번호를 눌러보기도 했지만 이내 다시 끊었다. 우리는 잠시 연락을 유지했다. 늦은 밤의 전화 통화. 제미마는 새 친구들에 대해 시시콜콜 털어놓았다. 쿨한 부류의 친구들. 어울리지 않게 콧수염을 기르고 니코틴에 중독되어 작곡을 하고 대마초를 피우고 불면증을 자랑 삼아 떠벌리는 예술가들. 제미마가 나에게 입을 맞추고 내가 그애의 방을 도망쳐 나온 그날밤 이후로 뭔가 달라졌다. 얼마 지나자 제미마는 전화를 받지 않았다. 좀 더 버티다가 나도 전화 걸기를 중단했다.

나는 근무시간에 잠을 잤다. 패션 업계라서 일터에서도 큼지막한 검은 선글라스를 써 고집스럽게 눈을 다 가리고 있어도 아무도 트집을 잡지 않았다. 사람들이 그걸 독특한 내 패션의 일환으로, 개인적인 취향으로 받아들여줄 만큼 키가 크고 말랐고 꽤 예뻤으므로, 나는 허기로 지친 정신을 붙들고 입안에선 혀를 축 늘어뜨린 채 근무시간 내내 잠을 잤다.

충분히 휴식을 취했지만 나는 행복하지 않았다. 내가 하는 일에서 충족감을 못 느꼈다는 뜻은 아니다. 나는 절대 채워지는 느낌을 원하지 않았다. 하지만 내면에 공허감을 키우면서, 임신한 것처럼 그게 자라는 걸 버티면서는 어떤 종류의 희망도 느끼기 어려운 법이다.

일은 지루했지만 사람들은 그렇지 않았다. 모델들은 마르고 사납게 생겼다. 그들은 혹시라도 멈춰서면 남는 게 바닥에 고인 물웅덩이밖에 없을 정도로 겹겹이 녹아 흘러내릴까봐 겁내는 것처럼, 무서울 정도로 경직된 채 앞으로 돌진하듯 걸어다녔다.

모두 남자인 편집자들은 항상 약간씩 발기해 있었다. 그들의 비웃음은 음경의 꼭두각시였다. 그들의 낮고 은근한 속삭임은 항상 섹스를 암시했다. 대부분 여성인 작가들은 지치고 좌절했다. 날이면 날마다, 매일 짜릿한 오럴섹스에 대한 똑같은 기사를 고쳐쓰려고 대용량 테이크아웃 커피를 손에 들고 직장에 오는 그들의 모습은 녹슨 어선 같았다.

안내원으로 일하면서 내가 근무시간에 잠을 자도 무사했던 이유는 그곳에서 일하는 수년간 점심시간을 단 한번도 쓰지 않았기 때문이다. 내 점심은 틱택 한알이었다. 매시 정각에 틱택을 한알 먹었다. 시간이 언제든, 누가 나를 필요로 하든, 나는 죽어라 데스크를 지켰다. 그들이 해야할 일은 날 깨우는 것이 전부였다.

매일 퇴근시간이 되면 나는 집으로 갔다. 아빠는 한시간 뒤에 귀가해 소파에 앉아서 1인분의 저녁식사를 주문했다. 아빠가 현관문을 여는 소리가 들리면 나는 방으로 피했다. 우리는 서로를 이해하지 못했고, 중재 역할을 해줄 릴리 없이는 서로 어울리는 법을 알아내지 못했다. 아빠와 나누는 대화는 제품 취급 설명서를 읽는 듯, 정해진 단계에 따라 말을 거는 것 같았다(요즘 어떻게 지내세요? 그럭저럭. 요즘 어떻게 지내니? 그럭저럭요). 우리는 질문을 하거나 받고 싶지 않아서 침묵을 지키며 그런 식으로 서로의 주변을 맴돌았다. 우리는 각자 고뇌에 빠져 허우적거렸고, 그런 식으로 지내기를 원했다.

나는 성장했다. 더 마르게 성장했다. 더 병들게 성장했다.

안녕하세요, 유어웨이 여성 고객님!

유어웨이 공동체에 오신 것을 환영합니다. 제 이름은 라라 백스이고, 저는 당신의 여정을 끝까지 함께할 안내자이자 전문가이자 친구가 될 것입니다. 유어웨이는 설립한 지 1년밖에 되지 않았지만 거의 100만명에 가까운 온라인 팔로어들과 함께, 당신처럼 강하고 아름다운 여성들과 함께, 이미 강력한 하나의 운동으로 성장했습니다. 우리와 함께하기로 한 당신의 결정에 우리 모두 짜릿한 흥분을 느끼고 있어요.

유어웨이는 단순한 체중 감량 프로그램이 아닙니다. 용감한 여성들이 자존감과 자기애, 평화를 찾도록 돕는 데 헌신하는 전체론적 건강 체험 프로그램입니다.

당신의 여정을 시작하기 위해 우선 유어웨이 저녁 모임에 참석하는 것은 어떨까요? 저녁 모임은 제가 사는 자택에서 일주일에 두번 개최됩니다. 유어웨이 첫 모임 회비는 무료입니다. 자신을 사랑하는 첫걸음을 뗀 당신에게 드리는 저의 작은 선물이지요. 여기를 클릭해 홈페이지에 접속하면, 모임에 대한 자세한 내용을 확인할 수 있습니다.

먼 지역에 거주하는 유어웨이 여성이어서 참석이 불가능하다면, 매 모임을 인스타그램에서 라이브방송으로 보내드리고 있으니 집에서 무료로 시청하실 수도 있습니다! 여기를 클릭해 저의 인스타그램 계정을 추가해주세요!

라라 백스 제품을 위해 접속하신 분은 여기를 클릭하면 스키니티, 스키니바, 스키니거트 등 더 많은 제품을 구매할 수 있는 온라인 스토어로 연결됩니다! 저희의 제품들은 모두 제로 칼로리이면서도 풍부한 맛을 자랑합니다! 첫 구매자라면 NEWWOMAN이라는 코드를 입력해 최종 주문액의 10퍼센트를 할인 받으실 수 있습니다!

이만 마무리해야겠네요. 당신을 유어웨이 가족으로 맞이하게 되어 정말 기쁩니다. 당신에게 저의 감사를 전합니다. 앞으로 당신의 몸도, 당신의 영혼도 당신에게 감사할 것입니다.

키스와 포옹을 담아,
라라 백스

26

학교에서 돌아온 우리는 내 침대에, 소파에 앉는다. 릴리는 약간 더 마른 몸으로 필에게 더 사랑받을 수 있을지 모른다는 희망으로 스키니바를 씹어 삼키는 중이다. 특별 한정판 상품이나 디자이너 브랜드가 항상 앞세우는 논리: 내가 더 날씬해지면 그 사람이 나를 더 원할지도 몰라!

릴리는 내가 하루에 칼십을 두 팩씩 먹어야 한다는 사실을 잊은 것 같고, 자기가 나를 보살피기로 했다는 사실도 까맣게 잊은 것 같다. 릴리 본인도 제대로 된 음식을 전혀 먹지 않고 있으므로, 나는 칼십 한 팩, 총 300칼로리로 연명하고 있다. 현재의 몸무게를 유지하기에도 충분하지 않은 양이다. 머릿속이 윙윙거린다. 뜨거운 여름날 눈앞에 펼쳐진 도로를 보면 아스팔트 위로 열기가 신기루처럼 일렁이듯이, 나는 희뿌연 연무 속에서 세상을 본다.

나는 릴리에게 유어웨이 모임에 간 적이 있느냐고 묻는다.

"아니. 그러면 너무 이상할 거야. 그 여자 집에 가는 거잖아. 왜?"

"난 한번 가보고 싶어서. 오늘 그 여자가 초대했어."

대꾸하기 전에 릴리는 입에서 흙 같은 갈색 부스러기를 닦아낸다. "그건 별로 좋은 생각이 아닌 것 같아, 로지."

"너무 어색할까? 네 입장에서 말이야."

"아니, 그런 의미가 아니야. 그냥, 네가 당분간 유어웨이 프로그램에 가입하면 안 될 것 같아. 한동안은 회복하는 데만 집중해야지. 그냥 긴장 풀고 쉬어."

"하지만 건강에 관한 거라고 네가 말했잖아."

"뭐라고?"

"유어웨이는 건강에 관한 거라고 네가 말했다고. 전체론적 건강. 나도 건강해지고 싶어."

"당연하지." 릴리가 고개를 끄덕인다. "그래. 맞아! 건강에 관한 거야."

"그런데?"

"네 말이 맞아. 어색해서 그래. 내 입장에선 너무 어색해." 내 혀에 감귤류의 신맛이 감돈다.

"릴."

"의논 끝났어, 로즈."

릴리는 손가락으로 앞니를 문지른다. "미끌거려." 다이어트 바가 남긴 이상한 질감을 가리키며 릴리가 말한다. 릴리는 내가 자기 다이어트를 비난할 거라 예상하며 나를 자극하지만 나는 넘어가지 않는다. 내가 비난한다 해도, 거품 같은 내 불만의 맛은 어차피 릴리 입안의 거품 때문에 묻히고 말 테니까.

릴리의 단편집 『우리』의 다음 이야기:

우리는 임신한다. 우리는 두번째로 너무 거대해진다. 몸이 너무 커진 나머지 집이 좁아져 창문으로 다리가 빠져나오고, 팔은 문으로 삐져나오고, 산처럼 솟은 배는 탄산음료 뚜껑처럼 지붕을 튕겨올려 이제는 우리의 배꼽이 천장을 대신하게 되었다.

바다로 놀러 나오라고 권하는 전화를 받지만(해변에서 즐기는 날!), 우리는 더이상 바다에 어울리지 않는다. 바다 수영을 하기에 우린 너무 거대하다. 우리 친구들이 말한다. 에이, 어서 와, 너희는 그렇게 거대하지 않아. 그래서 우리는 말한다. 걸음마를 하는 아기가 물웅덩이에 뛰어드는 것처럼 우리가 바다에 몸을 담그면, 바닷물이 밀려나와 해일이 일고 우리 때문에 도시가 물에 잠길 거야. 친구들이 말한다. 아, 제발 부탁이야, 우린 여름 해변에 어울리는 너희의 몸매를 꼭 봐야겠어! 우리는 출산을 앞둔 불룩한 배를 어루만지며 말한다. 이번엔 우리 없이 다녀와.

그 모든 일이 두번째로 일어나지만, 우리는 처음으로 구토를 한다. 한밤중에 몰래 짐을 싸는 엄마들이나 콘돔이 찢어졌는지 은밀히 검사하는 남자친구들처럼, 우리 몸 안에 있는 것은 영영 우리를 떠나버린다. 모든 액체가 꼭 다물고 있으려 기를 쓰는 입술을 통해 쏟아져내리듯이 우리에게서 빠져나가면 우리는 신음으로 작별인사를 하고 눈에 고인 눈물을 닦으며 변기에 대고 흐느끼는데, 그때 유일한 응답이라고는 멀어져가는 발소리처럼 희미하게 변기를 스치며 사라져가는 우리만의 비애가 남긴 메아리뿐이다. 곧 우리는 우리만의 정적 속에 남겨진다.

그러고 나면 배가 고파진다. 우리의 배 속은 교회만큼이나 텅텅 비었다. 공간이 너무도 광활해 내장의 울림이 경건하게 들린다. 우리는 모든 걸 먹어치운다. 달걀을 껍질째 먹어치우면 와그작 소리가 자갈길을 걷는 발소리처럼 들리지만, 노른자는 실크처럼 매끄럽게 목구멍으로 넘어간다. 우리는 파라핀지로 싼 버터를 할퀴듯 떼어 지방으로 입안을 채운다. 파티에 간 사람들처럼 우유를 단숨에 마신다. 텅 빈 내장에 곧바로 겨자를 짜넣는다. 그러나 허기는 영원하다. 그리고 그것은 우리 것도 아니다.

나중에 우리는 움직임을 느낀다. 내장이 뱀으로 변하고, 낡은 기계가 털털거리며 살아나듯 속이 전부 뒤틀린다. 우리는 인간이 아니라 뭔가 미끈거리는 것을 낳게 될까봐 염려한다. 지렁이 아기, 민달팽이 아기. 이차피 아이들의 아버지들도 비인간적이고 인간미가 없는 듯했다.

우리가 몸을 구부리며 진통에 허덕이자 우리의 리더는 걱정 말라고 말한다. 우리의 배 속은 꽉 움켜쥔 주먹이다. 그 아비에 그 자식이라 아기들은 폭력적이고 비정하다. 그애들은 우리가 죽기를 바란다.

우리는 흐느끼고 통곡하며, 속을 파내고 싶어서, 탈출하고 싶어서 배를 긁어댄다. 밀어내고 싶어서. 우리 중 한 사람, 리더가 우리에게 모두 누우라고 명령하고, 시키는 대로 줄지어 누운 우리는 분류된 느낌이다.

리더는 마을에 쳐들어온 짐승처럼, 부풀어오른 우리 배를 으스러지기를 바라는 징검다리처럼 짓밟으며 사과하고 있다.

리더가 기진맥진할 무렵 우리 배 속의 움직임은 확실히 느려졌지만, 뛰어난 사냥꾼은 확인사살을 하는 법이다. 남은 총알을 박아넣든 몽둥이로 두개골을 부수든, 우리는 아픈 내장을 움켜잡고 일어나 서로를 세게 떠민다. 그러는 동안 내내 사과하고 또 사과하며 떠밀고 때리고 밀치기를 반복한다. 이것이 우리가 복수를 하는 방법이다. 우리는 배 속의 아기를 바란 적이 없고, 이 아기들은 태어나지 않을 것이다.

이야기 속의 우리는 너무도 친숙하다. 내가 그 인물의 일부인 것처럼. 그 인물이 나의 일부인 것처럼.

릴리는 필과의 데이트를 준비한다. "나 이거 입으면 뚱뚱해 보일까?" "이 옷 입으면 팔뚝이 굵어 보이려나?" 같은 질문을 자꾸 던진다. 릴리가 자신 없는 말을 내뱉을 때마다 필에 대한 나의 미움이 서서히 불타올라 점점 환해진다. 릴리는 절대 화장을 진하게 하지 않았는데, 지금은 화장실 선반에 로션과 파운데이션, 마스카라, 아이섀도 팔레트, 갖가지 색깔의 펜슬이 한가득이다. 피부에 하도 여러 겹 덧칠을 해서 고개를 들면 앞쪽이 무거워 고개가 저절로 숙여질 것 같다.

"그동안 내가 옷을 잘못 입고 다녔어." 옷장을 뒤적이며 릴리가 설명한다. "평생 동안 말이야."

"그게 무슨 말이야?"

"나 같은 유형의 몸매를 위한 옷 입기 방법을 필이 가르쳐줬어. 옷을 입어서 몸매를 돋보이게 하는 법. 난 사과형이야."

"사과?"

"응, 사과." 릴리가 말한다. 마치 알파벳을 처음 익힐 때 보는 어린이책을 함께 읽고 있는 것 같다. "사과도 있고 배도 있고 딸기도 있고 다른 유형들도 있어."

"바나나는?"

"없을걸."

"무슨 소린지 모르겠어."

릴리는 한숨을 쉰다. "음, 나는 딱히 허리라고 할 부분이 없기 때문에 사과형이야, 알겠니? 나는 복부가 뚱뚱하지만, 다리는 이렇게 날씬하잖아, 보이지?" 릴리가 한쪽 다리를 들어올린다. 지금 누가 우리 둘의 사진을 찍는다면 릴리가 나를 발로 걷어차려는 것처럼 보일지도 모르겠다.

"날씬해. 예뻐."

"고마워." 릴리가 말한다. "그러니까 복부에 시선이 가지 않게 하고 다리에 시선을 집중시켜야 한다는 의미야."

"교통량을 분산시키는 것과 같네."

"착시에 더 가깝지."

"예를 들어 보여줘."

릴리가 광택이 요란한 검은색 진을 꺼내든다. 검은색 쓰레기봉투로 만든 것 같은 바지다. "스키니진이야. 알겠지!"

"아주 반짝거리네."

"고마워." 릴리가 옷걸이에서 큼지막한 우비 같은 베이지색 상의를 꺼낸다. "그리고 이걸 입는 거야!"

"아! 어디 봐."

"튜닉이야." 릴리는 튜-닉이라고 발음하며 설명한다. 튜-나, 툴-립이라고 말하는 사람들처럼. 평범하게 투-나, 툴-립이라고 말하는 우리 나머지 사람들보다 자기들이 우월하다고 생각하는 사람들 말이다. "이건 베이지색이니까, 사람들의 관심이 여기서 멀어져 반짝거리는 바지에 집중될 거라는 뜻이지."

"근데 그게 사과하고 무슨 상관이 있어?"

"내가 사과형이라니까?"

"내 눈에 너는 사과처럼 안 보여."

"맞는다니까 그러네."

"최고의 유형은 뭔데?"

"여기선 그런 걸 따지려는 게 아니야. 진짜로 비교할 수가 없잖아."

"그러니까 네 말은……"

"하지 마."

"사과랑 오렌지를 비교하는 셈이라는 거지?"

"입 다물어."

본질적으로 서로 비교 대상이 되지 못한다는 의미인 **사과와 오렌지를 비교한다**는 관용구가 처음 사용된 것은 1670년에 출간된 존 레이의 속담집에서다. 이 책에서는 동일한 의미지만 낱말 선택이 사과와 굴이어서 의미가 훨씬 더 잘 통한다.

"필이 이 옷을 사줬어." 릴리가 앙증맞은 검은색 슬립을 들어올리며 말한다. "사과형엔 이런 게 완벽한 옷이야, 로즈. 잘 봐, 명품 브랜드 옷이란다!"

나는 옷걸이를 받아 하늘하늘한 새틴 조각을 팔뚝에 걸친다. 라벨에 1000달러가 넘는 기격표가 아식도 매달려 있고, 스몰 사이즈다. "릴, 이거 스몰이야." 내가 말한다.

"목표 옷이야!"

"목표 옷?"

"내가 목표로 정한 몸무게에 도달하면 맞을 거야."

그 남자가 밉다.

릴리는 다이어트를 했어도 여전히 풍만한 가슴골이 드러나는, 목부분이 깊이 파인 은색 원피스를 입기로 결정한다. 형제자매가 성적인 매력을 뽐낸다는 게 원래 그렇겠지만 나로선 당황스럽다. 릴리는 발이 흉측해 보이는 하이힐을 신고 노골적으로 빨간 립스틱을 칠한다. 끔찍한 진홍빛 잔상이 나의 시야를 어지럽혀 나머지 얼굴이 보이지 않을 정도다.

어깨를 살짝 덮는 캡 소매 아래로 팔뚝의 멍 자국이 절반쯤 드러나 있다. "그건 뭐야?" 내가 묻는다.

릴리는 소매를 팔 쪽으로 좀더 잡아당긴다.

"그것도 필이 그랬어?"

"아니야, 아무것도 아니야. 그 사람이 한 거 아냐."

"그 사람이 한 짓이 아닌데 왜 감춰?"

"왜냐하면," 릴리가 양손을 들어올린다. "이렇게 너한테 심문받는 거 지긋지긋하니까!"

"알겠어." 내가 한발 물러나며 말한다.

"네 목걸이 하고 가도 돼?" 릴리가 내 가슴을 가리키며 묻는다.

나는 까마득한 고등학교 시절 제미마 게이츠가 준 은목
걸이를 만지작거린다. 그것은 내가 소유한 것 중 처음으
로 하고 다닐만 한 액세서리였고, 릴리에겐 그런 것이 없
었다.

"까다롭게 굴 거 없어, 로지. 이 원피스랑 너무 잘 어울
릴 것 같아서 그래." 릴리는 이미 내 뒤에서 목덜미에 손을
대고 목걸이를 풀고 있다. "필한테 잘 보이고 싶어." 릴리
가 목걸이를 풀어내자 나는 벌거벗은 기분이 들어 그 자리
를 두 손으로 감싼다.

"넌 그 사람한테 집착하고 있어."

"꼭 이래야겠니?"

"내가 뭘?"

"잔인하잖아."

릴리가 목걸이를 자기 목에 걸자, 산처럼 솟은 쇄골에
걸리거나 늑골 사이 우묵한 곳에 파묻히는 일 없이 가슴을
장식한 목걸이가 전혀 달라 보인다.

"나 어때 보여?" 현관문으로 향하며 릴리가 묻는다.

책을, 릴리의 책을 읽고 있던 나는 아주 잠깐만 고개를
들고 대답한다. "끔찍해. 웩."

릴리는 미소를 지으며 밤을 향해 걸어나간다. 가끔은 내
가 무슨 말을 하든 상관없이 릴리가 미소를 짓는 느낌이
다. 내가 통제할 수 있는 것은 나의 기쁨뿐이다.

'사악한 쌍둥이' 비유는 조로아스터교의 일파인 주르반 신앙에서 발생한 것으로 보인다. 그들의 창조론은 다음과 같다. 태초에 신 주르반은 홀로 존재했다. "천국과 지옥, 그 사이의 모든 것을 창조"할 가족과 자손을 염원한 주르반은 수많은 희생 제물 가운데 첫번째를 처형했다. 그 희생 제물이 아무런 결과를 맺지 못하자 급기야 주르반은 그들의 가치를 의심하기 시작하는데, 바로 그 순간 쌍둥이가 잉태되었다. 희생 제물에서 오르무즈드가, 의심에서 아흐리만이 잉태되었다. 자손이 쌍둥이임을 깨달은 주르반은 막강한 통치권을 장자에게 물려주기로 결심했다. 아직 태아였던 오르무즈드는 이 약속을 알게 되자 쌍둥이 동생에게 알렸다. 그러자 동생 아흐리만은 장자로 태어나 권력을 얻기 위하여 자궁을 찢고 먼저 세상에 나왔다.

이들 쌍둥이는 상반된 존재로 여겨진다. 선한 자와 악한 자. 주르반교 기록에는 이들의 선과 악이 구분되어 있다. 하지만 원래 쌍둥이는 둘 다 선해질 가능성이 있으나 아흐리만이 악해지는 쪽을 선택했고, 선택하고, 여전히 그런 선택을 하는 중일 뿐이다.

릴리가 없는 아파트는 너무도 조용하다. 나는 릴리가 기르던 죽은 식물에 둘러싸여 있다. 은혜를 모르는 생명체들. 햇빛만으로 살아갈 수 있다면 나는 영생을 누릴 것이다. 유리컵에 물을 채워 화분마다 적셔주며 잿빛 흙이 갈색으로 변하는 걸 지켜본다. 소용없는 짓이다. 나는 죽은 것을 먹이고 있다.

릴리의 방 매트리스 위에는 인체 모양을 닮은 가죽으로 만든 도구가 널브러져 있다. 입마개가 달려 있는 것 같다. 징이 박힌 개목걸이다. 나는 천천히 뒤로 물러난다. 릴리의 데이트와, 새로 시작한 기이하고 폭력적인 정사를 상상한다. 쇠사슬과 가죽으로 만들어진 구속 벨트. 세상이 깜깜해진다. '생각의 전환'으로 나는 전화기를 집어들고 릴리가 저장해둔 전화번호를 죽 훑는다.

"아빠?" 벨 소리가 헐떡거리는 숨소리로 바뀌자 내가 말한다.

"누구세요?"

"로즈예요."

"로즈?"

"아빠 딸요."

"그래, 그래."

나는 전화기를 바짝 움켜쥔다. "저 시설에서 나왔어요. 퇴소했어요."

"그게 뭔데?"

"아빠가 보낸 치료소요, 기억나세요?"

"그래, 그래." 아빠의 말은 종이에 잉크가 스며들듯이, 피가 번지듯이 뒷말로 이어진다.

"잘 지내세요, 아빠?"

"난 잘 지낸다, 릴."

"로즈예요." 내가 속삭인다.

"그렇지."

"누구 만나시는 분 있어요?"

"뭐라고?"

"만나시는 분 있냐고요."

"아니, 없어. 그건 아닌 것 같구나. 없어."

"만나셔도 돼요. 그건 알죠?"

"그건 아닌 것 같구나, 애야. 그건 아닌 것 같아."

긴 침묵이 흐른다. 잠시 후 전화를 끊은 나는 끊긴 전화의 신호음을 오랫동안 귀 기울여 듣는다. 한참 지나자 그 소리는 음악으로, 자장가로 변해 나는 잠이 든다. 꿈속에서 윈덤 선생과 많이 닮았지만 우리 아빠가 된 필 브라이트가 한쪽 팔로 나를 잡아 빙글빙글 돌리고, 다른 팔로는 릴리를 돌리고 있다.

희미하게 들리는 쿵 소리에 잠에서 깨어난다. 나에게는 흔한 일이다. 속이 텅 빈 나의 몸은 메아리를 울린다. 악조건에도 불구하고 내 심장은 타악기처럼 끈질기게 고동친다. 매일 아침 억지로 깨어나는 법을 익힌 나의 감각이 제자리를 찾지만, 그제야 이 소리, 쿵쿵거리는 소리가 외부에서 들려온 것임을 깨닫는다. 게다가 아직 아침도 아니다. 아직 한밤중이고, 밤이 으레 그렇듯이 어둡기만 하다.

규칙적으로 쿵쿵거리며 릴리의 아파트를 채우던 소음 사이로 구두점을 찍듯 신음 소리가 들려오자 재채기처럼 갑작스레 깨달음이 찾아온다.

생각할 수가 없기에 생각할 겨를도 없이, 혀끝에서 맴도는 독한 술맛과 요란한 사이렌처럼 귓속으로 깊이 파고드는 릴리의 신음 소리 때문에 어쩔 수 없이 릴리의 방으로 달려간 나는 문을 확 열어젖히고, 새로운, 무너져내린 내 언니의 형체가 땀으로 범벅된 배를 깔고 앉아 있는 모습을 목격한다.

허공으로 뻗은 남자의 손이 철썩하고 고기 후려치는 소리를 내며 잔인하고 세차게 릴리의 뺨을 갈긴다. "하지 마!" 타격으로 얼얼해진 뺨을 움켜쥐며 내가 소리친다.

몸뚱이의 움직임이 멈추면서 두 사람이 돌아본다.

비켜줘야 하겠지만 나는 이 끔찍한 광경에 묶여 있다. 자동차 사고를 수습 중인 현장을 구경하느라 목을 쭉 뺀 구경꾼처럼 혹은 기절한 사람의 몸을 흘끔거리는 사람처럼 시선을 돌릴 수가 없다. 아니, 어쩌면 릴리의 방에 드리워진 진청색 어둠속에서 누군가의 땀으로 흠뻑 젖어 미끈거리는 몸으로 그곳에 앉아 남자와 섹스를 즐기고 있는 나와 비슷한 형체 때문인지도 모르겠다.

"나가!" 릴리가 콧소리를 내며 소리친다. 씩씩거리며 필의 형체에서 떨어진 릴리가 쿵쾅거리며 걸어온다. "말도 안돼. 나가라고, 이 미친년아!"

릴리는 행진하듯 나를 향해 다가온다. 복부는 더이상 본인의 것이 아닌 듯 출렁거리고, 서글프게도 절반은 비어 허리까지 축 늘어진 가슴이 흔들린다. 그 위로 내 목걸이가 반짝거린다. 릴리가 몸에 걸치고 있는 건 그 목걸이뿐이다.

릴리는 나와 전혀 닮지 않았다. 나에겐 늘어진 피부가 없다, 남아돌아 흔들리는 살도 없다. 내 몸은 온통 꽉 조이고, 피부는 학대당하는 반려견이 필사적으로 매달리듯 몸에 들러붙어, 나의 다른 신체부위처럼 혹사하지 말아달라고 애걸한다.

릴리의 새로운 몸은 내 몸과 닮지 않았고 과거 더 뚱뚱했던 자신의 몸에 더 가깝다. 이제 우리는 한쪽으로 기울이면 릴리가 보이고 다른 쪽으로 기울이면 내가 보이는 홀로그램 이미지처럼 양극단으로 나뉘었고, 지금 릴리는 어느 한쪽으로 향하는 길의 중간 어딘가에 왜곡된 그림으로 희미하게 놓여 있다. 릴리가 내 얼굴에 침을 튀기며 씩씩대고, 어느새 나는 닫힌 문을 마주하고 있다.

27

인기척이 들리기 시작할 무렵, 나는 완전히 잠에서 깨어나 커피를 손에 들고서 릴리의 방문을 지켜보고 있다. 이순간을 고대하며 나는 장시간 동안 최대한 자연스러워 보이는 자세를 유지하는 중이다. 한쪽 다리를 다른 쪽 다리위로 들어올려 꼰 자세여서, 덜렁거리는 위쪽 다리에 감각이 없어진 지 오래다. 나는 깊이 숨을 들이마시고 숫자를센 뒤 숨을 내쉰다. 마침내 방문이 살며시 열린다.

"씨발." 앉아서 기다리고 있는 나를 발견한 릴리가 중얼거린다. "아직 자는 줄 알았어."

나는 미소를 짓는다.

"로즈, 필 기억하지? 필, 로즈 알죠."

"로즈, 다시 만나서 반가워요." 빛을 뿜을 늦 새하얗게

표백된 치열을 드러내며 필이 환하게 웃는다. "평소랑 똑같이 사랑스러워 보이네요."

그의 머리색은 전보다 더 센 것 같다. 아니, 모든 머리카락이 똑같이 금속성을 띤 것으로 보아 아마도 염색한 은발 같다. 그 효과는 섬뜩하다. 강철로 조각한 머리카락. 그가 나와 악수하려고 손을 내밀지만, 나는 겨우 몇시간 전 내 언니의 뺨을 후려친 그 손바닥을 빤히 내려다본다. 무기를 그토록 코앞에서 본 적은 처음이다. 뺨이 시퍼렇게 멍들었을 것을 예상하며 릴리를 쳐다보지만, 릴리는 사랑스럽게 필을 쳐다보며 미소 짓고 있다.

필이 손을 내린다. "어젯밤에 목격한 장면은 미안해요, 로즈." 그가 말한다. "내 집으로 갔어야 했는데. 엄청 민망하군요." 그는 미소를 짓고 있다. 그가 미소 짓지 않은 적은 한번도 없었다.

나는 아무 말도 하지 않는다.

"날 용서할 수 있으면 좋겠네요." 그가 릴리를 쳐다본다. "음, 우리 둘 다." 그가 말한다. 그의 눈동자는 냉혹한 파란색이다.

나는 미소를 짓는다. 사랑하는 사람을 응원해주는 것은 중요한 일이다. "안녕하세요, 필. 반가워요." 나는 그에게 손을 뻗어 악수를 청한다. 그가 앞으로 뻗은 내 손가락을 보며 얼굴을 찌푸린다. 나는 미소 짓는다. 나는 미소 짓는다. 나는 그의 게임에 응수할 수 있다. 나는 노련한 선수이므로 이번 대결에서 그를 물리칠 수 있을 것이다.

릴리는 어리둥절한 관객이 되어 우리의 고상한 전투를 지켜본다.

필이 헛기침을 하며 내 손을 잡는다. 뭔가를 반성하고 있는 사람치고는 손아귀 힘이 너무 세다. 우리는 두번 팔을 흔든 뒤 손을 놓는다. "언제든 만남은 기쁨이죠." 그가 말한다.

"그건 제가 할 말이네요." 내가 말한다. "기쁨."

"우린 당신이 엄청 자랑스러워요." 필이 하고 있는 말은 나를 향한 것이다. "당신이 겪어낸 모든 것 말이에요. 당신은 아주 강한 사람입니다. 이런 말을 해도 좋을지 모르지만 로즈 당신은 정말 아름다워 보여요." 그가 나에게 칭찬을 하자 입안에 신맛이 감돈다. 릴리가 배신감 혹은 질투심을 느끼기 때문인데, 그 둘을 구분하기란 쉽지 않다. 릴리의 거실 창문에 비친 내 모습이 보인다. 나는 죽기로 작정한 사람처럼 생겼다. 아름답고 아름다운 시체.

시체는 말이 없다. 릴리가 박수를 친다. "좋아. 잘됐네요. 필, 당신은 그 전에 집에 가는 게 좋을 것 같아요. 음. 그 여자 몇시에 돌아온다고 했죠?"

"부인 말하는 거야? 라라 백스?" 내가 묻는다.

필이 다시 헛기침을 한다.

내가 말한다. "댁이 여기 있는 걸 부인도 아나요?"

"로즈." 릴리가 말하다.

필이 기침을 하자 릴리는 움찔한다.

"개방된 부부생활을 하나보죠?" 내가 말한다.

필이 턱에 힘을 주자 뺨이 씰룩거린다. 그가 다시 턱에 힘을 준다. 또다시.

"그만 좀 해." 릴리가 말한다.

나는 미소 짓는다. "난 그냥 필을 좀더 잘 알고 싶을 뿐이야, 릴. 그냥 수다를 떠는 거라고. 개소리나 지껄이자는 거지."

"난 그만 가봐야겠군요."

나는 고개를 끄덕인다. "부인한테 돌아가겠네요. 라라백스. 나도 부인이랑 만났어요."

필의 미소가 달아나자 나는 기운이 불끈 솟는 것을 느낀다. 마라톤이라도 뛸 수 있을 것 같다! 이 얼간이 주변을 몇바퀴씩 달리는 거라면 하루 종일 달릴 수도 있을 것 같다!

"부인이 유어웨이 모임에 참석하라고 초대도 했어요. 우리 둘이 시간을 함께 보내야 할 운명이라고 하던데요?"

"그게 정말입니까?"

"네." 나는 미소 짓는다. "부인의 제안을 내가 받아들이는 게 좋겠다고 생각해요? 우리가 나눌 수 있는 온갖 대화를 상상해보세요. 우리가 의논할 수 있는 모든 이야기를 상상해보라고요."

"로즈." 릴리는 거의 고함을 지른다. "괜찮아요, 필. 로즈는 모임에 안 갈 거예요. 라라한테 아무 말도 안할 거예요."

필은 릴리와 나를 번갈아 쳐다보며 내려뜨리고 있던 손
에 힘을 꽉 주어 주먹을 쥔다. 릴리도 그 주먹을 보고 있다.
우리의 시선이 자기 주먹에 고정되어 있음을 알아차린 필
이 손에 힘을 푼다. "알겠어, 그럼." 그가 바지에 손을 닦으
며 말한다. "알겠어, 그럼. 나중에 봐, 릴리." 그는 이렇게
말하면서도 릴리와 눈을 마주치지 않는다. "다시 만나서
반가웠어요, 로즈. 분명 곧 또 만날 날이 있겠죠."

싸움을 해서 이겨본 적이 있는지? 그때 느끼는 기분이
전쟁이 존재하는 이유다.

안녕하세요, 유어웨이 여성 고객님

오늘은 화요일입니다. 이게 무슨 의미인지 아시겠죠! 오늘
저녁 유어웨이 모임이 있습니다. 오늘 저녁엔 우리 모두 가상
세계에서 벗어나 각자 자신을 되돌아볼 예정입니다. 이런 시
대와 분위기 속에서 자신을 다른 사람들과 비교하지 않고 버
티는 것은 어려울 수 있으므로, 오늘 저녁엔 우리 자신을 찾
고 이해하고 사랑하는 데 초점을 맞출 예정이니 꼭 참여해주
시기 바랍니다! 여기를 클릭해 강좌를 예약하거나 여기를 클
릭해 인스타그램으로 라이브방송을 지켜보세요. 접속해서 저
를 팔로해주세요!

유어웨이 가족의 충성스러운 회원이신 여러분께 드리는
작은 감사의 선물로, 라라 백스 스키니기드 세트를 원 플러스

원으로 드리는 특별 행사를 오후 5시까지 연장합니다. 맞습니다, 30개 가격에 스키니거트 60개를 장만할 기회입니다! 기회가 있을 때 빠르게 선점하세요!

오늘 저녁에 만나요, 강하고 아름다운 나의 여인.
키스와 포옹을 담아,
라라 백스

릴리는 아침식사로 라라 백스 스키니거트 한 통을 퍼먹는다. 선크림 냄새가 강하게 풍겨온다.

내가 묻는다. "그거 선크림이야?"

"제로 칼로리 요거트야."

"어젯밤 일에 대해서 얘기 좀 할까? 필이 널 때린 것에 대해서?"

"아니. 우리 얘기하지 말자."

"릴리."

"로즈."

"그 사람이 네 뺨을 때렸어."

"그렇게 속 좁게 좀 굴지 마."

"학대에 대해서?"

"섹스에 대해서! 네가 섹스에 대해 뭘 안다고 그래?"

나는 화장실에 있던 제이램을 떠올린다. 어젯밤 침대에서 필의 몸에 걸터앉아 있던 릴리를 떠올린다. 섹스에 대해 많이 알지는 못하지만, 모든 섹스가 폭력을 쓰는 건 아니라는 것쯤은 나도 확실하게 알고 있다.

"네가 스스로 몸을 다치게 하는 걸 보면 나한테 안 좋은 자극이 돼." 내가 말한다. "네가 자신을 해치는 모습을 보면 나도 나 자신을 해치고 싶어진다고. 나는 재발하고 싶지 않아, 릴."

"난 필이랑 만나는 거 못 끝내. 더는 너 때문에 내 인생을 포기할 수 없어, 로지. 그리고 그건 해치는 짓이 아니야! BDSM은 폭넓게 받아들여지고 있는 문화현상이야. 역사가 1800년대 초까지도 거슬러 올라가는 행위라고. 우리가 하는 행동엔 잘못된 게 아무것도 없으니까 그거 갖고 나한테 이래라저래라 하지 마."

"하지만……"

"널 위해서라면 내가 무엇이든 한다는 거 너도 알지. 하지만 이번엔 안돼. 오랜 세월 내가 사귀어본 남자들 중에서 이번 관계가 최고야."

나는 아무 말도 하지 않는다. 나는 배를 어루만진다. "그러니까 넌 나를 위해 어떤 **것도** 하지 않겠다는 말이네."

"진짜 미치겠네." 릴리가 빈 요거트 통을 쓰레기통에 집어던지며 말한다. "나 학교 갈 준비 해야 돼." 릴리는 냉장고에서 칼십을 한 팩 꺼내 나에게 던진다. "이거나 마셔."

내가 칼십을 받아들고 고개를 끄덕이자 릴리는 출근 준비를 하러 간다. 샤워기 소리가 들리지미자 나는 칼십을 싱크대에 쏟아버린다. 아이스크림처럼 새하얗고 탁한 액체다. 나는 항상 굶는 것으로 복수를 해왔다. 릴리는 항상 항복한다. 릴리는 나 없이 살지 못한다.

프로이트는 『성욕에 관한 세편의 에세이』에서 사디즘과 마조히즘이라는 용어를 정립했다. 그는 사디즘이란 남성적인 공격성이 왜곡되어 나타난 것이며 마조히즘은 자아에 대한 사디즘의 형태라고 생각했다. 성관계 중 고통을 가하고 받고자 하는 욕망은 아동기의 불완전하거나 비정상적인 심리 발달에서 비롯했을 가능성이 있다고 주장했다.

BDSM을 실천하는 사람들은 이 이론을 거부한다. 심리학자인 프로이트가 불건전한 사도마조히즘의 경우를 우선적으로 연구했다는 주장을 펼치면서, 상호합의가 이루어지면 BDSM도 건전할 수 있다고 역설한다.

그렇다면 문제는 릴리의 경우 상호합의에 의한 것인지 아니면 오래 견뎌온 트라우마에 반응을 보이는 것인지 알 수 없다는 점이다. 배가 아프다. 내가 바로 그 트라우마일지도 모른다는 의심 탓에 배가 아프다.

2010년(21세—릴리: 91.5kg, 로즈: 31.5kg)

릴리는 집에 올 때마다 약간 달라져 있었다. 자신을 좀 더 과대포장 한 것 같은, 좀 낯선 다름이었다. 학기가 지나갈 때마다 릴리는 더욱더 릴리다워졌다. 나와 릴리를 확실하게 구분해주는 부분들만 일부러 더 물을 주어 키우는 것처럼, 릴리만의 특징, 릴리를 릴리답게 해주는 부분들이 더욱 커지고 피어나고 무성해졌다.

나는 그런 릴리에게 분개했다. 막대기에 묶여 있는 속박에서 벗어나려고 스스로 태양을 향해 자라나는 식물처럼 릴리는 멀어지고 있었다. 나는 그 막대기였다.

처음 우리 둘 사이에 거리가 생겨난 게 내 거식증 탓임을 알지만, 내가 할 일도 없고 갈 곳도 없는 굶주린 안내원의 삶에 틀어박혀 있는 동안 릴리는 거의 몰라볼 정도로 더 자신감 넘치고 더 독선적으로, 더 큰 목소리를 내고 더욱 밖으로 나돌면서 점점 성장하고 배움을 쌓고 변화하고 있었다. 릴리는 대학에서 친구들을 사귀고 공부를 하고 남자들과 자고, 그들을 데려와 수척한 쌍둥이 동생과 만나게 해주었다.

"둘이 일란성쌍둥이라고 하지 않았나." 나를 위아래로 훑어보며 남자들이 말했다.

"맞아." 내가 그들에게 대답했다.

처음엔 릴리가 데려오는 남자들의 타입이 정해져 있었다. 얼굴에 수염이 덥수룩하고 진보적인 성향을 지닌 남자들. 그들이 담배꽁초를 피우며 너무 긴 머리를 귀 뒤로 넘기다가 타코나 아보카도 같은 별난 먹거리 그림이나 로마숫자를 형편없는 솜씨로 새긴 문신이라도 드러내면서 열렬한 환경주의자인 척 열변을 토하고 담배꽁초를 길에 던져버리기라도 하면 릴리는 자지러질 듯 좋아했다. 그들은 대부분 잘 치지도 못하면서 어쿠스틱 기타를 연주했다. 그들 대부분은 릴리와 데이트를 하는 것이 일종의 취향을 드러내는 일인 양 행동했다. 자부심 넘치는 태도로 능글맞게 웃는 그들의 얼굴은 내가 얼마나 대단한 페미니스트인지 봐라고 말하고 있었다. 내가 여자들을 얼마나 지지하면 이렇게 뚱뚱한 여자랑도 데이트를 하겠어!

나는 그들을 전부 혐오했다.

우리는 피를 흘린다. 피는 서서히 느릿느릿 흘러나오다가 갑자기 너무 빠르게 쏟아져 어느 틈엔가 우리는 고급 스파를 즐기는 것처럼 우리 몸에서 쏟아져나온 피 웅덩이 속에 앉아 있다. 오늘은 피 스파로 할게요, 고마워요.

피부에 좋대요라고 우리의 리더가 말하자, 우리는 비슷한 장르의 똑같은 이야기를 들은 적이 있으므로 모두 그와 함께 고개를 끄덕인다. 단순히 죽음의 웅덩이에 앉아 있는 것이 아니라, 사실상 엄밀하게 준비된 사제 피부 관리를 받고 있다고 생각하니 어느덧 생산적인 기분이 되어 우리는 앉은 채로 서로에게 미소를 짓고, 웅덩이는 우리의 속옷을 진홍빛으로 물들이며 점점 더 깊어진다.

마침내 피가 허리까지 차올라 몸을 내려다보아도 하반신이 보이지 않자 우리는 씻어야겠다고 결심한다. 물론 우리에겐 생리 용품이 하나도 없다. 몇달째 탐폰이 필요하지 않았으니까. 하지만 집안엔 흡수제로 쓸 만한 것들이 꽤 있다. 첫째로는 수건. 둘째로는 솜뭉치. 셋째로는 양말.

우리는 가진 것을 전부 뒤진다. 서랍을 비우고 찬장을 뒤엎는다. 우리의 리더가 이 통곡물 빵은 어떻겠느냐고 묻자 우리는 이구동성으로 네, 네, **빵은 흡수력이 엄청 좋죠.** 에그스 앤드 솔저스*를 생각해봐요라고 대답한다.

우리는 갖고 있던 모든 것을 피 웅덩이에 던져넣지만, 피는 여전히 흘러넘친다. 웅덩이가 우리 가슴 높이까지 차올라 모든 것이 달라지고 똑같은 건 아무것도 남지 않는다. 이게 우리의 첫번째 모유수유 시도일지도 모르겠다.

문제는 우리가 피를 흘리는 것과 같은 속도로 그 붉은 액체를 흡수하고 있어서, 엉망진창인 현장이 정체를 보인다는 점이다. 물이 새는 배에서 최대한 빠르게 양동이로 물을 퍼내지만 물의 유입을 막을 수가 없는 것처럼.

그러다가 문에서 노크 소리가 들려오자, 우리는 미친 듯이 하던 청소를 멈추고 손에 들고 있던 흡수제를 모두 떨어뜨린 채 살며시 열리는 문을 지켜본다. 안녕하세요, 안에 누구 계세요? 목소리가 들린다.

네, 있어요, 누구시죠? 우리가 말한다.

희미하게 낯이 익어 보이는 두 여자가 이웃이에요라고 말

---

* eggs and soldiers. 길고 가늘게 썬 식빵이 군인들의 행렬을 연상시킨다고 해서 이름 붙인 솔저스를 반숙으로 삶은 계란의 노른자에 찍어 먹는 음식.

한다. 아래층에서 왔는데 우리 집 천장에서 빨간 비가 새고 있어요.

우리는 고개를 끄덕이고는 설명 대신 주변을 가리킨다.

피 목욕을 하고 계시군요. 여자 하나가 말한다.

네, 스파를 하는 날이라서요. 우리의 리더가 대답한다. 피에는 놀라운 치유 효과가 있어요, 노화 방지죠.

여자들은 서로 쳐다보다가 말한다. 우리도 함께할 수 있을까요?

우리는 고개를 끄덕, 끄덕, 끄덕, 끄덕인다. 물론이죠, 물론이에요. 우리는 말한다. 하지만 들어오려면 100달러를 내야 해요라고 우리의 리더가 말한다. 어쨌든 이건 우리 몸에서 나온 피니까요.

여자들이 깔깔 웃으며 말한다. 100달러면 엄청 싸네요. 그들은 각자 우리에게 지폐를 건네고 우리는 그들을 안으로 들인다.

여자들은 옷을 벗고 빨간 피 속에 몸을 담근다. 정말 좋네요. 그러다가 그들이 묻는다. 왜 통곡물 빵이 이 안에 둥둥 떠다니죠?

먹으려고요. 우리가 그들에게 대답한다. 그러자 갑자기 맞는 말이 된다. 갑자기 우리는 속이 빈 느낌을 받는다. 유령이 출몰하지 않는 집에서도 유령을 그리워할까?

2010년(21세─릴리: 95kg, 로즈: 31kg)

릴리가 대학교 3학년 때 무언가가 달라졌다. 정확히 뭐가 달라졌는지 콕 집어 말하기는 어렵지만, 릴리의 연애 취향 변화는 대단히 극적이었다. 갑자기 릴리는 쓰레기 같은 놈들을 집에 데려왔다. 뻔뻔한 인종차별주의자. 노골적인 여성혐오자. 마치 길에서 마주친 아무나 손을 잡고 기숙사 방으로 끌고 온 것처럼. 형편없는 취급을 본인이 원한 것처럼. 릴리의 몸무게는 하늘 높은 줄 모르고 치솟았다. 릴리의 위장엔 구멍이 뚫렸다. 식욕이라는 우물은 결코 채워지지 않았다.

릴리가 끔찍한 남자들의 시초 격인 랜스를 데려온 봄방학 때, 문을 열어준 나는 헉 소리를 참느라 혀를 깨물었다. 릴리는 살이 많이 쪄 있었다. 현관 계단이 체중을 이기지 못하고 아래로 휘었다. 몸을 움직일 때마다 나무판자가 삐거덕거렸다. 물론 릴리는 아름다웠다. 항상 아름답긴 했지만 뿜어대던 빛이 어두워지고, 미소도 단조로워졌다.

"안녕." 내가 입을 열었지만 목소리가 좀 이상했고 릴리는 즉각 그걸 알아차렸다. 릴리는 장벽을 쌓듯 팔로 자기 몸을 감쌌다.

랜스가 귀 뒤에서 담배를 꺼냈다.

"여기선 담배 안돼." 릴리가 담배를 빼앗으려고 하며 나무랐다. "아빠 계셔." 그러나 남자는 담배를 움켜쥐고 입으로 가져갔다. 나는 주변에서 담배를 피우려는 사람들에게 익숙해져 있었다. 마치 내가 그들에게 흡연 습관을 촉발하는 기폭제라도 되는 듯이.

"둘이 한 남자랑 섹스한 적 있어?"

"뭐? 아니." 릴리가 대답했다.

"생각 있어?"

"뭐라고?" 내가 물었다. "뭐라고 했어?"

"스리섬." 그가 담배연기를 길게 내뿜으며 나에게 윙크를 했다. "너도 좋아할 것 같은데 그래? 마른 여자들은 원래 변태잖아." 알고 보니 랜스는 남자가 아니라 남자의 탈을 쓴 한심한 허깨비였다.

"미치겠네." 릴리가 말했다. "넌 그냥 가야겠다."

아직 아빠가 퇴근해서 귀가하기도 전이었다.

"네 차 타고 왔잖아, 설탕 젖꼭지." 랜스가 말했다. "나 혼자 기숙사까지 어떻게 가라고?"

"설탕 젖꼭지 좋아하시네." 내가 콧방귀를 뀌었다. "꺼져, 인간아. 가라잖아."

랜스는 갔다. 릴리가 내 양손을 잡고 자기 뺨에 올렸다. 익숙한 느낌이었다. 나도 정확하게 똑같은 뺨을 지닌 적이 있었다. 릴리의 얼굴은 변화를 거부하는 듯, 릴리에게 과거의 자신으로 돌아갈 것을 촉구하는 듯 몸이 비대해지는 와중에도 살이 붙지 않았다.

"정말 미안해." 릴리가 말했다. "저 자식 말이야. 한심한 놈. 저런지 몰랐어."

"저런 놈을 왜 만나?"

릴리는 내 질문을 무시했지만, 내 손바닥에 느껴지는 뺨이 달아올랐다. "넌 괜찮아?" 릴리가 물었다.

나는 웃음을 터뜨렸다. "괜찮아. 난 괜찮아. 난 좆나 나약한 꽃이 아니야, 릴." 이렇게 말하며 목 주변을 손으로 어루만졌다. 나는 나 자신에게 매달리는 것처럼 쇄골에 손가락을 거는 걸 좋아했다.

"나도 알아." 릴리는 튀어나온 내 뼈를 보는 둥 마는 둥하며 대답했다. "그건 나도 알아. 그런데 저 자식이 말한, 스리섬 말이야. 그러니까, 너는 아직⋯⋯ 너도 알겠지만 아직⋯⋯ 해봤어?" 릴리의 머뭇거리는 말줄임표에 현기증이 일었다. 나는 릴리의 팔을 잡고 몸을 지탱했다.

"그냥 말해, 릴."

"너 아직⋯⋯그거 안해봤지?"

"나랑 섹스 얘기를 하자는 거야?" 나는 웃음을 터뜨렸다. 물론 나는 동정을 잃지 않았다. 나는 굶주렸고 흉측했다.

"내 말은 그게 아니고⋯⋯"

"그냥 말하지 마." 내가 말했다. 몸무게가 31킬로그램도 안 나가는데 릴리가 왜 섹스 걱정을 하는지 나로선 알 수가 없었다. 그건 어린아이의 몸무게였다. 해골이거나!

허리를 굽혀 끝에서 아직 연기가 피어오르고 있는, 랜스가 버리고 간 담배를 집어들었다. 한모금 빨았다. 담배 연기에선 공기처럼 가벼운 맛이 나다가 이내 달라졌다. 어느새 연기는 기름 찌꺼기처럼 내 목구멍을 뒤덮었다. 나는 공해물질을 넘기려고 침을 삼키고 또 삼켰다. "네가 알면 얼굴을 붉힐 만한 짓도 해본 적 있어." 내가 밀했나. 릴리는 내 말을 믿지 않았다. 항상 서로의 안부를 맛으로 느낄 수 있으니 릴리도 레몬 맛 거짓말을 미각으로 느꼈을 것이다. 그러나 그 거짓말이 얼마나 허황된 것인지까지 릴리가 알 필요는 없었다.

나는 아빠의 옷장에서 꺼내 입은 오버사이즈 데님 셔츠의 단추를 풀고 옷자락을 활짝 젖혔다. 봐라고 나는 말하지 않았다. 나를 보라고.

내 몸을 보며 릴리는 얼굴을 찡그렸다. "보기 끔찍하다." 릴리가 말했다. 그러나 릴리는 돕게 해달라고 애걸하지 않았다. 칼로리가 거의 없는 샐러드를 만들어주겠다고 하지도 않았다. 몸무게가 얼마인지조차 묻지 않았다. 단지 콧등을 찌푸리며 시선을 돌렸을 뿐이다.

"고마워." 내가 말했다. "대단히 고마워."

"내가 무슨 말을 하면 좋겠어, 로즈? 난 널 아기 보듯 보살필 수 없어. 내가 싼 똥도 치울 게 잔뜩이야."

자기가 싼 똥? 나는 셔츠 자락으로 다시 몸을 감싸며 침을 삼켰다. 릴리가 나를 포기한 거면 어쩌지?

시설에 있을 때 그룹 리더는 우리가 사람들을 통제할 수 없을 때 그들을 더 잘 이해할 수 있게 되면 그들의 행동을 예측할 수 있다고 말했다. 아무런 해악 없이 누군가를 통제한다는 환상. 우리는 누가 어떤 유형의 사람이지 게임을 했다.

"예를 들어서," 둥글게 앉아 있는 우리에게 그룹 리더가 말했다. "레이철은 열심히 들을 때 양손 엄지손가락을 빙빙 돌리는 유형의 사람이에요." 리더는 별 특징은 없지만 확실하게 엄지손가락을 돌리고 있는 마른 여자를 향해 고갯짓을 했다. "엄지손가락을 돌리는 사람은 어떤 유형의 사람일까요?"

고양이와 쥐의 추격전처럼 돌아가는 레이철의 두 엄지손가락을 지켜보며 우리도 양손을 깍지 끼고 엄지손가락을 돌리기 시작했다. "다리를 떠는 유형의 사람?" 누가 말했다.

"손톱을 물어뜯는 유형의 사람?"

"팔꿈치에 구멍이 뚫릴 때까지 카디건을 입는 유형의 사람!"

"손수건에 자기 이름 머리글자를 자수로 놓는 유형의 사람!"

"말하고 나서 사과하는 유형의 사람."

레이철은 각 대답이 나올 때마다 고개를 끄덕이며 좌중을 바라보았다.

"또다른 예를 들어보죠." 그룹 리더가 말했다. "로즈는 머리부터 발끝까지 회색을 입는 유형의 사람이에요." 그가 내 옷차림을 가리켰다. 걸어다니는 먹구름. "머리부터 발끝까지 회색을 입는 사람은 어떤 유형의 사람인지 누구든 말해볼 수 있을까요?"

정적이 흘렀다. 그러다가 가장 최근에 입소한 세라가 손을 들었다. "머리부터 발끝까지 회색을 입는 사람은 희생자인 척하는 유형의 사람이에요."

다이아몬드와 나는 서로를 빤히 응시하며 앉아 있다. 아이는 너무 어려서 부적절한 행동이라는 의식 없이 코를 판다. 아이와 함께 있을 땐 무엇을 하고 놀아야 할까?

"아빠랑 윈터스 선생님은 어디 갔어요?" 손가락을 바지에 닦으며 아이가 묻는다.

릴리와 필은 성인용품점에 갈 예정이다. "새로운 장난감!" 릴리는 옷장에 있는 셔츠를 전부 입어보며 말했다. 요즘 들어 릴리의 몸은 변덕스러운 날씨 같았다. 어떤 때는 오래된 회색 멍으로 뒤덮였다가, 또 어떤 때는 새로 난 상처로 빨개졌다.

내가 화분에 물을 주는 사이, 릴리는 입어보는 옷마다 나에게 보여주었다. 다 죽었다는 걸 알면서도 나는 매일 화분에 물 주는 일을 도맡았고, 어쨌거나 식물을 먹였다. 나는 아직 그들을 포기할 마음의 준비가 되지 않았다.

"가게가 시내에서 좀 벗어난 곳에 있지만 오래 걸리진 않을 거야. 필은 원하는 게 뭔지 확실히 알거든."

"채찍과 사슬이겠지."

"우린 그것보다는 더 은근한 걸 좋아한단다, 로지."

신체 결박의 복잡성이란. 나는 오후 내내 다이아몬드를

돌보는 중이다.

"뭐 먹을 거 없어요?" 다이아몬드가 부엌을 쳐다본다. "너겟 있어요?"

"아니."

"감자칩은?"

"뭔가 다른 걸 해보자."

하지만 아이는 배가 고프다. 아이는 먹을 것을 제공받는 데 너무도 익숙하다. 그러나 나는 아이에게 먹을 것을 제공할 수 없다. 포식자가 먹이를 노리듯 아이의 눈은 냉장고에 고정되어 있다. 아이의 허기가 관심의 산물일까 궁금하다. '생각의 전환'. "나랑 같이 가자." 내가 아이의 손을 잡으며 말한다. 아이 손은 내 손에 비해 너무 작아서 전체 길이가 겨우 내 손가락 하나만 하다.

아파트에서 릴리의 방(형편없는 포르노 영화의 전개처럼 아이 아버지가 담임선생과 일주일에 한번 불륜을 저지르는 공간이라는 명백한 이유 때문에 나는 다이아몬드를 그 방에 데려갈 수가 없다) 외에 갈 곳이라곤 화장실밖에 없다.

"봐!" 데려가는 곳이 기껏 화장실이라는 사실을 흥분한 말투로 숨길 수 있기를 바라며 내가 말한다.

"뭘요?"

"보라니까!" 나는 주변을 가리킨다. 전부 다 좀 보라고.

"변기네요." 다이아몬드가 말한다. "변기기 뭐가 그렇게 재미있어요?" 변기가 뭐가 그렇게 재미있느냐고? 나는 두루마리 휴지를 한칸 찢어 변기에 떨어뜨린다. 휴지가 투명하게 변해 녹기 시작한다. 다이아몬드는 시큰둥하다. 나는 변기에 손을 뻗어 물을 내린다. 짜잔! 사라지는 마술!

"기분 나쁘게 하려는 말은 아니지만, 그냥 변기 물 내린 거잖아요."

"마술이지! 사라졌잖아. 봤지?"

"배수관으로 들어갔죠. 정말로 사라진 게 아니에요." 다이아몬드가 말한다.

나는 변기를 포기한다. 사실 변기는 재미있을 게 전혀 없다. "이건 어때?" 보란 듯이 수납장을 열며 내가 말한다.

"화장!" 다이아몬드가 말한다.

"맞았어. 화장."

"변신해요? 나 바비처럼 분홍색 립스틱 바르고 싶어요."

"내가 하려던 게 바로 그거야. 널 이리로 데려온 이유가 바로 그거라니까. 화장." 또다른 마술, 빠른 전환.

아이는 깨끗한 물이 고인 변기를 닫고 뚜껑 위에 앉는다. 나는 릴리의 화장품 파우치를 꺼내들고 아이 앞에 쪼그려앉는다. "나 로즈 선생님처럼 보이고 싶어요." 아이가 말한다. 내가 내 한쪽 뺨에 손을 얹자 아이도 내 반대편 뺨에 손을 얹는다. 내 얼굴을 감싼 손 두개, 하나는 큰 손, 하나는 작은 손.

"나처럼?"

"로즈 선생님처럼."

거울 속 내 모습을 확인한다. 이런 몰골을 원하는 사람은 아무도 없다! 나는 차에 치여 오래전에 죽은 동물 사체처럼 보인다. "난 차에 치여 오래전에 죽은 동물 사체 같잖아."

"네." 다이아몬드가 진지한 얼굴로 고개를 끄덕인다.

나는 파우치에서 파우더를 꺼낸다. 다이아몬드에겐 색이 너무 하얗다. 완벽해. 나는 아이 얼굴에 파우더를 한겹 입힌 뒤 한겹, 또 한겹 덧칠한다. 아이는 엄청 아픈 사람처럼 보인다. 이번엔 무채색으로 구성된 아이섀도 팔레트를 꺼낸다. 검은색부터 흰색 사이의 모든 색상이, 온갖 색조의 회색들이 줄지어 배열되어 있다. 진한 회색을 브러시에 칠해 다이아몬드의 분홍빛 뺨의 곡선이 움푹 파인 것처럼 보일 때까지 음영을 그린다. 그 결과는 죽음.

"아빠 어디 갔어요?" 다이아몬드가 묻는다.

"쇼핑하러."

"난 쇼핑 싫어하는데." 다이아몬드가 말한다.

"그래서 나랑 여기 있는 거잖아." 나는 검은색 펜슬로 아이의 눈 주변을 칠한 다음 멍이 든 것처럼 선을 뭉갠다.

"아빠도 쇼핑 싫어해요. 엄마한테 그렇게 말하던데."

"아빠도 이런 종류의 쇼핑은 좋아하셔."

"아빠는 나를 어깨에 태워줘요."

"뭐라고?"

"아빠는 나를 어깨에 태워줘요. ˥ 더러 아빠 *스카프*래요."

마른 여자들

"스카프?"

"왜냐하면 내가 안 떨어지려고 다리로 아빠 목을 꽉 조이고 있거든요."

그의 스카프. 누군가의 스카프가 된다는 것.

"멋지구나. 다 했어."

다이아몬드는 변기로 만든 왕좌에 기어올라 거울을 들여다보며 얼굴을 찌푸리더니 깔깔 웃기 시작한다. "너무 흉해요!" 나와 나란히 선 아이의 모습은 마치 엄마와 딸 같다. 순간적으로 내가 찌르르 느낀 것은 모성애인지도 모르겠다.

다이아몬드는 새로운 시도에 곧 싫증이 나 얼굴을 문지르며 화장품 때문에 간지럽다고 투정한다. 얻어맞은 것처럼 보일 때까지 손등으로 눈을 비벼댄다. 아이가 가만히 앉아 있는 동안 나는 클렌징티슈로 나머지 화장을 말끔히 지운다. 평범하고 건강한 모습을 반긴다. 나 같은 딸을 키우는 법을 나는 알지 못할 것이다.

릴리와 필이 집에 돌아왔을 때 다이아몬드는 아주 깨끗해져 반짝거리는 얼굴로 잠들어 있다.

"애는 어땠어요?" 딸의 머리카락을 손가락으로 빗어내리며 필이 묻는다. 그의 손이 그토록 앙증맞은 대상에게도 고통을 안길 수 있다고 생각하니 몸이 움찔거린다.

"잘 있었어요." 내가 대답한다.

릴리는 검은색 쇼핑백을 들고 있다. 무기들. 릴리는 좀 달라 보인다. 나는 눈을 가늘게 뜨고 릴리를 살핀다. "뭐가 달라졌지?"

"태닝 받았어!" 새로운 피부색을 나에게 보여주느라 릴리가 팔을 뻗는다. "나 엄청 창백해 보였었잖아."

"우린 둘 다 평생 이런 색이었어."

"하지만 이게 더 나아 보이지 않아?" 필의 어깨를 짚어 균형을 잡으며 릴리가 한쪽 다리를 들어올린다. "태닝만 제대로 해도 5킬로그램은 빠져 보이거든. 내 말 맞죠, 자기?"

"맞아." 필이 고개를 끄덕인다. "맞는 말이야, 허니." 그러나 그는 릴리를 보고 있지 않다. 다이아몬드 곁에 쭈그려앉아 딸에게 시선을 고정하고 있다. "뭐 좀 먹었어요?" 아이가 깰까봐 걱정하며 그가 속삭여 묻는다. 어떤 이에게는 아주 폭력적인 사람이 다른 이에겐 아주 다정하게 구는 것이 가능할까? 성관계 도중 사랑하는 사람을 때리는 유형의 사람은 좋은 아버지가 될 수 있는 유형이 아니다.

"여긴 제대로 된 음식이 없어요. 이 집에 있는 건 전부 당신 부인의 다이어트식뿐이거든요."

"다이아몬드는 그거 좋아해요. 항상 먹는걸요."

"애한테 다이어트를 가르치고 있어요?" 내가 묻는다.

"그냥 의식하고 행동하라는 거예요. 유어웨이는 모든 게 마음가짐에 달려 있으니까."

릴리가 필을 올려다보며 미소 짓는다. 그의 말이 진리라는 듯이. 그가 한 말이 훌륭하다는 듯이. 남자를 위해 스스로 굶주리는 유형의 사람은 침실에서 그 남자가 피투성이가 되도록 자기 몸을 때려도 그냥 내버려두는 유형의 사람이다.

짧은 순간 나는 다이아몬드를 훔쳐내는 상상을 한다. 숲속에 있는 집으로 달아난다. 아이가 먹고 싶어하는 것을 다 먹게 한다. 아이 몸에 대해 절대 왈가왈부하지 않는다. 내 몸에 대해서도 절대 비판하지 않는다. 그것은 환상이다. 가능한 현실에서 너무도 먼. 나는 끔찍한 엄마가 되겠지만, 좋은 엄마가 되는 법은 알 것이다.

『시크』 잡지사에서 일할 때 나에게 걸려온 전화는 딱 한 통뿐이었다. 아빠였다. 아빠는 늙고 지친 사람 같았고 목소리는 오랫동안 말을 하지 않은 듯 쉬어 있었다.

"네?" 내가 말했다.

"아빠다."

"알아요."

"릴리가 전화했었니?" 아빠의 목소리는 수화기에서 멀리 떨어져 있는 사람처럼 나직했다.

"릴리가요?"

"전화 받았어?" 아빠는 기침으로 거미줄을 걷어내려는 듯이 목청을 가다듬었다.

"릴리가 전화했었느냐고요?" 나는 얼굴을 찡그렸다.
"아뇨?"

"아, 그렇구나." 아빠는 다시 헛기침을 했다. "릴리가 전화하겠다고 했었거든. 아직 안 걸었나보구나. 너한테는 자기가 얘기하는 게 좋겠다고 생각한 모양인데."

"저한테 무슨 얘기를 해요?"

"너희 엄마."

"엄마요?"

"사고를 당했어."

"뭐라고요?"

"무사하지 못했다."

"무슨 일인데요?" 나의 세상이 소용돌이쳤다.

"사고 말이다."

"무슨 사고인데요?"

"음주운전자. 음주. 음주운전자가."

"자동차 사고요?"

"그자가 엄마를 치었어."

"그자가 엄마를 치었다뇨?"

"음주운전자 말이다."

"그게 누군데요?" 나는 아빠의 말을 알아듣는 데 어려움을 겪고 있었다. 아빠는 이상한 언어로 말했다.

"운전자?"

"네"

"그만 끊어야겠다, 릴."

"로즈예요."

"그렇구나. 가봐야겠다. 네 언니한테 전화하라고 할게."

"아빠?"

"음?"

"괜찮으세요?"

"그럼. 나중에 보자."

아빠와 나이가 같고 체구도 비슷했던 운전자는 과거 음주운전 횟수도 아빠와 똑같았지만, 아빠는 아니었다. 아빠가 사고를 낸 건 아니었다. 그런데도 아빠는 거듭 미안하다고 말했다. 미안하다. 마지막 호흡처럼 헐떡거리며 쉰 목소리로 말했다. 미안하다, 미안하다, 미안하다.

아빠가 그런 게 아니잖아요. 장례식에서 릴리는 스스로 몸을 웅크려 사라질 수도 있을 만큼 작아지기를 원하는 사람처럼 위축되어 흐느끼는 아빠를 달랬다.

아빠가 눈을 떴을 때, 어쩌면 나는 난생처음으로 아빠를 이해했다. 아빠는 엄마를 죽이지 않았지만 살게 내버려두지도 않았다.

우리는 검은색 상복 차림으로 사람들과 섞이려고 애를 쓰며 뒷줄에 앉았다. 엄마의 새로운 가족, 테드와 그의 아이들은 맨 앞줄 중앙에 앉아 있었다. 어쨌거나 장례식을 주관하고 비용을 대고 관과 화장장과 묘지를 준비한 사람은 그들이었다. 우리는 그들이 더 큰 소리로 울도록 두었다. 그들보다 훨씬 더 오래전에 엄마를 잃은 우리는 그들이 엄마의 죽음을 애도하는 걸 지켜보았다. 그들은 각자 자리에서 일어나 슬픔의 무게에 몸을 축 늘어뜨린 채 느릿느릿 연단으로 걸어갔고, 양손을 꼭 움켜쥔 채로 목이 메어 떨리는 목소리로 자기네 엄마에 대한 마지막 추억을 토로했다. 우리 엄마. 딤섬은 놓치지 말고 꼭 먹어라.

장례식이 끝났을 때, 우리는 밤에 가장 마지막으로 뜨는 별처럼 뒷줄에서 슬며시 빠져나왔다.

28

릴리는 필과 저녁시간을 보내고 있다. 새로운 도구를 시도하는 그들을 상상해본다. 릴리는 끔찍하게 생긴 재갈을 입에 물고 헐떡거리고 있다. 나는 내 목을 움켜잡고 숨 쉬는 법을 다시 배운다. 허기가 발악을 하는 중이다. 모든 장기가 아프고 정신은 몽롱해져 점점 육신과 동떨어지기 시작했다. 이제 나는 몸 바깥에서 어른거리는 자신의 그림자에 불과하다. 이건 기아의 마지막 단계이고 그래서 겁이 나지만, 릴리가 알아차리기 전까지는 계속 먹지 않을 것이다. 이건 내가 릴리를 도울 수 있는 유일한 방법이다.

"이거 좀 봐." 릴리가 말한다. 밤의 어둠을 뚫고 방에서 걸어나오는 릴리의 실루엣이 모래시계 모양이다. 낯선 형상에 나는 인상을 찌푸린다.

"웨이스트 테이머라는 거야." 몸을 나비넥타이처럼 조이고 있는 코르셋을 양손으로 쓸어내리며 릴리가 말한다. 릴리의 새로운 몸매. "라라 백스에서 나온 신제품이야. 아직 판매되기도 전이래. 필이 나한테 줬어. 봐봐, 로즈."

나는 보고 있다.

릴리는 약간 아픈 사람 같다. 피부가 누렇게 뜨고 탄력을 잃은 눈은 축 처졌다.

"날씬해 보이지 않니?"

"숨은 쉴 수 있어?" 나는 꽃다발처럼 릴리의 몸을 움켜잡고 있는 고무 튜브 아래의 장기를 상상한다.

"대충." 릴리가 말한다. "대체로." 릴리가 나가자 내 피가 혈관을 타고 흘러가는 소리를 들을 수 있을 정도로 온 집 안에 숨 막히는 정적이 흐른다.

나는 화분에 물을 준다. 화분은 죽었다. 그들은 계속 죽어 있기를 고집한다.

안녕하세요, 유어웨이 여성 고객님!

라라 백스입니다! 저는 지금 막 당신 생각을 하고 있어요. 불행하면 외롭습니다, 안 그런가요? 슬픔은 완벽한 고립을 불러올 수도 있습니다. 만약 ……라면 나도 행복할 텐데,라고 생각해보신 적 없나요? 만약 내가 좀더 말랐다면, 좀더 예쁘다면, 좀더 인기가 있다면, 하고요. SNS는 모든 사람에게 부족하다는 느낌을 안겨줍니다. 유어웨이 여성 여러분, 우린 모두 그런 느낌을 경험한 적이 있습니다! 하지만 이젠 슬퍼할 필요도 없고, 외로워할 이유도 없다는 것을 말씀드립니다. 유어웨이는 기쁨으로 가는 길이며, 저는 여러분을 위해 그 길을 포장도로로 만들었답니다! 행복으로 가는 열쇠는 당신을 위해 당신을 받아들이는 법을 배우는 것이고, 저는 당신이 그곳에 도달하도록 도와드릴 수 있습니다. 오늘밤 유어웨이 모임에 참석해 자신을 사랑하는 법을 배우세요. 더 자세한 내용을 알고 싶으시면 여기를 클릭해 오늘 저녁 개최되는 강좌에 등록하세요. 처음 참석하신다면 완전히 무료입니다! 추가 선물로 오늘밤 처음 모임에 참석하는 분들에게 신제품인 '유어웨이: 당신에게 가는 길' 티셔츠와 귀여운 칼로리 기록용 수첩을 무료로 드립니다!

행복한 마음으로,

키스와 포옹을 담아 라라 백스가

2010년(21세─릴리: 97.5kg, 로즈: 30.5kg)

릴리가 다음번에 사귄 남자에 비하면 랜스는 그리 나쁜 편도 아니었다. 릴리는 자꾸만 개자식들한테만 걸려드는 것 같았다. 그들이 가져다주는 고통에 중독된 것처럼.

랜스가 멍청이였다면, 다음번 남자인 토니는 무서웠다. 릴리는 그를 아빠와 만나게 하는 건 원치 않았지만 나한테는 소개해주고 싶어했으므로, 우리는 우리 집에서 좀 떨어진 커피숍으로 나갔고 나는 블랙커피를 시켰다. 당시엔 커피가 날 똑바로 걷게 해주는 유일한 방편이었기 때문이다.

유명한 전설에 따르면 커피는 염소를 통해 발견되었다. 아비시니아에서 염소를 치던 칼디라는 사람이 자기 염소들이 평소보다 더 활기차게 주변을 돌아다니며 뛰노는 것을 발견했다. 조사에 돌입한 칼디는 염소들이 초원에서 빨간색 열매와 특정 나무의 반짝거리는 잎사귀를 먹고 있다는 사실을 알아냈다. 칼디 자신도 열매를 먹어보았고, 역시나 기운이 솟으며 흥분되는 것을 느꼈다. 그렇게 사람들은 칼로리 없이 활력을 선사해주는 기적의 식물 커피를 발견했다. 이론적으로 인간은 아무것도 남지 않을 때까지 제 살을 깎아먹으며 블랙커피만 마셔도 생존하기에 충분한 활력을 얻을 수 있다.

릴리는 핫초콜릿을 주문했고 토니는 라테를 시켰지만, 그는 라테가 나오자마자 미니 위스키 몇병을 꺼내 술을 부었다. 그러고는 손가락으로 라테를 저었다.

"자기야." 릴리가 말했다.

"왜? 해장술이야. 좀 줄까?" 그가 미니 위스키 병을 내밀자 릴리는 그를 노려보았다. "아 참." 그는 코웃음을 쳤다. "그렇지. 넌 술 안 마시지."

"뭐라고?" 내가 물었다.

"아무것도 아니야." 릴리가 대답했다.

"그래서," 그가 새끼손가락을 계속해서 휘저으며 말했다. "둘이 쌍둥이라고?"

릴리가 고개를 끄덕였다. "요즘엔 우리가 서로 별로 안 닮았다는 거 알아. 하지만 실제로 우린 일란성쌍둥이야."

"자궁에 있을 때 네가 엄청 먹어댔나보다." 토니가 릴리를 향해 윙크를 보냈고, 나는 릴리의 뺨이 굳어지는 모습을 지켜보았다. "동생한텐 별로 안 남겨주고 말이야."

"댁도 자궁에 있을 때 엄청 먹어댔나봐." 임신한 것처럼 불룩 튀어나온 배를 우스꽝스러운 문구가 박힌 티셔츠로 가리고 있는 모습을 가리키며 내가 토니에게 말했다. '혹시 발견하면 가장 가까운 술집으로 돌려보내시오.'

"로즈, 그러지 마"라고 릴리가 말했지만, 토니는 릴리의 어깨에 한 손을 올렸다. 그러자 릴리가 움찔했다. 아주 미세한 움직임이었지만 나는 보았다. 그리고 그의 손마디가 하얘지는 게 꼭 릴리의 뼈나 살을 으스러뜨리려는 시도처럼 보여 마음에 안 들었다. 토니는 나를 보며 한쪽 눈썹을 치켜세웠고, 나도 그를 노려보았다.

"네 동생은 입이 좀 거칠구나, 릴리패드. 흥미로워." 그가 말했다.

"그냥 좀 긴장해서 그럴 거야." 릴리의 말에서 나는 차갑고 축축한 공포를 맛볼 수 있었다.

내가 말했다. "난 긴장하지 않았어, 릴리패드."

토니가 웃음을 터뜨렸다. "그래," 술을 탄 라테를 한모금 마시며 그가 말했다. 테이블 너머로 풍겨오는 위스키 향이 마치 독약 냄새처럼 느껴졌다. "네가 로즈구나. 거식증, 어?"

안하무인으로 구는 그에게 나는 콧방귀를 뀌었다. "이런 것들은 어떻게 혼내줘야 하는지 너도 알잖아, 릴."

"토니, 자기야, 진정해." 릴리가 말했다. "애는 건드리지마. 안 그래도 지금 힘든 시기를 보내는 애야."

"야." 칙칙한 복숭아 색으로 돌아왔던 토니의 손마디가 또다시 릴리의 팔 위에서 힘이 들어갔다. "나랑 로즈랑 대화 중이잖아. 예의 없이 굴지 마." 그가 말했다.

아침 8시에 술을 마시면서 나의 언니를 움찔할 때까지 움켜잡고 있는 남자를 빤히 응시하던 나는 자리에서 일어났다. "사실 볼일 다 끝난 것 같다." 나는 릴리를 향해 돌아서서 말했다. "난 저 인간 싫어." 그런 다음 그곳을 벗어났지만, 있어달라고 애걸하는 릴리의 겁에 질린 시선을 놓치지는 않았다.

라라 백스의 집은 크고 으스스하다. 인형의 집을 거대하게 만들어놓은 것처럼 건물은 파스텔 톤이고 마당은 수상쩍을 정도로 초록색인데다 담장은 심하게 도드라지는 하얀색이다. 이런 교외 저택은 어쩐지 가식 같다. 인형의 집. 현관문을 두들기자 손가락 관절이 나무를 치며 나는 소리가 정적에 휩싸인 완벽한 막다른 골목 주변에 메아리로 울려퍼지는 것 같다. 나의 반항에 격분한 릴리가 진짜로 따라왔을 것만 같아서 나는 어깨 너머를 돌아본다. "나는 나의 기쁨만 통제할 수 있다." 닫힌 문을 보며 나는 중얼거린다. "나는 나 자신을 사랑하는 법을 배우고 있다."

"로즈 윈터스." 라라 백스가 문을 열어주며 말한다. "와주었군요!"

징글스로 짐작되는 작은 털북숭이 개가 나를 향해 짖어대자 라라 백스가 개를 안아올려 귀 사이를 긁어준 뒤 집 안으로 다시 들여보낸다. "징글스 때문에 미안해요." 라라 백스는 발목까지 내려오는 긴 치마에, 골반에서 배꼽까지 미소를 짓듯이 길게 이어진 흉터를 포함해 상반신을 거의 다 드러내는 작은 브래지어만 입었다. 배에 문신도 있다. 실크해트를 쓴 코끼리가 코를 높이 치켜올려 가슴을 양분하고 있다. 교외의 이런 인형의 집에서 살기엔 너무 멋진 여자다!

"마음에 들어요." 내가 말한다.

"뭐가 마음에 들까요?" 라라 백스가 말한다. 그제야 내가 무엇이 마음에 드는지 말하지 않았다는 사실을 깨닫는다. 굵은 검은색 선으로 배의 절반을 뒤덮은 코끼리 문신이 워낙 눈에 띄어서 내가 그것을 말한 것이라는 게 너무도 당연하게 느껴진다.

"아무것도 아니에요. 문신 이야기였어요."

"릴리언이에요." 라라 백스가 말한다. "난 얘를 릴리언이라고 부른답니다."

"제 언니 이름은 릴리예요." 내가 말한다.

"네, 윈터스 선생님이시죠." 라라 백스의 말투가 차갑고 어두워진다. "다이아몬드의 담임선생님."

라라 백스가 그들의 불륜에 대해 얼마나 알고 있을지 궁금하다.

"안으로 들어오세요, 로즈." 라라 백스가 내 등에 손을 대고—따뜻하다—집 안으로 인도한다. "뭐라도 좀 드릴까요?"

"뭐라도?"

"물, 주스, 홍차, 콤부차……"

계속해서 음료 목록을 읊어대며 칼로리가 있는 걸 권할까 두려워 내가 말한다. "물이면 돼요, 감사합니다."

2010년(21세—릴리: 100kg, 로즈: 30kg)

『시크』잡지사의 안내데스크는 금요일이면 찾는 사람이 드물었다. 어느 금요일 집으로 가서 영원한 낮잠을 이어갈 수 있는 퇴근시간이 겨우 한시간 남았을 때, 내 데스크를 두들기는 소리가 들렸다. 깜짝 놀라 잠에서 깨어나 고개를 들어보니, 예전처럼 마른 몸매에 검게 염색한 머리를 끔찍한 헬멧처럼 뒤집어쓴 퀭한 얼굴의 제미마 게이츠가 있었다. 나를 내려다보며 미소 짓는 제미마의 이는 누렇게 변색되었고, 눈동자도 오래된 사진처럼 색이 변해 노란색을 띠었다.

"제미마?" 몽롱한 정신으로 그애의 날카로운 광대뼈와 턱선, 각진 어깨와 직선에 가까운 몸매를 알아보고 내가 말했다. 눈썹은 너무 진해서 마치 피부에 틈이 생긴 것처럼 보였다.

"탐폰이 필요해." 제미마가 너무 큰 소리로 말해서 나는 얼굴을 붉혔다. 제미마는 자기 주제곡을 타악기로 연주하듯 인조 손톱으로 내 데스크를 톡-톡-톡-톡 두들겼다. 제미마 게이츠는 자신을 자신답게 만들고 무리에서 자신을 독보적으로 돋보이게 만드는 자신만의 시그니처 행동을 갖고 있는 부류에 속했다. 말하다가 중간중간 구두점을 찍듯 윙크하는 모습이라든지, 검지로 양쪽 눈썹을 문지르는 모습이라든지. 반면 나는 그러고 싶어도 내 얼굴 생김새조차 낯설어서 눈썹 위치도 단번에 짚어내지 못하는 사람이었다. 나는 내 몸과 친한 적이 한번도 없었다.

"뭐?"

"탐폰."

나는 맨 아래 서랍을 뒤져, 회사 관리부서에서 바로 이런 목적으로 비치해두도록 한 중형 탐폰을 꺼내 제미마의 손바닥에 탁 올려놓은 뒤 눈썹을 치켜세웠다.

"네가 여긴 웬일이야?" 내가 물었다.

"이거 어디다 쓸 건지 안 물어봐?" 제미마는 뜬금없이 질문했다. "탐폰?" 제미마의 목소리는 너무도 강렬하고 단조롭고 반항적이어서 마치 내 목소리처럼 느껴졌다.

"응."

"왜?"

"음, 탐폰의 용도를 알기 때문이겠지." 한번도 써본 적은 없으면서도 내가 대꾸했다.

"아니야. 이 탐폰은 그거 아니야."

"그럴 리가, 나도 보건 수업 들었거든."

"아니, 네가 듣긴 뭘 들어." 제미마는 코웃음을 쳤다. "그리고 어차피 이 비법은 빌어먹을 보건 수업에서 가르쳐준 게 아니야."

나는 사무용 의자에 기대앉아 팔짱을 끼고 의자를 회전시켜 바퀴가 가짜 나무 바닥 위로 굴러가도록 내버려둔다. "좋아." 내가 말한다. "들어보지 뭐. 어디다 쓸 건데?"

제미마는 씩 웃더니 자기를 따라오라고 손짓했다. 나는 안내데스크 주변을 둘러보며 부재중 표지판을 세워놓아야 할지 고민하다 그러지 않기로 결정했다. 해고당하고 싶었는지도 모르겠다. 끔찍한 직업이라 차라리 매일 집에서 소파에 누워 하루 종일 허기 속으로 깊이 파고드는 편이 나을 것 같았다.

나는 제미마를 따라서 여자화장실로 들어갔고, 제미마는 재빨리 가죽 치마를 들어올려 팬티를 아예 입지 않은 몸을 드러냈다. 그러고는 가방에서 휴대용 술병을 꺼내 뚜껑을 비틀어 열고 탐폰으로 입구를 막은 다음 병을 거꾸로 세웠다. 술병에서 액체가 흘러나와 화장실 타일 바닥에 쏟아졌지만 내용물 대부분은 탐폰에 흡수되어 탐폰의 부피가 점점 커졌다. 싸구려 위스키 냄새가 길 잃은 벌레처럼 목구멍을 강타해 나는 기침을 했다.

제미마는 술병을 내려놓고 어설프게 발레의 플리에* 동작을 취하더니 탐폰을 거칠게 자기 몸 안으로 집어넣었다. "됐다." 짜잔! 하고 양손을 벌리며 제미마가 말했다.

나는 어깨를 으쓱했다. 별 감흥이 없었다. 그 무렵 나는 감흥을 느낄 만한 기력이 없었다. 그 시절엔 나를 계속 살아 있게 해주는 칼십도 없었다. 당시 나에겐 틱택 사탕밖에 없었으므로 한시간에 하나씩 그걸 약처럼 먹고 그외의 시간엔 거의 정신을 잃거나 의식을 간신히 절반쯤 붙들고 있는 정도였다.

"해볼래? 이렇게 하면 꽤 빨리 취하거든."

"난 됐어."

"에이, 그러지 말고. 내가 장담하는데 칼로리도 없어. 모델 친구들한테 배운 거야."

"전혀 없어?"

제미마는 엄지와 검지로 동그라미를 만들었다. 제로.

"좋아." 나는 이렇게 말한 뒤 탐폰을 하나 더 가져오기

* 양발을 벌리고 허리를 꼿꼿이 세운 자세로 두 무릎을 구부리는 동작.

위해 안내데스크로 향했다.

위스키 솜을 몸 안에 끼워넣고 비상계단에 앉아 제미마는 담배를 피우고 나는 그냥 가만히 있으면서, 사지에서 힘이 노곤하게 빠져나가고 몽롱해진 정신이 소용돌이를 치며 현기증의 심연으로 빠져드는 동안 우리는 함께 미소를 지었다. 제미마가 듬성듬성 털이 난 팔다리를 나에게 보여주었다. 나는 그렇게 활짝 미소를 지어본 기억도 없으면서 한없이 찢어지는 입꼬리를 보여주었다. 몸에 이토록 심각한 타격을 입고도 어떻게 계속 살아갈 수 있는지 놀라워하며 멍 자국을 비교하고 보란 듯이 서로 상처 대결을 펼치는 우리는 어린아이였다. 그것은 우리가 공통으로 앓는 질병의 일부 증상에 불과했다.

얼마 후 나는 제미마에게 왜 돌아왔는지, 왜 내 직장으로 찾아왔는지 묻기를 관두었고, 우리는 쉽사리 과거의 관계를 회복했다.

"보고 싶었어, 제미마." 내 말에 제미마는 싱긋 웃으며 내 손을 잡고 팔을 뒤집어 손목 안쪽에 입을 맞추었다. 갈라지고 메마른 그애의 입술이 내 피부에 닿았다.

"이제 난 밈으로 통해." 제미마가 말했다.

"짐?"

"밈. M으로 시작해."

"밈?"

"응. 제미마. 밈."

"밈. 보통 애칭으로 자기 이름의 중간 음절을 써먹진 않는데."

"뭐?"

"이름이 앤드루인 사람은 앤디나 드루로 줄여 부르잖아. 이름의 첫부분이나 끝부분을 애칭으로 정하지 은드르라고 정하진 않을 거란 말이야. 아마도. 안 그래?" 그러자 제미마는 내게 입을 맞추었다. 그건 진짜 키스였고, 제미마의 혀에선 침묵의 맛이 났다.

라라 백스가 물컵을 손에 들고 나타나 '유어웨이'라는 명판이 붙은 방을 가리키며 사람들과 합류하라고 내게 말한다. 문을 열자 넓은 공간에 여자들이 가득하다. 방은 영성 모임을 위한 형편없는 홍보물 같다. 검은색 깃털이 날개처럼 묵직하게 천장에 매달려 있다. 발끝으로 서면 정수리를 간질일 수도 있을 것 같다. 구석에 놓인 수정구슬이 느릿느릿 주황색 광채를 뿜고 있지만, 전선으로 연결된 플러그가 콘센트에 꽂혀 있다. 전기의 힘을 빌려 신성함을 유지해도 되는 걸까? 오래된 양장본 책들이 방 안을 채우고 있다. '당신의 당신이 되어라' '두려움 없는 여성' '당신의 평화에 빛을' '희망의 꿈' 같은 제목들. 제목으로 봐서는 단 한권도 내용을 짐작할 수가 없다.

수업에 들어온 아이들처럼 책상다리를 하고 바닥에 앉아 무릎에 다이어트 책을 펼쳐놓은 여자들 틈에 끼어 살펴보니, 자신에게 무슨 일이든 벌어지기를 막연히 기다리는 듯 그렇게 앉아 있는 그들이 너무도 어려 보이고 겁먹은 것처럼 보인다.

여자들은 둥글게 앉아 거의 종교적인 마음가짐으로 숭배하듯, 기도를 올리듯 입을 벙긋대며 공공연한 애정을 담아 라라 백스에 대한 이야기를 주고받고 있다.

"그래서요," 내가 리더에 대한 그들의 찬양 노래를 끊으며 둥글게 앉은 행렬 바깥쪽에서 사람들에게 말을 건다. "여기서 하는 일이 정확히 뭐예요?"

"우린 주로 서로서로 응원해줘요." 마구 헝클어진 빨간 머리의 여자가 말한다. "우린 자신을 사랑하고 서로서로 사랑하는 법을 배워요. 라라 백스는 놀라운 분이에요. 당신도 진심으로 그분을 사랑하게 될 거예요. 엄청 힘을 북돋아주시거든요."

벽에는 포스터가 붙어 있다. 유어웨이 광고. 너무 큰 바지를 입은 라라 백스가 선 채로 허리밴드를 멀리 잡아당겨 얼마나 여유로운지 보여주는 모습이다. 라라 백스가 실제로 옛날에 입던 바지이고, 다이어트를 시작한 뒤로 자기 허리가 얼마나 날씬해졌는지 보여주는 것이라고 짐작은 되지만, 포스터 어디에도 그런 말은 적혀 있지 않다. 다음과 같은 문구만 적혀 있을 뿐이다. '유어웨이: 당신에 훨씬 더 가까운 당신의 모습. 오늘 등록하세요.'

"안녕하세요, 여러분." 세상에서 가장 김빠지는 기적을 행하듯 뒷문으로 들어오며 라라 백스가 말한다. 마이크를 쓴 것처럼 목소리가 증폭되어 들렸으므로 나는 몸에 줄이 연결되었을지도 모른다고 생각해 마이크 줄을 찾아보지만 아무것도 눈에 띄지 않는다. 그의 목소리는 천연 메가폰이다. "오늘은 새로 온 분이 계십니다." 내가 있는 방향으로 미소를 지으며 그가 말한다. "잘 오셨어요. 여러분 모두 환영합니다. 다른 분들과 원을 이뤄 앉아주시면 시작하겠습니다."

라라 백스는 둥글게 앉은 우리 주변을 돌다가 원의 중앙에 놓인 제물처럼 양팔을 벌리고 한가운데 선다. "자신을 사랑하고 싶은 분은 누구인가요?" 허공에 대고 그가 소리친다. "자신을 찾고 싶은 분은 누구인가요?"

환호성이 인다. 사람들이 박수를 치고, 라라 백스가 선 자리에 조명이 켜진다.

"내면의 가치를 찾고 싶은 분은 누구인가요? 자신의 신체 형태를 그대로 껴안고 싶은 분은 누구인가요?"

나도 나 자신을 사랑하고 싶다. 물론 나도 그러고 싶다! 그것 말고 할 일이 뭐가 있다고?

"당신은요?" 라라 백스가 한 여자를 가리키자, 여자는 아이처럼 열심히 고개를 끄덕인다. "당신은요!" 라라 백스가 또다른 여자에게 소리친다.

"그러고 싶어요!" 지목받은 여자가 외친다.

라라 백스가 내 앞에 와서 선다. 한 손을 뻗어 내 어깨에 손바닥을 올린다. "당신은요, 로즈? 당신 자신을 사랑하고 싶은가요?"

"네!" 깃털이 매달린 천장을 향해 내가 소리친다. "그러고 싶어요!" 내 옆에 앉은 여자가 내 손을 잡고 세게 움켜쥐며 내가 와 있는 곳이 정확하게 어디인지 알려준다. 나는 내 몸 안에 돌아와 있다. 이 행성에 와 있다.

"그러고 싶어요!" 여자가 나에게 소리친다.

"저도 그러고 싶어요!" 나도 마주 소리친다. 벌어진 우리의 입은 서로의 말을 먹어치우고 있다.

시계가 2000년 새해 자정을 알리는 순간 세상에 종말이 찾아와 복제인간들만 생존하게 될 거라고 생각했던 전직 해병대 출신 곡예사가 시작한 광신 집단에 대한 이야기를 읽은 적이 있다. 그는 인류를 구하겠다는 희망으로 복제인간 연구에 평생 헌신했고, 1999년 마침내 인간 복제에 성공을 거두었다.

수천명의 사람이 그의 활동에 합류했다. 새해 전야가 다가오자 모두들 복제를 원했다. 그의 대기자 목록에 이름을 올리는 데만도 수천 달러가 들었다.

그의 명분에 합류한 사람들이 만명을 넘어섰을 무렵 그의 복제 실험이 허위임이 드러났다. 그는 서커스단에서 활동하던 일란성쌍둥이를 이용해 한 사람이 복제인간이라

마른 여자들

437

고 주장했다. 그러고는 모인 돈을 사용해 자신의 집 뒷마당에 최첨단 지하 방공호를 만들었다. 대기자들 누구도 돈을 돌려받지 못했다.

라라 백스는 우리 여자들에게 셀피를 찍어서 모임에 온 여자들과 함께 돌려 보며 자신의 몸에서 가장 마음에 드는 부분을 골라보라고 권한다. 그리고 #라라백스 #유어웨이라는 해시태그를 달아 사진을 각자 인스타그램에 올리라고 요구한다.

"저는 여러분이 그 사진을 보고, 정말로 잘 들여다보고 그 모습을 사랑하는 법을 배우기를 바랍니다. 자신을 사랑하는 법을 배우세요! 체중 증가는 보통 자기애의 결핍과 관련이 있습니다. 우울증? 자기애 부족 탓이에요. 독감, 천식 같은 인체의 질병도, 심지어는……" 그는 말을 멈추고 뜸을 들인다. "일부 암도 자기애 결핍에서 비롯됩니다. 그러니까 본인의 사진을 잘 들여다보세요, 여러분. 본인의 사진을 사랑하세요! 자기 자신을 사랑하세요! 해시태그를 달아주시면, 무료로 모임에 3회 참여할 수 있는 초대권과 한달 분량의 스키니티, 친구에게 선물할 유어웨이 전체론적 건강 가이드 한권을 더 선물로 받을 수 있는 경품 행사에 자동 응모됩니다!"

여자들은 휴대폰을 들고 턱을 들어올리거나 기울이거나 얼굴 방향을 틀어서 가장 좋은 각도를 찾는다. 나도 그들처럼 하고 싶지만, 잇몸이 얼음처럼 차가워져 정신이 자꾸 그쪽으로 쏠린다. 역시나 얼어붙을 듯 차가워진 혀로 잇몸의 냉기를 훑어본다. 맛이 너무도 강렬한 걸 보니 릴리가 가까이 있는 게 틀림없다. 불가능할 만큼 가까이 있다.

"로즈." 라라 백스가 말한다. "사진 안 찍어요?"

"화장실에 가야겠어요." 자리에서 일어나 강의실에서 빠져나가며 내가 말한다. 입안의 냉기가 점점 더 심해진다. 더 차가워진다. 싸구려 장난감처럼 이가 딱딱 부딪치기 시작해 나는 양팔로 내 몸을 껴안는다. 마르코폴로 게임. 시스터 찾기 게임. 화장실 문은 불이 켜진 채 약간 열려 있다. 나는 노크를 한다.

릴리의 목소리가 외친다. "있어요!"

내 온몸이 얼음이다. 문을 확 밀어젖히자 릴리가 산산이 부서져 거미줄처럼 금이 간 전면 거울에 등을 기댄 채 서 있다. 릴리의 몸이 거울에 부딪쳤을 때의 타격을 나는 상상만 할 수 있을 뿐이다. 나는 움찔한다. 릴리가 몸에 걸치고 있는 건 웨이스트 테이머뿐이다. 릴리가 다리로 필 브라이트의 허리를 휘감은 모습으로 두 사람은 벌거벗은 채 땀에 젖어 야생동물처럼 헐떡거리며 종이접기 작품처럼 서로 겹쳐져 있다.

릴리가 오르가슴인지 공포인지 모를 비명을 내지른다.

"자꾸 이런 식으로 만나는 건 그만해야 돼." 내가 말한다. 그런 다음 릴리가 대답하기도 전에, 필의 성기를 자기 몸에서 밀어내기도 전에, 나는 머리에 헬륨이 가득 찬 듯 아득한 현기증 속에서 라라 백스의 파스텔 톤 복도를 미끄러지듯 빠져나온 뒤, 모두 똑같이 생긴 교외 주택단지 사이를 벗어나 홀로 밤길을 걸어간다.

걸어가면서 아래를 내려다보는데, 내 몸이 너무도 작게, 저 아래로 아주 작게 보인다.

2011년(22세—릴리: 104.5kg, 로즈: 29.5kg)

이제 밈이 된 제미마는 먹고 토하고 변기 물을 내렸다. 그것이 최근 그애가 마른 몸을 얻는 방법이었다. 먹는 것을 포기하기엔 음식 맛을 너무 좋아한다고 밈은 내게 말했다. 자기는 씹는 것에 중독되었다고 말했다. 그러나 밈은 내장이 묵직해진 느낌을 싫어했고 뛰어난 토하기 선수였다. 밈은 손가락을 쓸 필요조차 없었다. 그냥 비위생적인 상황만 하나 떠올려도 변기 위로 엎드리기에 충분했다.

"넌 시작하지 마." 우리는 사무실 밖에 나란히 앉아 느긋하게 담배를 피우며 얼마간의 온기라도 느껴보려는 마음에 얼굴에 햇볕을 쪼이는 중이었다. "그럴 가치가 없는 짓이야."

"토하는 거?"

"난 항상 목구멍이 아파. 입안에선 항상 구역질 나는 맛이 나고. 게다가 너무 자주 토해서 몸이 구토에 아예 익숙해져 있기 때문에 가끔은 토하고 싶지 않을 때도 음식이 넘어와."

"관두면 되잖아." 무슨 말을 한 건지 깨달은 나는 웃어 버렸다. "미안해. 멍청한 말이었어."

"일종의 포르노 같은 거야, 너도 알지?"

나는 고개를 저었다.

"왜, 보기 직전에는 막 흥분되잖아. 포르노를 보면서 자위하는 동안에도 기분이 좋지. 그런데 나중에, 절정의 순간이 지나고 나면 포르노 배우들이 갑자기 흉측해 보이고 섹스는 잔인하고 소리도 너무 시끄럽고 끔찍하게 느껴지 잖아. 너도 알지?"

나는 알지 못했다. 그래도 고개를 끄덕였다.

밈은 미소를 지었다. 밈은 이해받는 것을 좋아했다. "넌 누구니?" 눈물처럼 손끝으로 내 뺨을 쓸어내리며 밈이 물었다.

"내가 누구냐고? 그게 무슨 뜻이야?"

"난 너를 알고 싶어. 난 너를 알려고 애쓰고 있어. 넌 알기 어려운 사람이야. 네가 어떤 사람인지 알기 어렵다는 뜻이야."

나는 홍조가 피어오르면서 열기가 몸을 채우는 것을 느꼈다. 나는 그 질문에 대답할 수가 없었다. 나도 몰랐다. 그래서 질문을 되돌려주었다. "너는 누구야?" 그러나 그것은 같은 질문이 아니었다. 그애는 확실히 제미마 게이츠였고, 그 사실엔 의문의 여지가 없었다. 조지 글루니를 알아보지 못하는 척하는 사람처럼. 조지 클루니가 조지 클루니란 건 모든 사람이 아는 사실이다. 제미마 게이츠는 제미마 게이츠였다.

1903년 호러스 플레처가 단순하게 평균 횟수보다 음식을 더 많이 씹어먹는 것으로 18킬로그램을 감량하면서, 그의 다이어트법이 인기를 얻었다. 그는 모든 음식을 한입 먹고 액체가 될 때까지 씹은 뒤 조금씩 삼키는 행위를 '플레처라이징'이라고 불렀다. 존 D. 록펠러, 마크 트웨인을 포함한 유명인사들이 이 다이어트법을 따라 했다. 유명세 덕분에 플레처는 백만장자가 되었다.

그의 광고 문구: 자연은 씹지 않는 자를 응징할 것이다!

밈은 아르바이트로 모델 일을 했지만, 굳이 그럴 필요는 없었다. 할머니가 유행시킨 1990년대 운동법 「완벽한 복근: 여성을 위한 운동」이 엄청난 저작권 수익을 남겼기 때문이다. 세상의 모든 여자들이 「완벽한 복근」 비디오테이프를 구입해 몸에 찰싹 달라붙는 형광색 에어로빅 복장으로 TV 앞에서 밈의 할머니가 겨우 십오분 만에 크런치 100개, 팔굽혀펴기 100개, 누워서 자전거타기 100개를 해치우는 모습을 지켜보았다. 밈의 할머니는 비디오 도입부에서 "30일 만에 여러분도 이런 복근이 생기지 않으면 환불해드립니다!"라고 말했다. 그 누구도 30일 동안 자신과 똑같이 운동을 할 수 없다는 걸 그는 알고 있었다. 그는 도달할 수 없는 꿈을 팔았다.

새로운 밈과 나, 우리는 빠르게 친해졌다. 정확히 말하면 우리는 함께 단식을 이어갔다. 매일 5시 정각이 되면 밈은 내 데스크 앞에 나타나 손님처럼 벨을 울린 뒤 손바닥을 내밀어 탐폰을 청했다. 그러면 나는 서랍에서 하나는 나를 위해, 하나는 밈을 위해 탐폰 두개를 꺼내들었고, 우리는 장애인용 화장실에 숨어들어 그날 밈이 손에 잡히는 대로 휴대용 술병에 담아온 독주에 탐폰을 적셨다.

둘이 행복하게 취했던 어느날 밈은 나를 데리고 춤추러 갔다. 초저녁이었지만 밈은 낮에도 문을 열어 난잡하게 놀 수 있게 해주는 곳을 알고 있었다. 주로 스트립 클럽과 스포츠 바였는데, 남자들이 벌거벗은 여자나 구기 종목 중 하나를 즐기며 가장 야성적인 자아를 남김없이 드러내는 곳이었다. 우리는 아무도 없는 댄스 플로어를 차지하고 춤을 추었다. 밈은 나를 빙글빙글 돌렸고, 나는 밈을 끌어안았다. 밈이 나를 붙잡고 흔들어대면 나는 밈에게 몸을 밀착했고, 밈이 나에게 키스를 하면 나도 밈에게 키스했다.

무대 한가운데에서 끊임없이 춤을 추는 우리가 남자들에게 오락거리를 제공해 매출이 치솟자 술집 매니저는 우리를 위해 음악을 더 크게 틀어주었다. 우리는 서로에게 몸을 휘감고 빙글빙글 돌았다. 밈과 나는 덩굴손을 뻗는 식물처럼 서로에게 매달리고 사지를 얽고 회전하고 비틀면서 나란히 자라는 담쟁이처럼 자신을 서로에게 속박했다. 댄스 플로어에서 우리는 하나였다. 하나의 우리와 하나의 존재.

물론 우리는 영양실조 상태라서 쉽게 지쳤다. 아득한 술기운이 사라지고 예리한 현실이 다가오면 하이힐 바닥에 끈적끈적 들러붙는 싸구려 바닥재와 옷에 철썩 들러붙는 벨크로처럼 집요한 남자들의 시선에 따분해졌다. 밈의 헬멧 같은 검은 머리는 만화처럼 뜨겁게 달아올라 젖은 얼굴에 달라붙었고, 숱 없는 나의 긴 머리도 땀으로 엉겨붙었다. 우리는 허기와 춤으로 서서히 불타 혼미해진 의식 속에서 축 늘어진 서로의 팔다리를 집처럼 의지하며 몸을 기댔다. 거리 쇼윈도에 비친 우리 모습을 보았을 때 나는 누가 누구인지 분간할 수 없었다.

하루는 퇴근 후에 밈이 나를 친목 모임에 데려갔다. "너도 와." 점심시간에 보드카에 적신 탐폰을 각자의 몸에 밀어넣으며 밈이 나에게 말했다. "너도 마음에 들 거야, 베이비. 진짜 소속감이 들거든. 너도 알지?"

나는 알지 못했다. 그 시점에 나는 거의 완벽하게 혼자였다. 아빠는 나를, 점점 말라가는 나를 거의 모른 체했다. 나는 무엇에든, 누구에게든 소속되는 느낌이 그리웠다. 쌍둥이는 홀로 지내도록 생겨난 존재가 아니었다.

밈이 말한 모임은 참석한 사람이라고 해봐야 역시 심각한 섭식장애를 앓으며 밈에게 보푸라기처럼 매달려 있는 두 여자가 전부였다. 커피숍에서 만난 우리는 대변을 볼 수 있기를 바라는 마음으로 페퍼민트 차를 주문했다.

밈과 내가 걸어 들어가자 여자 둘이 고개를 돌렸다. 그들은 커피 데이트를 하러 나온 한쌍의 허수아비처럼 막대기같이 깡마른 몸을 테이블에 구부정하게 기대고 있었다. 환하게 웃으며 미친 듯이 우릴 향해 손을 흔들었다.

"밈!" 쭈그러든 얼굴에 끼워놓은 뽁뽁이 같은 눈이 밖으로 튀어나올 것 같은 여자가 말했다. "그리고 넌 로즈 윈터스? 이야, 오랜만이다."

상대를 알아본 나의 비판적인 시선이 누그러졌다. 고등학교 시절부터 밈의 첫째가는 추종자였던 로런은 쭈그러들고 납작해져 버려진 타이어처럼 몰골이 끔찍해 보였다. 내가 알던 부유한 사립학교 여학생이 시체로 변한 것 같은 모습이었다.

"로런." 내가 말했다. "우아, 안녕."

"린이야." 로런이 말했다. "이젠 린이라고 불러줘."

나는 고개를 끄덕이고 두번째 여자를 향해 말했다. "안녕, 난 로즈야."

여자는 눈을 감고 의자에 축 늘어져 있었지만, 곤충의 흉부 같은 늑골이 서서히 오르내리는 게 보였다.

"쟤는 플리야." 밈이 말했다. "단식 중이니까 이해해줘."

"어젯밤엔 나 배가 너무 고파서, 정말이지 다 포기하는 줄 알았다니까." 로런이 말했다. 아니, 린이. 나한테 이야기를 하는 것 같았다. "하지만 그러다가 밈의 최신 화보를 봤지, 해변에서 찍은 거 말이야." 린은 밈에게 윙크를 했다. "그러고 나니 포기가 안되더라. 그래서 그냥 엄마 수면제를 한알 먹었더니……" 린은 갑작스러움을 강조하느라 손가락으로 딱 소리를 냈다. "곧장 곯아떨어졌어. 아침에 깨니까 배가 안 고프더라고."

"난 힘든 한주를 보냈어." 갑자기 정신을 차리고 깨어난 플리가 말했다. 목소리는 마치 윤곽만 들리는 것 같았다. 힘이 없고 구멍이 숭숭 뚫린 듯했다. "부모님이 정신병원 같은 곳에 나를 입원시키려고 해서 가출했어. 결국 끔찍한 여성 쉼터에서 지내는 신세가 되었지. 구역질 나고 너무 더럽지만 침대도 있고 규칙 같은 게 전혀 없어. 내가 뭘 먹든 지켜보는 사람도 없고. 거기서 주는 음식을 너희도 봐야 해. 매일 저녁 감자 가루로 만든 매시트포테이토랑 소시지만 줘. 거기선 아나 유지가 완전 쉬워."

"아나 유지?"

"거식증의 은어야." 밈이 말했다.

"잠깐만." 어리둥절해진 나는 얼굴을 찡그리고 밈을 돌아보았다. "이거 프로아나* 모임이었어?"

밈은 어깨를 으쓱했다. "그래도 괜찮지?"

---

* pro-ana. 찬성을 뜻하는 'pro-'와 거식증을 뜻하는 'anorexia'의 합성어. 음식을 회피하고 극단적으로 마른 몸을 추구하는 경향 또는 그런 사람들을 가리킨다.

내 입에서 흘러나온 피를 삼키기 전까지는 내가 혀를 깨물었다는 사실도 깨닫지 못했다. 거의 영양성분의 맛이었다. 나는 건축물처럼 아름답고 각진 몸매로 그늘에 서 있는 밈을 쳐다보다가 침을 삼키고 나서 말했다. "그럴걸." 결국 나는 건강해지고 싶지 않았다. 몸무게가 느는 걸 원치 않았다. 어쩌면 이들이 내 사람이었다. 나는 절제를 통해 스스로를 살해하고 있는 죽어가는 여자들을 둘러보다가, 유유상종이라고 끼리끼리 모여 함께 굶는 동지들에 둘러싸여 의자에 몸을 편히 기댔다.

펭귄들은 단순히 무리를 짓는 것이 아니라 추위를 피하기 위해 옹송그려 모여 지낸다고 알려져 있다. 가장 추운 혹한기의 몇달 동안 그들은 굶주리면서 자기 몸의 체지방에만 의존해 생존한다. 펭귄들은 럭비 선수들처럼 스크럼을 짜 자신과 주변 동료들을 보온한다. 순번을 정해서, 바람이 차고 거친 바깥쪽에 있는 새들을 따뜻한 안쪽 자리로 피신시킨다. 생각만 해도 기분 좋은 광경이다.

날씨가 따뜻해지면 펭귄들은 먹이 사냥에 나선다. 겨울 내내 금식을 한 터라 아사 직전이다. 옹송그려 모여 있던 펭귄들은 버스에서 내려 뿔뿔이 흩어지는 사람들처럼, 밀접한 관계는 편의에 의한 것일 뿐이라는 듯, 서로 몸을 떼고 흩어져 배를 채우러 바다로 향한다. 그러나 뒤뚱뒤뚱 해안으로 걸어간 펭귄들은 꽤 오랜 시간 가만히 선 채로 뜸을 들인다. 한마리가 조바심을 내거나 심히 배가 고파지면, 포식자가 있는지 확인하느라 동료를 바닷물에 빠뜨리기도 한다. 일단 바다가 안전하다는 사실을 알고 나면 녀석도 동료를 따라 바다에 뛰어든다. 이건 그리 기분 좋은 장면은 아니지만 그렇다고 그리 놀랍지도 않다.

쿠키 틀로 찍어놓은 것 같은 라라 백스의 동네를 벗어난 나는 릴리의 집으로 향한다. 릴리는 내게 남은 전부이고, 그 집이 내가 쉴 수 있는 유일한 곳이다. 나는 달리 갈 곳이 없다.

사람들이 여러곳을 돌아다닌다는 건 나도 알고 있다. 사람들은 밥을 먹으려고, 술을 마시려고, 많은 곳을 찾아다니는 사람들과 어울리려고 여기저기 돌아다닌다. 바로 여기, 이 레스토랑에서 우유 거품을 창작의 도구로 활용하는 듯한 미대 학생들이 만든 라테를 홀짝이고 있는 저 수많은 사람들을 봐. 조그마한 테이블을 내려다보며 조감도를 그리듯 휴대폰을 조심스레 허공에 들어올리고 카메라 플래시를 터뜨려 프레임 안에 커피를 담아낸 뒤에야 비로소 의례 절차를 끝낸 듯 자리에 앉아 머그잔을 들어 커피를 마시는 두 여자.

너무 허기진 상태인데 의식을 명료하게 지켜줄 틱택 사탕도 없는 상황이라 온 세상이 영화처럼 보인다. 극장 뒷줄에 홀로 앉아 옛날 고전 영화를 보며 현실의 인간들보다 더 인간적으로 보이는 배우들의 연기를 감상하는 것 같다. 인간들보다 더 인간적인 연기. 그들은 절대 화장실에 가지 않는다! 말을 하다 말고 트림을 하는 일도 절대 없다. 얼결에 발가락을 차이는 일도 절대 없다. 자기 직업에 너무도 뛰어난 자신을 상상해봐! 인간다운 것!

이 레스토랑은 너무 고급이라 직접 비스트로라는 이름을 붙였다. 나는 웃음을 터뜨린다. 레스토랑은 저녁을 먹는 사람들로 가득하다. 가족과 친구들이 칸막이 좌석에 앉아 메뉴를 손에 들고 미소 짓는다. 함께 먹는 게 즐거워서. 그토록 동물적인 욕구를 공유한다는 것. 먹어야 하는 생물학적 욕구를 바탕으로 인간이 탄생시킨 결과물은 아름답다. 배를 채우기 위해 다른 짐승을 쫓고 죽이고 남은 시체를 먹고 싸움을 벌이고 먹이를 강탈하며 발톱을 세워야 하는 다른 동물들과는 다르다. 인간이 아닌 존재들 말이다. 우리는 테이블에 둘러앉아 미소를 지으며 예절 바르게 칼과 나이프를 사용하고 무릎에 냅킨을 펼쳐놓는다. 우리는 포크로 한입씩 음식을 떠먹고, 맛보기용 애피타이저를 주문하고, 웃으며 이야기를 나누고, 식사를 함께하며 유대감을 쌓는다. 우리가 내면 깊숙한 곳에서는 얼마나 동물적인지를 감춰주는 너무도 인간적이고 너무도 아름다운 모습.

나는 치밀어오르는 쓴 물을 삼킨다.

여기는 벽에 주문용 구멍이 뚫려 있는 패스트푸드 포장 전문점이다. 사람들이 길모퉁이에서 줄을 서 있다. 공기가

크림처럼 묵직하고 나는 심호흡을 한다. 가게 뒤쪽에선 요
리사들이 박수를 치듯 펄펄 끓는 기름 속에서 엄청 뜨거운
감자튀김 바구니를 끄집어낸다. 얼마나 협업이 잘되는 현
장인지! 한 커플이 뾰족한 봉지에 담긴 갓 튀긴 감자튀김
을 받아든다. 남자가 감자튀김을 하나 꺼내 후 불어 열기
를 식힌 뒤 여자친구에게 먹여준다. 여자가 눈동자를 굴린
다. 여자가 기름진 감자튀김을 얼마나 좋아하는지 보여주
는 광경이다. 혹은 여자가 자기 남자친구를 얼마나 좋아하
는지를.

비에 젖은 강아지처럼 수염을 덥수룩하게 기르고 해진
트레이닝팬츠에 찢어진 스웨터를 입은 남자. 그는 인도에
앉아 '제발'이라고 적힌 종이 박스 피켓을 들어올린다. 그
앞을 지나가며 나는 눈을 마주치지 않으려고 애쓰지만 그
가 고개를 들어올린다. 그의 눈은 너무도 새파랗다. "배고
파요." 그가 속삭인다.

나는 하수구에 대고 토하지만, 쏟아져나오는 건 형광 빛
깔의 액체뿐이다. 그건 형광 빛깔의 경고 표시다. '넌 너무
멀리 갔어! 막다른 길이야! 돌아서! 돌아가라고! 너만의
평화를 지켜야지!'

나는 소매로 입을 닦은 뒤 계속 나아간다.

29

2011년(22세—릴리: 108kg, 로즈: 29kg)

어느 토요일, 나는 늘 그래온 것처럼 침대에 앉아 천장을 올려다보고 있었다. 1970년대에 유행했던 인테리어인 흉측한 흰색 회반죽의 울퉁불퉁한 질감은 아이스크림이나 크림 장식처럼, 파티에서 만난 친구의 친구처럼 어색한 느낌으로, 액체와 고체의 중간쯤 형태로 늘어져 뭔가 먹을 것처럼 보이기도 했는데, 그 모습이 나에겐 아주 친숙했다. 종종 나는 그 생크림 같은 질감을 손가락으로 찍어 깨끗하게 빨아먹는 상상을 했다.

머리가 핑글핑글 돌아서 그렇게 천장을 올려다보고 있을 때, 퍽 소리가 들렸다. 소리의 원천은 내 방 창문에 날아와 부딪친 찌르레기 한마리였다. 새는 거의 우습게 느껴질 만큼 잠시 창에 매달려 있다가 떨어졌다.

아래층으로 내려간 나는 장례식 이후 맨정신인 적이 없어 그날도 한 손에 캔 맥주를 든 채로 소파에 앉아 코를 골고 있는 아빠를 지나쳤다.

한줌의 깃털로 뒤덮인 새는 움직임이 없었지만, 내가 옆에 쭈그려앉자 불안과 두려움에 젖은 눈을 떴다. 동물한테서 자기 자신의 모습을 본 적이 있는지? 그 미약한 생명체를 보았을 때만큼 나 자신과 가까운 느낌을 받아본 적은 없었다.

"안녕." 내가 말했다. "난 로즈야."

새의 눈은 의심이 가득하고 무기력했다.

"내가 널 도와줄 거야, 알겠지?"

손바닥으로 새의 몸통 주변을 감싸 들어올리니, 거의 무게도 느껴지지 않는 새가 너무도 연약해 거의 존재하지 않는 것 같았다.

"이제 안으로 데리고 들어갈게, 알겠지?"

모든 행동에 허락을 구하는 질문이 연약함의 불균형 수준을 맞추기 위한 유일한 방법 같았다. 질문을 던질 때마다 나는 동의를 받았다고 느껴질 때까지 새의 눈을 들여다보며 기다렸다.

"좋아, 여기가 우리 집이야." 내가 새에게 말했다. "저분은 우리 아빠야."

부모 노릇을 하던 과거의 희미한 기억 탓인지 잠에서 깬 아빠가 눈을 껌벅거리며 물었다.

"네가 여긴 어쩐 일로 나왔니?" 아빠는 빈손으로 눈을 비비더니 맥주를 한모금 마셨다.

"여긴 내 집이기도 하잖아요, 안 그래요?"

"그럼, 그럼." 아빠가 말을 멈추고 턱을 긁자 까칠하게 자란 수염 긁히는 소리가 라디오의 잡음처럼 들려왔다. "몇시냐?"

"12시예요. 토요일이고요. 곧 릴리가 학교에서 다니러 올 거예요." 여전히 오목하게 쥐고 있던 내 손바닥에 놓인 새가 작게 쩩 소리를 내며 울었다. 아빠는 못 들은 것 같았다.

"집에 먹을 것 좀 있어요?"

"없을 거다."

"네 언니가 가게에 다녀오면 되겠지. 맥주 좀 사오라고 말해주겠니?" 아빠는 자신의 음주를 부정하고 있었고, 식료품을 살 때 곁다리로 술을 주문하면 두가지가 서로 균형을 이룰 거라고 생각했다. 건강과 해악.

"직접 말씀하세요."

내가 웃긴 이야기라도 한 듯이 아빠는 껄껄 웃었다.

"아빠, 새들은 뭘 먹어요?"

"새?"

"네, 새들요."

"벌레겠지. 보통 그렇지 않나? 말하자면, 일찍 일어나는 벌레가, 음, 세힌데 집아믹히잖아."

"새가 아플 때는요?"

"뭐라고?"

나는 우리 사이의 거리를 좁혀 거실 안쪽으로 가 손을 내리고 아빠에게 보여주었다. 새는 이제 양쪽 눈을 다 뜨고 작게 가르랑 소리를 냈다.

"이게 누구냐?"

"방금 발견했어요. 창문으로 날아들었어요."

"방 안으로 날아들었어?"

"아뇨, 유리창에 부딪쳐서 떨어진 거 같아요."

"상태가 좋아 보이진 않는구나."

"네."

"날개가 부러졌나?"

"모르겠어요. 어떻게 해야 돼요?"

"모르지."

우리는 쓰러진 생명체를 응시하며 침묵 속에 앉아 있었다. 새는 기대 어린 시선으로 질문을 던지듯이 우리를 마주 쳐다보았다. 왜 나를 도와주지 않는 거지? 왜 내 목숨을 구해주지 않아?

하나는 굶주리고 하나는 술을 퍼마시는, 응급구조사로서는 세계 최악일 우리 부녀가 새를 들여다보고만 있을 때 릴리가 집에 도착했다.

"그게 뭐야?" 겉옷을 옷걸이에 걸고 조리대에 열쇠를 던지며 릴리가 가장 먼저 한 말이었다. 릴리는 아빠와 새와 나를 내려다보았다. "갈 데까지 갔네." 릴리가 말했다.

"뭐라고? 그게 무슨 뜻이야?" 내가 물었다.

"그냥 죽여버리는 게 가장 친절한 행동일 거라는 뜻이야."

"아니야." 나는 자리에서 일어나 새를 가슴에 품었다. "갈 데까지 갔다니 그게 무슨 말이야? 얘는 괜찮을 거야. 새를 그냥 죽이고 싶어? 그냥 죽일 순 없어. 얘 좀 보라고!"

"죽일 수 있어." 릴리가 말했다. "걘 이미 죽은 거나 다름없어."

"뭐든 새가 먹을 거 만드는 거나 도와줘."

"걘 죽었어, 로즈. 죽게 내버려둬."

그러나 나는 그럴 수가 없었다. 나는 목도리를 꺼내 둥지처럼 돌돌 말아 그 안에 새를 내려놓고 한쪽 끄트머리로 떨리는 몸을 덮어 보온해준 뒤, 땅을 파러 정원으로 나갔다. 몇분 만에 통통한 애벌레 두마리를 찾아냈다. 내가 손가락 두개로 꼬집듯이 집어들고 새에게 가는 동안 애벌레들은 몸을 꿈틀거렸다. 꿈틀거리는 벌레를 보며 새는 흥미가 동하는 듯 부리를 벌렸다 다물었다 했지만, 먹이를 향해 몸을 움직일 수는 없는 것 같았다.

"릴!" 나는 소리쳤다. "와서 좀 도와줘!"

릴리가 나타나 몸을 구부정하게 수그리고 내가 새의 입에 벌레를 넣어주려 애쓰는 광경을 지켜보았다.

"네가 그걸 먹여줘도 그 새는 죽을 거야."

"그냥 도와주면 안돼?" 나는 달아나려고 몸부림을 치는 벌레를 새의 부리로 가져갔다. "네가 벌레를 붙잡아주면 내가 새 부리를 벌려볼게."

릴리는 도와주지 않았다. 차라리 아빠의 망치를 가져와 새 머리를 후려치라는 대안을 내놓았다. 릴리는 어딘가 달라져 있었다. 더 예민해졌다. 더 심술궂어졌다. "아직도 토니랑 사귀어?" 아장아장 걸어다니는 아이에게 낮잠을 잤는지 물어보는 사람처럼 뭔가 탓할 이유를 찾느라 내가 물었다. 그의 이름을 들은 릴리의 표정이 부드러워졌다. 거의 애정이 느껴지는 손길로 배를 감싸안았다.

"응." 너무 나직이 대답해서 거의 대답을 안했을지도 모른다는 생각이 들 정도였다.

"왜?"

릴리는 대답하지 않았다. 새는 먹지 않았다. 나는 집 안에서 가장 따뜻한 방인 세탁실에 새를 놓아두고 새 부리 끝에 입을 맞추었다. 그리고 새에게 회복을 약속했다. 다음 날 아침 확인하러 가보니 새는 죽어 있었다.

걸어서 마트 앞을 지날 때까지도 나는 혼자라는 것의 의미를 깨닫지 못하고 있었다. 시설에 들어가기 이전부터 나는 혼자였던 적이, 정말로 혼자였던 적이 없었다.

그 마트는 값비싼 상품들을 파는 곳이다. 스스로 교양 있다고 생각하는 모든 백인들의 시선을 끄는 유기농 채소와 외국에서 수입한 식자재들. 김치, 콤부차, 아사이베리, 고지베리, 치아, 말차, 퀴노아, 케일.

대형 마트에 와본 것도 정말 오랜만이었다. 그토록 많은 먹거리를 대면해야 한다는 사실이 나는 항상 두려웠고, 혹시나 내 몸이 정신을 장악해버려서 억지로 내게 과자 봉지를 쥐여주면 과자 코너 통로에서 곧장 봉지를 뜯어 미친 듯이 먹게 될지도 모른다는 생각이 들었다. 그래서 과자 봉지와 초콜릿, 빵 한덩어리, 땅콩버터 한통을 옆구리에 끼며 줄곧 바닥에 시선을 고정한다. 전부 릴리가 폭식을 할 때 먹던 것들이다. 전부 릴리가 거부하지 못할 음식들이다.

계산을 하려고 하자 계산원이 나를 위아래로 쳐다본다. 그 여자의 눈빛에 서린 비난이 감지된다. 당신은 이거 하나도 안 먹을 거잖아.

"내가 먹을 거 아니에요, 당연하잖아요." 의심쩍어하는 여자의 시선을 향해 내가 말한다. 나는 헐떡거리면서도 자랑스러워하며 그곳을 나선다. 봐, 나도 마트에서 쇼핑할 수 있어! 내가 얼마나 어른처럼 행동할 수 있는지 보라고!

릴리의 아파트로 돌아온 나는 라라 백스 제품으로 가득한 찬장을 비워 쓰레기통에 던져넣은 뒤, 손도 대지 못하도록 그 위에 식기 세정제를 쏟아붓는다. 그런 다음 너무도 유혹적이고 맛있게 생긴 간식을 선반에 다시 채워넣는다. 일을 마친 나는 손뼉을 쳐 먼지를 털어낸다.

다음으로는 벽에 걸린 전화기를 집어들어 밈의 휴대폰 번호를 누른다. 지금 나는 거의 내가 아니다. 나는 멀찌감치 떨어져 나 자신을 지켜보고 있다. 이런 행동에 결과가 따를 리 없다! 벨소리가 한번, 두번, 세번 울린 뒤 전화를 끊는다. 대체 밈에게 무슨 말을 하려고? 밈에게? 편지 고마웠어? 그러자 아직 내 손에 들려 있던 전화기가 울리기 시작한다. 나는 끊기 버튼을 재빨리 누른 뒤 다시 전화기를 벽에 건다. 컨베이어벨트에 올라탄 것처럼 바닥이 움직이는 것 같다. 나는 눈을 감는다. 진짜인 것들을 하나하나 꼽아본다. 릴리의 아파트, 전화기, 죽어가는 화분. 그러나 손에 잡히지 않는 것들 차례가 되자 자신이 별로 없다. 마트에 갔던 기억? 라라 백스의 집 화장실? 찬장을 확인해보니, 확실히 진짜 먹거리가 들어 있다. 방금 내가 사온 것들. 현실은 이제 환상보다 더 현실감이 없다고 나는 생각한다. 현실은 그저 환상의 모음이다. 진짜인 것은 아무것도 없고, 진짜가 아닌 것 역시 아무것도 없다.

피곤하다. 배가 고프다. 배가 고프다! 나는 앉아서 울며 침을 삼킨다. 심판들이 오류를 찾아내느라 동영상을 되돌려보듯이 맥박을 즉각 재생하는 것처럼, 나의 맥박은 너무 느리다. 나는 맥박의 진동에 따라 잠에 빠져든다.

거식증의 핵심 개념은 모순이다. 우리 마른 여자들은 결핍에 빠져든다. 우리는 죽도록 굶주릴 때 가장 충족감을 느낀다. 우리들만 누리는 느린 죽음은 우리에게 생명을 준다. 우리는 몸을 포기함으로써 정체성을 찾으려 한다. 우리는 자신을 말살하면서 눈에 띄기를 열망한다.

릴리가 양손으로 내 팔뚝을 잡고 요란하게 흔들어대며 내 이름을 외쳐 잠에서 깨운다.

"뭐야?" 내가 말한다.

"씨발 미치겠다, 로즈, 너 죽은 줄 알았어."

"죽어?"

"여기 이렇게 앉아 있으니까 꼭 죽은 사람처럼 보였어."

나는 턱으로 흘러내린 침을 닦으며 색이 엄청 바랜 사진처럼 흐릿한 형체로만 보이는 릴리를 향해 눈을 찌푸린다. 시야가 다시 환해질 때까지 주먹으로 눈을 마구 비비기를 멈추지 않는다.

"지금 몇 시야?" 내가 묻는다.

"12시 거의 다 됐어." 릴리가 말한다.

"어디 갔었어?"

"그러는 너는 어디 갔었어?" 릴리가 묻는다.

우리 둘 다 난처하다.

"너 유어웨이 모임에 갔더라." 릴리가 말한다.

"넌 필의 부인이 집에 있는데도 그 여자 집에서 필이랑 섹스를 하더라."

교착상태. 우리는 서로의 얼굴을 지켜본다. 그 말은 곧 우리가 각자 자신의 얼굴을 본다는 뜻이다.

"오늘밤 일은 그냥 잊어버리자." 릴리가 내 머리카락을 손가락으로 빗어내리며 말한다. "싸울 기운도 없어."

기운이 없어? 내 머리숱이 얼마나 형편없는지 느껴지지 않아? 내가 얼마나 더 말랐는지 보이지 않아? 내가 얼마나 자기 도움이 필요한지도?

"그 사람이 나한테 사랑한다고 말했어." 찬란한 빛을 뿜으며, 버터 맛을 내며 릴리가 말한다. "그 사람이 내 말에 그렇게 대답해준 건 처음이야. 필이 울었어, 로즈. 정말로 울었다고."

"그래, 음. 아기들도 울잖아."

"아니야, 그 사람은 남자잖아. 어휴, 그 사람은 **진짜** 남자란 말이야."

"거시기가 달렸기 때문인가? 그런 뜻이야?"

"그 여자랑 헤어지겠다고 했어. 라라 백스 말이야. 나를 위해서! 그 여자 SNS가 갑자기 인기를 끌면서 그 여자가 그 사람한테 끔찍하게 굴었나보더라고."

"그 여자가 성공했기 때문에 헤어지겠다는 뜻이야?"

"그 여자가 필한테 관심도 기울이지 않고, 몇주일간 잠자리도 안 가졌대."

"그런 얘기를 너한테 해?"

"로즈, 그 사람은 내가 자기한테 딱 맞는 짝인 것 같대. 천생연분!"

나는 침을 삼킨다. "그 사람은 널 다치게 하잖아."

"진짜로 그러는 건 아니야. 그래, 다치게 할 때도 있지만 그건 우리 계약 사항이야. 내가 동의한 거라고."

"계약?" 나는 눈을 껌벅거린다. 내 언니 맞아? "넌 학대받는 느낌이 좋아?"

릴리가 코웃음을 친다. "너라면 좋겠니?"

내가 하고 싶은 일: 새삼 앙상해진 릴리의 어깨를 잡고 몸에 들어 있는 느슨해진 나사가 제자리를 잡아 정신 줄을 다시 조여줄 때까지 마구 흔들기.

내가 한 일: 유리컵에 물을 채워 화분에 물 주기.

화분 하나에서 작은 초록색 싹이 검은 흙을 뚫고 자라고 있는 것을 발견한다. 사랑하는 사람을 응원해주는 것은 너무도 중요한 일이다. 나는 언니 옆에 앉아 손을 잡는다.

"릴리, 네가 사랑받고 싶어하는 건 이해해. 하지만 이건 학대받는 거야."

"네가 어떻게 알아?"

"그 사람은 교묘하게 널 조종해. 제멋대로 널 통제하고 있어. 네가 다이어트를 하게 만들잖아. 그 사람은 네가 화장을 하게 만들고 머리를 염색하게 만들고 태닝을 받게 만들어! 그 사람은 거짓말쟁이에 사기꾼이야. 널 때리잖아!"

릴리는 어깨를 움츠려 카디건을, 내 카디건을 벗어 접더니 의자 등받이에 걸어둔다. 옷은 죽은 듯 축 늘어진다. 그 옷은 릴리가 입었어도 늘어나지 않았다. 릴리한테 잘 맞기 때문이다. 릴리의 몸은 너무 빨리 줄어들고 있다.

"등 좀 보여줘." 내가 말한다.

"뭐?"

"티셔츠 벗어봐. 등 좀 보여달라고."

릴리는 팔짱을 낀다. "싫어."

"보여줘."

"싫어."

일어서자 현기증이 밀려온다. 나는 릴리의 티셔츠 밑자락을 움켜잡는다.

"하지 마!" 릴리가 몸을 비틀어 빠져나가려고 하지만 나는 이미 상처를 볼 수 있을 만큼 티셔츠를 충분히 들어올렸고, 이제는 피가 고동색으로 말라붙은 수많은 십자 모양의 상처를 발견한다. "하지 마!" 릴리가 다시 말한다.

나는 릴리의 몸을 속박하고 있는 코르셋을 말없이 풀어 바닥에 떨어뜨린다. 그런 다음 부엌으로 가 수도를 틀어 따뜻한 물이 나올 때까지 기다렸다가 행주를 적신다.

"이리 와." 내가 말한다.

릴리가 순순히 따른다.

"티셔츠 벗어."

릴리가 옷을 벗는다. 등이 빨갛게 베인 상처로 뒤덮여 있다. 나는 갈가리 찢긴 상처마다 행주를 살며시 갖다대며 릴리의 몸을 닦아낸다. 따끔거리는지 릴리는 이를 악물고 신음을 참는다. 일단 피를 닦아낸 뒤, 나는 우리 두 사람을 평생 구분해준 표식인 릴리의 점이 사라졌음을 발견한다. 유리 파편에 파여나간 것이다. 예전에 점이 있던 자리를 내가 손가락으로 어루만지자 릴리는 몸을 떤다.

"질문을 위한 질문 어때?" 릴리가 말한다.

우리는 여러해 동안 그 게임을 해본 적이 없다. 나는 고개를 끄덕인다.

"왜 지금이야?" 릴리가 묻는다. "왜 이제 와서 나를 구하겠다고 결심한 거야?"

그 질문엔 명백한 대답이 있으므로 나는 눈을 가늘게 뜨고 릴리를 쳐다본다. "무슨 뜻이야?" 내가 말한다. "분명넌 지금 학대받는 관계를 맺고 있어, 릴. 몸무게가 절반으로 줄었잖아."

"난 이보다 더 심한 고통도 겪은 적이 있어. 상황이 지금보다 더 나빴다고."

"뭐?"

"넌 나한테서 너의 고통을 인식하는 거야, 내 생각은 그래. 지금은 내가 살이 빠지니까 너도 그걸 인식하는 거야. 넌 항상 너의 고통을 그런 방식으로 다뤄왔기 때문이지. 하지만 예전엔 몰랐잖아. 내가 아파할 때 넌 한번도 알아차리지 못했어."

"고등학교 때 말하는 거야?"

릴리는 어깨를 으쓱한다. "질문이나 해."

"뭐?"

"네가 질문할 차례라고."

"알았어. 좋아. 왜 필이야? 정말로 묻는 거야. 그 사람을 사랑한다는 말로 그냥 넘어갈 생각 하지 마. 넌 그것보다는 똑똑한 사람이니까."

릴리는 한숨을 쉰다. "우리 관계의 일부분이 이상적이지 않다는 건 나도 알아. 나 바보 아니야, 로지. 가령 그 사람이 유부남이 아니면 더 좋을 거라는 건 나도 알아. 내가 그 사람의 취향을, 비뚤어진 취향을 좀더 받아들인다면 더 좋을 거라는 것도 알아."

"폭력은 취향이 아니⋯⋯"

"네 질문에 그냥 대답만 하면 안될까?"

"미안해."

"사랑을 받는다는 건 정말 기분 좋은 일이야, 로지. 그 사람이 나를 사랑하는 방식 얘기야. 그건 너무도 온전한 사랑이야. 이해가 되니? 내 생각은 온통 그 사람뿐이야. 그 사람이, 우리의 관계가 내 전부라고. 그런 식으로 나를 소모하는 게 좋아, 알겠니? 모든 걸 바치는 대상이 있다는 게 좋아. 멍청하게 들릴지도 모르지만, 내가 빠져들 수 있는 뭔가를 갖게 된 것 같아. 이해가 돼?"

이해가 된다. 나는 피에 젖은 행주를 싱크대에 던져넣은 뒤 소파침대로 가서 눈을 감고 피로에 몸을 맡긴다. 물속에서 사는 법을 나는 알고 있다.

잡초는 자원을 두고 꽃과 잔디와 채소와 경쟁을 벌인다. 잡초는 주변 식물에 영향을 미쳐 그들이 더 성장하는 걸 방해할 수도 있다. 그 결과 사람들이 더 선호하는 식물들은 인, 질소, 포타슘 같은 귀한 영양분을 빼앗겨 약해지거나 가끔은 죽기도 한다.

30

2012년(23세—릴리: 114kg, 로즈: 28.5kg)

프로아나 멤버들은 나에게 별명을 지어주었다. 리즈.*

"더 마른 느낌이야, 안 그래?" 쓸데없이 비싼 녹차를 저으며 린이 말했다.

"그게 무슨 뜻이야?" 내가 물었다. 고등학교 때 프랑스어 수업을 듣기는 했지만 왜 로즈라는 이름보다 리즈라는 이름이 더 마른 느낌이라는 건지 알 수가 없었다.

"그냥 발음이 그런 느낌으로 들린다는 거야. 우리 이름에는 o자를 쓰는 걸 용납할 수 없어. 그 글자는 너무 뚱뚱해."

"알겠어." 내가 말했다. "그런 것 같네. 리즈."

---

* Riz. 프랑스어로는 '쌀'이라는 뜻.

"그래, 봐, 너한테 어울리잖아." 린의 치아는 누런색이고 잇몸은 갈색, 입 안쪽은 총천연색이었다. "린이 나한테 딱 어울리는 것처럼. 밈도 쟤한테 어울리잖아. 플리도. 마른 여자들에겐 마른 이름이 필요해."

나는 고개를 끄덕였다. "그렇지." 내가 말했다. 우리는 바로 옆 테이블에 앉아 있는 네명의 여자를 지켜보느라 말을 멈추었다. 그들은 함께 나눠먹을 케이크 한조각에 손을 대기 전에 접시를 돌려가며, 포크의 위치를 바꿔가며 위쪽에서 사진을 찍었다. 기록을 마친 그들은 각자의 포크로 번갈아가며 조각 케이크를 파먹었다.

"완전 맛있다." 한 여자가 말했다.

"우리 너무 못됐다." 다른 여자가 말했다.

"다시 가서 러닝머신 뛰어야겠어." 세번째 여자가 말했다.

여자들은 한입 한입 맛을 음미하며 긴 시간을 보냈고, 우리는 배고파하며 그들의 죄악을 지켜보았다. 다른 사람들이 먹는 것을 지켜보는 행위는 우리의 허기를 재확인하는 방법이었다. 우리는 그것을 사랑했다.

여자들이 으레 그러듯 그들은 마지막 한입 분량의 케이크를 남겼고, 여자들이 으레 그러듯 4분의 1조각의 케이크로 얼마나 배가 부른지 돌아가면서 토로했다. 하나의 의식처럼. 그런 다음 일어나서 포옹을 하며 곧 다시 만나자는 약속을 했다. 프로아나 멤버인 우리는 마지막 남은 그 케이크 조각을 빤히 쳐다보았다. 우리는 각자 남은 케이크를 손으로 움켜잡아 삼키는 상상을 했다. 나는 밈을 쳐다보았고 밈은 플리를 쳐다보았고 플리는 린을 쳐다보았고 린은 나를 쳐다보았다. 우리는 다시 한입거리 케이크로 시선을 옮겼다. 이윽고 직원이 테이블을 치우러 다가왔다. 그는 마지막 케이크 조각에 시선도 주지 않은 채, 접시를 기울여 남은 케이크를 쓰레기통에 버렸다. 유혹에서 자유로워진 우리의 관심도 다시 서로에게로 돌아왔다.

"누구든 새로운 팁이나 비법 알아낸 거 없어?" 플리가 말했다. "정체기에 접어들긴 했지만, 나 목표 체중에 도달하려면 2킬로그램 정도 남았거든."

"팁이나 비법." 내가 말했다.

"팁과 비법이야." 밈이 말했다. "너도 어느 시점엔 기여를 해야 할 거야."

"무슨 팁과 비법?"

"계속 마르기 위한." 커피숍에 '흡연금지' 표시가 붙어 있는데도 담배에 불을 붙이며 밈이 말했다. "더 마르기 위한."

"아." 내가 말했다. "나는 알고 있는 비법이 아무것도 없는 것 같아."

"예를 들면, 나는 지난주에 정신과 의사한테 가서 그룹 치료를 받고 프로작 처방을 받았거든. 그게 식욕을 억제한대."

"프로작?"

밈은 가방을 열고 안을 뒤져 여러개의 약통을 꺼내들다

가 마침내 문제의 약통을 찾아냈다. "프로작. 항우울제로 처방받은 거야. 체중 감소가 부작용이고."

"너 괜찮겠어······?"

"받아." 밈이 내 손에 약통을 쥐여주었다. "난 더 구할 수 있어. 내가 좀 전에 한 얘기가 바로 이런 거야. 우리는 정보를 서로 교환해. 멋지지. 그나저나 넌 배고플 때 어떻게 해? 혹은 현기증이 느껴질 때?"

"틱택 한개. 틱택 사탕을 하나 먹어."

"바로 그거야!" 밈이 손바닥으로 내 등을 탁 치자 밈의 뼈와 내 뼈가 부딪치는 소리를 냈다. "그거 좋은 방법이다. 얘들아, 메모해."

"나는 지난주에 금식을 깨고 먹어버렸어. 쉼터에서 주는 감자 가루 매시트포테이토를 너무 많이 먹어서 2년 만에 처음으로 생리까지 시작됐어." 플리가 말했다. 플리는 테이블에 철퍼덕 엎드렸다. 자기 몸의 회복 현상에 대한 좌절.

"하지만 그거 좋은 거잖아. 건강해지고 있는 거야." 내가 말했다.

플리가 즉각 나를 노려보았다.

"응원해주지 않으려면 좆나 꺼지든지." 눈에 불길을 품은 밈이 나를 돌아보며 말했다. 나는 주춤 물러섰다.

우리 마른 여자들의 문제점은 바로 그것이었다. 우리는 무엇이든 동의한다. 단지 우리에게 의견을 물었다는 이유만으로 응원해준다. 우리는 머릿속에 울리는 목소리를 타고났기 때문에 자신이 되는 법을 배우지 못했다. 언제 무엇을 할지 우리에게 지시하는 목소리. 다른 사람들이 무엇을 원하는지, 세상이 무엇을 원하는지 들려주며 우리 자신이 되는 것을 계속 막아버리는 목소리.

우리가 아직 배우지 못했던 것: 겉으로는 비슷해 보일지 모르지만 무조건적인 응원은 무조건적인 사랑이 아니라는 사실.

엘비스 프레슬리는 잠자는 숲속의 공주 다이어트*를 추종했다고 한다. 그러기 위해선 장시간 안정제를 투여받아야 한다. 의식이 없으면 사람은 먹을 수가 없다.

밤중에 전화가 걸려와 릴리와 나는 잠이 깬다. 내가 소파에서 일어나 앉을 때쯤 릴리가 방에서 비틀비틀 걸어나온다. 충전기에서 휴대폰을 빼며 릴리가 쉰 목소리로 말한다. "여보세요?" 그러나 벨 소리는 계속된다.

"네 휴대폰이야?" 릴리가 묻는다. 하지만 내 번호를 아는 사람은 아무도 없다.

마침내 우리의 시선은 무시당한 곤충처럼 벽에 걸려 있던 전화기로 향한다. 릴리가 얼굴을 찌푸리며 말한다. "저

* 깨지 않고 계속 잠을 자 칼로리 섭취를 제한하는 다이어트.

전화를 받아본 적은 한번도 없는 것 같은데."

밈이 내 전화에 회신하고 있는 거라고 나는 확신한다. 이가 시린 게 느껴진다. 우리는 전화벨이 끊길 때까지 내버려둔다. 정적 속에서 한숨을 쉰다. 시계를 보니 아침 6시다. 한밤중은 전혀 아니다. 내가 하품을 하자 벨 소리가 다시 울리기 시작한다.

"뭐죠?" 벽에서 전화기를 낚아챈 릴리가 전화의 의도가 의심스러운 듯 수화기를 귀에서 멀리 떼고 말한다. 반대편에서 웅얼웅얼하는 소리가 들리고 릴리의 표정이 어두워진다. "네? 아. 알겠어요." 릴리가 말한다. "감사합니다." 릴리는 전화를 끊고서도 본체에 걸려 있는 수화기가 계속 말을 걸기라도 하는 듯 전화기를 응시한다.

"뭐래? 무슨 일 있어?"

릴리는 눈을 깜박거리며 소파로 걸어와 내 옆 쿠션 위에 털썩 주저앉는다.

"아." 릴리가 입술을 안으로 말아 잘근잘근 씹으며 말한다. "네 친구 있잖아. 치료센터에 있는 네 친구."

"제이램?"

"뭐?"

"누구 얘기를 하는 거야? 무슨 친구?"

"캣?" 릴리가 말한다.

"그 여자가 어쨌는데?"

"어젯밤에 죽었대." 릴리는 나를 가만히 살펴보며 기다리고 있다.

"아."

"먹지를 않았던 모양이야." 릴리가 말한다. "어떻게 된 건지 그 여자가 체중 측정 시스템을 속였대. 간호사들은 그 여자 몸무게가 늘고 있다고 생각했는데 실제로는 줄고 있었나봐. 간호사들이 너한테 알려주래. 너희 둘이 친했다면서."

"아." 내가 말한다. "내가 가봐야겠다."

해가 떠오르고 있는데도 추위로 얼어붙은 손에는 감각이 없고, 나는 온몸을 떨면서 느릿느릿 시설로 걸어간다. 버스 정류장 뒤에서 구토를 하지만 나오는 것은 노란 액체 한방울뿐이다. 그림자뿐인 이 몸 안에서 나왔다기에는 너무도 노랗고 너무 선명하다. 나는 구토를 멈추고 생각한다. 나는 방금 희망의 마지막 한조각을 뱉어냈어.

캣 미첼스. 세상을 떠났다. 결국 아무도 살아남지 못한다. 나는 깔깔 웃는다. 멜로드라마다!

2012년(23세─릴리: 120kg, 로즈: 28kg)

플리는 계산원으로 일하던 마트에서 정신을 잃었다. 금전등록기에 부딪쳐 얼굴이 찢어졌다. 탈수증 치료를 위해 입원한 병원 의사는 영양실조라며 플리를 계속 병원에 붙잡아두었다.

밈과 내가 병원에 가보니 벌써 병실에 와 있던 린이 플리와 나란히 누워 있었는데, 비좁은 병원 침대가 둘이 누워도 여유로웠다.

"안녕. 쟤 괜찮아?" 밈이 속삭였다.

린이 눈을 뜨고 말했다. "어서 와. 플리는 잠들었어. 입술은 꿰맸고. 의사 말로는 뇌진탕이 심하대. 너무너무 저체중이고. 사람들이 어디 집어넣어버릴까봐 겁내고 있어."

"집어넣어버리다니?" 내가 물었다.

"시설에." 밈이 말했다. "회복하라고."

린은 그 생각만으로도 몸서리를 쳤다.

나는 거의 죽은 사람처럼 꼼짝 않고 누워 있는 플리를 바라보았다. 코와 목으로 연결된 여러개의 튜브가 보이고 팔과 손에도 튜브가 더 꽂혀 있었다. 나는 뒤돌아서 달아나 절대 멈추고 싶지 않았다. 피부가 투명해질 때까지, 뼈가 갈려 길에 뿌려질 때까지, 흙더미로 남아 아주 가볍게 바람에 흩어져 사라질 때까지 달리고 싶었다.

올리버 디 피에트로 박사는 KE 다이어트를 개발했다. 식도에 연결한 튜브로 단백질과 지방, 미량의 영양소를 배합한 용액을 주입해 열흘간 생존하는 방식이었다. 변비를 해결하기 위해서는 설사약을 주입했다.

어느날 밤, 나중에 알고 보니 릴리가 토니와 끝을 낸 바로 그날밤, 나는 배 속을 꿰뚫는 통증을 느꼈다. 신경안정제가 불러온 깊고 어두운 혼곤 속에서도 나를 깨울 만큼 강력한 전기충격. 나는 헐떡거리며 깨어나 양손으로 배를 누르며 신음했다.

침대 협탁에서 휴대폰을 집어 릴리에게 전화를 걸었다. "너 괜찮아?"

릴리는 울고 있었다. 눈물 맛이 느껴졌다.

"괜찮은 거야?"

릴리가 대답하지 않았으므로 나는 릴리의 받은 호흡이 깊어질 때까지 숨소리를 들으며 기다렸다. 이윽고 전화를 끊고 화장실에 가보니 내 다리 사이에 피가 고여 있었다.

밈은 린에게 손을 뻗었고, 나는 깍지 낀 둘의 손가락을 지켜보았다. 밈은 침대로 올라가 플리의 발 쪽에 머리를 두고 눕더니 바싹 몸을 붙였다. 침대에 펼쳐진 마른 여자들의 기이한 퍼즐 그림에 조각을 맞추듯 나도 따라 몸을 눕혔다. 우리는 머리 발 머리 발의 순서로 누운 채 긴 밤을 울면서 보냈다. 린이 꾸벅꾸벅 졸다가 가볍게 코를 골며 우리와 사지를 엮었다. 여자들의 매듭.

"웃긴 얘기 하나 들어볼래?" 밈의 눈물을 달래주고 싶어진 내가 말했다.

"좋지."

"알겠어, 끈이 술집에 걸어 들어가서……"

"으, 나 그런 유머 딱 질색인데. 어쨌든 해봐." 밈이 말했다.

"응, 끈이 술집에 걸어 들어가서 술을 주문해. 그랬더니 바텐더가 말하지. '여기선 끈한테 술 안 팝니다.' 그러니까 끈이⋯⋯"

"너무 바보 같다."

"뭐가?"

"좆나 말도 안되는 끈 유머 듣는 거." 밈은 머리카락을 한줌 잡아 새끼손가락에 칭칭 감았다. 나는 밈의 새끼손가락이 자주색으로 변해 부푸는 모습을 지켜보았다.

"일단 들어보면 웃긴데⋯⋯"

"알았어, 계속해봐."

"그래서 술집에서 나온 끈은 멀찍이 떨어진 곳에서 머리를 막 헝클어."

"머리?"

"응."

"씨발 끈이라면서." 밈이 머리카락을 풀자 손가락이 천천히 원래 색으로 돌아왔다. "끈에 머리가 어딨어."

"그냥⋯⋯"

"알았어, 미안."

"억지로 듣지 않아도 돼."

"아니야, 미안해, 베이비. 미안. 계속해."

"그래, 진짜 괜찮겠어? 좋아, 그래서 머리를 완전히 헝클어뜨린 끈이 술집으로 돌아가 다른 술을 주문하니까 바

마른 여자들

텐더가 이렇게 물어. '당신 좀 전에 왔던 그 끈 아니야?' 그러자 끈이 대답하지. '아닙니다, 난 헝클어진 매듭이에요.'"

밈은 웃지 않고 다른 머리카락을 집어 똑같은 손가락에 감았다. "무슨 뜻인지 모르겠어." 밈이 말했다.

"괜찮아." 내가 말했다. "나는 건강해지고 싶은 것 같아."

밈이 눈알을 굴렸다. "넌 회복을 원하는 게 아니야, 리즈, 좆나 멍청하긴. 너 그거 아니야. 그랬으면 벌써 좋아졌겠지."

"난 회복을 원하는 것 같아. 방법을 모를 뿐이지." 내가 속삭였다.

"그래? 글쎄, 그럼 자수를 해야겠네. 가서 도움을 청해. 난 치어리더 여자친구처럼 옆에서 구경할게."

"여자친구?" 릴리가 곁에 있었다면 내 희망의 맛이 봄 사과처럼 싱그럽다고 말해주었을 것이다.

"진정해." 밈이 말했다. "플라토닉한 관계를 의미한 거니까. 젠장."

나는 일어섰다. "도움을 받지는 않더라도, 이렇게 계속 지내더라도 난 플리처럼 끝나고 싶지 않아. 난 이렇게 죽지는 않을 거야, 밈." 그 말은 진심이었다. 나는 죽고 싶지 않았다. "이러다 출근 늦겠다. 난 다시 안 올 거야." 그 말도 진심이었다. 비록 그것이 밈과의 헤어짐을 의미하더라도.

『시크』잡지사에서 퇴근해 집에 갔을 때 릴리가 아빠와 함께 나를 기다리고 있던 것도 바로 그날이었다. 끼어들기. 나는 그들이 내 인생에 끼어들도록 내버려두었다.

바나나는 익으면서 주변에 있는 모든 과일의 숙성 속도를 높이는 물질인 에틸렌 가스를 은밀하게 내뿜는다. 이 가스는 사방으로 퍼져나가 주변 과일의 표피를 파고들어 부패를 촉진한다. 살해와 동시에 자살 기도가 이루어지는 것이다.

31

2012년(23세―릴리: 122kg, 로즈: 27.5kg)

나의 장애를 어떻게 다뤄야 하는지 몰랐거나, 아예 관심이 없었거나, 혹은 끔찍하게도 부주의해서 저녁식사 때마다 내가 스웨터 소매에 음식을 숨겼다가 나중에 변기에 쏟아버리는 걸 전혀 알아차리지 못했을 뿐만 아니라 나의 마른 몸이 더이상 단순한 다이어트가 아니라 훨씬 더 큰 문제라는 걸 인식하지 못했던 아빠를 결국 설득한 사람은 릴리였다.

병원에 입원한 플리를 위해 밈과 린이 병실에 차린 응원 캠프를 뒤로하고 집에 돌아오니 릴리가 벌써 부엌에 앉아 있었다. 주말이 아니었고, 평소라면 대학교에서 수업을 듣고 있어야 하는 날이었다.

"뭐야?" 나란히 앉아 있는 두 사람의 시선을 받으며 평생 처음으로 릴리의 생각을 읽을 수 없었던 나는 릴리를 쳐다보며 물었다.

"로즈." 릴리가 불렀다.

"뭔데?" 허기로 잔인해진 내가 말했다.

"동생아." 릴리가 말하자 내 입안에서는 바닷물 맛이 났다. 그건 릴리가 울고 있었다는 의미였다. 나는 어린 시절부터 릴리의 감정을 알아차리는 감별사였다. 릴리가 겪는 모든 일을 맛으로 느꼈다. 그것은 미각 훈련의 문제였다. "로즈, 넌 도움이 필요해."

"뭐?"

릴리는 계속 입을 꾹 다물고 있다가 버드와이저를 꿀꺽꿀꺽 한참 들이켤 때만 입을 여는, 왼쪽에 앉아 있는 아빠를 쳐다보았다. 그러더니 한숨을 쉬었다. "넌 문제가 있어, 먹는 문제. 넌 도움이 필요해."

"뭐 하자는 거야, 일종의 끼어들기인가?" 나는 나에 대해, 내 문제에 대해 오랜 세월 알고 있던 릴리만 쳐다보았다. "이제 와서 왜?"

"시설을 한군데 찾았어." 릴리는 내 질문에 대답하지 않고 설명을 이어갔다. 그러나 릴리는 분명 그것을 느꼈을 것이다, 병원, 플리의 병, 혹은 내 심경의 변화까지, 어쩌면. 어쩌면 내가 마음이 약해져 말랑말랑해진 지금이 끼어들 적기임을 맛으로 느꼈을 것이다. "고급 시설은 아니지만 여기서 삼십분 거리고 우리가 비용을 감당할 수 있는 곳이야."

"잠깐만." 내가 의자에 주저앉으며 말했다. "잠깐, 잠깐만. 기다려봐. 나를 멀리 보낸다는 거야?"

"우린 도우려는 거야."

"날 멀리 보내서?"

"음, 넌 여기서는 건강해질 수 없으니까."

아빠가 트림을 했다. 그나마 손바닥으로 입을 가리긴 했다. 그러고 나서 말했다. "우린 그저 네가 행복하면 좋겠다."

"날 멀리 보내지 않으면 난 행복할 거예요."

릴리가 자기 손을 없애버리려는 듯 허공으로 팩 팔을 들어올렸다. "여기서 어떻게 건강해지겠다는 건데?"

"알아서 할게. 먹을 거야."

"안 그럴걸." 릴리는 내가 허세를 부린다는 걸 알고 있었다. 릴리도 신맛을 감지했을 것이다. "넌 지금까지 몇년째 그 문제와 싸우고 있어. 너 같은 사람들은 그냥 건강해지지 않아. 그냥 대뜸 먹기 시작하지 않는다고."

"난 할 수 있어."

"못해."

"노력할 순 있어."

"못할 거야."

나는 한숨을 쉬었다. "그래서 뭐? 둘이 벌써 결정을 내린 거야? 나를 멀리 보내버리면 그걸로 끝이야? 글쎄, 과연 그럴까? 나 어른이야. 난 아무것도 할 필요 없어." 말하고 있는 건 내가 아니었다. 그것은 내 안에서 나를 장악하고 있는 그 여자였다. 통제권을 쥔 채 나를 그토록 마르고 분노하게 만든 존재.

릴리는 아빠를 쳐다보고 나서 말했다. "음, 시설에 들어가지 않겠다면 넌 여기서 더는 못 살아."

"뭐라고?" 벌떡 일어났지만 현기증이 묵직한 손길로 나를 다시 의자에 주저앉혔다.

"내 말 맞죠, 아빠?" 릴리가 말했다.

아빠는 고개를 끄덕였다. "그 말이 맞아."

나는 팔짱을 꼈다. 마른침을 삼켰다. "씨발 진지하게 하는 말이에요?"

"우린 그저 네가 건강해지기를 바랄 뿐이야." 아빠가 말했다.

릴리는 바닥에 쭈그려앉아 내 무릎에 손을 얹고 내 눈을 들여다보려고 애썼다. 한때는 릴리의 눈을 들여다보는 것이 거울을 보는 것 같은 느낌일 때가 있었다. 그러나 지금 곤충처럼 모든 각도를 바라볼 수 있는 나의 눈에 비친 릴리는 거대하고 말랑말랑하다. 우리는 정반대였다. "동생아." 산들바람처럼 부드러운 목소리로 릴리가 말했다. "난 네가 너무 걱정돼."

나는 차오르는 눈물을 삼키며 숨을 참았다가 숫자를 센

뒤 호흡을 내뱉었다. 혀에 새로운 맛이 느껴졌다. 끔찍하고 겁나는 맛. 얼음을 씹는 것처럼 목구멍에 냉기가 쏟아졌다. 그 맛은 공포, 릴리의 입에서 전해진 것이었다. 나의 쌍둥이 자매가 나를 두려워하고 있었다. 플리는 죽음의 벼랑 끝에 서 있어도 걱정해주고 신경 써주고 삶에 개입해줄 사람이 아무도 없다는 사실을 나는 깨달았다. 내게는 그래도 한 사람이 존재했다. 여전히 나에겐 릴리가 있었다. 나는 속삭였다. "좋아." 고개를 끄덕였다. "알겠어. 해볼게."

전에도 회복하겠다는 결심을 했었다. 알코올중독자가 술을 끊겠다고 결심하거나 흡연자가 이게 마지막으로 피우는 담배라고 결심하는 것과 마찬가지로 나도 수없이 여러번 결심했었다. 시설에 들어가서 처음 며칠은 외로웠지만 나는 건강해지는 데 초점을 맞추기로 다짐했다. 나는 다시 정상인이 될 것이다. 다시 살아갈 것이다.

처음에 다른 마른 여자들은 멀리서 나를 지켜보았다. 식사시간에 내가 숟가락으로 음식을 떠 입에 넣는 모습을 구경하면서. 그룹치료 시간에 열심히 참석하는 나의 태도에 놀라면서. 음식과 악수를 나누라는 요구를 받았을 때 나는 팔을 뻗어 바나나 꼭지를 잡고 흔들었다.

나는 잘해내고 있었다. 잘 먹고 있었다. 그렇게 배고픔을 느껴본 것도, 속이 텅 빈 느낌을 경험한 것도 처음이었다. 매일 밤 나는 침대에 누워 밈을 원하고 밈을 그리워했다. 콧방귀 같은 밈의 웃음, 욕설이 동반된 모욕, 머리를 앞세운 걸음걸이. 나는 향수병을 느꼈지만, 거의 신경도 쓰지 않는 아빠가 있는 집이 아니라, 내가 살던 그 어느 곳보다 나에게 소속감을 주었던 밈을 그리워했다.

물론 그건 헤어짐이 아니었다. 사귄 적이 없다면 헤어짐이 있을 수 없다. 그러나 배 속에 구멍이 뚫려 있고 심장은 슬픔에 젖어 있었다. 기계처럼 기계적으로 먹을 수 있게 되었고 더는 음식에 구역질이 나지 않았다. 그냥 그랬다.

뭔가 망가진 느낌이 들었다. 나. 내가 망가졌다.

처음 체중을 재면서 상황이 달라졌다. 나는 2킬로그램이 늘었고 가까스로 미소를 지으며 체중측정실에서 빠져나와 복도를 지나 방으로 돌아간 다음 목구멍에 손가락을 넣고 먹은 걸 휴지통에 다 토해냈다. 당연히 청소부가 발견해 간호사들에게 알렸다. 그날밤 처음 정맥주사로 영양분을 공급받았다. 나는 몸부림을 치며 내내 반항했고, 다음 날 마른 여자들은 나를 자기네 구성원으로 받아들여주었다. 그들 중 한 사람이 내 손에 무게추로 사용할 샤워커튼 고리와 끈 뭉치를 건넸다. 그들은 두 팔 벌려 나를 환영해주었고, 다시 공동체의 일부가 된 느낌은 흐뭇했다. 홀로 존재하려면 상당한 책임감이 필요하다.

캣에 관해 물어보려고 시설에 도착하자 마른 여자들이 나를 반긴다. 그들은 행진에 나선 유명인사를 대하듯 환호한다. 그들은 내가 속임수를 써서 회복했다는 걸 모르지만, 내가 속였다는 사실을 알면 나를 존경하며 방법을 알고 싶어할 것이다. 내가 진짜로 회복했다고 믿더라도 나를 존경하며 방법을 알고 싶어할 것이다. 마른 여자들은 모두 너무도 관대하다! 너무 너그럽다! 그들은 서로에게 가장 힘이 되는 응원 집단이면서 최악의 조력자들이다. 이것은 그들에게 독이 되는 우정이다. 상호의존적인 동족상잔.

"로즈." 그들이 외친다. "로즈, 진짜 맞네. 로즈가 돌아왔어. 로즈, 넌 우릴 기억해주었어." 바다에 등장한 세이렌들처럼 그들의 마른 팔이 나를 향한다. 나는 옹기종기 모여 있는 그들의 한가운데로 끌려들어가 그들의 뼈 속으로 침몰한다. 그들의 포옹은 뾰족하지만 나는 그들이 나를 껴안고 있도록, 언젠가는 그들도 세상으로 돌아가게 될 거라는 희망을 품고 있도록 내버려둔다.

"보기 좋네." 그들이 말한다. "살도 전혀 더 안 찌고." 간호사들이 조용히 시키기 전까지 그들이 두서없이 말을 건넨다. 휴게실이나 시설의 백색 공간에서 대화가 허락된 사람은 아무도 없다. 그들은 모두 몸이 없는 것처럼 행동하도록 되어 있다. 서로를 무형의 존재처럼 대하도록. 실내에는 영혼만 한무더기 모여 있다. 나만의 평화를 지켜야 한다.

그들의 웅성거림이 잦아들자 내가 속삭인다. "캣은 어떻게 된 거야?"

그들은 시선을 바닥으로 떨어뜨린 채 마른 입술을 혀로 핥고 침을 삼킨다. 다수의 마른 여자들한테서 나 자신을 제외하고 우리라는 말 대신 **그들**이라고 부르니 위안이 된다.

"무게추를 활용하고 있었어." 여자들 중 하나가 속삭이는 소리에 고개를 드니, 목소리의 주인공은 시체처럼 뺨이 움푹 파인 세라다. "몸무게를 그대로 유지하는 데 필요한 것보다 더 많이. 간호사들은 캣의 몸무게가 늘었다고 생각했어. 그래서 칼십의 양을 줄였지. 섭취량을 제로로 만들고 있었던 거야."

섭취량 제로 상태는 마른 여자들이 목표로 삼는 지점으로, 섭취 칼로리가 전혀 없이도 살아갈 수 있는 수준을 말한다. 먹는 것이라곤 공기밖에 없는 상태. 그들은 광합성을 할 수 있기를 바라며 식물이 되어 빛만으로 살아간다.

"세라?"

세라가 미소를 짓는다. "보고 싶었어."

"세라, 너 얼굴이……"

"언니도." 세라가 말한다. 세라가 뼈밖에 남지 않은 손을 내게 뻗는다. 둘의 손가락이 얽히자 어느 것이 누구 손인지 모르겠다. 우리는 똑같다. 나는 침을 삼킨다. 너무 마른 세라를, 죽은 소녀를 본다. 나는 침을 삼킨다. 이건 내가 원하는 것이 아니다.

소박한 장례식: 무덤에 꽃을 던지듯이, 말로 시신을 장식하듯이 의사들이 캣을 칭찬하기 시작한다. "정말 착한

사람이었어요." 그들이 말한다. "진짜 똑똑하고 재미있었어." "한동안은 건강해지는 것 같았어요!" "행복해 보였어요." "미소가 참 예뻤는데." 그들이 말한다.

인간만이 죽음을 낭만적으로 꾸미는 유일한 종은 아니다. 코끼리들도 긴 코로 죽은 동료를 어루만지고 넓은 잎과 관목으로 수의를 꾸미듯 사체를 덮어주는 것이 목격되었다. 그들은 며칠이나 서서 사체를 지키고 함께 눈물을 흘리며 좋았던 일만 기억한다.

"내가 캣한테 가르쳐줬어." 마침내 내가 털어놓는다. "무게추에 대해서."

"아." 마른 여자들이 내 등에 손마디를 댄다. 척추뼈를 하나하나 어루만지듯, 채로 실로폰을 연주하듯 사다리 같은 내 척추뼈를 따라 손들이 오르내린다. "네 잘못이 아니야." 그들이 속삭인다. "우리 중 누구라도 그랬을 거야." 그들이 말한다. "우린 전부 서로에게 그 속임수를 가르쳐줬잖아."

마른 여자들 중 시설에서 여러해째 지내고 있는 중년 여인이 나서서 말한다. "자기 처음 왔을 때 내가 그 속임수를 가르쳐줬잖아. 그러니 그 책임은 내가 질게."

나는 여인을 거의 알아보지 못한다.

"누구라도 다 그런 짓을 했을 거야." 여자들이 말한다.

"체중을 똑같이 유지하는 대신 무게추를 이용해 체중을 늘리자고 권한 사람은 나였어." 세라가 속삭여 고백한다. "우린 함께 그 짓을 하고 있었어. 섭취량 제로 상태."

나는 세라의 손을 꼭 잡는다. 이쑤시개를 한꺼번에 손에 쥔 것 같다. 모두들 세라를 쳐다보고 실내엔 정적이 흐른다. "네 잘못 아니야." 응원의 말이 다시 터져나온다. "네 잘못이 아니었어." 여자들이 말한다. "그건 모두의 잘못이야. 우리 잘못이야. 우리. 너무 자책하지 마."

그래선 안된다는 걸 알면서도 나는 기분이 나아짐을 느낀다. 공동체의 일부가 되는 것이 왜 그토록 인기가 있는지 알 만하다. 다수의 일부가 되면 그 누구도 전적인 책임을 지지 않아도 된다. 마른 여자들이 나의 죄책감을 덜어가려고 하자 든든한 기분이 들면서 마음이 가벼워지고, 내가 짊어지고 가야 할 조각난 책임감만으로도 계속 살아갈 수 있을 것 같은 심정이 된다.

통계적으로 퀴어 여성들은 이성애자 여성들보다 섭식장애를 겪을 가능성이 두배나 높다. 우리는 굶주림으로 욕망을 떨쳐버릴 수 있다고 생각한다. 굶어서 그 죄를 몰아낼 수 있다고 생각한다.

통계적으로 일란성쌍생아는 단생아보다 섭식장애를 겪을 가능성이 33퍼센트 더 높다. 우리 같은 쌍둥이들은 평생 서로 비교당하지 않은 적이 단 한 순간도 없다.

안녕하세요, 유어웨이 여성 고객님

어젯밤 유어웨이 모임에 참석해주셔서 감사드리며, 자기애를 향한 첫걸음을 떼신 것을 축하합니다! 더 가볍고 더 행복한 마음으로, 무엇보다도 중요한 평화를 느끼고 계시기를 바랍니다!

당신은 무료로 제공된 초대권으로 첫 모임에 참석하셨지만, 오늘만 특별히 두번째 모임 회비를 50퍼센트 할인해드리겠습니다! 이미 당신은 자신을 사랑하는 길에 들어선 강하고 아름다운 여성이므로, 여기서 중단하지 마십시오! 여기를 클릭해 다음번 유어웨이 저녁 모임을 예약하세요.

오직 당신만을 위한 보너스로, 상품 결제 코드 입력창에 SKINNYME를 입력하면 식욕을 억제해주고 더부룩한 배를 다스려주는 스키니티 제품을 10퍼센트 할인된 가격으로 구매하실 수 있습니다. 오늘 하루뿐인 혜택입니다! 이번에 나온 스키니티 제품은 즉각적인 효과 덕분에 베스트셀러랍니다. 단 한잔으로 순식간에 당신 몸에서 독소를 제거할 수 있어요! 여기를 클릭해 오늘 시도해보세요. 그것을 선택한 당신 자신을 사랑하게 될 것입니다.

오늘도 자신에게 친절을 베푸세요. 당신은 그럴 자격이 있습니다!

키스와 포옹을 담아,

라라 백스

2013년(24세─릴리: 125.5kg, 로즈: 27kg)

세라는 내가 입소하고 여러달 지났을 때 시설에 입소했다. 아직 여드름이 많아 피부가 시골의 비포장도로처럼 울퉁불퉁했고, 그때까지 있던 환자들 가운데 최연소였다. 우리는 간호사들이 열일곱이라고 속삭이는 말을 엿들었다. 그들은 쯧쯧 혀를 찼고 우리는 눈물을 흘렸다. 열일곱살은 음식과의 싸움을 감당하기엔 너무 어린 나이였다.

세라는 며칠간 말을 하지 않았다. 그룹치료 시간에도 책상에 둘러앉는 대신 구석 바닥에 앉아 있었다. 우리가 자신의 가장 소중한 자산인 쭈글쭈글하고 뼈가 툭 튀어나온 무릎을 훔쳐갈까봐 두려운 것처럼 다리를 당겨 가슴에 꼭 끌어안고 있었다.

"세라도 여기 와서 우리랑 같이 앉지 그래요?" 그룹 리더가 말을 걸었다. "우린 음식과 시시덕거리는 법을 배우는 중이에요."

세라는 눈을 부라렸을 뿐이다.

"좋아요." 그룹 리더가 어깨를 으쓱하며 말했다. "원한다면 거기 그냥 있어요. 하지만 언제든 마음이 내키면 자유롭게 합류하도록 해요. 당신이 통제할 수 있는 건 당신의 기쁨뿐이에요. 자, 여러분." 리더기 우리를 놀아보았다.

"각자 음식에게 윙크를 해보세요."

그날 나의 음식은 오렌지였다. 오렌지 배꼽 부분의 주름을 보자 속이 메스꺼워졌다. 나는 오렌지를 무서워하게 되기 전에도 오렌지를 좋아한 적이 없었다. 쓴맛만 나는 가죽 같은 외피가 싫었다. 믿음이 가질 않았다. 무엇을 감추려고 그토록 흉측한 껍질을 둘렀을까? 다른 마른 여자들이 각자 음식을 유혹하는 사이, 나는 오렌지를 들고 세라 옆에 가서 쭈그려앉았다.

"잘 봐." 나는『곤충』을 읽다가 어려운 낱말이 나오면 줄을 그을 때 사용하던 펜을 주머니에서 꺼내 오렌지 구멍 위쪽에 눈을 그렸다. 코를 그리고 눈썹도 그리고 귀까지 그려넣었다. "잘 봐." 또 한번 말한 뒤 이번엔 오렌지의 입이 된 구멍에 손가락을 쑤셔넣었다. 세라가 실실 웃었다. 나는 세라의 분노가 잠시 멎은 것을 승리로 받아들였다.

그날밤 세라는 강제로 첫 칼십을 먹게 되었다. 세라가 고함을 지르며 몸부림을 치다가 간호사의 살갗을 철썩 때리는 소리를 들은 나는 그애의 방문을 두드렸다. "안녕?" 내가 말했다.

"나가요." 세라가 씨근덕거렸다.

"내가 도울게요." 내 말을 들은 간호사가 의심의 눈초리로 나를 쳐다보았지만 얻어맞은 뺨이 부풀어올라 얼굴을 감싸쥐고 있었다. 피부도 좀 찢어져 턱에서 피가 약간 흘러나왔다. "가서 그거 치료하시는 동안 애가 다 마시는지 제가 확인할게요." 내가 말했다. "저는 믿으셔도 돼요."

간호사는 고개를 끄덕이고 말했다. "이분 뒤에 돌아올 테니까 다 먹는 게 좋을 거예요. 전부 다. 알겠죠?"

나는 고개를 끄덕였다. 세라는 씩 웃으면서도 잘 꿰매놓은 것처럼 입술을 줄곧 꽉 다물고 있었다. 간호사가 등 뒤로 문을 닫고 나가자 내가 세라에게 말했다. "네가 절반 마시면 절반은 내가 마실게."

"뭐라고요?"

"절반만 마시면 남은 절반은 내가 마신다고."

세라는 튀어나온 절벽처럼 너무도 확연하게 드러나 있는 나의 뼈를 빤히 쳐다보았다. "왜 나를 위해서 그런 짓까지 해요?"

"난 건강해지고 싶기 때문이야." 내가 말했다. "너도 건강해지면 좋겠고."

"왜요?"

나는 폴리에 대해 그 누구한테도 말을 한 적이 없었다. 밈과 프로아나 멤버들에 대해서도. 카페에서 굶는 기술을 서로 공유하던 그날을 떠올리기만 해도 배 속이 부대꼈다. 그러나 세라에게선 뭔가 절박함이 전해졌다. 만약 세라가 릴리였다면, 나는 입안에서 녹는 알약처럼 혀끝에서 부글부글 거품을 내는 절망의 맛을 느낄 수 있었을 것이다. "거의 죽은 거나 다름없는 여자를 봤거든." 내가 말했다. "바로 얼마 전에 스스로 굶수리다가 죽을 뻔한 여자를 봤어.

마른 여자들

491

그 사람은 병원에 입원을 해야 했어. 장기가 망가지기 시작했는데 그 여잔 세상에 혼자뿐이었어. 너도 그러면 좋겠니?"

"아뇨." 세라가 차분해진 목소리로 대답했다.

"그 여자를 면회 오는 사람이 아무도 없었어. 병원으로 말이야. 간호사들이 가족에게 연락하고 싶어했지만 전화를 걸 사람이 아무도 없었어. 그 여자에겐 더이상 가족이 없었거든. 친구도 없었지. 그 여자에게는 아무도 없었어. 거의 죽어가는데도 신경 쓰는 사람이 주변에 아무도 없었어. 너도 그러면 좋겠니?" 내 목소리가 갈라지며 울컥했다. 나는 젖은 눈을 닦아내며 나 자신의 질문에 답을 했다. "아니지." 나는 속삭였다.

"나도 싫어요." 세라가 가까스로 대답했다. "싫어요."

"좋아." 감정이 울컥 치밀어올라 부은 목을 헛기침으로 달래며 내가 말했다. "간호사 오기 전에 반만 마셔. 칼십을 다 먹지 않아도, 어차피 저 사람들은 정맥주사로 너한테 칼로리를 주입할 거야."

세라는 마른침을 꿀꺽 삼키고 심호흡을 하더니, 자기 분량의 음료를 꿀꺽꿀꺽 마신 뒤 내게 건네주었다. 나는 추가된 칼로리 이외의 것을 떠올리려 애쓰며 눈을 질끈 감고 나머지 칼십을 비워냈다.

"자." 빈 팩을 세라에게 돌려주며 내가 말했다. "내일은 네가 4분의 3 마셔. 내가 4분의 1 마실게."

"불공평해요."

"그럼 너 혼자 다 마셔."

"아니에요." 세라가 말했다. "미안해요, 난 그냥…… 좋아요. 고마워요. 고맙습니다."

나는 세라의 손에 샤워커튼 고리를 한움큼 쥐여주었다. "이걸 머리에 넣고 묶어. 다음번 체중 잴 때 말이야. 체중을 유지하는 데 도움이 될 거야."

세라는 뭔가 신성한 것을 쳐다보듯 눈을 빛내며 나를 올려다보았다. "이름이 뭐예요?"

"리즈." 내가 말했다. "로즈라는 얘기야." 나는 배가 부른 채로, 무게추를 만지작거리는 세라를 두고 방을 나왔다.

나는 마른 여자들에게 작별인사로 손을 흔들고, 세라는 나를 바깥까지 배웅한다.

"멈춰야 해." 세라가 작별의 포옹을 해주자 내가 속삭인다. "너 자신에게 이런 짓 하지 마."

"언니가 그만두면 나도 관둘게." 세라가 속삭여 대답한다. 우리는 몸을 떼고 서로를 응시한다. 한 여자와 그 여자의 반영.

"난 그만둘 거야." 내가 말한다. "난 꼭 그만둘 거야. 우리는 캣처럼 끝나진 않을 거야. 난 관둘 수 있어. 꼭 해낼 거야." 진심이다. "난 꼭 해낼 거야."

세라가 고개를 끄덕인다. "우린 해낼 거야."

세라의 뺨에 입을 맞추자 드러난 뼈의 맛이 난다. 우리 마른 여자들에게 존재하는 궁극의 선택지. 죽거나 퇴소하거나. 죽거나 퇴소하거나.

내가 수많은 아침 산책을 하며 보냈던 정원에서 반원형 트랙을 도는 마른 남자들의 모습이 눈에 들어온다. 나는 외부인을 차단하는, 혹은 마른 사람들이 밖으로 나가는 걸 막는 용도의 정원 철책 기둥을 붙잡고 늘어진 담쟁이덩굴을 한쪽 옆으로 밀어낸다. 제이램이 또다른 마른 남자와 걷고 있다. 그는 활기차게 이야기를 하는 중이다. 맹렬하게 손짓을 하면서. 세상에서 가장 흥미진진한 이야기를 하고 있는 것 같다.

"제이램!" 나는 철책과 담쟁이 사이로 손을 내밀어 흔들며 소리친다. "제이램!"

담장을 뚫고 들어온 팔뚝을 보며 그가 얼굴을 찌푸린다. 알아보는 것 같은 그의 표정이 두려움으로 돌변한다. 그 짧은 순간 그의 독백이 멈춘다. 그러나 그는 다시 대화에 열중하며 나를 전혀 보지 못했다는 듯이, 이제는 축 늘어져 있는 내 팔을 지나쳐 걸어간다.

이제 할 일은 딱 하나 남았다. 나는 라라 백스의 집으로 걸어간다.

"나는 건강해지고 싶어." 아무도 없는 허공에 대고 말한다. 그 고백은 무섭다. 아니야. 공중에 둥둥 뜬 상태에서, 천국의 내 자리에서 몸을 내려다보며 내가 고함을 지른다.

넌 네가 무슨 짓을 하려는 건지 전혀 몰라!

매슈 앤더슨 박사의 기도 다이어트는 자신에 대한 기도를 올려서 살을 뺄 수 있다고 주장한다. 체중 감량을 위한 기도, 식탐 억제를 위한 기도, 감량한 체중을 유지하기 위한 기도가 있다. 신은 칼로리도 계산한다.

매시간 세상 누군가가 섭식장애의 직접적인 결과로 목숨을 잃는다. 내가 매시 정각에 틱택 사탕을 삼켰던 방식. 그것은 아무것도 남지 않을 때까지 스스로 굶주렸던 이들에게 바치는 아주 작은 제물이다.

32

천천히 걸었는데도 라라 백스의 집에 도착했을 땐 온몸
이 아프고 숨이 찼다. 나는 호흡을 가다듬으려 애쓰며 문
을 두드린다. 라라 백스는 포옹으로 나를 맞이한다. 요란
한 무늬의 실크 스카프가 내 뺨을 간질인다.

"어젯밤엔 그냥 가버렸더군요. 걱정했어요!" 라라 백스
가 말한다.

"어쩔 수 없었어요. 죄송해요."

"괜찮아요, 로즈?" 라라 백스가 얼굴을 찡그린다. "당신
의 오라가 시들고 있어요."

"시들고 있으니까요."

"들어올래요?"

나는 고개를 끄덕인다.

"스키니거트 하나 먹어볼래요?"

나는 고개를 젓는다. 릴리가 허락해줄 때까지는 먹을 수가 없다.

라라 백스는 나를 이끌고 부엌으로 가서 바 의자를 가리킨 뒤 컵에 수돗물을 받는다. 나는 컵을 받아 한모금 마신다. 물은 괜찮다.

"간식 안 먹어도 정말 괜찮겠어요? 내가 보기엔…… 음, 떨고 있네요. 혈압 때문일지도 몰라요."

나는 다시 고개를 젓는다.

"잘 안 챙겨먹죠, 로즈?"

나는 아무 말도 하지 않는다.

"어떤 이유로 자신을 벌주고 있나요? 본인 몸에 벌을 주고 있는 거예요?"

나는 아무 말도 하지 않는다.

"글루텐프리 식이요법은 시도해봤어요?"

웃음이 터져나올 것 같다. "그게 문제가 아니에요." 웃는 대신 내가 대꾸한다.

내가 하고 싶은 말: 당신네 다이어트는 위험해.

내가 하고 싶은 말: 당신이 문제야.

그러나 내가 라라 백스와 맞서는 것을, 이 여자의 정체가 무엇인지, 이 여자가 나 같은 사람들에게 하는 짓이 무엇인지 폭로하는 것을 무언가가 계속 막아선다. 나는 하려는 말을 처음부터 끝까지 준비했고, 여기까지 걸어오면서

마른 여자들

연설문을 암송하듯 그 말을 거듭 되풀이하며 그 반복의 힘으로 계속 의식을 잃지 않을 수 있었다. 피라미드 방식으로 운영되는 이 여자의 알량한 가짜 페미니스트 전략이 온 세상에 미치는 해악에 대해서, 해시태그와 경품 행사, 제로 칼로리라고 이름 붙인 모든 제품, 자기애로 그럴듯하게 포장한 다이어트에 대해서 말할 작정이었다. 그러나 막상 이렇게 집 안에 들어와, 너무도 다정하게 내 손을 잡고 있는 여자를 마주하고 있으려니 그가 너무도 인간적인 사람으로 보였다.

"남편분은 댁에 계세요?" 내가 방향을 수정하며 묻는다.

"아뇨. 회사에 있어요. 왜요?"

"당신한테 할 말이 있어요. 남편분에 대한 얘기예요. 필."

"바람을 피우고 있죠." 라라가 말한다. "네. 나도 짐작했어요."

"네."

"나도 짐작했어요." 라라 백스가 되풀이해 말한다.

"상대가 우리 언니예요. 릴리."

"그것도 짐작했어요."

"그 사람이 언니를 때려요."

라라 백스는 고개를 끄덕인다. "그렇군요. 그 사람은…… 음, 욱하는 성질이 있어요." 그것은 남자가 습관적으로 다른 사람들에게 신체적 상해를 입힐 때 우리가 흔히 하는 말이다. 욱하는 성질이 있다고 우리는 말한다. 약간 욱하는 성질.

"그 사람이 부인도 때리나요?"

라라 백스는 미소를 짓는다. 그러고는 스카프 매듭을 고쳐맨다. "이 얘기에 나를 끌어들이지는 말기로 하죠." 라라 백스가 내 손에서 빈 컵을 받아들어 싱크대에 내려놓으며 말한다. "이건 당신에 관한 이야기예요. 당신이 자신을 사랑하는 법을 배우는 건 정말 중요합니다."

나는 여자가 목에 두른 실크 스카프를 확 잡아당기고 싶다. 내가 그렇게 한다면, 필의 손가락 모양과 똑같은 멍 자국을 발견할 것이 확실하다.

"당신 차트를 확인해보고 싶네요." 라라 백스가 말한다.

"뭐라고요?"

"당신 차트요." 아무것도 설명하지 않으며 그가 말한다. "언제 태어났어요?"

첫째로 태어나기로 되어 있던 쪽은 아직 세상에 나갈 준비가 되어 있지 않았다. 두 몸 중에서 더 작은 쪽은 자궁 안에서 스스로 몸을 비스듬히 틀어 출구를 막았다가 곧이어 더 큰 아기가 지나가도록 옆으로 움직여 길을 내줬다. 릴리는 머리부터 세상에 뛰어들었으리라고 나는 확신한다. 일단 릴리의 차례가 마무리되자 나는 거꾸로 방향을 튼 채로 남았다. 그걸 둔위분만이라고 하는데, 그 말을 들으면 나는 항상 웃겼다. 마치 내기 자궁 속에서 몸을 뒤집

어 엄마와의 계약을 끊은 것 같아서. 나는 오래 뜸을 들이
다 모습을 드러냈다. 나는 이곳에, 세상에 있고 싶지 않았
다. 나는 준비가 되어 있지 않았다.

"당신은 캔서*예요." 라라 백스가 말한다.

"정말 무례하군요."

"아뇨." 라라 백스가 말한다. "태어난 별자리 말이에요."

"아, 게자리요. 맞아요."

"그건 당신이 세심하고 잘 보살피는 사람이라는 의미예
요. 대단히 감정적이죠. 인간관계에 헌신하고요."

"맞아요."

"당신의 달은 쌍둥이자리에 있어요." 라라 백스가 재빨
리 점성술 차트를 훑어보며 코를 약간 찡그린 채 말한다.

"그래서 나쁜가요?"

"선천적으로 나쁘게 타고나는 것은 아무것도 없어요.
점성술은 자신을 좀더 잘 이해하기 위한 방편이에요. 당신
이 하는 일이나 당신 존재에 대해서는 그 무엇도 이래라저
래라 명령하지 못해요."

"좋아요, 알아들었어요." 나는 잠깐 말을 멈춘다. "그래
도 약간은 나쁜 거죠?"

라라 백스는 웃음을 터뜨린다. "나쁜 건 없어요. 그런 말

* cancer. '암'이라는 뜻도 있지만 대문자로 시작하면 '게자리'라는 뜻.

500

은 여기서 아무런 의미도 없어요. 당신의 달이 쌍둥이자리에 있다는 건 당신이 종종 감정적으로 불안정하다는 뜻이에요. 또한 당신이 창작을 하고 싶어한다는 의미도 되고요. 당신은 의미심장하고 중요한 걸 창작하기를 좋아해요. 예술."

"예술?"

"그림 그려요?"

"아뇨. 전혀 못해요. 조금도 못 그려요."

"글쓰기는?"

"아뇨."

"음, 어쩌면 당신이 아직 창의적인 면을 찾지 못한 걸 수도 있어요. 그건 좀 알아봅시다. 당장 여기서 뭐든 그려보는 건 어떨까요?" 라라 백스가 빈 벽을 가리킨다.

"하지만 전 한번도……"

라라 백스는 이미 튜브에 든 물감 몇개를 찾아냈다. 여러자루의 붓. 팔레트까지도.

"전 한번도 그림을 그려본 적이 없어요." 그러나 벽을 바라보고 있으니, 라라 백스가 늘어놓은 물감을, 부엌 조리대에 한줄로 나란히 정리해놓은 한번도 쓰지 않은 새 붓을 바라보고 있으려니 정말로 그림이 그리고 싶어진다. 손끝이 간질거린다. 뭔가 크고 중요한 것을 만들고 싶다. "좋아요." 내가 말한다. "알겠어요, 해볼게요."

그날밤 이후로 나는 밈을 만난 적이 없다. 병든 플리 옆에서 흐느끼는 올가미처럼 다 같이 누워 잠들었던 그날밤. 나는 바로 그다음 날 시설에 입소해 1년 넘게 머물렀다.

여전히 나는 밈을 생각한다. 검은 머리를 짧게 자른 마른 여자를 볼 때마다. 기름칠한 톱니바퀴가 돌아가듯 매끈하면서도 담배연기가 섞인 듯 가르랑거리는 누군가의 목소리를 들을 때마다. 밈이 화보 한가운데에서 튀어나올 듯 책장에 깃들어 있기를 바라며 오래된 잡지를 펼칠 때마다 나는 그를 생각한다. 자위를 하면서 밈을 떠올리며, 아주 작은 쾌락에도 그애가 얼마나 고양이처럼 관능적으로 신음 소리를 흘릴지 상상한다.

그림을 그리며 내가 떠올린 사람도 밈이다. 그다음엔 캣, 세라, 그리고 릴리까지 생각나지만 나는 밈을 그리지 않고, 캣도 그리지 않고, 세라나 릴리도 그리지 않는다.

내가 그린 건 수북이 쌓인 새의 시체, 죽은 까마귀들, 죽음이 드리운 검은 눈을 드러낸 채 깃털에 휩싸인 시체가 산더미처럼 수북하게 쌓인 모습이다. 시체 더미 맨 꼭대기에 새 한마리를 더 그리려고 사다리 발판에 올라간 나는 눈앞이 아득해지면서 정신이 혼미해져 아래로 떨어진다. 내 몸이 바닥에 부딪칠 때 전혀 소리가 나지 않았을지도 모르겠다.

우리는 다이어트를 한다: 우리는 어렸을 때부터 굶주렸다. 어머니는 너무도 어린 나이부터 우리에게 굶주림을 가르쳤다. 우리 소녀들은 허기의 성난 기색의 끝이 약간 무뎌질 정도로만 먹으라는 가르침을 받았다. 우리 소녀들은 위장을 물, 물, 물, 물로 채워서 우리 몸 안에 액체가 아주 많아지면 우리를 잡아 잘 흔들어서 고분고분하게 출렁거리며 돌아다니게 될 거라는 가르침을 받았다.

오늘 우리는 평소보다 더 넓은 공간을 차지하고 있는 것 같다. 우리는 가스처럼 공간을 채우고, 우리의 몸과 몸이 짓눌려 땀에 젖은 피부가 다른 이의 피부에 닿아 미끄러지고, 우리들 중 가장자리에 있는 이들은 벽을 기어오르는 도마뱀처럼 벽의 냉기에 부딪치는데, 우리는 너무 거대해져 울부짖는다.

우리는 안에 머물기로 결정한다. 우리는 아무도 알지 못하도록, 우리가 이 공간을 차지하고 있다는 것을, 확실히 여자들에게 너무 많은 공간을 내주었다는 것을 아무도 보지 못하도록 집 안에 머물기로 결정한다.

우리가 가장 아끼는 용감한 멍청이가 말한다. 그런데 우린 어떻게 먹지? 우리가 가장 아끼는 용감한 멍청이가 말한다. 이 집 안에는 먹을 게 충분하지 않아.

고개를 젓던 우리는 그가 너무나 상냥하고 사랑스러워라고 말한다. 우리는 먹지 않을 거야. 우리는 우리 몸이 자신을 먹어치우기 시작할 때까지는 먹지 않을 거야.

그러나 곧 우리의 위는 텅 빈 상태를 항변하기 시작하고, 너무도 요란하게 갈망을 부르짖는 함성이 하늘을 울려 천둥이 칠 것 같다. 아무것도 알 도리가 없는 우리는 냉장고를 열어 내용물을 응시한다. 이 음식을 다 먹어치우면 아마도 더는 유혹이 없을 거야라고 우리는 말한다. 그래, 그래, 다이어트를 시작하기 전에 이 음식을 다 먹어치워야 해라고 우리는 말한다. 어쨌든 오전 10시 34분은 다이어트를 시작할 시간이 아니야라고 우리는 말한다. 다이어트는 정오부터 시작할 거야라고 우리는 말한다. 우리의 허기가 시작될 시간은 정오라고.

우리는 자리를 잡고 앉아 숟가락으로 소스를 퍼먹고, 손가락으로 퍼낸 마요네즈를 흡입한다. 우리는 슈레드 치즈를 높이 들어 입안으로 쏟아붓는다. 우리가 가장 아끼는 용감한 멍청이가 팬트리에도 가보자라고 말한다. 팬트리에 있는 음식도 전부 해치워야 해. 그는 밀가루와 물로 반죽을 만들어 반죽이 완전히 들러붙을 때까지 입술에 펴바른다.

그는 눈물을 흘리며 흐느끼고, 나머지 우리들은 깡통을 내려놓는다. 우리는 맨이빨로 깡통을 따고 뚜껑을 열어젖혀 여러해 동안 우리가 지니고 있던 토마토소스나 병아리콩 통조림을 먹어치우려고 안간힘을 쓰고 있던 참이다. 우리가 가장 아끼는 용감한 멍청이는 우리에게 뭔가 말을 하려 하지만 입이 들러붙어 그저 울고 또 울부짖으며 웅얼거리기만 할 뿐이다.

그러다가 우리에게 묘안이 떠오른다. 칼로리는 당연히 입으로만 섭취할 수 있다. 그러므로 우리는 우리가 가장 아끼는 용감한 명청이의 손에서 반죽 덩어리를 빼앗아 특별한 그 반죽을 한줌씩 뜯어 각자의 입술에 발라 시멘트처럼 입을 봉한 뒤 딱딱하게 굳을 때가지 기다린다. 반죽이 굳자마자 우리도 울고 또 울부짖으며 웅얼거린다. 우리는 너무나 배가 고프다. 그러나 우리에겐 입이 없다.

33

내 위에서 후광처럼 일렁이는 얼굴들.

"나 어디 다쳤나?"라고 속삭이자 파란 불빛 빨간 불빛 파란 불빛 빨간 불빛이 번갈아 깜박거린다. 나는 말한다. "나 안 괜찮은데."

릴리의 목소리, 밈의 목소리, 라라 백스의 목소리, 그리고 세상의 모든 낯선 사람이 내가 알아들을 수 없는 낯선 언어로 말을 쏟아내고 있어서 내가 할 수 있는 말은 "아니, 아니, 아니에요. 나 안 괜찮아요. 나 다쳤어요. 괜찮지 않아요"가 전부다. 바깥세상에선 만사가 빠르게 움직인다. 내면에선 모든 게 느릿느릿 움직인다. 생각은 기어가지만 삶은 너무도 빠르게 달려가기 때문에 나는 어지럽다.

흰개미와 제이램과 릴리와 캣 미첼스와 요거트와 다이아몬드와 새들과 세라와 밈과 그림과 필 브라이트와 인스타그램과 날씬, 날씬, 날씬이라고 말하는 라라 백스.

결국 정맥주사라는 말이 나를 깨운다. 시설에서 그건 곧 칼로리 주입을 의미했기 때문에 나는 조건반사처럼 그 단어만 들어도 공포를 느꼈다.

나의 정신은 시럽처럼 끈적하고 반응이 느리다. 팔다리가 움직이질 않는다. 아니, 콘크리트 벽돌처럼 혹은 어딘가 묶인 것처럼 몸이 묵직하다. bound라는 말도 따지고 보면, 묶여 있다는 의미와 어딘가로 향한다는 의미를 둘 다 가지고 있으니 자체반의어라는 생각이 든다. 그러다가 문득 생각해보아야 할 더 중요한 일이 있다는 데 생각이 미친다. 가령 무슨 일이 있었던 거지? 같은.

"우리 말 들리니, 로즈?" 아득한 주변 어딘가에서 목소리가 들려온다. 어느 방향인지 찾아보려는 시도는 물속에서 마구 흔들린다. 말을 하려고, 익명의 부름에 대답하려고 애써보지만 메마른 쉰 소리만 겨우 나온다.

"물." 내가 말한다. 그러나 나는 그 말을 하지 않았고 할 수도 없으므로, 그건 릴리가 한 말이 틀림없다. 릴리가 여기 이곳에, 병원에 와 있다. 나는 릴리에게 손을 뻗으려 하지만, 팔이 아직 묶여 있거나 모래로 가득 차 있다. 대신에 혀로 이를 핥아보니, 부인할 수 없는 날카로운 냉기가 입안을 채우고 있다. 릴리가 겁을 내고 있거나 내가 얼음물을 마시고 있거나, 내가 겁을 내고 있거나 릴리가 얼음물을 마시고 있거나, 둘 다 겁을 내고 있거나 얼음물을 마시고 있거나, 전부 다 해당되거나.

릴리의 공포든 얼음물이든, 그 때문에 내가 몸을 떨자 누가 말한다. "움직였어요."

"우리 말 들리니, 로즈?" 릴리가 다시 묻는다. "우리 얘기 들려?" 내 귓불에 입술을 대고 릴리가 속삭인다.

『우리』의 마지막 이야기:

우리는 학대당한다: 우리는 어렸을 때부터 그들과 사귀기 시작했으니 당신들은 빌어먹을 입을 닥쳐라. 그땐 그들도 섹시하고 온순했다. 그들의 몸은 호수처럼 완벽하고 그들의 목소리는 아직 사춘기를 벗어나지 않아 완만했다. 그들은 우리 이름을 속삭이며 만져도 되는지 허락을 구한 다음 이내 통통한 손가락으로 온몸의 살을 구석구석 어루만졌으나 그 손길은 가려운 곳을 긁어주지도 못할 만큼 너무도 가벼웠다. 우리는 그들이 남자로 자라나리라는 것을 알고 있었기에 기다렸고, 그들은 어른이 되었지만 우리 생각이 틀렸다. 상황은 다음과 같이 달라졌다.

• 그들의 말: 촉촉했던 그들의 입술이 트기 시작하고 딱지가 앉기 시작하고 키스를 할 때마다 연약한 우리의 인중을

긁어대기 시작했다. 그렇게 새로운 난폭함이 스펀지처럼 그들에게 스며들었고, 그들은 새로 생겨난 뾰족뾰족한 모서리를 흡수해 급기야 하는 말도 뾰족하게 날이 섰다. 그들은 끔찍한 비평가였으며, 폭력적인 그들의 새로운 목소리는 우리를 추녀라고 부르고 폭탄이라고 불렀다. 그들은 우리를 쌍년이라고 부르고 걸레라고 불렀다. 그들은 별과 달러 기호와 느낌표 같은 특수문자로나 적을 수 있는 비속어로 우리를 불렀다. 끔찍한 폭풍, 태풍, 토네이도, 쓰나미처럼 그들의 새로운 어휘는 우리를 갈가리 찢어, 그들이 일으킨 돌풍에 휩쓸린 우리는 뺨이 찢기고 데이고 시뻘게지고 피부가 벗겨진 채 구석에 숨어 웅크리고 무릎을 껴안고 서로에게 몸을 기댔다. 우리는 무기 같은 그들의 폭언을 잊을 때까지 몽둥이와 돌멩이에 대해 속삭였다.

• **그들의 손길**: 그들은 하룻밤 사이에 화가가 되었다. 색채의 거장. 그들의 손끝은 단단해져 도구가 되었으며 그들은 폭력적인 열정으로 작업에 임했다. 우리는 그들의 캔버스였기에 그들은 우리에게 빨간색과 자주색과 파란색과 갈색을 흩뿌렸다. 그들은 온갖 색깔로 우리를 덧입히고 덧칠했으며, 우리는 아름답게 얻어맞았다. 성인 여성으로 자라면서 우리는 마치 레드와인을 병째로 마시기 시작한 것처럼 입술에 점점 멍이 들었다. 그러나 깔끔한 진은 새로 생겨난 고통을 가리기에 훨씬 더 적격이었으므로 우리는 라임과 함께 진을 흡입하며 시큼한 맛에 더 길들여졌다. 그들은 우리와 나란히

앉아 어두워지기를 기다렸고, 강한 손과 약한 손을 맞잡은 채 낭만적인 데이트를 즐기다가 울퉁불퉁한 지평선 아래로 해가 넘어가면 우리는 밤의 전투를 대비해 마음을 단단히 먹었다. 그들은 늑대인간처럼 달빛과 함께 변신했다.

· **그들의 감정**: 그들은 너무도 빠르게 포악해졌다. 축제 때 광대를 본 적이 있는가? 입은 헤벌어지고 머리는 목에서 회전해 돌고 또 돌아 제자리로 돌아왔다. 그러나 그들이 다시 우리를 향했을 때 그들의 얼굴은 사악하게 돌변했고 그들은 더이상 우리 편이 아니었다. 광대의 탈을 쓴 남자들은 그렇게 우리를 통째로 삼켰다. 우리는 안에 갇혔다.

두번째로 깨어났을 때는 정신이 좀더 명료하다. 시선을 옮기다가 숨길 수 없이 정체를 드러낸 노란 액체로 가득한 정맥주사액을 보았을 때, 나는 정신이 맑아진 이유를 깨닫는다. 칼로리. 나는 한숨을 쉰다.

"로즈?" 릴리가 말한다.

"릴." 내가 말한다.

"안녕하세요, 로즈." 굵은 목소리가 들린다. 필이다. 신음이 나올 것 같다.

"저 사람이 여긴 왜 왔어?"

"너 칼십 먹는 걸 중단했니?"

"뭐?"

"칼십 계속 먹고 있었어?" 릴리의 목소리는 단호하다.

릴리의 분노가 내 혀로 파고든다. "칼집을 다 쏟아버리고 있었던 거야?"

나는 침을 삼키려고 하지만 목구멍이 너무 말라 들러붙는다.

"로즈." 릴리가 말한다.

"그럴 수밖에 없었어." 내가 말한다. "어쩔 수 없었다고. 계속 다치면서도 넌 저 사람이랑 안 헤어질 테니까. 내가 뭐라도 해야 했어. 하지만 이젠 그 짓도 끝이야, 맹세해, 릴. 난 건강해지고 싶어. 결심했어. 난 회복하고 싶어." 이 말은 진심이다. 정말이다!

"눈속임은 거식증의 한 증상입니다." 필이 말한다. 이 자식을 때려주고 싶다. 침대에서 일어나 팔에서 주삿바늘을 뽑아들면 이 자식의 끔찍한 눈을 찌를 수 있을 것이다.

그러는 대신에 내가 말한다. "댁은 입 닥쳐. 닥쳐, 닥쳐, 닥치라고."

필은 헛기침을 한다. "나한테 저런 식으로 말하는 거 계속 보고만 있을 거야, 자기? 저렇게 나한테 폭언하는 걸 내버려둘 거냐고."

"내가?" 웃음이 터져나올 것 같다. "내가? 폭언? 당신이 내 언니한테 무슨 짓을 했는지 봤어? 등이 어떤 꼴인지? 피 흘린 걸 봤어?"

"그만해." 릴리가 말한다. 릴리는 사나운 눈빛으로 나를 돌아본다. "네가 너 자신을 똥처럼 취급하든 날은, 네 몸을 학대하든 말든 상관없지만, 더는 나를 그런 식으로 취급하지 마, 로즈. 먹을 거랍시고 네가 사온 것들? 네가 찬장에 채워놓은 그 쓰레기 같은 음식들? 넌 나를 돕고 싶은 게 아니야. 내가 다시 건강해지기를 네가 바라는 유일한 이유는 그래야 네가 계속 아픈 존재일 수 있기 때문이야. 네가 나를 굴복시키기 위해 굶는 걸 내가 모른다고 생각하니? 나를 네 멋대로 통제하려고 먹는 걸 중단한 걸 내가 모를 것 같아? 먹는 걸 중단하면 내가 널 용서할 것 같아? 용서는 그런 식으로 하는 게 아니야. 인간관계는 그런 식으로 작동하지 않아, 로즈." 말을 하며 릴리는 울고 있다. 릴리의 눈물이 내 혀에 짜게 느껴진다. "여기서 학대를 일삼는 인간관계는 하나뿐이야." 분노에 휩싸인 릴리의 목소리. "그리고 그건 나와 필의 관계가 아니야."

나는 깊은 물에 잠겨 있다.

"우리에 대해 네가 라라한테 얘기했더라. 필은 딸이 있는 사람이야, 로즈. 네가 저 사람 인생을 망칠 수도 있었어. 내 인생도 마찬가지고. 넌 아무래도 상관없니? 내가 어떻게 되든 아무렇지도 않아? 네가 신경 쓰는 사람은 오로지 너뿐이야?"

나는 아무 말도 하지 않는다. 내가 신경 쓰는 사람이 오로지 나뿐이라고?

"어차피 상관없어." 릴리가 말한다. "네 계획은 역효과를 낳았어. 이젠 필과 내가 함께할 수 있게 됐으니까. 정말로 함께한다는 뜻이야. 우린 동거를 생각 중이야."

나는 침을 삼킨다.

"난 너한테 모든 것을 주잖아." 릴리가 말한다. "난 너한테 모든 것을 줬어, 로즈."

"난 도우려는 거였어."

"두 사람의 관계는 건강하지 못해요." 필이 말한다.

나는 눈을 감는다. 피곤하다.

"나 더는 이렇게 못 살겠어, 동생아. 난 지쳤어." 릴리는 필의 손을 잡고 가버린다. 문이 두 사람 뒤에서 쾅 닫힌다. 내 심장과 연결된 모니터 알림음은 일정하다. 나는 칼로리가 비닐백에서 흘러나와 고무 튜브를 통해 내 팔로 들어가는 것을 지켜본다. 몸이 부풀어오르는 것이 느껴진다. '생각의 전환'. 나는 침대 협탁에서 휴대폰을 집어들고 유일하게 외우고 있는 번호로 전화를 건다.

형제살해는 한배에서 태어난 새끼들끼리 경쟁하다가 죽음으로 끝이 나는 과정을 의미한다. 예를 들어 얼룩무늬 하이에나는 태어난 순간부터 형제들에게 공격적으로 행동하기 시작한다. 그러한 행동은 한배에서 태어난 새끼들 간에 서열을 형성하고 유지한다. 먹이가 부족해지는 시기에 하이에나 새끼는 먹이와 관심에 대한 경쟁을 줄이기 위해 최후의 수단으로 형제를 잡아먹을 수도 있다.

34

눈을 떠보니 밈이 내 손을 잡고 있다. 밈! 밈은 병원 의
자 세개를 붙여서 다리를 뻗고 앉아 양손으로 내 손을 잡
은 채 잠들어 있다. 깨우고 싶지 않아서 나는 호흡과 함께
살며시 오르내리는 밈의 몸과 눈꺼풀의 미세한 떨림을 그
냥 가만히 지켜본다. 밈이 정말로 여기 있고 살아 있는지
확인하고 싶어져 밈의 뺨을 만져보려고 자유로운 반대편
손을 뻗는다. 내 손길에 깨어난 밈이 미소 짓는다. "내가
뭐 도와줄까?"

"밈?" 내가 말한다.

밈의 미소가 더욱 완연해진다. "그 이름 한동안 못 들어
봤어."

그러고 나서 밈이 일어나 등을 뒤로 젖히자 관절에서 우

두둑 소리가 난다. "너 몰골이 정말 개똥 같아, 리즈. 유령 같아. 완전 일반인판 올슨 자매* 같다고."

나는 고개를 끄덕인다. 나도 안다. "넌 몰골이 개똥 같지 않네." 내가 말한다. "사실대로 말하면 넌 정말로, 음, 정말로……"

"뚱뚱해 보인다고?" 내가 "건강해진 듯?"이라고 말하는 것과 동시에 밈이 대꾸한다.

"좋아 보여." 내가 덧붙인다.

밈은 눈을 감고 고개를 끄덕인다. "객관적으로는 그게 사실이란 거 나도 알아. 다들 계속 나한테 그렇게 말하고 있고. 하지만 씨발." 밈은 내 다리를 밀어붙여 침대에 자기가 앉을 자리를 만든다. 밈이 그토록 쉽사리 내 다리를 옮길 수 있다면 내가 느끼는 만큼 사지가 그렇게 무거운 건 아니라는 사실에 안도감이 느껴진다. "솔직히 말할게." 여전히 내 양쪽 무릎에 손을 얹은 채로 밈이 말한다. "그런 말을 받아들이는 게 더 쉬워지긴 했어, 어쩌면 아주 조금, 그런데 많이는 아니야."

나는 코를 훌쩍이며 그제야 울고 있음을 깨닫는다.

"편지를 보냈었어." 밈이 말한다. "네가 있던 시설에다."

"알아."

"받았어?"

* 할리우드의 쌍둥이 배우인 애슐리 올슨과 메리 케이트 올슨. 한때 깡마른 몸으로 유명했다.

나는 고개를 끄덕인다. "미안해. 난…… 내 말은, 그러니까, 연락을 못…… 미안해." 나는 말을 삼킨다.

"입 다물어." 밈이 너무도 다정하게 말한다. 한가닥 삐져나온 머리카락을 밈이 내 귀 뒤로 넘겨준다. "넌 예전이랑 좆나 똑같아 보여." 부드러운 미소를 입술에 머금고 밈이 속삭인다.

"나 울고 있잖아." 내가 밈에게 말한다. 밈은 고개를 끄덕인다. "너 머리가." 내가 말한다.

"전엔 흉측했지." 밈이 코웃음을 친다. "헬멧 같았잖아. 맙소사, 그땐 그게 되게 멋지다고 생각했어. 멍청하게."

"넌 아름다워"라고 말하는 나의 얼굴이 온통 후끈한 열기에 휩싸인다.

"넌 아직도 그러네?"

"뭐가?"

"얼굴 붉히는 거." 밈은 열이 나는지 살펴보듯 손가락 바깥쪽으로 내 뺨을 어루만진다. "학교 다니던 때랑 똑같아. 귀여워."

나는 또다시 코를 훌쩍인다. "나 왜 울고 있는 거지?"

밈이 어깨를 으쓱한다.

"네가 전화해줘서 정말 기뻤어." 밈이 말한다. "난 매일 네 생각을 했어. 네가 떠난 이후로 매일매일."

정적이 흐르자 밈은 그 틈을 이용해 내 뒤로 손을 뻗어 베개를 두들겨 높여준다. 엄마한테 보살핌을 받는 느낌이다. 그러고 나서 다시 내 옆에 자리를 잡고 앉아 손바닥 아랫부분으로 눈썹을 문지른다. 그 동작을 보자 제미마 게이츠의 추억이, 밈의 추억이, 그애와 그애의 자아가 너무도 선명하게 떠오른다. 밈은 자신의 모습을 고스란히 지키고 있다.

"내가 떠난 뒤에 넌 어떻게 지냈어? 다른 애들은?"

밈이 한숨을 쉰다. "플리는 퇴원했고 우린 계속 그 짓을 했어." 밈은 이야기를 들려주며 담요로 덮인 내 다리를 계속해서 위아래로 쓸어내린다. 밈은 목청을 가다듬느라고, 어쩌면 눈물을 삼키느라고 말을 멈춘다. "린이 그렇게 될 때까지는 나도 좆나 쓰레기 같은 그 짓을 관둘 생각조차 하지 않았어."

"린?"

"로런." 밈이 말한다.

"아니, 그게 누군지는 나도 알아. 무슨 일이 있었느냐는 뜻이야."

밈은 아무 말도 하지 않는다.

"죽었어? 로런이 죽었어?"

"병원에 입원했었어." 밈이 말한다. "그런데 너무 늦었지."

"로런." 내가 말한다. "학교 동창. 로런. 린."

밈은 고개를 끄덕이다가 눈물을 쓱 훔치고 흘러내린 콧물을 손으로 문질러 담요에 닦은 뒤 다시 내 다리를 쓰다듬는다. 밈이 계속 나를 어루만져주기만 한다면 콧물 따위는 상관없다.

"그게 6개월 전 일이야. 그런데 어느 순간 뭔가 딱 부러진 것 같더라. 내가 옆에 있었어. 병원에. 아직 숨을 쉬긴 했지만, 어휴, 호흡이 너무 느리고 몸을 움직이지도 못했어. 그러더니 린이 이상하게 그렁그렁 하는 소리를 내기 시작했어. 내가 간호사를 불렀지만 그땐 이미……"

밈이 떨리는 숨을 들이마신다.

나는 밈의 손을 들어 내 입술에 댄다. 손가락에 입을 맞춘다. 손목을 뒤집어 그물처럼 촘촘한 정맥이 지나가는 곳에 입을 맞춘다.

"그래서 난 할머니 댁으로 들어갔어. 할머니는 강제로 나를 먹게 할 분이란 걸 알았으니까. 드디어 나도 쓰레기 같았던 정신 줄을 붙잡은 거야. 할머니에게 커밍아웃을 했어. 사실은 모든 사람에게 털어놓은 셈이지. 부모님은 나랑 의절했어. 동성애자를 좆나 싫어하거든." 밈이 한숨을 쉰다. "아마도 그건 잘된 일일 거야. 그리고 나 다시 학교에 다니기로 했어."

나는 침을 삼킨다. "커밍아웃을 했다고?"

"응, 바이라고."

"바이." 내가 말한다. 고개를 끄덕인다. "바이섹슈얼, 양성애자." 반죽을 늘이듯이 마지막 모음 사이에 음절을 더넣어 발음하며 최대한 길게 그 단어를 읊조려본다.

"이상하게 굴지 마, 베이비."

"미안."

밈은 어깨를 으쓱한다. "그래서 내 성정체성은 통제할 수가 없으니까 먹는 걸 통제하는 중이야. 그다지 획기적이랄 순 없겠지."

침을 삼키자 목으로 넘어가는 침도 따갑다.

"그래서 다시 학교에 다닌다고? 대학교?"

"미술사." 밈은 고개를 끄덕이고 미소를 지으며 반짝반짝 눈을 빛낸다. "너무 마음에 들어. 뭔가에 애정을 품는다는 게 중요한 것 같아. 꼭 사람을 의미하는 건 아니야. 자신의 내면에 있는 뭔가를 의미하는 거야. 아마도 린의 죽음이 내가 죽어가는 걸 멈춰주었겠지만, 나를 계속 살게 하는 건 결국 나였어. 어느 시점엔가 내가 살아가는 목적은 나 자신이어야 한다는 걸 깨달은 것 같아."

"너한텐 참 잘된 일이야, 밈." 이건 진심이다. "너 진짜 좋아 보여, 사람 같아 보여. 진짜 여자 사람 같아."

"고맙다고 해야 하는 거지?" 무릎에서 상상의 먼지를 떨어내며 밈이 말한다. "특히 인간이 됐다는 사실에 나 스스로도 엄청 자부심을 느껴." 밈은 나를 보며 절레절레 고개를 젓다가 미소를 짓는다. "이제 네 얘기 좀 해봐. 네 인생에서 상당히 이상하게 꼬인 실마리를 내가 붙잡은 것 같은데? 전화로 네가 한 말 있잖아. 릴리랑 싸웠다고?"

나는 시설에 대해, 세라에 대해, 제이램에 대해 들려주고, 밈은 똥멍청이라고 제이램을 욕한다. 나는 빌리의 새로운 다이어트와 라라 백스와 릴리가 필과 저지른 불륜에 대해 이야기한다. 필에 대해서. 그자가 저지른 감정적 신체적 학대에 대해서. 그림을 그리다 기절해서 여기에 오게 되었다는 이야기도 들려준다. 그리고 마지막으로 캣에 대한 이야기를 밈에게 털어놓는다.

"캣 미첼스? 바로 그 캣 미첼스 말이야? 제기랄. 그 여자 어떤 사람이었어?"

내가 아무 말도 하지 않자 밈은 한숨을 쉰다. "네 잘못 아니란 거 너도 알잖아. 그런 부담감은 벗어버려도 돼. 그러다 너 망가져. 캣이 저지른 일은 캣이 한 거야. 그건 질병이었고 본인 생각이었어. 그 일을 자초한 건 그 사람이야."

"내가 도왔어." 내가 말한다. "여기가 법정이라면 난 방조자겠지. 캣의 자살방조자."

"글쎄. 내가 판사라면 '무죄'라고 선고할 거야." 밈이 주먹을 단단한 자갈처럼 뭉쳐 자기 손바닥을 탁 내리친다. "넌 그 어떤 부담감에서도 자유야." 밈이 말한다. 그러고는 손을 뻗어 내 손을 잡는다. 나는 친숙한 손가락이 내 손가락과 얽혀 밈과 내가 레고처럼 합체되도록 가만 놔둔다. "진지하게 하는 말이야. 나는 린에 대해서 모든 책임을 져야 한다고 생각 안해봤을 것 같니? 플리도 그렇고? 너도 마찬가지잖아? 난 모든 게 내 책임이라고 여겼어. 전부 다 내 탓이라고 생각하니 그 부담감에 터져버릴 것 같았어. 난 너희들의 목숨을 내 손아귀에 움켜쥐고 있었어. 그러다가 릴리한테 네가 한 일에 대해 들었어. 넌 거길 빠져나왔지. 넌 진짜 좆나 강한 사람이었어. 플리가 병원에 입원했을 때 다신 돌아오지 않겠다고 단순명료하게 선언했던 것처럼 말이야. 그냥 그렇게, 그렇게 쉽게 넌 결정을 내렸지. 린 소식을 전하려고 너한테 전화했더니 네 언니가 전화를 받아 네가 스스로 재활원에 들어갔다고 말해주더라. 넌 네 발로 걸어 들어갔다가 네 힘으로 빠져나왔어." 밈이 고개를 젓는다. "그제야 나는 깨달았어, 네가 스스로 시설에 들어가고, 회복을 결심하고, 그런 소식이 나를 깨닫게 만들었어. 모든 건 내 결정이구나, 오로지 나한테 달렸구나, 하고. 나를 고칠 수 있는 사람은 나밖에 없었어. 모임 멤버들도 아니었어. 아는 여자들도, 친구도, 가족도 그 무엇도 소용없었어. 아니. 그렇게 할 사람은 나뿐이었어. 그래서 나 자신에게 말했지. '밈, 리즈가 스스로 그런 결정을 내릴 수 있다면 너도 할 수 있을 거야. 린도 할 수 있었을 거야. 우린 자신을 위해 그렇게 해야 돼. 그걸 해낼 수 있는 사람은 우리밖에 없어. 그걸 해낼 수 있는 사람은 너밖에 없다고.'"

나는 고개를 끄덕인다.

"그나저나 릴리가 개자식하고 사귀고 있다고, 응?" 밈이 새끼손가락을 내 새끼손가락에 걸고, 나는 작은 자물쇠처럼 얽힌 손을 응시한다.

"릴리가 그 남자한테 집착이 심해. 릴리가 이렇게 행동하는 건 본 적이 없어."

밈은 고개를 젓는다. "맙소사, 나 학교 때 걔한테 엄청 나쁜 년이었잖아."

나는 아무 말도 하지 않는다.

"어휴." 밈이 말한다. "미안해, 자기야. 정말 미안해. 끔찍하게 굴었던 거 나도 알아. 하지만 지금은 달라졌어. 달라지려고 노력하는 중이야. 난 변했어. 변하고 있어. 섭식장애는 진짜 나쁜 년이야. 사람을 집어삼켜. 사람을 변하게 만들지."

나는 더더욱 아무 말도 하지 않는다.

"그래서 넌 릴리를 어떻게 할 작정인데? 그 남자는? 다이어트는? 학대는?"

내가 짊어진 책임 문제를 밈이 조목조목 읊자 나의 호흡이 빨라진다. 해결해야 할 그 일들이 전부 나에게 남겨져 있다. 인생은 부담이다!

"그 사람 부인한테 말했어. 그랬더니 이젠 아예 공식적으로 그 인간이 릴리랑 함께 지내게 됐어. 달리 무슨 일을 더 해야 할지 모르겠어."

"우리가 릴리를 도와야 해." 밈이 말한다.

"방금 넌 우리가 그 누구도 도와줄 수 없다고 얘기했잖아. 자신을 도울 수 있는 건 본인뿐이라면서."

"그건 나아지려고 할 때의 얘기지." 밈이 말한다. "릴리는 자기한테 문제가 있다는 것조차 모르는 것 같던데 뭐.

사람은 자신에게 문제가 있다는 걸 알기 전까지는 더 나아질 수가 없어. 그건 누구나 아는 사실이잖아."

나는 고개를 끄덕인다.

"그러니까 우리가 도와야지." 밈이 말한다. "우리가 그 필이라는 남자에 대해 릴리가 제대로 눈을 뜨도록 만들어주자, 그리고 그 좆나 웃기는 다이어트 어쩌고는 완전히 문을 닫게 만들어야 해."

"라라 백스의 유어웨이 전체론적 건강 프로그램?"

"미쳐. 라라 백스라는 년은 또 누구야?"

"사실 그 여자는 그렇게 형편없진 않아. 내 말은, 겉으로 보이는 것만큼 형편없진 않다는 거야. SNS 쪽에서 꽤나 유명인사인데, 자기애를 들먹이는 그 여자의 모든 주장은 사실 웃기는 헛소리야. 하지만 실제로 만나보면 나름 좋은 사람? 그 여자도 진심으로 도움을 주고 싶어하는 것 같더라."

"글쎄다, 그 여자가 릴리를 좆나게 돕고 있는 건 아니잖아?"

삐 소리가 요란하게 난다. 비닐백이 비었다. 나는 채워졌다. 밈이 어서 가버려서 화장실에 혼자 들어가 다 토해낼 수 있다면 좋겠다. 모든 것을 거부하자 사람들이 나에게 영양분을 공급했다. 아니다. 내 머리에서 나가! 나는 충동에게 소리친다. 이 뇌는 내 거야!

"귀 들어." 밈이 말한다. "빌리 문제는 내가 도와줄게.

마른 여자들

523

다만 한가지 조건이 있어."

　나는 밈을 올려다본다.

　"네가 꼭 건강을 회복해야 해."

제3부

35

엄청난 양의 진통제를 투여받은 다음 기분이 나아지고 좀더 나다운, 단일한 자아를 되찾았다고 느끼게 된 이틀 뒤, 병원에선 한쪽 팔에 깁스를 한 나를 딱히 필요도 없는 휠체어에 태워 퇴원시킨다. 병원에선 칼십을 한보따리 싸 주며 가져가라고 하는데, 아직 릴리의 분노에 맞서는 것이 두려워 소지품을 가지러 갈 수가 없어서 여전히 입을 옷도 없는 상태다. 밈은 '완벽한 복근'으로 명성을 떨친 할머니 그레이스 그린과 함께 살고 있는 집으로 나를 데려간다.

"할머니는 좀 미친 사람이야." 나로선 난생처음 들어보는 노래지만 밈이 좋아하는 것 같아 나도 단박에 마음에 든 곡조에 맞춰 운전대를 톡톡 두들기며 밈이 나에게 경고한다. "하지만 난 할머니를 사랑해. 그리고 내 생각엔 너도 우리 할머니를 좋아하게 될 거야. 함부로 말하기 어렵긴 하다. 할머니는 사람들이 엄청 좋아하거나 엄청 싫어하거나 호불호가 갈리는 유형이시거든."

밈은 계속해서 말을 이어가고, 나는 밈이 초조하다는 걸 알아차린다. 나는 밈을 진정시키려는 마음에 몸을 기울여 뺨에 입을 맞추지만, 밈은 나를 흘끔 돌아보며 불안한 웃음소리를 내더니, 더 세고 박자도 약간 틀리게 운전대를 두들긴다. 예전에는 밈이 초조해하는 걸 한번도 본 적이 없다. 과거의 밈은 신랄한 비난 말고는 그 어떤 감정도 품을 수 없는 사람 같았다.

그레이스 그린의 전원주택은 동화책에서 튀어나온 것 같다. 바닷가의 완벽한 위치. 새하얀 집은 울타리와 장미 정원으로 둘러싸여 있다. 밈은 진입로에 차를 세운 뒤 등받이에 몸을 기댄다. "지금까지 집에 누굴 데려와서 할머니에게 소개한 적이 한번도 없었어. 있잖아, 그 시절에 알던 사람들. 있지, 할머니는 모르고 계셔. 그, 어, 우리만의 소수 모임에 대해서 말이야."

"그런 얘기는 굳이 할머니한테 드릴 필요 없지. 우리에 대해서만 말씀드리면 되잖아."

"우리? 그렇겠다. 그러니까 네 말은, 그냥, 네가 친구라고 말하라는 거지? 사실 그게 맞으니까. 우린 그런 사이…… 아니잖아. 그냥…… 나도 모르겠다."

나는 숨을 들이마시고 숫자를 센 뒤 내쉰다. 그리고 나서 차에서 내린다.

"제미마 게이츠, 어디 갔었던 거니?" 그레이스 그린은 1990년대 전성기의 모습을 여전히 간직하고 있는 듯하다. 머리는 밈의 새 헤어스타일과 똑같이 귀를 드러내고 층을 내 짧게 잘랐고, 환한 미소를 띤 얼굴에 몸은 운동선수처럼 탄탄하다. 옷은 상하 모두 새하얀 정장 차림이다. "그런데 얻어맞은 것 같은 이 가엾은 영혼은 또 누굴까?"

"얘는 로즈예요." 나를 앞으로 밀면서 밈이 말한다. "로즈, 이분이 그레이스 할머니셔."

나는 악수를 하려고 멀쩡한 손을 내밀지만 그레이스는 나를 당겨 껴안는다. 강인한 팔이 느껴지면서, 만일 그가 나를 조금만 더 거칠게 껴안는다면 그 품 안에서 뼈가 부서질 수도 있겠다는 생각이 든다. 그레이스의 몸이 내 갈비뼈에 닿은 순간 나는 헉 소리를 낸다. 그레이스가 사과하며 펄쩍 뒤로 물러선다.

"괜찮아요." 내가 안심시킨다. "멍이 좀 들어서 그래요. 만나봬서 정말 반갑습니다, 어르신." 내가 말한다. "그냥 선생님이라고 부르는 게 나을까요? 음, 저희 엄마가 선생님 운동을 진짜 열심히 따라 하셨어요. 그래도 절대 30일까지 쫓아가진 못했죠."

그레이스가 씩 웃는다. "그걸 해낸 사람은 아무도 없어. 그게 바로 그 프로그램의 속임수였지. 첫날 운동을 하고 나면 근육통이 너무 심해서 둘째 날 운동을 할 수가 없거든. 혹시라도 가까스로 이틀 연속 운동을 했더라도 셋째 날은 어림없어. 얘들아, 그게 바로," 그레이스는 미소를 짓는다. "비즈니스라고 부르는 거란다."

나는 웃음을 터뜨린다. 믺은 그레이스와 나의 사이를 왔다 갔다 하면서 시선을 옮기다 다시 그레이스를 쳐다보느라 너무 바빠서 농담을 알아들을 겨를이 없다.

"그리고 하느님 맙소사, 제발 그레이스라고 불러주렴. 너도 그레이스라고 불러. 제미마도 그러니까."

"댁에서 함께 지내게 해주셔서 감사합니다, 그레이스. 절 반겨주신 마음이 사라질 만큼 너무 오래 머물러서 폐를 끼치진 않겠습니다."

"아니, 그럴 일은 없을 거다." 그레이스가 말한다. "너에 대한 반가움이 무한하다는 걸 감안하면 그런 일은 불가능하거든."

그레이스가 앞장서서 우릴 집 안으로 이끌자 나는 고개를 숙이고 감사의 말을 속삭인다. 새하얀 마룻바닥과 새하얀 페인트로 칠해진 벽. 서까래는 낮게 드리워졌고 창문은 거대하다. 실내 공간은 환하지만, 내가 있던 시설처럼 불모의 느낌으로 사람을 움찔하게 만들고 실제보다 더 나약한 사람으로 느끼게 만드는 환함과는 다르다. 이곳의 환함은 찬란한 광채를 뿜는 것처럼 느껴진다. 백지처럼. 무언가의 시작처럼.

"집이 참 아름답네요." 내가 말한다.

"이 낡은 오두막이?" 그레이스가 미소를 지으며 대꾸한다. "점심으론 뭘 만들어줄까?" 그가 묻는다. 그러고는 덧붙인다. "대답하기 어려운 질문일 거다. 오븐에 이미 빵을 넣어뒀다. 갓 구운 빵이야. 프렌치롤을 만들고 있단다. 갓 구운 바게트에 햄과 치즈를 넣을 거야."

나는 침을 삼킨다. "저는 이거 갖고 왔어요." 내가 칼섭이 든 봉투를 들어올린다.

그레이스는 콧노래를 부르며 고개를 끄덕인다. "아. 너도 그런 사람들 가운데 하나로구나. 제미마도 그랬었지만 우린 금세 저 녀석을 고쳐주었지. 안 그러니, 제미?"

"제미." 내가 따라 한다.

"입 다물어." 제미마가 나에게 말한다. "그 이름으로 부를 생각은 하지도 마."

"제미가 소지품을 어디에 두어야 하는지 안내해줄 거다. 그나저나 그렇게 끔찍한 환자복은 왜 아직도 입고 있는 거니? 어서 갈아입으렴. 제미마, 로즈한테 뭐든 입을 것 좀 줘라."

손님방은 항해를 주제로 꾸며져 있다. 이불은 파란색과 흰색 줄무늬이고 벽에는 커다란 목조 닻이 걸려 있다. 곳곳에 조개껍데기가 장식되어 있고 베개 사이엔 귀여운 선원복을 입은 테디베어가 놓여 있다.

"여기가 네 방이야." 밈이 바닥에 내 가방을 내려놓으며 말한다. 나는 밈을 쳐다본다. 짧게 거트한 머리 때문에 얼굴이 훨씬 더 어려 보인다. 눈은 더 커졌다. 콧등엔 주근깨가 소르르 뿌려져 있고 한쪽 눈썹 바로 아래엔 그림자처럼 초승달 모양의 흉터가 있다. 예전에 시설에서 밈을 그리워할 때, 현실의 사람이자 인물이라기보다는 막연한 개념에 더 가까웠던 때와는 전혀 다르게 지금은 밈이 너무도 인간적으로 느껴진다. 거의 생기발랄할 정도로. 과거의 밈을 이 해변 별장에 억지로 밀어넣었다면, 머리부터 발끝까지 검은 옷을 입고 악당의 마스크처럼 진하게 아이라인을 그리고 다니던, 금방이라도 뚝 부러질 듯 너무도 마른 모습이 끔찍한 흠집처럼 도드라져 보였을 것이다. 지금 나도 여기서 흠집처럼 보일지 궁금하다.

"고마워." 내가 속삭인다.

"뭐가?" 밈은 코웃음을 친다.

"네가 내 목숨을 구하고 있는 걸지도 모른다고 생각해." 이렇게 말하고 나서 나는 수치스럽게도 얼굴을 붉힌다. "미안해. 너무 멍청한 말이었어."

밈이 고개를 돌리고 헛기침을 한다. "난 가서 어, 뭐라도 입을 옷 좀 가져올게."

밈은 나에게 다시 원래 얼굴색으로 회복할 시간을 주느라 방을 나가고, 나는 침대 끄트머리에 걸터앉는다. 내 체중에 매트리스가 푹 꺼진다. 나는 작은 원을 그리듯 관자놀이를 천천히 문지르며 한숨을 쉰다. 지금이라도 나사못을 풀듯 한쪽 귀를 비틀어 뽑아낼 수 있으면 좋겠다는 생각이 든다. 그러면 얼굴을 흔들어 경첩을 다시 맞춰 고정하고 스스로 두뇌도 재정비할 수 있을 것이다.

다시 돌아와, 자체 뇌수술을 꿈꾸느라 멍하니 앉아만 있는 나를 발견한 밈은 문가에 멈춰서서 고개를 갸웃한다. 그러고는 아주 오랜만에 만난 사람처럼, 군중 속에서 발견되기를 원하는 아버지처럼 머리 위로 팔을 들어올리고 손을 흔든다. 나도 미소를 지으며 손을 흔들어준다.

밈은 하얀색 속옷 한벌과 원피스를 내민다. 선택된 옷을 보며 나는 얼굴을 찌푸린다. "내 바지는 네가 입으면 줄줄 흘러내릴 거야." 밈이 설명한다. "이건 티셔츠 원피스야. 원래부터 포대 자루 같은 옷이니까 무조건 너한테 맞을 거야."

나는 고개를 끄덕이고 밈한테서 옷을 받아든다. 밈은 자리를 비키지도, 시선을 피하지도 않는다. 그래서 나는 자리에서 일어나 줄곧 밈을 주시하며 한 손으로 환자복 치맛단을 들어올린다. 옷을 벗다 갈비뼈 부분에 걸려 내가 헉 신음을 흘리자 밈이 대신 옷자락을 잡고 살며시 머리 위로 벗겨준다. 입고 있던 팬티를 내리고 한걸음 자리를 옮기자 밈은 헛기침을 하지만, 나의 목과 가슴, 배를 향해 시선이 떠돌다 이윽고 내 다리 사이에 고정된다.

밈의 시선은 내 체중을 재는 의사나 간호사의 시선이 아니다. 공포에 질려 외면하는 릴리의 강렬한 응시도 아니다. 공공장소에서 나를 노려보며 연민과 실투와 경악이 뒤

섞인 눈빛을 보내던 여자들과도 다르다. 밈의 시선에는 갈망이 고스란히 드러난다. 사랑받고 있음을 느끼고 싶은 마음.

나는 한걸음 더 밈에게 다가가고 곧이어 밈의 품에 안긴다. "나 너한테 꼭 사과해야 돼." 밈이 내 머리카락에 대고 속삭인다. 나는 고개를 젓는다. 벌거벗은 나의 몸이 밈의 청바지에 눌린다. 내가 뒷걸음질을 칠 때까지 밈은 나를 향해 걸음을 옮긴다. 내 몸을 안고 나를 침대에 눕히더니, 위에서 웅크리고 몸을 숙여 나를 굽어본다.

우리는 내 몸 위에 밈의 몸이 드리워진 모습으로 가만히 버티고, 나는 밈의 몸 아래에서 안전함을 느낀다. 마치 밈이 내 그릇의 뚜껑이 된 것 같다.

"넌 내 뚜껑 같아" 내가 말한다.

"뭐라고?" 밈이 묻는다.

"뚜껑."

"무슨 말인지 모르겠어."

"미안해." 나는 눈을 깜박여 마주쳤던 시선에서 벗어난다. "아무것도 아니야."

밈은 자기만의 고유한 표식 같은 짓궂은 웃음을 씩 흘리며 옆으로 비켜난다. "너 그렇게 얼굴 붉히는 거 너무 좋아." 밈이 말한다.

나는 어깨를 으쓱한다.

"로즈, 나 너한테 사과할 거 있어."

나는 아무 말도 하지 않는다.

"그때 그 다이어트, 옛날에 학교 다닐 때. 내가 바보였어. 믿기지가 않아, 내가, 내가 어떻게 그런. 그때 생각을 도저히 떨칠 수가 없어. 난 그냥……" 밈이 흥건하게 젖은 뺨으로 흘러내리는 눈물을 훔치며 나를 향해 돌아서 코를 훌쩍인다. "난 그 라라 백스라는 사람만큼이나 형편없어. 아니, 내가 더 나빠. 정말, 정말 미안해, 로즈."

내가 웃으며 밈의 손을 잡자 밈의 손가락이 내 손가락 사이로 파고든다. "이 모든 게 다 네 잘못인 것처럼 말하네." 밈이 신뢰의 눈빛으로 나를 쳐다본다. 나는 밈의 팔을 들어올리고 뒤집어 손목 아래쪽의 부드러운 살갗에 입을 맞춘다. "자아도취가 너무 심한데?" 내가 말한다.

밈은 내 입맞춤을 받지 않은 쪽 팔뚝을 들어 눈물을 훔친다. "진심이야, 로즈. 오래전부터 이 말을 꼭 하고 싶었어. 내가 한 짓들, 내가 보인 태도, 난 너무 불행했어. 그리고 혼란스러웠어. 난 여자애들한테, 너한테 그런 감정을 느끼고 있었고 그래서 겁이 났어. 이런 게 변명이 되진 않는다는 거 알아. 난 그냥 나 자신을 마음대로 할 수가 없으니까 그 대신 너를, 너희 여자애들을, 너희 모두를 내 멋대로 조종했지. 끔찍한 일이야. 과거를 돌이켜보면 나는…… 요점은 이거야, 로즈. 내가 왜 그런 행동을 했는지 설명할 수 있다고 해도, 그럴 만한 이유가 있었다고 해도 내가 너한테 상처를 줬다는 사실은 변하지 않는다는 거. 내가 변명을 한다고 해서 네가 덜 상처 받는 건 아니니까."

"상황을 이해하면 상처가 덜어지지." 밈은 눈도 깜박이지 않으며 나를 쳐다본다. "널 용서할게."

"그러면 안돼. 넌 나를 미워해야 돼."

"하지만 난 널 사랑해."

"하지만 난 너에게 상처를 줬어."

"하지만 넌 나를 사랑했지."

"아직도 널 사랑해."

우리는 감정의 결투로 한껏 부푼 서로를 바라본다. 오늘 대화의 결론을 내리진 못하겠지만, 나는 앞으로 평생토록 이 순간을 수없이 돌이켜볼 것이다. 밈과 나란히 이 침대에 누워 우리 사이에 벌어진 일과 우리 사이에 벌어지고 있는 일을 이해하려고 노력했던 순간을 회상할 것이다. 나이가 많이 들어 눈가에 주름이 손가락처럼 자글자글하고 입 주변 피부에도 과거의 미소가 남긴 메아리가 괄호 무늬로 차곡차곡 쌓인 어느날 아침 일찍 잠에서 깨어나, 아직은 눈을 뜨고 하루의 시작을 받아들일 마음이 들기도 전에, 옆으로 돌아누워 아직 평화롭게 잠들어 있는 밈을 발견하고 행복을 느낄 것이다. 무겁진 않지만 충만한 마음을 느낄 것이다. 그런 다음 내 삶이 정확히 지금 이 모양 이꼴이 아닐 수도 있었던 모든 가능성에 대해, 우리 삶의 다른 방향에 대해 상상할 것이다. 수영장에서 시스터 찾기 게임을 하다가 내가 축구 하던 남자애에게 키스를 하지 않았더라면, 학교 식당에서 내가 바나나로 오럴섹스 흉내를 내지 않았더라면, 릴리가 필을 만나지 않았더라면, 시설에서 내가 밈에게 전화를 걸지 않았더라면, 내가 라라 백스의 집에서 쓰러지지 않았더라면, 병원에서 내가 릴리와 싸우지 않았더라면 등등 상황이 약간이라도 달라졌을 모든 가능성에 대해…… 그 모든 세월이 흐른 뒤 미래의 나는 그토록 수많은 실수에도 불구하고 내 인생이 그 자체로 나름 최상의 결과인 것 같다는 생각에 깊은 감사를 느낄 것이다. 내가 겪은 피해가 반드시 원한이나 미움이나 분노를 낳지는 않았기에, 용서에 대해 고마움을 느낄 것이다. 가끔 우리는 가장 사랑하는 사람들에게 상처를 입힌다. 하지만 용서는, 이 마법의 특효약은 부글부글 끓어오르는 그 어떤 감정도 사랑으로 바꿔놓을 수 있다. 팔팔 끓어오를 때 딱 두방울만 떨어뜨린 뒤 어떤 결과가 나오는지 봐!

그러나 그날 아침, 잠에서 깨어난 내 아내의 눈꺼풀에 입을 맞추게 될 그날 아침을 맞이하기까지 아직 수많은 세월이 남은 지금으로선 그저 나란히 몸을 맞댄 채 밈 목의 오목한 부분에 머리를 파묻고 바닷바람과 밈이 흘린 땀이 섞인 짠내를 맡으며 이곳에서 너무도 큰 편안함을 느낄 뿐이다.

"방금 내 냄새 맡은 거야?" 밈이 콧방귀를 뀌며 웃는다. "어서 일어나, 꼬맹이." 일어나서 나를 잡아당기며 밈이 말한다. "점심 먹을 시간이야."

밈의 손을 꼭 잡고 놓지 않은 채로 내 발로 일어서고 싶은 갈망을 느낀다. 밈을 위해서라면 나는 어디든 갈 것이다. 그게 점심식사 자리라고 해도.

36

밈과 그레이스가 바삭한 바게트에 얇게 자른 햄과 체다 치즈를 넣어 먹는 동안 나는 칼십을 홀짝거린다. 밈이 육식동물처럼 이로 빵을 뜯어 씹고 삼키면서도 자기가 섭취하고 있는 칼로리에 전혀 신경을 쓰지 않는 듯 그레이스와 이야기를 나누는 광경을 지켜본다.

"있잖니." 그레이스가 내 음료를 가리켜 밈에게 고정된 나의 시선을 흩뜨리며 말한다. "그런 건 음식이 아니야."

"알아요." 한 모금 넘기며 내가 말한다. "끔찍하죠."

"그런데 왜 그걸 계속 먹어?"

"안전하니까요. 제가 아는 것이기도 하고요."

그레이스는 고개를 끄덕인다. "안전함은 종종 따분하지. 그리고 가끔은 네가 아는 게 널 위해 최선이 아닐 때도 있어."

나는 한모금 빤다. 삼킨다.

"저녁으로는 그릴에 구운 생선이랑 시금치, 알감자를 준비할 거야. 가벼운 식사로. 너도 좀 먹어볼래?"

나는 한숨을 쉰다. 점심식사 때 저녁식사를 논하다니. 하루 세끼를 생각만 해도 위가 움찔거린다. 진짜로 먹는 사람이 되는 걸 상상해보라고! 먹을 것이 끊이지 않을 것이다. 또다시 먹어야 할 때까지 계속 먹어델 것이다.

"계속 그런 거나 마시려거든 그냥 병원에서 지내는 게 나을 뻔했구나." 그레이스가 말한다. "그런 걸 먹는 건 회복이 아니야. 제대로 먹지 않는 한 섭식장애에서 회복될 수 없어."

사람들이 회복에 대해 나에게 잔소리를 할 때 늘 그러듯 내 표정은 틀림없이 굳었을 것이다. 건강한 사람들은 언제나 그렇게 행동한다. 의사들. 릴리. 포기하기 전엔 나의 부모님도 마찬가지였다. 표정 변화를 알아차렸는지 밈이 내 어깨에 가볍게 손을 얹는다. "그레이스도 환자였어. 건강식품 강박증과 과도한 운동중독."

"내가 왜 '완벽한 복근'을 시작했다고 생각하니?" 그레이스가 말한다. "나는 집착이 심했어. 유기농 채소만 먹었지. 아침, 점심, 저녁 모두. 토마토를 하도 많이 먹어대서 토마토로 변하지 않은 게 놀라울 정도란다." 샌드위치를 다 먹은 그레이스는 냅킨으로 입을 닦는다. "그러고는 하루에 여섯번씩 운동을 했어. 매 식사 전에 한번, 후에 한번. 내가 먹은 칼로리의 두배를 땀으로 배출하겠다는 생각에 집착했지. 그러면 몸이 절반쯤으로 줄어들 거라고 생각했던 모양이야." 그때의 기억이 거의 좋았다는 듯이 그레이스는 고개를 저으며 킥킥 웃는다. "어디서 그런 에너지가 샘솟았는지 모르겠다."

"어떻게 회복하셨어요?" 내가 묻는다.

"사고가 있었어. 그날도 매일 하던 대로 30킬로미터를 달렸지. 아마 그 전에 완두콩 한줌하고 포도 몇알 정도를 먹었을 거야. 분노의 힘으로 달리고 있었지." 그레이스가 눈을 감는다. "어느 자동차 앞쪽에서 달리던 중이었어. 운전자가 브레이크를 밟았지만 제때 차를 멈추지는 못했지. 그 사람이 나를 치었고, 난 그 사람 자동차 유리창 위로 튕겨 올라갔어. 골반뼈와 갈비뼈, 쇄골, 양쪽 팔, 한쪽 다리가 골절됐단다. 몇주간 병원에 입원해 있으면서 식사량도 감시를 받았으니 아무래도 그게 도움이 되었겠지만, 그것보다 일종의 충격을 받아서 삶을 다시 바라보게 된 것 같아. 내가 살아 있다는 걸 믿을 수가 없더구나. 내 몸이 저절로 낫고 있다는 게, 그토록 놀라운 회복력을 갖고 있다는 게 믿어지질 않았어. 그동안 나는 나 자신도 내 몸도 전혀 존중하지 않았거든. 그래서 몸이 나으면 앞으론 그렇게 살아야겠다고 나 자신과 약속을 했어."

나는 고개를 끄덕인다. 이해가 된다. "저는 건강식품 강박증이 뭔지 제대로 모르는 것 같아요."

"아." 그레이스가 미소를 짓는다. "당연히 넌 모르겠지. 우리 건강식품 강박증 환자들은 섭식장애 먹이사슬에서 최하위를 차지해. 너희 거식증 환자들이 최상위 포식자고." 그레이스는 그 표현의 아이러니에 콧방귀를 뀐다. 비강 어딘가에서 막혀버린 듯한 그 웃음은 밈을 닮았다. "거식증, 폭식증에 이어서 여기 계신 우리 제미처럼 폭식 후에 토해내는 부류가 있고, 그다음이 제한적 섭취장애, 아마 그다음이 건강식품 강박증, 이식증 순이고 맨 아래가 과식증이야."

"건강식품 강박증은 꽤 흔해." 밈이 말한다. "인스타그램에 떠도는 다이어트 많잖아. 깨끗한 것만 먹는다는 둥 별의별 게 다 있지. 그런 건 하나도 정상이 아니야."

"그런 건 섭식장애라는 생각이 안 들어." 내가 말한다. "생활양식에 더 가깝지 않나."

밈이 유전자에 새겨진 콧방귀를 뀌며 웃는다. "딱 인스타그램으로 다이어트 하는 사람처럼 말하네. 건강한 식생활하고 그런 여자들이 무작정 따라 하는 채소 스무디 다이어트 사이에는 차이점이 있어. 그런 여자들은 다 섭식장애 환자야. 먹는 걸로 신세 좆된 적이 없는 여자는 이 세상에 한 명도 안 남은 것 같아. 죄송해요, 그레이스. 망쳤다는 뜻이에요. 두 자리 나눗셈도 배우기 전에 칼로리 계산법부터 배우는데 어떻게 우리가 먹는 것에 대해 정상일 수가 있겠어? 그런 건 전부 다 정상이 아니야."

나는 코를 훌쩍인다. "이식증이라고 하셨죠?" 내가 그 레이스에게 묻는다. "이식증이 뭐예요?"

"먹을 수 없는 걸 먹는 것." 그레이스가 접시에 떨어진 치즈 조각을 줍는 동안 밈이 끼어든다. "네 언니가 제로 칼로리 제품을 먹는 것과 비슷해. 나는 칼로리가 없는 건 음식이 아니라고 믿는 편이야. 사실 난 이런 생각을 하고 있어. 우리가 소송을 할 수 있다면, 대중을 부추겨 몹쓸 짓을 선동해 섭식장애를 일으켰다는 혐의로 라라 백스를 고소할 수 있다면, 그렇게 되면 그 여자는 완전히 망할 거야."

"하지만……"

"내가 가입할게." 밈이 말한다. "내가 그 유어웨이라는 곳에 가입할게. 라라 백스는 너는 알지만 나는 모르잖아. 그러니까 내가 가입해서 뒷받침할 증거를 모을 거야. 그 사람이 무슨 말을 했는지 증거를 모아야지. 어쩌면 동영상도 좀 확보하고. 우린 확실한 증거를 확보해서 소송에서 이길 거야. 릴리도 곧 그곳에서 빠져나오게 될 테고."

갑자기 피로가 몰려와 나는 눈을 감는다. "내 생각엔 별로……"

"난 가만히 앉아서 아무것도 안하지는 않을 거야." 밈이 내 손을 자기 손으로 덮으며 말한다. "이번엔 안 그래."

"난 그냥……"

밈이 내 손가락을 꽉 쥐자 그것은 쏘옹이 된다. "그런다고 릴리가 그 남자랑 사귀는 걸 막진 못하겠지만, 적어도 맨날 제로 칼로리 쓰레기를 먹는 건 관두게 할 수 있을지도 모르잖아."

나는 침을 삼킨다. "알겠어. 고마워." 내가 말한다. "고마워." 다시 한번 내가 말한다. 릴리가 구원받을지도 모른다는 생각에 기분이 가벼워진다. 무게가 거의 느껴지지 않을 만큼.

꽃을 먹고 사는 목무늬우는토끼라는 동물이 있다. 그들은 여름 내내 자기 몸무게의 서른배에 달하는 꽃을 먹이로 모았다가 날씨가 추워지면 꽃잎을 조금씩 뜯어먹고 산다.

"안녕?" 밈이 말한다.

"안녕?"

밈은 손을 흔든다. "반가워." 미소를 지으며 밈이 말한다. 밈은 악수를 하려고 손을 내민다. "난 밈이야. 만나서 반가워. 너 어디 갔었어?"

"내가 어디 갔었냐고?"

"너 머릿속에서 어딘가 저 위에 갔다 왔잖아."

"피곤해서 그래." 말하고 보니 정말 피곤하다! 나는 하품을 한다.

"침대로 가." 밈이 말한다.

캣 미쉘스의 죽음에 관해 새로운 기사가 났다. 그러더니 또다른 기사가 줄줄이 이어진다. **문제투성이** 아역 스타 캣 미쉘스 스스로 **굶주려 죽음**에 이르다가 기사의 요지다. 기사는 캣의 사진을, 수많은 사진을 보여준다. 무대에서 미소를 짓고 있는 모습, 클럽에서 술에 취한 모습, 체포되었을 때 찍힌 피의자 사진, 최고 몸무게일 때 비키니를 입은 모습, 최저 몸무게일 때 역시나 비키니 차림으로 찍힌 또다른 모습, 어느 여자와 키스하는 모습, 또다른 키스 사진, 내 방 벽에 붙여놓았던 사진, 치료시설에서 찍힌 마지막 사진. 외부에서 보면 시설은 거의 리조트처럼 보인다. 모든 사진에는 마치 공식이라도 있는 듯이 똑같은 방식으로 설명이 달려 있다. 마른 모습으로 무대에 오른 캣 미쉘스! 클럽에서 굴곡을 드러낸 캣 미쉘스! 바베이도스에서 새롭게 풍만한 가슴을 보여주는 캣 미쉘스! 캣 미쉘스, 뼈만 남은 모습으로 바하마에 출현! 이름+몸매와 관련된 형용사+지명=사진 설명.

모든 기사의 하단에 적힌 말: 섭식장애가 있는 분이라면 도움을 받을 수 있습니다. 더 많은 정보를 얻으려면 www.eatingdisorderhelp.com을 방문하세요.

기사 어디에서도 찾아볼 수 없는 말: 여성의 몸에 대한 언급을 중단하라.

37

바닷가의 새하얀 별장에서는 하루하루가 쉽게 지나간
다. 매일 아침 잠에서 깨어나면 백사장을 따라 천천히 긴
산책을 하는데, 밈과 함께일 때도 있고 혼자일 때도 있다.
시간과 상관없이 해변은 늘 싱그러운 아침 냄새를 풍기고,
바다는 소금기를 흩뿌려 내 피부에 더 단단한 층을 입힌
다. 바람은 흔들리는 빨래처럼 불어온다. 나는 맨발로 걷
는 걸 좋아해서 가끔 조개껍데기에 살이 찢겨 아플 때도
있고 가끔은 푹신한 모래가 발밑에서 밀려나며 발이 미끄
러지기도 하지만, 그런 일이 일어나더라도 모든 게 너무도
중요한 일처럼 느껴져서 계속 걷는다.

산책을 마치면 커피가 담긴 머그잔을 들고 테라스에 앉
아 집요한 끈기로 해안을 괴롭히는 파도를 구경한다. 태양

은 산 위로 천천히 모습을 보이다가 어느 틈에 갑자기 뽐내듯 둥근 형체를 드러내며 거침없이 공간을 장악한다. 하루의 시작.

부엌에서 아침식사를 의미하는 부산한 소리가 들려오면 그제야 나는 자리에서 일어난다. 때로는 칼슙을 한 팩 마시기도 하고, 때로는 커피만 마실 때도 있고, 때로는 포도를 한알 혹은 한줌까지도 먹는다. 그레이스와 밈은 보통 내가 먹을 엄두조차 낼 수 없는 음식인 토스트에 버터를 발라 아침을 먹지만, 둘 다 별로 배가 고프지 않을 때는 더러 과일 샐러드를 만들어 먹을 때도 있어서 그럴 땐 나도 한그릇 먹기도 한다. 다른 사람들이 먹는 걸 같이 먹는다는 건 정말 평범해진 느낌을 선사한다.

맛을 보는 건 어렵다. 그건 잘 못하겠다. 어떻게 하는지 방법을 잊은 것 같기도 하다. 어렸을 땐 음식을 좋아했던 게 기억난다. 저녁에 피자를 시켜주면 흥분했었고 핼러윈데이가 있는 10월엔 사탕을 생각하며 침을 흘렸다. 음식을 싫어했던 것도 기억한다. 브로콜리를 보면 나도 모르게 움찔했고 마요네즈가 싫어서 콧등을 찡그렸다. 이젠 맛을 보는 것이 달라졌다. 마치 사람들이 바글거리는 댄스 플로어에서 꼭 알고 싶던 비밀스러운 속삭임을 들으려고 애를 쓰는 것 같다. 낮은 칼로리는 나를 행복하게 하고 기름진 음식은 무서운 것이라고 알고 있는 상황에서, 저마다 값어치를 소리쳐 주장하는 모든 칼로리를 무시한 채 수학 시간에 열심히 배우고자 하는 학생처럼 그 아래 숨어 있는 맛을 찾아내기란 어려운 일이다. 그래도 어쨌든 내가 딸기를 좋아하는 건 확실한 것 같다. 입안에 머금고 있는 매 순간과 싱그러운 과육의 느낌이 좋다.

아침식사 후 밈이 학교에 가 있는 동안 나는 그레이스의 집을 청소하고 빨래를 하고 침대를 정돈하고 정원에서 잡초를 뽑고 집 외벽과 울타리에 쌓인 소금기를 호스로 씻어낸다. 청소는 내가 알고 있는 밥값을 하는 방법이다. 한쪽 팔을 아직도 팔걸이에 매달고 있는 신세라 한 손으로 청소를 해야 해서 시설에서 지낼 때보다 훨씬 더 어렵지만, 나는 장애에 익숙해졌다. 우리는 늘 그렇다. 인간은 참으로 회복력이 좋다. 우리는 어떤 일을 겪더라도 헤쳐나가며, 그 어떤 극적인 변화 속에서도 적응해서 살아간다.

집안일을 마친 뒤엔 그레이스와 함께 점심을 먹기 위해 식탁 앞에 앉는다. 식사를 준비하는 사람은 그레이스이고, 칼로리를 감안해 보통 생채소를 먹는다. 당근, 셀러리, 오이, 토마토, 모두 길쭉하고 얇게 토막을 냈다. 그레이스는 자른 채소를 후무스와 페스토, 랜치드레싱, 오일에 찍어 먹는다. 나는 그냥 먹지만 가끔 기분이 좋고 용감해지면 입에 넣고 씹기 전에 한입거리 채소에 무지방 드레싱을 살짝 흩뿌려서 먹어볼 때도 있는데, 그러면 나의 순결한 미각이 그 풍미를 반긴다.

요정 후견인의 비유는 아마도 신데렐라에서 시작되었을 것이다. 어디선가 난데없이 툭 튀어나와 주인공의 난관 극복을 돕는 인물. 그러나 원작 이야기에서 신데렐라의 후견인은 아이의 진짜 대모였다.* 그분은 마법을 부려서 뿅! 하고 나타난 게 아니었다. 줄곧 거기 있다가 가장 필요한 순간에 앞으로 한걸음 나선 것이었다. 인생에서도 대모님들은 어디에나 존재한다. 가장 필요한 순간에 뿅! 하고 앞으로 한걸음 나서주는 낯선 사람들.

밈은 유어웨이 오후 모임에 갔다가 집으로 돌아와 모임에서 있었던 일을 나에게 들려주고, 나는 소송에 필요할지 모를 온갖 이야기를 받아적는다. 밈은 대활약을 벌이는 탐정이 된 것처럼 행동한다. 라라 백스의 사업 전체를 무너뜨리는 작업에 대해 나는 확신이 별로 없지만, 그런 생각을 털어놓지는 않는다. 흥분한 밈이 너무도 쾌활해 보여서, 새롭게 활기 넘치는 친구를 지켜보는 것만으로도 행복하다.

내가 보기에 우리 계획의 문제점은 명백하다. 세상에는 유어웨이와 비슷한 다이어트 업체가 셀 수 없이 많지만, 해롭다는 이유로 사업을 접은 곳은 한군데도 없다. 밈도 나도 법에 대해서는 완전히 문외한이고 법을 어떻게 적용

* godmother에는 '대모'와 '후견인'이라는 뜻이 모두 있다.

해야 하는지도 모른다. 증거가 무슨 의미인지 제대로 알지도 못하면서 우리는 여러가지 정황을 증거랍시고 계속 언급한다. 그럼에도 우리가 무슨 일을 벌이고 있는 듯한, 정말로 무언가를 하고 있는 듯한 느낌이 드는데, 그 느낌이 아주 좋다. 맨손으로 비행기를 밀어 활주로를 달리게 하던 남자들이 왜 그랬는지 이젠 나도 알겠다. 활동가들이 오래된 고목을 보호하느라 스스로 인간 고리를 만들고 대신 나를 잡아가라 하고 소리치는 이유도 이해가 된다. 무언가를 한다는 건 기분 좋은 일이다.

열심히 일을 하면서 나는 릴리를 생각하고, 라라 백스의 성취 불가능한 다이어트를 따라 하는 다른 여자들을 생각한다. 나로 인해 그 수많은 사람들이 얼마나 건강해질 수 있을까를 생각하면 기분이 좋다. 내가 돕는 걸 좋아한다는 사실을 깨닫는다. 사람들을 돕고 싶어한다는 것을. 나에게 목표와 영감이, 무언가 삶의 지향점이 생긴 것은 난생처음이다.

매일 저녁 우리는 함께, 여자들끼리 저녁식사를 준비한다. 나는 채소를, 밈은 단백질을 담당하고 그레이스는 탄수화물을 담당한다. 나는 겁을 먹지 않아도 되는 채소를 준비하고, 나머지 두 사람이 원한다면 추가로 칼로리를 더할 수 있도록 드레싱을 뿌리지 않은 샐러드로 시작해 손가락 굵기로 자른 채소를 내놓기도 하고, 날씨가 추워진 저녁엔 따뜻하게 찐 채소를 마련한다. 밈은 치킨이나 생선을 준비하고, 내가 한입이라도 먹을 가능성이 있는 가벼운 단백질로 두부나 달걀을 내놓는다. 그레이스는 온 집 안을 천국의 냄새로 진동하게 하는 빵을 구워내고, 버터로 볶은 매시트포테이토, 기름진 감자튀김, 수북한 볶음밥을 준비한다. 나는 그레이스가 맡은 부분엔 아직 마음의 준비가 되지 않았다. 그런 음식은 밈도 조금만 먹는다.

우리는 식탁에 둘러앉아 함께 식사를 하지만, 두 사람은 식사를 하는 동안 각자 자기 접시만 보기로 약속한다. 끔찍한 범죄를 저지르려는 순간을 앞둔 악당처럼 계속 감시를 당하는 건 지긋지긋하다.

어쩌면 그 집이나 해변, 혹은 밈이나 그레이스, 어쩌면 캣의 죽음이나 릴리의 분노나 나의 부상 때문인지도 모르겠다. 어쨌든 이번에는, 회복하겠다는 이번의 다짐은 뭔가 좀 다르다. 원한다면 이번에도 음식을 숨기거나 칼로리 섭취를 피할 수 있겠지만, 그럴 마음이 들지 않아서 그런 짓을 하지 않는다.

나는 벽난로 앞에 앉아 밤을 맞이하며 허브티를 홀짝거린다. 밈과 그레이스는 가끔 다크초콜릿을 조금씩 깨물어 먹는데, 나는 허공에 맴도는 코코아 향기를 맡으며 과거에 분명 초콜릿을 좋아했다는 걸 떠올린다.

어느날 밤, 밈은 내가 엄지손가락의 지문을 네모난 초콜릿에 꾹 눌렀다가 혀끝에 찍어 맛을 보게 해준다. 그 맛은 친숙하고 달콤하고 공포스럽다 나는 벽난로에 침을 뱉어버리고 싶은 충동을 억누른다. 밈은 나를 지켜보며 속삭인다. "괜찮아. 너를 봐. 아무 일도 일어나지 않았어. 아무것도 변하지 않았어. 괜찮아." 충동이 가라앉을 때까지 밈이 나를 달랜다.

벽난로 앞에 모여 보내는 저녁시간은 우리에게 신성한 시간이고, 음식이나 라라 백스나 우리의 계획에 대한 이야기는 허락되지 않는다. 그것이 우리가 정한 규칙이고 참 좋은 규칙이다. 혹시라도 이야기를 나누다가 방향이 그쪽으로 향하면, 우리는 금지된 주제에서 멀어지도록 서로를 다독이며 그 규칙을 함께 지켜간다. 그런 화제 대신 인생에 대해 이야기한다. 그레이스는 크나큰 상실과 더 큰 사랑을 우리에게 들려준다. 밈의 어머니가 태어난 뒤 헤어진 남편. 그레이스가 운동을 관두지 않고 관둘 수도 없기 때문에 떠나간 아내.

밈은 죽어간 친구들에 대해 털어놓고, 살아 있는 친구들에 대해 얘기하며 미소 짓는다. 나는 아직 제대로 살아본 적이 없기 때문에 주로 듣기만 한다. 음식이나 섭식장애 이외의 삶은 나에게 없다. 여기선 그런 이야기를 할 수가 없다. 침묵은 제대로 살고 싶고, 이야기와 추억을 갖고 싶고, 욕구와 욕망을 누리고 싶다는 마음을 나에게 불러일으킨다. 취미와 관심사. 열정을 품고 그것에 대해 마구 수다를 떨고 싶게 만드는 대상. 내가 유일하게 목소리를 내는 경우는 미술에 대한 이야기를 나눌 때여서, 밈은 미술사에 관해 이야기하고 그레이스는 미술작품 수집에 대한 애정을 이야기하고 나는 내가 창작하고 싶은 모든 것에 대해 이야기한다. 우리가 서로에게 잘 자라는 인사를 건넬 때는 모두 눈이 절반쯤 감겨 있다.

"이제 집안일에서 손 떼거라." 화창하고 바람이 심한 어느 날 아침 대걸레를 집어드는 내 손을 붙잡으며 그레이스가 말한다. 바다는 늘 바람을 실어온다. 이곳의 공기는 사적인 공간감 없이 항상 움직이고, 항상 몸에 부딪혀 존재감을 드러내고, 주변을 휘감으며 바람을 일으킨다. 바닷가의 대기에는 손길이 담겨 혼자가 아니라는 느낌을 안겨준다. 나는 항상 바닷가에서 살아야겠다고 다짐한다. 밀려온 파도가 백사장을 때리고, 엄청난 분노에 휩싸인 집요함으로 바위를 후려치고, 바위투성이 절벽을 매끄럽게 다듬고, 날이 가고 달이 가고 해가 가도록 끊임없이 밀려오는 파도가 바위를 반질반질한 표면으로 조각해 더욱 튼튼해 보이도록 변모시켜서, 파도의 희생자로 남아 있기보다는 바닷물을 위로하고 껴안아주는 것처럼 보이게 만드는 광경을 지켜볼 수 있는 곳에서 살고 싶다.

"오늘은 내가 널 위해 생각해둔 게 있단다." 대걸레를 다시 벽장에 넣으며 그레이스가 말한다.

"하지만 바닥은 어쩌고요." 내가 말한다. "오늘 화요일 아니에요? 바닥 닦는 날이에요."

"넌 위험할 정도로 틀에 박힌 일상에 관심을 보이지. 습관에도 그렇고. 네가 그런 다이어트에 그렇게 빨리 빠져든 것도 이상할 게 없어." 내가 하루 한알 사과 다이어트에 대해 이야기했을 때, 그레이스는 그런 식으로 홍보하고 상품화하면 절대적으로 인기를 끌 수밖에 없었을 거라고 생각했다. '완벽한 복근'의 성공에 대한 이야기를 들려주며 그레이스는 대중 미디어가 특히 당대에 유행하는 다이어트를 좋아한다고 말했다. 복부에 지방이 쌓이는 것을 막기 위해서 매시간 아몬드를 두개씩 먹거나 천연 식욕 억제제로 매 끼니 전에 물을 1리터 마신다거나 설사를 유발하는 감초 차와 위에서 팽창하는 기적의 알약 같은 것들. 여성들은 새로운 다이어트법이 등장할 때마다 비만으로부터 자신을 구제하기 위해 마치 구명보트에 올라타는 것처럼 맹목적으로 뛰어든다. 그들은 트레이너와 성형수술에 수많은 돈을 거침없이 지불한다. 과도한 게 곧 본인이 아닌 한 과도하게 열중해야 멋있기 때문이다. 그레이스는 여신으로 떠받들렸다. 여성들은 그레이스에게 비법 공유를 애걸했다. 모두들 자기 몸에 대한 기적의 해결책을 원했다.

"하지만 정해진 일상이라고 해서 그걸 영원히 지속해야 한다는 의미는 아니야. 정해진 일상은 깨질 수 있고 반드시 깨져야만 하지. 안 그러면 평생 똑같은 일만 하고 살게 될 거야, 안 그러니?"

나는 아무 말도 하지 않는다. 지루함이 느껴진다.

"자." 그레이스가 내 손을 잡고 이끌며 말한다. 너무도 단호한 말투와 자부심 넘치는 태도에 비해 그레이스의 손이 무척 가냘프고 연약해서 나는 충격을 받는다. "같이 가자." 그레이스는 나를 이끌고 자동차를 보관하지 않는 차고로 데려간다. 그레이스에겐 자동차가 없었고, 밈은 쓰레기봉투 같은 자기 차엔 집도 지붕도 필요 없다고 말한다.

"이 문은 작동도 안된단다." 그레이스가 손마디로 차고문을 두들겨 메아리를 일으키며 재미있다는 듯 웃는다. "이 셔터를 한번도 올려본 적이 없어! 아무짝에도 쓸모없는 공간이지."

나는 그 공간에 안쓰러움을 느낀다. 제 원래 기능을 할 수 없다니. "여기 봐." 그레이스가 한쪽 구석에 쌓인 캔버스와 반대편 구석에 쌓인 화구를 가리키며 말한다. "내가 힘없는 늙은이여서 작업실로 꾸미지는 못했지만 너한테 필요한 건 다 있어."

"여길 저한테 주신다고요?" 나는 주변을 돌아본다. "왜요? 감사하긴 하지만 왜요?"

"넌 창작을 해야 하는 사람이니까. 네가 예술 얘기를 할 때 들어보니 알겠더구나. 그림에 대해서도. 애가 있고 코끼리 문신을 한 여자를 위해 네가 그림을 그렸다지. 로라였던가? 예술은 너에게 중요해. 널 행복하게 만들지."

어떻게 사람들이 나에 대해 이런 걸 알고 있는지 모르겠지만, 물감과 붓, 가능성으로 히얗게 빛나는 갠버스를 보

마른 여자들

555

니 엄청난 기쁨이 느껴진다. "라라예요." 내가 할 수 있는 말은 그것뿐이다.

"맞아. 라라였지. 이제 나는 벽마다 그림을 한장씩 걸어야겠다." 그레이스가 말한다. "여긴 하얀색이 너무 많아! 온 집 안을 그림으로 채울 때까지는 집안일을 하지 마라."

"그레이스." 내가 말한다.

"로즈." 그레이스가 말한다.

"안돼요." 내가 말한다. "제 말은······"

"조용히 해." 그레이스가 말한다. "그리고 일이나 해! 빨리빨리! 점심식사 전에 시작하기 바란다. 말이 나왔으니 말인데 오늘 메뉴는 오븐에 구운 채소란다."

나는 그레이스를 쳐다본다. 오븐에 **구웠다**는 것은 오일을 사용했음을 의미한다.

"아보카도 오일을 쓸 거야."

"지켜봐야겠어요." 내가 말한다. "요리하실 때 제가 지켜봐야겠어요."

그러자 그레이스가 고개를 끄덕인다. 그레이스는 이해한다. 오일을 얼마나 뿌리는지 직접 지켜보지 않는다면, 나는 그레이스가 버터와 돼지기름을 내 음식에 한국자씩 퍼부어 한입만 먹어도 몸이 풍선처럼 부풀 거라고 내 마음대로 상상하게 되리란 것을 이해한다.

"시작할 때 부를게." 그레이스가 말한다. 그러고는 "이만 총총"이라고 말하며 내가 작업을 하도록 자리를 비켜준다.

나는 가장 큰 캔버스를 선택한다. 거대한 정사각형 규격이다. 내 키보다도 큰 그 캔버스는 연설을 하듯 요란하다. "안녕." 내가 캔버스에게 말을 건다. "반가워. 난 팔이 한쪽밖에 없어." 팔걸이를 흔들어 보이며 내가 말한다. "보이지?"

캔버스는 아무 말도 하지 않지만, 그것이 사물이기 때문은 아니다.

"이렇게 큰 그림을 한 팔로 그리는 건 더 어려울 수도 있어." 내가 설명한다. "그렇더라도 네 잘못이라고 생각하지는 않으면 좋겠어."

나는 릴리의 책 『우리』를 떠올린다. 릴리와 직접적으로 관련이 있는 것들에서만 느껴지는 강렬한 유대감이 그 책에서도 생생하게 전해진다. 작품의 언어가 강렬하고 이야기는 훌륭하다. 나는 그 책에 대해, 어디서 그런 아이디어를 얻었는지에 대해, 그것이 릴리 자신의 삶에서 비롯된 것인지에 대해 릴리와 대화를 나누고 싶지만, 아마 그럴 거라는 짐작에 입안에 쓰디쓴 거품이 일어난다. 릴리는 내가 옆으로 밀려나 좁은 공간만을 차지한 채 구겨져 있기 전까지는 항상 나에게 모든 것을 털어놓았고, 자신의 삶에 대해 이야기했고, 우리 관계를 자기 자신으로, 자신의 언어로, 자신의 경험으로 채웠지만, 실제로는 릴리가 그 어떤 이야기도 털어놓지 않았을지도 모른다는 사실을 짐짐 깨닫게 된다.

내가 읽은 그 책의 내용을 머릿속에 떠올리자 우리가 동정을 잃는 내용이었던 첫번째 이야기의 공원이 연상되어, 나는 파란색과 노란색 물감에 흰색을 약간 찍어 유기농 채소 같은 풀색이 될 때까지 한데 잘 섞는다. 릴리의 이야기를, 그 작품 속의 우리를, 그리고 릴리와 우리를 생각하며 캔버스를 가로지르는 손짓을 시작한다.

그레이스가 문가에 몸을 기대고 있을 때도 나는 작업에 너무 몰두한 나머지 움직임을 멈추지 못한다. "채소 구이 시작할 거야." 속삭이듯 그레이스가 말한다. 나는 고개만 끄덕인 채 계속 그림을 그리고, 계속 움직이며 꿈을 꾼다.

얼마 지나지 않아 채소를 가지고 돌아온 그레이스는 창고 같은 차고 구석에서 접이의자를 하나 꺼낸다. 무릎에 접시를 올리고 앉아 있다가 이따금씩 일어나 얇게 저민 호박, 쐐기 모양으로 자른 가지, 파프리카를 내 입에 넣어준다. 채소가 머금은 오일 맛이 느껴지지만, 그 풍미가 따뜻하고 질감이 부드러워서, 나는 계속 작업을 하면서 입에 들어오는 모든 채소를 삼킨다.

38

그날 저녁 유어웨이 모임에서 집으로 돌아온 밈은 삼십 분 전쯤 끝낸 그림을 멍하니 바라보며 앉아 있는 나와 그레이스를 발견했다. 우리는 그림이 마르면서 색깔이 스스로 제자리를 찾는 모습을 지켜보고 있었다.

"저건." 밈은 이렇게 말한 뒤 더는 아무 말도 하지 않는다. 아예 생각 자체가 사라져버렸다는 듯이.

우리는 다 함께 그림을 지켜본다. 잘 그린 그림인지, 혹은 내 마음에 드는지도 잘 모르겠지만 어딘가 바라보고 싶게 만드는 구석이 있어서 나도 그림을 계속 보고 싶은 마음이 든다. 비명을 지르는 듯한 분홍색과 초록색 파란색 주황색. 색감이 강렬하다. 형체는 초목, 정원, 꽃, 나무를 암시한다. 선과 각도는 폭력을 암시하고, 아치와 곡선은 부드러움을 담아낸다. 모든 것이 여성스럽고 부드러우면서 동시에 단단하고 강렬하다.

그레이스가 끙 소리를 내며 가장 먼저 일어선다. 건강식품 강박증은 그레이스의 관절에 많은 해를 입혔다. 학대받은 강아지처럼, 그의 몸은 실제 나이보다 더 빨리 늙어버렸다.

"너는 공간을 차지하는 것에 대한 두려움이 너무 커." 그레이스가 말한다. "삶에서 공간을 조금도 차지하지 않고 싶어하지. 하지만 네가 공간을 활용할 때 어떤 일이 벌어지는지 보렴." 그레이스가 스트레칭을 하자 낡은 경첩처럼 허리에서 우두둑 소리가 난다. "난 저녁식사를 준비해야겠다. 너희는 오늘 식사당번 면제야. 더구나 로즈는 힘든 작업을 방금 마쳤으니까."

내가 옷을 갈아입으러 가자 밈이 내 방까지 따라온다. 늘어난 고무줄처럼 혹사당한 근육과 뼈가 아프고, 그림 연습 탓에 움직일 때마다 온몸 구석구석이 쑤신다. 고통은 즐겁지 않지만, 내 몸이 존재하는 느낌은 반갑다. 신체의 모든 부분이 내 것 같은 느낌.

"목욕해." 내가 신음 소리를 내며 온종일 입고 있던, 병원에서 퇴원한 날 밈이 나에게 준 검은색 티셔츠 원피스를 벗는 동안 밈이 말한다. 나는 아직도 릴리 집에서 물건을 하나도 가져오지 않았다. 밈이 샤워할 때 깁스 부분을 가리기 위해 사용하는 비닐봉지를 가져와 내 팔을 그 안에 넣고 단단히 묶어준다. "내가 물 틀어놓을게." 밈은 이렇게 말한 뒤 화장실로 홀연히 사라진다.

나는 속옷을 벗어 세탁 바구니에 집어던진다. 그런 다음 옷장을 열고 원피스를 걸어둔다. 옷장 안쪽에는 마음만 먹으면 온몸을 한번에 비춰볼 수 있는 커다란 전신 거울이 붙어 있다. 그러나 몸무게가 조금 늘었더라도 굳이 알고 싶지 않아서 재빨리 문을 닫는다. 몇년 만에 처음으로 많이는 아니지만 그래도 제대로 된 음식을 먹고 있음을 감안할 때 몸무게가 늘었으리라는 것은 확실하다.

어디선가 읽은 이야기가 있다. 어쩌면 시설에 있을 때 지역의 낯선 사람들이 기부한 허섭스레기 같은 책에서 읽었는지도 모르겠다. 2010년 볼리비아 정부는 모든 살아 있는 생명에게 인간과 동등한 권리를 부여했다. 볼리비아가 세계에서 가장 큰 거울 생산국이라는 사실도 읽었다. 나는 이 두가지 사실이 서로 상관없다고 생각하지 않는다. 거울은 당신에게 당신 모습을 보라고 강요한다.

스스로 굶주리기 시작했을 땐 거울을 보는 게 좋았다. 내 몸을 보고 싶었기 때문이 아니라, 더는 거기 없는 것을 보고 싶었기 때문이다. 내가 얼마나 많이 지워졌는지 보고 싶었다. 내가 얼마나 조금 남아 있는지 보고 싶었다.

화장실에 들어가니 밈이 욕조 가장자리에 앉아 샴푸 병 뒤에 적힌 글귀를 읽고 있다. 밈은 한손을 물에 담가 흔들어 온도를 확인하다가 내가 나타나자 수도꼭지를 잠근다.

"너무 뜨거우면 말해." 그 말에 나는 울음이 터질 것 같다. 누군가가 당신을 소중히 여기면, 정말로 당신을 소중하게 생각하면 그들은 엄지발가락 하나도, 시선 하나조차도 불편하게 놔두지 않는다.

이제는 밈에게 몸을 보이는 게 너무도 익숙해지고 조심스럽게 나를 살펴보는 밈의 시선을 즐기기까지 하게 된 나는 수건을 떨어뜨리고 욕조에 들어가면서 열기에 움찔한다. 물이 너무 뜨겁지만 가끔은 불편한 것도 괜찮다. 가끔은 그래야 내가 얼마나 인간적인지 상기되니까.

온도에 익숙해져서 따뜻한 물에 몸을 푹 담그자 출렁거리는 물이 나를 에워싸며 아픈 근육을 연인처럼 두들겨준다. 얼굴만 수면 위로 나오도록, 잠긴 귀에서 바다 소리가 들릴 때까지 몸을 깊이 물에 담근다.

너무 뜨거워? 밈이 세상 위쪽에서 입 모양으로 묻는다. 나는 고개를 저으며 미소를 짓는다. 위에서 내려다보는 밈의 모습은 뭔가 유명한 존재 같다. 뭔가 신성한 존재 같다.

밈이 바디워시를 손바닥에 넉넉히 짜서 문질러 거품을 낸다. 그러고는 내 한쪽 다리를 들어 발부터 닦아주기 시작한다. 집요한 동그라미를 그리며 빠르게 움직이는 밈의 손길이 발꿈치부터 발목, 종아리, 무릎을 거쳐 위쪽까지 올라갔다가 다시 반대편 다리로 내려간다. 밈은 아주 부드러운 손길로 다리 사이도 문질러주고, 그러는 동안 내 얼굴엔 무언가를 쏟은 듯 홍조가 번진다. 밈은 거품이 뒤덮인 손으로 내 온몸을 속속들이 탐험할 때까지 동작을 멈추지 않는다. 내가 온몸을 다 보여주고 밈이 나를 다 보고 난 뒤에도 여전히 밈은 여기 내 곁에 있다.

갈망을 느낀 내가 밈의 티셔츠에 손을 뻗지만 밈은 뒤로 물러난다.

"어우 야, 그럼 불공평하잖아." 내가 말한다.

"인생은 원래 불공평한 거야." 밈이 말한다.

밈의 트레이닝팬츠 끈을 잡아당겨 매듭을 풀고 만지작거리면서 나는 밈의 눈을 응시한다. 밈이 씩 웃는다. 허리 고무줄을 따라 엄지손가락을 움직이다 배를 가로지르는 팬티 안쪽으로 깊숙이 손가락을 찔러넣자, 체모가 새로 자라고 있는 치골 부분이 까칠까칠하다. 밈이 소리를 내며 침을 삼킨다. 나는 미소를 지으며 눈썹을 치켜세워 허락을 구한다. 티셔츠 밑단을 잡고 머리 위로 올려 벗다가 밈이 동작을 멈추고 불투명한 베일처럼 얼굴을 가린다. "쳐다보지 마." 밈이 말한다.

"너무 늦었어." 밈이 스스로 옷을 벗으며 가능한 한 자기 몸을 가려보려고 애쓰지만 실패하는 모습 앞에서 내가 속삭인다.

"눈 감아." 밈이 말한다.

"싫어."

"그러지 마. 부탁이야, 그냥 그러지 마, 그러지 말라고."
그러나 우리 둘 다 밈이 한 말의 의미를 모르는 것 같다.
밈은 한쪽 팔을 대각선으로 둘러 배를 가리고 다른 팔로는
허벅지를 가린 채로 서서 태아처럼 몸을 약간 웅크린다.
질과 유방, 자기 몸에서 우리가 늘 수치심을 품어야 한다
고 가르침을 받았던 부분 대신 그런 부분을 가리는 사람은
한때 깡마른 전적이 있는 여자들뿐이다. 그러나 밈은 아름
답다. 여전히 모델 같다. 큰 키에 늘씬한 몸을 지녔고 지금
은 언제나 상처를 입히던, 언제나 자신에게 상처를 입히던
누군가가 아니라 진짜로 살아 있는 사람처럼 보인다.

"나 이제 옛날처럼 안 보이지." 밈이 말한다.

"당연하지." 내가 밈의 손을 잡으려고 손을 뻗지만 밈은
뒷걸음친다. "넌 달라졌어, 아주 많은 방면에서. 하지만 다
좋은 방향이야. 넌 친절해지고, 배려심 있고 애정 넘치는
사람이 됐어. 게다가 널 좀 봐, 넌 건강해."

밈이 뺨에 흘러내린 눈물을 닦는다.

"넌 달라졌어." 내가 말한다. "참 좋은 방향으로. 나도
달라지려고 노력 중이야. 좀더 너를 닮으려고. 새로운 너."

밈이 나를 바라본다. 상처 받기 쉬운 표정으로.

"넌 정말 아름다워, 밈. 네 팔 좀 봐. 힘이 느껴져. 그리고
네 허리는 영화배우의 허리 같아. 지금 거기 그렇게 서 있
는 넌 진짜 좆나게 아름다워. 맹세해도 좋아." 나의 솔직함

엔 분노가 깃들어 있다. 밈이 마음에 안 들어하는 모든 부분이 내 것이면 좋겠다.

밈은 평소처럼 코웃음을 치더니, 낯선 사람이 내민 먹이를 마주한 겁먹은 떠돌이 짐승처럼 천천히 몸을 펴고 나에게 시선을 고정한 채, 자신의 모든 부분을, 맨살을, 자신의 신체를 내 앞에, 오로지 내 앞에 드러내 보인다.

나는 손을 뻗어 양손으로 밈의 허리를 감싸안고 내 쪽으로 끌어당긴다. 나는 밈의 아랫배를 가로지르며 촘촘히 입을 맞추다가 입술을 대고 허리를 따라 내려와 허벅지에, 발목에 입을 맞춘 뒤 다리를 들어 욕조 안으로 집어넣는다. 밈이 반대쪽 다리를 스스로 들어올린다. 밈이 내 옆에 자리를 잡고 앉자, 우리의 팔다리는 서로를 찾아들어 얽히며 영원처럼 느껴지는 매듭으로 엮인다. 나는 밈을 씻겨준다. 손바닥으로 온몸 구석구석을 다 알아낼 때까지 동작을 멈추지 않는다.

39

아침은 갓 세탁한 빨래처럼 싱그럽고 새롭게 다가오고, 우리가 부엌에 나란히 서서 커피를 내리는 장면은 영원할 것처럼 느껴진다. 잠이 덜 깨 휘청거리고 무의식의 메아리에 부드럽게 시달리면서, 그런 식으로 남은 평생 커피를 내려도 좋을 것 같다.

밈이 인공감미료를 찾느라 내 옆으로 돌아 한걸음 움직이고 나는 그 팔 밑으로 티스푼을 꺼내느라, 이젠 각자의 살처럼 친숙한 서로의 팔다리가 살며시 스친다. 우리는 각자 머그잔을 들어 입으로 가져가며 블랙커피향 너머로 고요한 춤처럼 풍겨오는 흙냄새를 들이마신다.

이야기 소리 때문에 그레이스가 깰까봐 우리는 집 밖으로 빠져나간다. 방충문을 닫은 뒤 밈이 커피를 한모금 마시고, 첫맛을 보더니 항상 그러듯 한숨을 내쉰다.

지난 몇년간 느낀 것보다 훨씬 더 인간이 된 기분이다. 잠에서 깨어, 정말로 온전히 깨어 느끼는 치약의 맛은 각성을 요구한다. 나는 살아 있고 바로 여기에 있어! 눈을 찡그려 떠오르는 아침 태양을 바라보다 황홀해져 눈을 깜박인다. 이곳에선 너무도 당당하게 존재감을 느낄 수 있다.

암컷 레이산 앨버트로스는 짝짓기가 끝나면 종종 알을 낳기 위해 두번째 암컷 앨버트로스와 함께 보금자리를 꾸민다. 하와이에 서식하는 앨버트로스의 약 31퍼센트는 동성끼리 결합한다. 두 어미가 함께 새끼를 기른다. 그들은 평생을 함께한다.

"안녕?" 밈이 말한다. "안녕?"

"안녕?"

"돌아온 걸 환영해. 난 밈이야."

나는 미소를 짓는다.

"그렇게 멍하니 있을 땐 어디를 다녀오는 거야? 저 위에 올라가나?" 밈이 엄지손가락 끝으로 내 이마를 어루만진다. 축복이자 기적.

"보통은 그냥 생각 중이야. 기억을 떠올리는 거지."

"이번엔 무슨 생각 했어?"

"그냥 옛날에 책에서 읽은 내용 좀 생각했어. 밍청하지."

"그게 뭔데?"

"아." 나는 어깨를 으쓱한다. 얼굴이 뜨거워진다. "별건 아니고 앨버트로스에 대한 거야. 앨버트로스의 3분의 1은 레즈비언이래."

"진짜?" 제미마는 내가 세상에서 가장 좋아하는 노래인 웃음을 터뜨린다. "레즈비언 새라고? 레즈새?"

나는 고개를 끄덕인다.

"완전 흥미롭다."

"그래?"

"나는 온종일 네가 아는 사실들을 들으면서 시간을 보낼 수도 있을 것 같아. 넌 항상 머릿속에 틀어박혀서 시간을 보내잖아. 어렸을 때도 늘 그랬어. 너랑 릴리는 언제나 말 없이도 이야기를 나눌 수 있는 것 같더라. 네가 생각만 해도 릴리는 다 아니까. 질투가 났어. 나는 마음을 읽을 줄 모르니까. 로즈, 릴리가 했던 것처럼 할 수는 없지만 난 모든 걸 다 알고 싶어. 난 너의 뇌에서 일어나는 일을 듣는 게 참 좋아."

나의 뇌에서 일어나는 일을 듣는다니.

"난 다 갖고 싶어, 로즈. 너의 전부를."

당신의 전부를 원하는 누군가를 가져본 적이 있는지? 동물적인 부분까지도 전부?

우리는 멀리 바다를 바라보며, 세상이 돌아가는 모습을 지켜보며 한동안 침묵한다. 그러다가 밈이 헛기침을 한다.

"그래서 내가 생각을 좀 해봤는데."

"좋은 생각이 확실해?"

"재미있는 거야." 밈이 손바닥으로 머그잔을 감싸쥔다. "나는 네가 미대에 입학해야 한다고 생각해."

내가 커피를 한모금 마시려고 하지만, 이미 밈의 손이 내 머그잔의 가장자리를 덮고 있다. "안돼." 밈이 속삭인다. "너무 뜨거워."

나는 밈을 쳐다본다. 밈이 미소를 짓는다. "뭐! 넌 뜨거운 거 못 먹는 아기잖아!" 밈은 웃음을 터뜨린다. "내가 말리지 않았으면 넌 혀를 데었다고 하루 종일 투덜거렸을 거야."

나는 머그잔을 테라스 난간에 올려 바닷바람에 식게 내버려둔다.

"그래서 말인데 미대가 바로 네가 있어야 할 곳이야."

나는 고개를 끄덕인다. "그러면 좋을 것도 같아."

"진지하게 하는 말이야?"

"응. 왜 놀란 것 같지?"

밈은 고개를 젓고 커피를 한모금 마신다. 그러고는 내 머그잔을 가리킨다. "이젠 너도 마셔도 돼. 난 이 얘기 꺼내면 너랑 한바탕할 줄 알았어. 넌 보통 새로운 것들을 좋아하지 않잖아."

"아니야, 나 좋아해!" 내가 말한다.

"어휴, 왜 이러셔," 밈이 말한다. "너 변화 싫어하잖아."

"아니야. 싫어하는 건 아닌 것 같아, 그냥 변화를 겁내는 거겠지."

"그럼 새로운 걸 해보는 게 어떨까? 그런데 지금은 왜? 왜 마음이 달라졌어?"

"내 말은……" 나는 커피를 한모금 마신다. 온도가 완벽하다. "내 인생에도 뭔가 할 일이 필요하지 않겠어?"

나중에 밈은 릴리의 첫번째 이야기를 바탕으로 한 나의 최신 그림을 별장에서 겨우 두 블록 떨어진 릴리의 아파트까지 옮기는 걸 도와주었다. 현관문에 그림을 기대어놓은 뒤 밈이 노크를 하려고 주먹을 들어올린다. 나는 밈의 손이 문에 닿기 전에 붙잡는다. 아직 준비가 되지 않았다. 나는 현관문 앞에서 밈을 끌어낸다.

"뭐야?" 밈이 묻는다. "이 모든 일의 요지는 사과를 하는 거라고 생각했어. 네가…… 사과할 마음이 안 내키면 사과는 못하는 거지."

"마음의 준비가 안됐어." 내가 말한다. "내가 얼마나 좋아졌는지 릴리한테 보여주고 싶어. 내가 얼마나 더 건강해졌는지. 릴리를 위해서. 그런데 아직 준비가 안됐어."

밈은 내 머리를 자기 가슴에 대고 머리카락을 쓰다듬어준다. "넌 잘하고 있어. 진짜로 너무너무 잘하고 있어." 밈이 내 얼굴을 잡고 팔 길이만큼 밀어낸다. "그리고 난 네가 정말 자랑스러워, 리즈." 밈이 미소를 짓는다.

그때 계단에서 발소리가 들려와 우리는 포옹을 푼다. 방해꾼이 누구인지 보려고 고개를 돌린 나는 그의 얼굴을 알아보고 침을 삼킨다. 릴리의 아파트까지 3층 계단을 올라오느라 땀을 뻘뻘 흘려 티셔츠가 젖어 있고, 젖은 앞머리가 만화 캐릭터처럼 이마에 들러붙어 있다.

"로지!" 필이 말한다. "다시 보니 정말 반갑군요!" 그의 턱이 씰룩거린다. 침이 넘어가느라 목울대가 올라갔다 내려간다.

"필." 나는 헛기침을 한다.

밈이 내 손을 잡는다.

"여긴 웬일이에요?" 내가 묻는다.

"아." 그가 웃음을 터뜨리며 대답한다. "나 이제 여기 살아요. 로즈가 나간 뒤에 바로 옮겨왔어요."

"라라한테 쫓겨났어요?" 내가 묻는다.

"아, 로즈." 그가 주파수 잡음을 내며 턱을 긁는다. "참 재미있는 사람이군요." 그가 미소를 짓는다. "게다가 아주 좋아 보여요! 훨씬 더 건강해졌네요!" 그의 말은 살이 쪘다는 뜻이다. 그리고 그는 자신이 한 말의 의도를 정확히 알고 있다. 내가 아무 말도 하지 않자 그가 손을 뻗어 내 어깨에 얹는다. "우린 로즈가 보고 싶었어요. 조만간 자매들끼리 화해할 수 있기를 바랍니다."

나는 몸을 피해 그의 손을 털어낸다. 그의 손마디엔 멍이 들어 있는데 난 그 이유를 알고 싶지 않다.

"이거 릴리 대신 내가 안으로 들여놓아줄까요?" 그가 그림을 가리키며 말한다.

"아뇨." 계단을 내려가기 시작하며 내가 대답한다. "손대지 말아요." 밈을 이끌고 사라지며 내가 덧붙인다.

집으로 가는 길에 우리는 옛날에 넷이서 둘러앉아 테이블에 엎드리다시피 몸을 기댄 채 페퍼민트 차를 단숨에 들이켜고 다이어트 비법과 단식, 운동, 설사약, 다이어트 약에 대한 정보를 교환하던 커피숍 앞을 지나친다. 밈은 평소처럼 맞바람과 싸우듯 빠른 걸음으로 그 앞을 지나친다. 나는 걸음을 늦추고 창문 안쪽을 들여다보다가 그 앞에서 멈춰선다.

"안돼." 밈이 말한다. "오 안돼, 안돼, 안돼."

"플리에 대해 궁금하지 않아?" 내가 묻는다. "아직도 그러고 있는지?"

밈은 고개를 젓다가 대답한다. "당연히 궁금해. 매일매일 하루도 빠짐없이."

"우리가 도와주면 안될까?" 내가 말한다. "전화 걸어봐."

"플리를 도울 수 있는 건 개 자신뿐이야."

밈이 내 손을 잡아당겼지만 나는 꼼짝 않고 버틴다.

"로즈." 밈이 오랜만에 내 이름을 제대로 다 발음한다. 내가 돌아서자 밈은 내가 했던 말을 그대로 되풀이해 나에게 돌려준다. "난 아직 준비가 안됐어."

나는 첫째로 태어나기로 되어 있던 아이였지만 의사들은 내가 아직 세상에 나올 준비가 되어 있지 않다고 말했다. 나는 최적의 위치에 버티고 있다가, 예정대로 산도를 빠져나오는 대신 스스로 몸을 비틀어 출구를 막은 뒤 옆으로 헤엄쳐 릴리가 지나가도록 길을 내주었다. 일단 릴리의 차례가 마무리되자 나는 거꾸로 방향을 틀었다. 그걸 둔위분만이라고 하는데, 그 말을 들으면 나는 항상 웃겼다. 마치 내가 자궁 속에서 몸을 뒤집어 엄마와의 계약을 끊은 것 같아서. 나는 오래 뜸을 들이다 모습을 드러냈다. 나는 이곳에, 세상에 있고 싶지 않았다. 나는 준비가 되지 않았다.

다음 날 아침 나는 배가 뒤틀리고 피부가 미끈거리는 느낌에 잠에서 깨어난다. 다리 사이에 손을 넣어보니 축축하다. 손끝이 새빨간 색으로 물들었다. 나는 미소를 지으며 울기 시작한다.

내가 흐느끼는 소리를 들은 밈이 달려온다. "무슨 일이야?" 내가 마지막 흐느낌을 삼키기도 전에 밈은 군데군데 진하고 아름다운 붉은색으로 얼룩진 침대 시트를 보며 한숨을 쉰다. "네가 정말 자랑스러워." 밈이 속삭인다. 나도 밈과 함께 행복해지고 싶지만, 생리는 건강한 몸을 의미하고, 건강은 내가 아직 준비되지 않았다고 느끼는 존재들

의미한다.

"이건 지극히 정상이야." 밈이 말한다. "넌 다시 인간이 되는 법을 배우고 있는 거야." 밈이 방에서 나갔다가 탐폰을 들고 돌아온다. 나는 밈에게서 탐폰을 받아들고, 우리의 손길은 향수에 젖는다.

40

어떤 날에는 여전히 울고 싶고 입술을 꿰매어두고 싶다. 어떤 날에는 여전히 침대에서 일어날 수가 없다. 어느날 아침, 그레이스의 집에서 지낸 지 닷새째인가 엿새째 혹은 이레째 되는 날에 — 피를 흘리던 시기에 — 침대 옆에서 전화가 울렸다. 전화벨이 울리고 울리고 또 울리는데 아무도 전화를 받지 않았다. 아무도 그 전화를 받지 않은 이유는 전화벨이 내 침대 옆에서 울리고 있고 내가 받아야 하는 내 방 전화였기 때문이다. 나는 머릿속으로 동작을 백번쯤 시연했다. 몸을 굴려 엎드려서 수화기를 본체에서 들어 귀에 대고 말을 한다. 그러나 그럴 수가 없었다. 전화를 받는 건 엄청난 괴력이 필요한 과제였기에, 나는 울부짖던 전화기 마침내 조용해질 때까지 무기력하게 시켜보았다.

그래도 다른 날엔 대부분, 거의 매일 침대에서 일어날 수 있다. 그런 날에는 대부분 전화도 받을 수 있다.

크리스마스다. 나는 일찍 잠에서 깨어났다. 밈이나 그레이스가 일어나기 전에 집을 나설 계획이었지만 밈이 내가 복도를 지나가는 소리를 듣는다.

"나가?" 할머니를 깨우지 않으려고 조심하며 밈이 속삭이고, 나는 고개를 끄덕인다. 밈은 손가락 한개를 들어올린다. 여기서 기다려라고 말하는 손가락, 나도 같이 갈 거야라는 의미의 손가락. 어디에 가는지도 모르면서 당신과 함께 가기를 원하는 누군가를 상상해보라. 목적지가 어디든 상관없이.

메모: 곧 돌아올게요.

우리는 손을 잡고 사십분간 걸어가다가 지쳐 나머지 거리는 버스를 탔다. 내가 어린 시절에 살던 집은 더 낡아 보인다. 앞마당의 잔디가 무성하게 자랐고, 외벽 페인트는 갈색으로 변했다. 현관문으로 이어지는 진입로는 군데군데 파여 있다.

"괜찮아?" 내가 노크하려고 주먹을 들어올린 채로 망설이자 밈이 묻는다. 손이 문에 닿기도 전에 릴리가 문을 열고 나온다. 릴리는 몰골이 엉망이다. 피부는 창백한 잿빛이고 깊숙이 꺼진 눈은 수줍어하거나 겁을 내는 기색이다. 방어하듯 팔짱을 낀 채 자기 몸을 꼭 붙잡고 있다. 릴리의 몸은 몰라볼 정도다.

"안녕, 릴리." 밈이 인사한다.

"제미마." 릴리가 대답한다. 목소리에서도 변화가 느껴진다.

"릴." 내가 부르지만, 릴리는 외면한다.

"네가 여긴 왜 왔어?" 거실을 향해 앞장서서 걸어가며 릴리가 묻는다.

"아빠 혼자 크리스마스를 보내게 하면 안 될 것 같았어."

"아빠는 매일 혼자 지내셔. 원래 혼자라고."

아빠는 늘 앉던 소파 구석 자리에 앉아 있다. 일어나면 그 자리에 화석이 생겨 있을 것이다. 고고학자들은 쿠션에 새겨진 흔적으로 아빠의 정확한 키와 몸무게를 추정할 수 있을 것이다. 아빠는 너무 늙어 보인다. 우리가 들어갔는데도 고개를 들지 않는다. 아빠 발밑엔 맥주 캔이 충성스럽고 귀여운 반려동물처럼 놓여 있다. 소파 옆자리엔 동료인 담뱃갑도 놓여 있다.

"아빠?"

"어서 와라, 얘야." 아빠가 말한다. 아빠는 내가 쌍둥이 중 어느 쪽인지 모르는 것 같다. 요즘 들어선 아마 알아보기가 더 어려울 것이다.

"메리 크리스마스." 내가 말한다.

"그런가?" 아빠는 미소를 짓는다. 아빠의 질문이 메리와 그리스마스 중 이느 쪽을 가리키는지 모르겠다.

"안녕하세요, 윈터스 씨." 밈이 말한다. "전 제미마 게이츠예요. 저를 기억하실지 모르겠네요. 따님들이 어렸을 때부터 알던 사이예요."

아빠는 아무 말도 하지 않는다.

"어떻게 지내세요, 아빠?"

"그냥 스포츠 경기나 보는 거지 뭐." 중계 중인 스포츠 경기는 없다. TV에선 뉴스캐스터가 지난 경기에 대한 이야기를 나누고 있다. 볼륨이 너무 작아서 그들이 무슨 말을 하는지 알아들을 수가 없다. 그런데도 아빠의 시선은 고정되어 있다.

"뭐 좀 가져다드릴까요?" 내가 묻는다.

아빠는 맥주를 허공에 들고 흔들어 캔이 비었음을 알린다.

"내가 가져올게." 밈이 말한다. "세분은 말씀 나누세요."

밈이 자리를 뜨자 공기도 사라진 것 같다. 실내가 건조해 포도가 건포도가 되었다. 나는 목구멍을 조이고 목을 잡고 숨을 몰아쉰다. 우리는, 우리 가족은 서로 할 말이 없다. 뭐라도 좋으니 공통으로 대화가 오갈 수 있게 우리도 개나 다른 반려동물이 있으면 좋겠다는 생각이 든다.

"메리 크리스마스." 내가 두번째로 말한다.

"메리 크리스마스." 릴리가 대답한다.

"그런가?" 아빠가 다시 미소를 짓는다. 이건 농담이다. 아빠는 웃지 않는다. 아무도 웃지 않는다. 아빠는 이가 하나 빠졌고 나머지 치아도 상태가 좋지 못하다. 아빠가 입을 다물면 좋겠다.

"로즈는 시설에서 나왔어요, 아빠." 릴리는 말하면서도 나를 쳐다보지 않는다. "거기서 내보내줬어요."

"잘됐구나. 좋아 보인다." 아빠는 릴리를 보고 있다.

"지금은 그림을 그린대요." 릴리가 말한다. "아빠도 작품을 보셨어야 해요. 잘 그리더라고요."

"릴." 내가 불러보지만, 릴리는 여전히 아빠만 쳐다본다.

"저는 만나는 사람이 있어요." 릴리가 말한다. "이름이 필이에요."

"필." 아빠가 말한다.

"아빠도 곧 만나게 될 거예요. 오늘은 못 왔어요."

"크리스마스인데?" 아빠가 말한다.

"맞아요." 릴리가 말한다. "크리스마스인데도요." 로드킬을 당한 동물처럼 목소리가 단조롭다. 릴리에겐 아무것도 남지 않았다. 생명이 없다.

"맥주 여기 있어요, 윈터스 씨." 밈이 성에가 낀 맥주 캔을 건네며 말한다. 아빠는 고리를 잡아당기며 입을 벌려 끔찍한 새로운 미소를 보여준다.

"건배." 아빠가 엉망진창인 우리 모임을 향해 캔을 들어 올리며 말한다.

"우린 그만 가볼게요." 내가 말한다. "계획이 있어서요."

"계획." 아빠가 말한다.

"계획?" 릴리가 묻는다.

"가야 할 곳이 있어." 내가 대답한다. "그렇지, 밈?"

"응." 밈이 대답한다. "가야 할 곳."

"제가 배웅할게요." 릴리가 말한다.

아빠는 아무 말도 하지 않는다. 릴리가 일어나자 밈이 그 뒤를 따라간다. 나는 어둠속에, 먼지 속에, 쓰레기와 때로 뒤덮인 왕좌에 홀로 앉아 있는 아빠를 마지막으로 한번 더 바라본다.

아빠가 헛기침을 하고는 묻는다. "네 여자친구니?"

나는 침을 삼킨다.

아빠가 TV에서 고개를 돌려 나를 바라본다. 아빠의 눈은 누렇게 변했다.

"네." 내가 대답한다. "그래요. 맞아요."

아빠는 고개를 끄덕이더니 다시 TV로 시선을 돌린다. "잘됐구나."

"안녕히 계세요, 아빠." 내가 말한다. "나중에 또 올게요. 다니러 올게요." 나는 문 앞에서 걸음을 멈추고 돌아서지 않은 채로, 아빠를 대면하지 않은 채로 말한다. "아빠는 왜 그런 얘길 한번도 나한테 하지 않으셨어요?"

"무슨 얘기 말이니?"

"나는 모든 걸 혼자서 짐작해야 했어요." 문을 향해 내가 말한다. "나와 똑같은 감정을 느끼는 아빠가 바로 옆방에 있는데도 나 혼자 그 모든 걸 겪어내야 했다고요. 아빠는 그냥 나한테 와서 말만 해주면 되는 거였어요."

아빠가 한숨을 쉰다. 빈 맥주 캔이 아빠의 손아귀에서 찌그러지는 소리가 들린다. "난 아직도 그런 얘기를 할 수가 없단다, 로지." 아빠가 말한다. 내가 뒤돌아보지만 아빠는 나를 보고 있지 않다. 아빠는 소리 없는 TV에 대고 고백을 하고 있다. 거기 앉아 있는 아빠가 너무도 왜소해 보인다. "너는 나보다 강하다, 애야. 항상 그랬어."

"그건 책임 회피예요."

"그래. 맞아."

"난 행복해요, 아시겠지만."

"그래." 아빠가 말한다. "그래 보이더구나."

"아빠도 행복할 수 있어요."

그러나 아빠는 더이상 듣고 있지 않다.

41

다음 날부터는 그림을 그리던 붓을 놓고 대신 말을 활용했다. 글쓰기는 릴리의 언어이므로, 릴리가 내 이야기를 들어주기를 바란다면 릴리의 조건대로 말을 전해야 마땅하다. 나는 글을 잘 쓰지 못하지만, 그레이스가 차고에 모아둔 잡지 더미를 뒤적여본다. '완벽한 복근'을 특집기사로 다룬 주간지까지 전부 다 보관되어 있었다. 칼로리 계산을 훈계하고 과즙으로 하는 장 청소와 금식을 찬양하는 내용이 담긴 화려한 지면이 수백페이지씩 이어진다. 나는 그런 기사에서 해로운 낱말들을 오려낸다. 기사마다 상처를 내듯 구멍을 뚫은 뒤 곳곳에 큼지막하게 빈 공간을 남겨둔다. 비만, 군살, 뒤룩뒤룩, 빠르게 체중을 감량하세요! 같은 말들. 지진 대피 훈련처럼 빠르게 장을 청소해준다는 케일

차로 식사를 대체할 수 있다고 홍보하는 불법 상품 광고 문구는 아예 문단 전체를 통째로 오려낸다. 그런 다음에는 사진도 잘라낸다. 과거의 모습을 간직한 밈이 너무도 말라 톱니처럼 예민해진 모습으로 우울하게 웅크린 채 밖을 응시하고 있는 사진이 실린 잡지도 발견한다. 경사로처럼 각이 져 튀어나온 밈의 쇄골을 오려내 캔버스에 붙인다. 슬픈 표정으로 펑퍼짐한 옷을 입고 있는 그레이스의 '비포' 사진과 분홍색 립스틱을 칠한 입술 사이로 새하얗게 미백된 치아를 선보이며 미소를 짓고 있는 '애프터' 사진도 잘라낸다. '빠르게 체중을 감량하세요'라는 문구 바로 아래에 그 두 사진을 나란히 붙인다. 나는 오리고 붙이고 오리고 붙이는 과정을 반복하다가, 슈퍼모델의 다리와 쑥 파인 뺨, 툭 튀어나온 눈, 빨간색으로 원을 그려놓은 셀룰라이트 사진들과 **뚱뚱한, 마른, 여름 해변의 몸매!**라는 말들로 캔버스 전체를 채운다.

작업을 마치자, 작품은 조각조각 분할된 인체와 몸에 관련된 형용사를 모아놓은 하나의 화면 같다. 나는 그 위에 '유어웨이: 라라 백스 다이어트'라는 제목을 덧붙인 뒤 작품이 마르도록 내버려둔다.

밈은 나와 함께 두번째로 릴리의 아파트를 찾아간다. 내가 문에 귀를 바싹 대자 TV 시트콤에서 흘러나오는 웃음소리가 들린다. 릴리는 따라 웃지 않는다. 집에 있는지도 잘 모르겠다. 릴리는 도둑이 시트콤에 나오는 사람들 목소리를 아파트에 사는 사람들 목소리로 생각할 거라고 말하면서 TV를 틀어놓고 외출하는 경우가 가끔 있었기 때문이다. TV가 켜져 있으면 도둑이 안에서 사람들이 TV를 보고 있다고 생각할 거라 짐작하는 쪽이 더 논리적이라는 게 내 생각이었지만, 릴리에겐 그런 말을 한 적이 없었다.

나는 바닥에 무릎을 대고 문 아래 틈을 통해 한쪽 눈으로 안을 들여다보지만, 이렇게 낮은 각도에선 울창한 숲처럼 보이는 카펫 섬유밖에 눈에 들어오는 게 없다. 나는 한숨을 쉬며 일어나 현관문에 이마를 기댄다.

시트콤이 끝나고 광고가 이어지다 또다른 시트콤이 시작된다. 나는 도저히 용기가 나지 않고, 밈이 대신 문 밑으로 캔버스를 밀어넣는다. 그러더니 밈이 캔버스를 도로 잡아당긴다.

"왜?"

"너한테 연락할 방법을 모르잖아." 밈이 말한다. "릴리가 준비가 되면 말이야."

밈은 가방에서 펜을 꺼내 이로 깨물어 뚜껑을 연 뒤, 콜라주 작품 뒷면에 자기 전화번호와 할머니 집 주소, 자기 이메일 주소를 적는다. "됐다." 이렇게 말한 뒤 밈은 내 손을 잡고 허리를 숙여 두번째로 작품을 문 밑으로 밀어넣는다.

내가 숨을 참은 채로 그곳을 벗어나려 하자, 밈은 나에게 숨을 들이쉬고 내쉬라고 일깨워준다.

집으로 걸어가는 길에 나는 무심코 또다시 커피숍 밖에서 걸음을 멈추고 유리창 안을 응시한다. 나는 시간을 확인한다. 과거 우리가 우리가 되어 하나로 뭉쳤던 모임 시간인 저녁 6시다. 밈을 향해 돌아서자, 밈은 겁에 질린 눈빛으로 카페에서 멀어지려고 뒷걸음친다.

"가보자." 내가 말하며 손을 뻗지만 밈은 내 손을 거부한다.

"넌 나를 도와주고 있잖아. 이젠 나도 돕게 해줘."

밈이 눈알을 굴린다. "우리는 점수 대결을 하려는 게 아니야."

"뭐라고? 그 정도는 나도 알아."

밈은 카페 유리창으로 안에 있는 사람들을 들여다보다가 다시 나를 돌아본다. "걘 저 안에 없을 수도 있어. 중단했는지도 몰라."

"그럴 수도 있겠지." 내가 말한다.

"완전히 좋아졌을 수도 있어. 치료를 받아서."

"그랬을 수도 있지."

"죽었을 수도 있어."

"그러지 마." 내가 말한다.

"알았어." 밈은 천천히 심호흡을 한 뒤 주먹을 꽉 쥐고 머리부터 들이밀며 문을 향해 돌진하더니, 안으로 막 들어가려던 찰나 양손을 비틀며 나를 향해 뒤돌아서서 손에 묻은 물을 털듯이 손가락을 흔든다. "나 못하겠어."

"내가 같이 가잖아. 바로 네 뒤에 있을게."

"내 앞엔?"

"그것도 좋지. 그게 네가 바라는 거라면."

"아니야, 내가 먼저 들어갈래." 밈이 말한다.

나는 고개를 끄덕인다.

"아니다, 네가 먼저 들어가라."

나는 고개를 끄덕인다.

"아니다, 그냥 너랑 나랑 같이 들어갈까?"

나는 고개를 끄덕인다.

"바로 옆에 나란히 서서?"

나는 고개를 끄덕인다. "가." 내가 말한다.

"가자." 밈이 말한다.

우리는 특별한 성능을 갖춘 자물쇠처럼 서로 손가락을 깍지 끼어 얽은 채로 나란히 문 앞에 섰다. 출입구의 폭이 너무 좁아서 우리 두 사람이 나란히 움직여서는 쉽사리 진입할 수가 없다. 우리는 각자 바깥쪽 팔을 앞으로 하고 몸을 대각선으로 약간 튼 뒤 함께 문을 통과한다. 가게 안으로 들어서는 데만도 필요 이상의 시간이 걸렸다.

플리는 쉽게 눈에 들어왔다. 그애는 우리가 늘 앉던 자리 한쪽 구석에 웅크리고 앉아 젖은 티백은 받침에 올려둔 채 파란색 머그잔을 입으로 들어올리고 있다.

뼈만 남은 얼굴에 젖은 머리카락이 힘없이 들러붙어 있

는 시체 같은 모습의 플리를 응시하며, 나는 처음으로 회복에 대해 전적으로 온전하게 다행이라는 기분을 느낀다. 물론 나는 허기가 그립고, 텅 빈 내장이 전하는 공허한 아픔과 오랜 금식 후 세상이 이차원적으로 보이는 느낌이 그립다. 조금만 더 굶주림을 참으면 아무것도 남지 않고 흔적도 없이 사라져버릴 수 있을 것 같은, 눈에 보이지 않는 존재가 될 것 같은 감각을 여전히 열망한다. 그런데 굶주린 상태는 그립지만, 이런 모습은 그립지 않다. 이 비참한 존재, 살아갈 가치가 없는 이런 삶.

"밈?" 플리가 껙껙거리듯 말한다. "너 맞아? 그리고 이건 또 누구야. 잠깐만, 빌어먹을 리즈까지?" 끊임없이 담즙을 게워낸 탓에 이가 부식되어 두개나 사라지고 없다. "여긴 웬일이야?" 테이블에서 일어나려다가 도로 주저앉으며 플리가 말한다. 뼈로만 이루어진 더럽고 병든 아기새 같은 몰골이다.

밈은 숨을 길게 내쉰 뒤 입을 연다. "안녕, 플리." 밈이 망가진 네온사인처럼 아주 잠깐 의심의 빛을 띠며 나를 돌아본다.

"너 살쪘다, 밈." 플리가 말한다. 테이블엔 절반쯤 먹은 스키니바가 놓여 있다.

"닥쳐." 내가 방어조로 말한다.

"그냥 그렇다는 말이야." 플리가 대꾸한다.

"괜찮아, 로즈." 밈이 말한다. "난 괜찮아."

밈은 테이블 건너편에 앉는다. 다리를 앞으로 쭉 뻗었다가 유치원생처럼 서로 엇갈리게 바닥에 내려놓는다. 이런 상황을 위해 준비해온 듯, 자기가 해야 할 일을 정확하게 아는 듯 밈은 차분해 보인다. 나는 지인의 파티에 온 것 같은 기분으로 좀더 멀찍이 서 있는다. 한번도 이곳에 속해본 적 없지만 밈에게 속한 사람이므로, 인생의 어느 시점에도 아랑곳하지 않는 배우 마이클 세라 같은 기분으로 곁에 머문다.

"너 좆나 끔찍해 보여." 밈이 말한다. "진짜로 좆나 소름 끼쳐."

"그래도 뚱뚱하진 않잖아." 플리가 대꾸한다.

"씨발, 입 좀 닥쳐라." 밈이 웃음을 터뜨린다.

밈의 이상한 말투에 나는 미소를 짓는다. 이건 내가 익히 알던 밈이다. 내면의 자아와 달리 대외적으로 드러나는 밈의 태도를 나는 잘 안다. 그것은 밈이 별장에서 지낼 때나 그레이스가 곁에 있을 때 보여주는 모습과는 딴판이다. 고등학교 때 배웠다가 오래 잊고 지낸 언어를 새삼 시도하는 것처럼 처음엔 밈의 입에서 흘러나오는 비속어도 좀 어색하다. 그러나 밈은 곧 능숙해져서 숨을 쉬듯 자연스럽게 욕설을 내뱉는다.

"이런 짓은 중단해야 돼." 밈이 말한다. "예전에 내가 무슨 말을 했는지는 알아. 서로의 섭식장애를 응원해줄 필요가 있다고 했었지. 내 입으로 한 말이지만 내가 멍청했어.

우리는 이런 식으로 살아갈 수 있을 거라던 내 생각이 틀렸어. 너는 도움이 필요해, 플리."

플리는 상처 받은 얼굴이다. 그애가 스키니바를 집어들고 한입 깨물어 씹으며, 고무 같은 질감이 치아에 닿아 찌걱대는 소리를 내며 말한다. "제로 칼로리야."

"처음 너를 여기로 데려온 사람은 나였어." 밈이 말한다. "내가 너를 찾아냈지. 내가 다이어트를 부추기며 이상한 차와 설사약을 권했어. 전부 다. 그런데 이젠 다 끝이라고 말하고 있는 거야." 밈은 용감하고 맹렬하다. 나는 밈이 흥분한 눈빛으로 한명뿐인 관객의 반응을 살피는 모습을 지켜본다. 플리는 귀 기울이고 있긴 하지만 경멸의 시선을 보낸다. "우리는 이런 짓 관둬야 해."

플리가 무엇에 홀린 듯 가을처럼 울긋불긋한 입을 크게 벌리고 웃어댄다. "그렇게 간단하지가 않아." 웃음소리가 여전히 메아리치는 가운데 플리가 말한다. "그건 너도 알잖아. 누구나 별장에 사는 유명한 할머니를 갖고 있는 건 아니거든. 누구나 저기 서 있는 리즈처럼 고급 시설에 보낼 수 있는 돈 많은 백인 가족의 자식도 아니고. 나는 가진게 아무것도 없어. 집도 없고 부모도 없어. 친구도 없고. 나한테 남은 사람은 아무도 없어."

"너한텐 내가 있잖아." 밈이 말한다. "너한텐 로즈도 있어. 리즈. 로……" 밈이 물어보듯 나를 쳐다본다.

"로즈라고 해도 돼." 나는 갑작스러운 관심에서 벗어나고 싶어서 말한다.

"너한테는 로즈도 있어." 밈이 말한다. "그거면 충분해. 우린 충분해."

플리가 커피숍 안을 둘러보며 말한다. "그래서 뭐 어쩌라고?"

"우린 다시 모임을 시작할 거야." 밈이 말한다. "하지만 이번엔 회복을 위한 모임이야."

"회복?"

"맞아." 밈이 자리에서 일어나 계획을 짜듯 손가락으로 허벅지를 두들기며 테이블 주변을 서성거린다. "회복 모임. 모임은 우리 할머니 별장에서 열릴 거야. 시간도 똑같이 저녁 6시에."

"무작정 나타나서 뭘 그렇게 네 맘대로 다……"

"내 마음대로 정했어." 밈이 말한다. 밈은 너무도 자신 감이 넘친다. 이것이야말로 리더의 자질이고, 본인의 존재 감에서 나오는 확신이다. 나는 밈이 자아도취에 빠져 이야 기하는 모습을 지켜본다.

"내가 왜?" 플리가 자기 몸의 뼈를 지탱하는 수단이 자기 손으로 움켜잡는 것밖에 없는 사람처럼 골반뼈를 붙잡으며 비웃는다. "넌 떠난 사람이야."

"네가 회복하는 걸 돕고 싶어."

"내가 그러고 싶지 않다면 어쩔래?"

"그럼 오지 마." 밈이 말한다. "네가 억지로 오게 만들지는 않을 거야. 누구든 억지로 무슨 일을 하게 만들지는 않을 거야. 하지만 네가 건강해지는 데 관심이 있다면, 살아남는 것에, 회복하는 것에 관심이 있다면 너도 매일 저녁 6시에 우리 할머니 집으로 와. 간식은 내가 제공할게." 밈이 덧붙인다. 웃음을 터뜨린 사람은 나뿐이다.

플리가 대답도 하기 전에 밈은 내 손을 잡고 문을 향해 걷기 시작한다. "거기서 만나길 바랄게, 플리." 밈이 어깨너머로 소리친다. 돌아보니 플리의 반짝이는 시선이 조명을 받으며 걸어가는 모델을 보듯 밈에게 꽂혀 있다.

그날밤, 거사를 치른 것을 감안해 평소보다 좀 일찍 잠자리에 든 나는 방에서 인기척이 나는 것을 느낀다. 유령 같은 건 아니다. 밈이 침대 옆에 서서 내 얼굴 위에 자기 얼굴을 드리운 채 굽어보고 있다.

"같이 누워도 돼?" 밈이 속삭이고, 나는 매트리스 가장자리로 몸을 움직여 공간을 내준다. 바람이 휙 몸을 휘감고 밈이 다시 이불을 덮어주자 내 몸은 전율하며 일제히 되살아난다. "따뜻하다." 밈이 내 몸에 자기 몸을 밀착하며 등에 대고 미소를 짓는다.

"나쁜 꿈 꿨어?" 그레이스를 깨우고 싶지 않아서 내가 속삭인다.

"힘든 하루였어." 밈이 말한다.

"정말로 그렇게 힘들었어?" 내가 돌아눕자 우리의 코가 마주 닿는다. 내가 내뱉는 말이 마치 어미 새가 아기 새에게 먹이를 주는 것처럼 곧장 밈의 입으로 들어가는 것 같아서 말하는 게 괜히 의식된다.

"엄청난 하루였잖아." 밈이 말한다.

"그랬지. 엄청난 하루였지."

밈이 내 허리에 한 손을 올리고 나는 밈의 목에 머리를 파묻은 채로 우린 한동안 가만히 누워 있는다. "고마워." 내가 속삭인다. 나는 그 말을 할 수 있다는 걸 알고 있고 몇번이고 되풀이해 말할 수도 있겠지만, 그걸로는 절대 충분하지 않을 것이다. 고마움을 충분히 전할 길은 결코 없을 것이다.

"풀리 모습이 너무……" 밈은 굳이 말을 마무리할 필요가 없었다.

"너는 더이상 그렇게 안 보여. 이제 넌 달라졌어." 내가 말했다.

"어떻게?"

"여러가지 면에서."

밈이 내 피부에 입을 댄 채로 미소 짓는다. "글쎄, 인체는 7년 주기로 온몸에 있는 세포를 갈아치운다니까 엄밀히 따지면 완벽하게 달라지진 않았지."

"그건 사실이야." 내가 말한다.

"네가 해준 말이야." 밈이 말한다. "네가 했던 말 기억 안 나?"

"응."

"어휴 세상에." 밈이 말한다. "그 말에 내가 홀딱 반했었잖아. 그때 난 생각했지, 이 말 절대로 잊어버리지 말아야지 하고. 그런데 넌 그 애길 나한테 해준 것도 잊었다니!"

"미안해." 내가 말한다. 정말로 미안하다. "그래도 이건 기억하기로 약속할게." 나는 밈의 볼에 입을 맞춘 다음 반대편 볼에도, 이마에도, 코에도 입을 맞춘다. 나는 이 순간을 기억할 것이다.

"옛날 프로아나 친구를 집에 초대했다고 말하면 그레이스가 얼마나 화를 낼까?" 밈이 내 머리카락에 대고 코웃음을 친다.

"너에게 그레이스 할머니가 계셔서 참 다행이야."

밈이 고개를 끄덕이는 게 느껴진다. "응. 나한테 너도 있어서 참 행운이야."

"뭐라고?" 내가 밈에게서 몸을 떼어낸다. "왜?" 밈은 내 눈이 어디쯤 있는지 알 길이 없겠지만 나는 밈의 눈을 똑바로 쳐다보고 있기를 바라며 어둠을 향해 묻는다.

"말했잖아. 네가 스스로 시설에 들어갔을 때 네가 날 구해준 거라고. 넌 자신을 구하면서 나를 구해줬어. 난 그런 일이 가능하다는 것조차 모르고 있었는데 말이야."

"아니야, 네가 날 구해줬어." 내가 말한다. "네가 병원으로 왔을 때. 난 갈 데가 없었어. 네가 날 구한 거야."

"아니야, 네가 날 구한 거야." 밈이 말한다.

"아니야, 네가 날 구한 거야." 내가 말한다.

"아니야, 네가 먼저 전화를 끊었잖아." 밈이 웃음을 터뜨린다.

"아니야, 네가 먼저 전화를 끊었지." 내가 따라 웃는다.

밈이 허기에 허덕이는 듯한 입술로 나에게 키스한다. 내 아랫입술을 잘근거리다가 깨문 입술을 더욱 공들여 빨아댄다. 손가락을 쓸어내려 내 배를 어루만지다가 다리 사이로 파고들더니 탐폰을 빼내고 손가락을 내 몸 안으로 집어넣는다. 나는 피와 욕망이 혼합되어 촉촉이 젖어 매끄러워진 몸으로 갈망한다.

"널 맛봐도 될까?" 밈의 질문에 나는 대답 대신 신음을 흘린다.

"잠깐만." 내 입술을 빨던 밈의 숨결이 나의 가슴으로, 상반신으로, 성기로 옮겨가자 내가 말한다. "나 피 흘리고 있잖아."

밈은 대답 대신 코웃음을 친다. 밈의 혀는 재빠르고 입술은 부드럽다. 혀로 내 클리토리스를 빙글빙글 애무하는 동안 내 몸 안에 들어간 손가락이 너무도 꼼꼼하게 주변을 어루만진다. 절정에 도달한 순간 나는 밈의 이름을 속삭여 외치고, 내가 울기 시작하자 밈은 나를 품에 꼭 안아준다.

"내가 그렇게 형편없었어?" 밈이 내 목에 대고 미소 짓는다.

"뭐라고?"

"입으로 애무하는 내 솜씨가 널 울릴 만큼 그렇게 형편없었냐고."

"아." 나는 눈물을 삼킨다. "응."

밈의 입술이 나 때문에 붉어진 채, 우리는 고요한 미소를 휘감고 잠에 빠져든다.

42

우리는 죽음을 전하는 뉴스를 읽는다. 어느날 해돋이 산책에서 돌아온 나는 테라스에 앉아 눈을 가늘게 뜨고 나를 찾아 해변을 바라보고 있던 밈을 발견한다.

"무슨 일 있어?" 내가 헐떡거리며 계단을 올라가 묻는다. 점점 튼튼해지고 있긴 하지만, 나의 폐는 팔다리보다 새로운 일상에 적응하는 데 시간이 많이 걸리는 편이다.

"누가 죽었어." 밈이 말한다.

"뭐?"

"유어웨이 다이어트를 하던 누군가가 죽었어." 밈이 새로 올라온 기사를 띄워놓은 휴대폰을 가리킨다. 휴대폰을 건넨 밈은 내가 기사를 읽는 동안 뒤에서 내 허리를 껴안고 내 어깨에 턱을 괴고 있다.

여성. 레이철 파커. 그는 다이어트를 하면서 라라 백스의 스키니칩 외에 모든 음식을 없애버렸는데, 기사에 따르면 그 제품이 과일에 붙이는 식용 스티커와 거의 똑같은 성분으로 만들어졌다고 한다.

여자는 스물여덟살이었다. 전업주부였던 싱글맘. 시신으로 발견됨. 과일용 스티커는 소량이라면 먹어도 무방하지만 다이어트용으로 만들어진 것은 아니다.

나는 밈의 휴대폰으로 릴리의 번호를 누르고, 밈은 나 혼자 릴리와 통화할 수 있게 자리를 비켜준다.

"여보세요, 릴리 윈터스입니다." 익명의 거리만큼 릴리의 목소리가 너무도 낯설게 들린다.

"나야." 내가 말한다.

"그 그림은 어쩌라는 거야? 네가 만들었어?" 릴리가 묻는다.

"내가 만들었어. 그런데 그건 중요하지 않아. 기사를 봤는데……"

"파커라는 여자에 대한 거? 나도 알아."

"그럼 너도 그만둘 거지?"

"뭐? 아니."

"릴리!"

"로즈!"

나는 울지 않으려고 침을 삼키며 한숨을 쉰다. 오늘은 파도가 짜증을 부리듯이, 마음을 진정하려고 필사적으로 굴듯이 해변으로 거칠게 밀려든다. "릴, 사람들이 죽어가고 있어."

"아, 그래?" 릴이 말한다. "한 사람 죽었어. 그런데 네가 하는 알량한 다이어트로는 얼마나 많은 사람들이 죽었을까?"

"내가 하는 다이어트?"

"내 말 똑똑히 들었잖아."

"거식증 말하는 거야?"

릴리는 아무 말도 하지 않는다. 나도 아무 말도 하지 않는다. 이런 대화는 무의미하다. 포기하기엔 릴리가 이미 너무 멀리 갔다는 걸 나도 안다. 나도 가봤으니까. 내가 계속 밀어붙일 거라는 걸 릴리도 안다. 협상 테이블에서 계속 논쟁을 벌이려고 대화를 할 필요는 없다.

그레이스의 테라스 벤치에 앉으며 나는 릴리도 한숨을 쉬며 자리를 잡고 앉는 소리를 듣는다. 우리는 느리고 안정된 호흡이 서로 똑같아질 때까지 전화기를 붙들고 있다. 그건 고등학교 시절 릴리가 나를 위해 해주었을 법한 일이다. 내가 굶주리면서 겁에 질려 어쩔 줄 몰라했을 때. 우리는 평행한 우주에 존재하는 같은 사람의 두가지 모습처럼, 나란히 놓인 침대에 누워 있곤 했다. 내가 나 자신에게, 우리에게 저지르고 있는 짓에 대해 너무도 화가 났기 때문에 릴리는 나와 말도 하지 않았을 것이다. 나 역시 달라질 마음이 없었기 때문에 릴리에게 말을 걸지 않았을 것이다.

그러나 거의 모든 면에서 서로 달라지고 있으면서도 우리는 여전히 원초적이고 꼭 필요한 호흡이라는 한가지 공통점을 갖고 있었기에 함께 숨을 쉬었고, 쌍둥이란 우리가 영원히 함께해야 할 개념임을 기억하고 있었다.

"날 네 멋대로 통제하려고 드는 건 제발 관둬, 로즈. 너는 더이상 나를 통제하지 못해."

나는 침을 삼킨다. 알고 있다. "나도 알아."

릴리는 한숨을 쉰다.

"제미마가 유어웨이 모임에 계속 다니고 있었어."

릴리는 아무 말도 하지 않는다.

"우린 라라 백스를 망하게 할 계획을 세웠어."

"말도 안돼." 릴리가 말한다.

"우린 도움을 주려는 거야."

"누군가를 통제하려 드는 건 사람들을 돕는 것과는 달라." 릴리가 말한다. "너도 그 정도는 알잖아, 안 그래?"

"응. 나도 알려고 노력 중이야."

릴리는 아무 말도 하지 않지만 고개를 끄덕이는 소리가 들린다.

"필이랑 우연히 마주쳤어."

"알아, 얘기 들었어."

"그럼 아직도 그 사람이랑 같이 지내는 거야?"

"당연하지. 나 그 사람 사랑해."

"그 사람은 너 사랑하지 않아."

"사랑해. 그 사람도 나 사랑해. 필은 나를 너무 사랑해서 내가 자길 떠나면 자살하겠다고 했어."

내가 한 말: 없음.

우리는 함께 호흡한다. 밈은 지금 내가 귀에 바짝 붙이고 있는 휴대폰을 나에게 맡겨둔 채 자신의 하루를 살려고 가버렸다. 토요일이므로 릴리가 학교에 가느라 우리의 침묵을 방해할 일도 없다.

휴대폰 배터리가 방전되고 있다는 경고음을 들은 나는 숨을 들이마시고 숫자를 센 뒤 숨을 내쉰다. 반대편에선 릴리가 입술을 깨무는 소리가 들린다. 릴리의 살이 짓눌리며 생긴 부드러운 마찰음. 뭔가 끝이 다가오고 있다는 사실을 릴리도 알고 있다.

배터리가 줄어드는 사이 내가 말한다. "난 잘 먹고 있어. 하루에 세끼씩."

"잘했어, 로지. 네가 엄청 자랑스러워."

"그리고, 그리고 네가 쓴 이야기 참 좋았어. 넌 정말, 정말 훌륭해. 넌 훌륭한 작가야, 릴."

가벼운 웃음소리. "그 책은 아무도 보면 안되는 거였어. 나 혼자만 보려고 인쇄했던 거야."

"놀라운 작품이었어." 나는 진심을 담아 말한다.

"글쓰기는 정말로 나에게 도움이 되었어." 릴리가 말한다. "사람이 겪어야 할 모든 일을 고스란히 겪고 있을 때, 모든 것에서 벗어나는 데 도움이 됐어." 릴리가 우는 소리를 들으니, 본인 몸에서 흘러나온 짠물에 젖은 릴리의 뺨에 입을 맞춰주고 싶다.

"나한테 털어놓을 수 없었던 거 미안해. 내가 네 옆에 있어주면 좋았을 텐데."

"그건 네 잘못 아니야."

나는 숨을 들이마시고 숫자를 센 뒤 숨을 내쉰다. "그 이야기들 말이야, 서로 전부 다 관련이 있더라." 릴리가 숨을 참는 소리가 들린다. "있잖아, 전부 다 실화는 아니겠지만, 내 짐작인데, 혹시 자전적인 이야기야?"

"어느 부분이?" 릴리가 묻자 화학반응처럼 내 목구멍에 눈물이 차오른다.

"오 맙소사, 릴."

"괜찮아." 릴리가 말한다. "괜찮아. 난 정말로 다 괜찮아."

"아니야. 그게 괜찮을 리 없어."

"그건 괜찮지 않지. 하지만 나는 괜찮아."

슬픔의 거품을 삼키며 내가 말한다. "네가 나한테 털어놓지 않았다는 게 믿기질 않아. 그런 얘기 하나도 안했잖아. 알았더라면 내가 다 귀담아 들어줬을 거야. 내가 네 옆에 있어줬을 거라는 거 알잖아."

릴리가 고개를 젓는 서걱거림이 들려온다. "넌 죽어가고 있었어, 로즈."

"하지만 넌⋯⋯"

"강간당했지. 그래. 맞아. 하지만 넌 죽어가고 있었다고."

"강간당했구나." 이 말을 쫓아내고 싶어서, 가능한 한 멀리 바다를 향해 토해내어 성난 파도에 흠씬 두들겨맞게 하고 싶어서, 나는 내쉬는 호흡에 그 낱말을 내뱉는다. 그 말은 마치 릴리가 방금 억지로 만들어낸 것처럼, 릴리의 입에서 나오기엔 어울리지 않는 것처럼 들린다. 최악인 부분은 내가 놀라움을 느끼지 않는다는 것이다. 릴리가 대학에 다닐 때, 끔찍한 남자들을 만나기 시작했을 때, 그러다가 과일을 짓눌러 즙을 짜내듯 릴리의 팔뚝을 움켜잡던 끔찍한 토니를 데려왔을 때, 나는 릴리가 무슨 일을 겪고 있다는 사실을 알고 있었다. 눈앞에 놓인 것은 무엇이든 닥치는 대로 먹어치우며 릴리가 전보다 더 심하게 식탐을 보이기 시작했을 때도. 그러나 나는 절대로 묻지 않았다. 절대로 알고 싶지 않았다. "내가 모든 걸 다 놓쳐버렸어." 내가 말한다.

"그 얘긴 지금 여기서 논하기에 적당하지 않은 것 같다, 동생아."

"미안해. 정말 미안해. 미안해. 나도 알고 있었던 것 같아. 아니, 제대로 알지는 못했지만 잠재의식 속에서는 나도 무언가 알고 있었던 것 같아. 무슨 말인지 알겠어?"

릴리는 아무 말도 하지 않는다.

"임신했었어?"

"응."

"릴리, 난 그냥……"

"알아." 릴리가 속삭인다.

"나도 느꼈어." 기억을 떠올리며 내가 말한다. "내가 전화했을 때 네가 울고 있던 날 밤이지? 내가 전화를 걸었던 건 통증 때문이었어. 정말 미안해."

"알아." 릴리가 속삭인다. 꿀꺽 소리를 내며 울음을 삼킨다.

"하지만 네가 항상 다른 이야기는 전부 털어놓았기 때문에……"

"가벼운 것만. 사소한 것들만 얘기했어. 네 상처 받은 마음을 잠시라도 잊게 하려고. 넌 항상 뭔가 더 큰 일을 겪고 있었잖아. 난 그냥 너를 도와주고 싶었어."

"릴."

"그냥 네가 행복해지기를 바랐어."

"자신의 행복을 위해 다른 사람에게 의지하면 안된다고 누가 그러더라. 자신의 행복은 스스로 만들어야 한다고 말이야."

릴리가 코웃음을 친다.

"이 말이 웃겨?"

"아니. 그냥 어려워서. 자신을 행복하게 하는 건 어려운 일이야. 너도 알겠지만 행복하지 않은 사람이 자신을 행복하게 하는 건 어려워."

"너도 불행한 거지?"

"응."

"필 때문이야?"

"난 필을 사랑해."

"나 때문에 불행해?"

"모든 게 다 너 때문은 아니야." 릴리가 웃음을 터뜨린다.

나도 웃는다. 하지만 내 웃음소리엔 기쁨이 담겨 있지 않다. 다이어트 같은 웃음이다. 형편없는 무설탕 대체품.

웃음소리가 말줄임표처럼 잦아들었을 때 내가 말한다. "미안해."

"알아." 릴리가 말한다. "네가 미안해하는 거 알아. 하지만 난 괜찮아. 글쓰기가 도움이 되었다고 말한 건 진심이야. 글은 전혀 다른 언어 같더라. 글은 나 자신과 소통하는 방식 같았어. 뭔가 너무 어려워서 이해하지 못할 때 글을 쓰면, 잘은 모르지만, 어떤 방식으로든 이해가 가능해지는 것 같아. 이런 설명도 말이 안되는 얘기지." 릴리가 코를 훌쩍인다. "넌 정말 훌륭한 예술가야, 로즈. 그 그림. 너도 미술에서 도움을 받을 수 있기를 빌게."

"고마워." 내가 속삭인다. "그리고 네가 무슨 말 하는지 알아. 미술도 마찬가지일 거야. 그림으로 말이야. 이해해."

정적. 휴대폰은 시간이 다 되었음을 알리는 배터리처럼 숨을 내쉬고, 나는 허파가 아파올 때까지 공기를 한껏 들이마신다. "나 제미마 게이츠랑 같이 지내. 밈이랑 나는, 내 생각에 우리는, 음…… 내 생각엔……"

"알아."

"그렇구나."

"넌 행복해." 릴리가 말한다. "걔랑 같이 있으면. 그게 맛으로 느껴져."

"응. 맞아, 정말로 행복해."

"걔가 너한테 한 짓이 있는데 어떻게 걔랑 함께할 수가 있니? 그 모든 걸 어떻게 다 용서할 수가 있어?"

"너도 나 용서했잖아, 안 그래?"

우리는 밈의 휴대폰 배터리가 허락하는 마지막 순간까지 함께 호흡을 맞춰간다. 전화가 끊긴 순간의 정적은 평화로운 죽음의 소리 같다.

43

밈이 유어웨이 모임에서 집으로 돌아오기를 기다리며 그레이스와 나는 저녁식사를 준비한다. 밈이 자신을 있는 그대로 받아들이려는 방편으로 다이어트에 매달리는, 단체로 최면에 걸린 여자들과 함께 그곳에 있다는 사실을 알기에 그들에 대한 미움이 인다. 혹시라도 밈이 계획을 수행하려다 그들의 광신적인 맹목에 사로잡혀버리는 상상을 한다. 주변 사람들에게 휩쓸려 따라가는 건 어디서나 쉽사리 벌어지는 일이다.

"밈이 왜 이렇게 늦을까요?" 당근을 자르며 내가 말한다. "무사할까요?"

"침착해." 그레이스가 말한다. "걔는 괜찮아."

"저 침착해요."

그레이스가 포크로 내 얼굴을 가리킨다. "네 이마는 다른 말을 하고 있어. 너는 이마에 감정이 드러나는 편이야." 그러고는 포크를 내려놓고 손가락으로 내 눈썹 사이의 피부를 두들긴다.

"시간이 너무 오래 걸려서 그러죠." 평온한 표정을 지으려고 애쓰며 내가 말한다. "그냥 그렇다는 거예요."

나는 창가로 가서 밤하늘과 손톱 뿌리에서 물어뜯은 것 같은 가느다란 초승달을 올려다본다. 손톱 달을 보니 세라가 떠오른다. 세라가 그립다. 세라가 먹고 있기를 바란다. 세라는 굶주린 정신의 미약함보다 더 많은 것을 누릴 자격이 있는 아이다. 허기보다는 훨씬 더 재미있는 생각을 품을 수도 있을 것이다. 너무나 오랫동안 릴리도 바로 이런 마음이었으리라는 것을 나는 이제야 깨닫는다. 나에 대해서. 마당에 버려진 채 바람이 빠진 낡은 축구공처럼 내 마음도 납작하게 위축된다. 자신의 안녕을 바라는 것보다는 누군가 다른 사람의 안녕을 기원하는 것이 훨씬 더 쉽다. 나는 주방으로 돌아가 절반으로 자른 당근을 먹는다. 눈을 감고 삼킨다. 한입씩 삼킬 때마다 작은 전쟁이다.

"아주 잘하고 있어." 우적우적 씹고 있는 나의 아래턱을 가리키며 그레이스가 말한다.

나는 고개를 끄덕인다.

"오랫동안 어려운 일이 될 거야." 그레이스가 말한다. "먹는 거 말이야."

나는 고개를 끄덕인다.

"하지만 점점 나아질 거야. 더 쉬워질 거야. 너도 알겠지만 넌 괜찮아질 거야."

나는 고개를 끄덕인다. 그레이스의 말이 옳다는 걸 안다. 모든 질병과 마찬가지로 회복은 해결이 아니라 과정이다. 그러나 몸이 세상과, 질병과, 벌레와, 기생충과 싸움을 벌이는 다른 모든 질병과 달리, 나의 적은 바로 내 마음이다. 거식증에서 회복하는 길은 자신의 뇌를 상대로 승리를 거두는 것이다.

"다 그럴 만한 가치가 있는 일이야." 그레이스가 말한다. 사람의 마음을 읽는 분야에서는 그레이스도 라라 백스와 접전을 벌일 것 같다는 생각이 든다. "내가 장담할게." 그레이스가 관절이 튀어나오고 주름진 손으로 내 손을 덮어주자, 항상 차갑기만 한 내 손에 온기가 전해진다. 따뜻한 온기를 또다시 느낄 수 있는 기회라면 나로선 놓칠 수가 없다. "너는 정말이지 멋진 인생을 살게 될 거야. 진정 충만한 인생. 일단 너 자신이 그 인생을 살기 시작하면 돼."

문이 열렸다가 닫히는 소리에 돌아보니 밈이 비를 쫄딱 맞아 머리부터 티셔츠까지 흠뻑 젖은 모습으로 현관에 서 있다. 밈은 행주처럼 자기 머리카락을 쥐어짜더니, 이어서 온몸의 물기를 털어버리려는 듯 전신을 흔들어댄다.

"덜덜덜!" 과장되게 몸을 떨면서 밈이 말한다. 그런 다음 "으어, 둘이 무슨 얘기 하던 중이었어?"라고 묻는다. 밈이 아직도 그레이스의 손을 꼭 잡고 있는 내 손을 가리킨다. "비밀이야? 나에 대한 이야기면 좋겠네."

그레이스가 채식주의자용 볶음 요리를 접시에 담기 시작한다.

"다녀왔어요." 밈은 가방을 걸고 나서 미소를 지으며 홍조 띤 아름다운 얼굴로 부엌에 들어온다. "오늘은 두 사람이 특히 그리웠어." 밈이 내 뺨에 키스를 하며 말한 뒤 그레이스의 이마에 입을 맞추고 나서, 간이식탁에 자리를 잡고 앉아 프라이팬에 든 두부를 조금 집어 입에 넣고 씹는다. 밈과 함께 산 지 몇주일이나 지난 지금도, 내가 마지막으로 밈과 알고 지냈을 때에 비해 음식과 밈의 관계에 이토록 엄청난 변화가 생겨났다는 사실에 경외감을 느낄 정도다. 물론 가끔은 밈도 여전히 조심스럽고 겁에 질리지만, 대부분의 경우 먹을 수 있는 것이라면 무엇이든 편안한 태도로 오랜 친구처럼 대한다.

밈이 당근 한조각을 재빨리 집더니 내 입을 향해 포물선을 그리며 다가온다. 그러는 과정에서 밈은 굉장히 들뜬 표정을 짓고, 나 역시 좋은 의미에서 현기증이 난다. 나는 입을 벌리고 밈이 먹여주는 것을 받아들인다. 그리고 밈은 스툴에서 벌떡 일어나 식탁을 차리러 간다.

전세계에서 만성적 영양실조에 시달리는 사람의 수는 8억 2100만명에 달한다. 그들 중 98퍼센트는 개발도상국에 살고 있다. 그 사람들은 자발적으로 굶주림을 선택한 게 아니다. 그 사람들은 굶주림에 허덕이고 있다. 사람들은 굶어 죽어간다.

희생자 놀이에는 구원의 여지가 전혀 없다.

우리가 저녁식사를 절반쯤 마쳤을 때 밈의 휴대폰이 울린다. 밈이 휴대폰을 보고는 인상을 찌푸린다. 그러고는 휴대폰을 들어 나에게 보여준다. 릴리의 이름이 화면에 떠 있다. 나는 휴대폰을 받아들고 수신 버튼을 누른다.

"릴?"

"안녕하세요." 익숙한 목소리가 말한다. 하지만 릴의 목소리는 아니다. "라라예요. 라라 백스. 로즈 맞아요?"

"왜 릴리의 휴대폰으로 전화를 걸고 있죠?"

"로즈, 심호흡하세요." 라라 백스가 말한다. "잘 들어요, 나 지금 리버사이드 병원에 있어요. 언니가 다쳤어요."

"뭐라고요?"

"로즈가 이리로 와야 할 것 같아요, 오면 설명해줄게요."

"지금 설명하세요."

"내가 필의 물건을 가져다주려고 거기에, 릴리의 집에 갔었어요. 문이 열려 있더군요. 음, 릴리는 거기 누워 있었어요. 바닥에 누워 있었다고요. 죽진 않았어요."

"뭐라고요?"

"아무래도 필이……"

나는 라라 백스가 말을 끝내기 전에 전화를 끊는다.

"우리가 가봐야겠어요." 내가 말하자 밈과 그레이스가 동시에 식탁에서 일어난다. 릴리에겐 내가 필요하다.

44

2001년 세계무역센터의 쌍둥이 빌딩 중 첫번째 건물이 공격받았을 때 두번째 건물에 있던 사람들은 모두 건물 안에서 대기하라는 지시를 받았다. 하나가 표적이 되면 다른 하나는 괜찮을 거라는 듯이. 쌍둥이 빌딩 중 하나는 멀쩡히 서 있고 하나만 무너져내릴 거라는 듯이.

릴리가 깨어났을 때 나는 침대 옆에 있었다. 우리 모두 같이 있었다. 라라, 밈, 그레이스, 그리고 나. 의사들은 왔다가 갔다. 릴리는 뇌진탕을 일으켰다. 부분적으로 그림자가 드리워진 것처럼 릴리의 얼굴은 한쪽만 진한 자주색이다. 우리는 릴리의 호흡에 따라 늑골이 천천히 오르내리는 모습을 지켜보고 있다. 인생은 꼭 이런 식이다. 천천히 솟아올랐다가 천천히 내려왔다가 다시 반복된다.

끈처럼 말라비틀어져 누워 있는 릴리의 모습은 나를 꼭 닮았다.

"릴리?" 내 목소리는 거친 바람 소리 같다.

"로즈." 릴리가 힘없고 피곤한 목소리로 대답한다. "제미마? 라라?" 앳되고 겁에 질린 얼굴로 인상을 찌푸리며 릴리가 나를 올려다본다. "어떻게 된 일이야?"

"필." 내가 릴리에게 말한다.

"필?"

"라라가 널 입원시켰어."

"필한테 전화 걸어야 해. 그 사람 엄청 화낼 거야."

"그 인간이 여기 오고 싶었다면 벌써 와 있을 거라는 생각은 안 들어?"

릴리가 눈을 깜박거리자 굵은 눈물방울이 줄줄 흘러내린다. 나는 와이퍼처럼 두 엄지손가락을 사용해 릴리의 얼굴을 닦아준 뒤 이마에 입을 맞춘다.

"기분은 어때? 목말라?" 내가 협탁에서 물잔을 들어올린다. 하지만 릴리는 고개를 젓는다.

"배고파."

"수프 좀 먹을래?" 나는 협탁에서 노란 액체가 담긴 그릇을 집어든다. 릴리가 잠든 사이에 간호사가 놓고 간 것이다. "치킨 수프 같아."

릴리가 고개를 끄덕이며 일어나 앉으려고 한다. 밈이 황

급히 다가와 머리를 받쳐주고 그레이스는 등에 세번째 베개를 끼워준다. 수프를 살살 젓자 숟가락이 도자기에 부딪쳐 금속성 소리가 울려퍼지고, 곧이어 나는 묽은 수프를 한숟갈 퍼올려 후 불면서 바람 부는 호수처럼 잔물결이 이는 모양을 지켜본다.

"준비됐어?" 내가 묻는다.

릴리가 고개를 끄덕이고, 나는 기다리고 있는 릴리의 입에 수프를 살며시 떠넣는다.

릴리가 찢어진 입술로 수프를 한숟갈 받아 삼킨다. 릴리가 뭔가를 먹는 모습을 보니 기분이 얼마나 좋은지. 너무도 기분이 좋아진 나머지 거의 내가 직접 음식을 맛보는 것 같다.

릴리는 한그릇을 다 비우고 나는 빈 그릇을 협탁에 내려놓는다. "네 걱정 진짜 많이 했어, 릴." 내가 말한다.

"나도 네 걱정 많이 했어." 메아리처럼 릴리가 말한다.

내가 배운 것: 사랑한다는 것은 죽을 때까지 사랑하는 사람들을 걱정하는 것이다.

내가 배운 또다른 것: 사랑받는다는 것은 사랑하는 사람들이 죽을 때까지 나를 걱정하게 만드는 것이다.

어디선가 전화벨이 울린다. 라라의 전화다. 우리는 라라가 발신인 이름을 확인한 다음 전화를 받을지 말지 망설이는 모습을 지켜본다.

"받으세요." 현재로선 신이나 다름없는 릴리가 말하자, 라라가 수신 버튼을 눌러 전화를 받는다.

우리에겐 천둥처럼 우르릉거리는 남자의 고함 소리만 들릴 뿐이지만, 라라는 큰 소리에 움찔하며 인상을 찡그린다. 라라 백스가 휴대폰을 스피커로 돌린다.

"씨발, 너 제정신이야? 우리 인스타그램을 지웠어? 빌어먹을 사망자 하나 때문에? 그냥 여자 하나잖아! 이건 우리 브랜드 전체가 걸린 일이야, 정신 빠진 염병할 년, 니미럴 씨발년, 네가 무슨 짓을 저질렀는지 알아? 내가 얼마나 힘들게 해온 일인지 아냐고……"

그는 계속해서 떠들어댄다.

필이 장황하게 떠들어대자 라라는 눈썹을 치켜세운다.

"필이에요?" 릴리가 속삭여 묻는다.

라라 백스는 고개를 끄덕인다. 그리고 차분하게 말한다. "필." 라라의 목소리는 재미있다는 듯 평온하다. "나 지금 리버사이드 병원에 있어. 릴리랑 같이. 오늘 오후에 내가 당신들 아파트 바닥에서 그 사람을 발견했어. 뇌진탕이래. 당신 대체 무슨 짓을 한 거야?"

휴대폰 스피커에서 고함이 터져나온다. 마치 그가 바로 여기서 전화기 속에 갇혀 화를 내는 것 같다.

밈이 라라의 손에서 휴대폰을 빼앗아 끊는다. 그리고 말한다. "됐어요."

"됐어요." 라라가 말한다.

"됐어." 그레이스가 말한다.

"됐어?" 릴리가 나에게 묻는다.

"됐어." 내가 고개를 끄덕인다.

릴리가 내 손을 잡고 손가락을 깍지 낀다. 사과의 말을 한창 준비하고 있던 나는 이미 잠들어버린 릴리의 깊은 숨소리를 듣는다.

트윈플라워*는 린네풀이라고도 불린다. 인간에게 **호모사피엔스**라는 용어를 붙여준 사람과 동일 인물이 명명한 이름이다. 그의 이름은 칼 린네이다. 그는 식물학자였으며, 트윈플라워는 그가 만나본 꽃들 가운데서 가장 아끼는 꽃이었다. 그 꽃에 그의 이름이 붙은 것도 그 때문이다.

트윈플라워는 길쭉한 단일 줄기에서 자라나다가 약간 가는 두개의 줄기로 갈라져 그 끝에 각각 하나씩 분홍색 꽃을 피운다. 똑같이 생긴 두송이 꽃은 서로의 곁에 나란히 매달려 같이 피어나고 같이 지면서 함께 기능을 발휘한다. 그들은 자원을 공유한다. 햇빛도 나눠갖는다. 한쪽이 죽으면 다른 한쪽도 따라 죽는다.

나는 이 꽃에 대한 설명이 쌍둥이에 대한 좋은 비유라고 생각했지만 인간은 꽃이 아니다. 첫째로, 우리는 햇빛만

* '쌍둥이꽃'이라는 뜻으로, 고산지대에서 자라는 인동과의 쌍떡잎식물.

먹으며 생존할 수 없다. 둘째로, 우리는 느끼고 먹으며 원하고 사랑한다. 우리는 인간이다.

1994년(5세): 서로의 감정을 항상 맛으로 느낄 수 있다는 사실을 깨달았을 때, 우리는 레스토랑 놀이를 했다.

"슬픔을 느껴봐." 내가 요구하면 릴리는 눈에서 눈물을 짜냈다. 그러나 릴리의 슬픈 연기에서는 아무런 맛도 나지 않았다.

"행복을 느껴봐." 이렇게 말해보아도 입안은 허전했다.

"느낌이 진짜여야 하나봐." 릴리가 말했다. "가짜로 느낌을 만들어낼 수는 없는 것 같아."

그러더니 언니는 자기 팔을 꼬집어 살갗에 웃는 입모양 같은 손톱자국을 남겼다. 언니는 피가 날 때까지, 비명이 터져나올 때까지, 눈물이 나올 때까지 자기를 꼬집었다. 단지 나에게 맛을 느끼게 해주려고 자신에게 상처를 입힌 것이다.

옮긴이의 말

"몸의 이미지, 퀴어, 유해한 다이어트 문화, 그리고 자매애, 사랑, 우정의 힘을 탐구하는 어둡고도 예리한 소설." 『마른 여자들』(*Thin Girls*)의 원서 날개에 굵은 글씨로 적힌 설명이다. 작품 검토를 거친 뒤 소설을 번역하고 문장을 다듬는 과정에서 여러차례 재독을 반복했지만 도무지 명쾌하게 이 소설을 설명할 자신이 없어서 슬며시 누군가의 카피에 기대어본다. 무척 공감하면서도 저것이 정답이라는 생각은 여전히 들지 않는다. 애당초 한두줄로 간단히 이 작품을 규정하려는 욕심은 적절하지 않을지도 모르겠다.

『마른 여자들』은 뉴질랜드 출신 작가 다이애나 클라크 (Diana Clarke)의 데뷔작이다. 미국 퍼듀 대학교 대학원에서 소설을 전공하여 석사학위를 받은 저자의 지도교수는 『나쁜 페미니스트』 『헝거』의 저자인 록산 게이(Roxane Gay)로 가장 먼저 이 책의 추천사를 써주기도 했다. 현재 저자는 유타 대학교에서 박사과정을 밟으며 동시에 창작에도 힘쓰고 있다.

이 작품은 감정까지 서로 공유하며 거울을 보듯 똑같은 모습이었던 쌍둥이 자매 로즈와 릴리가 사춘기를 지나 성인이 되며 거식증과 폭식증으로 점점 외모와 삶이 각각의 방향으로 멀어지면서 겪는 아픔과 좌절을 생생하게 담아낸다. 마치 누군가의 다이어리를 엿보듯, 인생 보고서를 읽어내리듯 현재와 과거, 사실과 정보를 교차 배열한 독특한 소설의 서사와 형식은 더욱 독자의 흥미를 유발한다.

형제자매는 본능적으로 경쟁과 비교를 벗어나지 못한다지만, 태어난 순간부터 비교가 숙명인 일란성쌍둥이의 삶은 과연 어떠할까. 특히 릴리와 로즈는 생김새만 같았을 뿐 빛과 그림자, 낮과 밤처럼 성향이 다르다. 화려하고 변화무쌍하며 끝없이 욕망하고 인간관계를 추구하는 릴리에 반해 로즈는 무채색으로 늘 그 자리를 지키는 붙박이 외톨이에 사회부적응자다. 매사에 더 우월한 쪽이었던 언니에게 비교당하며 성장하는 과정에서 로즈는 아예 자신을 부정하며 릴리가 되고 싶어한다.

릴리에 대한 로즈의 사랑과 추종은 놀라울 정도인데, 종종 핏줄에 대한 인간의 감정이 양면적인 애증이듯 둘의 자매애는 심오하고 각별하면서도 특이하다. 늘 열등한 동생이자 그림자였던 로즈에게 다이어트는 유일하게 자신이 더 잘하는 분야였고, 난생처음 로즈는 쌍둥이언니에게 우월감을 느끼며 자신의 몸을 마음대로 통제하는 짜릿한 쾌감 속에서 또래들의 찬사까지 받는다.

결국 돌이키기 힘든 거식증 환자가 된 로즈가 아무것도 남지 않을 때까지 자신의 몸을, 자신의 존재를 지워나가려는 몸부림은 사실 어린 시절부터 깨닫고는 있었으나 좀처럼 인정하지 않고 있던 성정체성의 자각과 궤를 같이한다. 동성애를 대하는 로즈의 태도는 두려움과 편견에 사로잡힌 많은 사람의 왜곡된 시각을 무작정 따른다. 성정체성은 '선택'이며, 동성애는 '비정상'이므로 자신은 릴리와 마찬가지로 '정상'이라고, 이성애자라고 고집하는 것이다. 그러한 로즈의 선택은 차별과 손가락질이 두려워 정체성을 숨기고 외면하며 차라리 불행을 택했던 무기력한 아버지의 삶과 다르지 않다.

심지어 주인공들의 부모는 자신들의 삶의 무게에 짓눌려 이기적이고 무책임하게 딸들을 방임했고 그들의 절망과 애정결핍은 고스란히 대물림되었다. 어린 딸에게조차 굶주림을 가르치며 학대를 저지르는 것은 릴리의 연인 필과 라라 부부도 마찬가지다. 막대한 수익을 내는 다이어트 시장에 뛰어든 사업가인 그들에게 다이어트와 마른 몸은 절대적인 가치이자 잣대여서 자녀의 나이를 상관하지 않는다. 몸에 대한 학대를 더 건강한 삶을 위한 선택이라 여기며 그들 역시 자기세뇌에 빠져버렸기 때문이다.

로즈가 자신의 몸을 학대하는 방식이 굶주림이라면, 릴리의 방식은 동생이 굶주린 만큼 더 많이 먹어대는 것이다. 폭식과 폭력에 중독된 것처럼 행동하는 릴리는 마침내 학대와 애정을 구분하지 못하는 지경에 이른다. 가정폭력이나 데이트폭력에 장기간 노출된 여성들은 반복된 왜곡 학습 속에서 자신이 그 폭력의 원인을 제공했다고 믿게 된다고 한다. 그러나 인간이 인간에게 '맞을 만한 짓'이라는 것은 그 누구에게도 어떤 경우에도 존재하지 않는다. 폭력은 결코 취향이 될 수 없다. 그저 범죄일 뿐이다.

릴리가 낮은 자존감 탓에 줄곧 형편없는 남자들을 연인으로 삼기는 하지만, 작품에 등장하는 모든 남성은 하나같이 여성과의 소통에 실패하는 존재들이다. 동성애자인지 양성애자인지 알 수 없으며 진실을 끝내 인정하지 않았던 아버지부터 어린 시절 학교에서 만난 남학생들, 로즈가 치료시설에서 만난 상상의 연인 제이램, 딸의 학교 교사인 릴리와 불륜을 저지르는 주제에 폭력과 기만을 사랑이란 외피로 교묘히 덧씌워 권력을 휘두르는 필에 이르기까지 하나같이 그들은 무감하거나 이기적인 욕망에만 충실하다.

특히 치료시설에서 몇겹의 유리창과 정원을 사이에 두고 마임처럼 이어지는 제이램과 로즈의 소통은 결코 서로에게 가닿지 못하는 단절과 오해를 상징하는 듯하다. 인골에 메마른 살가죽을 덮은 듯한 겉모습 탓에 가족의 눈으로도 구분이 어려운 거식증 환자 여성들은 함께 무리를 지으며 소속감을 느끼지만, 같은 시설에서 같은 처지에 놓였어도 남녀 간의 공감은 쉽지 않다. 제이램의 진짜 이름이 무엇인지는 로즈도 우리도 영원히 알 길이 없다. 로즈를 '이오피'로 알고 있는 그 마른 남자 또한 로즈의 이름이 무엇이든 상관하지 않을 것이다. 그들은 애당초 동떨어진 존재들이고, 서로에게 익명으로 남는다.

수많은 사람이 특정한 몸의 형태를 선망한다. 아니, 사회의 시선과 미디어가 모두 특정한 몸의 형태를 선망하도록 사람들을 세뇌시킨다. 특히 여성들의 몸은 흔히 조롱과 혐오의 대상이 된다. 식스팩 복근을 새긴 '몸짱' 남성은 칭송의 대상이되 평범한 남성들에 대한 비난은 두드러지지 않는 반면, 여성의 날씬하지 않은 몸은 곧장 게으름과 자기관리 실패를 의미할 때가 많다.

사실 여성은 쉽사리 그 존재 자체로 폄하의 언어가 된다. 기본값은 언제나 어느 한쪽 성별이고 그 반대에만 '여성'이라는 딱지를 덧붙이는 태도는 서글프게도 여전히 일상이고 현실이다. 여사장, 여검사, 여의사, 여선생, 여기자, 여대생…… 그러는 가운데 여성의 몸은 숫자로 재단되며, 억압과 관음의 대상으로 소비되는 경우가 잦다. 44-55-66-77-88-99. 34-24-34. 미디어는 지금도 인형 같은 기형적 마른 몸매를 아름다움으로 부각하고, 이상적인 키와 몸무게를 대중에게 주입한다. 코르셋으로, 천 조각으로, 허리와 가슴을 칭칭 졸라매야 했던 시대 이전부터 지금까지도 여성의 몸은 여성들 본인의 것이 아니다.

깡마른 몸을 선망해 서로 응원을 보내며 함께 다이어트를 하는 집단인 '프로아나'(pro-ana)는 이제 우리나라에서도 흔히 찾아볼 수 있다. SNS에서는 '프로아나'가 이른바 '실검'이라고 하는 관심 주제 상위 목록에 수시로 오르내린다. 그들만의 은어인 '개말라' 상태를 넘어 체중 30킬로그램대의 '뼈말라'를 지향하는 청소년과 젊은 여성 들의 부단한 노력은 눈물겹다. 마른 여자들이 더 마른 몸을 선망하게 되는 이유와 과정은 각자 다르더라도, 그들의 정신을 지배하는 큰 틀은 유사하다. 사회가 강요하는 아름다움의 잣대가 그들의 마른 몸에 더 큰 관심과 찬사를 보내기 때문이다. 달라진 몸, 다시 말해 '더 마른' 몸은 거식증 환자들에게 더 나은 사회적 위치의 가능성을 보여준다. 살을 빼서 예뻐졌다는 사람들의 평가, 그리고 '다이어트가 최고의 성형'이라는 관련 업계의 유혹은 좀처럼 외면할 수 없는 보편적 조언이 되었다. 사회적 인정을 받을 수 있는 조금이라도 더 높은 지위를 지향하는 것은 모든 인간의 본능이다. 그러나 이제껏 외모지상주의를 바탕으로 한 사회적 인정의 시선에 간절히 매달리는 것을 개개인의 선택과 잘못으로만 몰아갔던 탓에, 그것이 곧 사회적 죽음을 부르는 억압임은 잘 조명되지 못했다.

흥미롭게도 작품에서 주인공들이 살아가는 공간적 배경을 짐작할 수 있는 단서의 언급은 퍽 드물다. 아이들이 방학마다 강제로 캠프에 참여해야 했던 뉴질랜드 숲속, 그리고 남반구 최악의 시설이라는 캣의 평가 정도다. 하지만 여성의 몸에 대한 부당하고 해로운 억압, 성정체성에 대한 청소년기의 막연한 두려움, 상처 입은 여성들 간의 유대감이라는 주제의 보편성 덕분에 주인공들을 세계 어느 곳에 옮겨다둔다고 해도 위화감이 없으며, 그들의 아픔은 아직도 현재진행형이다. 지구상 어디에도 젊은 여성들에게 혐오와 억압의 언어를 퍼붓지 않는, 안전하기만 한 공간은 없지 않을까. 그래서 여성의 삶은 그 자체로 생존이고 싸움이 되고 만다.

스스로를 가두고 삶과 죽음 사이에서 갈팡질팡했던 로즈는 언니 릴리를 구하기 위해 살기로 결심하면서 바깥세상에 나와 맹렬히 싸움을 선택하고, 동시에 마침내 자신의 성정체성을 받아들인다. 그 과정을 돕는 이들은 당연히 제미마와 그레이스 할머니 같은 여성들이다. 그들은 서로가 서로를 구한다. 릴리와 로즈의 둘도 없는 자매애는 더 넓은 폭으로 확대되고 여성들의 연대를 이룬다. 폭력과 죽음은 도처에 있기에 앞으로도 여전히 그들의 삶은 쉽지 않을 것이다. 때때로 절망스러운 구렁텅이에 던져질 때가 많지만 그럼에도 세상은 더 나은 방향으로 조금씩 변화하고 있다고 생각한다.

언제부턴가 마음이 불편해지는 장면을 마주하는 것이 두렵다. 눈을 감고 외면하면 없는 것이 되지 않을까 싶은 비겁함 탓이다. 그러나 그러면서도 우리는 안다. 부당함에 대한 외면과 침묵은 동의와 같다는 것을. '마른 여자들'은 아무런 수식어도 필요 없는 그냥 여자들이 되어야 한다. 그러므로 이제 다시 시작이다. 다행인 것은 우리가 혼자가 아니라는 사실이다. 살아가면서 한번쯤 생면부지의 동료 여성들에게 도움의 손길을 받아보지 않은 여성은 아마 없을 것이다. 신데렐라를 도와주었던 요정은 현실 속의 수많은 대모님과 '언니들'로 우리 곁에 존재한다는 저자의 믿음에 동감한다. 기우제의 성공률은 100퍼센트라고 한다. 비가 내릴 때까지 버티며 계속 기도를 올리기 때문이다. 버티는 자의 승리를 위해, 동료애와 자매애의 외연이 인류애로 확장될 때까지 계속 버텨봐야겠다는 생각을 다지며 책장을 덮는다.

변용란

마른 여자들

초판 1쇄 발행 / 2021년 7월 30일

지은이 / 다이애나 클라크
옮긴이 / 변용란
펴낸이 / 강일우
책임편집 / 양재화 최정수
조판 / 한향림
펴낸곳 / (주)창비
등록 / 1986년 8월 5일 제85호
주소 / 10881 경기도 파주시 회동길 184
전화 / 031-955-3333
팩시밀리 / 영업 031-955-3399 편집 031-955-3400
홈페이지 / www.changbi.com
전자우편 / lit@changbi.com

한국어판 ⓒ (주)창비 2021
ISBN 978-89-364-7875-9 03840